rororo

Jan Seghers, alias Matthias Altenburg, geboren 1958, lebt als Schriftsteller, Reporter, Kritiker und Essayist in Frankfurt am Main. Mit seinen Büchern hat er sich einen festen Platz unter den bedeutendsten deutschen Gegenwartsautoren erobert. Weiter erschien im Rowohlt Taschenbuch Verlag «Ein allzu schönes Mädchen» (rororo 23624).

«Der schwedische Autor Henning Mankell hat Jan Seghers zum Krimischreiben inspiriert ... Ein Vorbild, das er übertroffen hat.» (PRINZ)

JAN SEGHERS

DIE BRAUT IM SCHNEE

KRIMINALROMAN

Rowohlt Taschenbuch Verlag

Dieses Buch ist ein Roman.
Alle Figuren und Ereignisse sind erfunden.
Selbst das Wetter richtet sich nach den Maßgaben des Autors.
Die Sonne scheint, es schneit, es regnet, wann er will.

Einmalige Sonderausgabe
Oktober 2007
Veröffentlicht im Rowohlt Taschenbuch Verlag,
Reinbek bei Hamburg, Januar 2007

Umschlaggestaltung Doris Grahl
(Foto: Jochen Quast)
Druck und Bindung Clausen & Bosse, Leck
Printed in Germany
ISBN 978 3 499 24700 2

Die Sonne schien, da sie keine andere Wahl hatte,
auf nichts Neues.
Samuel Beckett, Murphy

ERSTER TEIL

EINS

Als die Zahnärztin Gabriele Hasler am Nachmittag des 11. November hörte, wie ihre Sprechstundenhilfe die Praxistür hinter sich ins Schloss zog, wurde sie, wie schon mehrfach in den vergangenen Tagen, von einer unerklärlichen Unruhe erfasst. Im Vorbeigehen schaute sie kurz in den Spiegel und fand, wie so oft in letzter Zeit, dass sie zu alt aussah für ihre gerade noch neunundzwanzig Jahre. «Was ist nur mit mir geschehen?», dachte sie und war zugleich bemüht, sich diese Frage nicht zu beantworten.

Obwohl ihre Sprechstunde für diesen Tag bereits beendet war, wartete sie noch auf einen älteren Patienten, der kurzfristig um einen späten Termin gebeten hatte. Da es sich lediglich um ein Beratungsgespräch handelte, hatte sie beschlossen, ihre Zahnarzthelferin nach Hause zu schicken und so das Geld für die Überstunde zu sparen. Um die Zeit zu überbrücken, setzte sie sich an ihren Schreibtisch und begann, ein paar Unterlagen zu ordnen, doch merkte sie schon bald, dass es ihr an der nötigen Konzentration fehlte. Immer wieder schaute sie auf die Uhr, ging in die Teeküche, um sich ein Glas Wasser einzuschenken, oder versuchte sich auf andere Weise abzulenken.

Gabriele Hasler wusste zu gut Bescheid, um sich Illusionen über ihren Beruf zu machen. Sie hatte sich ihren Start als selbständige Zahnärztin nicht einfach vorgestellt. Dass es allerdings so schwierig werden würde, hatte sie nicht erwartet. Schon, um ihr Studium zu Ende zu bringen, hatte sie einen Kredit aufnehmen müssen, und als sie begann, die bescheidene Praxis am Kleinen Friedberger Platz einzurichten, waren die Schulden ins Unermessliche gewachsen. Bislang hatte sie es abgelehnt, das Haus ihrer Eltern in Oberrad zu verkaufen, bald würde ihr keine andere Wahl mehr bleiben. Sie hatte dieses Haus jahrelang nicht betreten. Erst nachdem Vater und Mutter vor zwei Jahren im Abstand weniger Wochen gestorben waren, war sie dort eingezogen. Nun war das Haus das Einzige, was ihr von ihren Eltern geblieben war.

Sie saß auf dem Schreibtischstuhl in der Rezeption, starrte auf die Eingangstür und lauschte. Obwohl sie wusste, dass es keine vernünftige Erklärung dafür gab, hatte sie das Gefühl, nicht allein in der Praxis zu sein. Um sich zu beruhigen, ging sie ins Sprechzimmer, schloss das gekippte Fenster und zog die Vorhänge zu. Dann schaltete sie das Radio ein und dachte: Fehlt bloß noch, dass ich anfange zu pfeifen, um mir Mut zu machen. Als um kurz nach fünf endlich die Türglocke läutete, reagierte sie mit Erleichterung. Aber auch während des Gesprächs mit dem Patienten merkte sie, wie ihre Gedanken immer wieder abschweiften. Schließlich bat sie den Mann, so lange zu warten, bis sie ihre Sachen gepackt, die Alarmanlage eingeschaltet und die Räume abgeschlossen hatte. Dann verließen sie gemeinsam das Haus. Auf der Straße verabschiedeten sie sich. Gabriele Hasler schaute dem Mann nach, der in eine der Nebenstraßen ging, wo er seinen Wagen geparkt hatte. Kurz bevor er hinter einer Hausecke verschwand, drehte er sich noch einmal um und winkte ihr zu.

Sie war müde, sie freute sich auf ein Bad, und sie hatte Hunger. Da ihr Kühlschrank leer war und sie weder Lust zum Einkaufen noch zum Kochen hatte, beschloss sie, vor ihrer Heimfahrt noch rasch zu der nur wenige Schritte entfernten Holzhütte zu gehen. Dort hatte sie in den letzten Monaten häufig ihr Abendessen eingenommen. Es handelte sich um einen Imbiss, der von einem Afrikaner betrieben wurde und nach einem ehemaligen Fußballspieler der Kameruner Nationalmannschaft «Roger Millas Grill» hieß. Der Inhaber war groß, korpulent, von dunkelbrauner, fast schwarzer Hautfarbe und trug zu ihrer Überraschung den deutschen Vornamen Rudolf, was er damit erklärte, dass er ein Nachfahre des legendären Häuptlings Rudolf Manga Bell sei, der als Kind an einer Schule in Ulm unterrichtet worden war, bevor er sein Volk in den Widerstand gegen die deutschen Kolonialherren führte und dafür schließlich hingerichtet wurde. Weil ihr die Geschichte gefiel, war es der Zahnärztin egal, ob sie auch stimmte.

In der Dunkelheit seines Verschlags sah man von Rudolf dem Jüngeren fast nichts, außer seinen Augäpfeln und den Zähnen. Auf dem Regal über dem Herd stand ein fettverspritzter Kassettenrecorder, aus dem immer dieselbe Musik kam: die Aufnahme eines Livekonzerts der Têtes Brulées. Gabriele Hasler hatte die Band einmal als Studentin in Paris gehört, und deshalb weckte die Musik angenehme Erinnerungen. Rudolf begrüßte sie so überschwänglich, wie Wirte es häufig tun, stellte ihr unaufgefordert eine Dose Cola light auf den Tresen und empfahl ihr das Tagesmenü: Hähnchenschenkel mit Erdnusssoße und gegrillten Lauchzwiebeln. Gabriele Hasler merkte, wie ihre Anspannung nachließ. Während sie sich hungrig über die kleine Mahlzeit hermachte, hörte sie dem gut gelaunten Geplauder des Imbissbetreibers zu und überlegte, ob sie für die Fahrt nach Oberrad wie üblich die Straßenbahn nehmen oder sich heute ausnahmsweise ein Taxi gönnen sollte. Sie entschied sich für das Taxi. Wie jedes Mal, wenn sie bei ihm aß, lobte sie Rudolfs Kochkünste, während er ihr Komplimente wegen ihres Aussehens machte, was sie sich heute besonders gern gefallen ließ.

Als sie den kleinen Verschlag der Imbissbude verließ, begann sie zu frieren. Und fast augenblicklich war auch ihre Nervosität wieder da. Sie schaute sich um, als könne von einem der Passanten eine Bedrohung ausgehen, aber sie entdeckte nur eine Mutter mit ihrem Kinderwagen, zwei alte Damen, die mit großen Papiertüten von ihren Einkäufen zurückkehrten, und einige junge Männer, die um ein Auto mit offener Motorhaube herumstanden und debattierten.

Sie lief die Friedberger Landstraße hinunter und hielt Ausschau nach einem Taxi. Inzwischen begann es bereits zu dämmern, und die Autofahrer schalteten die Scheinwerfer ein. Sie mochte diese Jahreszeit nicht, sie mochte dieses Wetter nicht, und sie merkte, dass sie auch sich selbst immer weniger mochte. Nicht einmal auf ihren morgigen Geburtstag freute sie sich. Und dass Holger angekündigt hatte, in aller Frühe in Köln loszufahren, um zum gemeinsamen Frühstück bei ihr zu sein, verbesserte ihre Stimmung keineswegs. Doch statt sich endlich von ihm zu trennen, wie sie es insgeheim schon mehrmals vorgehabt hatte, war sie noch im Frühjahr auf seinen Vorschlag eingegangen und hatte einer offiziellen Verlobungsfeier mit seinen Eltern und einigen wenigen Verwandten zugestimmt. Ihr zu Ehren, und um ihr die Umstände der Fahrt zu ersparen, waren alle aus dem Rheinland angereist. Sie hatten sich auf einem Parkplatz am Frankfurter Hauptbahnhof getroffen und waren schließlich in einem kleinen Konvoi zum Gut Neuhof gefahren, einem beliebten und nicht gerade preiswerten Ausflugslokal fünfzehn Kilometer südlich der Stadt. Holgers Vater hatte sich die meiste Zeit hinter seinem Camcorder verschanzt, seine Mutter hatte Gabriele immer wieder bestätigt, wie stolz sie auf ihre künftige Schwiegertochter seien, und am Abend waren alle froh, die Sache mit Anstand hinter sich gebracht zu haben. Einen Moment lang hatte ihr die Vorstellung, nun eine richtige Braut zu sein, sogar geschmeichelt. Aber schon am nächsten Tag, als sie allein war, kam ihr das alles wieder so fremd vor wie damals, als Holger das erste Mal von einer Verlobung gesprochen hatte.

Sie hatte sich immer einen Mann gewünscht, der ihr ebenbürtig, der ihr weder über- noch unterlegen war. Es gab keinen Grund, Holger nicht zu mögen, und das war es, was ihr die Trennung so schwer machte. Er war der freundlichste und rücksichtsvollste Mann, mit dem sie bislang zusammen gewesen war. Am Anfang hatte ihr das gut getan. Aber er war ihr nicht gewachsen. Bei jedem Konflikt gab er am Ende nach. Wenn es darauf ankäme, würde er ihr wie ein geprügelter Hund nachlaufen. Und notfalls, da war sie sicher, würde er sich in sie verbeißen.

Gabriele Hasler wurde aus ihren Gedanken gerissen, als ein Radler sie im Vorüberfahren streifte. Erschrocken zuckte sie zusammen. Sie fluchte. Ein paar Meter weiter hielt der Radfahrer an und blickte sich nach ihr um. Sie machte sich auf einen Streit gefasst. Stattdessen lächelte der junge Mann unsicher und entschuldigte sich bei ihr.

Sie bog nach rechts in eine Seitenstraße. Am Scheffeleck hatte sie endlich Glück. Vor dem Maingau-Krankenhaus stand ein Taxifahrer neben seinem Wagen und rauchte. Der Mann schaute sie an. Dann kam er um das Auto herum und öffnete die Beifahrertür. Obwohl sie eigentlich lieber auf der Rückbank saß, stieg sie einfach ein.

«Nach Oberrad», sagte sie.

Als sie losfuhren, bemerkte Gabriele Hasler, dass ganz in der Nähe ein weiteres Fahrzeug startete. Sie drehte sich um und entdeckte einen dunkelblauen BMW, der sich hinter ihnen in den Feierabendverkehr einfädelte. Sie klappte die Sonnenblende herunter und begann sich die Lippen zu schminken. Im Spiegel sah sie, dass der BMW ihnen folgte.

«Irgendwas nicht in Ordnung?», fragte der Taxifahrer.

Gabriele Hasler verneinte. Sie versuchte sich zu entspannen. Der Verkehr war so dicht, dass sie nur schrittweise vorankamen. Einmal berührte der Fahrer beim Schalten wie versehentlich ihr Knie. Statt sich zu entschuldigen, sah er nur kurz zu ihr rüber, als wolle er feststellen, wie sie reagierte. Sie verlagerte ihre Beine in die andere Richtung.

Als sie das nächste Mal durch die Heckscheibe sah, war der BMW noch immer hinter ihnen. Sie bat den Taxifahrer, die Richtung zu ändern.

«Da ist alles dicht. Außerdem ist es ein Umweg», sagte er.

«Machen Sie einfach, was ich sage», erwiderte sie.

Aber mit einem Mal war der BMW nicht mehr zu sehen. Sie hatte sich getäuscht. Niemand war in der Praxis gewesen. Niemand hatte sie auf der Straße beobachtet. Sie wurde nicht verfolgt. Keiner bedrohte sie.

«Hübsch», sagte der Taxifahrer und grinste. Er beugte sich ein Stück zu ihr hinüber. Sie konnte sein Rasierwasser riechen.

«Was meinen Sie?», fragte Gabriele Hasler.

Statt zu antworten, schaute er auf ihre Beine.

«Lassen Sie mich hier aussteigen!», sagte sie. «Ich gehe den Rest zu Fuß.»

«Was?»

«Es heißt nicht ‹was›, es heißt ‹wie bitte›! Ich möchte zahlen.»

«Ich kann hier nicht halten.»

«Doch, Sie können.»

Sie öffnete die Wagentür. Abrupt stoppte das Fahrzeug. Sofort wurde hinter ihnen gehupt. Gabriele Hasler ließ sich nicht beirren. Sie begann in den Tiefen ihrer großen Handtasche zu wühlen. Umständlich kramte sie ihr Kleingeld zusammen. Der Fahrer zählte nach. «Fehlen fünfzig Cent», sagte er. Sie nahm die Münzen wieder an sich und hielt ihm einen Zweihundert-Euro-Schein hin. Sie merkte, wie er böse wurde.

«Kann ich nicht wechseln. Meine Schicht hat gerade erst angefangen.»

«Tja», sagte sie. «Was machen wir nun?»

In seinem Gesicht arbeitete es.

«Gib das Kleingeld her und verzieh dich!», platzte er heraus.

«Das üben wir nochmal», sagte sie.

«Was?»

«Wie bitte!»

Endlich schien er verstanden zu haben. «Geben Sie mir das Geld und steigen Sie aus! Bitte! Und wenn Sie das nächste Mal in der Taxizentrale anrufen, sagen Sie der Telefonistin, dass Sie keinesfalls mit der Nummer 476 fahren möchten. Merken Sie sich das: vier-sieben-sechs!»

«Ja», sagte sie. «Das hatte ich mir bereits vorgenommen.»

Sie warf die Münzen in die Konsole unter dem Taxameter. Sie blieb sitzen. Der Fahrer wartete. «Ist noch was?»

«Ja. Ich hätte gerne eine Quittung.»

Er trommelte mit beiden Fäusten aufs Lenkrad. Einen Moment lang befürchtete sie, er könne sie schlagen. Stattdessen schüttelte er den Kopf und brach in nervöses Gelächter aus. Dann reichte er ihr ein ausgefülltes Quittungsformular.

Gabriele Hasler stieg aus und ließ die Beifahrertür so weit offen, dass der Taxifahrer von seinem Sitz aus den Griff nicht erreichen konnte. Er musste aussteigen und den Wagen umrunden, um die Tür zu schließen. Sie verstand nicht, was er ihr nachrief. Aber im Weggehen hörte sie, wie das Hupkonzert der erbosten Autofahrer immer lauter wurde.

Am Main-Plaza erreichte sie den Fluss. Die Luft war feucht und kalt. Ein leichter Nieselregen setzte ein. Der Uferweg, der sonst von Spaziergängern, Freizeitsportlern und Hundehaltern bevölkert wurde, war jetzt menschenleer. Inzwischen war es dunkel geworden. Sie schlug den Kragen ihres Mantels hoch und machte sich auf den Weg. Rechts sah sie die Lichter des neu erbauten Deutschherrnviertels. Als die Bebauung endete, wurde der Uferstreifen breiter, aber auch dunkler. Das Gelände war von Bäumen bewachsen und von Hecken gesäumt. Sie zögerte kurz, dann marschierte sie los. Sie wollte zielstrebig und entschlossen wirken. Niemand, der sie sah, sollte ihre Angst bemerken. Fünf Minuten später kam sie an den flachen Gebäuden der Wassersportvereine vorbei, dann lag noch einmal eine kurze, dunkle Strecke vor ihr. Als sie die Gerbermühle erreicht hatte, atmete sie auf. Jetzt musste sie nur noch die Straße überqueren und durch die Bahnunterführung laufen, dann war sie zu Hause.

Bereits bevor sie das Grundstück erreicht hatte, tastete sie in ihrer Tasche nach dem Schlüsselbund. Der Eingang wurde von einer kleinen Außenlaterne schwach beleuchtet. Als sie gerade den Schlüssel ins Schloss gesteckt und die Haustür geöffnet hatte, versteiften sich ihre Schultern. Sie merkte, dass jemand hinter ihr in der Dunkelheit stand. Sie fuhr herum. Ein fremder Mann schaute sie an. Ein Fremder, der dennoch eine Erinnerung in ihr weckte. Dann erkannte sie ihn und begann im selben Moment zu schreien. Niemand hörte sie. Der Mann stieß sie in den Hausflur, folgte ihr und schloss hinter sich die Tür.

ZWEI Es war fünf Uhr, als Nikolas Schäfer am Morgen des 12. November im Schlafzimmer seiner Wohnung in Hanau-Steinheim aufwachte. Er knipste die Nachttischlampe an, legte sich auf den Rücken und lächelte. Er ließ seine rechte Hand unter der Decke hervorgleiten, und ohne hinzuschauen begann er das Fell der Katze zu kraulen, die im Korb neben dem Bett schlief.

Nikolas Schäfer arbeitete als Krankenpfleger in der Klinik auf dem Frankfurter Mühlberg. Er hatte seine Kollegin Rosi für den Abend zum Essen eingeladen, und diesmal hatte sie zu seiner Verwunderung sofort zugesagt. Damit sie es sich nicht anders überlegte, hatte er umgehend im Restaurant Maingau angerufen und einen Tisch für zwei Personen bestellt. Er hoffte, das würde sie davon abhalten, in letzter Minute wieder abzusagen.

Obwohl er noch Zeit hatte, stand er zehn Minuten später bereits in der Küche und setzte Wasser auf. Er schaute auf das Außenthermometer am Fenster: Es zeigte unter zwei Grad Celsius. Er ging ins Bad, um sich zu waschen, dann zog er seinen Bademantel über, trank eine Tasse Tee und aß zwei Scheiben Toast mit Orangenmarmelade. Anschließend öffnete er den Kleiderschrank und überlegte lange, was er anziehen sollte. Fast hätte er darüber vergessen, das Radio einzuschalten. Er mochte alte Schlager und konnte viele Texte auswendig. Seine Mutter war als Sängerin durch die Tanzcafés der Umgebung gezogen, und manchmal hatte er sie an den Wochenenden oder während der Schulferien begleiten und das ein oder andere Lied mitsingen dürfen. Gerne hatte er sie angeschaut, wenn sie in der Garderobe vor dem Spiegel noch im Unterrock ihr Lächeln prüfte, dann das Kleid überstreifte und sich vor ihm drehte, als brauche sie außer ihm kein weiteres Publikum. Manchmal war am Morgen nach einem Auftritt ein fremder Mann aus ihrem Schlafzimmer gehuscht und hatte Nikolas verlegen zugenickt, bevor er die Wohnungstür hinter sich ins Schloss zog. Wenn der Junge seine Mutter später angeschaut hatte, schüttelte sie nur den Kopf und lächelte ihn an: «Keine Angst, Kleiner. Du wirst immer mein Bester bleiben.» Es waren diese Erinnerungen, die seine Behauptung nährten, eine schöne Kindheit gehabt zu haben. Ein Plakat mit dem Foto seiner Mutter, das einen ihrer Auftritte im «Rote-Rosen-Club Seligenstadt» ankündigte, hatte er nach ihrem Tod rahmen lassen und im Wohnzimmer aufgehängt.

Als er die vertraute Stimme des Moderators hörte, drehte er das Radio ein wenig lauter: «Auf Wunsch unseres treuen Hörers Nikolas Schäfer aus Hanau-Steinheim spielen wir nun ‹Marina› in der italienischen Originalaufnahme mit Rocco Granata.» Sofort begann er mitzusummen. Er wusste, dass ihm die Melodie den ganzen Tag nicht mehr aus dem Kopf gehen würde.

Bevor er die Wohnung verließ, machte er eine Runde durch die Zimmer und drehte überall die Heizungen herunter. Dann ging er noch einmal rasch ins Bad, um ein wenig Rasierwasser aufzutragen. Erst ganz zum Schluss schaltete er das Radio aus.

Draußen zog er den Reißverschluss seiner Winterjacke noch ein Stück höher. Er nahm die Zeitung aus dem Briefkasten, steckte sie in den Rucksack und machte sich auf den Weg. An der S-Bahn-Station schaute er auf die Uhr. Er war früher dran als gewöhnlich, und das war der Grund, warum er die anderen Fahrgäste, die auf den nächsten Zug warteten, nicht kannte.

Er hatte Glück, er fand eine leere Viererbank und setzte sich ans Fenster. Er begann in der Zeitung zu lesen, merkte aber bald, dass er sich nicht konzentrieren konnte. Seine Vorfreude auf den Abend mit Rosi war zu groß. Er lehnte den Kopf an die kalte Scheibe und schaute hinaus in die Dunkelheit. Die S-Bahn durchquerte Mühlheim, dann Offenbach. Auf den Straßen stauten sich die Autos. Scheinwerfer wurden aufgeblendet, manche Fahrer hupten; an den Ampeln standen frierende Fußgänger mit müden Gesichtern.

Hinter dem Kaiserleikreisel fuhr die Bahn noch einmal durch offenes Gelände. Auf der rechten Seite lagen der Main und das Deutschherrnufer, auf der linken die Felder einer Großgärtnerei. Wie so oft an dieser Stelle verlangsamte der Zug seine Fahrt, bevor er das Frankfurter Stadtgebiet erreichte, und musste für eine Weile warten, bis die Strecke frei war.

Zwischen den Feldern, direkt an den Bahngleisen, stand ein einzelnes altes Haus aus gelbrotem Backstein. Nikolas Schäfer wusste, dass es von einer jungen Frau bewohnt wurde. Er hatte sie in den vergangenen Monaten einige Male gesehen. Sie hatte am Fenster des Badezimmers gestanden und sich das Haar gekämmt. Oder sie war vom Einkaufen gekommen und hatte schwere Taschen ins Haus getragen. Und ein paarmal hatte sie auf einer Campingliege auf einem kleinen verwilderten Rasenstück gelegen und sich gesonnt. Meist war sie allein. Er hatte sich vorgestellt, die Frau kennen zu lernen und sie zu besuchen. Jetzt hielt er beide Hände an die Scheibe und hoffte, dass eines ihrer Fenster erleuchtet sei und er sie beobachten könne, aber das Haus war dunkel. Alle Rollläden waren heruntergelassen. Draußen begann es gerade erst zu dämmern. Dann entdeckte er etwas.

Im Hof neben dem Haus sah er eine Art helles Bündel. Er schaute genauer hin, konnte aber nicht erkennen, um was es sich handelte. Es war noch zu dunkel.

Er stand auf, verließ seinen Platz und ging in den nächsten Waggon, um eine bessere Position zu haben. Er stellte sich an die Tür und schaute wieder hinaus. Jetzt war er sicher, dass da im Hof des Hauses etwas war. Ein Tier, dachte er, vielleicht ein großer Hund.

Auf einem der Feldwege näherte sich ein Kleinlaster. Als das Fahrzeug an dem Haus vorüberkam, streifte das Licht der Scheinwerfer für einen kurzen Augenblick den Hof. Dieser Moment genügte. Nikolas Schäfer trat einen Schritt zurück. Er merkte, wie sich sein Magen verkrampfte. Es war kein Tier, was er gesehen hatte. Es war ein Mensch. Der Körper einer Frau. Eine unvollständig bekleidete Frau, die dort reglos auf dem geschotterten Boden in der Dunkelheit kauerte. Er war sicher, dass die Frau nicht mehr lebte. Niemand hielt sich bei diesen Temperaturen freiwillig halb nackt im Freien auf.

Am Mühlberg stieg er aus. Oberhalb der Treppe, die zur Station führte, stand der Verkaufswagen einer Bäckerei.

«Was ist denn mit Ihnen los?», fragte die Verkäuferin. «Sie sind ja ganz blass. War wohl spät gestern Abend.»

Er nickte. Wie immer nahm er ein Käse- und ein Schinkenbrötchen. Er legte das Geld auf die Plastikschale. Seine Hände zitterten. Dann ging er, ohne sich zu verabschieden. Er gab sich Mühe, seine Aufregung zu bezwingen, konnte aber keinen klaren Gedanken fassen. Er hatte ein einziges Mal mit der Polizei zu tun gehabt, als man ihn als Jugendlichen einmal beschuldigt hatte, eine E-Gitarre aus dem Schaufenster eines Musikgeschäftes gestohlen zu haben. Noch immer erinnerte er sich seiner Scham, als die beiden Uniformierten an der Wohnungstür geklingelt und mit seiner Mutter gesprochen hatten. Bis heute bekam er jedes Mal ein schlechtes Gewissen, wenn er einen Streifenwagen sah.

Er überlegte einfach anzurufen, ohne seinen Namen zu nennen. Er konnte sagen, was er gesehen hatte, und wieder auflegen. Aber sofort fürchtete er, dass man das Telefonat aufzeichnen und später seine Stimme übers Fernsehen ausstrahlen würde. Er konnte auch einfach schweigen. Irgendwer würde die Frau finden und es melden. Er wollte keine Schwierigkeiten.

Bis zum Krankenhaus brauchte er nicht mal zehn Minuten. Als er das Stationszimmer betrat, sah ihn Rosi freundlich an. Dann erstarb ihr Lächeln. «Wie siehst du denn aus?»

Ohne seine Jacke auszuziehen, erzählte er, was passiert war. Vor Aufregung stotterte er ein wenig.

«Was ist, wenn die Frau noch lebt?», fragte Rosi. «Vielleicht sollten wir einen Notarztwagen hinschicken.»

«Nein, sie ist tot. Und ich bin sicher, sie ist nicht von selbst gestorben.»

«Was meinst du damit?»

«Ich glaube, sie wurde umgebracht.»

«Umgebracht? Wie kommst du denn darauf?»

«Ich weiß nicht, aber ich bin sicher.»

«Was machst du dann noch hier? Du musst zur Polizei gehen.»

Nikolas Schäfer zögerte einen Moment. Dann nickte er. «Ja, ich wollte nur Bescheid sagen, dass ich etwas später anfange. Es bleibt doch bei heute Abend?»

Rosi sah ihn an. «Ja», sagte sie, «ich freu mich schon.»

Als der dritte Tropfen Wasser auf seinen Schreibtisch fiel, schaute Hauptkommissar Robert Marthaler an die Decke seines neuen Büros und begann zu brüllen.

«Nicht schon wieder!», schrie er. «Verdammt nochmal, nicht schon wieder!»

Elvira öffnete vorsichtig die Tür und streckte den Kopf herein. Obwohl nur zehn Jahre älter als er selbst, war seine Sekretärin im Lauf der Zeit zu einer Art mütterlicher Freundin für Marthaler geworden. Sie wollte gerade erst ihren Arbeitstag beginnen und hatte den Mantel noch nicht abgelegt, als die laute Stimme ihres Chefs aus dem Nebenzimmer ertönte.

«Robert, was ist los? Kann ich dir helfen?»

Marthaler schien sie nicht zu bemerken. In seiner Wut holte er aus und fegte mit einer einzigen Armbewegung sämtliche Unterlagen von seinem Schreibtisch. Hilflos wiederholte Elvira ihre Frage. Endlich schaute Marthaler sie an.

«Was? Ja, hilf mir! Bestell ein Abbruchunternehmen! Sag ihnen, sie sollen den ganzen Bau dem Erdboden gleichmachen! Schau dir diese Sauerei an! Es kommt schon wieder Wasser von der Decke. Wie soll man da arbeiten? Ich will hier raus, verstehst du, ich verlange umgehend einen trockenen warmen Arbeitsplatz.»

Elvira, die seit langem mit Marthaler zusammenarbeitete und seine gelegentlichen Wutausbrüche kannte, versuchte ihn zu beruhigen. «Warte», sagte sie, «das haben wir gleich. Ich hole rasch einen Lappen.»

«Genau das wirst du nicht tun! Du wirst stattdessen Herrmann benachrichtigen! Er soll herkommen und sich das ansehen. Und den Chef der Haustechnik! Ich will, dass endlich etwas passiert! Drei Monate lang haben wir hier drin geschwitzt wie in einer Sauna, weil die Klimaanlage nicht funktionierte. Jetzt ist es draußen kalt, und wir müssen frieren, weil schon wieder irgendwas kaputt ist. Und nun werden wir wieder geduscht, ohne es zu wollen. Ich bleibe keine Minute länger hier.»

Er ließ Elvira einfach stehen, nahm seine Winterjacke, verließ das Büro und warf die Tür des Vorzimmers hinter sich ins Schloss.

Auf dem Gang begegnete ihm seine junge Kollegin Kerstin Henschel, die ihn erstaunt begrüßte. «Hallo, Robert, was ist los? Du gehst schon wieder?»

Marthaler blieb vor ihr stehen und ruderte hilflos mit den Armen. «Ja, ich gehe», rief er, «und ich werde diese Bruchbude nicht wieder betreten.»

Erst ein Dreivierteljahr zuvor hatten sie das riesige neue Präsidium an der Adickesallee im Frankfurter Norden bezogen. Die meisten Kollegen waren froh gewesen, endlich aus dem alten, viel zu eng gewordenen Gebäude am Platz der Republik ausziehen zu können. Manche hatten wohl auch die wochenlang dauernden Umzugsaktivitäten als willkommene Abwechslung begriffen.

Robert Marthaler hingegen gehörte zu den wenigen, die von Beginn an ihren Unmut darüber geäußert hatten, dass sie ihre vertraute Umgebung verlassen mussten. «Unser Alltag ist turbulent genug», hatte er auf einer Sitzung gesagt. «Wir müssen uns ständig auf neue Situationen einstellen, da kann es nicht gut sein, wenn wir auch noch durch neue Büros und neue Arbeitsabläufe abgelenkt werden.» Die jüngeren Kollegen, bei denen er für seine Sturheit bekannt war, hatten gelächelt. Und er hatte gewusst, dass sein Widerstand zwecklos war. Der Umzug war vor Jahren beschlossen worden, und so blieb ihm schließlich nichts anderes übrig, als darauf zu bestehen, wenigstens seinen alten Schreibtisch mitnehmen zu dürfen.

Als sich die Pannen in dem neuen Gebäude häuften und immer mehr Kollegen zu klagen begannen, hatte er einen leisen Triumph nur mühsam verbergen können. Man hatte sogar vergessen, Toiletten in die Arrestzellen einzubauen, sodass jetzt immer ein Beamter abgestellt werden musste, um die Häftlinge zum Klo zu begleiten. Auch machte Marthaler keinen Hehl daraus, dass er die Architektur des Neubaus nicht mochte, der wie eine kalte, leblose Kaserne aussah, einen ganzen Häuserblock umfasste und von der Bevölkerung schon bald «Bullenkloster» genannt wurde.

Jetzt stand er in dem großen Innenhof und atmete durch. Mit einem Mal kam ihm sein Furor lächerlich vor. Er zog den Reißverschluss seiner dicken Winterjacke hoch, setzte die Wollmütze auf und streifte die Handschuhe über. Er stieg auf sein Fahrrad und fuhr den Alleenring entlang. Die Haut seiner Wangen schmerzte in der kalten Luft. Bald würde er das Rad im Keller lassen müssen. An der Eckenheimer Landstraße bog er nach links. Ein paar hundert Meter weiter, kurz hinter dem großen Supermarkt, hielt er an. Rund um den Hauptfriedhof hatten sich im Laufe der Jahrzehnte nicht nur eine ganze Reihe von Gärtnereien und Steinmetzbetrieben angesiedelt, sondern auch ein paar Cafés, deren Kundschaft vor allem aus dunkel gekleideten älteren Damen und Herren bestand. Nach den Besuchen an den Gräbern ihrer Lieben trafen sie sich hier, klagten ohne Leidenschaft, sprachen über ihre Krankheiten und die Rente. Und manchmal schlossen sie wohl auch neue Bekanntschaften. Niemals aber schienen sie ihre Hüte abzunehmen.

Marthaler mochte das sanfte Geplätscher der belanglosen Gespräche. Er hörte gerne dem leisen Geklapper der Bestecke und dem Klirren des Geschirrs zu. Und es besänftigte ihn, inmitten von Leuten zu sitzen, denen jeder Ehrgeiz und der größte Teil ihrer Eitelkeit längst vergangen war. Vielleicht, dachte er, fühle ich mich deshalb hier wohl, weil ich selbst langsam älter werde. Und dieser Gedanke beunruhigte den Hauptkommissar nicht im Geringsten.

Er hängte seine Jacke an die Garderobe, suchte sich einen freien Tisch, bestellte eine Tasse Tee und ein Käsebrötchen und bat die Serviererin, ihm außerdem eine Schachtel Mentholzigaretten zu bringen. Er blätterte eine Tageszeitung durch und brauchte eine Weile, bis er merkte, dass sie bereits zwei Wochen alt war. Die Rentner, so schien es, legten auf Neuigkeiten keinen großen Wert. Als er sich gerade eine Zigarette angesteckt hatte, klingelte sein Mobiltelefon. Es war seine Sekretärin.

«Elvira, was gibt's?»

«Ich fürchte, du musst die Bruchbude doch nochmal betreten», sagte sie.

«Nein!»

«Doch, Robert. In Oberrad ist die Leiche einer Frau gefunden worden. Es sieht nach einem Tötungsdelikt aus. In fünf Minuten ist Einsatzbesprechung.»

Marthaler betrat den Konferenzraum und schaute sich um. Bevor er sich noch hinsetzen konnte, herrschte Herrmann ihn an: «Wo kommen Sie jetzt her?»

«Vom Kaffeetrinken», antwortete Marthaler.

Der Leiter der Mordkommission schluckte trocken. Eine Erwiderung schien ihm nicht einzufallen. Auf eine ehrliche Antwort war er wohl nicht gefasst gewesen. Mit dem Mittelfinger schob Herrmann seine neue randlose Brille zurecht. Es war dasselbe Modell, das auch der Polizeipräsident seit ein paar Wochen trug.

Herrmann räusperte sich. Dann begann er mit den Händen zu flattern. «Wie auch immer», sagte er, «Sie übernehmen bitte den Fall. Ich habe eine dringende Besprechung.»

Er war schon fast aus der Tür, als Marthaler ihn noch einmal zurückrief.

«Wir müssen hier raus», sagte er so ruhig wie möglich. Er wusste, wie leicht sich jede seiner Begegnungen mit Herrmann zu einem Krach entwickeln konnte. Mit den Jahren hatten sich Marthalers Vorbehalte gegen seinen Chef zu einer stabilen Abneigung ausgewachsen.

Herrmann sah ihn verständnislos an. «Was heißt das: Wir müssen hier raus?»

«Das heißt, was es heißt. Dass wir unsere Büros hier verlassen werden. Dass wir hier nicht arbeiten können. Dass Sie sich Gedanken machen müssen.»

Herrmanns Blick blieb leer. Dann nickte er.

«Verstehe», sagte er, «verstehe.» Er verließ den Raum und schloss leise die Tür hinter sich.

Marthaler wandte sich an Elvira: «Also, sag uns, was passiert ist.»

«Das 8. Polizeirevier hat angerufen. Heute Morgen ist ein Mann zu ihnen gekommen und hat einen Leichenfund in der Nähe eines einzeln stehenden Hauses in Oberrad gemeldet. Sie haben einen Streifenwagen losgeschickt, um die Sache zu überprüfen. Die Angaben des Mannes haben sich bestätigt. An der angegebenen Stelle wurde der leblose Körper einer Frau gefunden. Das ist es, was die Kollegen mir gesagt haben. Und dass wohl alles dafür spricht, dass es sich um ein Tötungsdelikt handelt.»

«Was spricht dafür?», fragte Marthaler.

Elvira schüttelte den Kopf. «Mehr weiß ich nicht. Ich habe die Spurensicherung bereits benachrichtigt. Walter Schilling hat versprochen, sofort loszufahren.»

«Gut. Wer ist frei? Wer hat Zeit, sich die Sache mit mir anzusehen?» Marthaler schaute in die Runde. Er wusste nur zu gut, dass es unter seinen Kollegen von der ersten Mordkommission niemanden gab, der auf einen weiteren Fall erpicht war. Liebmann und Döring mühten sich seit drei Tagen, die Identität einer männlichen Wasserleiche zu klären, die man aus dem Main geborgen hatte. Kerstin Henschel bereitete sich auf ihre Zeugenaussage bei einem Prozess wegen Totschlags vor. Und Manfred Petersen untersuchte einen Unfall auf der Autobahn, bei dem es eine Woche zuvor drei Tote, aber keine Zeugen gegeben hatte. Keiner von ihnen hatte auf zusätzliche Arbeit gewartet.

«Tut mir Leid, Sven», sagte Marthaler, «dann muss ich

dich bitten, mit mir zu kommen. So lange, bis wir wissen, was es mit der Sache in Oberrad auf sich hat, soll Kai alleine weitermachen.»

Sven Liebmann nickte. Alle wussten, dass Marthaler gerne mit dem schlaksigen Polizisten zusammenarbeitete. Er mochte die besonnene Art des jungen Kollegen, der wenig sprach und auch in turbulenten Situationen die Übersicht behielt. Liebmann hatte oft bewiesen, dass er sich von Marthalers aufbrausendem Temperament nicht beeindrucken ließ.

«Gut. Dann machen wir uns an die Arbeit. Ich schlage vor, wir treffen uns nach dem Mittagessen wieder.»

Elvira wartete, bis alle außer Marthaler den Raum verlassen hatten. «Robert, du denkst daran, dass Tereza heute zurückkommt. Du wolltest sie vom Flughafen abholen. Ich sollte dich daran erinnern.»

Marthaler sah seine Sekretärin an. Dann lächelte er.

«Ja», sagte er. «Daran denke ich ganz bestimmt.»

DREI

Schweigend fuhren sie durch die Stadt. Während Sven Liebmann den grauen Daimler lenkte, saß Marthaler auf dem Beifahrersitz, schaute aus dem Fenster und versuchte, nicht daran zu denken, was sie am Tatort erwartete. Aber wie immer, wenn sie an den Schauplatz eines Verbrechens gerufen wurden, konnte er seine Unruhe kaum unterdrücken.

Die Stadt war grau. Die Kälte der letzten Tage kündigte bereits den Winter an. Die Bewegungen der Fußgänger wirkten wie eingefroren, und die Kinder in ihren dicken Mänteln sahen aus wie steife Teddybären. Marthaler sehnte sich in den Süden. Sein letzter längerer Urlaub war fast anderthalb Jahre her. Damals hatte er sich kurz nach Ostern mit Tereza in dem kleinen Ort Tina Mayor an der spanischen Atlantikküste getroffen. Zwei Wochen lang hatten sie in dem winzigen Häuschen des ehemaligen Strandwärters gewohnt. Obwohl es kalt gewesen war und oft geregnet hatte, erinnerte sich Marthaler noch immer gerne an diese Tage. Die Stimmung zwischen ihnen war entspannt gewesen. Morgens hatten sie lange im Bett gelegen, waren anschließend in die kleine Bar im Dorf gegangen, um zu frühstücken, und abends hatten sie gemeinsam gekocht und hinterher mit einer Flasche Rotwein am Kamin gesessen. Zweimal noch hatte ihn Tereza danach in Frankfurt für ein verlängertes Wochenende besucht. Beide Male hatte Marthaler gespürt, dass der große Abstand ihnen nicht gut tat. Die Tage, die sie miteinander verbringen konnten, waren zu kurz, als dass sie ihre Befangenheit hätten überwinden können.

Drei Jahre war es her, dass sie sich im Lesecafé kennen

gelernt hatten. Tereza war gerade aus Prag nach Frankfurt gekommen. Sie hatte kurz bei ihm gewohnt, war dann aber nach Madrid gegangen, wo sie deutschen Kunstreisenden die Stadt zeigen und ihre Studien im Prado fortsetzen wollte. Sie hatten kaum eine Chance gehabt, miteinander vertraut zu werden. Umso mehr freute sich Marthaler, dass Tereza heute zurückkam. Sie hatte eine Stelle als freie Mitarbeiterin im Städelmuseum angenommen, wo sie für die Organisation von Ausstellungen zuständig sein würde. Schon morgen würde sie mit ihrer Arbeit dort beginnen.

Sven Liebmann steuerte den Wagen über die Alte Brücke. Kurz nachdem sie den Main überquert hatten, kamen sie durch Alt-Sachsenhausen, jenes Gaststättenviertel, das im Sommer und an den Wochenenden überschwemmt wurde von Touristengruppen, allesamt auf der Suche nach der berühmten Apfelwein-Folklore. Niemand sagte ihnen, dass die Frankfurter das Viertel längst mieden.

Marthalers Anspannung wuchs. Sie fuhren unter der Eisenbahnbrücke hindurch und bogen nach links in die Offenbacher Landstraße. Kurz bevor sie Oberrad erreichten, begann es zu schneien. «Auch das noch», sagte Sven Liebmann. Marthaler schaute stumm aus dem Fenster.

In der Ortsmitte mussten sie noch einmal anhalten, um nach dem Weg zu fragen. Sie kamen durch eine abschüssige schmale Straße; dann hörte die Bebauung auf, und vor ihnen lagen die Felder einer Großgärtnerei. Schon von weitem sahen sie das einzeln stehende Haus. Es war ein altes Gebäude aus gelbrotem Backstein. Davor stand ein Kleinbus der Spurensicherung. In der Zufahrtsstraße parkte ein leerer Streifenwagen und versperrte ihnen den Weg. Sven Liebmann wollte hupen, aber Marthaler hielt ihn davon ab. «Lass», sagte er. «Wir gehen zu Fuß.»

Das gesamte Grundstück war bereits mit rot-weißem Plastikband gesichert. Neben dem Haus stand ein hölzerner Schuppen, dessen Wände überwuchert waren von Gestrüpp. Dahinter ein überdachter Abstellplatz voller Gerümpel. Außerhalb der Absperrung patrouillierten uniformierte Polizisten. Trotz des schlechten Wetters hatten sich die ersten neugierigen Passanten bereits eingefunden. Marthaler und Liebmann wurden durchgewinkt. Vor der Einfahrt blieben sie stehen und sahen zu, wie auf dem Hof eine große weiße Plane aufgespannt wurde, um den Platz vor dem heftiger werdenden Schneefall und vor den Blicken der Schaulustigen zu schützen. Walter Schilling, der Chef der Spurensicherung, hob abwehrend die Hände, als er die beiden Neuankömmlinge bemerkte. «Bleibt, wo ihr seid», rief er. «Ich bin gleich bei euch.»

Marthaler trat von einem Bein aufs andere. Er spürte, wie der Schneeregen bereits durch den Stoff seiner Hose drang. Er griff in die Innentasche seiner Jacke und zog eine Packung Mentholzigaretten hervor, überlegte es sich aber anders und steckte sie wieder ein.

Zwei Minuten später kam Schilling auf sie zugestapft. «So eine Sauerei», sagte er.

«Was meinst du?», fragte Marthaler.

Schilling sah in den Himmel. «Den Schnee», sagte er, «ausgerechnet jetzt.» Dann machte er eine Kopfbewegung in Richtung des Hauses. «Und das da meine ich natürlich auch.»

«Wann seid ihr fertig?»

Schilling schüttelte den Kopf. Seine Worte kamen stockend. «Keine Ahnung. Das Gebäude ist groß. Anscheinend hat die Frau hier allein gewohnt. Wir müssen alles untersuchen. Und eins ist sicher: Das hier wird keine Routine.»

Marthaler wartete, dass sein Kollege weitersprach, aber Schilling zog den Kopf zwischen die Schultern und schwieg.

«Also, berichte!», forderte Marthaler ihn auf.

Der Chef der Spurensicherung setzte an, etwas zu sagen, brach aber wieder ab. «Nein, bitte, wartet noch zehn Minuten. Unser Kameramann ist bald fertig. Dann könnt ihr in den Hof, um euch das Opfer selbst anzuschauen.»

«Wer ist die Frau? Wie alt? Wie ist sie umgekommen? Wann? Irgendwas musst du doch sagen können. Wie sollen wir anfangen zu arbeiten, wenn wir nichts wissen.»

Schilling sah Marthaler direkt in die Augen, dann begann er zögernd zu sprechen: «Wie es aussieht, wurde sie erdrosselt. Vielleicht mit einem Strick, eher wohl mit einem Gürtel. Wir nehmen an, dass es sich um die Bewohnerin des Hauses handelt. Ihr Name ist Gabriele Hasler. Ich schätze sie auf Ende zwanzig, Anfang dreißig. Wahrscheinlich wurde sie im Innern des Hauses getötet. Es gibt Schleifspuren, die von der Haustür bis in den Hof führen. Ihre Leiche wurde ... ich weiß nicht, wie ich es nennen soll ... sie wurde ausgestellt. Es sieht aus, als habe man sie drapiert.»

Marthaler wollte nachhaken, aber Schilling kam ihm zuvor: «Robert, bitte, zehn Minuten! Dann könnt ihr euch selbst ein Bild machen.»

Marthaler nickte. Er drehte sich um und ging wortlos davon. Er nahm den Weg durch die Felder. Einmal blieb er stehen. Die feuchte Jacke hing schwer an ihm herab. Nicht weit von ihm standen drei große Gewächshäuser. Das mittlere war hell erleuchtet. Marthaler sah, wie sich im Inneren eine schemenhafte Gestalt bewegte. Er steckte sich eine Zigarette an, aber schon nach den ersten Zügen hatte der Schnee die Glut wieder gelöscht. Er dachte an nichts. Er legte den Kopf in den Nacken und starrte in das Gestöber der fallenden Flocken, bis ihm schwindelig wurde. Schillings Worte hatten in seinem Kopf eine große Leere hinterlassen. Er spürte, wie ihm mit der Nässe auch das Elend dieses Morgens in die Knochen kroch. Mit einem Mal erinnerte er sich an jenen Tag in seiner

Kindheit, als sie mit der Grundschule einen winterlichen Ausflug unternommen hatten. Marthaler war sechs oder sieben Jahre alt gewesen. Für einen Moment war er hinter seinen Mitschülern zurückgeblieben, um sich die Schuhe zu binden. Als er wieder aufschaute, waren die anderen verschwunden. Immer wieder hatte er gerufen, aber niemand schien ihn zu hören. Schließlich hatte er sich auf seinen Schlitten gesetzt und geweint.

Als er wieder vor dem Haus ankam, schaute er auf die Uhr. Es war kurz nach elf. Sven Liebmann nickte ihm zu. Der Kameramann der Spurensicherung packte gerade seine Ausrüstung zusammen.

«Soll ich die eingeschaltet lassen?», fragte er und zeigte auf die beiden Scheinwerfer, die auf hohen Stativen den Fundort der Leiche beleuchteten und vor denen der Schnee zu weißem Nebel verdampfte. Marthaler verneinte stumm. Dann ging er um die weiße Plane herum.

Der Anblick des Opfers traf ihn wie ein unerwarteter Schlag. Die Tote lag nicht, sie kniete auf dem Boden. Zuerst sah Marthaler den entblößten, in die Höhe gereckten Hintern der Frau. Instinktiv kniff er für einen Moment die Augen zusammen, sodass er das Opfer nur noch undeutlich erkennen konnte. Die Beine der Toten waren nackt und leicht gespreizt. Sie trug weder Schuhe noch Strümpfe. Den Slip hatte man ihr bis zu den Knöcheln heruntergezogen, den Rock über die Hüften nach oben geschoben. Tatsächlich sah es so aus, als habe man sie auf besonders schamlose Weise ausstellen wollen. Ihr Oberkörper war weit nach vorne gebeugt. Die Arme waren angewinkelt. Ihr Kopf lag auf dem linken Unterarm und war zur Seite gedreht. Marthaler ging um sie herum, um ihr Gesicht sehen zu können. Unwillkürlich zuckte er zurück. Das Antlitz der Toten war zu einer Grimasse verzerrt. Die blutunterlaufenen Augen waren halb geöffnet und die Mundwinkel wie zu einem schmerzhaften Grinsen nach oben gezogen. Zwischen den bläulich verfärbten Lippen konnte man ihre Zungenspitze sehen.

Marthaler wandte sich ab. Er schaute sich Hilfe suchend nach seinem Kollegen um. Als er versuchte zu sprechen, klang es wie ein Krächzen. «Kannst du mir sagen, was hier passiert ist? Was ist das? Mit was für einem Verbrechen haben wir es zu tun? Verstehst du irgendwas von dem, was wir hier sehen?»

Sven Liebmann stand zwei Meter entfernt und sah ihn kopfschüttelnd an. Dann machte er eine vage Handbewegung in Richtung der toten Frau. «Hast du das gesehen?»

«Was?»

«Sie hält etwas in der Hand. Ein Stück Stoff.»

Marthaler ging neben der Toten in die Hocke. Ihre rechte Hand war halb unter dem Oberkörper verborgen. Trotzdem konnte man erkennen, dass sich ihre Finger krampfhaft um einen Fetzen weißes Gewebe klammerten.

«Sieht aus wie ein Stück von einer Gardine», sagte er. «Was auch immer es sein mag, darum müssen sich die Kriminaltechniker kümmern. Ich verstehe nur, dass ich gar nichts verstehe.»

Marthaler schaute den jüngeren Kollegen an. Kurz hatte er den Eindruck, Sven Liebmann würde weinen. Dann sah er, dass das, was er für Tränen gehalten hatte, Schneeflocken waren, die als Schmelzwasser über Liebmanns Gesicht liefen.

«Man möchte sich abwenden und alles sofort vergessen», sagte Marthaler. «Und trotzdem bin ich schon jetzt sicher, dass wir selten einen Fall hatten, bei dem wir gezwungen waren, so genau hinzuschauen. Das hier hat der Mörder regelrecht inszeniert. Wir dürfen nichts übersehen. Hier ist alles von Bedeutung.»

«Ich werde im Präsidium anrufen», sagte Sven Liebmann.

«Wir brauchen mehr Leute. Wir müssen versuchen, Zeugen zu finden, wir müssen die Nachbarn befragen. Wir müssen herausfinden, wer ihre Angehörigen sind. Wir können nicht nur hier herumstehen und die Tote anstarren.»

Marthaler nickte, aber er fühlte sich wie gelähmt. Und er war dagegen, jetzt bereits mit der gewohnten Ermittlungsroutine zu beginnen. Er hatte das Gefühl, dass sie damit lediglich ihre Ratlosigkeit verbergen würden.

Plötzlich kam von der Straße her Lärm. Sie hörten laute Stimmen. Jemand schrie. Es wurde gestritten. Marthaler ging bis zur Absperrung. Zwei uniformierte Polizisten hielten einen Mann fest, der mit Gewalt versuchte, sich loszureißen. Marthaler wandte sich an den Fremden: «Was ist hier los? Wer sind Sie? Was wollen Sie?»

Noch während er die Fragen stellte, kam er sich lächerlich vor. Der Mann tobte weiter. Marthaler wurde laut: «Wenn Sie sich nicht sofort beruhigen, werde ich Sie verhaften lassen!»

Erstaunt sah ihn der Mann an. Seine Widerstandskraft ließ augenblicklich nach. «Ich will zu meiner Verlobten. Sie wohnt hier.»

«Wer sind Sie? Wie heißt Ihre Verlobte? Zeigen Sie mir Ihren Personalausweis!»

Der Mann nestelte in seiner Jackentasche und zog eine Brieftasche hervor. Dann reichte er Marthaler sein Ausweiskärtchen. Marthaler warf einen kurzen Blick darauf und gab es an einen der Uniformierten weiter.

«Wir werden Ihre Daten in unser System eingeben und Ihre Personalien überprüfen. Wie heißt Ihre Verlobte, Herr Assmann? Wann haben Sie sie zuletzt gesehen? Wo waren Sie in den letzten fünfzehn Stunden?»

«Sie heißt Gabriele Hasler», sagte der Mann. Seine Stimme klang wie die eines Automaten. «Ich komme gerade aus Köln. Dort wohne ich. Vor drei Wochen war ich das letzte Mal hier.

Ich habe mich verspätet. Gabriele wartet auf mich.» Dann verstummte er. Er starrte Marthaler an und fragte schließlich mit leiser Stimme: «Was ist passiert? Sagen Sie mir bitte, was passiert ist.»

Marthaler schaute zu Boden. Er hatte Kopfschmerzen. Er merkte, dass er nicht in der Lage sein würde, den Mann in den Hof zu führen und ihn zu bitten, die Tote zu identifizieren. Er schaute sich Hilfe suchend um, hob die Hand und winkte Sven Liebmann heran.

«Warten Sie», sagte er, «mein Kollege wird sich um Sie kümmern.»

Liebmann, der den letzten Satz mitgehört hatte, sah Marthaler an, dann nickte er. Er legte dem Mann eine Hand auf die Schulter: «Kommen Sie», sagte er.

Marthaler beeilte sich, die beiden zu überholen. Ohne einen weiteren Blick auf das Opfer zu werfen, ging er über den Hof zur Eingangstür des Hauses, wo ihm Walter Schilling begegnete.

«Du kannst jetzt rein», sagte der Chef der Spurensicherung, «aber fass bitte nichts an.»

«Nein», sagte Marthaler, «solange deine Leute hier zu tun haben, bekomme ich kein Gefühl für das Gebäude. Das muss warten. Gibt es einen Raum, wo ihr schon fertig seid? Können wir irgendwo reden?»

«Ja. Lass uns in die Küche gehen. Ich sage Bescheid, dass wir nicht gestört werden wollen.»

«Du siehst nicht gut aus», sagte Marthaler, als sie einander an dem alten Küchentisch gegenübersaßen.

«Dann schau bitte in den Spiegel», erwiderte Schilling.

Marthaler fühlte sich ertappt. «Ich weiß», sagte er, «ich habe gestern lange gearbeitet und heute Nacht schlecht geschlafen.»

«Natürlich, das wird es sein», sagte Schilling und versuchte ein Lächeln. «Hauptsache, wir geben nicht zu, dass es der Anblick der Toten ist, der uns an die Nieren geht, nicht wahr.»

Marthaler vermied es, auf die Kritik seines Kollegen einzugehen. «Was habt ihr bisher herausgefunden? Kannst du mir sagen, was hier geschehen ist?»

Schilling schloss kurz die Augen, als müsse er sich für seinen Bericht sammeln. «Sie heißt Gabriele Hasler, dreißig Jahre alt. Sie ist Zahnärztin und betreibt eine Praxis im Nordend. Ich meine ... sie betrieb eine Praxis. Jedenfalls habe ich das den Unterlagen entnommen, die wir gefunden haben. Hier, die Adresse habe ich dir aufgeschrieben.» Schilling reichte Marthaler einen Zettel, dann sprach er weiter. «Ob es Angehörige gibt, wissen wir noch nicht. Wir haben das Material, das wir für wichtig hielten, in zwei Kartons verpackt, damit ihr die sichten könnt. Hier gibt es Tausende Bücher, Zeitschriftenarchive, Aktenordner. Wenn wir das alles überprüfen sollen, werdet ihr erst in ein paar Tagen hier reinkönnen. Die andere Möglichkeit ist, ihr guckt euch das an Ort und Stelle an und sagt Bescheid, wenn ihr unsere Hilfe braucht.»

Marthaler nickte. «Ja. Das ist wohl die bessere Idee. Wir müssen so schnell wie möglich hier rein, um uns selbst ein Bild machen zu können. Was meinst du, kommt ein Raubmord in Frage?»

Schilling schaute skeptisch drein. Dann schüttelte er entschieden den Kopf. «Nein, das halte ich für ausgeschlossen. Fernseher, Musikanlage, Computer, das alles ist nicht angerührt worden. Auf dem Nachttisch lag eine Brieftasche, in der etwas über zweihundert Euro steckten. Und im Bad haben wir eine Kassette mit Schmuck gefunden. Ein Räuber hätte sich das wohl kaum entgehen lassen.»

«Hat schon ein Gerichtsmediziner die Leiche gesehen?»

«Ja. Dr. Herzlich war hier. Er schätzt, dass ihr Tod gegen

Mitternacht eingetreten ist. Was die Todesursache angeht, wollte er sich noch nicht festlegen. Jedenfalls sei sie stranguliert worden.»

«Stranguliert?»

«Ja … und …»

Zum wiederholten Mal fuhr direkt hinter dem Haus ein Zug vorbei. Der Lärm war so groß, dass sie ihr Gespräch unterbrechen mussten. Die Dielen des Fußbodens vibrierten, und das Geschirr im Küchenschrank klirrte. Marthaler wartete darauf, dass Schilling weitersprach. «Was … und?», fragte er schließlich.

«Und dass man sie gequält hat.»

«Was meinte Herzlich damit?»

«Er meint, dass sie nicht einfach getötet wurde, sondern dass es lange gedauert hat, bis sie gestorben ist. Am besten, du sprichst selbst mit ihm.»

«Das werde ich tun», sagte Marthaler. «Aber ich will von dir wissen, was du von der Sache hältst.»

«Ich denke, dass es einen Kampf gegeben hat. Ich denke, dass sie nicht im Hof getötet wurde, sondern hier im Haus. Es gibt Kampfspuren in mehreren Zimmern. Ich glaube, dass der Täter sie erst ins Freie gebracht hat, nachdem sie bereits tot war. Er hat die Leiche in den Hof geschleift, und dann hat er sie … na ja, er hat sie so hergerichtet, wie sie dann gefunden wurde.»

«Was hältst du davon? Hast du so was schon mal gesehen?»

«Nein, niemals, außer in den Lehrbüchern. Es ist wie von einem anderen Stern.»

Marthaler merkte, dass Schilling noch etwas sagen wollte: «Wie meinst du das: wie von einem anderen Stern?»

«Ich glaube, hier hat nicht einfach jemand töten wollen.» Wieder zögerte Schilling.

«Sondern?»

«Sondern ich glaube, dass hier jemand seinen Spaß hatte.» Schilling sah aus, als sei er nicht sicher, die richtigen Worte gefunden zu haben, als könne er etwas Unpassendes gesagt haben.

Es dauerte lange, bis Marthaler reagierte. Er hatte Mühe, seine Ratlosigkeit zu verbergen. Mit einem sadistisch motivierten Mord hatte er noch nicht zu tun gehabt. Es war nicht so sehr die Brutalität des Verbrechens, die ihn fassungslos machte. Vielmehr war es die unermessliche Fremdheit, die darin zum Ausdruck kam. Wenn es stimmte, was Schilling gerade angedeutet hatte, dann hatten sie es mit einem Fall zu tun, bei dem seine Erfahrungswerte versagten.

«Wie ist der Täter ins Haus gekommen? Gibt es Hinweise, dass er eine Tür oder ein Fenster aufgebrochen hat?»

«Nein, nichts dergleichen. Es sieht zwar aus, als sei die Haustür mal aufgehebelt worden, aber das kommt auch vor, wenn jemand seinen Schlüssel vergessen hat. Außerdem sind die Spuren schon älter. Das gesamte Gebäude ist schlechter gesichert als jede Gartenhütte.»

«Das heißt, dass sie den Täter ins Haus gelassen hat? Dass sie ihn vielleicht sogar kannte.»

Schilling hob die Hände: «Was auch immer es heißt – das müsst ihr herausfinden. Vielleicht hat er auch ein gekipptes Fenster geöffnet, ist eingestiegen und hat es von innen wieder verschlossen.»

«Aber die Rollläden vor den Fenstern sind alle heruntergelassen.»

«Ja, so haben wir es vorgefunden. Aber das muss ja nicht so gewesen sein, als er ins Haus gekommen ist. Das kann auch einfach nur heißen, dass er keine Zuschauer wollte.»

«Ich verstehe», sagte Marthaler. «Habt ihr schon irgendwas, das auf den Täter hinweisen könnte?»

«Wenn du meinst, ob er seine Visitenkarte auf dem Wohnzimmertisch hinterlassen hat – nein. Ich bitte dich, Robert, wir haben Hunderte Spuren eingesammelt. Wir haben Haare und Fingerabdrücke verschiedener Herkunft, benutztes Geschirr, getragene Kleidungsstücke, mehrere Zahnbürsten, Fußabdrücke, die ganze Palette – Sabato wird seine Freude haben. Was davon dem Täter zuzuordnen ist, kann ich dir jetzt noch nicht sagen. Und – wie du selbst weißt – wenn er bislang nicht auffällig geworden ist, dann fehlen uns die Vergleichsproben. Wenn wir ihn nicht in einer unserer Dateien haben, dann werden uns die Spuren erst etwas nützen, wenn ihr ihn gefasst habt.»

Marthaler sah ein, dass es keinen Zweck hatte. «Eins noch», sagte er, «du hast von Kampfspuren gesprochen?»

«Ja. Wie es aussieht, ist die Küche der einzige Raum, wo sich Täter und Opfer nicht gemeinsam aufgehalten haben. Auf dem Flur und in fast allen anderen Zimmern haben wir Hinweise auf eine Auseinandersetzung gefunden. Im Wohnzimmer wurde ein Sessel umgeworfen, und der Teppich ist verrutscht. Außerdem wurde die Gardine heruntergerissen. Im Schlafzimmer sind überall auf dem Boden verstreute Kleidungsstücke zu finden. Auf dem Treppenabsatz zum ersten Stockwerk liegen die Scherben einer zerbrochenen Bodenvase, ein paar Stufen tiefer ein Frauenschuh. Und so weiter. Da dich meine Meinung zu interessieren scheint: Ich denke, der Typ hat mit der Frau Katz und Maus gespielt.»

«Wie kommst du darauf?»

«Als ich das Chaos sah und Dr. Herzlich meinte, der Täter habe die Frau gequält, hatte ich sofort die Vorstellung, dass er sie regelrecht durchs Haus gehetzt haben muss.»

Marthaler schwieg. Wieder brachte ein vorbeifahrender Zug das Haus zum Erzittern. «Ich verstehe nicht, wie man hier leben kann», sagte Schilling.

Marthaler nickte abwesend. Die letzten Worte, die der Chef der Spurensicherung an ihn gerichtet hatte, hatte er schon nicht mehr gehört. Er merkte, wie der Fall ihn von Minute zu Minute mehr in Beschlag nahm. Bereits jetzt hatte er das Gefühl, sich in einer Art Belagerungszustand zu befinden. Kaum etwas drang zu ihm durch, was nichts mit dem Verbrechen zu tun hatte. Alle Gedanken, alle Gefühle waren darauf ausgerichtet herauszufinden, was letzte Nacht in diesem Haus geschehen war. Es war wie immer, wenn sie einen neuen Fall bekamen: Die Privatperson Robert Marthaler hörte auf zu existieren. Übrig blieb ein Ermittler, dessen Wahrnehmung nur noch auf den Täter fixiert war. Es war nicht zuletzt diese Eigenschaft, die Marthalers Erfolg als Kriminalist ausmachte. Bei seinen Kollegen und Vorgesetzten hatte ihm das sowohl Bewunderung als auch Misstrauen eingebracht. Marthaler wusste das. Es war Carlos Sabato gewesen, der ihn im Streit einmal angeschrien hatte: «Du bist nicht fleißig, du bist besessen.» Marthaler hatte diese Bemerkung des Kriminaltechnikers nie vergessen, und fast wäre ihre Freundschaft darüber zerbrochen. Schon oft hatte er sich vorgenommen, einen größeren Abstand zu seiner Arbeit zu wahren. Aber er hatte es einfach nicht in der Hand. Bei jedem neuen Fall war er wieder in seine alten Gewohnheiten verfallen.

Plötzlich fand er sich allein in der Küche. Er hatte nicht gemerkt, dass Walter Schilling gegangen war. Er stand auf und schaute aus dem Fenster. Der Schneefall hatte nachgelassen. Hundert Meter entfernt sah er die drei Gewächshäuser im Feld. Noch immer war das mittlere beleuchtet.

Als hinter ihm ein Telefon läutete, schrak er zusammen. Marthaler überlegte einen Moment, dann zog er sein Taschentuch hervor und nahm den Hörer ab: «Ja?»

Am anderen Ende herrschte kurze Zeit Schweigen. Schließlich meldete sich eine Frauenstimme. «Entschuldigung, ich habe mich wohl verwählt.»

«Vielleicht auch nicht. Mit wem spreche ich?», fragte Marthaler. Er wartete, aber niemand gab ihm Antwort. Es wurde aufgelegt.

Eine halbe Minute später klingelte es erneut.

«Hier spricht Robert Marthaler. Ich befinde mich im Haus von Gabriele Hasler. Mit wem spreche ich, bitte?»

«Zahnarztpraxis Hasler. Mein Name ist Marlene Ohlbaum. Ich wollte die Chefin sprechen. Ob sie mich wohl zurückrufen kann?»

«Hören Sie, ich bin Kriminalpolizist. Ihre Chefin kann Sie nicht zurückrufen. Gabriele Hasler ist tot. Und bleiben Sie bitte, wo Sie sind. Ich bin spätestens in einer halben Stunde bei Ihnen.»

Im Haus arbeiteten noch immer die Leute der Spurensicherung in ihren weißen Anzügen. Als Marthaler den Hof betrat, sah er den Leichenwagen des Zentrums der Rechtsmedizin. Gerade wurde die Heckklappe geschlossen. Sven Liebmann kam auf ihn zu.

«Robert, wo hast du gesteckt?»

«Ich habe mir von Schilling einen ersten Bericht geben lassen. Hat die Befragung des Verlobten etwas ergeben?»

«Er hat die Tote identifiziert, dann hat er noch hier im Hof einen Nervenzusammenbruch erlitten. Inzwischen hat er sich ein wenig erholt. Wir haben ihm ein starkes Beruhigungsmittel gegeben.»

«Hat er ein Alibi?»

«Er sagt, er sei gestern Abend mit einem Freund in der Kölner Südstadt bis zirka 23 Uhr unterwegs gewesen. Ich habe die Kölner Kollegen bereits gebeten, das zu überprüfen. Dann sei er in seine Wohnung gefahren. Um Mitternacht habe er noch versucht, Gabriele Hasler anzurufen, um ihr zum Geburtstag zu gratulieren, sie sei aber nicht zu erreichen gewesen. Ich glaube nicht, dass er etwas mit ihrem Tod zu tun hat. Trotzdem sollten wir ihn erst einmal festhalten. Ich habe ihn ins Präsidium bringen lassen. Er hatte nichts dagegen.»

«Du sagst, heute ist Gabriele Haslers Geburtstag?»

«Ja, seltsam, nicht wahr.»

«Ich weiß nicht. Vielleicht, ja.»

«Wie gehen wir weiter vor? Meinst du nicht, wir sollten jetzt Verstärkung anfordern?», fragte Liebmann.

«Doch, du hast Recht», erwiderte Marthaler. «Leite das in die Wege. Die Nachbarn müssen gefragt werden, ob irgendwer etwas Auffälliges bemerkt hat. Und wenn es Angehörige gibt, müssen wir sie benachrichtigen. Ich fahre jetzt in die Zahnarztpraxis von Gabriele Hasler. Gerade hat ihre Sprechstundenhilfe hier angerufen. Ich will sehen, ob sie etwas weiß, das uns weiterhilft.»

Sven Liebmann schaute Marthaler mit ernster Miene an: «Was hältst du von der Sache?»

«Ich denke, dass wir einen riesengroßen Haufen Scheiße an den Hacken haben.»

Liebmann nickte. «Ja», sagte er, «anders kann man es wohl nicht nennen. Und ich fürchte, dass wir diesen Haufen für einige Zeit nicht loswerden.»

VIER

Aus irgendeinem Grund hatte sich Marthaler eine Frau, die den Namen Marlene Ohlbaum trug, älter vorgestellt. Aber die magere Zahnarzthelferin war höchstens Anfang zwanzig. Ihre Augen waren verschwollen, und ihre Stimme zitterte. Bevor sie die Tür zur Praxis vollständig öffnete, um ihn einzulassen, bat sie Marthaler, seinen Ausweis zu zeigen. Als der Geruch der Räume in seine Nase drang, bekam er ein schlechtes Gewissen. Sofort fuhr er mit der Zunge an der Innenseite seiner Zähne entlang. Es war über ein Jahr her, dass er zuletzt beim Zahnarzt gewesen war. Er beschloss, sich noch am Nachmittag einen Termin geben zu lassen. Als er im Vorbeigehen hinter einer offenen Tür den Behandlungsstuhl sah, schaute er schnell weg.

«Was wird jetzt aus mir?», war Marlene Ohlbaums erste Frage, als sie sich in der Teeküche gegenübersaßen. Marthaler schaute die junge Frau an. Den oberen Teil ihrer blonden Haare hatte sie direkt über der Schädeldecke zu einem Schwänzchen zusammengebunden. Sie sieht aus wie ein Zirkuspferd, dachte er. Ein halb verhungertes Zirkuspferd, das geheult hat.

«Interessiert Sie nicht, was passiert ist?», fragte er.

«Doch», sagte sie, «natürlich. Entschuldigen Sie. Ich habe alle Patienten nach Hause geschickt. Ich wusste nicht, wie ich es erklären soll. Ich habe gesagt, die Ärztin sei krank. Dabei bin ich selbst erkältet.»

«Gabriele Hasler ist tot. Sie wurde ermordet. Bitte erzählen Sie mir alles, was Sie über sie wissen.»

Sofort begann Marlene Ohlbaum wieder zu weinen. Ihr

Haarschwänzchen hüpfte. Marthaler reichte ihr eine Packung Papiertaschentücher. Dann wartete er.

«Ich weiß nichts über sie. Sie war nervös. Ich weiß, dass sie Geldsorgen hatte. Es kamen immer wieder Briefe mit Mahnungen. Das ist alles so furchtbar. Ich hoffe, ich muss sie mir nicht anschauen. Ich habe noch nie einen Toten gesehen.»

«Machen Sie sich darüber keine Sorgen. Ihr Verlobter hat sie bereits identifiziert.»

«Ihr Verlobter? Davon wusste ich nichts … Ich bin …»

Marthaler unterbrach sie. Weil er nicht schreien wollte, sprach er betont leise: «Was wollten Sie sagen? ‹Ich bin …›? Sind Sie auch verlobt? Wollen Sie mir das jetzt erzählen? Ich, ich, ich. Merken Sie nicht, dass Sie die ganze Zeit nur von sich selbst reden? Ihre Chefin ist ermordet worden. Wann haben Sie sie zuletzt gesehen?»

«Ich …» Marlene Ohlbaum schaute ihn unsicher an.

Marthaler nickte ihr aufmunternd zu: «Reden Sie! Sie dürfen ‹ich› sagen, solange Sie meine Fragen beantworten.»

«Ich habe die Praxis nach der Sprechstunde verlassen. Sie hatte noch ein Gespräch mit einem Patienten. Dann bin ich einkaufen gegangen. Am Scheffeleck habe ich sie nochmal gesehen. Sie ist gerade in ein Taxi gestiegen. Ich habe ihr zugewunken. Aber sie hat mich nicht bemerkt.»

Marthaler hob die Hand: «Nicht so schnell. Das alles ist wichtig. Wer war dieser Patient? An welchem Taxistand haben Sie Gabriele Hasler gesehen? Und wann war das? Versuchen Sie, sich so genau wie möglich zu erinnern. Wir müssen den Taxifahrer ermitteln. Und ich muss mit diesem Patienten sprechen.»

Marthaler tastete nach seinem Notizbuch, merkte aber, dass er es vergessen hatte. Aus den Tiefen seines Mantels kramte er ein Stück Papier hervor. Es war die Einladung zu einer Versammlung der Polizeigewerkschaft, die längst ohne ihn stattgefunden hatte. Er drehte das Blatt herum und wartete darauf, sich Notizen machen zu können. Aber die Zahnarzthelferin schaute ihn nur an. Ihr Mund war leicht geöffnet. Ihre Augen wirkten riesig in dem schmalen Gesicht. Die Wimpern begannen zu flattern. Marthaler hatte den Eindruck, dass seine Fragen sie überforderten. Es half nichts, er musste seine Ungeduld zügeln. Er beschloss, der jungen Frau Zeit zu lassen. «Haben Sie verstanden, was ich von Ihnen will?», fragte er schließlich.

Marlene Ohlbaum nickte, machte aber noch immer keine Anstalten zu antworten. Stattdessen bat sie darum, ihre Zigaretten holen zu dürfen. Marthaler schaute ihr nach. Unter dem kurzen weißen Kittel sah er ihre Beine. Sie waren kaum dicker als seine Unterarme. Es kam ihm vor, als drohten sie bei jedem ihrer Schritte zu zerbrechen.

Es dauerte eine weitere halbe Stunde, bis er endlich die nötigen Informationen erhalten hatte. Marlene Ohlbaum hatte die Zahnarztpraxis am gestrigen Nachmittag gegen 16.30 Uhr verlassen. Sie war nach Hause gegangen, hatte sich umgezogen, das saubere Geschirr aus der Spülmaschine geräumt, den Hamster gefüttert und selbst eine Kleinigkeit gegessen. Anschließend hatte sie ihr Apartment noch einmal verlassen, um ein paar Einkäufe zu erledigen. Gegen achtzehn Uhr hatte sie ihre Chefin vor dem Maingau-Krankenhaus in ein Taxi steigen sehen. Die Zahnarzthelferin erinnerte sich, das Glockenläuten einer nahe gelegenen Kirche gehört zu haben.

Marlene Ohlbaum wirkte erschöpft. «Was soll ich denn jetzt machen?», fragte sie wieder. Marthaler war froh, dass sie keine Antwort zu erwarten schien. Er hatte keinen Rat, den er der jungen Frau geben konnte. Er wusste, dass es nicht leicht für sie sein würde, eine neue Stelle zu finden. Er ließ sich den Namen und die Adresse des Patienten geben, mit dem die Zahnärztin zuletzt gesprochen hatte. Dann verabschiedete er sich.

«Danke, dass Sie Geduld mit mir hatten», sagte die junge Frau und streckte ihm ihre schmale Hand entgegen. Ihr Händedruck kam Marthaler erstaunlich fest vor. Er fühlte sich beschämt. Wenn ihn etwas kennzeichnete, dann war es seine Ungeduld mit anderen Menschen.

Er stand bereits im Hausflur, als ihm noch etwas einfiel. «Gibt es hier zufällig ein Foto von Gabriele Hasler?», fragte er. Marlene Ohlbaum überlegte. «Ja», sagte sie. «Im Frühjahr ist in der Zeitung ein Artikel über sie erschienen. Sie hat ihn mir ganz stolz gezeigt und mich gebeten, ihn abzuheften.»

Sie verschwand im Nebenraum. Kurz darauf kam sie wieder und reichte ihm den aufgeklebten Zeitungsausschnitt. Der Artikel gehörte zu einer Serie mit dem Titel «Wege in die Selbständigkeit». Neben dem Text war das Porträt einer lachenden Frau abgebildet. Sie ist sehr hübsch gewesen, dachte Marthaler. Hübsch und selbstbewusst, trotzdem sieht man ihr an, dass sie Sorgen hat. Er versuchte, den Bericht zu lesen, konnte sich aber nicht konzentrieren. Er faltete das Blatt zusammen und steckte es in seine Brieftasche.

Als er das Haus verließ und auf den Kleinen Friedberger Platz trat, schaute er zum ersten Mal seit Stunden wieder auf die Uhr. Es war 14.50 Uhr. Marthaler erstarrte.

Vor einer halben Stunde hätte er am Flughafen sein sollen. Er hatte Tereza fest versprochen, sie abzuholen. Und noch am Morgen hatte er seiner Sekretärin versichert, dass er es ganz gewiss nicht vergessen werde. Hilflos drehte er sich um die eigene Achse. Er wusste nicht, was er tun sollte. Am liebsten hätte er einen der Passanten, die mit ihm an der Fußgängerampel standen, angeschrien. Während er Terezas Nummer in sein Mobiltelefon tippte, suchte er nach einer Ausrede. Und sofort begann er sich zu schämen. Er fühlte sich wie ein Kind, das etwas ausgefressen hatte. Er hatte sich auf Tereza gefreut, wie er sich seit langem auf nichts mehr gefreut hatte. Und nun hatte er sie einfach vergessen. Doch damit nicht genug, jetzt war er auch noch nahe daran, sie zu belügen.

Er ließ es lange klingeln, aber niemand meldete sich. Nach dem dritten Versuch gab er auf. Er überlegte, was Tereza jetzt wohl machen würde. Vielleicht hatte sie sich von einem Taxi in den Großen Hasenpfad fahren lassen und wartete vor seiner Wohnungstür. Aber warum ging sie nicht ans Telefon? Warum hatte sie nicht versucht, ihn anzurufen? Darauf gab es nur eine Antwort: Sie wollte nicht mit ihm sprechen. Sie war böse auf ihn. Und sie wollte nicht, dass er wusste, wo sie war.

Schließlich wählte er Elviras Nummer im Präsidium. «Hat sich Tereza gemeldet?», fragte er.

«Nein. Wieso? Habt ihr euch denn nicht am Flughafen getroffen? Die Maschine muss doch längst gelandet sein.»

«Ja ... Vielleicht ... Ich weiß nicht.»

Elvira schwieg einen Moment. Dann hatte sie verstanden. «Robert, nein. Sag, dass das nicht wahr ist. Du hast sie nicht etwa vergessen, oder?»

Er nickte stumm. Dann ließ er sein Handy in die Manteltasche gleiten. Sein Kopf sank auf die Brust. Er merkte, wie ihn jede Kraft verließ. Es gab nichts, was er tun konnte. Er musste warten, bis Tereza sich von selbst wieder meldete. Wenn sie sich überhaupt wieder melden würde.

Zwanzig Minuten später betrat Marthaler zum zweiten Mal an diesem Tag das neue Präsidium. Ohne aufzuschauen, nickte er dem Pförtner zu, passierte die Schranke, ging zu den Aufzügen und fuhr in den zweiten Stock. Seine Anspannung war so groß, dass sich seine Nackenmuskulatur verkrampft hatte. Ein stechender Schmerz zog von den Schultern in den Hinterkopf und kroch ihm den Nacken hoch.

Als Marthaler die gläserne Tür zum Flur der Mordkommission geöffnet und entdeckt hatte, was geschehen war, bekam er einen Lachanfall. Elvira kniete auf dem Boden, neben ihr standen drei Eimer. In den Händen hielt sie ein Wischtuch, das sie über einem der Eimer auswrang. Der gesamte Gang und alle Räume standen unter Wasser.

Die Tür zu Herrmanns Büro war geöffnet. Der Leiter der Mordkommission stand barfuß und mit aufgekrempelten Hosenbeinen neben seinem Schreibtisch und brüllte ins Telefon. Als er Marthaler sah, winkte er ihn zu sich. Er knallte den Hörer auf und brüllte weiter: «Sehen Sie nicht, was hier los ist. Ich möchte wissen, was es da zu grinsen gibt. Ziehen Sie sich gefälligst Schuhe und Strümpfe aus und fassen Sie mit an.»

Marthaler blieb ruhig: «Nein, Chef», sagte er, «ich werde etwas ganz anderes tun.» Weiter sprach er nicht. Ohne Herrmanns Reaktion abzuwarten, machte er kehrt und stapfte über den nassen Gang, wo seine Sekretärin noch immer versuchte, wenigstens einen Teil der Überschwemmung zu beseitigen.

«Lass das, bitte, Elvira. Das ist nicht unsere Aufgabe. Trommel die anderen zusammen und sag ihnen, dass wir uns um 19 Uhr in meiner Wohnung treffen.»

Er ging in sein Büro und begann, eine Nachricht an Tereza in sein Mobiltelefon zu tippen. Er suchte lange nach der richtigen Formulierung. Immer wieder setzte er neu an. Er wollte alles richtig machen und hatte Angst, durch ein falsches Wort seinen Fehler zu verschlimmern. Jetzt merkte er, dass er nie versucht hatte, sich über ihr Verhältnis klar zu werden. Sie hatten sich kennen gelernt, Tereza war bei ihm ein- und kurz darauf wieder ausgezogen, um nach Madrid zu gehen. Es war schön gewesen, und es hatte keine Notwendigkeit gegeben zu reden. Einmal, als sie morgens nebeneinander aufgewacht waren, hatte er sie gefragt, ob sie sich vorstellen könne, es länger mit ihm auszuhalten. Sie hatte ihren Zeigefinger auf seine Lippen gelegt und ihn lange angesehen. «Lass uns schauen, was das Leben macht», hatte sie gesagt. «Das Leben macht es gut.»

Damals hatte er ihr Recht gegeben. Aber jetzt, da er nach den richtigen Worten suchte und Angst hatte, sie zu verlieren, fand er diese Worte nicht. Er klappte sein Handy zu, ohne eine Nachricht abgeschickt zu haben. Er begriff, dass sie endlich miteinander sprechen mussten. Der Mord an der Zahnärztin würde ihm eigentlich keine Zeit lassen, seine privaten Dinge zu regeln. Trotzdem war er entschlossen, Tereza zu finden.

Er wollte gerade sein Büro verlassen, als Hans-Jürgen Herrmann im Türrahmen erschien. Marthaler machte sich darauf gefasst, dass sein Chef einen neuerlichen Versuch starten würde, ihn als Putzmann einzusetzen. Er hob abwehrend die Hände: «Vergessen Sie es, Chef, die Sache in Oberrad hat Vorrang ...»

«Schon gut, schon gut», erwiderte Herrmann, «wenn Sie mich doch einmal ausreden lassen würden. Ich wollte Ihnen nur mitteilen, dass Sie heute noch Ihr Büro räumen können.»

Marthaler schaute ihn verdutzt an. Plötzlich lachte Herrmann: «Nein, nicht, was Sie denken ... Ihre Abteilung zieht um. Ich habe mit einem Freund im Liegenschaftsamt gesprochen. Es gibt ein altes Bürgerhaus in der Günthersburgallee, in dem zwei geräumige Wohnungen leer stehen. Ich habe noch für heute Abend einen Möbelwagen bestellt. Und drei unserer Techniker werden eine Nachtschicht einlegen, um die Computer und Telefone zu installieren. Sie können schon morgen Vormittag mit Ihren Leuten dort einziehen. Sie werden sich für einige Zeit auf ein Provisorium einstellen müssen. Aber Hauptsache, es ist ein trockenes Provisorium.»

Es gelang Marthaler nicht, seine Verwunderung zu verbergen. Sowenig er von Hans-Jürgen Herrmanns Qualitäten als Kriminalpolizist hielt, so sehr erstaunte ihn nun dessen

Organisationstalent. Fast fühlte er sich ein wenig beschämt. Er begriff, dass sein Vorgesetzter Fähigkeiten hatte, die ihm selbst fehlten und die in dieser Situation hilfreicher waren als die Fertigkeiten eines guten Ermittlers. Trotzdem ärgerte er sich noch im selben Moment über den Chef: Die selbstgefällige Geste, mit der dieser seine Brille zurechtrückte, das generöse Lächeln, das jetzt um seine Lippen spielte, zeigten deutlich, wie sehr er seinen Triumph genoss. Nein, dachte Marthaler, ich werde dir jetzt nicht den Gefallen tun, mich zu bedanken.

«Und was wird mit Ihnen?», fragte er stattdessen.

Herrmann schaute ihn an, als habe er es mit einem Idioten zu tun: «Ich werde selbstverständlich hier bleiben», sagte er. «Mein direkter Draht zum Polizeipräsidenten darf nicht unterbrochen werden. Meine Präsenz hier ist unabdingbar und steht ganz außer Frage.»

Marthaler nickte. Und obwohl ihm Herrmanns geschraubtes Gerede zuwider war, war er über die Antwort froh.

«Sie werden mir täglich Bericht erstatten. Ich erwarte jeden Morgen um neun Uhr Ihren Anruf. Sie sind für den reibungslosen Ablauf verantwortlich. Und Sie werden zur Rechenschaft gezogen, wenn etwas schief geht.»

Marthaler gähnte. Wie immer, wenn jemand redete, nur um zu reden, reagierte er mit Müdigkeit.

«Außerdem», fuhr Herrmann fort, «wird es uns beiden gut tun, wenn wir uns nicht mehr jeden Tag sehen müssen. Oder was denken Sie?»

«Doch, Chef», sagte Marthaler, «etwas Ähnliches habe ich auch gerade gedacht.» Er wandte sich ab und ging in Richtung der Fahrstühle.

«Ach, Marthaler», rief Herrmann ihm nach. «Wie heißt das Zauberwort?»

Marthaler stellte sich dumm: «Das Zauberwort?»

«Das Zauberwort heißt: danke. Wie wär's, wenn Sie einfach mal danke sagen würden?»

Marthaler lächelte. Als sich die Fahrstuhltür hinter ihm schloss, merkte er, wie der Krampf in seinen Schultern langsam nachließ.

FÜNF Sein Fahrrad hatte er im Präsidium stehen lassen. An der Haltestelle Schweizer Platz stieg Marthaler aus der U-Bahn und nahm die steile Rolltreppe, um ins Freie zu gelangen. Er lief bis zur Mörfelder Landstraße und betrat den italienischen Imbiss, in dem er seit vielen Jahren Kunde war. Wie immer, wenn er den Kopf in den Nacken legte, um die Speisekarte auf der großen Anzeigetafel zu studieren, hatte er bereits nach kürzester Zeit das Gefühl, dass er die Geduld des Personals überstrapazierte. «Lassen Sie sich ruhig Zeit, Dottore», sagte der Pizzabäcker, aber Marthaler meinte zu sehen, dass er seinem Kollegen zuzwinkerte. Weil ihm die Entscheidung schwer fiel, bestellte er schließlich sechsmal die Pizza «Vier Jahreszeiten». Dann fiel ihm ein, dass Manfred Petersen Vegetarier war, und er musste seine Bestellung korrigieren. Und wieder hatte er den Eindruck, dass man ihn mit demonstrativer Nachsicht behandelte.

«Warum müsst ihr Italiener eigentlich unentwegt aller Welt zeigen, wie gewitzt, wie flink ihr seid? Warum fühlt man sich in eurer Gegenwart eigentlich immer wie ein ungelenker, behäbiger Trottel?»

Marthaler bereute seine schlecht gelaunte Frage sofort und war froh, dass man ihn offensichtlich nicht verstanden hatte. Und als der Inhaber wissen wollte, ob er Besuch erwarte, nickte er nur, zahlte und ging. Er hatte keine Lust auf Kumpanei. Er wollte mit sich und seinen Gedanken allein sein.

Zehn Minuten später betrat er den Hausflur. Er öffnete den Briefkasten und hoffte, dass Tereza ihm vielleicht eine Nachricht eingeworfen habe. Aber alles, was er fand, war ein kostenloses Anzeigenblatt und eine Urlaubskarte, die ihm seine Eltern aus dem Schwarzwald geschrieben hatten. Sie kündigten an, auf der Rückfahrt einen kleinen Abstecher nach Frankfurt zu machen, um ihn auf eine Tasse Kaffee zu besuchen. Marthaler bekam sofort ein schlechtes Gewissen. Er ahnte bereits, dass er ihnen einen Korb würde geben müssen. Er stieg die Treppen hinauf und schloss die Wohnungstür auf. Er betrat den Flur, ohne das Deckenlicht einzuschalten. Er schaute nach, ob das grüne Lämpchen des Anrufbeantworters blinkte, aber niemand hatte versucht, ihn zu erreichen. Er stellte die Pizzaschachteln auf dem Esstisch in der Küche ab, dann ging er ins dämmrige Wohnzimmer, stellte sich ans Fenster und schaute hinaus. Die Frau in der Wohnung gegenüber war zu Hause. Er sah, wie sie sich hinter der Milchglasscheibe des Badezimmers bewegte. Er konnte sie nur schemenhaft erkennen, aber er glaubte, dass sie nackt war. Marthaler schaute ihr zu, ohne darüber nachzudenken, was er da tat. Als sie das Nachbarzimmer betrat, hatte sie einen Bademantel übergezogen und ein Handtuch um ihr Haar geschlungen. Sie machte ein paar eilige Schritte, hob das Telefon an ihr Ohr und bewegte die Lippen. Marthaler sah, dass sie lachte. Sie freute sich über den Anruf. Sie drehte sich zum Fenster und schaute in Marthalers Richtung. Obwohl er sicher war, dass sie ihn nicht sehen konnte, trat er instinktiv einen Schritt zurück. Ihre Miene hatte sich jetzt verdüstert. Sie nickte. Sie wirkte enttäuscht. Sie legte das Telefon zur Seite, dann ging sie zum Fenster und schloss die Gardinen.

Marthaler zog seinen Mantel aus und hängte ihn an die Garderobe. Dann ging er zur Musikanlage und legte die CD mit Schuberts Arpeggione-Sonate ein. Es war die alte Aufnahme mit Rostropowitsch und Benjamin Britten. Den Lautstärkeregler drehte er so weit nach links, dass die Musik gerade noch zu hören war. Er gab sich Mühe, nicht an Tereza zu denken, die das Stück immer besonders gemocht hatte. Er versuchte, an gar nichts zu denken, setzte sich in den Sessel und wartete auf seine Kollegen.

Eine halbe Stunde später hatten sie sich in Marthalers Wohnung versammelt. Als Letzter kam Walter Schilling. Er entschuldigte sich für seine Verspätung. Während die anderen an ihren aufgewärmten Pizzen kauten und über den bevorstehenden Umzug der Abteilung debattierten, klappte der Chef der Spurensicherung seine Aktentasche auf und zog ein dickes Kuvert hervor.

«Hier», sagte er und reichte Marthaler einen Stapel Fotos. «Die Kollegin aus der Dokumentation hat uns eine erste Auswahl von Tatort-Aufnahmen ausgedruckt. Ich will euch nicht den Appetit verderben, aber ich denke, alle sollten die Bilder kennen, bevor wir anfangen zu reden.»

Marthaler nickte. Er nahm die Fotos und gab sie, ohne einen Blick darauf zu werfen, an Manfred Petersen weiter. Dann ging er in die Küche, um Wein und Gläser zu holen. Als er zurückkam, lag ein Teil der Aufnahmen ausgebreitet auf dem Tisch. Es herrschte bedrücktes Schweigen. Selbst Kai Döring, der wegen seiner vorlauten Sprüche bei allen gleichermaßen beliebt und gefürchtet war, schaute stumm vor sich hin. Aus seinem Gesicht war jede Farbe gewichen, was seine Sommersprossen umso deutlicher hervortreten ließ. Kerstin Henschel griff nach einem Foto, auf dem das entstellte Gesicht der toten Gabriele Hasler zu sehen war. Sie schüttelte den Kopf, legte das Bild fast im selben Augenblick wieder zurück und ließ ihre Hand sinken.

Manfred Petersen war aufgestanden und hatte sich von den anderen abgewandt. Er strich sich übers Gesicht, als könne er so das eben Gesehene beiseite wischen. «Entschuldigt», sagte er, «aber auf einen solchen Anblick war ich einfach nicht gefasst.»

Petersen war erst seit kurzem Mitglied der Mordkommission. Er war Schutzpolizist gewesen, hatte aber die Abteilung für Tötungsdelikte vor mehr als drei Jahren bei den Ermittlungen in einem schwierigen Fall unterstützt. Damals hatte ihn Marthaler schätzen gelernt. Und ihn schließlich überzeugen können, sich nachträglich für den gehobenen Dienst ausbilden zu lassen. Petersen hatte in fast allen Fächern mit Bestnoten abgeschlossen, aber sein Vorgesetzter wusste, dass ihm das in diesem Augenblick nicht half. Es gab Erfahrungen, auf die einen keine Ausbildung vorbereiten konnte.

Marthaler atmete hörbar aus. «Es gibt keinen Grund, sich zu schämen», sagte er, «keinem von uns geht es anders. Auf so etwas kann man nicht gefasst sein. Nicht einmal in unserem Beruf.»

Es war Kerstin Henschel, die die anschließende Stille unterbrach: «Vielleicht wäre es das Beste, ihr würdet erst einmal erzählen, was ihr bislang wisst. Und bitte, versucht euch auf die Fakten zu beschränken, versucht auf Schlussfolgerungen vorerst zu verzichten.»

Walter Schilling schaute in die Runde. «Wenn ihr einverstanden seid, fange ich an.» Nacheinander erstatteten er, dann Robert Marthaler und schließlich Sven Liebmann Bericht. Die anderen hörten zu, machten sich Notizen und stellten gelegentlich eine Zwischenfrage. Um 21.30 Uhr schaute Marthaler auf die Uhr. Es hatte lange gedauert, bis alle auf dem gleichen Informationsstand waren. Trotzdem hatte er das Gefühl, dass sie noch gar nichts wussten. Dass sie seit dem Vormittag keinen Schritt weitergekommen waren.

«Es ist wie verhext. Alle wussten, wer Gabriele Hasler war; aber keiner kannte sie», sagte Liebmann.

«Was meinst du damit?», fragte Petersen.

«Egal, wo ich heute Nachmittag das Foto herumgezeigt habe, in der Kneipe, im Supermarkt, in der Nachbarschaft –

alle wussten, dass es sich um die Zahnärztin aus dem Haus am Bahndamm handelt. Aber niemand konnte mir irgendetwas über sie erzählen. ‹Ja, die hat hier eingekauft. Ja, die hat hier mal eine Bratwurst gegessen. Ja, die hab ich öfter an der Haltestelle gesehen.› Das war alles, was ich zu hören bekam. Es scheint in ganz Oberrad keinen zu geben, der mehr mit ihr zu tun hatte.»

«Was erwartest du?», sagte Marthaler. «Wir haben gerade erst mit unseren Ermittlungen begonnen. Morgen werden wir unsere Befragungen fortsetzen. Wir werden den Taxifahrer ausfindig machen, in dessen Wagen sie gestern Abend gestiegen ist. Wir werden zum ersten Mal wirklich mit dem Verlobten sprechen können. Wir werden das Material sichten, das Walter Schilling und seine Leute sichergestellt haben. Wir werden feststellen, ob es Verwandte und Freunde gibt. Wir werden irgendwann ein Obduktionsergebnis bekommen. Wir stehen erst ganz am Anfang. Macht euch das bitte klar.»

Marthaler versuchte, seine Leute zu ermutigen. Er wollte nicht, dass schon jetzt der Eindruck entstand, ihre Arbeit könne vergeblich sein. Doch trotz seiner Worte ahnte er, dass etwas von dem, was Sven Liebmann gerade geäußert hatte, richtig war. Es traf sich mit dem, was er selbst bereits am Mittag gedacht hatte, dass sie es mit einem außergewöhnlichen Fall zu tun hatten, mit einem Fall, der ihnen anderes abverlangte als die gewohnten Methoden aus dem Lehrbuch.

Kai Dörings Vorschlag, eine kurze Pause zu machen, wurde mit beifälligem Gemurmel aufgenommen. Marthaler öffnete die Balkontür und ließ die kalte Abendluft herein. Obwohl er sich bereits ein wenig benommen fühlte, ging er in die Küche, um zwei weitere Flaschen Wein zu holen. Plötzlich stand Kerstin Henschel hinter ihm und hielt die zerknüllten Pizzaschachteln hoch. «Wohin damit?»

Mit dem Kopf zeigte er auf den Abfalleimer.

«Der ist voll», sagte sie.

«Dann schau bitte im Schrank unter der Spüle nach, dort gibt es eine Rolle Müllsäcke.»

«Wie wär's mit einer Kanne Kaffee?»

Marthaler drehte sich zu ihr um und schaute sie an. «Was willst du?»

«Wie meinst du das?», fragte sie.

«Du lungerst hier rum, suchst den Mülleimer, fragst nach Kaffee, aber du willst etwas anderes! Also: Was ist los?»

Sie lachte. «Genau das wollte ich dich fragen: Was ist los mit dir?»

Marthaler hob die Augenbrauen. Er wollte der Frage seiner Kollegin nicht mit einer erneuten Gegenfrage ausweichen. Er schwieg einen Moment. «Das heißt ja wohl, dass man es mir schon wieder ansieht», sagte er schließlich.

«Allerdings! Du wirkst ziemlich mitgenommen.»

Er nickte.

«Ist es … das Herz?»

Er stutzte. Dann nickte er erneut. Und diesmal musste er lächeln. «Ja, das Herz.»

«Tereza?», fragte sie.

«Hör zu, Kerstin, ich kann nicht darüber sprechen. Schon gar nicht jetzt.»

«Aber du solltest es lernen», sagte Kerstin Henschel. «Es wird höchste Zeit, dass du es lernst. Versteh mich nicht falsch: Ich meine nicht, dass ich es sein sollte, mit der du redest. Aber irgendwen sollte es geben, mit dem du über … dein Herz reden kannst.»

«Du scheinst aus Erfahrung zu sprechen. Vielleicht sollten wir mal ein Bier zusammen trinken … Wenn das hier vorbei ist.»

In diesem Moment streckte Manfred Petersen den Kopf zur Küchentür herein. «Stör ich?», fragte er.

Kerstin Henschel fuhr herum. «Allerdings», sagte sie, «du störst.»

Petersen wurde blass. Ohne ein weiteres Wort zu sagen, zog er sich wieder zurück. Marthaler sah sie erstaunt an. Eine solche Schärfe im Tonfall hatte er bei ihr noch nie erlebt. «Mir scheint, wir sollten mit unserem Bier nicht zu lange warten», sagte er.

«Ja», sagte Kerstin, «das wäre nett.»

Und jetzt erst begriff Marthaler, dass sie genauso das Gespräch mit ihm suchte, dass sie auch seine Hilfe brauchte. Und dass sie sich nicht getraut hatte, ihn darum zu bitten.

«Kerstin?»

«Was?»

«Ich bin froh, dass wir dich bei diesen Ermittlungen dabeihaben. Ich glaube, es gab noch nie einen Fall, bei dem wir so dringend auf die Mitarbeit einer Frau angewiesen waren. Und ich bin froh, dass du diese Frau bist.»

Kerstin lächelte. «Danke», sagte sie. «Ich glaube, ich verstehe, was du meinst.»

«Und das mit dem Kaffee war eine gute Idee.»

Marthaler ging hinaus zu den anderen, die ihre Jacken angezogen hatten und auf dem dunklen Balkon standen.

«Hat jemand eine Zigarette für mich?», fragte er.

Sven Liebmann hielt ihm die offene Schachtel hin. Als er ihm auch Feuer geben wollte, schüttelte Marthaler den Kopf. «Danke», sagte er, «ich will nur das Gefühl haben zu rauchen. Kommt, lasst uns reingehen, wir sollten weitermachen.»

Als sie wieder um den Tisch saßen, wusste Marthaler, dass man von ihm erwartete, dass er das Wort ergriff. Stattdessen schaute er schweigend in die Runde. Ich schwimme, dachte er. Ich weiß nicht, was ich von der Sache halten soll. Ich habe keine Ahnung, welche Fragen wir uns stellen müssen.

Kai Döring war der Erste, der seine Ungeduld nicht länger beherrschen konnte: «Komm schon, Robert, leg los!»

Doch Marthaler schüttelte den Kopf. «Nein», sagte er. «Es wäre mir lieb, wenn ausnahmsweise einer von euch den Anfang macht. Bitte, Kai, wie wäre es mit dir?»

«Gut», sagte Döring, «dann eben ich. Also: Wir sind uns einig, dass wir es mit einem ungewöhnlich brutalen Mord zu tun haben. Trotzdem bin ich dagegen, dass hier jetzt alle so tun, als würde es sich um eine Art Gespensterfall handeln. Eine junge Frau wird überfallen und ermordet. Sie hatte, wie es aussieht, hohe Schulden. Bei ihr war also kaum etwas zu holen. Und das wenige, das zu holen gewesen wäre, lässt der Täter liegen. Er hatte es also nicht auf Geld abgesehen. Was auch immer sein Motiv war, er macht sich nicht einmal die Mühe, es wie einen Raubmord aussehen zu lassen. Er unternimmt nicht den geringsten Versuch, seine Tat zu vertuschen. Es ist ihm egal, was wir von ihm denken. Er wollte die Frau töten, und das hat er getan. Eine Affekttat war es sicher nicht, kein Streit, der eskaliert ist. Ich denke, das können wir ausschließen. Aber vielleicht war es ein verflossener Liebhaber. Vielleicht war es auch jemand, bei dem sie Schulden hatte, die sie nicht zurückzahlen konnte. Vielleicht war es eine eifersüchtige Frau, die einen Killer beauftragt hat. Oder es war einfach jemand, dem Gabriele Hasler im Behandlungszimmer auf den Nerv gebohrt hat. Ich meine, eine Zahnärztin hat so viele Todfeinde, wie sie Patienten hat.»

«Kai, bitte», sagte Marthaler.

Döring hob die Hände. «Schon gut», sagte er. «Aber du hast doch selbst bereits gesagt, was wir tun müssen. Wir müssen ihren Bekanntenkreis aufrollen. Und ich bin überzeugt, dass wir den Täter, wie in den allermeisten Fällen, in ihrem Umfeld finden werden. Wir können doch nicht so tun, als sei das hier der erste Mord, den wir aufzuklären haben.»

nicht reden. Immerhin verrät sie unseren Lesern nach einigem Zögern, dass sie sich vor kurzem verlobt hat.»

Obwohl es sich um einen der üblichen harmlosen Berichte im Lokalteil handelte, kam dem Hauptkommissar dieser Absatz bedeutsam vor. Er las ihn ein weiteres Mal, und wieder hatte er den Eindruck, dass er ihm etwas über die Frau verriet. Dann faltete er den Artikel zusammen und steckte ihn zurück in seine Brieftasche.

Er knipste das Küchenlicht aus und stieg hinauf in den ersten Stock. Hinter der Tür, die er öffnete, befand sich ein großes Schlafzimmer. Er zögerte einen Moment, bevor er den Raum betrat. Selbst wenn es sich um das Opfer eines Mordes handelte, hatte er Scheu, in die Privatsphäre einer fremden Person einzudringen. Er schaute sich um. Wieder hatte er den Eindruck, dass die Einrichtung mindestens dreißig Jahre alt war. Den meisten Platz nahm ein französisches Doppelbett ein, dessen Rahmen mit dunkelbraunem Kord bezogen war. Die Kollegen der Spurensicherung hatten die Bettwäsche abgezogen, um sie im Labor zu untersuchen. An der Wand hing ein dreiteiliger Spiegel, dessen Außenflügel beweglich waren. Davor stand ein schmaler, länglicher Schminktisch und ein einfacher Küchenstuhl, darunter eine Personenwaage.

Marthaler trat neben das Bett und öffnete die Schublade des Nachtschränkchens. Einige Medikamentenschachteln befanden sich darin, eine Ersatzbirne für die Leselampe, ein paar Schreibstifte, ein Schlüsselbund, ein Maßband, ein Mäppchen mit Nähzeug, eine Streichholzschachtel, die den Werbeaufdruck einer Hotelpension in Bockenheim trug, und eine angebrochene Packung mit Papiertaschentüchern. Als er die Schublade ein Stück weiter herausziehen wollte, merkte er, dass sie klemmte. Er griff hinein und zog ein Päckchen mit Kondomen hervor. Er überlegte, ob der Umstand, dass Gabriele Hasler diese Schachtel ganz hinten in ihrer Schublade

Dörings Gesicht war gerötet. Er lehnte sich zurück und schaute einem nach dem anderen in die Augen, als suche er Unterstützung für seine Sichtweise. Trotz der Bestimmtheit, mit der er seine Argumente vorgebracht hatte, war ihm seine Unsicherheit anzumerken. Anfangs gab niemand einen Kommentar ab. Endlich schüttelte Kerstin Henschel den Kopf.

«Was ist, bist du nicht einverstanden?»

«Nein», erwiderte sie ruhig, «was du sagst, trifft die Sache nicht. Ich glaube, das Ganze geht wesentlich weiter, als wir ahnen. Es ist dem Mörder ganz und gar nicht egal, was wir von ihm halten. Die Art und Weise, wie er sein Opfer drapiert hat, kommt mir so ... ich weiß nicht, wie ich es nennen soll ... es kommt mir alles so absichtsvoll vor. Als sei dieser Tatort voller Zeichen.»

Döring verdrehte die Augen. «Kerstin, ich bitte dich! Wir haben es mit einem Mörder, nicht mit einem Voodoo-Priester zu tun. Wir müssen wissen, ob sie ihn freiwillig hereingelassen hat oder ob er gewaltsam in das Haus eingedrungen ist. Und das läuft auf die Frage hinaus: Hat sie ihn gekannt oder nicht?»

Alle Augen richteten sich auf Walter Schilling. Der Chef der Spurensicherung runzelte die Stirn: «Wie gesagt, wir haben keinerlei Einbruchsspuren gefunden. Nur hilft uns das nicht allzu viel. Es muss noch nicht bedeuten, dass sie ihn freiwillig ins Haus gelassen hat. Genauso gut kann er sich einen Nachschlüssel besorgt haben. Oder er ist einfach durch den Keller marschiert und hat auf sie gewartet. Die Kellertür war nämlich unverschlossen, als wir am Tatort ankamen. Und wie es aussieht, gibt es nicht einmal einen Schlüssel dafür. Jedenfalls haben wir keinen gefunden. Dritte Möglichkeit: Er hat ihr vor dem Haus aufgelauert und sie gezwungen, ihn reinzulassen.»

«Also?», sagte Kai Döring.

«Also was?», erwiderte Schilling.

«Also müssen wir uns doch nach den Wahrscheinlichkeiten richten und davon ausgehen, dass Täter und Opfer sich kannten. Bevor wir anfangen, im Nebel zu stochern, sollten wir versuchen herauszubekommen, wer aus ihrer Umgebung ein Motiv gehabt haben könnte, sie zu töten, und wem es zuzutrauen ist, einen so bestialischen Mord zu begehen.»

Sowohl Sven Liebmann als auch Manfred Petersen nickten. Und Marthaler merkte, dass auch er beinahe dazu neigte, Kai Dörings Position zuzustimmen. Wenn Döring Recht hatte, würde das die Ermittlungsarbeit wesentlich vereinfachen. Marthaler wollte gerade vorschlagen, die Sitzung für heute zu beenden, als Kerstin Henschel sich noch einmal zu Wort meldete.

«Es gibt noch eine Variante», sagte sie. «Es könnte sein, dass Gabriele Hasler ihren Mörder wirklich nicht gekannt hat, dass der Täter allerdings sehr genau wusste, wer sie war.»

Die anderen waren längst gegangen, als Marthaler noch immer im Sessel saß und darüber nachdachte, was seine junge Kollegin gesagt hatte. Doch er merkte, dass er zu erschöpft war, um irgendwelche Schlussfolgerungen zu ziehen. Und dass sich in seine Überlegungen ständig die Gedanken an Tereza mischten. Schließlich fielen ihm in immer kürzeren Abständen die Augen zu. Sein Kopf neigte sich zur Seite. Er war eingeschlafen.

Als er kaum eine halbe Stunde später aus unruhigen Träumen erwachte, spürte er, wie sein Herz raste. Sein Mund war trocken, und ein dumpfer Schmerz rumorte in seinem Kopf. Kaum hatte er sich aus seinem Sessel erhoben, wurde ihm schwarz vor Augen. Seine Knie zitterten. Um nicht umzufallen, stützte er sich an der Tischkante ab und atmete mehrmals tief durch. Dann ging er mit unsicheren Schritten ins Badezimmer, öffnete den Spiegelschrank und entnahm einer der zahllosen Medikamentenschachteln zwei Schmerztabletten. Er füllte ein Glas mit Leitungswasser und trank es in einem Zug leer. Nachdem er sich die Zähne geputzt hatte, fühlte er sich besser. In der Küche schaltete er die Herdplatte ein, füllte die Cafetiere und wartete, bis der Espresso durchgelaufen war.

Er hatte gerade den ersten Schluck genommen, als im Nebenzimmer das Telefon läutete. Sein Herz machte einen Sprung. Er stellte die Tasse ab und hatte noch vor dem dritten Klingeln den Hörer in der Hand.

«Tereza», sagte er. «Endlich!»

Als sich am anderen Ende niemand meldete, merkte er, dass er sich getäuscht hatte. Dann war ein Kichern zu hören und kurz darauf die Stimme eines Jungen: «Entschuldigung», sagte der Junge, «ich muss mich wohl verwählt haben.»

«Ja», sagte Marthaler und legte auf.

Er ging zurück in die Küche und trank seinen Kaffee. Er überlegte, was er jetzt tun konnte. Schlafen, so viel war sicher, würde er nicht mehr können. Dann fasste er einen Entschluss. Er nahm das Telefonbuch, wählte die Nummer der Taxizentrale und bestellte einen Wagen. Er wollte bereits die Wohnungstür hinter sich ins Schloss ziehen, als ihm noch etwas einfiel. Er zog seinen Mantel wieder aus, ging zurück zu dem langen Flurschrank, nahm das Holster mit seiner Dienstwaffe und schnallte es sich um. Dann wechselte er die Batterien der kleinen LED-Leuchte, die er meistens bei sich trug, ließ die Lampe in seine Manteltasche gleiten und verließ die Wohnung.

SECHS

Als er vor dem Haus auf dem Bürgersteig stand, atmete er mehrmals tief durch. Die frische Nachtluft tat ihm gut. Langsam ließ sein Kopfschmerz nach. Dann sah er die Scheinwerfer des Taxis, das sich langsam näherte. Offensichtlich hatte der Fahrer Mühe, in der Dunkelheit die Hausnummern zu erkennen. Marthaler machte ein paar Schritte in Richtung einer Laterne, dann trat er auf die Straße und winkte den Wagen heran. Er setzte sich auf die Rückbank und nannte sein Ziel.

Die nächtlichen Straßen waren leer. Nach zehn Minuten hatten sie den Kreisel in der Ortsmitte von Oberrad erreicht.

«Haben Sie schon von dem Mord gehört?», fragte der Fahrer und schaute in den Rückspiegel.

«Ja», antwortete Marthaler. «Sie können hier halten. Ich brauche eine Quittung.»

Er zahlte und stieg aus. Die Luft war kalt und feucht. Am Himmel war kein Stern zu sehen, und den Mond konnte man hinter den dichten Wolken nur ahnen. Er knöpfte seinen Mantel zu und lief los. Niemand begegnete ihm. Nur vereinzelt brannten in den Wohnungen Lichter. Bald hörte die Bebauung auf.

Als er sich dem Haus von Gabriele Hasler näherte, verlangsamte er seinen Schritt. Er überlegte, wie der Täter hierher gekommen war. War er ebenfalls zu Fuß aus dem Ort die Straße hinabgelaufen? Hatte er seinen Wagen benutzt? Die S-Bahn? Oder wie Marthaler ein Taxi? Hatte er schon auf sein Opfer gewartet? Oder war die Zahnärztin bereits zu Hause gewesen, als ihr Mörder gekommen war. Und gab es wirklich niemanden, der ihn gesehen hatte?

Marthaler stutzte. In der Einfahrt zum Hof stand, halb verborgen hinter dem struppigen Gebüsch, ein Auto. Als er näher kam, erkannte er, dass es ein Streifenwagen war. Ihm fiel wieder ein, dass Walter Schilling die Kollegen der Schutzpolizei gebeten hatte, den Tatort bis auf weiteres zu bewachen. Marthaler schaute durch die Windschutzscheibe. Im Fond des Wagens saßen zwei Uniformierte. Beide waren eingeschlafen. Er wurde wütend und war nahe daran, die beiden zu wecken, um sie wegen ihrer Nachlässigkeit zur Rede zu stellen. Dann beschloss er, sie schlafen zu lassen. So würde er wenigstens nicht erklären müssen, was er nachts hier zu suchen hatte.

So leise wie möglich entfernte er sich von dem Streifenwagen. Immer wieder knipste er kurz seine Taschenlampe an, um auf dem unwegsamen Grundstück nicht zu stolpern. Er ging um das Haus herum, bis er die kleine Steintreppe erreicht hatte, die zum Keller hinunterführte. Mit einer Hand auf dem eisernen Geländer ging er vorsichtig die fünf Stufen hinab. Er tastete nach der Klinke und drückte sie langsam herunter. Es war, wie er gehofft hatte: Die Tür war noch immer unverschlossen. Aus dem Raum kam ihm der Geruch von Seifenlauge entgegen. Er leuchtete die Innenwand ab, fand den Lichtschalter und knipste ihn an. Seine Augen brauchten einen Moment, bis sie sich an die helle Deckenlampe gewöhnt hatten. Erst jetzt drückte er die Tür von innen zu.

Er befand sich in der blau gekachelten Waschküche. Über ihm waren Leinen gespannt, an denen die Kleidungsstücke einer Frau hingen. An der Wand standen eine Waschmaschine und ein altertümlicher Trockner, auf dem ein leerer Wäschekorb abgestellt war. Marthaler erinnerte sich, dass seine Mutter oft mit ihm geschimpft hatte, wenn er als kleiner Junge zwischen den Leinen umhergeschlichen war und sein Gesicht in die noch feuchten Blusen und Hemden gesteckt hatte, um den frischen Duft einzuatmen. Und an die Worte seines Vaters, die sie beschwichtigen sollten: «Lass ihn», hatte er gesagt, «das machen alle Kinder gerne. Das hab auch ich gerne getan.»

Marthaler öffnete die schwere Feuertür, die ins Innere des Hauses führte. Erschrocken hielt er inne. Ihm war, als habe er aus einem der oberen Stockwerke ein Geräusch gehört.

Er stand im Dunkeln und traute sich kaum zu atmen. Bewegungslos blieb er am Treppenabsatz stehen und lauschte. Vor Anspannung begann seine Gesichtsmuskulatur zu zucken. Er spürte, wie seine Handflächen feucht wurden und ein Schweißtropfen ihm den Rücken hinunterlief. Er wartete weiter. Doch das Geräusch wiederholte sich nicht. Er hatte sich wohl getäuscht. Mit einem lauten Schnaufen atmete er aus.

Er stieg die steile Treppe hinauf zum Erdgeschoss. Im Flur suchte er einen Lichtschalter. Dann knipste er in allen Räumen auf der Etage die Deckenlampen an.

Als Erstes untersuchte er den Wohnraum. An einer der Längswände stand ein Regal, das bis unter die Decke reichte. Es war voll gestopft mit alten Büchern. Es gab ein Sofa und einen Sessel, neben dem ein kleiner Lesetisch stand, auf dem eine aufgeschlagene Frauenzeitschrift lag. Am anderen Ende des Zimmers ein alter Fernseher und eine Musikanlage, die teuer gewesen sein musste.

Die Kampfspuren, von denen Schilling gesprochen hatte, waren nicht mehr zu sehen. Die Kollegen der Dokumentationsabteilung hatten alles gefilmt und fotografiert, dann hatte man die Gegenstände, die als Beweismittel dienen konnten, zur Untersuchung abtransportiert.

Marthaler schaute sich die CD-Sammlung an. Es gab viele Aufnahmen, die er ebenfalls besaß. Harnoncourts «Matthäus-Passion», Purcells «Dido & Aeneas» unter René Jacobs, und Barbara Bonneys wunderschöne Einspielung mit alten englischen Liedern. Gabriele Hasler hatte einen guten Geschmack gehabt.

Dann trat er an das Bücherregal. Es sah so aus, als habe lange Zeit niemand mehr einen der Bände in die Hand genommen. Sie waren alle mit einer Staubschicht bedeckt. Eine Leserin war sie also nicht gewesen. Wahrscheinlich hatte sie die Sammlung geerbt und das Regal einfach stehen lassen. Auch die Bilder an den Wänden wirkten nicht, als habe eine junge Frau sie aufgehängt. Es waren Ölbilder und Stiche mit Ansichten der Stadt und der umliegenden Landschaften.

Marthaler setzte sich in den Sessel. Er versuchte, sich Gabriele Hasler in diesen Räumen, in diesem Sessel vorzustellen. Es fiel ihm schwer. Er fragte sich, wie eine dreißigjährige Zahnärztin sich hier hatte wohl fühlen können. Sie hat hier gewohnt, dachte er, trotzdem hat man nicht den Eindruck, als sei sie hier auch wirklich zu Hause gewesen. Was hat sie hier getan? Sie hat Fernsehen geschaut, in einer Zeitschrift geblättert und Musik gehört. Hat sie hier auch Besuch bekommen? Hat sie mit ihrem Bräutigam zwischen diesen staubigen Büchern und den alten Bildern gesessen? Hat sie hier mit einer Freundin geplaudert?

Er stand auf und ging in die Küche. Als Erstes öffnete er den Kühlschrank. Er war fast leer. Ein angebrochenes Glas mit Grapefruitmarmelade, ein Glas Senf, Butter, eine Tüte Milch und ein Teller mit etwas Käse, der mit einer Frischhaltefolie abgedeckt war. Auch im Schrank befanden sich nur wenige Vorräte: eine Tüte Spaghetti, Gewürze, eine Dose Birnen. Mit Ausnahme einer modernen Espressomaschine wirkte die Einrichtung der Küche alt und verwohnt. Es war offensichtlich, dass Gabriele Hasler ihre Anschaffungen auf das wenige beschränkt hatte, das ihr wichtig war.

Marthaler kam sich vor, als stochere er im Nebel. Er wusste nicht, wonach er suchte. Er wollte sich ein Bild von Gabriele

Hasler machen. Er hatte das Gefühl, herausbekommen zu müssen, was für eine Frau sie gewesen war, um verstehen zu können, was hier in der vergangenen Nacht geschehen war. Warum war ausgerechnet sie das Opfer eines so außergewöhnlichen Verbrechens geworden? Es musste irgendetwas gegeben haben, das den Täter angelockt hatte, etwas an ihrem Aussehen, ihrem Charakter. Oder ein Ereignis in ihrer Vergangenheit.

Er griff in seinen Mantel, zog seine Brieftasche hervor und nahm den Zeitungsartikel mit dem Foto von Gabriele Hasler heraus, den ihm Marlene Ohlbaum gegeben hatte. Er schaute das Bild lange an. Die Zahnärztin war eine schöne junge Frau gewesen. Das mittelblonde Haar war in der Mitte gescheitelt und fiel ihr bis auf die Schultern. Obwohl er in ihren Zügen noch fast den Ausdruck eines Mädchens zu erkennen glaubte, sah man um die Augen erste Fältchen. Sie lächelte, aber ihr Lächeln war nicht unbeschwert. Ihre Fröhlichkeit ist auf der Hut, dachte Marthaler. Sie mag das Leben, aber sie hat nicht immer gute Erfahrungen gemacht. Ihr Gesicht drückt etwas Uneinheitliches aus. Wie diese Räume, wie dieses Haus.

Er begann, den Text des Zeitungsartikels zu lesen, den er am Mittag in der Praxis nur überflogen hatte. Gabriele Hasler hatte dem Journalisten vom Spaß an ihrem Beruf erzählt, aber auch von den Schwierigkeiten, sich als Zahnärztin selbständig zu machen. Sie berichtete, dass sie gemeinsam mit einer Freundin ihr Studium begonnen habe und dass sie beide sich für einige Zeit eine kleine Wohnung in Bockenheim geteilt hätten. Die folgenden Sätze weckten Marthalers Aufmerksamkeit: «Fast meint man, eine Spur von Wehmut in der Stimme der jungen Medizinerin zu hören, als sie von ihren ersten Studienjahren spricht. Als sei das Glück dieser Zeit für immer vorbei. Über ihr Privatleben mag Gabriele Hasler verborgen hatte, etwas zu bedeuten habe, kam aber zu keinem Ergebnis.

Dann begann er, den Kleiderschrank zu untersuchen. Er schaute sich die Blusen, Röcke und Hosen an. Immer wieder stellte er sich Tereza in diesen Kleidern vor. Er war sich sicher, sie würden ihr gefallen. Anders als auf die Einrichtung ihres Hauses schien die Zahnärztin auf ihre Garderobe großen Wert gelegt zu haben. Auch wenn ihre Kleidung nicht teuer gewesen sein mochte, so war sie doch umso geschmackvoller.

Marthaler wollte die schwere Schiebetür bereits wieder schließen, als er eine Entdeckung machte. Er nahm einen Stapel mit Winterpullovern vom obersten Schrankbrett, stellte sich auf die Zehenspitzen und zog eine große schwarze Plastiktüte hervor. Er öffnete die Tüte, schaute hinein und stutzte. Dann kippte er den gesamten Inhalt auf den Boden. Vor ihm lagen eine Reihe spitzenbesetzter BHs, winzige seidene Slips, schwarze Netzstrümpfe, Strumpfhalter, ein Paar roter langer Gummihandschuhe, aber auch ein kurzer weißer Krankenschwesternkittel mit einem roten Kreuz darauf. Und eine Schürze und ein Häubchen, wie sie die Kellnerinnen in manchen Cafés trugen.

Reizwäsche, dachte Marthaler, so haben wir das früher genannt. Er ahnte, dass es ein neueres Wort dafür geben musste, kannte es aber nicht. Er dachte daran, wie er sich als Heranwachsender heimlich im Versandhauskatalog seiner Eltern die Seiten mit Spitzenunterwäsche angeschaut und vergeblich versucht hatte, sich seine Mutter darin vorzustellen. Als er jetzt den Haufen Textilien betrachtete, der vor ihm auf dem Boden lag, kam ihm der Anblick lächerlich vor. Lächerlich und auch ein wenig traurig.

Er hatte gerade begonnen, die Kleidungsstücke zurück in die Plastiktüte zu stopfen, als er plötzlich zusammenfuhr. Diesmal hatte er sich nicht getäuscht. Da war ein Geräusch gewesen, und es war aus dem Innern des Hauses gekommen. Es hatte geklungen wie das Knarren einer Holzdiele. Er war nicht alleine. Er war ganz sicher: Jemand befand sich in den Räumen des obersten Stockwerks. Irgendwer hatte sich dort bewegt.

Leise ging er zur Schlafzimmertür, knipste die Deckenlampe aus und betrat das Treppenhaus. Er lauschte in die Dunkelheit. Seine rechte Hand suchte das hölzerne Geländer. Langsam stieg er Stufe um Stufe hinauf. Er schätzte, dass er in der Mitte der Treppe angekommen war, als er stehen blieb. Er wartete. Da war er es wieder. Dasselbe Geräusch wie vor wenigen Augenblicken, nur, dass er es jetzt viel deutlicher hörte.

Da war jemand. Ganz in seiner Nähe. Er konnte die Gegenwart dieses anderen Menschen förmlich spüren.

Er hielt den Atem an und tastete nach seiner Dienstwaffe. Bevor er sie zu greifen bekam, hörte er ein Klicken. Ein heller Blitz blendete ihn. Instinktiv riss er den Arm hoch, um seine Augen zu schützen. Im selben Moment bekam er einen heftigen Stoß vor den Brustkorb. Marthaler taumelte, verlor das Gleichgewicht und fiel rückwärts die Treppe hinunter. Ein scharfer Schmerz durchfuhr seinen Rücken. Er lag auf dem Boden und merkte, wie ihm schlecht wurde. Für den Bruchteil einer Sekunde hatte er das Gefühl, das Bewusstsein zu verlieren, während jemand mit lautem Poltern die Treppenstufen heruntersprang und sich an ihm vorbeidrängte. Marthaler streckte die Hand aus und versuchte, seinen Angreifer in der Dunkelheit zu packen, aber er griff ins Leere. Der andere war weg.

Marthaler wollte um Hilfe rufen, doch seine Stimme versagte. Jeder Atemzug verursachte ihm Schmerzen. Schließlich gelang es ihm, seine Pistole aus dem Holster zu ziehen. Er schoss in die Luft. Er schoss wieder und wieder. Bis das Magazin leer war.

Für einen Moment herrschte Stille, dann hörte er von draußen Rufe. Mit einem lauten Krachen wurde die Haustür eingetreten. Jemand schaltete das Flurlicht ein. Es war einer der beiden Polizisten aus dem Streifenwagen. Der Uniformierte stand am Treppenabsatz, hatte seine Waffe im Anschlag und schrie Marthaler an, dass er die Hände hochnehmen solle.

Robert Marthaler schloss die Augen und nickte. Am liebsten hätte er gelacht. Er saß auf dem Boden und hielt beide Hände in die Luft gestreckt. Seine Dienstpistole lag neben ihm.

Endlich erkannte der andere ihn und begann, eine Entschuldigung zu stottern.

«Habt ihr ihn?», fragte Marthaler.

Die Verwirrung des Schutzpolizisten hätte nicht größer sein können. «Wen sollen wir haben?»

Resigniert schüttelte Marthaler den Kopf. «Schon gut», sagte er. «Niemanden.»

«Soll ich einen Arzt rufen? Was ist überhaupt passiert?»

«Nichts», sagte er. «Es ist gar nichts passiert. Bringt mich bitte nach Hause.»

Der Schutzpolizist zögerte. «Aber ... wir haben den Auftrag, das Haus zu bewachen», sagte er schließlich.

Dem Hauptkommissar fehlte die Kraft zu einem Wutanfall.

«Ihr habt den Auftrag, mich nach Hause zu fahren», sagte er leise. Unter Mühen gelang es ihm aufzustehen. Als der andere ihm helfen wollte, wehrte er ihn ab. Marthaler ging zum Streifenwagen, öffnete die Tür und ließ sich auf die Rückbank sinken. Jeder Atemzug, jede Bewegung, jedes Wort bereiteten ihm Schmerzen.

Er nannte dem Fahrer seine Adresse. Die zögerlichen Fragen der beiden Uniformierten beantwortete er mit Schweigen. Als sie zehn Minuten später vor seiner Haustür im Großen Hasenpfad hielten, stieg Marthaler aus.

In der Wohnung angekommen, vermied er es, auf die Uhr zu schauen. Er zog sich unverzüglich aus und legte sich ins Bett. Es dauerte eine Weile, bis er eine Stellung gefunden hatte, in der er liegen konnte. Doch noch größer als seine Schmerzen war seine Erschöpfung.

Und Tereza, dachte er, bevor ihm die Augen zufielen, wo ist Tereza jetzt?

SIEBEN Am nächsten Morgen war die Stadt weiß und der Himmel darüber blau. Marthaler schaute aus dem Fenster. Die Bäume, Straßen und Dächer waren mit Schnee bedeckt, und gleich kam es ihm vor, als blicke er in eine andere Welt. Nichts war in Ordnung, trotzdem fühlte er sich besänftigt. Tereza hatte sich noch immer nicht gemeldet, sein Rücken schmerzte, und er hatte einen der unheimlichsten Fälle seit langem zu lösen. Aber der Anblick der Schulkinder, die sich auf dem Bürgersteig mit Schneebällen bewarfen, stimmte ihn heiter. Seine Gelassenheit hielt selbst dann noch an, als er merkte, dass er verschlafen hatte. Es war ihm egal.

Er stellte sich unter die Dusche und ließ das Wasser lange laufen. Anschließend schaute er in den Spiegel und betupfte die Schürfwunde, die sich von seiner Hüfte bis zur Wirbelsäule erstreckte, mit Desinfektionsmittel. Er wartete, bis sein Haar getrocknet war, dann zog er sich an und verließ das Haus. Die Sonne stand bereits hoch am Himmel. Er hielt inne und schloss für einen Moment die Augen, um die Wärme auf seinem Gesicht zu spüren. Zehn Minuten später hatte er den Schweizer Platz erreicht und betrat kurz darauf das «Lesecafé». Er begrüßte Carola, die hinter dem Tresen stand und ihm wortlos zunickte. Er kam seit vielen Jahren oft mehrmals in der Woche hierher, um zu frühstücken oder nur, um zwischendurch einen Cappuccino zu trinken und die Tageszeitungen zu lesen.

Er bestellte einen doppelten Espresso und einen Orangensaft. Dann setzte er sich auf seinen Stammplatz am hinteren Ende des Cafés, wo sich der Raum noch einmal zu einer Art

Wintergarten öffnete. Er blätterte die Lokalzeitungen durch, um nachzusehen, was sie über den Mord an der Zahnärztin berichteten. Alle brachten die Meldung, die die Pressestelle der Polizei am gestrigen Nachmittag herausgegeben hatte. Darüber hinaus ergingen sie sich in Spekulationen. Doch dabei würde es nicht bleiben. Die Journalisten würden versuchen, Einzelheiten zu erfahren. Und wenn sie die hatten, da war Marthaler sicher, würden sie die Sache noch größer herausbringen und über Tage am Kochen halten. Er und sein Team hatten einen Tag gewonnen, mehr nicht. Spätestens morgen würden sie den Druck der Meute zu spüren bekommen. Er faltete die Zeitungen zusammen und hängte sie zurück an den Haken.

«Hat sie sich gemeldet?», fragte er, als Carola ihm seine Getränke brachte.

Carola schaute ihn nicht an. «Wer soll sich gemeldet haben?»

«Wer wohl? Tereza. Hat Tereza sich bei euch gemeldet?»

Die Kellnerin antwortete nicht.

«Also hat sie …»

Carola wandte sich ab. «Ich muss nach vorne», sagte sie.

Marthaler hielt sie am Handgelenk fest. «Nein, musst du nicht. Du musst mir sagen, wo ich sie finde.»

«Robert, ich habe versprochen, ihre Adresse nicht weiterzugeben. Lass mich bitte los.» Mit großer Kraft entwand sie sich seinem Griff.

«Gib sie mir trotzdem», sagte er.

«Sonst?»

«Gib sie mir! Bitte! Ich habe lediglich vergessen, Tereza vom Flughafen abzuholen. Mehr habe ich nicht verbrochen.»

Carola sah ihm direkt in die Augen. Und nun war er es, der ihrem Blick auswich.

«Einer Frau würde das nicht passieren», sagte sie mit ruhiger Stimme. «Einer Frau könnte auch etwas dazwischenkommen. Aber sie würde wenigstens anrufen und Bescheid sagen. Sie würde es nicht vergessen.»

Dann drehte sie sich um und verließ seinen Tisch. Marthaler schaute ihr nach. Sein Espresso war inzwischen kalt geworden. Er ließ ihn stehen. Er trank den Orangensaft mit zwei großen Schlucken aus, zog seinen Mantel über und ging zum Tresen, um zu zahlen. Carola gab ihm sein Wechselgeld, dann verschwand sie in der Küche. Marthaler wollte sich bereits dem Ausgang zuwenden, als er den kleinen Notizzettel sah. Er lag direkt neben der Kasse. Terezas Name stand darauf und eine Adresse. Er erkannte die Schrift; Tereza hatte den Zettel selbst geschrieben. Er steckte ihn ein und verließ das Café. Auf dem Weg zur U-Bahn fasste er immer wieder in seine Manteltasche, um das Papier zu befühlen. Er lächelte. Er kam sich vor wie ein Jäger, der gute Beute gemacht hat. Sobald er Zeit hatte, würde er Tereza aufsuchen. Nicht sofort, aber bald.

An der U-Bahn-Station Höhenstraße stieg er aus. Er lief den Alleenring entlang, vorbei an den Secondhand-Läden und den Büdchen, vor denen trotz des winterlichen Wetters wie immer ein paar Männer standen und ihr Flaschenbier tranken. Als er das große Elektronikgeschäft passiert hatte, warf er einen Blick nach links in die Burgstraße, wo die Martin-Luther-Kirche stand, deren heller Turm im Sonnenlicht glänzte. In dieser Kirche hatte vor über achtzehn Jahren die Trauerfeier für seine Frau stattgefunden. Katharina war, kurz vor Beginn ihres Examens, in der Sparkassenfiliale in einen Überfall geraten und von einem der Räuber angeschossen worden. Sie hatte zwei Wochen auf der Intensivstation des Marburger Universitätsklinikums gelegen, dann war sie gestorben.

Damals hatte Marthaler sich gewünscht, er wäre an Katharinas Stelle. Er hatte sich ins Bett gelegt und aufgehört zu sprechen. Eine Zukunft ohne seine Frau war ihm sinnlos erschienen. Und bis heute kam es ihm oft so vor, als sei die Erinnerung an die Zeit mit Katharina noch immer das Kostbarste, was er besaß. Es hatte lange gedauert, bis sein Lebenswille wieder groß genug war, dass er Entscheidungen treffen konnte. Als es so weit war, dass er das Bett verließ und wieder zu sprechen begann, hatte er beschlossen, sich um eine Stelle bei der Polizei zu bewerben. Fünfzehn weitere Jahre hatte er geglaubt, für eine Frau nie wieder etwas anderes empfinden zu können als freundschaftliche oder kollegiale Gefühle. Dann war ihm Tereza begegnet.

Hinter dem grünen Hochhaus bog er nach rechts in die Günthersburgallee ab. Die beiden Fahrbahnen waren mit Kopfstein gepflastert und durch einen breiten bepflanzten Mittelstreifen getrennt. Am oberen Ende der Straße sah man den Eingang des Parks, der denselben Namen trug wie die Allee. Marthaler suchte nach der Nummer, die Herrmann ihm genannt hatte. Dann entdeckte er das Gebäude. Es stand auf der linken Seite. Seine frisch geweißte Fassade glänzte inmitten der anderen Bürgerhäuser, die es umgaben. Es hatte fünf Stockwerke; das Dach war mit grauem Schiefer gedeckt. Sofort wusste Marthaler, dass er sich hier, in diesem Viertel, in diesem Haus wohl fühlen würde. Und er wusste auch bereits, welchen Spitznamen er dem neuen Domizil der Mordkommission geben würde: Er würde es das Weiße Haus nennen.

Es war, wie er erwartet hatte. Vor dem Eingang stand ein Umzugswagen. Die Möbelpacker schleppten Kisten, Schreibtische und Stühle ins Haus. Im Treppenflur herrschte Chaos. Überall stapelten sich die Kartons mit den Akten. Ein Handwerker kam aus der Wohnung im Erdgeschoss und fluchte. Als Marthaler sich an ihm vorbeidrängen wollte, wurde er angeschnauzt: «Kommen Sie nur rein! Einer mehr, der hier was zu sagen hat und im Weg rumstehen will.»

Marthaler grinste. Dann sah er seine Sekretärin. Elvira lief aufgeregt durch die Räume und versuchte, ein wenig Ordnung in das Durcheinander zu bringen.

«Bitte, Robert», rief sie ihm zu, «fang du jetzt nicht auch noch an, Anweisungen zu geben. Geh einfach durch zu den anderen. Gerade ist es mir gelungen, die ganze Bande in das hintere Zimmer zu scheuchen.»

Die Bande, das waren die Kollegen Liebmann, Döring, Petersen und Henschel. Sie waren dabei, aus dem großen leeren Raum ein provisorisches Sitzungszimmer zu machen, indem sie zwei Tische zusammenrückten und Stühle darum gruppierten. Marthaler blieb im Türrahmen stehen.

«Fein», sagte er, «dann haben wir ja alles, was wir brauchen. Lasst uns gleich anfangen.»

Die anderen drehten sich um und sahen ihn erstaunt an. Kai Döring verdrehte die Augen.

«Irgendwas nicht in Ordnung?», fragte Marthaler.

«Weißt du, wie spät es ist, Robert?», sagte Kerstin Henschel. «Wir warten seit zwei Stunden auf dich. Herrmann hat schon mehrmals angerufen. Es geht das Gerücht, du seiest überfallen worden. Wir haben uns Sorgen gemacht. Und jetzt spazierst du hier gut gelaunt rein und übernimmst das Kommando. Du könntest wenigstens dein Handy eingeschaltet lassen.»

Marthaler zog sein Mobiltelefon aus der Tasche. Er sah, dass es zerbrochen war. Es hatte den nächtlichen Sturz nicht überstanden. «Gut», sagte er, «setzen wir uns. Dann werde ich euch berichten.»

Er wollte gerade anfangen, von seinem Besuch in Gabriele Haslers Haus zu erzählen, als sie von draußen Herrmanns Stimme hörten. Kurz darauf betrat der Chef der Mordkommission das neue Sitzungszimmer. Alle spürten, dass er seine Wut nur mühsam beherrschte.

«Ich weiß», sagte Marthaler, «Sie haben versucht, mich anzurufen. Aber mein Handy ist kaputt. Ja, es stimmt, ich war heute Nacht noch einmal am Tatort. Ich wollte versuchen, mir ein genaueres Bild von Gabriele Hasler zu machen und davon, was vorletzte Nacht in dem Haus passiert ist. Ich ...»

«Was Sie wollten, ist mir völlig egal.» Herrmann hatte sich ans Fenster gestellt und sah nach draußen. Seine Stimme hatte einen schneidenden Ton. Seine rechte Hand fuhr aufgebracht durch die Luft. «Ich will Folgendes wissen: Stimmt es, dass Sie nicht allein in dem Haus waren? Stimmt es, dass Sie überfallen wurden? Stimmt es, dass der Mann entkommen konnte? Und vor allem will ich wissen, warum Sie nicht unverzüglich eine Fahndung eingeleitet haben.»

«Wie es mir geht, wollen Sie nicht wissen?», fragte Marthaler.

Es war Herrmann anzumerken, dass ihn diese Erwiderung verunsicherte. Er begann zu stottern. «Ja ... Entschuldigung ... Sie ... wie geht es Ihnen?»

«Ich kann weder atmen noch lachen, und wenn ich schlafen will, weiß ich nicht, wie ich mich hinlegen soll. Aber ansonsten geht es mir prächtig. Vor allem freue ich mich über unsere neuen Räume. Vielen Dank. So ... und jetzt zu den nächtlichen Vorfällen: Ich weiß nicht einmal mit Sicherheit, ob es ein Mann war, der sich mit mir in dem Haus befunden hat. Wahrscheinlich war es ein Mann, aber ich weiß es nicht. Es war dunkel. Ich wurde durch einen Blitz geblendet, dann hat mich jemand die Treppe hinuntergestoßen und ist verschwunden. Mehr gibt es dazu nicht zu sagen. Als die beiden Schutzpolizisten, die den Tatort sichern sollten, endlich in ihrem Streifenwagen aufgewacht sind, war es bereits zu spät. Nach wem hätte ich fahnden lassen sollen? Nach allen Männern oder

Frauen, die sich gerade in Frankfurt oder Offenbach aufhalten? Und sagen Sie mir, Chef, wie hätten Sie reagiert, wenn Sie von einem solchen Fahndungsbefehl gehört hätten?»

Herrmann sah Marthaler an und schwieg. Dann rückte er mit dem Mittelfinger seine Brille zurecht. «Verstehe», sagte er schließlich, «verstehe. Meinen Sie, es war der …?»

«Nein», unterbrach ihn Marthaler, «ich glaube nicht, dass es der Täter war. Ich glaube, dass es ein Fotograf war, der sich den Tiefschlaf unserer beiden Ordnungshüter zunutze gemacht hat und in das Haus eingedrungen ist, um Aufnahmen zu machen.»

«Ein Fotograf?»

«Ja, anders kann ich mir den Blitz nicht erklären. Es war jemand, der eine Kamera dabeihatte. Und ich denke, wir werden in Kürze in irgendeiner Zeitung die Fotos, die er gemacht hat, zu sehen bekommen.»

Herrmann war zur Tür gegangen.

«Aber dann hätten wir ihn am Haken», sagte er.

«Vielleicht, vielleicht auch nicht», erwiderte Marthaler. «Wie wir wissen, sind Journalisten ziemlich gewitzt.»

Der Leiter der Mordkommission nickte. Es war deutlich, dass er das Interesse an der Sache bereits verloren hatte. Er verließ den Raum, ohne sich zu verabschieden. Kurz darauf war zu hören, wie draußen der Motor seines Wagens gestartet wurde.

«So», sagte Marthaler, «dann können wir jetzt endlich anfangen zu arbeiten.»

«Schon geschehen», sagte Sven Liebmann und schaute demonstrativ auf seine Armbanduhr.

«Entschuldige, so war es nicht gemeint», erwiderte Marthaler. «Also, was habt ihr zu berichten?»

Liebmann erzählte, dass er am Morgen den Taxifahrer ausfindig gemacht habe, der Gabriele Hasler zuletzt lebend gesehen hatte. «Ein unangenehmer, ziemlich ruppiger Typ. Er hat sich sofort an sie erinnert. Er nannte sie eine eingebildete Zicke, na ja, die Worte, die er tatsächlich benutzt hat, möchte ich hier nicht wiederholen. Wie es aussieht, hat er sie gar nicht bis nach Hause gebracht. An der Obermainbrücke habe sie verlangt auszusteigen. Weil sie mit einem Zweihundert-Euro-Schein zahlen wollte, den er nicht wechseln konnte, hat es Streit zwischen den beiden gegeben. Der Fahrer war noch immer ziemlich aufgebracht.»

«Meinst du, er könnte etwas mit der Sache zu tun haben? Womöglich war er so wütend, dass er ihr gefolgt ist», sagte Marthaler.

«Robert, bitte! Ich habe das sofort überprüft. Der Mann hat sich umgehend bei der Taxizentrale gemeldet und kurz darauf einen neuen Fahrgast aufgenommen. Er hatte die ganze Nacht Dienst.»

Marthaler nickte. Dann schaute er in die Runde. Kerstin Henschel öffnete ihre Aktentasche und nahm einen Stapel bedruckter Blätter heraus, den sie vor sich auf den Tisch legte. Dann ergriff sie das Wort.

«Ihr erinnert euch an die kleine Auseinandersetzung, die ich gestern Abend mit Kai hatte. Es ging um die Frage, ob Gabriele Hasler ihren Mörder gekannt hat oder nicht. Vielleicht hat Kai Recht. Ich habe heute Morgen ein wenig im Internet recherchiert. Ich habe mir die Kriminalstatistiken der letzten Jahre herausgesucht und bin dabei auf eine Untersuchung über ‹Polizeiliche Vorerkenntnisse von Vergewaltigern› gestoßen. Wie ihr vielleicht wisst, werden seit mehr als fünfzehn Jahren beim BKA Fallanalysen bei sexuell motivierten Gewaltdelikten durchgeführt. Das heißt, wir wissen inzwischen ziemlich viel über diese Täter. Zum Beispiel, dass es sich bei ihnen um Männer handelt, die in den allermeisten Fällen bereits polizeilich auffällig geworden sind. Und zwar interessanterweise nicht unbedingt wegen sexuell motivierter Vergehen, sondern häufig wegen Diebstahls, Unterschlagung oder Körperverletzung. Die meisten so genannten Sexualmorde werden übrigens aus Verdeckungsabsicht begangen: Der Vergewaltiger will verhindern, dass das Opfer ihn anzeigt. Das heißt, echte sadistische Morde gibt es nur sehr selten …»

Kerstin Henschel hielt kurz inne. Es war ihr anzumerken, dass sie sich in ihrer Rolle als Dozentin nicht ganz wohl fühlte. Sie schien unsicher, ob die anderen bereit waren, ihrem Vortrag zu folgen. Ihre Wangen waren vor Aufregung gerötet. Aber Kai Döring nickte ihr aufmunternd zu. «Sprich ruhig weiter», sagte er. «Vor allem bin ich gespannt, warum du sagst, dass du mir möglicherweise Recht geben könntest.»

«Okay. Der Grund ist der: Alle Statistiken zeigen, dass es sich bei den Vergewaltigern um Männer handelt, die im Durchschnitt um die 30 Jahre alt sind. Und dass die meisten Täter ihre Opfer vorher kannten. Lediglich ein Viertel sucht seine Opfer außerhalb des eigenen Umfeldes. Das heißt, die Chance, Gabriele Haslers Mörder in ihrem Bekanntenkreis zu finden, steht immerhin drei zu eins. Deshalb sollten wir uns wohl darauf konzentrieren.»

«Nein!», sagte Marthaler. «Ich bin dagegen, dass wir den Kreis der Verdächtigen schon jetzt eingrenzen. Im Moment wissen wir noch viel zu wenig. Wir müssen in alle Richtungen ermitteln. Du hast Recht: Wir sollten die Sadismus-Spur vorrangig verfolgen. Vielleicht sollten wir Kontakt mit den Spezialisten vom Bundeskriminalamt aufnehmen. Gibt es sonst noch Neuigkeiten?»

Manfred Petersen schüttelte den Kopf. «Nicht wirklich», sagt er. «Kai und ich haben uns heute Morgen noch einmal in Oberrad bei den Nachbarn umgehört. Niemand, den wir befragt haben, hatte zu Gabriele Hasler Kontakt. Immerhin haben wir erfahren, dass ihre Eltern bis vor wenigen Jahren ein kleines Antiquariat auf der Berger Straße betrieben haben. Ein Gastwirt, bei dem die alten Haslers gelegentlich eingekehrt sind, berichtete, dass es wohl vor Jahren ein Zerwürfnis mit der Tochter gegeben habe. Genaueres wusste er nicht. Die Eltern sind beide tot. Und andere Verwandtschaft scheint es nicht zu geben.»

«Es sieht so aus, als sei sie ziemlich streitlustig gewesen», sagte Marthaler. «Wir müssen mehr über sie erfahren. Wenn die Nachbarn nichts wissen, müssen wir eben weiter zurückgehen. Sie ist irgendwo zur Schule gegangen, sie hat studiert. Sie hatte Lehrer und Professoren. Sie hatte Kollegen und Patienten. Irgendwer muss sie doch besser kennen. Ich schlage vor, wir verteilen jetzt die Aufgaben. Bis unsere Büros eingerichtet und die Computer angeschlossen sind, sollten wir hier in diesem Raum unsere Einsatzzentrale einrichten. Auf diesem Tisch sammeln wir alles, was zu dem Fall gehört – alle Dokumente, Aussagen, Protokolle und Untersuchungsberichte.»

«Dann haben wir einen Mord-Tisch», sagte Sven Liebmann.

«Einen was?» Marthaler sah ihn fragend an.

«Einen Mord-Tisch. So nennen das die amerikanischen Kollegen. Die Mitglieder einer Ermittlungseinheit schieben ihre Tische zusammen und arbeiten dort so lange gemeinsam an einem Fall, bis er abgeschlossen ist.»

Sven Liebmann war während seiner Ausbildung für ein halbes Jahr in Los Angeles gewesen und hatte dort in einer Abteilung für Mord- und Raubfälle gearbeitet. Schon oft hatten sie von seinen Erfahrungen aus dieser Zeit profitieren können. Dennoch reagierte Marthaler immer ein wenig nervös, wenn er bemerkte, wie sehr die jüngeren Kollegen die Arbeitsweise der amerikanischen Polizei bewunderten. Was in den USA richtig war, konnte in Europa falsch sein. Man durfte die Methoden der Ermittlung nicht einfach übernehmen. Er wusste, dass es gut war, von anderen zu lernen, aber mehr noch war er davon überzeugt, dass jeder neue Fall etwas Einzigartiges war. Dass es darauf ankam, sich ganz auf die besonderen Umstände zu konzentrieren. Auch wenn es immer wieder Ähnlichkeiten gab: Kein Opfer war wie das andere. Und kein Täter war wie der andere.

«Gut», sagte er. «Dann haben wir also einen Mord-Tisch … Wie gehen wir jetzt vor? Jemand sollte das Material sichten, das die Spurensicherung am Tatort eingepackt hat. Es macht mich stutzig, dass ich im Haus keinerlei private Notizen gefunden habe, kein Adressbuch, kein Tagebuch – nichts dergleichen. Jemand sollte die Kartons, die Schillings Leute abtransportiert haben, daraufhin durchsehen. Vielleicht müssen wir auch die Praxis am Friedberger Platz noch einmal unter die Lupe nehmen. Wer will das machen?»

Döring und Liebmann sahen sich an und nickten gleichzeitig.

«Gut», sagte Marthaler, dann wandte er sich an Manfred Petersen: «Vielleicht kannst du dich einmal bei den Kollegen von der Sitte umhören. Frag sie, welche offenen Fälle sie haben. Vielleicht findet sich unter ihren Klienten der ein oder andere, dem eine solche Sache zuzutrauen ist. Und ich würde mir gerne den Bräutigam des Opfers vorknöpfen, bevor wir ihn endgültig aus dem Gewahrsam entlassen müssen. Ist die Sache mit seinem Alibi jetzt eigentlich geklärt?»

Kerstin Henschel hob den Kopf. Bevor sie antworten konnte, betrat Marthalers Sekretärin den Raum. «Entschuldigt die Störung», sagte Elvira, «die Rechtsmedizin ist am Apparat. Wer will?»

Marthaler nahm den Hörer und meldete sich. Er nickte ein paarmal, ohne mehr als einige zustimmende Laute von sich zu geben. Dann schaltete er das Telefon aus und schaute stumm in die Runde. Die anderen sahen ihn an.

«Also?», sagte Kai Döring und trommelte mit den Fingern auf die Tischplatte. «Spielen wir Stille Post oder verrätst du uns, was los ist?»

Marthaler atmete aus. «Das war Dr. Herzlich. Er sagt, sie hätten Abstriche von Gabriele Haslers Leichnam genommen. Er hat gerade die Ergebnisse bekommen. Er will, dass ich am Nachmittag in sein Institut komme, um bei der äußeren Besichtigung dabei zu sein. Er hat festgestellt, dass Gabriele Hasler nicht vergewaltigt wurde. Es gebe keinerlei Spuren, die auf einen Geschlechtsverkehr hinweisen. Ich frage mich, über was wir dann die ganze Zeit reden?»

Die anderen waren ebenfalls ratlos.

Schließlich schüttelte Kerstin Henschel heftig den Kopf, sodass ihr Pferdeschwanz auf und ab wippte. «Egal», sagte sie, «das muss nichts bedeuten. Robert, tu mir einen Gefallen. Sprich mit ihm über Sex.»

Marthaler sah sie verwundert an. «Ich soll was? Mit wem soll ich über Sex sprechen?»

«Mit dem Verlobten. Befrag ihn zu seinen und ihren sexuellen Vorlieben, dazu, wie oft und auf welche Weise er und seine Verlobte miteinander geschlafen haben. Auf was auch immer dieser Mord sonst noch hinweisen mag, er hat etwas mit Sex zu tun. Auch wenn die Frau nicht vergewaltigt wurde.»

Marthaler dachte an das Päckchen mit den Kondomen und an die Wäsche, die er im Kleiderschrank der Toten entdeckt hatte. Er nickte. «Gut», sagte er, «aber dann bitte ich dich, dabei zu sein, wenn ich mich mit dem Bräutigam unterhalte.»

Kerstin Henschel hob die Augenbrauen. Dann lächelte sie. «Okay. Wann wollen wir ihn vernehmen?»

«So bald wie möglich. Am besten jetzt gleich.»

«Gut. Aber zuerst muss ich etwas essen.»

ACHT

Eine halbe Stunde später betraten sie die Kantine des Präsidiums. Die Mittagszeit war fast vorbei, und so fanden sie an einem der Tische auf der Galerie Platz. Marthaler hatte einen Teller Salat mit Joghurtdressing und ein Glas Mineralwasser bestellt.

«Willst du etwa abnehmen?», fragte Kerstin Henschel, während sie sich eine Portion Spaghetti Bolognese auf die Gabel drehte.

«Wieso sollte ich abnehmen wollen?»

«Weil du irgendwann vielleicht mal auf der Waage gestanden und festgestellt hast, dass es nötig wäre.»

Marthaler antwortete nicht. Er merkte, wie ihm unbehaglich zumute wurde. Er mochte nicht über seinen Körper sprechen; er vermied es sogar, darüber nachzudenken. Er hoffte, dass seine Kollegin das Thema wechseln würde, wenn er sich weigerte, darauf einzugehen. Den Gefallen tat sie ihm nicht.

«Im Ernst, Robert. Schau dich mal an. Du hast in den letzten paar Jahren bestimmt zehn Kilo zugenommen. Du solltest weniger essen und ein bisschen Sport treiben.»

«Wenn das Wetter es zulässt, fahre ich jeden Tag mit dem Rad ins Büro», sagte er.

«Ja, wenn das Wetter es zulässt. Aber dann reicht das eben nicht. Dann musst du mehr tun.»

Sie schwieg einen Moment. Dann setzte sie nach. «Was ist nun eigentlich mit Tereza?», fragte sie.

Marthaler schaute sie entgeistert an. «Kerstin, bitte. Das ist weder der richtige Ort noch der richtige Zeitpunkt.»

«Es gibt für einen Mann nie den richtigen Zeitpunkt, sich unbequemen Fragen zu stellen.»

Marthaler wurde sauer. Aber er wusste, dass Kerstin Henschel Recht hatte. Er überlegte kurz, dann beschloss er, ihr die Wahrheit zu sagen. «Ich habe vergessen, sie vom Flughafen abzuholen.»

Kerstin sah ihn an. «Sie war über drei Jahre weg, und du vergisst einfach, sie abzuholen.»

Marthaler senkte den Kopf und stocherte in seinem Salat. «Sie hat sich bislang noch nicht gemeldet. Aber jetzt habe ich ihre Adresse. Ich bringe das in Ordnung.»

Kerstin Henschel schüttelte den Kopf. «Nein, Robert, so leicht wirst du gar nichts in Ordnung bringen. Ihr habt euch lange nicht gesehen. Sie hat drei Jahre lang ihr eigenes Leben gelebt. Warum sollte sie scharf darauf sein, es jetzt mit jemandem zu teilen, der sie bei der erstbesten Gelegenheit einfach vergisst.»

«Was meinst du damit: Sie hat ihr eigenes Leben gelebt?»

«Dass sie andere Männer gehabt hat, das meine ich. Sie ist ... wie viel ... zwölf Jahre jünger als du? Meinst du, sie hat darauf gewartet, dass ihr übergewichtiger Hauptkommissar aus Deutschland sie ein paarmal im Jahr besucht, um ihr spannende Geschichten aus seinem Berufsalltag zu erzählen?»

Marthaler fuhr sich mit der Hand übers Gesicht, als wolle er den Gedanken beiseite wischen. «Ja», sagte er ausweichend, «vielleicht hast du Recht, unsere Geschichte ist nicht unkompliziert.»

Kerstin Henschel prustete los. Sie lachte so hemmungslos, dass zwei der Kantinenfrauen sich umdrehten und erstaunt zu ihnen herübersahen.

«Kerstin, bitte.» Marthaler reichte ihr eine Serviette. Der Auftritt seiner Kollegin war ihm peinlich. Es dauerte eine

Weile, bis sie sich beruhigt hatte. Schließlich sah sie ihn lächelnd an.

«Entschuldige bitte, Robert. Aber diesen Satz habe ich erwartet. Doch du täuschst dich schon wieder. Nichts ist kompliziert. Liebst du sie oder liebst du sie nicht? Ja oder nein? Liebt sie dich oder liebt sie dich nicht? Das sind zwei einfache Fragen, auf die es zwei einfache Antworten gibt. Kompliziert wird es nur, wenn man ihnen ausweicht. Und darin bist du Weltmeister.»

Marthaler nickte. Er fühlte sich erschöpft, aber er war auch erleichtert. Er wusste, dass sich Kerstin Henschel in letzter Zeit Gedanken über ihn gemacht hatte, und er war froh, dass sie diese Gedanken jetzt ausgesprochen hatte. Allerdings erstaunte ihn auch, wie freimütig sie über ein solches Thema reden konnte. Und wie genau sie alles auf den Punkt brachte. Es schien, als ob er ihrem Urteil nicht entkommen könne. Und er begann zu ahnen, dass er seine Kollegin in der Vergangenheit manchmal unterschätzt hatte.

«Und was ist … mit Manfred und dir?» Er stellte die Frage zögernd. Er wollte nicht, dass es so aussah, als würde er von seiner eigenen Geschichte ablenken.

«Ach, Robert, wenn das mal so …» Kerstin Henschel unterbrach sich selbst. Und jetzt war es Marthaler, der lachte.

«Wolltest du sagen: Wenn das mal so einfach wäre? Wolltest du womöglich sagen, dass es kompliziert ist?»

Er hatte erwartet, dass sie sich ertappt fühlen würde durch seine ironische Frage. Stattdessen nickte sie. «Ja, das will ich sagen. Ich fürchte, bei uns ist es tatsächlich nicht ganz einfach. Lass uns darüber wirklich mal bei einem Bier reden, okay? Du kannst ja ein Diät-Bier nehmen. Und … ehrlich gesagt, bin ich mir gar nicht mehr so sicher, ob ich überhaupt mit dir darüber reden kann. Eigentlich will ich dich da nicht mit reinziehen.»

Mit einem Mal merkte Marthaler, wie seine Aufmerksamkeit abgelenkt wurde. Er schaute nach unten in den Saal. Er sah Herrmann, den Chef der Mordkommission, der allein an einem der Tische am Fenster saß. Von hinten näherte sich ihm ein Schutzpolizist, der unentschlossen wirkte.

«Guck mal, kennst du den?», fragte Marthaler. Unwillkürlich hatte er die Stimme gesenkt.

«Wen meinst du, Herrmann?», fragte Kerstin Henschel.

«Nein, den Uniformierten. Ist das nicht dieser Typ aus dem 8. Revier?»

«Du hast Recht», sagte sie, «Toller, der Arsch. Kollege Rambo!»

Raimund Toller war ein Schutzpolizist aus Sachsenhausen, gegen den Marthaler vor Jahren ein Disziplinarverfahren beantragt hatte, das aber schließlich niedergeschlagen worden war. Toller hatte Marthaler gegenüber nach einem Einsatz zugegeben, dass er bereit gewesen wäre, einem Flüchtenden in den Rücken zu schießen. Später hatte er bestritten, je so etwas gesagt zu haben. Die internen Ermittlungen waren im Sande verlaufen. Obwohl es schon mehrfach Beschwerden über Toller gegeben hatte, hatten seine engsten Kollegen ihn gedeckt, und schließlich musste Marthaler klein beigeben, weil er nichts weiter gegen ihn in der Hand hatte.

Jetzt sah er, wie der Uniformierte den Chef der Mordkommission ansprach. Herrmann schien wenig begeistert über die Störung, hörte Toller aber offensichtlich mit steigender Aufmerksamkeit zu.

Kerstin Henschel hatte die Stirn gerunzelt. «Was haben die denn miteinander zu schaffen?»

«Das wüsste ich auch gern», sagte Marthaler, der jetzt sah, wie sein Chef sich vorsichtig umschaute. Offensichtlich war es ihm unangenehm, mit Toller gesehen zu werden. Schließlich nickte er und wedelte ärgerlich mit der Hand. Toller entfernte sich langsam von Herrmanns Tisch und bewegte sich auf den Ausgang der Kantine zu. Marthaler hatte den Eindruck, dass er grinste.

«Egal», sagte Kerstin Henschel, «vielleicht haben die beiden ja dasselbe Hobby.»

Marthaler schaute sie fragend an. Er konnte sich nicht vorstellen, dass Herrmann und Toller irgendetwas gemeinsam hatten.

Plötzlich kicherte sie wie eine Novizin. «Na ja, vielleicht sammeln sie beide Überraschungseier.»

Holger Assmann saß ihnen in dem kleinen Vernehmungszimmer gegenüber und schaute sie mit leeren Augen an. Sein schwerer Körper war in sich zusammengesunken. Der jungenhafte Eindruck, den er noch gestern auf Marthaler gemacht hatte, war verschwunden. Es wirkte, als sei der Mann, seit er den Leichnam seiner Verlobten identifiziert hatte, über Nacht um Jahre gealtert. Seine großen Hände zitterten, er hatte Ringe unter den Augen und sah müde aus.

«Ich nehme an, Sie haben nichts dagegen, wenn wir dieses Gespräch auf Band aufnehmen», sagte Marthaler. Holger Assmann schüttelte stumm den Kopf.

«Herr Assmann, es tut uns Leid, dass wir Sie noch einmal behelligen müssen. Wir wissen inzwischen, dass Sie nichts mit dem Tod Gabriele Haslers zu tun haben. Ihr Alibi ist uns heute Morgen bestätigt worden. Aber es gibt viele offene Fragen, und wir hoffen, dass Sie uns helfen können, denjenigen zu finden, der das getan hat.»

Marthaler redete, um zu reden. Aus Erfahrung wusste er, dass es in den ersten Minuten einer Vernehmung nicht darauf ankam, *was* man sagte, sondern *dass* man etwas sagte. Besonders schwierig war ein solches Gespräch, wenn es sich bei dem Zeugen um den Hinterbliebenen in einem Mordfall handelte. Der Schmerz und die Fassungslosigkeit waren oft so groß, dass die Ermittler keine brauchbaren Aussagen erhielten. Umso wichtiger war es, eine Atmosphäre zu schaffen, in welcher der Zeuge sich in seinem Kummer verstanden fühlte und bereit war, ihnen schnell die nötigen Informationen zu geben. Marthaler beschloss, Holger Assmann zunächst ein paar unverfängliche Fragen zu seiner Person zu stellen. «Sie wohnen in Köln. Ich nehme an, dort arbeiten Sie auch?»

Assmann nickte.

«Sie wohnen allein? In einem Haus oder in einer Wohnung?»

«In einem Haus. Ich habe eine Wohnung im Haus meiner Eltern.»

«Und was sind Sie von Beruf?»

«Sanitärtechniker.»

«Sind Sie angestellt oder selbständig?»

«Selbständig. Es war das Geschäft meines Vaters. Ich habe es übernommen.»

«Und läuft es gut? Ich meine, haben Sie viele Aufträge?»

Holger Assmann schaute Marthaler kurz an. Es war ihm anzumerken, dass er den Sinn der Befragung nicht verstand. «Gut, ja. Es läuft sehr gut. Ich habe vier Angestellte, und wir haben viel zu tun.»

Kerstin Henschel tippte mit dem Daumen auf die Tischplatte. Was wie eine unwillkürliche Geste aussah, war für Marthaler das Zeichen, dass sie die Vernehmung fortsetzen wollte. «Darf ich fragen, wie Sie Gabriele Hasler kennen gelernt haben?»

Allein der Name seiner Verlobten brachte den Mann erneut außer Fassung. Sein Oberkörper begann zu beben, und es sah so aus, als würde er im nächsten Augenblick anfangen zu weinen.

Kerstin Henschel sprach mit ruhiger Stimme auf ihn ein:

«Herr Assmann, entschuldigen Sie bitte, aber wir müssen Sie ein paar sehr private Dinge fragen. Wir wissen so gut wie nichts über Ihre Verlobte. Sie müssen uns helfen. Sonst haben wir keine Chance, den Täter zu finden.»

Assmann hatte die Ellbogen auf den Tisch gestützt und hielt beide Hände vors Gesicht. Sie sollten seine Tränen nicht sehen. «Über eine Agentur», sagte er schließlich. «Ich war bei einem Partnerschaftsinstitut. Sie haben eine Anzeige aufgegeben, und Gabi hat sich gemeldet.»

«Haben Sie diese Anzeige noch? Könnten Sie uns eine Kopie schicken?»

Zur Überraschung der beiden Polizisten zog Assmann seine Brieftasche hervor und entnahm ihr einen kleinen abgegriffenen Zeitungsausschnitt, den er Kerstin Henschel reichte:

Gut situierter Er, Mitte 30, zärtlich und treu, sucht nette Sie zum Verlieben und mehr. Wenn du kein Abenteuer willst, sondern Sehnsucht hast nach einem lieben Mann, der mit beiden Beinen im Leben steht und dir eine sorgenfreie Zukunft bietet, dann melde dich bitte. Spätere Heirat erwünscht. Über ein Foto von dir würde ich mich freuen, ist aber keine Bedingung.

Als Kerstin Henschel den Text gelesen hatte, gab sie den Zettel an Marthaler weiter. «Sie wollten bald heiraten, nicht wahr?»

Assmann schien mit seiner Antwort zu zögern. «Ja», sagte er, «aber wir haben den Termin schon zweimal verschoben. Gabi hatte in letzter Zeit viel zu tun.»

«Erzählen Sie uns etwas über Gabriele Hasler. War sie humorvoll, war sie kontaktfreudig? Was wissen Sie über ihre Vergangenheit? Gab es Hobbys? Welche Freunde hatte sie?»

«Ich weiß nicht», sagte er.

Kerstin Henschel hob die Augenbrauen. Sie warf einen kurzen Seitenblick in Marthalers Richtung. «Sie wissen es nicht?»

Assmann sah auf den Tisch. Seine Fingerspitzen tippten gegeneinander. «Das war ein Problem», sagte er. «Ich weiß fast nichts über sie. Sie erzählte nichts. Sie sagte, jeder Mensch braucht seine Geheimnisse.»

«Aber es muss doch Namen von Freunden geben, von Verwandten. Sie müssen sich doch ab und zu mit jemandem getroffen haben.»

«Das wollte sie nicht. Sie wollte nicht ausgehen. Und sie wollte nicht über sich sprechen.»

«Sie wissen nichts über sie, aber Sie wollten sie heiraten?»

«Ja. Ich liebe sie.»

«Kann es sein, dass Gabriele Hasler Ihre erste Frau war?» Marthaler wusste, wie riskant eine solche Frage war, aber Kerstin Henschel hatte ins Schwarze getroffen. Assmann nickte.

«Sie hatten niemals zuvor eine Freundin?»

«Jedenfalls keine, mit der ich ...»

«Keine, mit der Sie geschlafen haben.»

Er nickte wieder. Kerstin Henschel gab nicht zu erkennen, was sie von dieser Information hielt. Sie setzte die Befragung in einem betont sachlichen Ton fort. «Wie war das bei ihr?», fragte sie. «Hatte Ihre Verlobte mehr Erfahrungen?»

«Ich weiß nicht, ich war immer ein wenig nervös, wenn wir zusammen waren. Aber Gabi war ... Sie war sehr geschickt.»

«Geschickt?»

«Sie konnte mich glücklich machen. Sie hat mir beigebracht, darüber zu reden, was ich mag.»

«Und Sie? Hatten Sie den Eindruck, dass Sie Gabriele Hasler ebenfalls glücklich machen konnten?»

«Ich glaube, darauf kam es ihr nicht an.»

«Glauben Sie das wirklich? Glauben Sie wirklich, einer Frau kommt es nicht darauf an?»

Einen Moment lang schien Assmann über seine Antwort

nachdenken zu müssen. «Ich weiß nicht», sagte er. «Aber bei ihr war es so.»

«Gefragt haben Sie sie nicht?»

Assmanns Ton wurde schärfer. «Doch, das habe ich. Und sie hat jedes Mal gesagt: Es ist alles gut.»

Kerstin Henschel ließ sich nicht irritieren. Sie setzte ihre Fragen in unvermindertem Tempo fort. «Wie oft haben Sie miteinander geschlafen?»

«Sooft ich wollte.»

«Sooft *Sie* wollten?»

«Ja. Sie hatte nie etwas dagegen. Aber sie hat es sich auch nicht gewünscht.»

«Nie?»

«Nein, nie.»

«Und das hat Sie nicht stutzig gemacht?»

«Doch. Es hat mich stutzig gemacht. Aber verstehen Sie denn nicht: Ich hatte Angst, sie zu verlieren, wenn ich sie danach frage und sie mir eine ehrliche Antwort gibt.»

«Nahmen Sie an, dass sie andere Männer hatte?»

Assmann zuckte mit den Schultern. Er wirkte resigniert. Es war deutlich, dass ihn diese Frage beschäftigt hatte.

Kerstin Henschel setzte noch einmal nach: «Gab es ungewöhnliche Dinge, die Sie miteinander gemacht haben, ich meine ausgefallene Praktiken?»

Assmann verneinte.

«Mögen Sie gewagte Dessous?»

Er schüttelte den Kopf.

Kerstin Henschel warf einen Seitenblick zu Marthaler und hob die Augenbrauen. «Sagen Sie uns bitte die Wahrheit, wir haben solche Wäsche im Kleiderschrank Ihrer Verlobten gefunden.»

Holger Assmann hatte beide Fäuste geballt. Er machte sich keine Mühe mehr, seine Wut zu verbergen: «Verdammt nochmal, was wollen Sie von mir? Wollen Sie mich unbedingt demütigen? Ich habe Ihnen gesagt, dass ich wenig Erfahrung mit Frauen habe. Ich habe keinen Vergleich. Trotzdem bin ich kein Idiot. Nein, Gabriele trug keine Reizwäsche, wenn wir zusammen waren. Sie hat mich danach gefragt, aber ich mag das nicht. Nein, ich glaube nicht, dass wir ungewöhnliche Dinge gemacht haben. Ich glaube, dass alles ganz normal war.»

Marthaler merkte, dass sie an einem Punkt angelangt waren, wo sie nicht weiterkommen würden. Er gab seiner Kollegin das Zeichen, die Vernehmung zu beenden. Einen Moment lang herrschte Schweigen.

«Kann ich jetzt gehen?», fragte Holger Assmann. Seine Stimme klang ermattet, seine Haut war fahl. Die Befragung schien ihn auch noch den letzten Rest seiner Kraft gekostet zu haben.

«Ja, das können Sie», sagte Marthaler. «Sollte Ihnen doch noch ein Name einfallen, rufen Sie mich bitte gleich an ... Ein Kollege wird Sie zu Ihrem Wagen bringen.»

Aber Assmann lehnte ab. Er wollte sich lieber ein Taxi nehmen. Er zog seinen Mantel über, nickte den beiden Polizisten zu und verließ das Vernehmungszimmer.

«Ach, Herr Assmann, eine Sache noch. Hat Ihre Verlobte je über einen Streit berichtet, den sie mit ihren Eltern hatte?»

Assmann sah Marthaler an. Sein Blick wirkte, als komme er direkt aus dem Schattenreich. Er nickte. «Ja, das hat sie.»

«Und hat sie irgendetwas über die Gründe für diesen Streit geäußert?»

«Ihren Eltern hat das Leben nicht gepasst, das Gabi führte. So hat sie es ausgedrückt.»

«Haben Sie eine Vorstellung, was damit gemeint gewesen sein könnte.»

«Nein, Herr Kommissar, ich habe keine Idee.»

Assmann wandte sich ab und lief langsam den Gang hinunter. Robert Marthaler sah ihm nach. Mit hängenden Schultern entfernte sich der unglückliche Zeuge in Richtung Aufzug.

«Musste das sein?», fragte Marthaler, als er mit seiner Kollegin wieder allein war. «Musstest du ihn wirklich so in die Enge treiben, ihn so in Verlegenheit bringen?»

Kerstin Henschel wurde blass. Sie sah ihn fassungslos an. «Robert, das ist nicht dein Ernst! Ich rackere mich hier ab und versuche diesem verklemmten Muttersöhnchen die Würmer aus der Nase zu ziehen, und dann machst du mir Vorwürfe.»

«Entschuldige, so war es nicht gemeint. Aber dieser Mann hat gerade alles verloren, was ihm lieb war. Ich wollte dich nicht kritisieren, ich kann nur einfach nachfühlen, was im Augenblick in ihm vorgeht. Ich mache mir Sorgen um ihn. Ich habe mir vorgestellt, wie er jetzt mit dem Taxi zurück zum Tatort gebracht wird, wie er vor dem Haus seiner Verlobten steht, in seinen Wagen steigt und allein über die Autobahn zurück nach Köln fährt.»

Kerstin Henschel nickte, aber sie hätte genauso gut den Kopf schütteln können. Sie schien keineswegs besänftigt.

«Na prima», sagte sie, «dann bist du also mal wieder der Gute! Aber so geht das nicht. Bei allem Mitgefühl: Wir haben unseren Job zu erledigen. Und schließlich warst du es, der mir beigebracht hat, dass die alte Regel noch immer gilt, dass bei jeder Vernehmung einer den bösen Bullen spielen muss. Und da du nur daneben gesessen und die Zähne nicht auseinander bekommen hast, kannst du ganz beruhigt sein: Dich wird er sicher in guter Erinnerung behalten.»

Marthaler lächelte. «So ist das eben. Wenn einer den Bösen spielt, muss der andere der Gute sein.»

Es sah so aus, als wolle Kerstin Henschel ihrer Verärgerung

erneut Luft machen. Aber dann entspannte ihr Gesicht sich langsam.

«Ja», sagte sie. «Da hast du wohl Recht.»

Marthaler sah sie an. «Du hast dich verändert», sagte er.

«Oh, Mann, sag du mir das nicht auch noch.»

«Aber es stimmt.»

Kerstin Henschel nickte. «Ich weiß. Ich bin härter geworden, nicht wahr.»

Er konnte ihr nicht widersprechen. «Aber auch mutiger», sagte er. «Und genauer. Jedenfalls haben wir durch deine Fragen einiges über Gabriele Hasler erfahren, was wir vorher nicht wussten.»

«Wenigstens siehst du das ein.»

«Ja», sagte Marthaler und zog seinen Mantel über. «Auch wenn ich keine Ahnung habe, was das alles zu bedeuten hat. Ich kann mir noch immer kein genaues Bild von ihr machen. Mir kommt es vor, als ob sie etwas zu verbergen hatte. Die Frau ist mir wirklich ein Rätsel.»

Kerstin Henschel grinste. Sie lief neben ihm her über den Gang des Präsidiums. Dann überholte sie ihn und hielt ihm die Tür auf. «Robert?»

«Ja?»

«Kann es sein, dass dir die meisten Frauen ein Rätsel sind?»

Marthaler lachte. Er hob die Hände zum Zeichen, dass er sich ergab.

«Okay, okay», sagte er. «Eins zu null für dich.»

NEUN Kurz hinter der Friedensbrücke war der Verkehr zum Erliegen gekommen. Auf der großen Kreuzung an der Kennedyallee hatte sich ein Unfall ereignet. Mehrere Autos waren ineinander gerutscht und versperrten die Fahrbahn. Die Einsatzfahrzeuge hatten Mühe, sich ihren Weg durch die dicht an dicht stehenden Wagen zu bahnen.

Marthaler schaute auf die Uhr. Es war kurz vor drei. Dr. Herzlich hatte ihn gebeten, Punkt 15 Uhr im Zentrum der Rechtsmedizin zu sein. Mit dem Auto würden sie es nicht mehr rechtzeitig schaffen. Marthaler beschloss, den restlichen Weg zu Fuß zurückzulegen. Er verabschiedete sich von Kerstin Henschel und stieg aus. Dann stapfte er mit hochgeschlagenem Kragen durch die verschneiten Straßen des angrenzenden Wohngebiets. Er war froh, noch ein paar Minuten mit sich und seinen Gedanken allein sein zu können.

Seine Kollegin hatte Recht. Er war zu dick. Er musste sich mehr bewegen und stärker auf seine Gesundheit achten. Er würde sein Leben ändern müssen. Er beschloss, schon morgen eine halbe Stunde früher aufzustehen und wieder Gymnastik zu machen. Außerdem würde er keine Butter mehr essen und sich ein Diät-Kochbuch kaufen. Und wenn er den Mut dazu fand, würde er Tereza bei Gelegenheit fragen, ob sie ihn liebe.

Er stand vor dem Gebäude der Rechtsmedizin und schaute auf die erleuchteten Fenster. Wie immer zögerte er, das Haus zu betreten. Die äußere Schönheit der alten Villa kam ihm trügerisch vor. Das, was darin geschah, war ihm so zuwider, dass er es möglichst vermied, hierher zu kommen.

Fast immer bat er einen seiner Kollegen, diese Aufgabe zu übernehmen. Und vielleicht, dachte Marthaler, geht es denen, die hier arbeiten müssen, ähnlich. Vielleicht haben sie sich deshalb ein solch ansehnliches Haus ausgesucht, weil sie es anders gar nicht aushalten würden, sich Tag für Tag mit den toten Körpern von Verbrechensopfern beschäftigen zu müssen.

Er meldete sich am Empfang und bat den Pförtner, ihn bei Dr. Herzlich anzumelden. Zwei Minuten später kam eine junge Frau im weißen Kittel über den Gang und lächelte ihm zu. Sie war Mitte zwanzig, hatte kurz geschnittenes rotblondes Haar und ein rundes Gesicht. «Hauptkommissar Marthaler? Mein Name ist Thea Hollmann, ich bin die neue Assistentin von Dr. Herzlich. Kommen Sie, unten warten schon alle auf Sie!»

«Alle?», fragte Marthaler. Unwillkürlich beugte er sich ein Stück in Richtung der jungen Frau vor und sog den Duft ihres Parfums ein.

«Ja», erwiderte sie. «Wir haben heute Gäste im Haus. Eine Gruppe von Dr. Herzlichs Studenten, die zum ersten Mal einen Sektionssaal von innen sehen. Hoffen wir, dass niemand mit einem empfindlichen Magen dabei ist. Besonders die jungen Herren zeigen gerne mal Nerven.»

Sie hatten das Untergeschoss erreicht und liefen bis ans Ende des Gangs. Als sie gerade vor Herzlichs Büro angekommen waren, wurde die Tür von innen aufgerissen. Marthaler erschrak. Der Gerichtsmediziner gab ein keckerndes Lachen von sich, sein schmaler Vogelkopf ruckte vor Begeisterung ein paarmal vor und zurück.

«Ah, formidabel … alle beisammen … der Hauptkommissar … alle beisammen.»

Dr. Herzlich stieß seinen rechten Arm nach vorne, sodass Marthaler unwillkürlich einen Schritt zurücktrat. Dann wollte er die knochige Hand ergreifen, die der andere ihm kurz entgegengestreckt, aber noch im selben Moment wieder zurückgezogen hatte.

«Ha ... verstehe ... keine Zeit für Höflichkeiten. Alle viel beschäftigt.»

Dr. Herzlich drängte Marthaler zur Seite. Dann stürmte der schlaksige Mann mit weit ausholenden Schritten über den Gang, blieb abrupt stehen, drehte kurz den Kopf, riss beide Arme in die Luft und wedelte mit den Händen, als wolle er einen Tanz aufführen. «Bitte mir zu folgen ... Mir nach ... adelante!»

Marthaler erinnerte sich, wie sehr ihn das Gebaren von Dr. Herzlich befremdet hatte, als er ihm vor ein paar Jahren zum ersten Mal begegnet war. Herzlich hatte damals eigentlich nur eine Vertretung für Professor Prußeit übernehmen sollen. Dieser jedoch war bei einem Autounfall so schwer verletzt worden, dass er nicht wieder an seinen Arbeitsplatz hatte zurückkehren können und ein halbes Jahr später in einer Reha-Klinik überraschend verstorben war. Die Entscheidung, seinen Vertreter zum Leiter des Instituts zu machen, war damals nicht unumstritten gewesen. Doch obwohl Dr. Herzlich immer mehr und immer neue Marotten an den Tag legte, galt er inzwischen als einer der Besten seines Fachs, war ein überaus beliebter Dozent und wurde in zahlreichen Prozessen als Gutachter bestellt. Und seit Marthaler zunehmend den Eindruck hatte, in seinem Berufsalltag vor allem von Managern und Technokraten umgeben zu sein, war er froh, dass man gelegentlich noch auf einen Sonderling traf. Aber jedes Mal, wenn es von jemandem hieß, er sei ein «seltsamer Vogel», musste er unwillkürlich an Dr. Herzlich denken. Auf niemanden, den Marthaler kannte, traf diese Bezeichnung so uneingeschränkt zu wie auf den obersten Rechtsmediziner.

Als sie den großen Sektionssaal betraten, wandten sich

ihnen acht Gesichter zu. Und auf allen konnte man ein unsicheres Lächeln erkennen. Die drei Studentinnen und fünf Studenten schienen nicht eben erbaut, dass man sie in dem kühlen, gekachelten Raum hatte warten lassen.

Dr. Herzlich klatschte in die Hände, schniefte vernehmlich, zog ein riesiges Taschentuch aus seiner Kitteltasche und schnäuzte sich ausgiebig die Nase. Dann schob er die Ärmel seines Kittels nach oben, um sich ein Paar farblose Latexhandschuhe überzustreifen. Er wandte sich den Kühlfächern zu, die sich an der gegenüberliegenden Wand befanden, entriegelte die größte dieser Boxen, hielt kurz inne, drehte sich noch einmal um, schaute mit hochgezogenen Brauen in die Runde, nickte, zog schließlich den schweren Metallschlitten heraus und ließ ihn auf den bereitstehenden Rollwagen gleiten, den er nun mit einer fast eleganten Bewegung in die Mitte des Saales schob.

Es war, als würden alle, die sich im Raum befanden, im selben Moment die Luft anhalten, um kurz darauf mit einem verhaltenen Stöhnen wieder auszuatmen. Der Student, der direkt neben Marthaler stand, schaute ihn mit entsetzter Miene an. In einer reflexhaften Bewegung hatte der junge Mann die Hände vor den Mund geschlagen.

Auch Marthaler wurde von dem Anblick, der sich ihm bot, überrascht. Er hatte erwartet, den Leichnam Gabriele Haslers mit einem Tuch bedeckt auf der Bahre liegen zu sehen. Stattdessen kniete die Tote in derselben Stellung, wie man sie vor ihrem Haus gefunden hatte: den entblößten Hintern in die Höhe gereckt, den Oberkörper vornübergebeugt und das verzerrte Gesicht zur Seite gedreht. Nicht einmal die Augenlider hatte man ihr geschlossen. Und noch immer trug sie dieselben Kleidungsstücke.

Dr. Herzlich gab einen kehligen Laut von sich. Dann schüttelte er lange den Kopf. «Ah, pardon … ich hätte nicht …

ohne Vorwarnung … grauenhaft … pardon.» Erst jetzt schien ihm bewusst zu werden, was er den anderen zumutete. Es herrschte betretenes Schweigen. Es war, als würde jeder nach einer Möglichkeit suchen, sich dem Anblick des Leichnams zu entziehen, nach einem Punkt, auf dem die Augen ruhen konnten. Alle warteten darauf, dass der Bann gebrochen würde. Eine der Studentinnen begann nervös zu kichern.

Endlich ergriff Thea Hollmann das Wort. «Ich kann Ihr Entsetzen verstehen», sagte sie, «und es ist gut, dass Sie solche Empfindungen zeigen. Denn nur wer berührbar ist, darf auch berühren. Und genau das werden Sie tun müssen. Wenn Sie sich für diesen Beruf entscheiden, werden Sie vielen Toten sehr nahe kommen. Aber der Respekt, den Sie dem Opfer entgegenbringen, muss darin bestehen, dass Sie Ihre Arbeit so gewissenhaft wie möglich erledigen. Das allerdings wird Ihnen nur gelingen, wenn Sie sich nicht von Ihren Gefühlen überwältigen lassen.»

Marthaler bemerkte das beifällige Nicken, mit dem Dr. Herzlich die Worte seiner Assistentin bedachte. Mit einem fast genießerischen Zwinkern schien er der neuen Kollegin seine Bewunderung zeigen zu wollen.

«Ihre Gefühle wollen, dass Sie sich von dem schrecklichen Anblick abwenden», sagte Thea Hollmann in Richtung des studentischen Nachwuchses, «aber Ihr Beruf verlangt, dass Sie das Gegenteil tun. Also: Schauen Sie hin! Je genauer, desto besser!»

Nur zögernd kamen die Studenten ihrer Aufforderung nach. Marthaler war sich sicher, dass am Ende dieses Tages einige ihr Berufsziel noch einmal überdenken würden. Und er hatte den Eindruck, dass dies in Thea Hollmanns Absicht lag. Er wunderte sich über die Bestimmtheit, mit der die junge Rechtsmedizinerin auftrat. Obwohl sie selbst ihr Studium noch nicht lange abgeschlossen haben konnte, zeugten ihre

Worte von einer großen persönlichen Reife. Alles, was sie sagte, wirkte ebenso ernsthaft wie entschlossen.

«Heute werden wir uns auf die äußere Besichtigung der Leiche beschränken. So, wie Sie die Frau hier sehen, ist sie gestern Morgen vor ihrem Haus gefunden worden: kniend, halb nackt, leblos. Noch am Fundort wurde die Körpertemperatur mittels einer Rektalsonde gemessen. Setzt man dazu die Körpermasse und die Umgebungstemperatur in Beziehung, dürfte der Tod gegen Mitternacht eingetreten sein. Da der erste Augenschein ein Sexualverbrechen nahe legte, haben wir umgehend Abstriche sowohl im Vaginal-, im Anal- als auch im Mundbereich vorgenommen. Ohne Ergebnis … Aber folgen wir den Leitlinien, gehen wir systematisch vor: Untersuchen wir zunächst die Bekleidungssituation.»

Eine der Studentinnen zog einen Stift und einen Block hervor und begann mitzuschreiben. Sofort kramten auch die anderen in ihren Taschen. Thea Hollmann schaute kurz in die Runde und wartete, bis wieder Ruhe eingekehrt war.

«Beine und Füße sind nackt. Der Slip wurde bis auf die Fußknöchel heruntergerollt. Die Tote trägt einen schwarzen halblangen Rock, der bis zu den Hüften hochgeschoben wurde. Ihr gesamter Unterleib ist entblößt. Der Oberkörper ist mit einer weißen, langärmligen Bluse und einem dünnen, schwarzen Pulli bekleidet. Sämtliche Kleidungsstücke waren zum Zeitpunkt der ersten Augenscheinnahme durchnässt und zum Teil mit Schmutzpartikeln behaftet. Eine fotografische Dokumentation hat stattgefunden.»

Thea Hollmann unterbrach ihren Bericht. Für einen Moment herrschte Schweigen. Dann hörte man ein lautes metallisches Klirren. Dr. Herzlich hielt eine große Schere in der Hand und näherte sich der Leiche. Offenbar hatte er vorübergehend die Rolle des Assistenten übernommen. Mit ein paar geschickten Handbewegungen schnitt er sowohl den Pulli als auch die Bluse auf. Ohne den Leichnam berühren zu müssen, entfernte er beide Kleidungsstücke vom Körper der Toten und unterzog die Textilien einer kurzen Inspektion. Er packte die Asservate in zwei Plastikschüsseln, durchtrennte dann mit einem einzigen Schnitt den Slip und legte ihn in einen dritten Behälter. «Aufbewahren!», krächzte er und hob dabei den Zeigefinger in die Höhe. «Labor … Anhaftungen untersuchen.» Die Studenten hatten verstanden. Sie nickten. Dann ergriff Thea Hollmann wieder das Wort.

«Ich darf Sie jetzt bitten, näher zu kommen. Wir dürfen nichts übersehen. Jedes Detail ist wichtig und lässt Rückschlüsse auf den Tathergang zu.»

Nein, dachte Marthaler, ich muss gar nichts mehr sehen. Mir reicht es, wenn ich höre. Er trat ein paar Schritte zurück und machte Platz für die Studenten. Er lehnte sich an die Wand und schloss die Augen. Jedes Wort, das Thea Hollmann sagte, grub sich in sein Gedächtnis ein.

Die Rechtsmedizinerin stellte fest, dass Teile vom Kopfhaar Gabriele Haslers gewaltsam ausgerissen worden waren. Wahrscheinlich war das Opfer zeitweise mit einem breiten Isolierband geknebelt worden. Das Gesicht der Toten war aufgedunsen, Lippen und Fingernägel waren bläulich verfärbt – eine Folge von Sauerstoffmangel. Die Augäpfel wiesen punktartige Blutungen auf, die Lider, das Jochbein und die Stirn zeigten flächige Blutergüsse. Der gesamte Hals war umgeben von einer horizontal verlaufenden Strangulationsmarke, ein deutliches Zeichen, dass Gabriele Hasler mit einer Schlinge erdrosselt worden war. An Hand- und Fußgelenken entdeckte Thea Hollmann übereinander gelagerte Quetsch- und Scheuermale verschiedener Herkunft, was Dr. Herzlich vermuten ließ, dass das Opfer während des Tathergangs mehrfach gefesselt worden war – mal mit Handschellen, mal mit Kabelbindern. Der Körper war übersät mit Brand- und

Quetschwunden, die der Frau noch zu Lebzeiten, aber erst kurz vor ihrem Tod zugefügt worden waren. Zahlreiche Faserreste in den Wunden deuteten darauf hin, dass sie während ihres Martyriums wiederholt gezwungen worden war, die Kleidung zu wechseln.

«Was ist mit Fremdgewebe?»

Alle drehten sich zu Marthaler um, der diese Frage gestellt hatte. Er hoffte, dass Gabriele Hasler sich gewehrt und dabei ihren Angreifer verletzt hatte. Oftmals wurden von den Rechtsmedizinern fremde Hautpartikel oder Haare unter den Fingernägeln des Opfers gefunden, die später halfen, den Täter zu überführen. Thea Hollmann schaute Marthaler an. Dann schüttelte sie den Kopf.

«Auf den ersten Blick nichts. Leider. Wir müssen die Analysen noch abwarten, aber ich fürchte, der Täter hat keine verwertbaren Gewebespuren hinterlassen. Es scheint, als habe er an alles gedacht.»

Marthaler nickte. Er hatte genug gehört. Alles Weitere würde er aus dem Obduktionsbericht erfahren. Er verabschiedete sich und verließ den Sektionssaal. Als die Tür hinter ihm ins Schloss fiel, atmete er durch. Er stieg die Treppe hinauf, ging zum Ausgang und nickte dem Pförtner zu. Als er im Freien stand, zündete er sich eine Zigarette an.

«O Gott, Herr Kommissar, Sie sind ja weiß wie die Wand.»

Marthaler schaute sich um. Es war niemand zu sehen. Dann tauchte der Kopf eines Mannes unter der Motorhaube des gelben Porsche Targa auf, der ein paar Meter weiter am Bordstein geparkt war. Marthaler erkannte den Hausmeister des Zentrums für Rechtsmedizin, einen schlanken Mann Ende dreißig, der wegen seiner rotbraunen Haare von allen Füchsel genannt wurde. Füchsel grinste ihm entgegen: «Sie waren wohl auf Kundenbesuch? Wie wär's mit einem

Schlückchen Glücklich? Sieht so aus, als könnten Sie was vertragen.»

Marthaler wollte bereits ablehnen, dann überlegte er es sich anders. Er folgte dem Mann zu dem kleinen Anbau, in dem sich die Werkstatt und das Materiallager befanden. Der Hausmeister verschwand im Nebenraum und kam kurz darauf mit zwei Wassergläsern und einer Flasche Wodka wieder. Während er beide Gläser bis zur Hälfte füllte, zwinkerte er Marthaler verschwörerisch zu.

«Ich hab was Neues auf Lager. Wollen Sie's hören?»

Marthaler nahm einen großen Schluck aus dem Glas und nickte. «Also gut, Füchsel, legen Sie los!»

Der Hausmeister stellte sich vor ihm in Positur, atmete tief ein und begann zu pfeifen. Er pfiff so traumwandlerisch schön, dass Marthaler unwillkürlich lächeln musste. Er erkannte die Melodie sofort. Es war die Arie der Königin der Nacht aus dem ersten Akt von Mozarts Zauberflöte.

Marthaler schloss die Augen und ließ den Schnaps und die Musik auf sich wirken. Als die letzten Töne verklungen waren, schaute Füchsel ihn erwartungsvoll an.

«Das war schön», sagte Marthaler, «schöner als alles, was ich in den letzten Tagen erlebt habe.»

Füchsel seufzte. «Ja», sagte er, «aber nichts ist so schön wie die schöne Frau Hollmann. Haben Sie sie gesehen?»

«Ja, sie ist sehr apart.»

«Apart», erwiderte Füchsel versonnen. «Apart ist das Wort, das ich gesucht habe. Thea Hollmann ist das aparteste Wesen, dem ich je begegnen durfte.»

Marthaler hob sein Glas und trank es aus. «Füchsel, Sie sind ein Schwerenöter. Aber Sie haben mir gut getan. Und jetzt rufen Sie mir bitte ein Taxi.»

«Wo wollen Sie hin? Ich habe sowieso seit einer halben Stunde Feierabend. Ich kann Sie fahren. Auf mich wartet nichts als eine leere Wohnung und eine volle Flasche Wodka.»

Noch so einer, dachte Marthaler, noch so einer, der allein ist wie ein Stein. Er zog den Zettel mit Terezas Adresse aus seiner Manteltasche. «Ich muss in die Lorsbacher Straße», sagte er. «Und ich habe keine Ahnung, wo das ist.»

«Aber ich», erwiderte Füchsel. «Gleich bei mir um die Ecke. Im Kamerun.»

Schweigend saßen sie in dem alten gelben Porsche nebeneinander: ein Hauptkommissar der Kriminalpolizei auf dem Weg, alles wieder gutzumachen. Und ein Hausmeister, der sich einer einsamen Nacht entgegentrinken würde. Marthaler lehnte seine Stirn an die kalte Scheibe der Beifahrertür und schaute in die Dunkelheit. Er war erschöpft, trotzdem freute er sich darauf, Tereza wiederzusehen. Aber er hatte auch Angst vor dieser Begegnung. Er fragte sich, wie sie auf seine Erklärungen reagieren würde.

Kaum zwanzig Minuten später hatten sie das westliche Ende des Gallusviertels erreicht. Warum die Siedlung im Volksmund seit hundert Jahren Kamerun genannt wurde, wusste niemand mehr so genau. Füchsel musste ein paarmal um den Block fahren, bis er einen Parkplatz gefunden hatte. Dann stellte er den Wagen am Straßenrand ab.

«Die zweite links ist die Lorsbacher», sagte er, als sie auf dem Bürgersteig nebeneinander standen. «Wenn Sie Lust haben, können Sie ja nachher noch auf einen Schluck zu mir hochkommen.»

«Danke. Mal sehen. Ich weiß noch nicht.»

«Apart … Schwerenöter … Was Sie aber auch für Worte kennen …» Füchsel schüttelte den Kopf.

«Was meinen Sie? Was sind das für Worte?»

«Ich weiß nicht … jedenfalls ziemlich altmodische.»

«Ja», sagte Marthaler, «das habe ich mir fast gedacht.»

Die Adresse fand er auf Anhieb. Es war eines jener alten Häuschen aus rotem Backstein, die in der ersten Hälfte des vorigen Jahrhunderts für die Bediensteten der Eisenbahn gebaut worden waren. Inzwischen waren die Häuser fast alle saniert und an neue Besitzer verkauft worden.

Marthaler stand auf der Straße und schaute zu dem erleuchteten Fenster im Erdgeschoss. Es war niemand zu sehen. Er beugte sich zu dem eisernen Törchen hinab und klickte sein Feuerzeug an. Auf dem Klingelschild stand der Name Maurer. Ein Name, der ihm nichts sagte; Tereza hatte nie jemanden erwähnt, der so hieß. Was sollte er sagen, wenn ihm gleich die Haustür geöffnet würde? Was würde ihn erwarten? Er hatte noch keine Zeit gehabt, darüber nachzudenken. Er kramte in den Manteltaschen und suchte nach seinen Zigaretten. Die Packung war leer. Er beschloss, sich auf die Suche nach einem Automaten zu machen und sich so noch eine kurze Gnadenfrist zu gewähren.

Zwei Straßenecken weiter sah er das Brauereischild einer Gastwirtschaft. Als er die Tür öffnete, schauten die drei Männer, die am Tisch neben dem Eingang saßen, kurz zu ihm auf. Dann wandten sie sich wieder ihrem Kartenspiel zu. Der Wirt hob den Kopf und nickte ihm zu: «Bierchen?» Bevor Marthaler sich noch entschieden hatte, stand das gefüllte Glas bereits vor ihm auf dem Tresen. Er setzte sich auf einen Barhocker und fragte nach Zigaretten. Außer dem Rauschen des Spülbeckens und dem gelegentlichen Gedudel des Spielautomaten war nichts zu hören. Es machte ihn unruhig, dass niemand sprach.

«Ist ja ein lustiger Laden hier», sagte er.

Der Wirt wischte mit einem Lappen über die Zapfanlage und sah ihn aus toten Säuferaugen an. «Die sind taubstumm», sagte er mit Blick auf die drei Kartenspieler. «Soll ich Musik machen?»

«Für mich nicht», sagte Marthaler. Er hatte sein Bier noch nicht ausgetrunken, als bereits ein neues auf seinem Deckel stand. Er ließ es stehen, fragte, was er schuldig sei, stand auf und ging, ohne auf das Wechselgeld zu warten.

Als er wieder vor dem Eisenbahnerhäuschen angelangt war, klingelte er, ohne zu zögern. Er legte sein Ohr an die Haustür und lauschte. Es dauerte eine Weile, bis sich im Innern etwas regte. Dann hörte er eine Männerstimme.

Als sich Schritte näherten, trat er einen Meter zurück. Die Tür wurde geöffnet. Vor ihm stand ein blonder Enddreißiger, der sich gerade das Hemd zuknöpfte. Marthaler wusste nicht, was er sagen sollte. Der Mann hob die Augenbrauen. «Womit kann ich dienen?»

«Ich möchte zu Tereza.»

Der Blonde zögerte. «Darf ich fragen, wer Sie sind?»

Statt zu antworten zog Marthaler seinen Dienstausweis aus der Tasche und hielt ihn dem anderen vors Gesicht.

«Moment, bitte», sagte der Mann und ging in den Flur. Als er wenige Sekunden später zurückkam, hatte er eine Brille auf. Er nahm den Ausweis und studierte ihn.

Marthalers Ungeduld wuchs: «Hören Sie, ich möchte einfach mit Tereza sprechen.»

Der Mann lächelte. Oder grinste.

«Ja», sagte er, «aber ich glaube nicht, dass Tereza mit Ihnen sprechen möchte.» Das Grinsen blieb.

Marthaler hatte das Gefühl, ihm werde vor Wut gleich schwarz vor Augen. Ihn schwindelte. Dann ballte er seine Linke zur Faust und schlug sie dem Mann ins Gesicht. Der Blonde taumelte gegen den Türrahmen und sah ihn erstaunt an. Seine Nase blutete. Die Brille war zu Boden gefallen.

Marthaler ließ die Arme sinken und blieb auf dem Treppenabsatz stehen. Aus dem Innern des Hauses war eine Frauenstimme zu hören. Es war die von Tereza. Dann kam sie in den Flur. Sie schien die Situation mit einem Blick zu erfassen. Sie sah ihn an und schüttelte stumm den Kopf. Sie ging zu dem Blonden und legte ihm eine Hand auf die Schulter.

«Komm», sagte sie, «wir machen das kalt.»

Die beiden verschwanden im Badezimmer und ließen Marthaler in der offenen Haustür stehen. Tereza hatte sich nicht einmal mehr zu ihm umgedreht. Er hörte Wasserrauschen und Terezas Stimme, die beruhigend auf den anderen einredete.

ZEHN Er drehte sich um und ging zurück auf die Straße. Die Haustür hatte er offen gelassen. Er lief durch die Dunkelheit, ohne zu überlegen, wohin er eigentlich wollte. Weder war er stolz auf das, was er getan hatte, noch war er entsetzt darüber. Er war lediglich verwundert. Er konnte sich nicht daran erinnern, außerhalb seines Dienstes jemals Gewalt angewendet zu haben. Und jetzt hatte er einen Fremden geschlagen, ohne dass es dafür einen vertretbaren Grund gab. Er hatte einen Fremden angegriffen, und dieser hatte sich nicht gewehrt. Wenn der andere ihn anzeigte, konnte das bedeuten, dass Marthaler seine Stelle verlor. Womöglich sogar seine Pensionsberechtigung. Trotzdem: Das machte ihm keine Sorgen. Sorgen machte ihm nur Terezas Reaktion. Wahrscheinlich hatte er alles zerstört. Jeder Versuch, ihr etwas zu erklären, wäre jetzt lächerlich. Und doch bedauerte er nichts. Es kam vor, dass Männer einander schlugen, wenn es um Frauen ging. Das war alles.

Er ging die Mainzer Landstraße entlang und wich den Autos aus, von deren Reifen der Schneematsch bis auf den Bürgersteig spritzte. Als ihm ein freies Taxi entgegenkam, winkte er. Er öffnete die hintere Wagentür und setzte sich auf die Rückbank. Auf die Frage des Fahrers, wo er hinwolle, wusste er keine genaue Antwort. «In die Stadt», sagte er.

Am Hauptbahnhof stieg er aus. Er hatte Lust, in eine der billigen Stripteasebars zu gehen, ein paar Biere zu trinken und den Mädchen zuzuschauen, die sich langsam auszogen und dann schnell wieder verschwanden. Vorher würde er noch eine Kleinigkeit essen. Er wollte über nichts nachdenken, was heute geschehen war, sondern so lange trinken, bis er müde genug war, um nach Hause zu fahren und zu schlafen.

Vom Kaisersack kommend, überquerte er die Moselstraße. Als er am erleuchteten Fenster eines italienischen Restaurants vorbeikam, hielt er inne. Er war sich nicht sicher, aber an einem der Tische meinte er Thea Hollmann zu erkennen. Als er näher an die Scheibe trat, hob die Frau den Kopf. Sie war es wirklich. Sie sah ihn verwundert an, dann gab sie ihm ein Zeichen, dass er hereinkommen solle.

Er betrat das Restaurant und blieb etwas unschlüssig vor ihrem Tisch stehen. «Ich will nicht stören», sagte er.

Thea Hollmann zeigte auf die drei freien Stühle. «Sehen Sie hier jemanden, den Sie stören könnten? Dann brauche ich Sie wenigstens morgen nicht anzurufen. Leisten Sie mir Gesellschaft, wenn Sie nichts Besseres vorhaben. Und wenn es Ihnen nichts ausmacht, dass ich heute nicht die beste Unterhalterin bin. Kommen Sie ...»

«Ja», sagte Marthaler. «Gerne.» Er brachte seinen Mantel zur Garderobe und setzte sich auf den Platz ihr gegenüber. Er war ein wenig befangen und wusste nicht, wie er das Gespräch mit der jungen Rechtsmedizinerin beginnen sollte.

«Warum hätten Sie mich morgen anrufen wollen?», fragte er.

«Weil wir bei der Besichtigung des Leichnams noch etwas entdeckt haben, was Sie noch nicht wissen. Aber Sie hatten es vorhin so eilig ...»

«Was?», fragte Marthaler, ohne sie ausreden zu lassen. «Was haben Sie entdeckt?»

«Vernarbtes Gewebe. Die Tote hatte Narben, die auf alte Verletzungen hindeuten. Dabei handelt es sich sowohl um verheilte Brandwunden als auch um alte Fessel- und Würgemale.»

«Wie alt? Wie lange ist es her, dass ihr diese Verletzungen zugefügt wurden?»

«Vorsichtig geschätzt: ein paar Jahre.»

«Und was schließen Sie daraus?», fragte Marthaler.

«Nichts», sagte Thea Hollmann. «Ich schließe gar nichts. Ich stelle es nur fest. Die Schlüsse müssen Sie ziehen.»

Marthaler nickte. Diese Antwort kannte er. Es war die typische Antwort einer Naturwissenschaftlerin. Er wusste nicht, was er von dieser neuen Information halten sollte. Darüber würde er in Ruhe nachdenken und sich mit den Kollegen beraten müssen. Aber er merkte, wie sehr ihn beunruhigte, was er gerade erfahren hatte.

«Darf ich Ihnen etwas empfehlen? Haben Sie großen Hunger?», fragte Thea Hollmann.

«Nein ... doch ... aber ich will abnehmen», sagte er.

«Gute Idee», sagte sie und lächelte ihm vollkommen arglos zu. «Dann nehmen Sie am besten was Mageres vom Grill.»

«Sind Sie öfter hier?»

Sie nickte. «Ja, ich wohne hier um die Ecke.»

«Hier? Im Bahnhofsviertel? Eine allein stehende Frau?»

«Wie kommen Sie denn darauf, dass ich allein stehend bin?»

«Oh, Entschuldigung, ich dachte nur ...»

«Nein, nein. Sie haben ja Recht. Aber ich wusste nicht, dass man mir das ansieht ... Wie wär's mit dem apulischen Rinderspieß? Und dazu ein Roter aus derselben Gegend. Ich lade Sie ein.»

Während sie noch in der Speisekarte blätterte, sah Marthaler die Rechtsmedizinerin an. Am Nachmittag, als sie ihn beim Pförtner abgeholt hatte, war sie ihm noch so frisch und unbelastet vorgekommen. Jetzt war sie blass, sie wirkte abgespannt und müde.

«Sie sehen erschöpft aus», sagte er.

«Na, dann geben wir ja ein feines Paar ab: der dicke Kommissar und die erschöpfte Rechtsmedizinerin.»

«Finden Sie mich wirklich so … dick?»

Sie lachte. «Nein. Aber ein bisschen zu kräftig.» Dann hob sie rasch die Hand, um den Kellner zu rufen. Marthaler überließ es Thea, die Bestellung aufzugeben. Als sie wieder ungestört waren, wiederholte er seine Frage. «Und? Was ist nun mit Ihnen? Hat der Tag Ihnen zugesetzt?»

Sie sah ihn lange an.

«Was glauben Sie denn, warum in unserem Beruf fast alle trinken, Tabletten schlucken oder sich auf andere Weise betäuben? Jeder Tag setzt einem zu. Alle tun so, als würde es ihnen nichts ausmachen, jeder macht seine Witzchen, jeder lenkt sich ab. Aber es ist nicht auszuhalten. Nicht ständig. Nicht ein ganzes Berufsleben lang.»

«Aber es muss getan werden … Und zu den Studenten haben Sie gesagt …»

Sie unterbrach seinen Einwand: «Ich weiß, was ich gesagt habe. Und ich habe es so gemeint. Aber wissen Sie: Ich gehe manchmal durch die Stadt und habe das Gefühl, als würde ich schon jetzt nicht mehr dazugehören, als sei ich … ich weiß nicht …»

«Als seien Sie der Welt abhanden gekommen.»

«Ja, das ist eine schöne Formulierung», sagte sie.

Eine Weile saßen sie einander schweigend gegenüber und stocherten in ihrem Essen. Marthaler überlegte, ob er das Gespräch auf ein anderes, weniger ernstes Thema lenken sollte. Aber er hatte den Eindruck, dass Thea Hollmann über ihren Beruf reden wollte, dass sie es als Erleichterung empfand, sich auszusprechen.

«Wenn man jeden Tag sehen muss, was die Menschen einander antun, dann zweifelt man irgendwann daran, dass es sich bei uns wirklich um eine entwickelte Gattung handelt», sagte sie. «Es gibt Tage, an denen ich mir wünsche, die Menschen würden diesen Planeten verlassen, damit der Rest der Natur endlich einmal seine Ruhe vor uns hat.»

Marthaler schwieg. Er konnte sie verstehen, aber er fand, dass Thea Hollmann zu jung war für eine solche Haltung. Trotzdem ließ er sie ausreden.

«Es gibt auch andere, unbeschwerte Tage. Aber sie werden seltener. Tage, an denen ich jeden auf der Straße anhalten und jeden, der mir begegnet, nach seiner Geschichte fragen möchte. Neugierige Tage, an denen das Leben Spaß macht.»

«Und», fragte Marthaler, «heute war wohl kein solcher Tag?»

«Nein», sagte sie mit großer Bestimmtheit. «Heute war ein Scheißtag!»

«Und was macht Ihnen Freude?»

Sie überlegte lange. Sie trank einen großen Schluck Rotwein und stellte das Glas wieder ab. Marthaler sah, dass ihre Hand ein wenig zitterte.

«Die Sonne», sagte sie. «Die Sonne macht mir Freude. Und früher, während des Studiums, habe ich gerne Filme geschaut. Aber seit meiner ersten Stelle in der Rechtsmedizin bin ich kaum noch ins Kino gegangen. Eine Weile habe ich mir Videos und DVDs ausgeliehen. Aber selbst darauf kann ich mich nicht mehr konzentrieren. Bis vor kurzem war ich mit einem Mann zusammen. Er hat sich von mir getrennt, weil er es nicht mehr aushielt, dass ich jeden Abend vor dem Fernseher hocke, Rotwein trinke und Löcher in die Luft starre. Er ist einfach gegangen.»

Sie schaute auf den Tisch. Dann prostete sie Marthaler zu. «Wenn das kein Grund zum Trinken ist.»

«Wissen Sie, dass Sie einen Verehrer haben?», fragte er.

«Das ist nicht wahr … Hat Dr. Herzlich Ihnen etwa ein Geständnis abgelegt?»

«Der also auch? Nein, ich rede nicht von Dr. Herzlich. Ich spreche von Füchsel.»

Sie sah Marthaler entgeistert an. Dann kicherte sie und schüttelte ungläubig den Kopf.

«Warum lachen Sie», fragte er. «Finden Sie es unpassend, dass ein Hausmeister sich in eine Medizinerin verliebt?»

«Nein, gar nicht», sagte sie ernst. «ich finde Füchsel sogar ganz charmant. Und es heißt, er sei mit den Fingern recht geschickt. Aber erstens wusste ich nichts von seiner Zuneigung. Zweitens bin noch lange nicht wieder so weit …»

«Und drittens?»

«Drittens fährt er einen gelben Porsche.»

Marthaler lachte. «Ja», sagte er, «das ist allerdings ein echter Ablehnungsgrund. Aber hübsch pfeifen kann er schon!»

«Und Sie», fragte Thea Hollmann, «was hätten Sie heute Abend gemacht, wenn wir uns nicht getroffen hätten?»

Für ein paar Sekunden war Marthaler versucht, ihr eine harmlose Lüge aufzutischen. Dann überwog seine Neugier, zu sehen, wie sie auf die Wahrheit reagierte. «Ich wäre in ein Stripteaselokal gegangen», sagte er.

Sie schien sich nicht einmal zu wundern. «Um was zu tun?», fragte sie.

«Zu schauen und zu trinken», antwortete er.

«Sonst nichts?»

«Sonst nichts!»

«War wohl auch für Sie kein so toller Tag, wie?!»

Er lachte. «Nein, war kein toller Tag. Aber jetzt werde ich mir ein Taxi bestellen, nach Hause fahren und versuchen zu schlafen.»

«Nein, Herr Hauptkommissar», sagte sie. «Ich glaube, das werden Sie nicht tun. Ich glaube, Sie werden jetzt die fröhliche Thea Hollmann nach Hause begleiten und noch auf ein Glas Wein mit ihr auf die Bude kommen.»

Thea Hollmann behielt nur zur Hälfte Recht. Der Herr Hauptkommissar begleitete sie nach Hause, aber Wein wurde nicht mehr getrunken.

Ihre Wohnung lag, unweit des Bahnhofs, in jenem Teil der Münchener Straße, wo Marthaler bei einem spanischen Lebensmittelhändler gelegentlich seinen Käse und Schinken, manchmal auch Tintenfisch, Peperoni und eingelegte Oliven kaufte. Hier gab es türkische Import-Export-Läden, einen afrikanischen Friseur, winzige asiatische Restaurants, marokkanische Gemüsestände und zahllose Döner-Buden. Obwohl man in den vergangenen Jahren immer wieder versucht hatte, die meist mittellosen Einwanderer, die Prostituierten und kleinen Dealer aus dem Viertel zu vertreiben, um so ein vermeintlich sauberes Entree in die Stadt zu schaffen, war es diesem Milieu immer wieder gelungen, sich neue Plätze zwischen den Hochhäusern der Banken und den Büros der Fluggesellschaften zu erobern. So trafen hier auf engstem Raum die Vorstände der großen Geldinstitute mit den Ärmsten der Stadt zusammen. Marthaler wusste, dass seine Kollegen und er noch längst nicht genug gegen den Menschen- und Drogenhandel unternahmen. Dennoch wussten sie alle, dass die wirklich schlimmen Verbrechen ein paar Stockwerke höher geplant und ausgeführt wurden. Und dass das eine viel mit dem anderen zu tun hatte.

«Hier hinein», sagte Thea Hollmann und schob Marthaler durch einen Torbogen in den finsteren Hinterhof. Während er hörte, wie sie nach dem Schlüsselbund kramte, vergrub er seine Hände in den Manteltaschen und schaute zwischen den Hauswänden in den schwarzblauen Nachthimmel empor. Er merkte, wie ihm schwindelig wurde. Rasch senkte er den Kopf, schloss für einen Moment die Augen und atmete tief durch, um die Wirkung des Weins zu mildern.

«Es wird wieder kälter», sagte er. «Man sieht den Großen Wagen.»

«Scheiße», sagte Thea Hollmann, «das Flurlicht ist schon wieder kaputt. Gib mir deine Hand.»

Sie zog ihn hinter sich her die dunkle Treppe hinauf bis zum ersten Stock.

Als sie das Licht in ihrer Wohnung angeknipst hatte, drehte sie sich zu ihm um und grinste. «Hast du gemerkt? Gerade habe ich dich geduzt.»

Marthaler zog seinen Mantel aus und grinste ebenfalls. «Ich bin betrunken», sagte er.

«Das ist keine Entschuldigung», erwiderte sie. «Ich mache uns einen Espresso.»

Er folgte ihr in die enge Küche. Während sie Wasser zapfte und das Kaffeepulver in die Maschine füllte, schaute er auf die Linie ihres Nackens, die sich unter dem Ansatz ihrer kurzen Haare abzeichnete. Plötzlich hielt sie inne. Ihr Oberkörper bebte. Marthaler merkte, dass sie weinte.

«Was ist?», fragte er leise.

Sie antwortete nicht. Er ging einen Schritt auf sie zu und legte seine Hände von hinten auf ihre Schultern. «Warum weinst du? Was ist mit dir?»

«Nichts …», sagte sie. «Alles.» Und versuchte zu lachen. «Entschuldige.»

Erst jetzt drehte sie sich zu ihm um. Noch im Schluchzen begann sie ihn zu küssen. So heftig und lange, bis Marthaler die Zunge schmerzte.

«Komm», sagte sie und wartete, dass er ihr ins Nebenzimmer folgte.

Langsam zogen sie einander in der Dunkelheit aus. Sie sprachen nicht. Als sie sich auf den Boden legte, tat er es ihr gleich. Einmal stöhnte er vor Schmerzen auf. Einen Moment lang hatte er nicht an seinen aufgeschürften Rücken gedacht. Dann entspannte er sich wieder. Sie fuhr mit ihren Händen über seine Haut. Er tat dasselbe bei ihr. Sie schnauften.

Manchmal kicherte sie. Bald fassten sie einander mit einer Gier an, als wollten sie jede Erinnerung an den vergangenen Tag auslöschen. Sie rollte sich auf den Rücken und zog ihn auf sich.

Ohne aufzustehen, knipste sie eine kleine Stehlampe an. Sie lagen nebeneinander und schauten an die Decke.

«Was ist mit deinem Rücken passiert?», fragte sie.

«Nichts. Ich bin gefallen.»

Sie fragte nicht weiter nach. «Jetzt haben wir das gemacht, was alle Säugetiere miteinander tun», sagte sie dann.

Marthaler wartete, dass sie weitersprach.

«Und?», fragte er schließlich.

«Können wir trotzdem versuchen, in Zukunft wie halbwegs anständige Menschen miteinander umzugehen? Ich meine: mit ein wenig Respekt.»

Marthaler lachte leise. «Ja», sagte er, «sicher. Meinst du, es war ein Fehler?»

Es verging eine Weile, bis sie antwortete. «Für mich nicht», sagte sie, «ich bin alleine. Für dich vielleicht, das musst du wissen. Egal ist es jedenfalls nie.»

Marthaler nickte. «Trotzdem», sagte er, «ich kann dich leiden.»

Sie lächelte. «Schön. Wenn du nur nicht anfängst, mich zu lieben.»

«Ich bin dir zu dick?», fragte er.

«Zu alt», sagte sie.

«Und zu dick?»

«Ein bisschen zu kräftig.»

Beide mussten lachen.

Zehn Minuten später stand Marthaler angekleidet im Wohnungsflur. «Du bist nicht böse, wenn ich jetzt gehe?»

«Nein», sagte sie. «Ist sowieso ohne Frühstück.»

Er überlegte, aus welchem Film er diesen Satz kannte. Als er sie fragen wollte, unterbrach sie ihn: «Ist auch ohne Diskussionen.»

Jetzt fiel es ihm ein. «‹Solo Sunny›», sagte er, «von Konrad Wolf. DDR 1980.»

Sie nickte. «Das Jahr weiß ich nicht, aber der Rest stimmt. Toller Film … Hättest du etwas dagegen, wenn wir uns künftig wieder bei unseren Nachnamen nennen?»

Marthaler fuhr ihr mit dem Zeigefinger über die Schläfe: «Ich wünsch dir eine schöne Nacht, Thea Hollmann», sagte er.

«Ich Ihnen auch, Herr Hauptkommissar.»

ELF Marthaler schlief noch, als es am nächsten Morgen an seiner Tür klingelte. Er versuchte, das Geräusch in seinen Traum einzubauen. Er drehte sich um; sein Rücken schmerzte noch immer. Das Klingeln wiederholte sich. Schließlich öffnete Marthaler die Augen. Er stand auf, ging zur Wohnungstür und drückte auf den Öffner. Dann zog er sich einen Bademantel über.

Im Hausflur stand ein Mann, der ihm wie ein flüchtiger Bekannter vorkam, dessen Name ihm nicht einfiel. «Ich möchte mit Ihnen reden, Herr Marthaler.»

«Ja, bitte?»

«Darf ich reinkommen?»

Marthaler wollte den Mann gerade abweisen, als er ihn endlich erkannte. Es war Maurer, der blonde Freund von Tereza. Der Mann, den er gestern geschlagen hatte. Mit einem Mal war er wach. «Hören Sie, wenn Sie mich anzeigen wollen, tun Sie das. Ich weiß nicht, was es zu reden gibt. Ich könnte mich bei Ihnen entschuldigen, aber ich bin mir keineswegs sicher, ob ich das möchte.»

Diesmal lächelte der Blonde nicht. «Nein», sagte er, «das interessiert mich alles nicht. Mich interessiert Tereza. Darüber möchte ich mit Ihnen reden.»

«Na bitte», erwiderte Marthaler, «dann ist doch alles in Ordnung. Tereza scheint sich ja auch für Sie zu interessieren.»

Der Mann blieb ruhig. «Ich fürchte, das Ganze ist ein Missverständnis. Ich bin verheiratet. Meine Frau und Tereza haben sich in Madrid kennen gelernt. Als Tereza vor zwei

Tagen auf dem Flughafen stand und nicht wusste, wo sie hinsollte, hat sie angerufen und gefragt, ob sie ihr Gepäck bei uns abstellen kann. Seitdem wohnt sie im Arbeitszimmer meiner Frau, die noch in Spanien ist.»

Marthaler war zu überrascht, um etwas erwidern zu können. Er öffnete die Tür ein Stück weiter und ließ den Mann in die Wohnung. Er führte ihn in die Küche und bat ihn zu warten.

Als er sich angezogen hatte, kochte er Kaffee, stellte zwei Tassen auf den Tisch und setzte sich. «Bitte, ich höre.»

«Sie müssen mit Tereza reden ...», sagte Maurer.

«Ah ja? Gestern wollten Sie aber genau das verhindern.»

«Tereza war es, die nicht mit Ihnen reden wollte. Und ich kann sie verstehen.»

«Und? Was hat sich seit gestern Abend geändert?»

«Dass ich die ganze Nacht kein Auge zugemacht, sondern mich stattdessen mit ihr unterhalten habe. Tereza ist sauer auf Sie. Und sie hat jedes Recht dazu.»

Marthaler schaute auf den Tisch, ohne etwas zu sagen. Nur langsam begriff er, was er angerichtet hatte. «Sauer weswegen? Weil ich nicht am Flughafen stand oder weil ich Sie geschlagen habe?»

«Hören Sie, das Ganze geht mich nichts an. Ich will nur ...»

«Genau», erwiderte Marthaler. «Das Ganze geht Sie nichts an. Dann frage ich mich allerdings, warum Sie hier sitzen.»

Maurers Gesicht hatte sich gerötet. Trotzdem blieb sein Ton ruhig. «Warum treffe ich eigentlich nie einen Polizisten, der einmal auf ganz arglose, offene Weise interessiert ist an seiner Umgebung. Immer strahlt ihr dieses muffige Misstrauen aus. Diese Neugier, die gar nicht gierig auf Neues ist, sondern immer etwas entlarven will, die immer auf der Lauer liegt, weil ihr vermutet, dass jeder, der euch begegnet, etwas zu verbergen hat. Immer habe ich das Gefühl, dass ihr die Welt einteilt in ‹wir› und die ‹anderen›. Und im Zweifel gehört einer wie ich natürlich zu den anderen – zu den Zivilisten, die im besten Fall ahnungslose Idioten sind, in den meisten Fällen aber potenzielle Gegner. Dass ich Tereza einfach helfen will, weil sie eine Freundin meiner Frau ist, können Sie sich offenbar nicht einmal vorstellen.»

Marthaler schwieg. Er wollte, dass der andere weitersprach. Langsam begann ihm Maurers inständige Art zu gefallen.

«Tereza ist sauer, aber sie ist noch nicht fertig mit Ihnen. Nehmen Sie einen zweiten Anlauf! Reden Sie mit ihr!»

«Und wenn sie immer noch nicht will?»

«Ich denke, sie wird wollen.»

«Weil Sie sie davon überzeugt haben?»

«Sie müssen den ersten Schritt machen.» Maurer legte eine Visitenkarte mit seiner Privatnummer auf den Tisch. «Rufen Sie sie an, laden Sie Tereza zum Essen ein. Reden Sie mit ihr. Was daraus wird, das geht mich dann wirklich nichts mehr an.»

Maurer war aufgestanden und hatte sich bereits zum Gehen gewandt.

«Eines würde mich noch interessieren», sagte Marthaler. «Warum haben Sie sich gestern nicht gewehrt?»

«Meinen Sie die Frage ernst? Wollen Sie es wirklich wissen?»

Marthaler nickte.

«Weil Sie Polizist sind.»

«Weil ich Polizist bin?»

«Erinnern Sie sich noch an die Auseinandersetzungen um die Startbahn West des Frankfurter Flughafens? Ich habe mich als junger Mann an den Demonstrationen beteiligt. Genau wie meine Eltern, meine Großeltern und alle Nachbarn. Einmal sah ich, wie ein Polizist einen alten Mann niederschlug und auf ihn eintrat. Als ich dem Alten zu Hilfe kommen wollte, stürzten zwei andere Polizisten mit ihren Knüppeln auf mich zu. Ich wollte mich mit einem Stock wehren, den ich vom Waldboden aufgelesen hatte, aber die beiden waren schneller. Sie prügelten mich krankenhausreif. Später auf den Polizeifotos sah man nur noch, wie ich meinen Stock erhob und gegen die Polizisten richtete. Andere Aufnahmen gab es angeblich nicht. Ich wurde wegen Widerstands gegen die Staatsgewalt, wegen Körperverletzung und Landfriedensbruch verurteilt. Und als Sie mir gestern Ihren Dienstausweis vor die Nase hielten ...»

Marthaler winkte ab. «Schon gut ...», sagte er. «Ich kenne diese Geschichten. Und ich ahne, dass Sie die Wahrheit sagen.»

«Nein», sagte Maurer. «Die Geschichte ist noch nicht ganz zu Ende. Der alte Mann war nämlich mein Großvater. Er ist zwei Jahre später gestorben – an den Folgen der Misshandlungen. Was man selbstverständlich auch nicht nachweisen konnte.»

Marthaler schaute zu Boden. Er zögerte, dem anderen seine Hand entgegenzustrecken. Dann tat er es doch. «Danke», sagte er. «Und: Entschuldigung.»

Maurer lächelte. Dann schlug er ein.

Marthaler schaute auf die Uhr. Es war Viertel vor neun. Eigentlich hatte er noch Gymnastik machen wollen. Jetzt war es dafür zu spät. Sein neues Leben musste warten. Er nahm zwei Brötchen aus dem Gefrierfach, schaltete den Backofen an und legte sie hinein. Dann ging er ins Bad.

Als er dort fertig war, setzte er sich in den Sessel und wählte die Nummer, die Maurer ihm gegeben hatte. Tereza meldete sich nach dem zweiten Läuten.

«Ich bin's», sagte er.

«Ja, ich weiß.»

Ihre Stimme klang brüchig.

«Können wir uns sehen?»

Sie schwieg.

«Lass uns reden, bitte, Tereza.»

«Ja.» Sonst nichts.

«Magst du zum Essen kommen, heute Abend? Soll ich uns etwas kochen?»

«Nein. Nicht bei dir.»

«Egal, wo. Mach du einen Vorschlag.»

«Ich möchte rausgehen, wo es Luft gibt.»

«Wollen wir auf den Lohrberg fahren? Soll ich dich abholen?»

«Nein, ich komme selbst», sagte sie. «Ich bin schon groß.»

Sie verabredeten sich für neunzehn Uhr. Marthaler wusste nicht, was er noch sagen sollte, also verabschiedete er sich. Er wollte bereits auflegen, als sie noch einmal ansetzte. «Robert?»

«Ja?»

«Du bist eine zweifelhafte Mensch.»

Er musste lachen. Aber er verstand, was sie meinte. Und wahrscheinlich hatte sie Recht.

Die Leitung war bereits tot. Marthaler hielt noch immer den Hörer in der Hand. Dann merkte er, dass etwas nicht stimmte. Es roch verbrannt.

«Verdammter Mist», sagte er und sprang aus seinem Sessel auf. Er lief in die Küche. Als er den Backofen öffnete, kam ihm Qualm entgegen. Mit einem Topflappen nahm er die schwarzen Brötchen heraus und warf sie in den Mülleimer.

Auf dem Weg zur U-Bahn sah Marthaler die Schlagzeile: «Tote Braut im Schnee – bestialischer Frauenmord in Oberrad.» Er ging zum nächsten Kiosk und kaufte die drei großen

Frankfurter Zeitungen. Auf der Fahrt blätterte er sie durch. Alle brachten ausführliche Berichte, und alle stellten fest, dass die Polizei vor einem Rätsel stehe. Inzwischen waren auch Einzelheiten durchgesickert über die Situation, in der man Gabriele Hasler gefunden hatte, und darüber, was der Täter in den Stunden vorher mit ihr angestellt hatte. Der «City-Express» kündigte auf dem Titelblatt «Exklusiv-Fotos aus dem Mörder-Haus» an. Als Marthaler den Innenteil aufschlug, sah er sich selbst ins Gesicht. Es war das Foto, das vorletzte Nacht auf der dunklen Treppe in Gabriele Haslers Haus gemacht worden war. Er hatte weit geöffnete Augen, seine Züge waren entstellt vor Anspannung und auch von der Angst, die er in diesem Moment gehabt hatte. Seine Haut wirkte fahl im grellen Schein des Blitzlichts. Es war alles andere als das Bild eines Polizisten, der seine Arbeit mit Ruhe und Entschlossenheit erledigte. Marthaler merkte, wie er wütend wurde. Als sie an der Station Höhenstraße angekommen waren, drängelte er an den anderen Fahrgästen vorbei zum Ausgang. Er stürmte die Rolltreppen hinauf, überquerte die schmale Fahrbahn der Berger Straße und sprang in letzter Sekunde in den Bus, der gerade losfahren wollte. Eine Station später stieg er bereits wieder aus. Bis zum Weißen Haus waren es keine zweihundert Meter.

Schon von weitem sah er das Kamerateam, das sich in der Einfahrt postiert hatte. Auf dem Bürgersteig parkte ein blauer VW-Transporter mit der Aufschrift «Hessischer Rundfunk». Marthaler blieb auf der gegenüberliegenden Straßenseite und überquerte die Fahrbahn erst ein Stück weiter oben. Er wechselte erneut die Richtung und näherte sich nun dem Weißen Haus vom oberen Teil der Allee. Kurz bevor er sein Ziel erreicht hatte, bog er ab in den Hinterhof des Nachbargrundstücks, rollte eine Mülltonne an den Zaun und kletterte hinüber. Dann schaute er hoch zu den Fenstern der umliegenden

Häuser. Es war niemand zu sehen. Durch den Hintereingang gelangte er in den Treppenflur. Die Journalisten schienen ihn nicht bemerkt zu haben.

Noch im Korridor rief er nach Elvira. Er sah seine Sekretärin hinter der offenen Tür in einem kleinen Durchgangszimmer an ihrem Schreibtisch sitzen. Offenbar hatte sie sich an ihrem neuen Arbeitsplatz bereits eingerichtet. Sie begrüßte ihn und zeigte mit dem Kopf auf den Raum, der sich hinter ihrem Rücken befand.

«Magst du dir nicht mal dein neues Büro anschauen?», fragte sie.

«Dafür ist keine Zeit», sagte Marthaler. Er warf ihr die Zeitung mit seinem Foto auf den Schreibtisch. «Ich möchte, dass du beim ‹City-Express› anrufst und herausfindest, wer diese Aufnahme gemacht hat. Sie sollen dir Namen und Anschrift des Fotografen geben. Und lass dich bitte nicht abwimmeln. Droh ihnen meinetwegen mit der Polizei.»

«Mit der Polizei?»

«Ein Scherz, Elvira, es sollte ein Scherz sein. Sitzen die anderen schon am Mord-Tisch?»

Wieder sah ihn seine Sekretärin fragend an.

«Ich meine: ob die Kollegen schon im Sitzungszimmer sind?»

«Ja, sie warten auf dich. Und Herrmann hat gerade angerufen. Du sollst dich umgehend bei ihm melden.» Marthaler machte eine wegwerfende Handbewegung, dann hatte er den Raum bereits wieder verlassen.

Als er das Sitzungszimmer betrat, tauchten die Köpfe von Kai Döring und Sven Liebmann hinter den großen Kartons auf, mit denen der Mord-Tisch beladen war. Beide Polizisten waren damit beschäftigt, die Beweismittel zu sichten, welche die Spurensicherung aus dem Haus des Opfers abtransportiert hatte. Manfred Petersen stand am Fenster und telefonierte, während Kerstin Henschel auf den Monitor ihres Computers starrte.

«Gibt es Neuigkeiten?», fragte Marthaler. Acht müde Augen seiner Kollegen sahen ihn an. Dann berichtete einer nach dem anderen, was er in den letzten vierundzwanzig Stunden herausbekommen hatte. Es war nicht viel. Kerstin Henschel war in der Zahnarztpraxis am Kleinen Friedberger Platz gewesen und hatte einen Auszug aus der Patientenkartei erstellt, ohne dass ihr etwas Außergewöhnliches aufgefallen wäre. Sven Liebmann hatte die Kontounterlagen des Opfers durchgesehen und festgestellt, dass die Schulden Gabriele Haslers zum Zeitpunkt ihres Todes auf über zweihunderttausend Euro angewachsen waren.

«In den letzten Monaten scheint sie zunehmend Schwierigkeiten mit der Tilgung gehabt zu haben. Es gab wohl erste Verhandlungen mit der Bank, das Haus ihrer Eltern zu verkaufen. Aber das alles bringt uns nicht weiter.»

«Doch», sagte Marthaler, «da wir wenig wissen, hilft uns jede Information weiter. Was ist mit persönlichen Unterlagen? Gibt es Notizbücher, Studienunterlagen, Briefe, Postkarten, ein Tagebuch? Jeder Mensch hat doch irgendwo eine Schublade oder einen Karton, in dem er solche Dinge aufbewahrt.»

Liebmann schüttelte den Kopf. «Nein», sagte er, «es ist wie verhext. Wir haben nichts dergleichen gefunden. Es gibt ein paar Fotoalben, die wohl noch aus dem Bestand ihrer Eltern stammen. Das ist alles. Nicht mal einen Kalender mit ihren privaten Terminen haben wir gefunden. Entweder hatte sie kein Privatleben, oder sie hat sich darüber keine Notizen gemacht.»

Seine nächste Frage richtete Marthaler an Kai Döring: «Was sagt die Spurensicherung? Irgendetwas Verwertbares?»

«Spuren gibt es reichlich. Die besten stammen von den Kollegen aus dem 8. Revier. Die beiden haben es offensichtlich fertig gebracht, wie eine Horde Elefanten durch das Haus zu trampeln ...»

«Welche ‹beiden› meinst du?»

«Toller und Steinwachs. Nachdem der Zeuge den Leichenfund gemeldet hatte, sind die beiden zum Tatort gefahren. Und haben dort wohl erst mal eine Hausbesichtigung durchgeführt.»

Kerstin Henschel schaute Marthaler an und grinste. «Vielleicht haben sie Überraschungseier gesucht.»

«Versteh ich nicht», sagte Döring.

Marthaler verdrehte die Augen. «Kannst du auch nicht verstehen. Kerstin versucht witzig zu sein. Okay, was sonst?»

«Sonst nichts. Es gibt Spuren vom Opfer und von Holger Assmann. Darüber hinaus haben Schillings Leute ein paar Proben unbekannter Herkunft durch den Computer laufen lassen. Nichts. Kein Treffer. Niemand, den wir auf der Liste hätten.»

«Was soll das heißen: ‹unbekannter Herkunft›?»

«Das, was sich überall findet. Auch in deiner Wohnung gibt es unendlich viele Spuren, deren Herkunft wir nicht bestimmen könnten. Also: Wir entdecken auf dem Boden unter deiner Garderobe ein langes blondes Frauenhaar. Du versicherst jedoch glaubhaft, dass du noch nie eine langhaarige Blondine zu Besuch hattest. Wahrscheinlich stammt das Haar vom Ärmel deiner Jacke, die im letzten Frühjahr für eine halbe Stunde im Wartezimmer deines Hausarztes neben dem Mantel einer blonden Frau hing. Oder wir finden auf dem Joghurtbecher in deinem Kühlschrank die Fingerabdrücke dreier verschiedener Leute – mit größter Wahrscheinlichkeit handelt es sich um andere Kunden deines Supermarktes, um die Kassiererin, den Lagergehilfen ...»

«Das weiß ich alles, aber was heißt das?»

«Das heißt, dass wir Fingerabdrücke und DNA-Proben haben, aber niemanden in unserer Kundendatei, der dazu passt.»

«Was ist mit den Kampfspuren? Hat Schilling dazu etwas gesagt?»

«Ja. Er hat unsere Aufmerksamkeit auf die zahlreichen Kleidungsstücke gelenkt, die im Haus verstreut waren. Er meint, der Mörder habe sein Opfer gezwungen, sich mehrmals umzuziehen. Es scheint, als habe das zu seinem Spiel dazugehört.»

«Und dieses Stück weiße Gardine, das Gabriele Hasler in der Hand hatte …»

«… ist keine Gardine, sondern ein Brautschleier, der zu einem Hütchen gehörte, das sie wahrscheinlich bereits für ihre Hochzeit gekauft hatte.»

Marthaler stutzte: «Ein Brautschleier? Weißt du, ob diese Information an die Presse weitergegeben wurde?»

«Keine Ahnung», sagte Kai Döring. «Soviel ich weiß, war das gar nicht nötig. Angeblich hat der ‹Express› vor einiger Zeit ein Interview mit Gabriele Hasler geführt, in dem sie selbst von ihren Hochzeitsplänen erzählt hat. Daher die Schlagzeile. Übrigens, Robert, du solltest denen wirklich mal ein schöneres Foto von dir geben …»

Marthaler schaute in die Runde. Dann schloss er die Augen, um zu warten, bis das Grinsen aus den Gesichtern seiner Kollegen wieder verschwunden war.

«Sonst noch was?», fragte er schließlich. «Manfred? Was sagen die Kollegen von der Sitte?»

«Ich habe eine ganze Liste mit Kandidaten, die wegen unterschiedlicher Sexualdelikte verurteilt worden sind, die zurzeit auf freiem Fuß sind und außerdem in Frankfurt oder Umgebung ihren Wohnsitz haben. Ich denke, wir sollten ihnen allen in den nächsten Tagen einen Besuch abstatten. Außerdem habe ich versucht, eine möglichst genaue Beschreibung unseres Falls zu erstellen. Diese Darstellung habe ich heute Morgen ans BKA weitergeleitet, um zu hören, ob ihnen dazu etwas einfällt. Fehlanzeige. Etwas Vergleichbares ist ihnen in den letzten zwanzig Jahren nicht untergekommen. Allerdings waren die Kollegen dort sehr interessiert. Sie bieten jegliche Unterstützung an und bitten darum, umgehend mit allen neuen Informationen gefüttert zu werden.»

Marthaler nickte. «Das kann ich mir denken», sagte er. «Und ich fürchte, dass wir ihre Hilfe trotzdem brauchen werden.»

Sven Liebmann war aufgestanden und schaute aus dem Fenster. Jetzt drehte er sich zu den anderen um. Sein schmales Gesicht war blass. «Irgendwas machen wir falsch», sagte er. «Ich habe das Gefühl, wir stecken mit den Füßen in feuchtem Zement, und dieser Zement wird langsam trocken. Wir sind in den letzten zwei Tagen nicht einen Millimeter weitergekommen. Wir arbeiten wie die Wilden. Aber wir arbeiten nur, um etwas zu tun, um nicht tatenlos herumzusitzen. Habt ihr gesehen, was die Presse schreibt. Sie fragen sich, warum wir noch keine Ergebnisse haben. Ein brutaler Mörder läuft frei herum, und wir haben nicht den Hauch einer Ahnung, nach wem wir suchen sollen. Die Leute in der Stadt haben Angst, vor allem die Frauen. Und diese Angst wird weiter wachsen. Wir tappen im Dunkeln. Genauso gut könnten wir abwarten, bis wieder etwas passiert.»

Liebmann hatte ausgesprochen, was sie alle dachten. Sie hatten den Eindruck, dass ihre Ermittlungen ins Leere liefen. Aber Marthaler wusste, dass sie nicht nachlassen durften. Sie konnten es sich nicht erlauben, dass ihnen ihre eigene Arbeit vergeblich vorkam. Nichts war schädlicher als eine solche Stimmung.

«Nein, nein, nein», sagte er. «Noch nie war unsere Arbeit umsonst. Es stimmt: Wir sind ratlos. Umso beharrlicher müssen wir sein. Wir müssen weiter im Nebel stochern. Irgendwann werden wir auf etwas stoßen, das uns einen Schritt weiterbringt. Vielleicht merken wir es nicht sofort, aber es wird so sein. Wir haben keine andere Wahl.»

Marthaler schaute in die Gesichter seiner Kollegen. Er merkte, dass sie ihm seine Entschlossenheit nicht abnahmen. Deshalb war er dankbar, als er sah, dass Kerstin Henschel nickte.

«Robert hat Recht», sagte sie. «Was schlagt ihr vor? Was sollen wir tun?»

Marthaler ergriff noch einmal das Wort: «Ich war gestern im Zentrum der Rechtsmedizin. Am Leichnam unseres Opfers sind alte Narben entdeckt worden. Gabriele Hasler ist schon früher gefoltert und gefesselt worden. Und zwar auf dieselbe Weise, wie es auch jetzt wieder geschehen ist. Das heißt, unser Fall hat eine Vorgeschichte. Überprüft, ob es damals eine Anzeige in dieser Sache gegeben hat! Wenn sie sich von einem Arzt hat behandeln lassen, müssen wir diesen Arzt finden. Und noch etwas: In dem Zeitungsbericht, den Kai erwähnte, ist von einer Studienfreundin die Rede gewesen. Wer ist diese Freundin? Wir müssen mit ihr sprechen. Wir werden sie finden, und wenn wir dafür die ganze Republik absuchen müssen. Und wir werden das tun, was Manfred vorgeschlagen hat: Wir werden alle Sexualstraftäter abklappern, wir werden die gesamte Szene aufmischen. Vielleicht brauchen wir Verstärkung, um das alles leisten zu können. Aber dann werden wir diese Verstärkung bekommen.»

Als Marthaler geendet hatte, herrschte einen Moment lang Schweigen. Dann wurde die Tür geöffnet. Elvira streckte den Kopf herein: «Was ist denn hier los? Jemand gestorben?»

«Was gibt's?», fragte Marthaler.

«Herrmann ist schon wieder am Apparat. Er will, dass du umgehend ins Präsidium kommst.»

«Herrmann geht mir auf die Nerven. Ich kann nicht unentwegt Rapport erstatten. Wir haben zu arbeiten.»

Elvira grinste. «Wenn du möchtest, werde ich ihm das so ausrichten.»

Marthaler atmete durch. «Sag ihm, ich bin in einer Viertelstunde da. Was ist mit den Fernsehleuten vor dem Haus?»

«Die sind weg», sagte Elvira. «Ich habe behauptet, du seiest krank.»

«Gut. Und hast du beim ‹City-Express› etwas herausbekommen?»

«Sie erklären, nicht zu wissen, wer der Fotograf ist.»

«Was soll das heißen? Entweder war es einer ihrer Angestellten, oder sie haben den Schnappschuss von einem freien Fotografen gekauft. Irgendwer hat auf den Auslöser gedrückt, und irgendwer bekommt dafür Geld, dass er nachts unbefugt in ein versiegeltes Haus eingedrungen ist und Bilder gemacht hat, die er nicht hätte machen dürfen.»

«Ja, aber die zuständige Redakteurin sagt, dass sie das Foto von einer Agentur bezogen haben.»

«Dann rufst du eben bei dieser Agentur an und verlangst Namen und Adresse des Fotografen. Ich will nicht, dass solche Typen ungeschoren davonkommen.»

Elvira verdrehte die Augen. «Robert, wie lange arbeiten wir zusammen? Warum musst du eigentlich unentwegt so tun, als seiest du von Anfängern umgeben? Natürlich habe ich längst bei der Agentur angerufen. Zuerst haben sie sich geweigert, irgendetwas zu sagen. Als ich ihnen mit einer Hausdurchsuchung gedroht habe, gaben sie mir die Auskunft, dass ihnen ein unbekannter Mann das Foto telefonisch angeboten habe. Das Honorar haben sie angeblich auf ein anonymes Schweizer Konto überwiesen.»

«Verdammter Mist.»

«Dasselbe habe ich dem Herrn von der Agentur auch gesagt.»

«Und? Wie hat er reagiert?»

«Er hat gelacht.»

ZWÖLF

Marthaler hatte bereits zweimal geklopft, ohne eine Antwort zu erhalten. Schließlich legte er sein Ohr an die Tür und hörte ein kaum vernehmliches «Herein».

Nachdem der Wasserschaden den gesamten Westflügel im zweiten Stockwerk des neuen Präsidiums bis auf weiteres unbenutzbar gemacht hatte, war auch Hans-Jürgen Herrmann in ein provisorisches Büro im Erdgeschoss umgezogen. Der Leiter der Mordkommission saß in einem fensterlosen kleinen Raum und bat seinen Hauptkommissar mit leiser Stimme, Platz zu nehmen. Die einzige eingeschaltete Lichtquelle war der Computermonitor auf Herrmanns Schreibtisch. Marthalers Augen brauchten einen Moment, bis sie sich an die Dunkelheit des Zimmers gewöhnt hatten.

«Was ist denn hier los?», fragte Marthaler. «Soll ich den Hauselektriker rufen?»

«Nein», flüsterte Herrmann, «ich bin leidend. Ein Migräneanfall. Sie müssen entschuldigen. Ich empfange Sie sozusagen unter erschwerten Bedingungen.»

Marthaler nickte. Plötzlich fuhr er herum. Erst jetzt bemerkte er, dass sich eine weitere Person in der Dunkelheit des Büros aufhielt. Er erkannte Raimund Toller, der von seinem Stuhl aufgestanden war, um ihn zu begrüßen. Bevor Marthaler seiner Überraschung hatte Herr werden können, schüttelte der andere ihm bereits die Hand.

«Setzen Sie sich, meine Herren», sagte Herrmann, «setzen Sie sich.»

Widerstrebend folgte Marthaler der Aufforderung seines Vorgesetzten.

«Und jetzt berichten Sie uns bitte über den Mord in Oberrad. Wie weit sind Sie mit Ihren Ermittlungen? Welche Fortschritte gibt es?»

Marthaler zuckte hilflos die Achseln. Bevor er ansetzen konnte, etwas zu sagen, ergriff Herrmann erneut das Wort: «Nichts, nicht wahr?! Wir haben gar nichts.» Er drehte seine beiden Handflächen nach oben und zeigte sie Marthaler. «Ich werde auch morgen wieder vor die Presse treten und sagen müssen: Seht her, das ist alles, was ich habe. Nichts. Leere Hände. Dort draußen läuft ein Killer durch die Gegend, und die Stadt ist ihm schutzlos ausgeliefert. Weil wir, die Polizei, nicht wissen, *wer* er ist, *wo* er ist und wie wir seiner habhaft werden können.»

Marthaler hatte den Eindruck, dass Herrmanns Stimme mit jedem Satz an Festigkeit gewann. Wahrscheinlich war sein angeblicher Migräneanfall ein Trick, den er auf einem seiner Seminare in Personalführung und Verhandlungstechnik gelernt hatte. Marthaler hatte allerdings keine Ahnung, auf was dieses Gespräch hinauslaufen sollte.

«Chef, es stimmt, dass wir wenig haben. Es wäre gut, wenn wir uns wenigstens vorübergehend ganz auf den Mord in Oberrad konzentrieren könnten. Uns wäre schon geholfen, wenn die Kollegen vom MK II für eine Weile unsere anderen Fälle übernehmen würden.»

«Genau das», erwiderte Herrmann, «habe ich vor einer halben Stunde angeordnet.»

«Außerdem», fuhr Marthaler fort, «könnten wir noch Verstärkung gebrauchen, wenigstens ein, zwei Leute. Die Ermittlungsarbeit wird ziemlich aufwändig werden, und …»

Herrmann wechselte einen Blick mit Toller. Dann lächelte er: «Herr Hauptkommissar, Ihrer Bitte wird entsprochen. Der Kollege Raimund Toller wird Ihnen für die Dauer der Ermittlungen mit seiner ganzen Kraft zur Verfügung stehen.»

Marthaler wurde blass. Erst jetzt merkte er, dass er in eine Falle getappt war. Mit keinem Gedanken hatte er sich vorstellen können, dass dies der Grund für die Anwesenheit des Schutzpolizisten war. Langsam schüttelte er den Kopf. «Nein, Chef, Sie wissen, dass das nicht geht. Sie wissen, dass ich vor Jahren eine interne Ermittlung gegen Herrn Toller angestrengt habe ...»

«Aus der Toller hervorgegangen ist wie eine unbescholtene Jungfrau.»

«Das Verfahren wurde eingestellt, weil Aussage gegen Aussage stand», erwiderte Marthaler.

«Wie auch immer. Sie müssen jedem Menschen zugestehen, dass er in der Lage ist, sich zu ändern. Der Kollege Toller will sich entwickeln. Er hat sich für PIF beworben. Der Polizeipräsident hat bereits unterschrieben.»

Marthaler seufzte. PIF war die Abkürzung für das polizeiinterne Förderprogramm, mit dem man versuchte, aus den eigenen Reihen Nachwuchs für die Kripo zu rekrutieren. Es war dasselbe Programm, durch das auch Manfred Petersen den Sprung vom Streifegehen zum Mitarbeiter der Mordkommission geschafft hatte.

Marthaler unternahm einen letzten Versuch, das scheinbar Unvermeidliche abzuwenden: «Wenn Sie so fest entschlossen sind, Raimund Toller zu einer großen Chance zu verhelfen, dann lassen Sie ihn bitte mit den Kollegen vom MK II zusammenarbeiten.»

Hans-Jürgen Herrmann schüttelte den Kopf. «Sie täuschen sich, Herr Hauptkommissar. Ich habe Sie nicht hergebeten, um über etwas zu diskutieren, das längst entschieden ist. Ich habe Sie beide einbestellt, weil ich möchte, dass Sie sich die Hand reichen. Der Mord in Oberrad wird Raimund Tollers erster Fall. Er ist in diesem Viertel geboren und aufgewachsen. Er ist in Sachsenhausen zur Schule gegangen und arbeitet seit Jahren im 8. Revier. Er kennt die Gegend wie kaum ein anderer. Und nicht zuletzt war er es, der gemeinsam mit Steinwachs als Erster am Tatort war.»

«Ja. Und die beiden haben im Haus so viele Spuren hinterlassen, dass die Kollegen der Kriminaltechnik einen vollen Tag länger zu tun hatten.»

Aber auch darauf hatte der Chef der Mordkommission bereits eine Antwort. «Davon habe ich gehört», sagte er. «Aber machen wir uns doch bewusst, dass wir es hier nicht mit zwei erfahrenen Kriminalisten zu tun haben. Die beiden mussten den Tatort sichern. Sie hatten keine Ahnung, ob sich der Täter möglicherweise noch im Haus befand. Sie haben das getan, was sie in diesem Moment für das einzig Richtige hielten.»

Marthaler winkte ab. Innerlich hatte er bereits kapituliert. Ihm fiel kein Argument mehr ein, das er dieser Offensive des guten Willens hätte entgegensetzen können. Jetzt ergriff Toller zum ersten Mal das Wort. Der muskulöse Mann wirkte unsicher. Er schaute Marthaler kurz in die Augen, dann senkte er den Blick. Er sah aus wie ein reuiger Kommunikant, der dem Pfarrer mit einem auswendig gelernten Text seine kleinen Sünden beichtet.

«Ich möchte Sie um eine zweite Chance bitten», sagte Toller. «Glauben Sie mir: Ich habe mich geändert. Ich wünsche mir, dass wir gut zusammenarbeiten.»

Marthaler sah den anderen an. Fast hätte er über dessen unbeholfene Worte gelacht. Die ausgestreckte Hand nahm er diesmal nicht. Aber er nickte.

Herrmann schien zufrieden zu sein. «Sehr schön, sehr schön», sagte er. «Was haben Sie jetzt vor? Wie können wir den Kollegen Toller in die Arbeit einbinden?»

Marthaler überlegte einen Moment. «Er soll sich morgen im Laufe des Tages im Weißen Haus melden. Es gibt eine

Liste mit Sexualstraftätern. Wir wollen jeden einzelnen überprüfen. Dort wird Hilfe gebraucht.»

«Na bitte, das nenne ich ein Wort. Und was macht der Herr Hauptkommissar?»

«Ich fahre ins Zahnmedizinische Institut», sagte Marthaler. «Gabriele Hasler hatte eine Studienfreundin, mit der sie zusammengewohnt hat. Wir müssen mit ihr sprechen. Ich muss ihren Namen und ihre Adresse erfahren. Wir werden den Täter nur finden, wenn wir mehr über die Vergangenheit des Opfers wissen. Wir nehmen an, dass diese Freundin eine wichtige Zeugin sein könnte.»

«Dann bleibt mir nur noch eine Frage: Wie heißt der Andi mit Nachnamen?», fragte Herrmann und blickte die beiden anderen mit einem gewitzten Lächeln an.

Marthaler wusste nicht, was der Leiter der Mordkommission meinte.

«Von wem sprechen Sie? Ich kenne keinen Andi.»

Herrmann schien Marthalers Ratlosigkeit zu genießen. «Arbeit heißt der Andi mit Nachnamen. An die Arbeit, meine Herren!»

Marthaler lachte nicht. Er drehte sich um und verließ den Raum.

Wie so häufig, wenn er mit dem Wagen durch die Stadt fuhr, wunderte Robert Marthaler sich, wie klein sie war. Wenn der Verkehr es zuließ, brauchte man keine halbe Stunde, um von einem zum anderen Ende zu gelangen. Frankfurt ist ein Dorf mit Hochhäusern, dachte er. Und genau das war es, was ihm hier gefiel: das Zentrum mit seinen vielen Museen, den Einkaufsstraßen, den Parks und belebten Plätzen, mit dem Dom, der Paulskirche und dem Römerberg. Und rundherum die vielen kleinen Vororte, in denen es noch Fachwerkhäuser und Bauernhöfe gab, alte Gastwirtschaften mit Gärten, wo man unter alten Bäumen sitzen konnte, das Ufer der Nidda, die Streuobstwiesen, die weiten Felder und der riesige Stadtwald – das alles war ihm über die Jahre so vertraut geworden, dass er sich nicht mehr vorstellen konnte, woanders zu leben. Sooft er auch mit den Zuständen in der Stadt haderte, er fühlte sich hier zu Hause, mehr als an jedem anderen Ort. Und obwohl er an seinen freien Tagen gerne ans Meer fuhr oder die Wochenenden in der Rhön, im Vogelsberg, im Odenwald oder in den Kasseler Bergen verbrachte, so freute er sich doch immer darauf zurückzukehren. Und stets reagierte Marthaler mit Widerwillen, wenn jemand, der die Stadt nicht kannte, verächtlich über sie sprach. Manchmal hatte er den Eindruck, Frankfurt und er seien wie ein Geschwisterpaar, das sich unentwegt in den Haaren lag, das aber sofort zusammenrückte, wenn ein Fremder versuchte, ihm dumm zu kommen.

Als er die Alte Brücke überquerte, sah er unter sich auf der kleinen Maininsel die Bäume, deren kahle Äste mit Schnee bedeckt waren. Fast war er versucht, den Schwänen zuzuwinken, von denen er wusste, dass sie dort unten ihr Quartier hatten. Er durchfuhr den westlichen Teil Sachsenhausens und gelangte am Ende der Gartenstraße wieder an den Fluss, wo er den grauen Daimler auf einem der Parkplätze des Klinikums abstellte. Einen Mann, der gerade in seinen Wagen einsteigen wollte, fragte er nach dem Weg zum Carolinum, dem Institut für Zahnmedizin. «Sie stehen davor», antwortete der Fremde und deutete mit dem Kopf auf einen modernen dreistöckigen Gebäudekomplex, der sich parallel zum Mainufer erstreckte.

Marthaler betrat die Eingangshalle. Die Anmeldung war überfüllt mit Patienten, die auf ihre Behandlung warteten. Er ging zu der großen Übersichtstafel und versuchte sich zu orientieren. Dann beschloss er, mit dem Aufzug in den ersten Stock zu fahren, wo sich die Hörsäle und die Bibliothek befanden.

«Kann ich Ihnen helfen?» Die Angestellte hinter dem Schreibtisch hatte ein breites, freundliches Gesicht. Sie schaute über den Rand ihrer halben Brille zu Marthaler auf.

«Ich suche jemanden, der schon etwas länger hier arbeitet», sagte er.

«Da bin ich», sagte sie. «Seit siebzehn Jahren und neuneinhalb Monaten Bibliothekarin im Carolinum. Ist das lange genug?»

Marthaler nickte. «Ich bin auf der Suche nach einer Frau.»

Die Bibliothekarin hob die Brauen. In ihren Augen blitzte Spott auf. «Tut mir Leid», sagte sie und zeigte den Ehering an ihrer geballten Faust. «Ich bin schon glücklich.»

Erst jetzt merkte Marthaler, was er gesagt hatte. Indem er in den Taschen seines Mantels kramte, versuchte er seine Verlegenheit zu überspielen. Er zog seinen Ausweis hervor. «Sagt Ihnen der Name Gabriele Hasler etwas?»

Sofort wich das Lächeln aus dem Gesicht der Frau.

«Ja, natürlich», sagte sie. «Sie hat hier studiert. Wir haben gehört, was passiert ist. Hier im Institut sind alle sehr bestürzt.»

«Heißt das, Sie kannten sie gut?»

«Nein, das kann man nicht sagen. Sie hat öfter im Lesesaal gesessen. Mal alleine, mal mit einer Freundin. Ich musste die beiden gelegentlich ermahnen, wenn sie allzu laut miteinander geflüstert haben. An mehr erinnere ich mich eigentlich nicht. Nur einmal, da ...» Die Bibliothekarin schien zu überlegen, ob sie weitersprechen sollte.

Marthaler nickte ihr zu. «Ja?»

«Einmal bin ich mit ihr aneinander geraten. Ich hatte ihr erlaubt, ausnahmsweise ein sehr teures Fachbuch übers Wochenende mit nach Hause zu nehmen. Immer, wenn ich sie sah, versprach sie, das Buch am nächsten Tag wieder mitzubringen. Schließlich musste sie zugeben, es verloren zu haben.»

«Und? Was haben Sie gemacht?»

«Ich bat sie, das Buch zu ersetzen. Ohne Erfolg. Schließlich habe ich ihr Mahnungen geschrieben. Aber angeblich hatte sie kein Geld. Eines Tages kam Professor Wagenknecht, legte mir zweihundertfünfzig Mark auf den Schreibtisch und sagte, damit sei die Sache erledigt.»

«Hat Sie das nicht gewundert?»

Die Bibliothekarin sah Marthaler an. «Ich fand, es war eine noble Geste. Gabriele Hasler war seine Studentin. Er wollte ihr helfen.»

«Sie sprachen von einer Freundin.»

«Ist das die Frau, die Sie suchen?»

Marthaler lächelte. «Ja. Ich würde gerne mit ihr über Gabriele Hasler sprechen. Wissen Sie, wie sie heißt?»

«Nein. Aber fragen Sie Professor Wagenknecht. Er wird sich an die beiden erinnern. Sie saßen eine Zeit lang in all seinen Vorlesungen.»

«Und wo finde ich den Professor?»

Die Frau stand auf, beugte sich weit über ihren Schreibtisch und schaute den Gang hinunter. Dann rückte sie ihre Brille zurecht und sah auf die Armbanduhr.

«Gerade ist er noch hier vorbeigelaufen. Wahrscheinlich ist er etwas essen gegangen. Wenn Sie Glück haben, sitzt er gegenüber im ‹Fliegenden Fuchs›.»

Marthaler überquerte die Straße und lief auf dem Fußweg ein kurzes Stück stadtauswärts. Auf dem bewachsenen Uferstreifen zwischen Fluss und Fahrbahn gab es eine Kleingartensiedlung und einen Campingplatz, auf dem ein paar alte Wohnwagen standen. Vor Jahren war Marthaler einmal hier gewesen, als sie nach einem Mann gesucht hatten, der in den

Parks der Stadt Obdachlose überfallen und mit einem Hammer erschlagen hatte. Die Bewohner dieses Campingplatzes waren keine Urlauber, sie lebten ständig hier. Manche, weil sie arbeitslos geworden waren und die Mieten ihrer Wohnungen nicht mehr bezahlen konnten, manche, weil sie einfach hier hängen geblieben waren. Marthaler erinnerte sich an die Angst und an das Misstrauen dieser Leute, als seine Kollegen und er sie damals befragt hatten. Es war ihm vorgekommen, als sei die Furcht der Campingplatzbewohner vor den Behörden fast ebenso groß wie die vor dem Fremden, der nachts in den Parks sein Unwesen trieb.

Jetzt sah er das verwitterte Holzschild, das schief am Stamm einer Erle hing. Jemand hatte mit grüner Farbe einen Pfeil darauf gemalt und die Worte ‹Zum fliegenden Fuchs›. Der Pfeil führte Marthaler direkt auf die schmale Landzunge, die fünfhundert Meter weit dem Lauf des Mains folgte und auf zwei Seiten von Wasser umschlossen war. Die Gaststätte war in einem ehemaligen Bootshaus untergebracht. Das Gebäude sah aus, als sei es schon lange nicht mehr renoviert worden. Von den Fensterläden war die Farbe abgeblättert, der Putz an den Außenwänden war an manchen Stellen fast schwarz, und auf dem Boden neben dem Eingang lagen die Teile einer zerbrochenen Schindel, die sich vom Dachstuhl gelöst hatte.

Marthaler öffnete die Tür und befand sich sofort im Gastraum. Hinter dem Tresen stand eine junge Frau. Als sie ihm zulächelte, sah er, dass ihr ein Eckzahn fehlte. Sie machte eine Geste, die sagen sollte, dass er sich einen Platz aussuchen könne. Marthaler nickte. Ein Mann saß an einem Tisch am Fenster und hatte ihm den Rücken zugekehrt. Andere Gäste gab es nicht. Marthaler durchquerte den Raum und stellte sich hinter den Mann. «Sind Sie Professor Wagenknecht?»

Die Schultern des Mannes versteiften sich. Langsam drehte er sich um. «Wer möchte das wissen?»

«Mein Name ist Robert Marthaler. Ich bin Kriminalpolizist. Ich muss mit Ihnen über Gabriele Hasler sprechen.»

Die Miene des Zahnmediziners verfinsterte sich. Er war ein durchtrainierter Mittfünfziger, dessen schwarzes, kurz geschnittenes Haar sich auf der Kopfhaut kräuselte. Seine dichten Augenbrauen waren an der Nasenwurzel zusammengewachsen. Er deutete auf den Stapel Papiere, die vor ihm auf dem Tisch lagen. «Ich muss mich auf mein Seminar vorbereiten», sagte er. «Ich habe wenig Zeit.»

«Ich auch», erwiderte Marthaler. «Dann wäre uns also beiden geholfen, wenn Sie meine Fragen rasch beantworten. Wenn Sie nichts dagegen haben, würde ich mich gerne zu Ihnen setzen und eine Kleinigkeit essen.»

«Das Essen hier taugt nichts.» Es schien den Professor nicht zu stören, dass die junge Kellnerin, die ihm gerade eine Rindswurst mit Senf und Kartoffelsalat brachte, seine Bemerkung hörte.

«Warum kommen Sie dann her?»

«Weil ich meine Ruhe haben will.»

Marthaler setzte sich. Er blätterte flüchtig die Speisekarte durch. Dann bestellte er einen gemischten Salat und ein alkoholfreies Bier.

«Und vor wem wollen Sie Ihre Ruhe haben?», fragte er.

«Vor den Kollegen, vor den Patienten, vor den Studenten. Und vor der Polizei.»

«Sie kannten Gabriele Hasler, und Sie wissen, was mit ihr geschehen ist», sagte Marthaler.

Der andere ließ sich mit seiner Antwort Zeit. Er machte sich ein paar Notizen, dann räumte er mit einer resignierten Geste seine Papiere zusammen, schraubte die Kappe auf seinen Füller und legte ihn auf den Tisch. «Ich kannte sie, wie ein Professor seine Studentinnen eben kennt.»

Du lügst, dachte Marthaler im selben Moment. Du lügst und du weißt, dass ich dir nicht glaube. Trotzdem behauptest du das, weil ich dir das Gegenteil nicht beweisen kann.

«Warum geben Sie mir eine Fernsehantwort?», fragte er. «So reden die Leute in den Kriminalfilmen, wenn sie von der Polizei befragt werden. Ich weiß nicht, wie gut ein Professor seine Studentinnen kennt. Sagen Sie es mir!»

Wagenknecht lehnte sich zurück und verschränkte seine Arme. Er lächelte. «Ich besitze keinen Fernseher, Herr Kommissar.»

Marthaler hatte Mühe, ruhig zu bleiben. Er merkte, wie sein Ton schärfer wurde. «Beantworten Sie endlich meine Frage! Herr Professor!»

«Gabriele Hasler hat meine Seminare und Vorlesungen besucht. Sie hat bei mir Referate gehalten und Arbeiten geschrieben. Zwei- oder dreimal war sie dabei, als ich mit einer Gruppe Studenten abends beim Apfelwein war. Und einmal habe ich ein teures Buch ersetzt, das sie aus der Institutsbibliothek ausgeliehen und verloren hatte.»

«Das ist alles? Sie haben keine Vorstellung, wer sie umgebracht haben könnte?»

«Nein. Wie gesagt: Ich schaue keine Krimis.»

Marthaler merkte, dass er nicht weiterkam. Er beschloss, das Thema zu wechseln, hatte aber wenig Hoffnung, diesmal eine zufrieden stellende Antwort zu erhalten.

«Wir wissen, dass Frau Hasler eine enge Freundin hatte, mit der sie zusammengewohnt und studiert hat. Können Sie sich an diese Freundin erinnern?»

«Ja, natürlich. Sie heißt Stefanie Wolfram. Eine überaus begabte Medizinerin. Ich habe mich noch vor einem halben Jahr mit ihr während eines Kongresses getroffen, weil ich sie überreden wollte, eine frei gewordene Stelle im Carolinum zu übernehmen.»

Marthaler atmete durch. «Und Sie wissen, wo ich Frau Wolfram finde?»

«Kein Problem. Fragen Sie in meinem Sekretariat nach. Dort kann man Ihnen die Adresse geben. Wenn ich mich recht erinnere, lebt sie inzwischen in Darmstadt.»

«Sie wollte die Stelle nicht, die Sie ihr angeboten haben?»

«Nein, es ist wirklich ein Jammer. Sie war schon immer ein wenig kapriziös. Sie interessierte sich für allzu viele Dinge. Ich weiß nicht, was sie vorhatte. Sie wollte nicht darüber reden. Sie sagte nur, sie habe andere Pläne.»

Marthaler nickte. Zum ersten Mal hatte er das Gefühl, einen Faden in der Hand zu halten, der nicht zwei lose Enden hatte.

DREIZEHN Der Feierabendverkehr hatte bereits eingesetzt. Wie an jedem Werktag verließen Hunderttausende Pendler die Stadt, um in ihre Heimatorte zu fahren. Alle Ausfallstraßen waren verstopft. Marthaler kam nur langsam voran. Er schaltete das Radio ein und freute sich, als der Moderator Dvořáks Sinfonie «Aus der Neuen Welt» unter Nikolaus Harnoncourt ankündigte. Nach einer halben Stunde hatte er das Frankfurter Kreuz endlich hinter sich gelassen. Die Felder und Wiesen, die sich beiderseits der Autobahn erstreckten, waren schneebedeckt. Ab und zu sah man auf einem Baum in der Nähe der Fahrbahn einen Greifvogel sitzen, der auf Beute wartete.

Vom «Fliegenden Fuchs» war er zurück ins Carolinum gegangen und hatte sich in Professor Wagenknechts Sekretariat Adresse und Telefonnummer von Stefanie Wolfram geben lassen. Er hatte sofort versucht, sie anzurufen, um ihr seinen Besuch anzukündigen, aber es hatte niemand abgenommen.

An der Raststätte «Gräfenhausen» bog Marthaler von der A5 ab und fuhr auf den Parkplatz. Er nahm den Rhein-Main-Atlas aus dem Handschuhfach und versuchte, sich zu orientieren. Die Straße, in der Stefanie Wolfram wohnte, lag im Darmstädter Stadtteil Kranichstein. Er würde eine weitere halbe Stunde brauchen, um dorthin zu gelangen. Weil er noch einmal versuchen wollte, Gabriele Haslers Freundin zu erreichen, ging er in das Rasthaus, um von dort aus zu telefonieren. Er wählte die Nummer und wartete. Es meldete sich niemand. Als er bereits aufgeben wollte, wurde auf der anderen Seite der Hörer doch noch abgenommen. Es dauerte eine Weile, bis er endlich die leise Stimme einer Frau hörte.

«Hallo?»

Marthaler war irritiert von der zögerlichen Art, mit der die Frau sich meldete. «Entschuldigen Sie, wenn ich störe», sagte er. «Sie kennen mich nicht. Mein Name ist Marthaler. Ich bin Kriminalpolizist. Ich muss mit Ihnen sprechen.»

Wieder herrschte Schweigen.

«Ich bin krank», flüsterte die Frau nach einer Weile, «ich habe geschlafen.»

«Hören Sie, bitte. Es geht um Gabriele Hasler. Ich bin in dreißig Minuten bei Ihnen. Ich werde versuchen, Sie nicht lange zu stören.»

Niemand antwortete. Dann hörte Marthaler, dass an Stefanie Wolframs Wohnungstür mehrmals hintereinander geläutet wurde.

«Sie bekommen Besuch», sagte er. «Sagen Sie mir nur, ob es Ihnen recht ist, wenn ich gleich bei Ihnen vorbeikomme.»

Die Frau schwieg, aber er hörte sie atmen.

Wieder war die Türklingel zu vernehmen, drei-, viermal kurz hintereinander.

«Wollen Sie nicht öffnen?», fragte Marthaler. Er drückte den Hörer dicht an sein rechtes Ohr und hielt sich das linke zu, um es gegen den Lärm der Raststätte abzuschirmen.

«Ich habe Fieber», sagte die Frau.

Plötzlich hörte Marthaler ein lautes Geräusch durchs Telefon. Ein Wummern, als ob jemand mit schweren Stiefeln gegen die Tür trat.

Die Frau begann zu schreien: «Hilfe! Helfen Sie mir, jemand dringt in das Haus ein. Ich werde überfallen. Holen Sie Hilfe!»

Dann splitterte Holz, kurz darauf ein lautes Krachen. Marthaler wusste, was das zu bedeuten hatte. Jemand hatte die Tür aufgebrochen.

Die Frau schrie voller Panik. Ihre Stimme überschlug sich. Marthaler wollte etwas sagen, aber jetzt merkte er, dass sie das Telefon hatte fallen lassen. Es schien, als ob sie in ein anderes Zimmer geflohen war.

Dann wurde ein Schuss abgegeben.

Er war sich sicher, dass es ein Schuss gewesen war. Einen Moment lang herrschte vollkommene Stille auf der anderen Seite.

«Ich komme», rief Marthaler. «Ich hole Hilfe!» Aber er war überzeugt, dass es dafür bereits zu spät war, dass seine Worte niemanden mehr beruhigen konnten.

Kurz darauf hörte er einen weiteren Schuss. Er merkte, wie sein ganzer Körper in Aufruhr geriet. Selten zuvor hatte er sich so machtlos gefühlt. Er war der Ohrenzeuge eines Verbrechens geworden und hatte nichts tun können.

Er horchte noch immer angestrengt in den Hörer hinein. Aber nichts geschah mehr. Wenige Sekunden später war die Leitung tot. Jemand hatte die Verbindung unterbrochen.

Fieberhaft überlegte Marthaler, was zu tun war. Er versuchte, sich zur Ruhe zu zwingen. Dann wählte er Elviras Nummer. Sie nahm nach dem zweiten Klingeln ab.

«Es hat einen bewaffneten Überfall gegeben», sagte er. «In Darmstadt. Sag den Kollegen dort sofort Bescheid. Höchste Alarmstufe! Es muss ein Notarzt kommen.»

Er gab ihr den Namen und die Adresse von Stefanie Wolfram. Dann setzte er sich in den Wagen und fuhr los.

Fünfundzwanzig Minuten später kam er am Tatort an. Das kleine Einfamilienhaus lag in einer Sackgasse am Hang. Vor dem Grundstück parkten zwei Streifenwagen. Auf dem Bürgersteig hatte sich bereits eine Gruppe Schaulustiger eingefunden. Der Notarztwagen stand mit eingeschaltetem Blaulicht und geöffneten Hecktüren vor der Garageneinfahrt.

Marthaler stellte den Daimler zwanzig Meter weiter entfernt an den Straßenrand. Als er ausstieg, wurde im Erdgeschoss eines nahe gelegenen Hauses ein Fenster geöffnet. Ein Mann, der einen Langhaardackel auf dem Arm hielt, schaute heraus und rief ihm etwas zu. Marthaler hatte ihn nicht verstanden.

«Ich habe gesagt: Hier können Sie aber nicht parken, junger Mann.»

Marthaler schaute den Mann fassungslos an. Für einen Moment kam ihm der Ausdruck «Dackelbesitzer» wie das schlimmste denkbare Schimpfwort vor. Dann schüttelte er nur den Kopf. Ohne etwas zu sagen, wandte er sich ab und ging auf das Haus von Stefanie Wolfram zu. Als einer der Polizisten ihn aufhalten wollte, zeigte er seinen Dienstausweis. Der Uniformierte winkte ihn durch.

Marthaler sah, dass man die Haustür nicht aufgebrochen, sondern aufgetreten hatte. Das Holzfutter war in Höhe des Griffs nach innen weggebrochen. Durch das entstandene Loch hatte der Täter einfach hindurchgreifen und die Klinke drücken können.

Im Hausflur kam ihm ein junger Sanitäter mit einem Behandlungskoffer entgegen. Der Mann war blass.

«Zu spät?», fragte Marthaler. Aber er kannte die Antwort bereits. Der Sanitäter nickte und drückte sich wortlos an ihm vorbei.

«Verdammt nochmal, wer sind Sie? Was haben Sie hier zu suchen?»

Erschrocken drehte sich Marthaler um. Hinter ihm stand ein kleiner, korpulenter Mann in einem viel zu engen, zerschlissenen Wollmantel. Sein runder, fast kahler Kopf war vor Zorn gerötet. Fast schien es, als wolle der Kleine im nächsten

Moment handgreiflich werden. Unwillkürlich musste Marthaler lächeln. Dann hob er seinen Zeigefinger.

«Morchel, achten Sie auf Ihren Blutdruck», sagte er.

Der Dicke starrte Marthaler an. Ein paarmal öffnete und schloss sich sein Mund. Endlich schien er ihn zu erkennen. «Robert. Robert Marthaler. Du bist aber auch wirklich der Letzte, der mich noch Morchel nennen darf. Jetzt sag bloß nicht, dass *du* der Frankfurter Kollege bist, der uns diese Suppe hier eingebrockt hat?»

«So würde ich es nicht ausdrücken», erwiderte Marthaler. Dann reichte er dem anderen die Hand.

Er war Konrad Morell vor Jahren auf einem Fortbildungsseminar begegnet, das in der Mühlheimer Verwaltungsschule stattgefunden hatte. Schon am ersten Abend hatte man dem Darmstädter Kollegen seinen Spitznamen verpasst, und bald wurde er selbst von den Dozenten nur noch Morchel genannt. Als Morell während einer hitzigen Diskussion sein cholerisches Temperament demonstrierte und mit der Faust auf den Tisch schlug, hatte der Seminarleiter seinen Zeigefinger erhoben und ihn zur Erheiterung der anderen Teilnehmer mit ebenjenen Worten ermahnt: «Morchel, achten Sie auf Ihren Blutdruck!»

Marthaler hatte den um ein paar Jahre jüngeren Kollegen von Anfang an gemocht. Morell stammte aus einem kleinen Odenwälder Dorf und war nach der Scheidung seiner Eltern bei einer älteren Tante aufgewachsen. Bis heute hatte er den harten Dialekt seiner Gegend beibehalten. Trotz seiner Dickleibigkeit war Konrad Morell ungewöhnlich flink. Und was Marthaler vor allem an ihm schätzte, war seine Offenheit und die Aufmerksamkeit, mit der er alles und jeden bedachte. Er erinnerte sich an einen langen Spaziergang, den sie beide einmal über Mittag in die Dietesheimer Steinbrüche gemacht hatten. Morell hatte erzählt, wie er als Kind immer wieder nachts aus der Wohnung der Tante ausgerissen und in sein leeres Elternhaus gegangen war. Dort habe er sich ins Ehebett gelegt, oft stundenlang an die Decke gestarrt und darauf gewartet, dass Vater und Mutter wiederkommen würden. Und während dieser Erzählung hatte Morell mehrmals kurz innegehalten, um Marthaler auf das Klopfen eines Spechtes, auf eine seltene Pflanze oder auf ein besonders schönes Insekt hinzuweisen. Nichts schien zu klein oder unbedeutend, als dass es seiner Zuwendung nicht wert gewesen wäre.

«Sondern?», fragte Morell jetzt, «wie würdest du es denn ausdrücken? Willst du dir mal anschauen, wie es dadrinnen aussieht?»

«Nein, bitte ...», sagte Marthaler. «Erspar mir das.»

«Dann lass uns ein paar Schritte laufen. Und du wirst mir berichten, was hier eigentlich los ist.»

Als sie das Haus verließen und die Straße betraten, stellte sich ihnen ein Mann in den Weg. Marthaler erkannte ihn. Es war der Dackelbesitzer.

«Darf man erfahren, was hier los ist?», fragte er.

Reflexartig wollte Marthaler die Neugier des Fremden zurückweisen, aber Konrad Morell kam ihm zuvor.

«Wer sind Sie?», fragte er.

«Ich bin ein Nachbar, ich wohne hier.» Der Mann deutete mit dem Kopf auf das Haus, vor dem Marthaler seinen Wagen abgestellt hatte.

«Kannten Sie Frau Wolfram?»

«Natürlich kenne ich sie. Meine Frau und ich spielen gelegentlich mit ihr Karten. Wieso fragen Sie, ob ich sie *kannte*? Das hört sich ja an, als sei sie tot.»

«Sie ist tot. Sie wurde umgebracht», sagte Morell.

Der Mann lachte und schüttelte den Kopf. Die beiden Polizisten schauten ihn aufmerksam an.

«Nein», sagte er. «Das kann nicht sein.»

«So ist es aber.»

«Hören Sie, Stefanie Wolfram ist seit anderthalb Monaten auf Reisen. Wenn in ihrem Haus jemand ermordet wurde, dann kann es sich nur um die junge Dame handeln, die dort vorübergehend wohnt.»

Morell sah Marthaler fragend an. Der schüttelte den Kopf zum Zeichen, dass er keine Ahnung hatte, was diese Information bedeutete. «Von welcher Dame sprechen Sie?»

«Frau Wolfram wollte eine Mitwohnzentrale beauftragen. Die sollten das Haus weitervermieten, solange sie weg ist. Ich hab gleich zu meiner Frau gesagt, dass ich so etwas nicht machen würde. Weiß man ja nie, wen man sich da in die eigenen vier Wände holt.»

«Kennen Sie den Namen der Mieterin?»

«Keine Ahnung. Ein ziemlich hochnäsiges Wesen. Ich hab sie erst ein paarmal gesehen. Hat es nie für nötig gehalten, zu grüßen. Seltsame Person.»

«Wissen Sie, wo Frau Wolfram sich aufhält?», fragte Marthaler. «Wir müssen sie dringend erreichen.»

«Dann haben Sie ein Problem», sagte der Dackelbesitzer. «Sie wird frühestens im Februar oder März nach Deutschland zurückkehren. Sie wollte nach Australien und Neuseeland. Sie hat gesagt, sie will ein paar Monate Urlaub vom Leben machen. Kein Handy, kein Fax, kein E-Mail.»

Morell bedankte sich bei dem Mann. Als die beiden Polizisten sich bereits abwenden wollten, zupfte der Dackelbesitzer Marthaler am Ärmel seines Mantels. «Und denken Sie dran, Ihr …»

«Ich weiß», unterbrach ihn Marthaler. «Sie mögen mein Auto nicht. Trotzdem bleibt es vor Ihrem Haus stehen.»

«Und jetzt du», sagte Marthaler, nachdem er Konrad Morell berichtet hatte, wie es dazu gekommen war, dass er Ohrenzeuge des Mordes in Kranichstein geworden war. «Jetzt sag mir, was ihr hier vorgefunden habt.»

«Eigentlich weißt du mehr als wir. Die Haustür war kaputt und stand offen, als wir ankamen. Wir haben alle Räume abgesucht und niemanden entdeckt. Der Täter war verschwunden, auch das Opfer konnten wir zunächst nirgends finden. Im ersten Moment dachten wir, das Haus sei leer. Dann sahen wir die Frau. Sie lag im Wohnzimmer hinter dem Sofa. Wahrscheinlich hatte sie sich dorthin geflüchtet, während du noch am Telefon warst. Sie war nur mit einem Nachthemd bekleidet. So wie es aussieht, hat man ihr zunächst aus einiger Entfernung in die Lunge geschossen. Ob sie dadurch bereits getötet wurde, können wir jetzt noch nicht sagen. Der zweite Schuss traf sie aus nächster Nähe in den Kopf. Wahrscheinlich hat der Täter ihr die Waffe direkt an die Schläfe gehalten und ein weiteres Mal abgedrückt. Nähere Beschreibungen, wie es am Tatort aussah, kann ich dir wahrscheinlich ersparen.»

Marthaler überlegte angestrengt. Er kam zu keinem Ergebnis. Alles, was er hatte, waren Fragen. «Kannst du mir sagen, was das alles zu bedeuten hat?»

«Das fragst du mich?», erwiderte Morell. «Da importiert ihr uns eure Frankfurter Scheiße, und jetzt müssen wir sie für euch beseitigen. Und nebenbei sollen wir am besten auch noch euren Fall klären.»

«Aber wie hängen diese beiden Morde zusammen? Wer war diese Frau? Das müssen wir als Erstes herausfinden. Warum wurde sie ausgerechnet in dem Moment, als ich mit ihr telefonierte, erschossen? Ich sehe keinen Zusammenhang. Meinst du, das Ganze könnte ein Zufall gewesen sein?»

Konrad Morell schaute Marthaler an und verdrehte die Augen: «Robert, das meinst du doch nicht ernst. Du willst mit der Zeugin in einem Mordfall telefonieren. Die Zeugin befindet sich aber im Urlaub, was du zu diesem Zeitpunkt noch nicht weißt. Stattdessen meldet sich eine andere Frau am Telefon, die du für deine Zeugin hältst. Und während ihr sprecht, wird diese Frau ebenfalls ermordet. Also bitte: Da kannst du mir nicht mit einem Zufall kommen.»

Marthaler war stehen geblieben. «Aber die Frau war zufällig in dem Haus. Stefanie Wolfram kannte sie vielleicht nicht einmal. Sie wurde durch die Mitwohnzentrale dorthin vermittelt.»

Morell hatte sich dicht vor seinem Frankfurter Kollegen aufgebaut und die Arme über dem Bauch verschränkt. Während er sprach, verlagerte er mit einem kleinen Wippen sein Körpergewicht immer wieder von den Fußballen auf die Fersen, eine Angewohnheit, die Marthaler schon früher aufgefallen war. «Robert, zähl einfach zwei und zwei zusammen. Wenn du die Frau für Stefanie Wolfram gehalten hast, warum sollte es dem Täter nicht genauso ergangen sein? Du hast dich geirrt. Er hat sich genauso geirrt. Er wollte deine Zeugin beseitigen. Und ist in deren Haus irrtümlich auf eine Unbekannte gestoßen.»

«Das heißt dann aber, er kannte keine der beiden Frauen. Sonst hätte er sie ja wohl nicht verwechselt.»

Morell ließ seine Hand durch die Luft flattern, eine Geste, die besagen sollte, dass er sich nicht sicher war.

«Aber wenn er auch Stefanie Wolfram nicht kannte», fuhr Marthaler unbeirrt fort, «warum hat er sie dann umbringen wollen?»

«Vielleicht, weil sie etwas über deinen Frankfurter Fall wusste, das du nicht wissen solltest.»

«Aber dazu hätte der Täter zumindest wissen müssen, dass ich vorhatte, Stefanie Wolfram zu befragen. Verstehst du eigentlich, was das heißt?» Langsam schienen sie beide zu begreifen, welche Schlussfolgerung man aus Konrad Morells

These ziehen konnte. «Nein, Konrad, das kann nicht sein. Dann wären meine Ermittlungen …»

«Dann könnte man sagen, dass deine Ermittlungen das Todesurteil für die Frau in Stefanie Wolframs Haus gewesen sind», sagte Morell. «Kann es sein, dass ihr ein Leck in der Abteilung habt?»

Marthaler merkte, wie ihm das Blut in die Füße sackte. Dieser Gedanke, den auch er für einen kurzen Moment gehabt hatte, kam ihm so ungeheuerlich vor, dass er davor zurückschreckte, ihn zu Ende zu führen. Dann schüttelte er nachdrücklich den Kopf.

«Nein. Es gab niemanden, der wusste, was ich vorhabe. Niemand wusste, dass ich Stefanie Wolfram befragen wollte. Ich selbst habe ihren Namen erst heute Nachmittag erfahren. Und niemand hat auch nur ahnen können, dass ich direkt zu ihr fahren wollte.»

«Dann bist du wohl aus dem Schneider», sagte Konrad Morell. «Aber es kann immer noch sein, dass der Täter ihren Namen schon vor dir kannte und befürchtete, dass sie irgendwann als Zeugin befragt wird. Jedenfalls solltest du davon ausgehen, dass es sich hier um ein und denselben Mörder handelt.»

Marthaler nickte. Er wurde den Gedanken nicht los, dass er Mitschuld haben könnte an dem Tod der unbekannten Mieterin in Stefanie Wolframs Haus, vor dem sie jetzt wieder angekommen waren. Dann fiel ihm etwas ein. «Gib mir dein Telefon», sagte er zu Morell. «Ich muss etwas überprüfen.» Er kramte die Visitenkarte hervor, die ihm Professor Wagenknecht gegeben hatte, und wählte dessen Büronummer. Die Sekretärin meldete sich.

«Wo ist der Professor?», fragte er. «Ich muss ihn dringend sprechen.»

«Das tut mir Leid. Er hält gerade sein großes Seminar.»

«Seit wann?», fragte Marthaler. «Wie lange unterrichtet er schon?»

«Seit fast drei Stunden. Kann ich ihm etwas ausrichten? Soll er Sie zurückrufen?»

«Nein», sagte Marthaler. «Danke. Es hat sich schon erledigt.»

Er rieb sich die Augen. Er merkte, dass er müde wurde und dass er bald etwas essen musste. Die Dämmerung setzte allmählich ein. Marthaler schaute auf seine Uhr und bekam einen Schrecken.

«Verdammt», sagte er. «Ich muss los. Ich denke, wir telefonieren morgen Vormittag.»

Er war um 19 Uhr mit Tereza auf dem Lohrberg verabredet. Jetzt war es kurz nach halb sechs. Wenn er es noch schaffen wollte, zu duschen und sich umzuziehen, musste er sich beeilen. Er durfte sie auf keinen Fall ein weiteres Mal versetzen. Und er wollte auch nicht zu spät kommen.

Er war schon auf dem Weg zu seinem Wagen, als Morell ihn noch einmal zurückrief. «Hier», sagte er und hielt Marthaler erneut sein Mobiltelefon entgegen. «Für dich. Anscheinend kann sich die Frankfurter Polizei nicht mal eigene Handys leisten.»

Marthaler meldete sich. Es war seine Sekretärin. «Elvira», sagte er, «ich muss sofort losfahren. Mach es kurz. Ich habe es eilig.»

«Hast du nicht!», erwiderte sie.

«Was soll das heißen?»

«Tereza hat angerufen. Sie kann heute Abend nicht.»

«Wieso denn das?»

«Robert, woher soll ich wissen, warum sie nicht kann? Sie wollte dich sprechen. Sie hat gesagt, dass sie heute Abend keine Zeit hat und dass sie sich wieder meldet. Ich richte dir das einfach nur aus. Alles andere musst du selbst mit ihr klären.

Und wenn du mich fragst, hat sie vollkommen Recht, das mit euch erst mal auf ganz kleiner Flamme zu kochen.»

«Ja, ich verstehe. Entschuldige.»

Aber er verstand gar nichts. Er wusste auch nicht, wofür er sich bei seiner Sekretärin entschuldigt hatte. Er setzte sich in den Daimler und fuhr los. Hinter Arheilgen bog er ab auf die Bundesstraße. Im Autoradio wurde Carl Orffs «Carmina Burana» gespielt. Unwillig schaltete Marthaler ab. Er hatte das Werk nie gemocht. Der Gestus war ihm zu groß, zu laut, zu angeberisch. Und er wurde die Vorstellung nicht los, dass diese Musik in der Nazizeit auch deshalb ein so großer Erfolg gewesen war, weil sie gut in diese Jahre gepasst hatte.

Als er über die A 661 fuhr, sah er im Rückspiegel, dass ihm die nachfolgenden Fahrzeuge Zeichen mit der Lichthupe gaben. Kurz vor Offenbach scherte er nach rechts aus und hielt auf einem Parkplatz. Erst jetzt merkte er, dass er vergessen hatte, das Licht seines Wagens anzumachen. Er stellte den Motor ab. Er hatte das Gefühl, keinen Meter mehr weiterfahren zu können. Ihm wurde alles zu viel. Er wusste nicht, über was er zuerst nachdenken sollte. Er stieg aus, um ein paar Meter zu laufen. Seine Probleme mit Tereza, der immer komplizierter werdende Fall, sein körperlicher Zustand – all das ließ ihn zum ersten Mal in seinem Leben wünschen, er wäre ein anderer. Sooft er auch in den vergangenen beiden Jahrzehnten seinen Beruf verflucht hatte, noch nie hatte er sich so zutiefst zerrüttet gefühlt wie jetzt in der feuchten Kälte auf diesem dunklen Autobahnparkplatz zwischen Frankfurt und Offenbach.

Ein paar Meter weiter stand ein junger Mann in einer dicken Lederjacke und rauchte. Marthaler ging zu ihm und bat ihn um Feuer. Der Mann riss ein Streichholz an, und als er die Flamme an Marthalers Zigarette hielt, streichelte er wie beiläufig über dessen Handrücken.

«Geht was?», fragte der Mann.

«Was meinen Sie?», erwiderte Marthaler.

«Kommst du mit?»

Marthaler verstand nicht. «Was wollen Sie? Wohin soll ich mitkommen?»

Der Mann sah ihn an. Er hatte tief liegende Augen mit langen Wimpern und ein hübsches, schmales Gesicht.

«Bist du noch Jungfrau?», fragte er.

Mit einem Mal begriff Marthaler. Er erinnerte sich, einmal gehört zu haben, dass die Homosexuellen diesen Parkplatz als Treffpunkt nutzten, um Kontakte anzubahnen und manchmal mit ihren neuen Bekannten auch einfach im struppigen Unterholz zu verschwinden.

Marthaler war verwirrt. Er wusste nicht, was er auf die Frage des Jungen antworten sollte. Er stammelte: «Nein. Ich weiß nicht. Ich bin nicht ...»

Als er an seiner Mentholzigarette sog, merkte er, wie seine Hand zitterte. «Entschuldigung», sagte er.

«Schon okay», sagte der junge Mann. Er lächelte Marthaler an. Und sah zugleich unendlich traurig aus. Dann wandte er sich ab.

Marthaler ging zurück zu seinem Dienstwagen und ließ sich auf den Fahrersitz sinken. Er schloss die Augen. Nein, dachte er, so kann man nicht leben. So darf man nicht leben. Aber hätte man ihn gefragt, wen er damit eigentlich meinte, so hätte er wohl keine Antwort gewusst.

Als er die Augen wieder öffnete, sah er, wie der Junge mit dem Fahrer eines LKW redete. Der Fernfahrer nickte. Marthaler startete den Motor, schaltete das Licht ein und fuhr los. Im Rückspiegel sah er, wie der Junge die Beifahrertür des Lastwagens öffnete und einstieg.

Als Marthaler vor seinem Haus ankam, sah er die alte Hausmeisterin vor der Tür stehen und nach ihrem Schlüssel suchen. Er blieb im Auto sitzen und wartete, bis sie im Haus verschwunden war. Er wollte ihr nicht begegnen. Erst als er sah, wie das Licht in ihrer Wohnung anging, stieg er aus.

Er hängte seinen Mantel an die Garderobe und betrachtete sich im Spiegel. Er rümpfte die Nase und schaute rasch wieder weg. In der Küche schenkte er sich ein Glas Rotwein ein. Dann ging er ins Wohnzimmer und drehte die Heizung auf. Als er die Vorhänge schließen wollte, sah er die junge Nachbarin im Haus gegenüber am Fenster stehen. Sie stand einfach da, hatte wie er ein Glas Wein in der Hand und schaute in die Dunkelheit. Plötzlich schien sie ihn zu bemerken. Er hob sein Glas und prostete ihr zu. Sie machte dieselbe Bewegung, aber sie lächelte nicht. O Gott, dachte Marthaler, was sind wir doch für arme Häute.

Er wartete, bis sie sich abgewandt hatte und im Inneren ihrer Wohnung verschwunden war, erst dann zog er die Gardine zu. Im Badezimmer zog er sich aus. Er stopfte seine Kleider in den Wäschekorb, der bereits wieder voll war. Zurück im Wohnzimmer, legte er sich nackt auf den Teppich und begann, ein paar gymnastische Übungen zu machen. Nach den ersten fünf Liegestützen verließ ihn die Kraft. Er drehte sich auf den Rücken und hob beide Beine an. Er schaffte es nicht einmal, bis zwanzig zu zählen, bevor er sie wieder auf den Boden sinken lassen musste. Er verschnaufte einen Moment, dann wiederholte er die Übung. Diesmal zählte er etwas schneller. Dann stellte er sich aufrecht hin, streckte beide Arme aus und malte mit den Händen kleine Kreise in die Luft, bis seine Schultermuskulatur anfing zu krampfen. Schließlich machte er noch einige Kniebeugen. Zum Abschluss versuchte er im Stehen mit den Fingerspitzen den Boden zu berühren. Es gelang ihm nicht. Dann war er froh, dass das Telefon läutete. Als er den Hörer abnahm und sich meldete, atmete er noch immer schwer.

«Oh, entschuldige, mir scheint, ich störe gerade. Deshalb hattest du es also vorhin so eilig.»

Marthaler meinte das Grinsen in Konrad Morells rundem Gesicht sehen zu können.

«Nein», sagte er, «ich bin nur gerade zur Tür hereingekommen.»

«Wohnst du nicht im Erdgeschoss?»

«Nein», sagte Marthaler, «tue ich nicht.»

«Ich dachte nur, ich sage dir gleich Bescheid. Wir haben den Namen der Toten in Stefanie Wolframs Haus herausbekommen. Ein Kollege war vorhin bei der Mitwohnzentrale. Sie ist die Frau eines wohlhabenden Architekten. Die beiden haben sich vor kurzem getrennt. Er hat das Haus für sie gemietet.»

«Hast du schon mit ihm gesprochen?»

«Ja, ich war gerade bei ihm.»

«Und?»

«Er wirkte erschüttert und zugleich erleichtert.»

«Erleichtert?»

«Ja. Als ich ihm mitteilte, dass seine Frau tot ist, nahm er zunächst an, dass sie Selbstmord begangen habe. Er ist derjenige, der sich scheiden lassen wollte. Er sagt, die letzten Monate seien die Hölle gewesen. Aber, bevor du auf falsche Gedanken kommst, er hat ein Alibi. Wir müssen das noch überprüfen, aber wenn mich meine Menschenkenntnis nicht gründlich täuscht, kannst du davon ausgehen, dass er nichts mit ihrem Tod zu tun hat.»

«Danke», sagte Marthaler. «Gibt es sonst noch etwas?»

«Nein. Ich melde mich morgen Vormittag wieder bei dir. Ach … und … Robert …»

«Was?»

«Ihr könnt jetzt weitermachen. Viel Spaß noch. Und schöne Grüße, unbekannterweise.»

«Blöder Depp», sagte Marthaler. Aber Konrad Morell hatte bereits wieder aufgelegt.

VIERZEHN

Es war erst kurz nach acht, als sich Marthaler am nächsten Morgen mit geschulterter Sporttasche dem Weißen Haus in der Günthersburgallee näherte. Das Erste, was er sah, war ein roter Katzenkäfig, der auf dem Bürgersteig stand. Daneben, am Straßenrand, parkte ein Lieferwagen mit der Aufschrift: «Bodega La Passionaria – Tapas, Paella, Musik».

Marthaler ging in die Hocke, um in den Katzenkäfig zu schauen. «Mensch, Anton Pavlovich», sagte er, «was machst du denn hier?»

«Na, was wohl? Umziehen, wie das Herrchen.»

Es war Carlos Sabato, dessen Stimme jetzt über die Straße dröhnte. Marthaler musste sich beherrschen, um keinen Lachanfall zu bekommen. Dass der Kriminaltechniker sich als das «Herrchen» des Katers bezeichnete, war keine geringfügige Verniedlichung. Denn Sabato wog mehr als zwei Zentner und war über einsneunzig groß. Nicht zuletzt wegen seines enormen Gewichts diente er Marthaler oft genug als Ausrede vor sich selbst. So dick, dachte der Hauptkommissar gelegentlich, bin ich dann doch nicht.

«Oder habt ihr geglaubt, ihr könntet mich einfach im Bullenkloster allein lassen?»

«Und die Chefetage war einverstanden?»

Sabato hob seine mächtigen Arme und ließ sie wieder fallen. «Einverstanden oder nicht», sagte er. «Ich hab ihnen meine Kündigung auf den Tisch gelegt und gesagt: Wenn ihr mich nicht gehen lasst, werde ich gehen.»

Marthaler lächelte. Er freute sich darauf, Sabato wieder in

seiner Nähe zu haben. Der Kriminaltechniker und seine Frau gehörten zu den wenigen Menschen, die er als seine Freunde bezeichnete. Es war eine Freundschaft, die langsam entstanden und die nie ganz einfach gewesen war, die aber nun doch schon einige wechselvolle Jahre lang gehalten hatte. Beides lag wohl darin begründet, dass sowohl Sabato als auch Marthaler über einen ausgeprägten Eigensinn verfügten, dass beide aber auch bereit waren, ein einmal gefälltes Urteil, wenn es sich als falsch erwies, zu korrigieren.

«Es gibt nur ein Problem», sagte Marthaler, «wir haben keinen Platz für dich.»

«Papperlapapp», sagte Sabato. «Es ist alles geklärt. Ich habe bereits mit den anderen Mietern gesprochen. Ich ziehe in den Keller. Und Anton kommt mit!»

Marthaler zeigte auf den Lieferwagen: «Und ich dachte schon, du wolltest auf Gastronomie umsteigen.»

«Ah, Roberto, ich sage dir, ‹La Passionaria› ist das Restaurant meines Schwagers. Nächste Woche ist Eröffnung. Du bist hiermit offiziell eingeladen. Miguel macht eine Fisch-Paella, nach der du dir sämtliche Finger leckst.»

Marthaler schüttelte den Kopf. «Vielen Dank», sagte er und klopfte sich mit der flachen Hand auf den Bauch, «aber ich mache gerade das, was du auch tun solltest.»

Sabato schaute ihn an, als habe er etwas höchst Anstößiges gesagt. «Du meinst, du willst …»

«Abnehmen! Seniorenturnen! Wasser trinken!»

Der Gesichtsausdruck des Kriminaltechnikers wandelte sich von ungläubigem Staunen zu entschiedenem Ekel: «Weißt du, was meine Mama dazu gesagt hätte? Sie hätte gesagt: Du bist entweder krank oder verliebt.»

Vielleicht ja beides, dachte Marthaler. Aber er sagte es nicht. Er wandte sich ab und ging auf die Haustür zu.

«Und weißt du, was Mama noch gesagt hat?», rief Carlos

Sabato ihm mit seiner tiefen Stimme nach. «Dass das eine so schlimm ist wie das andere.»

Das Kommissariat war noch leer. Marthaler öffnete die Tür zu seinem Büro, schaltete die Deckenlampe an und schaute sich um. Dann ging er zum Fenster und zog die Rollläden hoch. Es war das erste Mal, dass er Zeit hatte, sich seinen neuen Arbeitsplatz näher anzusehen. Elvira hatte bereits seinen Schreibtisch eingeräumt, die Blumen auf die Fensterbank gestellt und die beiden Bilder aufgehängt, die ihn durch all seine Büros begleitet hatten. Das eine war ein Druck von Adolf Menzels «Reiseplänen», das andere zeigte Edouard Manets «Frühstück im Atelier». Immer, wenn er sie anschaute, hatte er das Gefühl, als würde sich etwas von der ruhigen Konzentration, die aus ihnen sprach, auf ihn übertragen, als könne er Kraft aus ihnen schöpfen. Obwohl er von Tereza viel über die Kunst vergangener Jahrhunderte gelernt hatte, hatte er sich seine naive Betrachtungsweise bewahrt. Und er war froh, dass ihn Tereza darin bestärkt hatte. «Das Wichtigste sind deine Augen», sagte sie immer. «Du musst schauen wie ein Fremder.» Und er verstand, was sie damit meinte.

Er stellte seine Sporttasche auf den Schreibtischstuhl, dann zog er sich um. Es war Jahre her, dass er seinen Trainingsanzug zum letzten Mal angehabt hatte. Immerhin passte die Hose noch, auch wenn sie über dem Bauch ein wenig spannte. Zum Schluss zog er seine dicke Radlerjacke über und setzte die alte Pudelmütze auf. Er ahnte, wie lächerlich er aussah, aber er hatte beschlossen, dass ihm das egal sein müsse. Als er das Treppenhaus betrat, hörte er aus dem Hof die Stimmen von Kerstin Henschel und Elvira. Einen Moment später wurde die Tür geöffnet, und er sah die erstaunten Gesichter der beiden Frauen.

«Nein, bitte», sagte er, «keine Kommentare! Und schaut

nicht so entsetzt. Ich gehe in den Park, um zu laufen. Ein älterer Herr, der wieder anfängt, ein wenig Sport zu treiben. Man hat davon gehört, dass es so etwas gibt. In spätestens einer Stunde bin ich zurück. Dann halten wir unsere Besprechung ab.» Ohne auf eine Reaktion zu warten, ging er nach draußen. Bevor die Haustür hinter ihm ins Schloss fiel, hörte er die beiden im Treppenhaus kichern.

Nicht wie ein Sportler, sondern wie ein eiliger Spaziergänger marschierte er die Straße hinauf. Erst als er das eiserne Eingangstor des Günthersburgparks passiert hatte, begann er langsam zu traben. Auf den Wegen lag Schnee und Eis; mehrmals rutschte er weg und geriet ins Straucheln. Der Morgen war klar und kalt, und die ersten Sonnenstrahlen fielen durch die kahlen Äste der alten Bäume.

Marthaler mochte diesen Park von allen Frankfurter Grünanlagen am liebsten. Im Sommer, wenn er von Katharinas Grab auf dem Bornheimer Friedhof kam, machte er oft hier Halt, setzte sich auf eine der Bänke vor das kleine Parkcafé, aß ein Stück Kuchen oder trank ein Glas Apfelwein und schaute den Kindern auf dem Spielplatz zu. Die sanften Hügel, die alten Laubbäume, der Brunnen mit den dicken Wasserspeiern, das Boulodrom und die zahllosen Familien, die hier bei schönem Wetter auf den Wiesen lagen und picknickten – all das ließ ihn vergessen, dass er in einer Stadt lebte, die zu den Zentren des internationalen Verbrechens gehörte. Für ein paar kostbare Momente hatte er stattdessen das Gefühl, im Urlaub zu sein, an nichts denken und nichts tun zu müssen, als sein Gesicht in die warme Nachmittagssonne zu halten.

Als er jetzt den ersten Anstieg hinter sich hatte, merkte er, wie sich all seine Gedanken auf seinen Körper konzentrierten. Obwohl er erst wenige hundert Meter gelaufen war, war er bereits außer Puste. Damit hatte er gerechnet. Er beschloss, noch langsamer zu laufen. Immer wieder wurde er von schnelleren Läufern überholt, andere kamen ihm entgegen und grüßten mit einem Nicken.

Als er im oberen, fast baumlosen Teil des Parks angekommen war, konnte er in der Ferne den Messeturm sehen. Der Himmel wölbte sich blau über der Stadt, hier und da sah man ein paar helle Wolken, und immer wieder zogen in großer Höhe die Flugzeuge ihre weißen Streifen hinter sich her.

Nach der ersten Runde machte er eine Pause. Jetzt hätte er gerne gewusst, wie lang die Strecke war, die er zurückgelegt hatte. Er schaute auf die Uhr. Er hatte fast zwölf Minuten gebraucht. Als er sich wieder erholt hatte, lief er von neuem los. Dreimal will ich es noch schaffen, nahm er sich vor. Immer wieder ermahnte er sich, die Geschwindigkeit zu drosseln. Wenn er nicht mehr weiterkonnte, blieb er stehen und machte ein paar Übungen. Um nicht zu oft anzuhalten, suchte er sich Orientierungspunkte, die er bis zur nächsten Pause erreicht haben wollte: bis zu dieser Kurve, bis zur nächsten Bank, noch fünfhundert Schritte. Kurz bevor er den Park zum dritten Mal umrundet hatte, reichte es ihm und er wollte aufgeben. Dann überwog sein Ehrgeiz.

Wieder verließ er den eingezäunten Bereich und erreichte den freien Teil. Ganz oben auf dem Weg, hinter den verschneiten Wiesen, sah er eine Frau im Pelzmantel stehen, die in die Ferne schaute. Eine frühe Spaziergängerin, die den Blick auf die Stadt genoss. Langsam näherte er sich ihr. Wenn sie jetzt noch ein Hündchen hätte, dachte Marthaler, sähe sie aus wie die Dame aus Tschechows Erzählung. Er hätte die Frau gerne so fotografiert.

Sie wandte sich um und ging langsam weiter. Schnaufend schob er sich an ihr vorbei. Unwillkürlich zog er den Bauch ein und versuchte seinem Schritt etwas mehr Leichtigkeit zu geben.

Dann hörte er seinen Namen rufen. Zuerst glaubte er, sich getäuscht zu haben. Aber sie rief noch einmal. Er blieb stehen und drehte sich um.

«Tereza?», fragte er. Er ging zwei Schritte auf sie zu. Ihr Gesicht war von einer Pelzmütze umrahmt. Ungläubig starrte er sie an. Er hatte Angst vor diesem Moment gehabt. Zugleich hatte er sich auf ihn gefreut. Und jetzt war seine Überraschung so groß, dass er nicht wusste, was er tun sollte. Er stand vor ihr und wusste nicht, wohin mit sich.

«Tereza», sagte er wieder. «Tereza. Tereza.»

Sie lächelte. «Meine Name hast du jedenfalls nicht vergessen. Willst du mich nicht umarmen?»

«Doch … nein, ich bin verschwitzt. Und ich sehe aus …»

«Wie eine Witzmann», sagte sie.

Marthaler lachte. Aber er lachte zu laut. «Ja, wie ein Witzmann.»

Sie schien seine Verlegenheit zu spüren. Sie küsste sich auf die Fingerspitze und tippte an seine Stirn. Sie wusste, wie sehr er diese Geste mochte.

«Fast hätte ich dich nicht erkannt», sagte er und wies auf ihren Mantel und die Mütze.

Sie nickte. «Deutschland ist kalt, wenn man von der Sonne kommt.»

«Tereza, dass ich dich vergessen habe … Mir tut das alles so Leid.»

Sie lächelte nicht mehr. Sie sah ihn schweigend an. «Ich weiß», sagte sie. «Trotzdem.»

«Was trotzdem?»

«Es war nicht schön, wie ich da am Flughafen gestanden habe.»

«Wie hast du dagestanden?»

«Mit sehr großer Traurigkeit. Und sehr dumm. Wie eine Schaf im Regen.»

Fast hätte Marthaler lachen müssen über diesen Vergleich. Er suchte nach etwas, das er sagen konnte, aber es fiel ihm nichts ein. So war er froh, dass Tereza wieder das Wort ergriff.

«Ich war bei Elvira. Sie sagt, dass du Sport machst.»

«Ja, ich habe wohl zugenommen.»

«Sie meint, dass du neu werden willst. Ich finde das gut. Wir dürfen nicht so enden.»

Marthaler sah sie fragend an.

«Wie die Menschen, die sich egal sind», sagte sie.

Er wartete, dass sie weitersprach, aber auch ihr war ihre Befangenheit anzumerken.

«Tereza, du bist mir nicht egal», sagte er. Dann hob er die Hand und strich ihr über die Wange. Aus ihren dunklen Augen sah sie ihn lange forschend an. Er entdeckte in ihrem Blick keine Spur von Härte, nur großen Ernst und eine Unsicherheit, die er bislang nicht an ihr kannte.

«Wenn du magst, hole ich dich heute Abend ab. Dann hast du Zeit, deine Sachen zu packen. Ich habe in deinem Zimmer schon die Heizung angedreht.»

Tereza hatte den Kopf gesenkt und sah zu Boden. «Das möchte ich nicht», sagte sie.

Marthaler merkte, wie der Schweiß auf seiner Haut kalt wurde. Er begann zu frieren und trat jetzt von einem Fuß auf den anderen. «Warum nicht?», fragte er.

«Nein. Ich habe mir ein Zimmer gemietet in eine Pension. Ich bin dort gestern umgezogen. Deshalb konnte ich nicht kommen.»

Marthaler merkte, wie sein Mut kleiner wurde. Plötzlich hatte er Angst, dass dies das Ende sein könne. Dass sie hier auseinander gehen würden, ohne sich je gesagt zu haben, was sie einander bedeuteten.

«Ich möchte, dass wir zusammen sind.»

Tereza lachte. Aber es kam ihm vor, als sei es ein schmerzliches Lachen.

«Ich auch», sagte sie. «Aber ich finde dich schöner, wenn du kein Polizist bist.»

«Aber ich bin Polizist.»

«Aber besser nicht, wenn wir beisammen sind.»

Marthaler schwamm. Er wusste nicht, wie er ihre Worte deuten sollte. Ihm fiel ein, was Kerstin Henschel gesagt hatte. Vielleicht hatte Tereza in Madrid einen anderen Mann kennen gelernt. Vielleicht hatte sie auch nur gemerkt, dass Marthaler nicht der Mann war, mit dem sie zusammen sein wollte, und versuchte nun, sich auf halbwegs anständige Weise zu verabschieden. Und er dachte daran, dass er vor nicht einmal zwei Tagen betrunken mit Thea Hollmann auf dem Boden von deren Wohnung gelegen hatte. Er verfluchte sich. Und er verfluchte seine Unbeholfenheit. Er hatte das Gefühl, nur noch eine Möglichkeit zu haben. Er musste Tereza die Wahrheit sagen. Eine Wahrheit, die er selbst noch nicht lange kannte. Er suchte nach den richtigen Worten, aber es gab nur eine Möglichkeit.

«Tereza, ich liebe dich», sagte er.

Sie sah ihn an. Zwischen ihren Augenbrauen hatte sich eine Falte gebildet. Sie schüttelte den Kopf. Dann wandte sie ihm den Rücken zu. Er schaute auf ihren Mantel. Er wartete, aber es geschah nichts. Nun kam er sich vor, wie Tereza sich am Flughafen vorgekommen sein mochte: wie ein Schaf im Regen.

Endlich drehte sie sich wieder um. Er sah, dass sie lächelte. Aber sie hatte Tränen in den Augen.

«O Mann, Robert.»

«Was denn, verdammt? Sag doch was.»

Wieder schüttelte sie den Kopf und ließ endlose Sekunden vergehen.

«Ich liebe dich auch», sagte sie endlich.

Marthaler war so erstaunt über ihre Antwort, dass er dachte, er habe sich verhört. Innerlich wiederholte er ihre vier Worte wieder und wieder. Es gab keinen Zweifel. Sie hatte gesagt, was er gehört hatte. Am liebsten hätte er sie jetzt trotz seiner verschwitzten Kleider in die Arme genommen und geküsst. Aber in ihrem Blick war nichts, das ihn dazu einlud.

«Ich liebe dich auch», sagte sie noch einmal. «Trotzdem!»

«Schon wieder trotzdem! Trotzdem was?»

Seine Stimme überschlug sich fast vor Aufregung, und er sah, wie sich eine Läuferin, die gerade an ihnen vorbeigekommen war, neugierig umschaute.

«Trotzdem gehe ich in Pension», sagte Tereza.

Als sie sich von ihm verabschiedet hatte, fühlte sich Marthaler so leicht, wie er sich schon lange nicht mehr gefühlt hatte. Am liebsten wäre er noch einmal vier Runden um den Park gelaufen, aber dafür blieb keine Zeit. Trotzdem beeilte er sich nicht, als er jetzt zurückging zum Weißen Haus. Seine Freude war so groß, dass er sie noch ein paar Minuten lang alleine auskosten wollte. Ohne darüber nachzudenken, was er tat, pfiff er auf dem ganzen Weg eine Melodie vor sich hin. Es war Cherubinos kleine Arietta aus dem zweiten Akt der «Hochzeit des Figaro».

Er öffnete die Tür zum Sitzungszimmer. Man wartete bereits auf ihn. «Entschuldigt», sagte er. «Ich bin gleich bei euch.»

Er ignorierte die spöttischen Blicke der Kollegen. Stattdessen lächelte er und schloss die Tür wieder. Elvira sah ihn erwartungsvoll an, als er an ihrem Schreibtisch vorbeikam. Sie platzte fast vor Neugier. Aber Marthaler lächelte einfach nur. Er holte seine Tasche, zwinkerte Elvira zu und ging duschen.

Zehn Minuten später war er umgezogen und setzte sich zu den anderen an den Mord-Tisch. Alle Augen waren auf ihn gerichtet. Keiner sagte etwas. Am Ende war es Kai Döring, der seine Ungeduld nicht mehr zügeln konnte.

«Und?», fragte er.

«Was und?», erwiderte Marthaler.

«Wie war es … im Park?»

«Wie es ist, wenn man lange keinen Sport gemacht hat. Es war anstrengend, aber schön.»

«Nein, ich meine …»

Marthaler wusste, was Döring meinte. Offensichtlich hatte sich sein Treffen mit Tereza sofort herumgesprochen. Kerstin Henschel setzte zu einer Erklärung an: «Robert, niemand hier will indiskret sein …»

«Sondern?», fragte Marthaler.

«Wir würden nur alle gerne wissen, wie es unserem Chef geht», sagte sie.

«Okay», sagte Marthaler. «Die Antwort ist einfach: Ihr müsst ihn euch als einen glücklichen Menschen vorstellen.»

Er schaute in die Gesichter seiner Kollegen. Sie freuten sich offensichtlich mit ihm. Und jetzt begriff er, dass es nicht nur Neugier gewesen war, die Kai Döring hatte fragen lassen. Sie waren wohl alle ernsthaft besorgt um ihn gewesen.

«Aber jetzt lasst uns arbeiten …», sagte er, um seine Verlegenheit zu überspielen und um weiteren Nachfragen aus dem Weg zu gehen. «Doch bevor wir anfangen, muss ich euch etwas sagen. Raimund Toller vom 8. Revier wird ab sofort unser Team verstärken. Er wird im Laufe des Vormittags zu uns stoßen. Ich bin darüber nicht begeistert, und ich ahne, dass auch ihr es nicht sein werdet. Trotzdem will ich versuchen, es zu erklären …»

Sven Liebmann winkte ab. «Schon geschehen», sagte er. «Herrmann war vor einer halben Stunde hier. Offenbar wollte er sichergehen, dass wir die Sache schlucken. Und dann wollte er noch etwas wissen.»

«Er hat euch doch nicht etwa gefragt, wie Andi mit Nachnamen heißt.»

Liebmann grinste. Dann nickte er.

«Gut», sagte Marthaler. «Dann brauchen wir also über Toller nicht mehr zu reden. Wie müssen uns wohl oder übel mit ihm arrangieren.»

Anschließend berichtete er von seinem Besuch im Carolinum und von dem Treffen mit Professor Wagenknecht. Er schilderte, wie er die Adresse von Gabriele Haslers Freundin herausgefunden und versucht hatte, Kontakt zu Stefanie Wolfram aufzunehmen. Er war bemüht, kein Detail auszulassen, denn er wollte, dass alle auf dem gleichen Stand waren. Dann erzählte er von dem Mord an der Frau des Darmstädter Architekten und wie er am Telefon zum Zeugen dieser Tat geworden war. Nach einer Stunde war er mit seinem Bericht fertig.

Sofort begannen die Spekulationen. Sie stellten sich all die Fragen, die Marthaler und Konrad Morell sich gestern nach der Tat auch schon gestellt hatten. Sie arbeiteten lange und mit großer Konzentration. Am Ende kamen sie zu demselben Ergebnis: Auch wenn die beiden Verbrechen auf den ersten Blick so aussahen, als hätten sie nichts miteinander zu tun – in dem einen Fall war eine Frau über Stunden hinweg gequält worden; das andere Mal hatte der Täter sein Opfer kurzerhand erschossen und war sofort wieder verschwunden – es musste sich um denselben Täter handeln wie bei dem Mord an Gabriele Hasler. Alles andere war einfach zu unwahrscheinlich.

Vielleicht war es ein Zufall, dass der Mörder ausgerechnet in dem Moment in das Haus in Kranichstein eingedrungen war, als Marthaler dort angerufen hatte. Aber der Täter musste Informationen über Stefanie Wolfram haben. Er musste von ihrer Freundschaft zu Gabriele Hasler wissen. Und er wollte nicht, dass die Polizei mit Stefanie Wolfram sprach. Dass er in dem Haus eine andere Frau antreffen würde, hatte er nicht ahnen können. Er hatte sich getäuscht, wie Marthaler sich getäuscht hatte.

«Stefanie Wolfram lebt noch», sagte Marthaler, «aber sie ist in großer Gefahr. Wir wissen nicht, wo sie sich aufhält. Sie befindet sich auf einer Reise. Wahrscheinlich irgendwo in Australien oder Neuseeland. Wenn der Mörder von seinem Irrtum erfahren wird, und er hat womöglich schon davon erfahren, wird er versuchen, sie ausfindig zu machen. Er wird versuchen, seinen Fehler zu korrigieren. Das heißt, wir müssen schneller sein. Wir müssen die Freundin Gabriele Haslers finden, bevor er sie findet.»

«Und wie stellst du dir das vor, wenn niemand weiß, wo sie ist?», fragte Sven Liebmann.

«Irgendwer wird es wissen. Vielleicht ihre Eltern. Kein Mensch verschwindet einfach für mehrere Monate. Und wir müssen sichergehen, dass niemand außer uns erfährt, wo sie sich aufhält oder wann sie zurückkommt. Ich schlage vor, dass Kerstin und Kai sich darum kümmern.»

Kerstin Henschel nickte. Sie schaute Marthaler dankbar an. Offenbar war sie froh, nicht im gewohnten Team mit Manfred Petersen arbeiten zu müssen. Was auch immer zwischen den beiden vorgefallen war, Kerstin hatte Recht gehabt: Es war nicht gut, wenn Marthaler zu viel darüber wusste. Andernfalls hätte er womöglich Partei ergreifen müssen, was der gemeinsamen Arbeit sicher geschadet hätte.

«Ich möchte aber, dass ihr noch hier bleibt. Wir nehmen uns jetzt die Liste vor, die Manfred von der Sitte bekommen hat. Ich denke, da solltet ihr noch dabei sein. Ich mache mir wenig Hoffnungen, dass wir dadurch weiterkommen, dennoch dürfen wir nichts unversucht lassen.»

Manfred Petersen stöpselte einen Stecker in die Rückseite

seines Notebooks, dann stand er auf, um den Beamer einzuschalten. Bevor er ansetzen konnte, etwas zu sagen, wurde die Tür geöffnet.

Vor ihnen stand ein großer Mann, den im ersten Moment niemand erkannte. Dann merkten sie, dass es Raimund Toller war. Keiner der Kollegen hatte ihn bisher ohne Uniform gesehen. Toller trug eine Bomberjacke und eine verspiegelte Sonnenbrille. Er sah aus wie ein Detective aus einer amerikanischen Fernsehserie. Wahrscheinlich war das Absicht. Toller lächelte, aber die Unsicherheit war ihm anzumerken. Sein kräftiger Unterkiefer zuckte vor Anspannung. Marthaler bat ihn, sich einen Stuhl zu suchen und die Brille abzunehmen. «Wir sind es gewohnt, uns in die Augen schauen zu können», sagte er.

Bevor er sich setzte, zog Toller die Jacke aus und hängte sie über den Stuhl. Unter seinem Sweatshirt zeichnete sich die kräftige Muskulatur seines Brustkorbs und seiner Oberarme ab.

«Da bin ich», sagte er.

Die anderen schwiegen. Niemand schien zu wissen, was er antworten sollte.

Dann ging Manfred Petersen zum Fenster und ließ die Rollläden herunter.

FÜNFZEHN Das Sitzungszimmer war dunkel. Die einzige Lichtquelle war das Bild, das der Beamer an die Wand warf. Dort sah man die Fotos von zwölf Personen. Es waren ausnahmslos Männer. Manche machten einen gepflegten Eindruck, andere wirkten verwahrlost. Es waren ältere darunter, aber auch junge. Auf einigen Gesichtern konnte man einen Ausdruck von Angst oder Eingeschüchtertheit erkennen, auf den meisten jedoch Trotz und Härte. Die Aufnahmen waren jeweils bei der Verhaftung dieser Männer gemacht worden.

Manfred Petersen drückte auf einen Knopf, und es erschienen zwölf weitere Bilder. «Wie ihr seht, haben mir die Kollegen der Sitte ihr elektronisches Fotoalbum zur Verfügung gestellt», sagte er. «Eine große Anzahl der Verurteilten konnte ich von vornherein ausschließen, da sie entweder inzwischen gestorben sind oder gerade ihre Haftstrafen verbüßen. Übrig geblieben sind dreiundfünfzig Kandidaten, die wir uns anschauen sollten. Der letzte bekannte Wohnsitz all dieser Männer ist Frankfurt oder ein Ort in der Umgebung. Jeder von ihnen ist ein Dreizehner. Alles, was zwischen 174 und 184 möglich ist, haben sie auf dem Kerbholz.»

«Manfred, bitte …», unterbrach ihn Marthaler.

Petersen hob entschuldigend beide Hände. «Okay, okay. Im dreizehnten Abschnitt des Strafgesetzbuches werden die Straftaten gegen die sexuelle Selbstbestimmung behandelt. Das geht von Paragraph 174 ‹Sexueller Missbrauch von Schutzbefohlenen› bis Paragraph 184 ‹Jugendgefährdende Prostitution›. Der Paragraph 175 ist, wie ihr alle wisst, Gott sei Dank inzwischen weggefallen.»

Manfred Petersen zögerte einen Moment, so, als sei er sich nicht sicher, ob er auch das noch erläutern müsse.

«Schon gut», sagte Kai Döring in die Dunkelheit, «du meinst den Schwulen-Paragraphen.»

«Genau. Aber jetzt zu unseren Burschen hier. Es gibt keine Sauerei, die von ihnen nicht begangen wurde. Ich habe versucht, eine Rangliste aufzustellen. Die besonders schweren Fälle und die Wiederholungstäter sollten wir sofort überprüfen, die anderen dann, wenn wir Zeit dazu haben.»

Petersen klickte auf eines der Fotos, das jetzt in voller Größe erschien. Es war das schmale Gesicht eines Mannes zu sehen, dessen dunkle Augen unbeirrt in die Kamera des Polizeifotografen blickten. «Fangen wir mit diesem an: Marko Anschütz, heute sechsundvierzig Jahre alt. Stammt aus einem Dorf im Bayerischen Wald. Er kam Mitte der Sechziger mit seiner Mutter nach Frankfurt. Ist schon auf dem Schulhof durch seine hohe Gewaltbereitschaft aufgefallen. Oder vielleicht hätte ich besser sagen sollen: auf den Schul*höfen*, denn er hat mehrmals wechseln müssen. Noch als Kind hat er zusammen mit älteren Freunden eine Baubude angesteckt, später einen Kiosk überfallen. Er war sechzehn, als er versucht hat, seine vierzehnjährige Schwester an eine Gruppe jugoslawische Gastarbeiter zu verkaufen. Mit siebzehn hat er angeblich eine Fünfunddreißigjährige, die er in einem Lokal in Alt-Sachsenhausen kennen gelernt hatte, mit K.-o.-Tropfen betäubt und dann vergewaltigt. Die Frau hat ihre Aussage später zurückgezogen und behauptet, alle Handlungen seien mit ihrem Einverständnis geschehen. Es wurde vermutet, dass Anschütz Druck auf sie ausgeübt hat.

Er war noch nicht volljährig, als er sich immer häufiger im Bahnhofsviertel und in der Alten Gasse herumtrieb. Mal kam er als Freier, mal saß er einfach in den Lokalen herum und versuchte, Kontakt zum Milieu zu bekommen, was ihm zunehmend gelang. Er war bekannt für seine Brutalität, besonders Frauen gegenüber. Es wird behauptet, die Zuhälter hätten sich seiner gerne bedient, wenn es darum ging, den Widerstand der Mädchen zu brechen.

Im Februar 1990 wurde in einem Waldstück hinter Niederursel die Leiche einer jungen Vietnamesin gefunden. Sie war vor ihrem Tod von fünf Männern vergewaltigt worden. Einer davon war Marko Anschütz. Alle fünf wurden gefasst und verurteilt. Anschütz bekam zwölf Jahre. Bei seiner Vorgeschichte und seinem Ruf war das ein mildes Urteil, was daran lag, dass seine Rolle bei der Sache nicht genau geklärt werden konnte. Selbst die Mittäter schienen Angst vor ihm zu haben und versuchten, ihn zu decken. Inzwischen ist er wieder draußen. Es heißt, er habe seine Stellung im Milieu ausgebaut und gefestigt. Nachzuweisen war ihm seitdem aber nichts mehr. In den Aussagen einer ihm wohlgesinnten Zeugin hieß es, er habe einen ‹etwas brutalen Charme›. Ich denke, man darf ihn mit größerer Berechtigung als gemeingefährlich bezeichnen.»

Manfred Petersen hielt kurz inne. Alle hatten ihm mit großer Aufmerksamkeit zugehört. «Ich hoffe, ich langweile euch nicht», sagte er. «Mitschreiben müsst ihr übrigens nicht. Ich habe zu jedem der Männer ein kleines Dossier angefertigt. Darin findet ihr alles, was ihr bei der Überprüfung wissen müsst.»

Als niemand etwas erwiderte, klickte er das zweite Foto an. Aber jetzt schaltete sich Sven Liebmann ein: «Manfred, wir alle wissen deinen Fleiß zu schätzen. Aber wenn du uns jetzt von jedem deiner dreiundfünfzig Drecksäcke die gesamte Lebensgeschichte erzählen willst, sitzen wir nächste Woche noch hier und schauen uns die Bilder dieser Herren an, anstatt ihnen auf den Zahn zu fühlen.»

Auch Robert Marthaler hatte Angst, dass ihnen die Zeit davonlief. Ein paarmal war er kurz davor gewesen, Petersen zu unterbrechen. Dann hatte er sich anders entschieden.

«Nein», sagte er jetzt, «lasst uns weitermachen. Wir können nicht alle Geschichten hören, aber wenigstens ein paar. Ich möchte, dass wir wissen, mit was für Leuten wir es hier zu tun haben, in welchem Milieu wir uns bewegen. Es hat keinen Zweck, wenn wir unvorbereitet in die Sache stolpern. Vielleicht hat keiner dieser dreiundfünfzig Männer etwas mit dem Mord an Gabriele Hasler zu tun. Trotzdem werden wir etwas darüber erfahren, was in solchen Menschen vorgeht. Wenn wir uns dem Täter nicht von außen nähern können, dann müssen wir uns ihm zunächst von innen nähern.»

Die anderen nickten, und Manfred Petersen setzte seinen Vortrag fort.

Die nächste Aufnahme zeigte einen etwa sechzigjährigen Mann mit weichen Gesichtszügen. Er hatte lichtes Haar und auffällig kleine Augen. Als der Fotograf auf den Auslöser gedrückt hatte, waren die Lippen des Straftäters zusammengepresst und das Kinn nach vorne gereckt. Es sah aus, als wolle der Mann zeigen, dass er sich nichts vorzuwerfen habe, dass man ihm unrecht tue. Er hieß Heinz Magenau und stammte aus Stuttgart. Er war Mitglied einer Gruppe, die sich «Gemeinschaft für ökoethisches Leben» nannte und die er selbst gegründet hatte. Die Gruppe war als gemeinnütziger Verein anerkannt gewesen und mit öffentlichen Geldern gefördert worden. Heinz Magenau war zunächst Pfleger in einer Kinderklinik gewesen, hatte auf dem zweiten Bildungsweg sein Abitur nachgeholt und später Soziologie und Pädagogik studiert. Anfang der achtziger Jahre hatte er in einem einsamen Tal im Spessart ein verfallenes Gut gekauft und dort ein Heim für schwer erziehbare Kinder eingerichtet, dem ein Bauernhof mit umfangreicher Tierhaltung angegliedert war. Es gab finanzielle Unregelmäßigkeiten und erste Gerüchte über sexuellen Missbrauch; das Heim wurde geschlossen, dem Verein seine Gemeinnützigkeit aberkannt. Heinz Magenau war inzwischen verheiratet und hatte drei Söhne und vier Töchter. Die Familie zog nach Frankfurt um, wo er wiederum Anstellung in einem Heim für Kinder und Jugendliche fand. Als eine der Insassinnen volljährig wurde und das Heim verließ, zeigte sie Magenau wegen fortgesetzten Missbrauchs an. Was in dem anschließenden Verfahren ans Tageslicht kam, überstieg die Vorstellungskraft der meisten Prozessteilnehmer.

«Niemand von uns mag dieses Wort», sagte Manfred Petersen, «aber Heinz Magenau ist ein sexuelles Monster. Ihm wurde Missbrauch in neuntausendvierhundertdreiundzwanzig Fällen nachgewiesen. Er hat alle sexuellen Praktiken ausgeübt, von denen man je gehört hat. Er hatte Oral- und Analverkehr sowohl mit den Jugendlichen als auch mit den ihm anvertrauten Kindern. Mit Mädchen und Jungen gleichermaßen. Er hat seine Frau geschlagen und sich von ihr schlagen lassen. Er ist regelmäßig zu Prostituierten gegangen, die bereit waren, sich von ihm quälen zu lassen. Er hatte mit all seinen sieben Kindern immer wieder Geschlechtsverkehr. Und er hat es sogar mit den Tieren auf dem Bauernhof getrieben. Leider waren zum Zeitpunkt des Prozesses viele der Taten bereits verjährt. Magenau kam ins Gefängnis und wurde psychiatrisch behandelt. Inzwischen ist er wieder frei und gilt als geheilt. Er wohnt noch immer mit seiner Frau, die ihn im Prozess schwer belastet hat, in einem ziemlich heruntergekommenen Haus im Frankfurter Norden. Zwei seiner inzwischen erwachsenen Kinder leben ebenfalls wieder dort. Ganz in der Nähe des Hauses befindet sich, ganz nebenbei bemerkt, eine große Schule. Magenau betreibt auf den Namen seiner Frau einen Kiosk, in dem die Schüler sich ihre Süßigkeiten und Getränke holen.»

«Verdammter Mist», sagte Marthaler. «Was für eine elende Jauchegrube. Geht das noch lange so weiter?»

«Gut», sagte Petersen, «die nächsten drei Fälle im Schnelldurchlauf – aber die müssen sein, damit wir ein möglichst komplettes Bild bekommen.»

Wieder erschien das große Porträt eines Mannes auf dem Bildschirm. «Theodor Lenau, deutschrussischer Abstammung. Wie ihr seht, ein ziemlich kräftiger Kerl. Hat Automechaniker gelernt, aber in allen möglichen Jobs gearbeitet. Ein Einzelgänger. Um sein Einkommen aufzubessern, hat er um Geld gepokert und gelegentlich wohl auch mal einen Luxuswagen gestohlen und Richtung Osten verschoben. Uns interessiert aber etwas anderes. Lenau hat immer wieder Prostituierte aufgesucht, mit Vorliebe solche, die ihr Gewerbe in Privatwohnungen ausüben. Er verlangte dann von ihnen, dass sie sich ausziehen, während er selbst seine Kleider anbehielt. Wenn die Frauen nackt waren, hat er sie immer wieder mit der flachen Hand auf beide Wangen geschlagen. Wohlgemerkt handelte es sich um Prostituierte, in deren Angebot sadomasochistische Praktiken ausdrücklich nicht enthalten waren. In den meisten Fällen hat er sich ihr Schweigen durch zusätzliche Entlohnung erkauft. Irgendwann fing er an, die Frauen nicht nur zu schlagen, sondern auch zu würgen. Eines der Opfer ist gerade noch mit dem Leben davongekommen. Vor Gericht behauptete er, das sei Teil der Abmachung gewesen. Wie immer fand sich ein Sachverständiger, der die Vermutung äußerte, die Ursache für Lenaus Taten sei in seiner Kindheit zu suchen. Seine Mutter war eine Gelegenheitshure, die ihre Freier zu Hause empfing, während der Junge im Nebenzimmer warten musste und keinen Laut von sich geben durfte. Auch wenn Theodor Lenau kein ausgesprochener Dreizehner ist, so denke ich doch, dass sein Fall hierher gehört. Lenau wurde verurteilt, hat seine Strafe abgesessen und ist wieder auf freiem Fuß.»

Als Manfred Petersen das nächste Porträt anklickte, pfiff Kerstin Henschel leise durch die Zähne. «Ich fürchte, dem lagen die Frauen reihenweise zu Füßen», sagte sie.

«Allerdings. Und zwar in einem ziemlich wörtlichen Sinn», erwiderte Petersen. «Luigi Pavese, genannt ‹der schöne Lutz›. Italienischer Abstammung, aber in Deutschland aufgewachsen. Vertreter für Haushaltsgeräte. Sprach ausschließlich verheiratete Frauen an und verabredete sich mit ihnen zum Kaffeetrinken und einem anschließenden Spaziergang. Immer suchte er einsam gelegene Ausflugslokale aus. Er lotste die Frauen auf eine Wiese oder in ein Waldstück und zwang sie unter Gewaltandrohung, sich nackt vor ihm hinzuknien. Dann verband er ihnen die Augen. Während er sie mit unglaublicher Obszönität beschimpfte, fasste er sie an und onanierte. Die Frauen mussten seine Beleidigungen wiederholen und ihm bestätigen, dass es für sie ein Genuss sei, von dem schönen Lutz berührt zu werden. Wenn er sich befriedigt hatte, nahm er die Kleider des Opfers an sich und verschwand. Verurteilt, Strafe abgesessen, wieder in Freiheit.»

Beim letzten Täter, den ihnen Manfred Petersen an diesem Morgen vorstellte, handelte es sich um den Fotografen Helmut Drewitz. Drewitz war eine Zeit lang gut im Geschäft gewesen. Er galt als einer der Besten seines Fachs und hatte seine Bilder an alle wichtigen Zeitungen und Zeitschriften verkaufen können. Die Bank hatte ihm eine Villa in Kronberg finanziert, er fuhr große Autos und machte dreimal im Jahr Urlaub. Als seine Frau sich von ihm scheiden ließ, begann sein Abstieg. Er verfiel zunehmend dem Alkohol. Die Aufträge blieben aus, seine Schulden wuchsen. Um wieder zu Geld zu kommen, begann er die ersten schmutzigen Jobs zu übernehmen.

Er spezialisierte sich auf so genannte Kinderporträts. Er fotografierte auf Spielplätzen, in Schwimmbädern und an FKK-Stränden. Je jünger die Kinder waren und je weniger sie anhatten, desto besser ließen sich die Fotos verkaufen. Bald beschränkte er sich nicht mehr auf zufällige Aufnahmen. Er suchte und fand Eltern, die gegen Bezahlung bereit waren, ihre Kinder so von ihm fotografieren zu lassen, wie er es wünschte. Als man sein geheimes Fotolabor aushob und ihn verhaftete, fand man in seinem Archiv mehr als dreißigtausend Negative und eine Kundenkartei mit nahezu fünfhundert Namen und Adressen.

Marthaler schlug mit der Hand auf den Tisch. «Okay, das reicht!», sagte er. «Rollläden hoch, Fenster auf! Ich habe das Gefühl, gleich zu ersticken.» Anstatt zu warten, bis ein anderer es tat, stand er selbst auf, um Licht und Luft in das Sitzungszimmer zu lassen.

Ohne etwas zu sagen, verließ Kai Döring den Raum. Als er eine Minute später die Tür wieder öffnete, war er bereits im Mantel. «Komm, Kerstin», sagte er. «Lass uns gehen. Ich muss hier raus. Ich bin froh, dass wir einen anderen Auftrag haben und uns nicht weiter mit diesem Dreck abgeben müssen.»

«Ich fürchte, das wird euch nicht erspart bleiben», erwiderte Marthaler. «Wenn wir die gesamte Liste abarbeiten wollen, werden wir noch eine Weile zu tun haben.»

«Das heißt, wir müssen alles, was wir eben gehört haben, mit zehn multiplizieren. Erst dann kennen wir die ganze Bandbreite unserer Liste», sagte Kerstin Henschel.

Petersen nickte, ohne Kerstin anzuschauen. «Ja», sagte er, «dem kann ich leider nicht widersprechen.»

Als Henschel und Döring den Raum endgültig verlassen hatten, berieten die anderen das weitere Vorgehen. Sie einigten sich darauf, zwei Teams zu bilden. Liebmann und Petersen würden zusammenarbeiten; Marthaler und Toller bildeten die andere Gruppe. Jedes Team würde im Laufe des Tages fünf der Straftäter überprüfen. Zu den Fällen, die sie jetzt bereits kannten, würden fünf weitere hinzukommen, mit denen sie sich noch vertraut machen mussten. Petersen suchte die Dossiers heraus, die er gemeinsam mit den Kollegen von der Sitte zusammengestellt hatte. Dann verteilten sie die Fälle, ohne auf die Namen der Täter zu schauen.

Der ehemalige Kinderheimleiter Heinz Magenau ging an Marthaler und Toller. Genauso der Fotograf Heinz Drewitz und der Deutschrusse Theodor Lenau. Dazu kamen noch zwei Akten, die sie jeder für sich durcharbeiten mussten, um auf ihren Einsatz vorbereitet zu sein.

«Egal, wie viel wir zu tun haben», sagte Marthaler, «ich habe Hunger. Während wir lesen, können wir genauso gut etwas essen. Ich werden uns etwas besorgen. Und vielleicht ist Elvira so nett, uns einen starken Kaffee zu kochen.»

«Geh zu Harry», sagte Elvira, «ein kleiner Laden in der Rohrbachstraße. Er ist der beste Bäcker weit und breit. Ich wette, du wirst begeistert sein. Und bring mir bitte ein Maisbrötchen mit.»

Er war froh, das Weiße Haus für einen Moment verlassen zu können. Die lange Sitzung hatte ihn angestrengt. Noch immer war der Himmel blau, und die Mittagssonne ließ den Schnee auf den Wegen schmelzen. Endlich hatte er wieder Gelegenheit, für einen Moment an Tereza zu denken. Er freute sich auf sie, und diesmal war seine Freude durch nichts getrübt. Sie hatten sich verabredet, wollten abends zusammen essen gehen und in seiner Wohnung danach vielleicht noch ein Glas Wein trinken. Vielleicht, hatte Tereza gesagt.

Eine Gruppe Kinder kam ihm entgegen. Sie waren auf ihrem Heimweg von der Schule. Alle trugen schwere, bunte Ranzen, unter deren Last ihre Oberkörper hin- und herschaukelten. Zum ersten Mal seit langem dachte Marthaler wieder daran, wie es wäre, selbst ein Kind zu haben. Er fragte sich, wie Tereza darüber dachte. Sie hatten nie darüber gesprochen.

Als er den kleinen Laden wieder verließ, hatte er zwei riesige Tüten mit Gebäck gekauft. Er konnte nicht widerstehen, eine der Tüten zu öffnen. Er wollte nur ein kleines Stück von einem der Maisbrötchen kosten. Als er wieder am Weißen Haus ankam, hatte er es aufgegessen. Elvira hatte Recht gehabt.

SECHZEHN

Toller saß schweigend am Steuer und kniff die Augen zusammen. Die Sonne blendete ihn.

«Sie dürfen Ihre Brille jetzt wieder aufsetzen», sagte Marthaler. «Und Sie dürfen ruhig etwas sagen. Wenn wir zusammenarbeiten wollen, müssen wir wohl oder übel miteinander reden.»

«Ja», meinte Toller.

«Ja», erwiderte Marthaler.

Toller schien zu überlegen. «Ich weiß nicht, wie ich Sie anreden soll. Ich bin es nicht gewohnt, unter Kollegen …»

«Nein», unterbrach ihn Marthaler. «Wir duzen uns nicht! Ich bin Ihr Vorgesetzter. Wir bleiben beim Sie!»

Toller nickte. Dann nestelte er an der Innentasche seiner Bomberjacke herum, zog seine Sonnenbrille heraus und setzte sie auf.

Sie waren auf dem Weg ins Westend. Der Mann, den sie aufsuchen wollten, hieß Anton Maria Götz. Er wohnte in der Feldbergstraße, nicht weit vom Palmengarten entfernt. In seiner Akte stand, dass er aus einer kleinen Gemeinde in der Nähe des Starnberger Sees kam. Er war ausgebildeter Psychotherapeut und hatte bis Anfang der neunziger Jahre in einer großen Münchner Privatklinik gearbeitet. Dort war er entlassen worden, weil sich mehrere Patientinnen über ihn beschwert hatten. Zu einem Verfahren war es damals nicht gekommen. Götz war nach Düsseldorf gezogen, wo er eine eigene Praxis eröffnet hatte, in der er vor allem suchtkranke und suizidgefährdete Patienten betreute. Eine Frau hatte ihn angezeigt, weil er versucht hatte, sie während der Behandlung zu vergewaltigen. Als der Fall öffentlich wurde, gaben acht weitere Patientinnen an, dass er ihre seelische Labilität ausgenutzt habe, um sie von sich abhängig zu machen und auf unterschiedlichste Art sexuell zu missbrauchen. Er war zu vier Jahren Gefängnis verurteilt worden. Seit Ende 1999 war er in Frankfurt gemeldet.

Als sie die Adresse gefunden hatten, suchten sie einen Parkplatz. Sie mussten zweimal um den Block fahren und stellten den Wagen schließlich ins Halteverbot.

«Nicht schlecht», sagte Toller, als sie sich dem alten vierstöckigen Haus näherten. «Jedenfalls darf man nicht arm sein, wenn man sich hier eine Wohnung leisten will.»

Neben dem Hauseingang war ein weißes Schild befestigt: «Dr. Anton Maria Götz» stand darauf. «Ganzheitliche Therapien für Körper, Geist und Seele».

«Na prima», sagte Marthaler, «das ist ja, als würde sich der Teufel selber heilig sprechen.»

Die Haustür stand offen. Sie stiegen die breite Steintreppe hinauf bis zum zweiten Stock. Als Marthaler auf den Klingelknopf drückte, ertönte fast im selben Moment der Türöffner. Sie betraten die Praxis und standen einer blonden Frau gegenüber, die sie mit hochgezogenen Brauen anschaute.

«Ja, bitte? Sie wünschen?»

Sie sprach leise. Trotzdem war die Schärfe in ihrem Ton nicht zu überhören. Ihre Frage klang zugleich erstaunt und verärgert.

«Vielleicht wollen wir uns ja ganzheitlich behandeln lassen. Warum wundert Sie das?», fragte Marthaler.

Die Frau schüttelte den Kopf. Ihre Gesichtszüge verhärteten sich. «Nein», sagte sie, «wir nehmen keine Patienten an.»

«Was heißt das, Sie nehmen keine Patienten an? Heute nicht? Oder nie?»

«Zu uns kommen nur Frauen.»

Marthaler schaute Toller an, der sich ein Grinsen nicht verkneifen konnte. «Es kommen nur Frauen? Oder nimmt der Herr Doktor nur Frauen?»

«Ich darf Sie bitten, die Praxis jetzt wieder zu verlassen.»

Marthaler lauschte. Hinter einer der geschlossenen Türen hörte er leise Musik. Er meinte, den Klang einer Sitar zu erkennen. «Sie dürfen uns bitten, aber wir werden Ihrer Bitte nicht folgen», sagte er. «Wir müssen mit Herrn Götz sprechen.»

«Das geht nicht», sagte sie. Und jetzt wirkte sie fast ein wenig ängstlich. «Doktor Götz hat gerade eine Behandlung begonnen. Bitte gehen Sie.»

Mit dem Kopf gab Marthaler seinem Kollegen ein Zeichen, ihm zu folgen. Der Boden des langen Flurs war mit einem dicken, cremefarbenen Teppich bedeckt. Bevor die Frau reagieren konnte, hatte Marthaler bereits den Raum erreicht, in dem er die Musik vermutete. Ohne anzuklopfen, öffnete er die Tür.

Er sah in ein großes, helles Zimmer mit hohen Decken. Der Raum war fast leer. An den weiß gestrichenen Wänden hingen große Bilder mit asiatischen Symbolen. Auf dem Boden lag der gleiche Teppich wie im Flur. In der Mitte des Zimmers saß eine junge, unbekleidete Frau auf einem Stuhl. Sie hatte die Augen geschlossen und lächelte. Hinter ihr stand ein Mann mit langem, silberfarbenem Haar. Er war barfuß und trug ein weites Gewand, das ihm bis zu den Waden reichte. Seine Fingerspitzen lagen an den Schläfen der Frau.

Als der Mann seinen ersten Schrecken überwunden hatte, begann er zu schreien: «Was fällt Ihnen ein? Was haben Sie hier zu suchen? Verlassen Sie sofort meine Praxis!»

Die junge Frau zuckte zusammen und versuchte, ihre Blöße zu bedecken.

Marthaler klappte seine Brieftasche auf und zeigte seinen Ausweis. «Wir müssen mit Ihnen sprechen, Dr. Götz. Jetzt! Sofort!» Dann wandte er sich an Toller: «Die Frau soll sich anziehen. Nehmen Sie ihre Personalien auf. Wir brauchen ihre Aussage. Wenn sie hier nicht sprechen mag, werden wir ihr eine Vorladung schicken oder sie zu Hause aufsuchen.»

Als Anton Maria Götz den Polizeiausweis sah, brach sein Widerstand zusammen. Hinter seinen forschen Bewegungen trat offene Nervosität zutage. Er bat Marthaler, ihm in sein Büro zu folgen. Dort bot er ihm einen Stuhl an und setzte sich selbst hinter seinen Schreibtisch.

«Vielen Dank», sagte Marthaler. «Aber ich mache es mir ungern gemütlich, wenn ich mit einem Verdächtigen spreche.»

«Wessen bin ich verdächtigt?»

«Was geht in diesen Räumen vor? Was haben Sie mit dieser Frau gemacht?»

«Nichts, was sie nicht gewollt hätte.»

«Wenn ich mich recht erinnere, haben Sie das auch während Ihres Prozesses gesagt. Allerdings haben Ihre Patientinnen das ganz anders gesehen. Warum war die Frau nackt?»

«Weil sie es wünschte.»

«Das bezweifle ich. Aber wir werden sie befragen.»

Götz lehnte sich in seinem Sessel zurück. «Tun Sie das», sagte er. «Ich bitte darum.»

Offensichtlich hatte er einen Teil seiner Selbstsicherheit wiedergewonnen. «Hören Sie», fuhr er fort, «ich bin kein Arzt mehr. Mein Betrieb ist angemeldet, ich zahle ordnungsgemäß meine Steuern. Ich habe dazugelernt. Ich lasse mir von jeder Frau, die zu mir kommt, eine Erklärung unterschreiben, dass sie mit meinen Behandlungsmethoden einverstanden ist. Dazu zählt auch der intensive körperliche Kontakt.»

«Das heißt, Sie haben Ihre Sauereien legalisiert. Sie führen jetzt einen luxuriösen Saustall mit behördlicher Genehmigung.»

Götz schaute Marthaler an. Um seine Lippen spielte ein kleines Grinsen. «Nennen Sie es, wie Sie wollen. Aber behelligen Sie mich nicht mit Ihrer Beamtenmoral. Weisen Sie mir etwas nach, wenn Sie können. Wenn nicht, lassen Sie mich in Frieden.»

«Wo waren Sie am 11. November zwischen 19.00 und 24.00 Uhr?»

«Wahrscheinlich hier. Ich schaue nach.» Götz blätterte in seinem Tischkalender. Dann nickte er. «Es ist, wie ich sage. Ich hatte am Abend eine dreistündige Sitzung. Meine Mitarbeiterin gibt Ihnen Namen und Adresse der Dame. Warum fragen Sie?»

«Ich frage, weil ich frage. Ich frage, weil ich Polizist bin und das Recht habe, Ihnen jede Frage zu stellen.» Robert Marthaler drehte sich um und verließ das Büro.

«Wo waren Sie? Wie wollen Sie etwas lernen, wenn Sie bei der Vernehmung nicht dabei sind?», fragte Marthaler, als sie wieder auf der Straße waren und zum Dienstwagen zurückgingen.

Toller duckte sich unter dem Tadel seines Vorgesetzten. «Ich habe gewartet, bis die Frau sich angezogen hatte, anschließend habe ich ihre Personalien aufgenommen. Dann wusste ich nicht, ob ich zu Ihnen reinkommen soll oder nicht. Sie sagt übrigens, dass ihr die Behandlungen von Dr. Götz gut tun. Alles geschieht mit ihrem Einverständnis. Ich habe sie gefragt.»

Marthaler war stehen geblieben. Einen Augenblick lang war er sprachlos. Dann herrschte er Toller an: «Was fällt Ihnen ein? Wie kommen Sie dazu, eigenmächtig eine Zeugin zu befragen. Ihnen ist hoffentlich klar, was Sie damit angerichtet haben.»

Aber Toller war gar nichts klar. Er stotterte eine Entschuldigung und schaute zu Boden. Dann wollte er wissen, worin sein Fehler bestanden habe.

«Wir wissen nichts über diese Frau. Wir wissen nicht, wie weit sie von Götz schon beeinflusst wurde. Wir haben sie überrascht, als sie nackt auf einem Stuhl in einer fremden Wohnung saß. Und dann fallen Sie mit der Tür ins Haus. Was hätte sie denn sagen sollen? Jetzt hat sie Götz bereits mit ihrer ersten Aussage entlastet. Warum sollte sie diese Aussage zurücknehmen? Sie stünde als Lügnerin da. Toller, ich rate Ihnen: Halten Sie sich zurück! Sie haben keine Ahnung, wie man eine Zeugenbefragung durchführt, also lassen Sie es! Lassen Sie es so lange, bis Sie es gelernt haben. Und ich fürchte, das dürfte noch eine ganze Weile dauern.»

Als sie wieder zu ihrem Auto kamen, sah Marthaler, dass unter dem Scheibenwischer ein Strafzettel steckte. Wütend zog er ihn von der Windschutzscheibe und stopfte ihn in seine Manteltasche.

«Nächste Station, nächster Dreckskerl», sagte er. «Wir fahren nach Fechenheim. In die Dieburger Straße. Dort wohnt der Automechaniker Theodor Lenau. Am besten nehmen wir den Weg über die Hanauer und dann durchs Industriegebiet.»

«Ich denke», sagte Raimund Toller vorsichtig, «um diese Zeit wäre es besser, über Offenbach zu fahren.»

Marthaler war erstaunt über den Widerspruch. «Gut», sagte er, «dann machen wir das.»

Obwohl der Feierabendverkehr noch nicht eingesetzt hatte, kamen sie nur langsam voran. Von der Kaiserleibrücke hatte man einen guten Blick über Frankfurt. Marthaler sah den Henninger-Turm in der Sonne des Nachmittags leuchten. Kurz nachdem sie die Stadtgrenze von Offenbach passiert hatten, bogen sie in Richtung Main ab, den sie auf der Carl-Ulrich-Brücke ein zweites Mal überquerten.

«Was ist das?», fragte Marthaler. Er legte den Kopf in den Nacken, schloss die Augen und schnupperte.

«Was meinen Sie?», fragte Toller.

«Es riecht nach Brot. Nach Brot, das frisch gebacken und gerade aus dem Ofen gezogen wurde.»

«Kein Wunder», sagte Toller. «Hier hinten gibt es zwei Großbäckereien, die das halbe Rhein-Main-Gebiet beliefern.»

Fechenheim war eines jener äußeren Stadtviertel, die zwar zu Frankfurt gehörten, die aber wirkten, als seien sie ein wenig in Vergessenheit geraten. Die Wohnungen waren hier billiger, und die meisten Mietshäuser sahen ärmlich aus. Viele, die in diesem Teil der Stadt lebten, kamen nur von Zeit zu Zeit in die City – als Besucher aus einer anderen Welt. Der alte Ortskern war inzwischen umzingelt von Industriehallen, Speditionen, Auslieferungslagern und riesigen Fleischerbetrieben. Dennoch gab es zwischen alldem auch immer wieder Brachen, sumpfige Wiesen, kleine Wäldchen und verkrautete Gärten, die Marthaler an seine Kindheit erinnerten. So ähnlich waren die Plätze in Nordhessen gewesen, die er und seine Freunde am liebsten aufgesucht hatten. Dorthin waren sie aus ihrer Siedlung geflohen, und dort hatten sie kleine Unterstände gebaut, hatten heimlich geraucht und oft stundenlang ihren Ritterträumen nachgehangen. Vielleicht lag es daran, dass er sich in genau diesen Stadtteilen Frankfurts eher zu Hause fühlte als in den herausgeputzten inneren Bezirken.

Zum dritten Mal fuhr Raimund Toller die Dieburger Straße entlang, aber noch immer hatten sie Theodor Lenaus Hausnummer nicht entdeckt. Schließlich ließen sie den Wagen vor einer Gaststätte stehen und machten sich zu Fuß auf die Suche. Endlich merkten sie, dass die Nummer nicht zu einem Haus, sondern zu einer Kleingartensiedlung gehörte.

Die meisten Hütten waren aus Holz zusammengezimmert und waren gerade mal groß genug, um ein paar Geräte unterzustellen. Endlich entdeckten sie ein gemauertes Häuschen, dessen Dach mit Ziegeln gedeckt war. Aus dem Schornstein kam Rauch.

«Ist es nicht verboten, in solchen Gartenhäusern zu wohnen?», fragte Toller.

Marthaler zuckte die Achseln: «Seit wann wäre das denn ein Grund», sagte er. Er selbst hatte zu Beginn seines Studiums für einige Sommermonate in einer solchen Hütte gewohnt, war dann aber, als es im Herbst langsam kühler wurde, doch froh gewesen, ein Zimmer zu finden.

Das eiserne Gartentor quietschte, als Toller es öffnete. Sie näherten sich dem kleinen Haus über einen Plattenweg. Hinter dem Fenster neben der Eingangstür bewegte sich die Scheibengardine. Unwillkürlich fühlte Marthaler, ob er seine Dienstwaffe dabeihatte. Bevor sie anklopfen konnten, wurde ihnen geöffnet. Vor ihnen stand eine stämmige Frau mit einem breiten Gesicht.

«Wir möchten mit Theodor Lenau sprechen.»

Von innen hörten sie eine Männerstimme. Was der Mann sagte, konnten sie nicht verstehen. Er sprach Russisch. Die Frau antwortete ihm in derselben Sprache, dann bat sie die beiden Polizisten mit einer Handbewegung herein. Sie passten kaum zu dritt in den engen Vorraum. Marthaler betrat als Erster das niedrige Zimmer. Anscheinend diente es zugleich als Küche und Wohnraum. Es gab einen alten Holzherd, eine winzige Spüle, einen Tisch, zwei Stühle und ein Sofa. Über der Spüle stand auf einem Regal ein Fernseher, der zwar lief, dessen Ton aber leise gestellt war. In einem Sessel am Fenster saß ein Mann. Obwohl er sehr viel älter wirkte als auf dem Foto, das Manfred Petersen ihnen am Morgen gezeigt hatte, erkannte Marthaler den Automechaniker Theodor Lenau. Es sah nicht so aus, als wolle Lenau aufstehen, um seine Besucher zu begrüßen. Über seinem Schoß lag eine Wolldecke, die bis auf den Boden reichte. Seine rechte Hand lag reglos auf der Decke, mit der linken fingerte er eine Zigarette aus der Schachtel und zündete sie an.

«Polizei?», fragte er.

Marthaler nickte. Er machte sich nicht die Mühe, seinen Ausweis zu zeigen. Es verunsicherte ihn, dass er nicht wusste, was sich unter der Decke auf Lenaus Schoß befand. «Ist das Ihre Frau?»

Auf dem Gesicht des Deutschrussen zeigte sich ein Lächeln. «Ja», sagte er. «Das hätten Sie wohl nicht gedacht, dass einer wie ich eine findet, die bereit ist, ihn zu heiraten.»

«Mich wundert gar nichts», sagte Marthaler. «Ich frage mich nur, ob es Ihnen recht ist, wenn Ihre Frau mitbekommt, was wir mit Ihnen zu besprechen haben.»

«Oh, machen Sie sich darüber keine Gedanken. Olga versteht kaum ein Wort Deutsch. Außerdem weiß sie, mit wem sie verheiratet ist.»

Marthaler nickte. Er wollte nicht mit Lenau über seine Ehe sprechen. «Sie haben von dem Mord in Oberrad gelesen?»

Unter seinen dichten Brauen begannen Lenaus Augen zu flattern. Mit seiner linken Hand, die auf dem Tisch lag, knüllte er die leere Zigarettenschachtel zusammen.

«Ich lese keine Zeitung», sagte er.

«Aber Sie sehen fern. Haben Sie davon gehört, was passiert ist, oder nicht?»

«Ja.»

Marthaler hatte den Eindruck, dass sich Lenau aus unerfindlichen Gründen über ihn amüsierte.

«Dann können Sie sich vielleicht denken, was wir von Ihnen wollen.»

«Sie wollen wissen, wo ich war, als die Frau umgebracht wurde. Stimmt's?»

«Stimmt», sagte Marthaler.

Lenaus Grinsen wurde breiter. «Ich war zu Hause.»

«Wir haben Ihnen aber noch gar nicht gesagt, wann der Mord geschehen ist.»

«Ich bin immer zu Hause», sagte Theodor Lenau. Dann hob er seine linke Hand und nahm ein neues Päckchen Zigaretten von der Fensterbank.

«Natürlich», sagte Marthaler. «Und Ihre Frau würde das sicher auch bestätigen.»

Lenau nickte. Und Lenau grinste.

«Gibt es sonst noch jemanden, der das bestätigen würde?», fragte Marthaler.

Plötzlich machte der Mann eine rasche Bewegung. Mit einem Ruck zog er die Decke auf seinem Schoß beiseite und warf sie in Richtung der beiden Polizisten, wo sie auf den Boden fiel. Toller und Marthaler hatten im selben Moment ihre Pistolen gezogen.

Dann sahen sie es.

Theodor Lenau hatte keine Beine mehr. Die Wolldecke hatte nichts anderes als zwei Plastikprothesen bedeckt.

«Das ist alles, was von mir übrig ist», sagte er. Das Grinsen war jetzt aus seinem Gesicht verschwunden. Sein rechter Arm hing reglos an der Seite des Sessels herab. Und erst jetzt erkannte Marthaler, dass das, was aus dem Ärmel des Pullovers hervorragte, eine Kunststoffhand war. Lenau hatte beide Beine und einen Arm verloren.

Marthaler wusste nicht, wie er reagieren sollte. Er ließ die Pistole sinken, dann steckte er sie umständlich wieder ein.

«Ich nehme an, Sie hatten einen Unfall», sagte er und merkte im selben Augenblick, wie unsinnig dieser Satz war.

Lenau lachte. «Es geht Sie nichts an, was ich hatte oder

nicht hatte», sagte er. «Und es interessiert Sie auch überhaupt nicht. Außer Olga gibt es keinen Menschen, der sich je für mich interessiert hätte.»

Der Mann hatte Recht. Es interessierte Marthaler nicht. Trotz des erbarmungswürdigen Anblicks, der sich ihnen bot, war er nicht in der Lage, Mitleid für Lenau aufzubringen. Nicht nach dem, was er am Vormittag über ihn erfahren hatte.

Theodor Lenaus Kopf war auf seine Brust gesunken. «Gehen Sie, bitte!», sagte er leise.

Einen Moment lang standen die beiden Polizisten noch ratlos in dem kleinen Raum.

Dann wurde Lenau laut. «Gehen Sie!», schrie er und schlug mit seiner Plastikhand auf die Armlehne des Sessels. «Gehen Sie endlich! Gehen Sie und lassen Sie uns in Ruhe!»

Daniel Hildesheimer war Mitte der neunziger Jahre zu einer Freiheitsstrafe von viereinhalb Jahren verurteilt worden, nachdem er zwei Anhalterinnen in seinem Wohnmobil mitgenommen, sie dort fast eine Woche eingesperrt und immer wieder zu sexuellen Handlungen gezwungen hatte. Während er mit den beiden jungen Frauen durch halb Süddeutschland gefahren war, hatte er ihnen tagelang nichts zu essen gegeben. An einer Ampel war es den Freundinnen schließlich gelungen, die Besatzung eines zufällig vorbeikommenden Streifenwagens auf sich aufmerksam zu machen. Die Polizisten folgten dem Camper, zwangen ihn zum Anhalten und befreiten die beiden Opfer. Hildesheimer, der zu jener Zeit als Leichtathletik-Trainer für einen großen Frankfurter Sportverein arbeitete, gelang zu Fuß die Flucht. Vier Tage später wurde er verhaftet, als er den Versuch unternahm, vom Parkplatz einer Gaststätte ein Wohnmobil zu stehlen, dessen Besitzer gerade zu Mittag aßen.

In seiner Akte stand, dass Hildesheimer im Haus seiner

Mutter im Röderbergweg gemeldet sei, wo er im Kellergeschoss eine kleine Wohnung habe. Es hieß jedoch auch, dass er sich dort nur aufhalte, wenn er keine Gelegenheit habe, bei einer seiner häufig wechselnden Freundinnen unterzukommen. Die Kellerwohnung vermiete er, sooft es gehe, an Messebesucher. Handschriftlich hatte Manfred Petersen seinem Dossier eine Notiz hinzugefügt: «Arbeitet seit einem Jahr bei ‹Fit & Sunny›. Dort versuchen! Sandweg.»

«Kenn ich», sagte Toller.

«Was kennen Sie?», fragte Marthaler. «Das Sportstudio oder Daniel Hildesheimer?»

«Nee, den Typ wohl nicht. Aber das Studio. Dort hab ich eine Zeit lang trainiert.»

Ja, dachte Marthaler, so siehst du auch aus: wie zu viel Hanteltraining und zu viel Solarium.

«Dann lasse ich Ihnen diesmal den Vortritt», sagte er, als sie aus dem Daimler stiegen und ein Stück den Sandweg hinunterliefen.

Toller schaute ihn fragend an.

Marthaler lächelte. «Keine Angst, Sie sollen nur guten Tag sagen und nach Hildesheimer fragen. Dann übernehme ich wieder.»

Marthaler öffnete die Tür des Studios. Gleich neben dem Eingang saß eine junge schwarze Frau, die in einer Zeitschrift blätterte. Marthaler sah, dass sie unter ihrer dunklen Haut errötete, als sie Raimund Toller erkannte. Erfreut schien sie über seinen Anblick allerdings nicht zu sein.

«Hallo, Ray», sagte sie, «lange nicht gesehen!»

Toller nickte. «Hallo, Angie. Hier soll ein Daniel Hildesheimer arbeiten.»

«Danny, ja. Und?», fragte die Frau.

«Wir müssen mit ihm sprechen.»

«Der ist in Kanada.»

Toller sah sich Hilfe suchend nach seinem Vorgesetzten um. Er wusste nicht mehr weiter. Er hatte Angst, wieder einen Fehler zu begehen.

«Sind Sie sicher?», fragte Marthaler.

Angie lächelte. «Vorgestern hab ich ihn dort jedenfalls noch gesehen. Ich bin gestern Nachmittag erst zurückgekommen.»

«Sind Sie mit ihm …?»

«Ich *war* mit ihm …»

«Und seit wann waren Sie gemeinsam in Kanada? Was haben Sie dort gemacht?»

«Vor zwei Wochen sind wir rüber. Wir haben ein Wohnmobil gemietet und sind rumgefahren. Mich hat's genervt. Er will noch eine Woche bleiben. Hat er was angestellt?»

«Das war schon alles», sagte Marthaler, ohne auf ihre Frage einzugehen. «Vielen Dank.»

Die Frau sah ihn verwundert an. Dann wandte sie sich an Raimund Toller: «Gibt's deinen Kumpel noch?»

«Wen meinst du?»

«Wen mein ich?! Deinen Kumpel oder Kollegen. Den anderen Ray.»

Toller nickte. Sie meinte seinen Kollegen Steinwachs vom 8. Revier, der ebenfalls Raimund mit Vornamen hieß.

«Wie geht's ihm?»

«Gut.»

«Schade», sagte Angie. «Grüß ihn *nicht* von mir, ja!»

«Was war jetzt das?», fragte Marthaler, als sie wieder auf dem Bürgersteig standen und die bunt beklebte Eingangstür von «Fit & Sunny» hinter ihnen ins Schloss gefallen war.

«Steinwachs hatte mal was mit ihr. Es scheint ihr nicht gefallen zu haben.»

«Ist er nicht verheiratet?»

«Ja», antwortete Toller. «Aber seit wann wäre das ein Grund?»

Ja, dachte Marthaler, seit wann. Und er dachte wieder an Thea Hollmann. Dann schaute er auf die Uhr.

«Ich fürchte, wir kommen heute nicht mehr durch», sagte er. «Diesen Kinderheimbesitzer können wir morgen Vormittag aufsuchen. Ich schlage vor, wir schauen uns den Fotografen noch an, diesen Helmut Drewitz. Danach machen wir Feierabend.»

«Gut», sagte Toller. «Dann bin ich auch gleich zu Hause. Drewitz wohnt in Oberrad.»

Sie erreichten nichts mehr. Sie brauchten fast eine halbe Stunde, um vom Sandweg in die Hochhaussiedlung zu kommen, wo Helmut Drewitz wohnte. Der Parkplatz, auf dem sie den Dienstwagen abstellten, glich einem kleinen Autofriedhof. Sie kamen an einem PKW vorbei, der ausgebrannt war, bei einem anderen waren sämtliche Scheiben eingeschlagen, und im Inneren türmte sich der Abfall. Bei zwei anderen Fahrzeugen hatte man die Reifen zerstochen. Die angrenzenden Hecken schienen als Müllhalde zu dienen; überall an den Hauswänden sah man Graffiti.

«Eine Villa in Kronberg kann er sich jedenfalls nicht mehr leisten», sagte Marthaler.

Sie standen vor der Haustür und suchten den Namen am Klingelbrett. Sie läuteten lange, aber niemand öffnete ihnen. Als zwei Mädchen mit ihren Kickboards das Haus verließen, schlüpften die Polizisten durch die Tür. Drewitz hatte seine Wohnung im sechsten Stock. Weil der Aufzug kaputt war, mussten sie Treppen steigen. Sie klingelten wieder, dann klopfte Marthaler mehrmals an die Wohnungstür.

«Verdammte Scheiße, was soll der Lärm? Der Typ ist ja wohl nicht zu Hause.» Erschrocken fuhren Toller und Marthaler herum. Hinter ihnen stand ein Mann im Türrahmen der Nachbarwohnung. Er hatte nur einen kurzen, zerschlissenen Frotteebademantel an, unter dessen Saum man seine behaarten Beine sah. Der Mann gähnte.

«Kennen Sie Herrn Drewitz?», fragte Marthaler. «Wissen Sie, wo er ist?»

«Ich kenne keinen, und ich will keinen kennen. Ich will bloß in Ruhe schlafen. Und wenn Sie jetzt weiter Lärm machen, hole ich die Polizei.»

«Ist schon da», sagte Marthaler und zeigte seinen Ausweis. «Wären Sie jetzt bitte so freundlich, mir zu antworten.»

Wieder riss der Mann seinen Mund zu einem ausgiebigen Gähnen auf. «Habe ich doch schon. Ich kenne ihn nicht. Ich wohne erst seit zwei Monaten hier. Bin ihm vielleicht zehnmal begegnet. Wir nicken uns zu, das ist alles. Wenn sein Name nicht an der Tür stünde, wüsste ich nicht mal, wie er heißt. Was glauben Sie denn, wo Sie hier sind? In diesen Häusern wird nicht mit der Nachbarschaft gekuschelt.»

«Haben Sie eine Ahnung, was Herr Drewitz arbeitet?»

«Nee. Wir verlassen nur manchmal zur selben Zeit das Haus. Ich arbeite nachts; er vielleicht auch. Darf ich jetzt weiterschlafen?» Der Mann drehte sich um und wollte gerade wieder in seiner Wohnung verschwinden.

Marthaler rief ihn noch einmal zurück. «Noch etwas! Sollten Sie Herrn Drewitz begegnen, sagen Sie ihm bitte nicht, dass die Polizei nach ihm gefragt hat.»

Der Mann zuckte mit den Achseln. Er brummte etwas Unverständliches. Dann schloss er seine Wohnungstür.

SIEBZEHN

Marthaler fluchte. Er lag in der Badewanne und hatte toter Mann gespielt. Er streckte gerade wieder den Kopf aus dem Wasser, als er es klingeln hörte. Er wollte nicht gestört werden. Er wollte an Tereza denken und sich auf den gemeinsamen Abend freuen.

Aber das Klingeln hörte nicht auf. Er stieg aus der Wanne, lief durch den Flur und drückte auf den Öffner. Dann ging er zurück. Weil er seinen Bademantel nicht fand, wickelte er sich ein großes Handtuch um die Hüften.

Als er die Wohnungstür öffnete, hätte sein Erstaunen nicht größer sein können. Vor ihm stand Tereza und lächelte ihn an. «Oh», sagte sie, «hat die Polizei eine neue Uniform?»

Er war zu überrascht, um etwas sagen zu können. Er stotterte: «Tereza, du … ich …»

Sie stellte sich auf die Zehenspitzen und küsste ihn auf die Wange. «Was ist? Darf ich reinkommen? Oder störe ich?»

Er stand noch immer wie erstarrt vor ihr. «Nein, Entschuldigung, ja. Ich freue mich. Ich war nur gerade in der Wanne.»

Endlich gab er den Weg frei und ließ sie in die Wohnung.

«Geh du wieder in Bad. Ich mache Musik und trinke etwas. Wenn ich darf.»

«Ja, ich habe nicht mit dir gerechnet … Es dauert nicht lange. Ich wasche mir nur noch rasch die Haare.»

«Los jetzt!», sagte sie. «Du tröpfelst. Die Boden ist schon ganz nass.»

«Ja», sagte er und sah, dass sich um seine Füße herum kleine Pfützen gebildet hatten. Mit dem ausgestreckten Zeigefinger schob sie ihn zurück ins Badezimmer. Er ließ das Handtuch fallen, stieg wieder in die Wanne und seifte sich die Haare ein. Er hörte, wie sie sich im Wohnzimmer an der Musikanlage zu schaffen machte. Er lauschte einen Moment, dann erkannte er das Stück. Es war der erste Satz von Mozarts Sinfonie Nummer 33. Er lächelte. Er hatte diese Musik immer gemocht, aber schon lange nicht mehr gehört. Es war die Aufnahme mit dem Prager Kammerorchester unter Charles Mackerras, die ihm Tereza geschenkt hatte, als sie von einem Besuch bei ihren Eltern zurückgekehrt war. Sie hatte ihm erzählt, dass sie die Sinfonie vor vielen Jahren als Schülerin mit demselben Dirigenten und denselben Musikern in ihrer Heimatstadt gehört hatte.

Die Tür zum Badezimmer war nur angelehnt gewesen. Jetzt wurde sie aufgestoßen. Tereza stand vor ihm. Sie war nackt. In jeder Hand hielt sie ein Glas mit Rotwein. Eins davon reichte sie ihm. Dann setzte sie sich auf den Rand der Badewanne und prostete ihm zu.

«Was ist?», sagte sie. «Du lachst wie eine Honigpferd.»

«Du auch», sagte er. «Aber wir lachen nicht, wir lächeln. Und es heißt Honigkuchenpferd.»

«Jawoll, mein Führer!», sagte sie. «Auf was wollen wir trinken?»

«Auf uns», sagte Marthaler. «Ich finde, wir haben es verdient.»

«Ja», antwortete sie, «das würde mir schön gefallen.»

Als sie getrunken hatten, nahm sie ihm seinen Wein wieder ab und stellte beide Gläser auf die Waschmaschine. Sie setzte sich zurück auf den Wannenrand. Sie ließ ihre rechte Hand ins Wasser gleiten und kniff ihn in den Bauch.

«Oh», sagte sie, «das ist aber eine Menge Honigpferd.»

Bevor er etwas erwidern konnte, hatte sie ihre Arme um seinen Hals geschlungen und küsste ihn auf den Mund. Dann rutschte sie zu ihm ins langsam kühler werdende Wasser.

Einmal war er kurz davor gewesen, den Kellner anzuschreien. Die Beflissenheit, mit der sich dieser immer wieder vergewisserte, ob alles zur Zufriedenheit der Gäste sei oder ob es noch etwas Brot, ein Glas Wein oder eine Flasche Wasser sein dürfe, ging Marthaler auf die Nerven.

Aber er schrie nicht. Stattdessen antwortete er auf die neuerliche Frage, ob die Damen und Herren noch einen Wunsch hätten, mit Ja. «Ja, wir haben den Wunsch, dass Sie uns jetzt endlich einmal in Ruhe lassen.»

Trotzdem bereute er die Wahl des Restaurants nicht. Sein Kalbsschnitzel in Limonensoße hatte gut geschmeckt, und auch Tereza war mit ihrem Risotto alla Milanese zufrieden gewesen. Sabato hatte ihm den Tipp gegeben, nicht in das alte «Gattopardo» in Sachsenhausen zu gehen, sondern in der kleinen Filiale im Nordend einen Tisch zu bestellen. Dort sei nicht nur der Koch besser, sondern auch die Portionen größer. Trotz seiner guten Vorsätze hatte Marthaler seinen Teller leer gegessen, und als Tereza sich zum Dessert eine Panna Cotta bestellte, war er kurz in Versuchung gekommen, es ihr gleichzutun, hatte sich dann aber für das Himbeersorbet entschieden.

«Du siehst aus, als hättest du viel erlebt», sagte Tereza, die ihm gegenübersaß und ihn für ein paar lange Sekunden prüfend angeschaut hatte.

«Ja», sagte Marthaler, «das habe ich. Aber nichts, über das ich sprechen möchte. Es war nur wenig Schönes dabei. Vom heutigen Abend mal abgesehen. Erzähl du lieber noch ein wenig über Madrid.»

«Ich habe Madrid schon leer geredet den ganzen Abend», sagte sie. «Du weißt ja schon alles.»

«Wirklich?»

«Was meinst du mit ‹wirklich›?»

«Gab es Männer dort?»

Sie schaute ihn irritiert an. Sofort ärgerte er sich über seine

Frage, aber jetzt hatte er sie gestellt. Er konnte nur noch versuchen, ihr einen ironischen Unterton zu geben und so zu tun, als habe er sie nicht ganz ernst gemeint: «Ich meine, du bist schön. Und du warst oft alleine ...»

Tereza hob ein wenig die Augenbrauen. «Ich war nicht alleine», sagte sie.

Dann schüttelte sie leicht den Kopf. Erst jetzt schien sie zu begreifen, was er meinte. Sie antwortete nicht, aber ihr Blick blieb freundlich. Dennoch zeigte er Marthaler, dass er eine Frage gestellt hatte, die ihm nicht zustand und auf die er keine Antwort erwarten durfte.

Für ein paar Minuten machte sich eine kleine Befangenheit zwischen ihnen breit. Dann tat Tereza wieder etwas, das er nicht erwartet hatte. Statt nun ein unverfängliches Gesprächsthema zu suchen, war sie es jetzt, die ihm eine ernste Frage stellte. «Denkst du noch oft an Katharina?»

«Ja, aber ebenso oft denke ich an dich.»

«Gehst du noch an ihre Grabhof?»

«Ja. Wenn ich Zeit habe, gehe ich oft zum Friedhof an ihr Grab.»

«Und sprichst du mit ihr?»

Marthaler nickte. Ihm war ein wenig unbehaglich zumute. Seine tote Frau war eines der Themen, über die er nur ungern redete. Aber er begriff, dass er jetzt nicht ausweichen durfte. Wenn er wollte, dass Tereza und er sich besser kennen lernten, musste er bereit sein, mit ihr über Katharina zu sprechen.

«Antwortet sie dir?»

«Nicht mehr so oft wie früher. Aber manchmal antwortet sie noch. Warum fragst du das alles?»

«Weil man die Toten nicht vergessen darf. Ich möchte, dass du an sie denkst, weil sie zu dir gehört.»

«Ja», sagte Marthaler. «Sie war lange Zeit das Schönste, was ich hatte. Auch als sie schon tot war. Und jetzt gibt es dich. Aber ich habe mir vorgenommen, euch nicht zu vergleichen. Ich denke, das darf man nicht tun.»

Tereza dachte einen Moment nach. «Doch», sagte sie. «Du wirst es tun. Es ist nicht schlimm. Ich habe keine Angst. Hauptsache, wir sprechen.»

«Weißt du noch: Als wir uns kennen lernten, wolltest du nie, dass wir über uns reden.»

«Ja», sagte Tereza, «es war eine Fehler.»

«Mir hat es gefallen. Vielleicht war es am Anfang richtig. Vielleicht ist es jetzt falsch geworden», sagte Marthaler. «Und jetzt bestelle ich uns Espresso.»

Er sah, wie der Kellner zu ihnen herüberäugte. Offensichtlich traute er sich nicht mehr, nach ihren Wünschen zu fragen. Marthaler wollte ihn gerade herbeiwinken, als hinter dem Tresen das Telefon läutete. Der Kellner nahm ab und meldete sich. Er nickte mehrmals, dann kam er an ihren Tisch und reichte Marthaler den Hörer.

«Wer immer Sie sind», sagte Marthaler ins Telefon. «Ich bin nicht da. Und jetzt lege ich auf.»

Im selben Moment begriff er, dass es Toller war, der sich für die Störung entschuldigte. Er bat um zehn Sekunden Aufmerksamkeit, dann solle Marthaler entscheiden, ob er weiter zuhören wolle oder nicht.

Marthaler verstand schnell, dass es wichtig war. Er bat Tereza um einen Moment Geduld. Dann stand er auf und suchte sich im hinteren Ende des Restaurants einen Tisch, der gerade frei geworden war. Der Kellner hatte die schmutzigen Gläser und Kaffeetassen noch nicht abgeräumt.

«Zuerst will ich wissen, wie Sie herausgefunden haben, wo ich bin.»

«Ich habe herumtelefoniert», sagte Toller. «Und Carlos Sabato meinte, ich soll es im ‹Gattopardo› versuchen.»

«Gut», sagte Marthaler. Dann ließ er Toller reden.

«Ich bin in Oberrad. Am Main. Dort, wo die Clubs der Ruderer ihre Vereinslokale haben. Nachdem wir uns vorhin getrennt hatten, habe ich mich noch ein wenig umgehört. Ich habe herausgefunden, dass der Fotograf Helmut Drewitz als Aushilfskoch in einem dieser Lokale arbeitet. Es heißt ‹Neptun-Klause›, dort halte ich mich gerade auf. Die ‹Neptun-Klause› ist nur gut fünf Minuten Fußweg von Gabriele Haslers Haus entfernt. Und von seiner Wohnung aus würde Drewitz vielleicht eine Viertelstunde brauchen, um zum Tatort zu gelangen.»

«Gut», sagte Marthaler. «Wenn ich den Stadtplan richtig im Kopf habe, heißt das also, dass Drewitz jedes Mal am Haus unseres Opfers vorbeikommt, wenn er zu seiner Arbeitsstelle geht oder wenn er von dort nach Hause will.»

«Jedenfalls könnte er diesen Weg nehmen», sagte Toller. «Er hat sich einen anderen Vornamen gegeben. Er nennt sich bei seinen Kollegen und den Gästen nicht Helmut, sondern Arthur Drewitz. Niemand hier scheint etwas davon zu wissen, dass er ein bekannter Fotograf war und dass er später verurteilt worden ist. Es hat mich stutzig gemacht, dass er hier unter falschem Namen arbeitet.»

«Das wundert mich nicht», erwiderte Marthaler. «Mit einer solchen Vergangenheit würde ich auch nicht wollen, dass man erfährt, wer ich bin.»

«Mag sein», sagte Toller. «Aber das ist noch nicht alles. Ich habe mit einem LKW-Fahrer gesprochen, der hier regelmäßig zum Essen herkommt. Er hat sich vor ein paar Tagen mit Drewitz unterhalten. Dabei ging es auch um den Mord an Gabriele Hasler.»

Marthaler ärgerte sich über Tollers neuerlichen Alleingang, trotzdem war er begierig auf Einzelheiten. Während er den Hörer an sein Ohr presste, zerdrückte er mit dem Daumen ein Stück trockenes Brot auf der Tischdecke.

«Wer hat die Sprache auf dieses Thema gebracht?», wollte er von Toller wissen. «Das ist wichtig: War es Drewitz oder war es der Kraftfahrer?»

«Der Mann konnte sich nicht mehr genau erinnern. Er meint, er sei es womöglich selbst gewesen, der angefangen habe, darüber zu reden. Die Zeitungen seien an dem Tag voll davon gewesen.»

«Weiß er noch, was Drewitz zu dem Thema gesagt hat?»

«Allerdings. Es ging darum, wie man die Tote aufgefunden hat. Dass sie gekniet hat, und dass ihr Hintern ...»

«Ich weiß, wie sie ausgesehen hat», sagte Marthaler, «ich will wissen, was Drewitz und dieser Kraftfahrer gesprochen haben.»

«Der Mann sagt, sie hätten darüber gescherzt.»

«Gescherzt?»

«Ja.»

«Weiter!», drängte Marthaler.

«Jedenfalls kam dabei heraus, dass Drewitz offensichtlich nicht nur als Koch arbeitet. Er scheint auch seine alten Aktivitäten wieder aufgenommen zu haben.»

«Was meinen Sie mit seinen alten Aktivitäten? Fotografiert er wieder?»

«Wahrscheinlich, ja. Jedenfalls hat er dem Mann Aufnahmen angeboten.»

«Was für Aufnahmen? Mensch, Toller, reden Sie, verdammt nochmal!»

«Er scheint sich weiterentwickelt zu haben. Scheint sich nicht mehr nur auf Kinderspielplätzen und in Schwimmbädern rumzutreiben. Er bot dem Mann Material an, das er als ‹sehr hart› bezeichnete. Drewitz bezog sich ausdrücklich darauf, was mit Gabriele Hasler geschehen ist. Er sagte, er könne ‹tonnenweise› Bilder besorgen, auf denen solche Szenen zu sehen seien.»

«Tonnenweise?»

«Ja, das ist angeblich das Wort gewesen, das Drewitz benutzt hat.»

«Und noch etwas», sagte Toller. «Der LKW-Fahrer hat Drewitz heute zufällig wiedergesehen. Heute Nachmittag, zu der Zeit, als wir bei ihm zu Hause geklingelt haben.»

«Und?»

«Der Mann war gerade im Osthafen. Er ist mit seinem Lastwagen vom Zollamt in der Lindleystraße gekommen, als Drewitz ein kleines Haus verlassen hat, das zu einer alten Maschinenfabrik gehört. Der Fotograf hat gerade die Tür dieses Hauses abgeschlossen, und der Trucker hat gehupt. Drewitz hat ihn angesehen und sich dann schnell weggedreht. So, als ob er dort nicht gesehen werden wollte.»

«Haben Sie sich die Personalien des LKW-Fahrers geben lassen?», fragte Marthaler.

«Ja, der Mann wohnt in Chemnitz. Er fährt die Strecke nach Frankfurt mehrmals die Woche.»

«Gut. Wir müssen handeln, sofort», sagte Marthaler. «Wo sind Sie jetzt?»

«Ich stehe vor der ‹Neptun-Klause›. Die Küche hat vor ein paar Minuten geschlossen, und Drewitz macht gerade Feierabend. Ich denke, er wird gleich rauskommen. Deswegen wollte ich mit Ihnen sprechen.»

«Meinen Sie, er hat etwas gemerkt?», fragte Marthaler. «Hat er mitgekriegt, dass Sie sich nach ihm erkundigen?»

«Ich glaube nicht. Aber ich bin mir nicht sicher. Dummerweise kam er einmal kurz aus der Küche, als ich gerade mit dem LKW-Fahrer gesprochen habe. Er ist aber sofort wieder verschwunden.»

«Ich beeile mich», sagte Marthaler. «Ich bin in spätestens zwanzig Minuten bei Ihnen. Versuchen Sie Drewitz zu folgen. Wahrscheinlich geht er nach Hause. Aber kein Zugriff! Ist das klar, Toller? Egal, was passiert, Sie machen keine Alleingänge! Wenn wir ihn heute Nacht nicht mehr kriegen, dann kriegen wir ihn morgen früh! Aber besser wäre es, wir erwischen ihn gleich.»

Marthaler ließ sich die Nummer von Tollers Mobiltelefon geben. «Ich rufe in fünf Minuten wieder an», sagte er. Dann unterbrach er die Verbindung und ging zurück zu Tereza, die am Tisch auf ihn wartete. Sie schaute ihn an und lächelte.

«Schon gut», sagte sie. «Ich habe schon gezahlt. Ich nehme an, du bist in großer Beeilung.»

«Ja, Tereza. Das bin ich. Ich muss sofort los. Wir rufen dir ein Taxi. Ich weiß, es ist unser erster gemeinsamer Abend seit langem. Ich wollte alles besser machen. Und jetzt muss ich doch wieder weg. Es tut mir sehr Leid.»

«Es ist o.k.», sagte sie, «wir haben ja schon Wein getrunken bei dir. Und ich bin müde sowieso.»

«Und ich muss dich noch um etwas bitten: Kannst du mir dein Handy leihen? Meins ist leider kaputtgegangen.»

Sie reichte ihm ihr Telefon. Dann küsste sie ihn.

«Und, Robert, bitte …»

«Ich weiß», sagte er, «ich soll feige sein. Hab keine Angst, es wird nichts passieren.»

ACHTZEHN Marthaler rannte zu Fuß durch die Dunkelheit. Zum Glück hatten sie nicht weit vom Restaurant einen Parkplatz gefunden. Trotzdem war er außer Puste, als er auf dem Fahrersitz saß und die Serviette aus seiner Tasche kramte, auf die er Tollers Nummer geschrieben hatte. Toller meldete sich sofort.

«Und?», fragte Marthaler.

«Er verlässt gerade die ‹Neptun-Klause›. Ich sitze in meinem Wagen. Er ist alleine. Er schließt seine Jacke. Jetzt steckt er sich eine Zigarette an. Er scheint es nicht eilig zu haben. Wissen wir, ob ein Auto auf ihn zugelassen ist?»

«Nein», sagte Marthaler. «Keine Ahnung. In der Akte stand nichts dergleichen. Oder ich habe es überlesen.»

«Okay. Er geht los. Ich muss mich ducken.» Toller flüsterte. «Er überquert den Parkplatz. Anscheinend ist er zu Fuß hier. Jetzt hat er den Weg am Mainufer erreicht. Er geht Richtung Gerbermühle. Es sieht so aus, als will er nach Hause. Ich muss ihm nach. Meinen Wagen lasse ich hier.»

«Ich melde mich gleich wieder», sagte Marthaler. «Am besten, wir lassen die Verbindung bestehen.»

Er warf Terezas Handy auf den Beifahrersitz, dann startete er den Motor. Er trat aufs Gas, und mit einem Satz schoss der Wagen los. Aber dann brauchte er eine Weile, bis er aus dem Labyrinth der Einbahnstraßen im Nordend herausgefunden hatte. Er fluchte. Schließlich stand er auf der Eckenheimer Landstraße. Als er an einer roten Ampel halten musste, nahm er das Telefon wieder auf. Er rief Tollers Namen, aber der antwortete nicht.

«Toller, was ist. Wo stecken Sie? Melden Sie sich!»

Marthaler merkte, wie seine Aufregung wuchs. Er fühlte sich hilflos. Er wusste nicht, was dort unten am Main geschah. Mit der Linken presste er das Handy an sein Ohr. Ohne abzuwarten, dass die Ampel auf Grün schaltete, fuhr er weiter. Hinter ihm wurde gehupt. Endlich hörte er Tollers Stimme.

«Ich weiß nicht, was er macht. Er ist an der Gerbermühle vorbeigegangen. Eigentlich hätte er nach rechts abbiegen müssen. Aber er geht den Mainuferweg weiter runter. Ich habe keine Ahnung, was er vorhat.»

«Verdammter Mist», fluchte Marthaler. «Und wo soll ich hinfahren? Soll ich über den Fluss kommen oder nicht? Beides kann ein Fehler sein.»

«Ich weiß nicht. Wenn er die Richtung beibehält, landet er irgendwann in Offenbach. Vor der Kaiserleibrücke gibt es keine Möglichkeit, den Main zu überqueren.»

«Gut», sagte Marthaler. «Ich fahre bis zur Alten Brücke. Dort warte ich, bis wir wissen, was er macht.»

Dann trat er erneut aufs Gas. Am Scheffeleck überfuhr er noch eine rote Ampel und musste kurz darauf abrupt bremsen – das Handy rutschte ihm weg und flog auf den Boden. Um ein Haar wäre er mit der U-Bahn zusammengestoßen, die hier ihre Röhre verließ und über der Erde fuhr. Er ignorierte die wütenden Gesten des Fahrers und raste weiter. Das Schlimmste, was passieren kann, dachte er, ist, dass ein Streifenwagen mich stoppt. Dadurch würde ich wertvolle Zeit verlieren.

Als er Tollers Stimme hörte, beugte er sich zur Seite und angelte nach dem Telefon. Endlich bekam er es zu fassen. «Hier bin ich, was gibt's?»

«Er ist stehen geblieben. Könnte sein, dass er etwas gemerkt hat. Ich muss ihm mehr Vorsprung lassen. Jetzt schaut er sich um. Aber er kann mich nicht sehen. Ich stehe hinter einem Baum.»

Je leiser Toller sprach, desto mehr senkte auch Marthaler unwillkürlich seine Stimme. «Seien Sie vorsichtig, Toller. Hören Sie! Gehen Sie kein Risiko ein!»

«Schon gut, er geht weiter. Er scheint mich nicht entdeckt zu haben.»

«Ich bin jetzt am Main. Was soll ich machen? Rüberfahren oder nicht?»

«Ja. Fahren Sie rüber. Versuchen Sie so schnell wie möglich ins Kaiserleiviertel zu kommen. Ich wüsste nicht, wo er sonst hinkönnte.»

Mit fast hundert Sachen raste Marthaler über das Deutschherrnufer. Auf der rechten Seite sah er die nächtlichen Lichter von Oberrad. Jetzt hupte er selbst, um die vor ihm fahrenden Wagen zur Seite zu drängen. Er hatte gerade das Haus von Gabriele Hasler passiert, das dunkel an den Bahngleisen lag, als Toller sich erneut meldete.

«Stopp, Marthaler. Stopp! Wo sind Sie? Das Akku von meinem Handy macht gleich schlapp. Bleiben Sie stehen!»

«Was ist? Was ist passiert? Ich muss ganz in eurer Nähe sein. In zwei Minuten habe ich Kaiserlei erreicht!»

«Nein, verdammt. Bleiben Sie stehen! Der Kerl haut über den Main ab. Er ist auf die Staustufe geklettert. Kommen Sie her! Beeilen Sie sich, sonst haben wir ihn verloren.»

Marthaler überlegte fieberhaft.

«Nein, Toller.» Marthaler schrie jetzt fast vor Aufregung. Er hatte den Wagen auf der rechten Spur gestoppt und die Warnblinkanlage eingeschaltet. «Kommen Sie hoch zur Straße. Ich warte auf Sie! Wir versuchen, ihm den Weg abzuschneiden. Wenn er in die Lindleystraße will, haben wir eine Chance, ihn zu erwischen.»

Marthaler steckte das Handy in die Manteltasche und ließ

den Motor laufen. Er wollte gerade aussteigen, um nach Toller Ausschau zu halten, als er ihn hundert Meter weiter hinten in der Dunkelheit auf die Straße laufen sah. Marthaler hupte, um den Kollegen auf sich aufmerksam zu machen.

Schwer atmend sackte Toller auf den Beifahrersitz. Die Wagentür war noch nicht ins Schloss gefallen, als Marthaler schon wieder anfuhr. Er sah, dass der andere seine Dienstwaffe in der Hand hielt.

«Was wollten Sie mit der Pistole?», fragte er.

«Nichts. Aber keiner weiß, ob der Typ bewaffnet ist. Und ich habe keine Lust, mich über den Haufen schießen zu lassen.»

Marthaler nickte.

«Ich hätte ihm folgen sollen», sagte Toller. «Der Mistkerl hat den Weg über die Schleuse genommen. Damit habe ich nicht gerechnet. Jetzt ist er uns entwischt.»

«Nein», sagte Marthaler, «ohne Sprechkontakt wären wir aufgeschmissen gewesen. Vielleicht haben wir Glück. Es ist besser so.»

Wieder fuhren sie über den Fluss. Kaum fünf Minuten später hatten sie die Hanauer Landstraße erreicht und bogen nach links in das Gebiet des Osthafens. Obwohl auch hier die meisten Betriebe längst Feierabend gemacht hatten, waren die Eingänge vieler Gebäude beleuchtet. Unter den Laternen am Straßenrand parkten LKW. Manche der Führerhäuser waren beleuchtet.

«Und jetzt?», fragte Toller. «Was sollen wir machen? Der Osthafen ist groß. Wie sollen wir Drewitz hier finden? Der Mann hat von einem kleinen Haus gesprochen, aus dem er ihn hat kommen sehen.»

«Und davon, dass er selbst gerade vom Zollamt gekommen ist. Das sind zwei Hinweise. Also fahren wir zum Zollamt.»

Sie fuhren die Lindleystraße entlang, aber außer dem Wagen eines privaten Sicherheitsdienstes begegnete ihnen niemand. Dann fuhr ein großer BMW mit hohem Tempo an ihnen vorüber und war kurz darauf in der Dunkelheit verschwunden. An einer Ecke sahen sie zwei Wachleute mit ihren Hunden stehen. Der eine der Männer sprach in sein Funkgerät. Marthaler hielt an und ließ die Scheibe herunter. Er fragte, ob die beiden einen Fußgänger gesehen hätten, aber sie verneinten. Marthaler wendete. Er wusste, dass ihre Chance, Drewitz noch auf der Straße abzufangen, mit jeder Minute kleiner wurde. Sie passierten dunkle Lagerhallen und Bürogebäude. In der Franziusstraße kamen sie an einem bunt erleuchteten Haus vorbei.

«Meinen Sie, er ist hier in den Puff gegangen?», fragte Toller.

«Nein», sagte Marthaler, der wusste, dass sich in dem Haus ein Bordell befand, das hauptsächlich von den Fernfahrern besucht wurde, die abends hier im Osthafen ankamen und bis zum nächsten Morgen warten mussten, um ihre Ware abzuliefern oder eine neue Ladung aufzunehmen. «Nein, das glaube ich nicht. Aber vielleicht ist der LKW-Fahrer, mit dem Sie gesprochen haben, dorthin gegangen. Vielleicht ist er vom Zollamt gekommen und anschließend ins Bordell gegangen. Und vielleicht hat er Drewitz auf diesem Weg gesehen. Überlegen Sie noch einmal genau, was er gesagt hat.»

Im Schritttempo fuhren sie weiter. Dann wendete Marthaler erneut. Aber er hatte die Hoffnung bereits aufgegeben. Er stellte sich darauf ein, dass sie zurückfahren mussten, um den Fotografen vor seiner Wohnung abzupassen. Plötzlich merkte er, wie sein Kollege neben ihm unruhig wurde.

«Stopp», sagte Toller. «Da ist es.»

Marthaler wusste nicht, was der andere meinte. Er starrte in die Dunkelheit, ohne zu begreifen. «Was», fragte er, «was soll da sein?»

«Da. Direkt vor uns. Das ist das Haus. Mir ist es wieder eingefallen. Der Lastwagenfahrer hat von einem kleinen blauen Haus gesprochen, das früher zu einer Maschinenfabrik gehört hat. Da ist die Maschinenfabrik, und da ist das Haus. Beide sind blau verputzt. Wir haben es nur im Vorbeifahren in der Dunkelheit nicht gleich gesehen.»

Jetzt sah es auch Marthaler. Aber das gesamte Gebäude war dunkel. Die Rollläden waren heruntergelassen. Es gab keinen Hinweis, dass jemand dort drin war. Weder aus der lang gestreckten Fabrikhalle noch aus dem kleinen Häuschen, welches das Grundstück zur Straße hin begrenzte, drang ein Lichtschimmer.

«Was sollen wir machen?», fragte Toller.

Marthaler hatte am Straßenrand angehalten. Jetzt stellte er den Motor ab und schaltete die Scheinwerfer aus.

«Wir warten», sagte er. «Vielleicht ist Drewitz noch nicht da. Vielleicht trinkt er noch irgendwo ein Bier. Wir warten einen Moment, dann sehen wir weiter.»

«Und wenn er nicht kommt?»

«Dann haben wir umsonst gewartet. Dann war es so vergeblich wie das meiste, was wir tun. Wir müssen Geduld haben. Es gibt kaum eine Eigenschaft, die für einen Kriminalpolizisten wichtiger ist. Wir haben ständig das Gefühl, dass uns die Zeit davonrennt. Trotzdem müssen wir uns immer wieder zwingen zu warten, um nicht das Falsche zu tun.»

Marthaler wusste, dass er diese Worte auch an sich selbst gerichtet hatte. Er war es, dessen Ungeduld oft am größten war. Und der deshalb schon häufig in gefährliche Situationen geraten war.

Sie hatten mehr als zwanzig Minuten im Auto gesessen, ohne dass etwas geschehen wäre. Langsam begannen sie zu frieren.

Einmal hatten sie von hinten Lärm gehört. Aber es waren nur ein paar betrunkene Männer gewesen, die an ihrem Wagen vorbeigekommen waren und sich in einer fremden Sprache gestritten hatten.

«Okay», sagte Marthaler schließlich. «Schauen wir uns das Gebäude einmal an. Wir bleiben zusammen, bis ich etwas anderes sage.»

Der Hof neben der Werkshalle war frei zugänglich. Im schwachen Licht einer Laterne, die über dem Rolltor befestigt war, sahen sie links am Zaun einen Stapel mit Paletten, daneben zwei vergitterte Container mit Metallabfällen. Am Geländer der Treppe, die zu einer kurzen Rampe führte, war ein Gabelstapler angekettet. Marthaler stieg die Stufen hinauf und versuchte das Tor zu bewegen, aber es war mit einem schweren Vorhängeschloss gesichert.

«Ich denke, wir interessieren uns für das Haus und nicht für die Fabrik», sagte Toller.

«Ja», erwiderte Marthaler, «aber das Haus liegt an der Straße, und ich habe keine Lust, von irgendeinem Hilfssheriff erwischt zu werden, während ich gerade versuche durchs Kellerfenster zu klettern. Wenn die beiden Gebäude zusammengehört haben, dann wird es im Inneren eine Verbindung geben. Und wenn wir es schaffen, in die Fabrik zu kommen, kommen wir auch in das Haus.»

Neben der Rampe befand sich eine schwere Metalltür mit einem Sicherheitsschloss. Auch sie war verschlossen.

«Hier kommen wir nirgends rein», sagte Toller. «Wir müssen es von hinten versuchen.»

Direkt hinter der Stirnseite der Halle befand sich eine Mauer, die das Grundstück begrenzte. Es gab nur einen vierzig Zentimeter breiten Durchgang, durch den sie sich zwängten. Marthaler schaute hoch. In den oberen Teil der Hallenwand war ein rundes Fenster eingelassen, das man von der Mauer aus hätte erreichen können. Doch dann sah er, dass das Fenster vergittert war.

Toller hatte den kleinen gemauerten Anbau zuerst entdeckt. «Da», sagte er, «vielleicht haben wir Glück.» Er ging auf den Schuppen zu und rüttelte an der Tür. «Mist», sagte er, «die haben aber auch alles verriegelt.»

«Wie man merkt, ist es nötig», sagte Marthaler.

«Was sollen wir machen?»

«Öffnen!»

«Aber das ist Einbruch.» Tollers Stimme verriet, dass er erstaunt war über den Vorschlag seines Vorgesetzten, dass es ihm aber auch gefiel, etwas zu tun, das nicht den Vorschriften entsprach.

«Ja», sagte Marthaler, «zweifellos ist es ein Einbruch. Andererseits stehlen wir nichts. Und die Tür müsste sowieso mal erneuert werden.»

Um nicht seinem Kollegen diese Arbeit zu überlassen, rammte Marthaler mit der Schulter gegen die Tür, ohne dass sie sich bewegte. Er stöhnte auf. Seinen schmerzenden Rücken hatte er mal wieder vergessen.

«So geht das nicht», sagte Toller. «Eine Tür, die nach außen aufgeht, kann man niemals nach innen aufbrechen.»

Marthaler wunderte sich über Tollers Belehrung ebenso wie über die Information selbst. Er hatte sich noch nie darüber Gedanken gemacht, in welche Richtung sich eine Tür aufbrechen ließ.

«Ich bin gleich wieder da», sagte Toller, bevor er in dieselbe Richtung verschwand, aus der sie gekommen waren.

Keine zwei Minuten später tauchte er wieder auf. Er trug etwas in der Hand. Eine Schiene aus Metall. Er ging in die Hocke, führte die Schiene unter die Tür und zog sie mit beiden Händen nach oben, bis sich die Tür durch die Kraft des Hebels so weit verkantet hatte, dass ein Spalt entstanden war.

Dann griff er unter die Türkante und stemmte sie mit solcher Kraft nach oben, dass Marthaler hörte, wie das Holz an den Scharnieren splitterte.

«Das hätten wir», sagte Toller.

Marthaler ging voran. Der kleine Vorbau führte direkt in die Fabrikhalle. Toller hielt sich dicht hinter ihm. Es roch nach Öl und gefrästem Metall. Als sich ihre Augen ein wenig an die Dunkelheit gewöhnt hatten, konnten sie die weißen Sicherheitsstreifen auf dem Boden erkennen, die den Gang vom Maschinenraum abgrenzten. Obwohl sie vorsichtig einen Fuß vor den anderen setzten, hallte jeder ihrer Schritte so laut, dass Marthaler meinte, man müsse sie bis auf die Straße hören. Dann hatten sie das Ende der Halle erreicht. Über zwei Stufen gelangten sie in einen Gebäudeteil, in dem rechts und links des dunklen Flurs die Büros untergebracht waren.

«Dort hinten muss es sein», sagte Marthaler. «Wo der Gang zu Ende ist, muss das Vorderhaus beginnen. Wenn wir Glück haben, gibt es irgendwo eine Tür.»

Er tastete sich an den Wänden entlang und suchte nach einem Lichtschalter. Endlich hatte er einen gefunden. Er wollte ihn gerade betätigen, als Toller ihm eine Hand auf den Arm legte.

«Nein», flüsterte er. Seine Stimme war kaum zu hören. «Da ist jemand.»

Marthaler schluckte. Er sah, was Toller meinte. Dort, wo der Gang zu Ende war, konnte man direkt über dem Boden einen dünnen Streifen Licht erkennen. Wahrscheinlich war dort die Verbindungstür zwischen den beiden Gebäuden gewesen. Man hatte die Tür verschlossen, hatte die Griffe abgeschraubt und alles mit derselben Tapete beklebt, die auch auf den Wänden war.

Was auch immer sich in dem Raum hinter der toten Tür befand, dort brannte ein Licht. Toller wollte etwas sagen, aber

Marthaler gab ihm zu verstehen, dass er sich ruhig verhalten solle. Dann schob er den anderen in eines der Büros.

«Wir wissen nichts», sagte Marthaler leise. «Wir wissen nicht, was Drewitz dort tut. Wir haben keine Ahnung, ob er versucht zu fliehen oder ob er sogar bewaffnet ist. Wir müssen uns aufteilen. Vielleicht gibt es noch mehr Türen. Vielleicht gibt es einen Keller, oder er versucht, aus einem der Fenster zu entwischen. Ich habe keine Pistole, du hast eine. Ich will, dass du sie in der Hand hältst, aber ich will nicht, dass du schießt. Nur, wenn es keine andere Möglichkeit gibt. Hast du verstanden?!»

«Ja», sagte Toller. «Sie haben mich gerade geduzt.»

«Ja», sagte Marthaler, «ich bleibe hier drin. Du gehst denselben Weg zurück, den wir gekommen sind. Versuch dir ein Bild zu machen, in welche Richtung er fliehen könnte. Dann klopfst du an die Haustür und forderst ihn auf, mit erhobenen Händen herauszukommen. Alles Weitere können wir nicht planen.»

Marthaler schlich sich durch den dunklen Flur so leise wie möglich an die tote Tür an. Dort teilte sich der Gang. Er konnte nach rechts oder nach links gehen. Um nicht die falsche Entscheidung zu treffen, beschloss er, an Ort und Stelle zu warten. Er lauschte. Er meinte, das leise Klappern einer Computertastatur zu erkennen. Dann klopfte Toller an die Haustür. Das Klappern hörte auf. Ein Stuhl wurde verrückt, jemand stand auf und ging durch den Raum.

Marthaler hörte eine tiefe Männerstimme: «Wer ist da?»

Aber Toller antwortete nicht. Für ein paar Sekunden herrschte Stille, dann klopfte es wieder.

Die Stimme wurde lauter. «Verdammt nochmal, wer ist da?»

Toller machte es richtig. Er gab sich auch jetzt nicht zu erkennen, sondern versuchte, Drewitz zu verunsichern. Statt ihn in die Flucht zu jagen, wollte er ihn zwingen, nach draußen zu kommen und nachzuschauen, wer etwas von ihm wollte. Tollers Plan schien aufzugehen. Nach etwa einer halben Minute hörte Marthaler, wie ein Schlüssel im Schloss gedreht wurde. Im selben Moment ertönte die laute Stimme seines Kollegen: «Polizei! Heben Sie die Hände, und verlassen Sie langsam das Haus!»

Dann ging alles sehr schnell. Marthaler hörte Kampfgeräusche, unterdrückte Rufe, ein dumpfes Poltern. Offensichtlich war es Toller gelungen, in das Haus einzudringen. Marthaler entschied, durch die Fabrikhalle zurück ins Freie zu laufen, um seinem Kollegen zu Hilfe zu eilen. Er hatte sich gerade umgewandt, als er Toller von hinten schreien hörte: «Marthaler! Vorsicht!»

Marthaler machte einen Sprung zur Seite. Noch während er zu Boden fiel, spürte er, wie etwas von hinten dicht an seinem Kopf vorbeisauste. Dann hörte er ein lautes Krachen. Ein schwerer Gegenstand war neben ihm in den Boden eingeschlagen. Sein Herz pumpte. Er lag auf der Seite und atmete schwer. Die Schürfwunde an seinem Rücken schmerzte, aber er war unverletzt. Jemand war an ihm vorbeigelaufen. Also hat es doch noch eine offene Tür gegeben, dachte er.

«Es ist nichts», sagte er, als Toller sich über ihn beugte. «Es geht mir gut.»

Als er das dicke Moniereisen sah, das neben ihm auf dem Boden lag, wurde ihm schlecht. Und noch im selben Moment wurde ihm klar, dass Toller ihm wahrscheinlich das Leben gerettet hatte. «Beeil dich! Kümmer dich nicht um mich. Du musst ihn kriegen. Ich nehme den Wagen.»

Marthaler stand auf. Er verließ das Gebäude über die Fabrikhalle. Dann stand er auf der Straße. Die kalte Nachtluft tat ihm gut. Die Tür des kleinen Hauses war nur angelehnt. Aus dem Inneren fiel ein Lichtschein auf die Fahrbahn. Einen Moment lang war er versucht, in das Gebäude zu gehen, um zu sehen, was Drewitz dort gemacht hatte. Aber das hatte Zeit. Jetzt mussten sie die Verfolgung aufnehmen. Er setzte sich in den Daimler, forderte Verstärkung an und gab die Anweisung, das gesamte Gebiet des Osthafens abzusperren. Als er das Gespräch beendet hatte, fuhr er los.

Dann hörte er die Explosion. Im Rückspiegel sah er, wie der Dachstuhl des Hauses auseinander gerissen wurde. Helle Flammen schossen in die Luft. Kurz darauf brannte das gesamte Gebäude.

Er raste durch die Schmickstraße. Ein paar hundert Meter weiter vorne sah er einen Mann durch die Dunkelheit laufen. Als er ihn erreicht hatte, erkannte er, dass es Toller war. Marthaler ließ die Scheibe herunter.

«Fahr weiter», schrie Toller. «Fahr Richtung Honsellbrücke. Er kann nicht weit sein. Versuch, ihm den Weg abzuschneiden.»

Drei Minuten später hatte Marthaler die Brücke erreicht. Er stellte den Wagen ab und schaltete die Scheinwerfer aus. Er stieg aus und wartete. Jetzt hörte er, wie sich die Martinshörner näherten. Kurz darauf rasten zwei Streifenwagen an ihm vorbei.

Dann sah er Drewitz. Fünfzig Meter von Marthalers Standort entfernt überquerte er die Brücke. Er kletterte über ein Geländer und war im selben Moment wieder verschwunden. Marthaler rief ihm nach, dann spurtete er los. Er sprang über die Leitplanke und geriet ins Straucheln. Er ließ sich die Böschung hinunterrollen und stand wieder auf. Er versuchte sich zu orientieren, wusste nicht, wohin, kämpfte sich durch das Gestrüpp einer Brache. Über ein paar Erdhügel lief er in Richtung Großmarkthalle.

Dann merkte er, dass er keine Chance hatte. Es war zu dunkel, und es gab zu viele Möglichkeiten, sich zu verstecken.

Die wenigen Sekunden Vorsprung hatten Drewitz genügt. Er konnte sich ganz in seiner Nähe hinter einem Brückenpfeiler versteckt haben. Oder er konnte längst verschwunden sein. Schließlich sah Marthaler einen Mann, der auf der Eisenbahnbrücke eilig zu Fuß den Main überquerte. Er hatte keine Ahnung, wie man dorthin gelangte. Er musste aufgeben. Ich kenne die Stadt, dachte er, aber ich kenne sie noch immer nicht gut genug. Er beeilte sich, zurück zum Wagen zu kommen. Als Toller atemlos wieder zu ihm stieß, gab er gerade die Meldung durch, dass man die Fahndung nach Sachsenhausen verlagern solle.

«Am Schwedlersee hab ich ihn verloren», sagte Toller. «Er ist direkt an der Station der Wasserschutzpolizei vorbeigekommen. Er muss über die Bahnschienen gelaufen sein. Dann war er verschwunden. Ich hab es verpatzt.»

«Nein», sagte Marthaler, «wir haben getan, was wir konnten. Ich fahr dich zu deinem Wagen. Den Rest machen die Kollegen. Heute können wir hier nichts mehr ausrichten.»

NEUNZEHN

«Erste Frage: Stimmt es, dass die Polizei nur zufällig davon erfahren hat, dass Helmut Drewitz im Osthafen dieses Haus angemietet hatte? Zweite Frage: Was hat Drewitz in diesem Haus gemacht? Aus welchem Grund hat er es in die Luft gesprengt? Dritte Frage: Welche Fehler sind gemacht worden, dass Helmut Drewitz den Beamten entwischen konnte? Vierte Frage: Gehen Sie davon aus, dass es sich bei Helmut Drewitz um den Mörder Gabriele Haslers handelt? Ja oder nein? Fünfte Frage: Was hat dieser Fall mit dem Mord in Darmstadt zu tun?»

«Fünf Fragen, fünf Treffer.» Mit diesen Worten brachte eine junge Journalistin, die in Marthalers Nähe am Ende des Saals stand, ihre Bewunderung für den Leitwolf unter den Lokalreportern zum Ausdruck.

Der Redner blieb noch einen Moment stehen, um seine Fragen wirken zu lassen. Alle kannten ihn. Er hatte kurz geschnittenes graues Haar, das er schwarz färbte. Seine Jeans war schwarz, sein Hemd war schwarz, seine Weste war schwarz. Er trug nie etwas anderes. Auf keiner anderen Farbe hätte man seine Schuppen so deutlich gesehen.

Er hieß Arne Grüter und war der Chefreporter des «City-Express». Er war klein, kräftig, aber keineswegs dick. Er wies noch einmal mit seinem Stift in Richtung des Tisches, an dem Hans-Jürgen Herrmann saß und die Pressekonferenz im neuen Polizeipräsidium leitete. Dann ließ er den Arm mit gespielter Resignation sinken, so, als habe er sich mit seinen Fragen nur einer lästigen Pflicht entledigt, als gehe er nicht davon aus, auch nur eine halbwegs brauchbare Antwort zu erhalten. Sein Blick schweifte über die Köpfe seiner zahlreich erschienenen Kollegen, dann ließ er sich auf seinen Platz zurückfallen. Es war wie immer der erste Stuhl in der fünften Reihe direkt am Mittelgang. Kein anderer Journalist hätte es je gewagt, sich dort hinzusetzen. Wenn Grüter meinte, genug gehört zu haben, stand er mitten in der Konferenz auf und verließ den Saal, ohne jemanden anzuschauen.

Keiner mochte ihn, aber alle fürchteten ihn. Die Reporterkollegen wegen seiner Skrupellosigkeit, die nicht selten dazu führte, dass er ihnen um eine Nasenlänge voraus war. Die Polizisten wegen seiner Fragen, die oft genug die Grenze zur Unverschämtheit überschritten, die aber ebenso oft die wunden Punkte ihrer Arbeit trafen.

Der Saal war so dicht besetzt wie schon lange nicht mehr. Noch in der Nacht hatten die Agenturen gemeldet, dass Helmut Drewitz zur Fahndung ausgeschrieben war. Und bereits am Morgen brachten die lokalen Rundfunkstationen erste Sondersendungen, in denen das wechselvolle Leben des einstigen Starfotografen noch einmal vor dem Publikum ausgebreitet wurde. Da es sich bei dem Gesuchten um einen ehemaligen Kollegen handelte, war das Interesse der Journalisten besonders groß. Wie immer gefiel sich Hans-Jürgen Herrmann in der Rolle als Öffentlichkeitsarbeiter. Er schob seine randlose Brille zurecht und zeigte den Medienleuten ein feines Lächeln.

«Das sind viele Fragen auf einmal, aber ich werde mich bemühen, sie der Reihe nach abzuarbeiten. Erstens: Zufälle gibt es nur selten in der Polizeiarbeit. Was wie ein Zufall aussieht, ist das Ergebnis fleißiger Ermittlungsarbeit. Wir haben einen Kollegen, der das Viertel wie seine Westentasche kennt, vor Ort recherchieren lassen. Wie Sie sehen: Unsere Strategie ist aufgegangen.»

«Namen», rief jemand, «wir wollen Namen.»

Der Leiter der Mordkommission hob beschwichtigend die Hand. Dann zeigte er gegen alle Regeln der Polizeiarbeit auf Toller, der in der ersten Reihe saß, und bat ihn, sich zu erheben. Toller verneigte sich in Richtung des Saals. Sofort flammten die Blitzlichter auf.

«Das ist der Kollege Raimund Toller. Er ist gerade erst im Rahmen der polizeiinternen Förderung zum MK I gestoßen und kann schon erste Erfolge verbuchen. Er hat herausgefunden, dass es dieses Haus im Osthafen gibt. Drewitz hatte es für wenig Geld von dem Besitzer der Maschinenfabrik gemietet.»

Toller stand immer noch vor seinem Stuhl. Man hatte ihn aufgefordert aufzustehen, aber nicht, sich wieder hinzusetzen.

«Sie dürfen wieder Platz nehmen, Kollege Toller», sagte Herrmann. Aus dem Saal hörte man verhaltenes Gelächter.

«Zweitens: Drewitz hatte einen Sprengsatz mit einem Zeitzünder versehen. Es sieht so aus, als habe er das Haus zur Explosion gebracht, um Spuren zu verwischen. Dass niemand zu Schaden kam, ist nur der Vorsicht unserer Beamten zu verdanken. Nachdem die Löscharbeiten beendet waren, hat sich die Spurensicherung an die Arbeit gemacht. Wir haben drei Computerfestplatten sichergestellt. Zwei davon waren so zerstört, dass wir keine Erkenntnisse mehr aus ihnen ziehen können. Die dritte wird zurzeit von unseren Spezialisten untersucht.»

«Stimmt es, dass darauf verbotenes pornographisches Material gespeichert ist?» Es war die junge Journalistin, die diese Frage stellte.

Herrmann zwinkerte nervös in ihre Richtung. Dann rieb er sich die Schläfe. «Ich bitte um Verständnis, dass ich dazu im Moment noch nichts sagen möchte.»

Die Reporterin machte einen Schmollmund. «Ooch, bitte, bitte!»

Wieder ertönte Gelächter.

Der Leiter der Mordkommission versuchte seine Irritation zu überspielen. Aber ausgerechnet jetzt sollte er auf die schwierigste von Grüters Fragen reagieren. «Drittens», sagte er. «Ob bei der Verfolgung des Gesuchten Fehler gemacht wurden, das kann Ihnen am besten Hauptkommissar Robert Marthaler beantworten.»

Marthaler hatte das Gefühl, als habe er einen Schlag in den Magen erhalten. Auf nichts war er weniger vorbereitet, als hier das Wort zu ergreifen. Durch den Saal ging ein Raunen. Alle drehten sich zu ihm um. Er merkte, wie ihm das Blut in den Kopf stieg. Aus Wut und vor Verlegenheit. Er schaute zu Boden und suchte nach Worten. Je länger er schwieg, desto größer wurde die Unruhe unter den Journalisten.

«Nein», platzte er schließlich heraus. «Verdammt nochmal: Nein. Es gibt nichts zu sagen.»

Marthaler ruderte mit den Armen. Die Fotografen, die eben noch im vorderen Teil des Saals gestanden hatten, kamen nach hinten gelaufen, um ihre Bilder zu machen. Die Reporter zückten ihre Blocks und machten hastig Notizen. Sie waren begierig auf Zitate, wollten sich keines seiner Worte entgehen lassen.

«Ich denke nicht daran, mich zu rechtfertigen. Ich bin heute Nacht zweimal nur knapp mit dem Leben davongekommen. Und Sie wagen es, von Fehlern zu sprechen. Lassen Sie uns gefälligst in Ruhe unsere schlecht bezahlte Arbeit machen! Lassen Sie uns in Frieden! Und noch etwas: Es war nicht abgesprochen, dass ich hier irgendetwas sagen soll. Vielmehr war es so, dass Hans-Jürgen Herrmann darauf bestanden hat, alle Fragen alleine zu beantworten. Er hat uns sogar Redeverbot erteilt. Ich sollte anwesend sein, aber den Mund halten. Demzufolge halte ich es für eine maßlose Sauerei, dass mein Vorgesetzter hier versucht, in aller Öffentlichkeit den schwarzen Peter an mich weiterzugeben.»

Er hatte alles falsch gemacht, aber er fühlte sich jetzt besser. Trotzdem: Wieder einmal hatte er der Meute genau das Futter gegeben, das sie verlangte. Er schaute in den Saal. Seine letzten Sätze hatten eingeschlagen wie eine Bombe. Die Genugtuung auf den Gesichtern der Journalisten war nicht zu übersehen. Arne Grüter sah ihm direkt in die Augen. Er feixte. Und Marthaler ahnte, dass der «City-Express» ihn in seiner nächsten Ausgabe ans Kreuz nageln würde. Noch immer waren die Kameras auf ihn gerichtet. Alle warteten, ob er weitersprechen, ob er dem Skandal noch eine weitere Drehung geben würde. Aber er hatte alles gesagt, was er zu sagen hatte. Als nichts mehr kam, begannen alle durcheinander zu reden.

Hans-Jürgen Herrmann hatte den Worten seines Hauptkommissars fassungslos zugehört. Jetzt versuchte er, Ruhe in den Saal zu bekommen. Er hielt sein Wasserglas in die Höhe des Mikrophons und klopfte mit einem Stift dagegen. Endlich wandten die Journalisten ihm wieder ihre Aufmerksamkeit zu. Wahrscheinlich hofften sie, dass er nun seinerseits den Schlagabtausch fortsetzen würde. Doch Herrmann war klug genug, das nicht zu tun.

«Meine Damen und Herren, wenn wir jetzt wieder Ruhe einkehren lassen könnten. Ich bitte Sie, die Worte von Hauptkommissar Marthaler mit Nachsicht zu bedenken. Wir alle sind nur begrenzt belastbar. Sie haben selbst gehört, welchen Gefahren er letzte Nacht ausgesetzt war. Sie können sich ausmalen, dass eine solche Aktion mit einem immensen Stress für die Beamten einhergeht. Niemand bleibt davon unberührt. So etwas hat unweigerlich Auswirkungen auf die seelische Verfassung eines Menschen. Da bleibt es vielleicht nicht aus, dass man zu scharfen, vielleicht sogar zu ungerechten Worten greift.»

«Merken Sie», raunte die junge Journalistin Marthaler zu, «er ist gerade dabei, Sie für überfordert zu erklären.»

Ja, dachte er, ich merke es.

«Und noch etwas», fuhr Herrmann fort, «Sie haben sehr wohl jedes Recht, Fragen zu stellen. Ich hege größte Wertschätzung für Ihre Arbeit. Und ich weiß durchaus zu würdigen, welch wertvolle Hilfe die Medien uns bei vielen Fahndungen schon geleistet haben. Ich schlage also vor, dass wir dort weitermachen, wo wir aufgehört haben. Die vierte Frage von Herrn Grüter lautete, ob wir davon ausgehen, dass Helmut Drewitz den Mord an Gabriele Hasler begangen hat. Ich glaube, diese Frage mit einem vorsichtigen, aber nachdrücklichen Ja beantworten zu können. Ja, es spricht vieles dafür, dass wir seit gestern wissen, wer die Zahnärztin umgebracht hat. Der Gesuchte hat nicht nur in der Nähe des Opfers gewohnt, auch das Restaurant, wo er als Aushilfskoch gearbeitet hat, lag nur wenige Minuten von dort entfernt. Das heißt, wir können unsere Bemühungen jetzt ganz auf die Fahndung nach Helmut Drewitz konzentrieren.»

Nein, dachte Marthaler, erzähl, was du willst, genau das werden wir nicht tun. Wir werden weiter in alle Richtungen ermitteln.

Marthaler drängte sich durch die Traube von Journalisten. Er hatte das Gefühl, dass jeder, an dem er vorbeikam, ihn anstarrte. Als er endlich den Ausgang des Saals erreicht hatte, atmete er auf. Er lief alleine über den langen Gang, als er eilige Schritte hinter sich hörte. Dann wurde sein Name gerufen.

«Marthaler, warten Sie. Einen Augenblick, Herr Hauptkommissar!»

Marthaler drehte sich um. Es war Arne Grüter, der auf ihn zukam. Marthaler schüttelte ungläubig den Kopf und ging weiter. Aber der Reporter war bereits einen halben Meter hinter ihm. Er sprach jetzt hastig auf ihn ein.

«Geben Sie uns ein Interview. Ich hätte gerne noch ein paar O-Töne über den Konflikt zwischen Ihnen und Herrmann. Wir sind auch bereit, gut dafür zu zahlen.»

Marthaler war verwundert über die Dreistigkeit dieses Angebots. Er wusste, dass die Presse immer wieder versuchte, einzelne Polizisten zu bestechen, um an interne Informationen zu gelangen. Aber er hätte nie gedacht, dass jemand ihm hier auf den Gängen des Präsidiums Geld anbieten würde. Er zwang sich, seine Wut zu beherrschen und den Journalisten zu ignorieren. Er wollte sich nicht auf noch einen Wortwechsel einlassen, wollte einfach nur in Ruhe gelassen werden.

Aber jetzt legte Arne Grüter ihm eine Hand auf die Schulter. Reflexartig drehte Marthaler sich herum und hob mit derselben Bewegung seinen Arm, um sich aus dem Griff des Reporters zu befreien. In diesem Moment wurde er fotografiert. Erst jetzt sah er den Mann mit der Kamera, der etwas abseits in einem Türrahmen stand. Marthaler war auf einen alten Journalistentrick hereingefallen. Er hatte sich provozieren und zu einer hastigen Bewegung verleiten lassen. Mehr hatte Grüter nicht beabsichtigt. Er hatte kein Interview von ihm haben wollen, er hatte nur dieses Foto gewollt.

«Sie sind ein Schwein, Grüter», sagte er. «Und wenn Sie wollen, dürfen Sie das zitieren. Und falls Ihnen keine gute Schlagzeile zu Ihrem Foto einfällt, liefere ich Ihnen die auch noch gleich mit. Wie wäre es damit: ‹Prügel-Bulle attackiert wehrlosen Reporter›.»

Grüter grinste Marthaler an. «Ja», sagte er. «Gar nicht schlecht. Das könnte gehen. Am besten, wir ziehen den Text über zwei Zeilen. Vielleicht kommen Sie diesmal sogar aufs Titelblatt.»

Als er sich dem Haus im Großen Hasenpfad näherte, sah Marthaler, dass es belagert war. Auf der Straße standen zwei Kamerateams und einige Fotografen. Es war gerade mal eine gute Stunde her, dass er die Pressekonferenz im Präsidium verlassen hatte. Er hatte in einem Thai-Restaurant ein Gemüsecurry gegessen und ein Kännchen Tee getrunken. Dann hatte er sich auf den Heimweg begeben. Obwohl heute Sonntag war, hatte diese Zeit den Redakteuren genügt, ihre Abordnungen zu schicken. Erst jetzt begriff er, welche Bedeutung der Fall inzwischen für die Medien gewonnen hatte. Sie hatten alles, was sie für eine große Berichterstattung brauchten: den spektakulären Mord an einer jungen Zahnärztin, einen Verdächtigen auf der Flucht, der einmal zum Dunstkreis des Jet-Set gehört hatte. Und einen Hauptkommissar, der sich öffentlich mit seinem Vorgesetzten angelegt hatte.

Marthaler sah, dass er keine Chance hatte, unbemerkt in seine Wohnung zu kommen. Er beschloss, in die Offensive zu gehen. Er zog sein Adressbuch hervor und tippte die Nummer des Polizeipräsidenten in Terezas Mobiltelefon. Es dauerte keine fünfzehn Sekunden, bis Gabriel Eissler sich meldete. Er kaute. Wahrscheinlich hatte Marthaler ihn beim Mittagessen gestört. Er entschuldigte sich und bot an, in einer halben Stunde erneut anzurufen.

«Kommt gar nicht in Frage», sagte Eissler. «Wir müssen reden. Herrmann hat mich bereits informiert. Was haben Sie sich bloß dabei gedacht? Das Ganze wächst sich zu einem Skandal aus. Im Radio liefen bereits die ersten Berichte. Und gerade habe ich einen Anruf aus dem Innenministerium bekommen. Wir müssen uns etwas einfallen lassen. Die Sache muss so schnell wie möglich bereinigt werden.»

«Ja», sagte Marthaler. «Wenn es Ihnen recht ist, könnten wir uns im Weißen Haus treffen.»

«Marthaler, wie naiv sind Sie eigentlich? Dort stehen doch

die Journalisten wahrscheinlich schon Schlange. Außerdem habe ich keine Lust, wegen Ihrer Dummheiten meine Sonntagspläne über den Haufen zu werfen. Ich wollte ins Kurbad nach Königstein, schwimmen gehen, und genau das werde ich tun. Ich erwarte Sie dort in einer halben Stunde.»

«Aber ich habe nicht mal eine Badehose. Ich kann jetzt unmöglich in meine Wohnung.»

Eissler schien einen Moment zu überlegen. Als er schließlich antwortete, meinte Marthaler in seiner Stimme einen belustigten Unterton zu hören. «Dann werden Sie eine von mir anziehen. Ob sie Ihnen passt oder nicht. Außerdem gab es eine Zeit, in der auch ich ein wenig korpulenter war. Und ein Handtuch bringe ich Ihnen ebenfalls mit. Keine Widerrede! In einer halben Stunde treffen wir uns am Eingang!»

Marthaler konnte nichts mehr einwenden. Eissler hatte bereits aufgelegt.

Auf der Fahrt nach Königstein überlegte er sich, wie er sein Verhalten auf der Pressekonferenz begründen konnte. Aber wie immer, wenn er sich in die Enge gedrängt fühlte, reagierte er störrisch. Jede Rechtfertigung wäre ihm lächerlich vorgekommen. Er hatte getan, was er getan hatte. Vielleicht war es ein Fehler gewesen, vielleicht war es auch besser so. Herrmann hatte ihn öffentlich bloßstellen wollen, und er hatte öffentlich gesagt, was er davon hielt. Manchmal war es besser, einen Konflikt an Ort und Stelle auf die Spitze zu treiben, als ihn weiter schwelen zu lassen und darauf zu hoffen, dass er sich mit der Zeit von selbst löste.

Als er den Ortseingang von Königstein passiert hatte, sah er das auffällige Gebäude des Kurbades rechts am Hang liegen. Er fuhr die Auffahrt hinauf, ließ die Scheibe herunter und zog einen Parkschein. Dann stellte er den Wagen ab.

Der Polizeipräsident wartete bereits in der Eingangshalle. Er trug eine braune Kordhose und ein wollenes Jackett. Seinen Wintermantel hatte er ausgezogen, und zu seinen Füßen stand eine Sporttasche. Gabriel Eissler war ein groß gewachsener, schlanker Mann. Dass er einmal Übergewicht gehabt haben sollte, konnte Marthaler sich nicht vorstellen.

Sie gaben sich zur Begrüßung die Hand und lächelten einander an. Keiner von beiden sprach, als sie die Treppe in den ersten Stock hinaufgingen, wo sich die Kasse befand. Marthaler bereitete das Schweigen seines Vorgesetzten Unbehagen, dennoch zwang er sich, das Gespräch nicht selbst zu eröffnen. Weder wollte er seine Vorwürfe gegen Herrmann wiederholen, noch wollte er sich vorschnell entschuldigen, aber etwas anderes wäre ihm nicht eingefallen.

«Wunderbar», sagte Eissler schließlich. «Das ist ein echtes Rentner-Bad hier. Keine schreienden Kinder, keine pubertierenden Jugendlichen. Nur Versehrte wie Sie und ich, die in aller Ruhe ein wenig planschen wollen.»

Dann hielt er Marthaler die Badehose hin, die er für ihn mitgebracht hatte. «Nicht das neueste Modell», sagte er, «aber beim Reden wird uns das nicht stören. Und zum Posieren haben wir hier sowieso keine Gelegenheit.»

Wieder einmal beneidete Marthaler den anderen um seine Gabe, ein Gespräch durch unverfängliches Geplauder in Gang zu bringen und so die Stimmung zu entkrampfen. Eissler hatte nie einen Zweifel an der eigenen Autorität aufkommen lassen, gleichzeitig ließ er immer Respekt vor der Arbeit seiner Leute erkennen. Er bewegte sich im Kreis hochrangiger Politiker und Juristen ebenso unbefangen wie auf einer Personalversammlung im Präsidium. Was auch immer er tat oder sagte, er wirkte ebenso souverän wie unbestechlich.

Marthaler glaubte, dass die Sympathie, die er für den Polizeipräsidenten empfand, auf Gegenseitigkeit beruhte. Umso unangenehmer war es ihm, seinen Vorgesetzten durch sein Verhalten in Schwierigkeiten gebracht zu haben.

«Nicht so verdruckst», sagte Eissler jetzt mit einem aufmunternden Lächeln. «Wir ziehen uns um, dann treffen wir uns im Schwimmbecken.»

Als Marthaler in der engen Kabine stand, seine Kleidung abgelegt und die alte Badehose des Polizeipräsidenten angezogen hatte, betrachtete er sich für einen langen Moment im Spiegel. Mein lieber Mann, dachte er, du kommst in die Jahre; es ist wahr: Es muss etwas geschehen. Dann fielen ihm Terezas Worte wieder ein. Wir dürfen nicht so enden wie die anderen Leute, hatte sie gesagt, nicht so wie jene, die sich selbst egal sind.

Eissler stand bis zum Bauch im Wasser und wartete auf ihn. Er hatte seine Brille abgelegt und blinzelte ihm aus zusammengekniffenen Augen entgegen. «Ich schlage vor, wir schwimmen ein paar Bahnen, dann sehen wir weiter.»

Marthaler hatte Mühe, das Tempo des Polizeipräsidenten mitzuhalten. Dennoch machte es ihm Spaß. Als er das Becken zum vierten Mal durchquert hatte, gab er auf. Er atmete schwer. Er legte sich auf den Rücken und ließ sich ein wenig treiben. Eissler hatte Recht gehabt. Die wenigen Besucher des Bades bestanden vor allem aus älteren Leuten, die gemächlich ihre Bahnen zogen oder am Beckenrand auf ihren Liegen ruhten und in Zeitschriften blätterten. Manche standen auch einfach im Wasser und unterhielten sich.

Nach einer Weile schaute Marthaler sich nach dem Polizeipräsidenten um. Er konnte ihn nirgends entdecken. Plötzlich tauchte dessen Kopf neben ihm auf. Eissler prustete und schnappte nach Luft.

«Herrlich, nicht wahr», sagte er. «Ich wünschte, alle dienstlichen Gespräche könnten im Wasser stattfinden. Alles wird ein bisschen leichter. Und der Abstand zwischen den Menschen wird kleiner, wenn sie nichts als eine Badehose anhaben. Wissen Sie was: Jetzt gehen wir nach draußen.»

Marthaler folgte ihm. Um die Schwimmhalle zu verlassen, mussten sie einen kleinen Gang und ein Kaltwasserbecken durchqueren. Hinter einem Plastikvorhang kamen sie ins Freie. Über dem warmen Wasser des Außenbeckens lag dichter Dampf. Marthaler staunte. Von hier aus konnte man die schneebedeckten Bäume des Taunus sehen. Auf einem Hügel lag eine Ruine, darüber kreisten im grauen Himmel zwei große Vögel. Es herrschte winterliches Wetter, aber man schwamm im Freien, als sei es Sommer. Er hatte so etwas noch nie gemacht. Es gefiel ihm; er merkte, wie er sich langsam entspannte.

«Kommen Sie, wir legen uns auf die Sprudelliegen. Das ist angenehm für den Rücken.»

«Ja», sagte Marthaler, «und dann sollten wir anfangen zu reden.»

Ein paar Minuten lang lagen sie schweigend nebeneinander und spürten, wie das sprudelnde Wasser ihre Haut massierte. Dann ergriff Eissler das Wort.

«Ich erwarte nicht, dass Sie sich entschuldigen», sagte er, «weil ich weiß, dass Sie es zwar tun würden, dass es Ihnen aber nicht ernst damit wäre. Habe ich Recht?»

«Stimmt», sagte Marthaler.

«Trotzdem haben Sie einen Fehler gemacht. Ein interner Konflikt darf nicht öffentlich ausgetragen werden. Den ersten Fehler hat Herrmann gemacht, den zweiten, leider viel größeren, Sie. Bevor wir über die Folgen reden, wüsste ich gerne ein paar Dinge von Ihnen. Zunächst: Glauben Sie, dass Helmut Drewitz der Mörder Gabriele Haslers ist?»

Marthaler hatte sich diese Frage im Verlauf der vergangenen Nacht und des heutigen Morgens mehrfach gestellt. Und er war immer wieder zu demselben Ergebnis gekommen.

«Nein», sagte er, «das glaube ich nicht. Außer der räumlichen Nähe seiner Wohnung und seiner Arbeitsstelle zum Tatort spricht wenig dafür. Er ist niemals durch körperliche Gewalttätigkeit aufgefallen. Seine kriminelle Energie ist enorm, aber wenn Sie mich fragen: Er war es nicht.»

Eissler nickte. «Sie wissen, dass Herrmann etwas anderes denkt.»

«Nein», sagte Marthaler, «das weiß ich nicht. Ich nahm an, seine Äußerung gegenüber der Presse sei eine taktische Maßnahme gewesen.»

«Nein, er glaubt wirklich, dass Drewitz unser Mann ist. Und er will, dass die gesamte Energie in die Fahndung gesteckt wird.»

«Das halte ich für einen großen Fehler», sagte Marthaler.

«Ich auch», sagte Eissler.

Marthaler drehte sich auf die Seite und sah den Polizeipräsidenten erstaunt an. «Das heißt?», fragte er.

«Das heißt, dass wir ein Problem haben. Nach dem, was heute Morgen vorgefallen ist, muss ich Sie eigentlich von der Leitung der Ermittlungen entbinden. Das heißt, Herrmann muss den Fall übernehmen.»

«Das ist nicht Ihr Ernst. Wissen Sie, was das bedeutet?»

«Das bedeutet jedenfalls, dass wir uns an dieser Front nicht weiter angreifbar machen.»

«Sie wollen die Ermittlungen, die Sie selbst für richtig halten, beenden? Nur, damit die Öffentlichkeit beruhigt wird? Und werfen mich den Medien zum Fraß vor.»

«Verdammt nochmal, Marthaler, hören Sie mir erst mal zu, bevor Sie weiter Dummheiten von sich geben. Genau das will ich nicht. Ich muss einen Spagat machen. Ich will, dass der wahre Täter gefasst wird. Und ich will, dass unsere Arbeit nicht von außen torpediert wird. Aber bevor ich Ihnen einen Vorschlag mache, habe ich eine weitere Frage.»

«Bitte», sagte Marthaler, «fragen Sie.» Aber er merkte, wie ihn die Worte des Polizeipräsidenten in Unruhe versetzten, weil er zum Spielball einer Politik wurde, die er nicht durchschaute.

«Wie schätzen Sie im Moment die Chancen ein, den Fall aufzuklären?»

Wieder überlegte Marthaler lange. Er war kurz davor zu behaupten, dass sie nur noch ein wenig Zeit bräuchten, dass ihre Arbeit in Kürze zu einem Ergebnis führen würde. Aber er wusste, dass das eine Lüge gewesen wäre.

«Schlecht», sagte er. «Wir haben so gut wie nichts. Trotzdem gibt es nur eine Möglichkeit: Wir müssen weitermachen. Überlegen Sie, was andernfalls passiert. Was ist, wenn wir Drewitz in einer Woche oder in einem Monat fassen und er uns ein Alibi für die Mordnacht präsentiert. Was dann? Dann hätten wir zwar einen Schurken geschnappt, aber es darüber versäumt, nach dem Mann zu suchen, den Sie und ich für den Mörder von Gabriele Hasler halten. Und von dem wir noch immer nicht wissen, wer und wo er ist.»

Eissler nickte. Er drehte sich zu Marthaler um und kam mit seinem Kopf ein Stück näher, um ihm besser in die Augen schauen zu können.

«Genau diese Befürchtung habe ich auch. Deshalb schreien Sie mich jetzt bitte nicht gleich wieder an, wenn ich Ihnen vorschlage, dass Sie Urlaub nehmen. Am besten bis zum Ende des Jahres. Ich möchte, dass Sie aus der Schusslinie kommen. Ich möchte, dass wir Herrmann seine Fahndung durchführen lassen. Und dass Sie gleichzeitig weiter ermitteln, ohne dass die Öffentlichkeit davon erfährt. Wir setzen Sie als Libero ein. Offiziell haben Sie Urlaub, in Wirklichkeit arbeiten Sie weiter.»

Marthaler verstand nicht, was Eissler meinte. «Und wie stellen Sie sich das vor? Dann gehe ich also morgen zu meinen Leuten und sage: Hallo, ich bin nicht mehr euer Hauptkommissar, ich habe Urlaub und bin jetzt euer Libero. Macht euch nichts draus, sonst läuft alles wie bisher. Meinen Sie es so? Und was wäre damit gewonnen?»

Eissler lachte. «Nein», sagte er, «ganz so wie bisher könnten Sie natürlich nicht weiterarbeiten. Sie sollten, was zu tun ist, von zu Hause aus tun. Wenn nötig, würden Ihnen gelegentlich ein, zwei Leute zur Seite stehen. Das wäre dann von Fall zu Fall zu entscheiden. Je nachdem, was die Lage verlangt.»

«Egal, wie Sie es nennen: Sie wollen mich kaltstellen.»

«Nein, Marthaler, Sie verwenden das falsche Wort. Ich will Sie freistellen.»

Marthaler schüttelte instinktiv den Kopf. Ihm war unbehaglich zumute bei dem Gedanken, so gänzlich außerhalb des Reglements zu arbeiten. Und er konnte die Folgen dessen nicht einschätzen, was Eissler vorgeschlagen hatte.

«Ich weiß nicht», sagte er, «das gefällt mir alles nicht. Das sind krumme Touren.»

«Nein», sagte Eissler. «Das ist die einzige Möglichkeit, die ich sehe. Oder wollen Sie, dass unsere Arbeit weiter dadurch behindert wird, dass die Kamerateams Ihre Wohnung und das Weiße Haus belagern und den Streit zwischen Ihnen und Herrmann genüsslich ausschlachten.»

«Und was, wenn ich nein sage?», fragte Marthaler. «Wenn ich auf Ihren Vorschlag nicht eingehe und keinen Urlaub nehmen will?»

«Dann müsste ich Sie beurlauben», sagte Eissler. «Dann würde es einer Suspendierung gleichkommen.»

Marthaler nickte. Dann schwamm er zurück zur Schleuse und stieg aus dem Becken. Er schaute sich nicht mehr zu Eissler um.

ZWANZIG

Marthaler hatte sich, als er das Kurbad in Königstein verlassen hatte, in den grauen Daimler gesetzt, hatte Eisslers alte Badehose und das nasse Handtuch auf die Rückbank geworfen und war zu Kerstin Henschel nach Hause gefahren, um sich mit ihr zu beraten. Sie wohnte in einer Drei-Zimmer-Wohnung in der Nähe des Marktplatzes auf der Berger Straße. Seit das MK I ins Weiße Haus umgezogen war, konnte sie zu Fuß zur Arbeit gehen. Eine Zeit lang hatte Manfred Petersen mit ihr zusammengelebt, aber jetzt war er wieder ausgezogen. Marthaler bot ein weiteres Mal an, mit ihr darüber zu reden, aber sie lehnte ab. «Es ist vorbei, und ich möchte es vergessen», sagte sie.

Marthaler fragte, ob sie und Kai Döring in Darmstadt etwas über den Verbleib von Stefanie Wolfram herausbekommen hatten, aber sie verneinte.

«Niemand weiß etwas», sagte sie. «Selbst ihren Eltern hat sie nichts gesagt. Sie hat bisher weder angerufen noch eine Karte geschrieben. Sie ist immer noch irgendwo in Australien oder Neuseeland unterwegs. Es ist wohl so, wie dieser Nachbar gesagt hat: Sie nimmt sich ein paar Monate Urlaub vom Leben. Vielleicht will sie einfach mal ausprobieren, wie es ist, wenn man unserem ekelhaften Wetter entflieht und für einige Zeit nicht von diesen schlecht gelaunten Deutschen behelligt wird.»

Marthaler war erstaunt über diesen kleinen Ausbruch seiner Kollegin, aber er reagierte nicht darauf. «Man weiß nur, dass sie nach Sydney geflogen ist», sagte Kerstin Henschel.

«Gut», sagte er. «Dann kann man auch herausfinden, mit

welcher Airline sie geflogen ist und welchen Flug sie genommen hat. Lass uns die australischen Kollegen um Hilfe bitten. Sie müssen ihrer Spur nachgehen. Wenn wir wissen, wann ihre Maschine in Sydney gelandet ist, kann man Leute befragen. Wenn wir Glück haben, erinnert sich jemand an sie. Vielleicht eine Stewardess, vielleicht ein Mitreisender. Oder ein Taxifahrer. Sie muss irgendwo übernachten. Sie muss irgendwo einkaufen und essen. Vielleicht hat sie sich einen Wagen gemietet. Es gibt Möglichkeiten. Wir sollten den Kollegen sofort ein Foto von ihr schicken.»

«Schon passiert», sagte Kerstin Henschel. «Ich habe das bereits gestern alles in die Wege geleitet.»

«Und wir müssen sicherstellen», sagte er, «dass außer uns niemand etwas über ihren Aufenthaltsort erfährt. Und auch nicht darüber, wann sie zurückkommt. Wir müssen davon ausgehen, dass sie weiterhin gefährdet ist. Wer auch immer versucht hat, sie zu töten, er wird es nicht bei seinem Irrtum bewenden lassen. Er wird es wieder versuchen.»

«Auch das habe ich dem Beamten in Sydney eingeschärft», erwiderte Kerstin Henschel.

Marthaler nickte. Na prima, dachte er, dann läuft doch auch ohne mich alles bestens. Aber er war sich keineswegs sicher, ob ihm das gefiel.

Dann kam er auf eine Idee. Er bat seine Kollegin, zu seiner Wohnung zu fahren und den wartenden Journalisten mitzuteilen, dass er Urlaub genommen und diesen bereits angetreten habe. Sie solle ihnen sagen, dass er mit unbekanntem Ziel verreist sei.

«Sag ihnen: Hauptkommissar Marthaler nimmt sich für ein paar Wochen Urlaub vom Leben.»

Kerstin Henschel sah ihn mit großen Augen an. «Was soll das heißen, Robert? Wir sind mitten in einer Ermittlung. Du kannst nicht einfach untertauchen.»

Erst jetzt erzählte er ihr, was am Nachmittag im Schwimmbad von Königstein geschehen war. «Eissler hat mich suspendiert», sagte er. «Entweder ich nehme mir Urlaub, hat er gesagt, oder *er* müsse mich beurlauben.»

«Suspendiert?»

«Ja. Ich weiß nicht, für wie lange. Ich weiß nicht, was das für die Ermittlungen bedeutet. Ich weiß gar nichts. Aber ich will nicht, dass die Journalisten es erfahren. Jedenfalls nicht sofort. Also sag ihnen, dass ich Urlaub habe.»

Sie verließen gemeinsam das Haus. Kerstin Henschel, um die Journalisten vor seiner Wohnung zu belügen; Marthaler, um die Zeit zu überbrücken, bis er wieder nach Hause konnte. Als er im Wagen saß, merkte er, wie müde er war. Das Schwimmen und das warme Wasser hatten ihn erschöpft. Obwohl dieser Nachmittag so unerfreulich verlaufen war, fühlte er sich auf angenehme Weise erschlafft. Er überlegte, Tereza anzurufen, dann fiel ihm ein, dass er immer noch ihr Handy hatte und nicht wusste, wie er sie sonst erreichen konnte. Eigentlich hatte er sich Namen und Adresse ihrer Pension noch aufschreiben wollen, aber als Toller gestern Abend im «Gattopardo» angerufen hatte, war alles andere in Vergessenheit geraten. Jetzt blieb ihm wieder nur, darauf zu warten, dass sie sich meldete.

Ohne zu wissen, wohin, fuhr er durch die Stadt. Es war ein grauer Sonntag, und nur wenige Menschen waren unterwegs. In der Innenstadt stellte er den Wagen ab und ging zu Fuß weiter. Manchmal kamen ihm Männer entgegen, allein oder zu zweit über die Bürgersteige schlendernd. Jedes Mal, wenn er an ihnen vorbeikam und ihre Stimmen hörte, merkte er, dass es Polen waren oder Russen. Einsame graue Gestalten an einem einsamen grauen Sonntag. Er fragte sich, was sie hier taten. Wahrscheinlich nichts. Sie hatten weder Frauen noch Kinder. Sie waren mit der Hoffnung in dieses Land gekommen, dass es ihnen hier besser gehen würde als zu Hause. Sie warteten, dass es Montag würde und sie wieder versuchen konnten, am Osthafen irgendeinen Hilfsjob zu ergattern. Dann gingen sie am Abend in ein Männerwohnheim, spielten Karten, schauten fern und sanken auf ihre Matratzen, wo sie noch ein paar Flaschen Bier tranken, um schneller einzuschlafen und sich früh am nächsten Morgen erneut an den Hafen zu stellen.

In der Allerheiligenstraße sah er das Schild einer Kneipe. Er beschloss, sich an die Theke zu setzen, ein Bier zu trinken und anschließend nach Hause zu fahren. Als er den Gastraum betrat, sah er Toller mit einem anderen Mann an einem der Tische sitzen. Marthaler wollte wieder umkehren, aber es war bereits zu spät. Toller hatte ihn erkannt und winkte ihm zu.

«Ich will nicht stören», sagte Marthaler.

«Setz dich zu uns», sagte Toller und zeigte mit dem Kopf auf seinen Tischnachbarn. «Ihr kennt euch ja, oder.»

Der andere reichte ihm die Hand. Und jetzt erkannte ihn Marthaler. Es war Raimund Steinwachs, Tollers Kollege vom 8. Revier. Sie sahen sich ähnlich und trugen beide denselben Vornamen. Obwohl ihre Charaktere unterschiedlicher nicht hätten sein können, waren sie seit langem befreundet und tauchten fast überall gemeinsam auf. Immer wieder war es der ruhigere und überlegene Steinwachs gewesen, der Toller gedeckt hatte, wenn dieser durch seine unbesonnene Art in Schwierigkeiten geraten war.

«Ja», sagte Marthaler, «wir kennen uns.» Dann schwieg er. Er bereute es bereits, dass er Toller in der Nacht zuvor geduzt hatte und sich nun nicht mehr dagegen wehren konnte, dass der andere ihn ebenso vertraulich anredete.

«Was machst du hier? Am Sonntag?», fragte Toller. «Hast du kein Zuhause?»

«Doch, aber das wird belagert.»

Die beiden Freunde wechselten einen Blick.

«Verstehe», sagte Toller und konnte sich ein Grinsen nicht verkneifen. «Ist nicht gut gelaufen heut Morgen.»

«Für dich schon. Oder?»

«Hör mal, ich kann nichts dafür, dass Herrmann mich als Helden hingestellt hat. Mir geht diese Rolle gründlich am Arsch vorbei.»

Marthaler hob eine Augenbraue. «Ah ja? Wirklich?»

Toller pumpte. Dann brauste er auf. «Was soll das heißen? Wenn ich dich letzte Nacht nicht gewarnt hätte, hätte dieser Typ dir mit seiner Eisenstange …»

Aber Steinwachs legte ihm eine Hand auf den Unterarm: «Raimund, bitte.» Dann wandte er sich an Marthaler. «Nehmen Sie ein Bier?» Bevor Marthaler etwas sagen konnte, hatte Steinwachs dem Wirt bereits ein Zeichen gegeben. «Ihr steckt ziemlich fest, hm? Keine Spuren am Tatort, nichts.»

«Doch», sagte Marthaler. «Reichlich Spuren. Und vielleicht hätten wir sogar ein paar verwertbare gefunden, wenn ihr das Haus der Zahnärztin nicht so gründlich nach dem Täter durchsucht hättet!»

Steinwachs nickte. «Ja», sagte er, «das war extrem dusselig von uns. Aber wir waren ziemlich von der Rolle, als wir dort ankamen und die Tote im Hof fanden … Und was ist mit dieser Freundin? Mit Stefanie Wolfram? Wissen Sie immer noch nicht, wo sie ist?»

Marthaler schaute zuerst Steinwachs an, dann wandte er seinen Blick zu Toller. Seine Stimme wurde scharf: «Was soll das heißen, Toller, woher weiß Steinwachs davon? Das sind Ermittlungen, die nur das Team etwas angehen.»

Der Wirt kam an ihren Tisch und stellte das Bier vor Marthaler auf den Tisch. Er schaute ihn mit strenger Miene an, als wolle er ihn zur Ruhe ermahnen.

Steinwachs hob beschwichtigend die Hände. «Schon gut», sagte er. «Es geht mich auch gar nichts an. Wir wollen doch alle nur, dass dieser Typ so schnell wie möglich gefasst wird.»

Marthaler merkte, dass er überreagiert hatte. «Entschuldigung», sagte er. «Die Sache macht uns alle ziemlich mürbe. Nein, wir wissen noch immer nicht, wo die Frau steckt. Es ist wie verhext. Wir haben jetzt die australischen Kollegen um Hilfe gebeten.»

«Meinen Sie, da kommt noch was nach?», fragte Steinwachs. «Meinen Sie, der Täter schlägt noch einmal zu?»

Marthaler zuckte die Schultern. Dann strich er sich mit einer müden Handbewegung übers Gesicht. «Ich weiß es nicht. Es ist alles möglich. Wir haben keine Ahnung, mit was für einem Ungeheuer wir es zu tun haben. Vielleicht sieht er aus wie du und ich. Vielleicht sitzen wir ihm eines Tages gegenüber und erkennen ihn nicht. Und vielleicht wird er etwas Ähnliches noch einmal tun.»

«Jedenfalls scheint es der Typ auf Schlampen abgesehen zu haben», sagte Steinwachs.

Marthaler horchte auf. «Was reden Sie da? Was soll das heißen?»

Steinwachs schaute ihn an, ohne dass Marthaler seinen Blick deuten konnte. Es sah aus, als warte er darauf, dass der Hauptkommissar sich seine Frage selbst beantwortete.

«Na ja, ich gebe nur wieder, was man sich erzählt. Es heißt, ihre Eltern hätten sich von Gabriele Hasler losgesagt, weil ihnen der Lebenswandel ihrer Tochter nicht gepasst hat.»

Sofort machte Toller die Unschuldsgeste – zum Zeichen, dass er es nicht gewesen war, der diese Information weitergegeben hatte.

«Ich habe es im Ort gehört», sagte Steinwachs. «Aber vielleicht heißt das ja nichts. Die Leute machen sich Sorgen. Und sie reden viel, wenn so etwas passiert.»

«Ja», sagte Marthaler. «Und ich möchte nicht, dass wir auf dieses Gerede etwas geben. Ebenso wenig will ich, dass ein Mordopfer mit solchen Worten bezeichnet wird.»

Steinwachs nippte an seinem Bier. Langsam stellte er das Glas ab und strich mit der Hand über die Tischplatte. Er wiegte seinen Kopf bedächtig hin und her. «Trotzdem ist nicht jeder, der das Opfer eines Verbrechens wird, vorher ein anständiger Mensch gewesen.»

Jetzt musste Marthaler lächeln. «Ja, da haben Sie allerdings Recht. Mir scheint, Sie wollen in die Fußstapfen Ihres Kollegen treten. Am Ende lassen Sie sich auch noch zum Kriminalisten ausbilden.»

«Wer weiß», sagte Steinwachs. «Man soll nie nie sagen. Jedenfalls höre ich mich gerne weiter im Ort um. Wenn es Ihnen recht ist.»

«Ja», sagte Marthaler, «tun Sie das.»

Es war bereits dunkel, als Marthaler in den Großen Hasenpfad einbog und die steile Straße hinauffuhr. Er näherte sich seinem Haus, fuhr langsam daran vorbei, drehte eine Runde um den Block und parkte schließlich ein paar hundert Meter entfernt am Straßenrand. Es war niemand zu sehen. Die Journalisten waren abgezogen. Offensichtlich hatte Kerstin Henschel mit ihrem Täuschungsmanöver Erfolg gehabt.

Als er seine Wohnung betrat, sah er, dass der Anrufbeantworter blinkte. Er zog den Mantel aus, drehte die Heizung im Wohnzimmer an, ging in die Küche und nahm eine Flasche Barolo aus dem Regal. Er legte das Weihnachtskonzert von Francesco Manfredini auf, schnupperte am Wein und nahm einen ersten kleinen Schluck. Dann hörte er die Nachricht ab. Es war Tereza.

«Ich bin's», sagte sie. «Du kannst meine Handy behalten. Ich kaufe mir morgen eine neue.» Es folgte eine kleine Pause.

«Ich liebe dich immer noch», sagte sie dann. «Wenn du magst, kannst du auch in die Pension anrufen.»

Sie nannte die Nummer, aber Marthaler wollte nicht telefonieren. Er wollte überhaupt nicht sprechen. Er wollte nur Terezas Stimme hören und konnte nicht genug von dem bekommen, was sie gesagt hatte. Immer wieder spielte er ihre Nachricht ab. Und je öfter er sie hörte, desto größer kam ihm sein Glück vor und desto weniger konnte er es fassen.

Er konnte sich nicht erinnern, je in einer solchen Situation gewesen zu sein. Jede Stunde glich einem Wechselbad. Beruflich war er an einem Tiefpunkt angelangt. Eissler hatte ihn des Dienstes enthoben. Mit freundlichen Worten und vielleicht nur vorübergehend, aber es war klar: Marthaler konnte in nächster Zeit nicht so arbeiten, wie er es gewohnt war und wie er es am liebsten tat. Nicht mit den Kollegen an seiner Seite, die ihn unterstützen, an denen er sich reiben und die ihn korrigieren konnten. Sosehr er sich in den letzten Monaten eine Pause gewünscht hatte, so wenig schien ihm das jetzt der richtige Zeitpunkt. Auch wenn ihre Ermittlungen ins Stocken geraten waren, auch wenn sie nicht wussten, wie es weitergehen sollte, ein frei herumlaufender Mörder bedeutete eine Gefahr, die ihm die ersehnte Ruhe verwehrte.

Gleichzeitig gab es Tereza, die jetzt hier war, bei ihm, in Frankfurt. Und mit ihr war etwas in Marthalers Leben getreten, das er lange vermisst und von dem er schon nicht mehr geglaubt hatte, dass es ihm noch einmal widerfahren würde. Alles war schrecklich, und alles war schön. Es war seltsam und doch so, als müsse es so sein: In dem Moment, da er verzagen wollte, gab es zugleich etwas, das ihn davon abhielt und ihm Zuversicht gab.

Und während er jetzt darüber nachdachte, erinnerte sich Marthaler, dass es einen Satz gab, der alles, was gerade in ihm vorging, besser beschrieb, als er es je gekonnt hätte. Er wusste nicht mehr, wo er diesen Satz gelesen hatte, aber er war entschlossen, ihn zu finden. Es war während seines Germanistikstudiums in Marburg gewesen. Katharina hatte ihn darauf aufmerksam gemacht. Er erinnerte sich sogar noch an den Tag. Es war im Frühling gewesen. Sie hatte mit angezogenen Beinen auf der steinernen Brückenbalustrade unter einer überhängenden Weide an der Lahn gesessen und das Buch in der Hand gehalten. Selbst ihre Sandalen und ihre bunten Socken meinte er vor sich zu sehen. Sie hatten eine ganze Weile nebeneinander in der Sonne gesessen. Manchmal, wenn Wind aufgekommen war, hatte sich ihre Haut gekräuselt. «Hör mal», hatte sie gesagt, während er mit geschlossenen Augen lauschte. «Hör mal, was ich gefunden habe.» Und dann hatte sie ihm vorgelesen.

An all das erinnerte er sich. Nur der Satz fiel ihm nicht ein, und nicht, wer ihn geschrieben hatte. Er stand aus seinem Sessel auf, ging zum Regal, legte den Kopf schief und begann die Buchrücken zu studieren. Ab und zu zog er einen der Bände heraus und blätterte ziellos darin herum. Manchmal las er ein paar Zeilen, die er vor vielen Jahren unterstrichen hatte, weil sie ihm damals bedeutsam vorgekommen waren. Jetzt begriff er nicht mehr, was er daran gefunden hatte. Manchmal fand er kurze, mit Bleistift an den Rand gekritzelte Notizen, aber auch die blieben ihm fremd.

Endlich nahm er noch ein Buch zur Hand und ging zum Fenster. Bevor er die Vorhänge schloss, schaute er kurz rüber zur Wohnung seiner Nachbarin im gegenüberliegenden Haus. Dort war alles dunkel. Sie war nicht zu Hause oder sie schlief schon. Seine Konzentration ließ nach. Auch er war müde. Als er schon aufgeben wollte, stieß er in den hinteren Seiten des Bandes auf eine Unterstreichung. Er hatte den Satz gefunden. Er stammte aus dem Gedicht «Patmos», das Friedrich

Hölderlin dem Landgrafen von Homburg gewidmet hatte. Er hieß: «Wo aber Gefahr ist, wächst das Rettende auch.»

Marthaler freute sich. Ihm war, als habe er einen Schatz geborgen. Er ließ das Buch aufgeschlagen auf dem Wohnzimmertisch liegen. Er trank sein Glas aus, dann löschte er das Licht.

EINUNDZWANZIG In den folgenden Wochen geschah wenig. Marthaler fühlte sich wie jemand, den man vorzeitig in Rente geschickt hatte. Und der, damit sein Alltag nicht allzu trostlos wurde, einem Hobby nachging, das einmal sein Beruf gewesen war. Ihm waren die Hände gebunden. Gelegentlich erkundigte er sich bei Kerstin Henschel nach dem Fortgang der Ermittlungen. Das war alles, was er tun konnte.

Am Tag nach der Pressekonferenz hatten die Zeitungen ausführlich über den Konflikt zwischen dem Leiter der Mordkommission und seinem Hauptkommissar berichtet. Anders als Marthaler gedacht hatte, gab es unter den Journalisten viele, die Verständnis für ihn aufbrachten oder sich sogar offen auf seine Seite stellten. Hans-Jürgen Herrmann war hingegen für seine ungeschickte Personalführung gerügt worden. Einzig der «City-Express» hatte, wie zu erwarten gewesen war, frontal gegen Marthaler Stellung bezogen. Tatsächlich hatte man das Foto veröffentlicht, auf dem er angeblich versuchte, den Chefreporter Arne Grüter zu schlagen. Die Bezeichnung «Prügel-Bulle», die Marthaler in seiner Wut aufgebracht hatte, war abgemildert worden zu dem Wort «Prügel-Polizist». Einige Blätter hatten noch einmal versucht, den Fall groß herauszubringen, dann war es auch in den Medien ruhiger geworden.

Einmal erhielt Marthaler einen Anruf von Manfred Petersen, der ihm mitteilte, dass die weiteren Überprüfungen der verurteilten Sexualstraftäter zu keinem Ergebnis geführt hatten. Die meisten konnten ein Alibi für die Tatnacht nachweisen. Bei anderen zeigte sich, dass die Polizeiakten nicht auf dem neuesten Stand waren: Manche der Männer waren tot oder wohnten schon lange im Ausland. Luigi Pavese, genannt «der schöne Lutz», hatte sich weitab jeder anderen Behausung ein kleines, ehemaliges Weingut im Piemont gekauft. Mit dem Gesetz war er laut Angaben der italienischen Polizei nicht mehr in Konflikt geraten. Marko Anschütz galt noch immer als einer der Großen im Milieu des Frankfurter Bahnhofsviertels, tarnte seine Geschäfte aber so erfolgreich, dass es zu einer neuerlichen Anklage niemals gereicht hatte. Heinz Magenau, der ehemalige Betreiber eines Heimes für schwer erziehbare Jugendliche, das Sexmonster, wie Manfred Petersen ihn genannt hatte, betrieb tatsächlich seinen Kiosk in der Nähe einer Schule. In den Stunden, als Gabriele Hasler in ihrem Haus ermordet worden war, hatte er angeblich einen gemütlichen Abend im Kreise seiner Familie verbracht.

Hans-Jürgen Herrmann hatte schließlich alle Aktivitäten auf die Suche nach Helmut Drewitz gelenkt. Doch von dem Fotografen fehlte weiterhin jede Spur. Man hatte all seine näheren und weitläufigen Verwandten befragt, aber niemand wusste etwas über seinen Aufenthaltsort. Einmal meldete sich eine deutsche Urlauberin, die behauptete, ihn in einem Hotel auf Lanzarote gesehen zu haben. Doch auch dieser Hinweis erwies sich als falsch.

Tatsächlich hatten die Computerexperten auf der Festplatte, die bei der Explosion im Osthafen unbeschädigt geblieben war, eine riesige Anzahl verbotener pornographischer Abbildungen gefunden. Es stellte sich heraus, dass Drewitz mit den Passwörtern, die den Zugang zu diesem Material erlaubten, einen weltweiten Handel betrieb. Wenn er jemals gefasst würde, würde man ihn wenigstens dafür belangen können.

An einem Abend in der dritten Novemberwoche fand die Eröffnung des Restaurants «La Passionaria» statt. Marthaler hatte den Kriminaltechniker Carlos Sabato gefragt, ob er trotz seiner anfänglichen Ablehnung kommen und ob er darüber hinaus noch jemanden mitbringen dürfe. Sabato hatte ihm seine schwere Hand auf die Schulter gelegt und gegrinst: «Dann hast du die Sache mit Tereza also wieder in Ordnung gebracht. Alter, du glaubst nicht, wie mich das freut. Andernfalls hätte ich dich aber auch zum Duell gefordert. Und damit das eine klar ist: Die Diät wird an diesem Abend unterbrochen.»

Es regnete, als Marthaler vor dem Eingang der kleinen Pension in der Leipziger Straße stand, in der Tereza sich eingemietet hatte. Bisher hatten sie sich immer bei ihm getroffen; jetzt hatten sie sich hier verabredet, weil das Restaurant von Sabatos Schwager ganz in der Nähe lag. Marthaler sah zum ersten Mal, wo Tereza Unterschlupf gefunden hatte.

Die Besitzerin bat ihn herein. «Sie müssen nicht im Regen stehen bleiben. Sie können gerne zu ihr hochgehen. Schließlich seid ihr beide erwachsen, und dies ist kein Mädchenpensionat», sagte sie.

«Nein», erwiderte Marthaler, «Tereza wird gleich kommen. Sie mag es nicht, wenn man sie stört, solange sie vor dem Spiegel steht.»

Er setzte sich auf das zerschlissene Sofa, das zu einer Sitzgruppe in dem engen Eingangsbereich gehörte. Aus den kleinen Lautsprechern, die hinter Blumentöpfen versteckt waren, kam ein Lied von Edith Piaf. Auf dem Tischchen vor ihm lag eine aufgeschlagene Zeitschrift, darin war ein Foto von Gabriele Hasler und eine Reportage über den Mord in Oberrad. Marthaler fragte, ob er rauchen dürfe. Die Frau hinter dem Tresen blickte auf und lächelte ihm zu. «Wir sind auch kein Krankenhaus. Der Aschenbecher steht vor Ihnen.»

Als er sich eine seiner Mentholzigaretten anstecken wollte, merkte er, dass er sein Feuerzeug vergessen hatte. Bevor er die Wirtin bitten konnte, hörte er bereits ihre Stimme: «Hier, fangen Sie ...»

Mit der linken Hand fing er das Briefchen mit den Streichhölzern auf. Als er die Aufschrift las, stutzte er kurz. «Hotel-Pension Uhland» stand darauf. Es war weniger der Name als vielmehr der Schriftzug, der ihn glauben ließ, ein solches Briefchen schon einmal gesehen zu haben. Dann fiel es ihm ein. Es waren die gleichen Streichhölzer, wie er sie im Nachttisch von Gabriele Hasler gefunden hatte. Marthaler nahm die Zeitschrift und ging damit zur Rezeption. Er zeigte der Frau das Foto: «Haben Sie diese Frau schon einmal gesehen?», fragte er. «War sie einmal Gast bei Ihnen?»

«Die tote Zahnärztin? Nein, nicht dass ich mich erinnern könnte. Warum fragen Sie?»

«Nur so», sagte Marthaler. «Es hätte sein können.»

Tereza kam die Treppe herunter. Sie winkte der Pensionsbesitzerin zu und rief: «Guckst du schnell weg, Frau Wirtin.» Die Frau lachte und hielt sich eine Hand vor die Augen. Tereza gab Marthaler rasch einen Kuss auf den Mund.

«Weißt du, dass es nicht sehr anständig klingt, wenn man jemanden ‹Frau Wirtin› nennt», sagte er, als sie auf der Straße standen und sie sich bei ihm untergehakt hatte.

«Oh», erwiderte Tereza, «das wusste ich nicht. Aber es ist auch keine sehr anständige Haus. Es gibt da Geräusche manchmal in die Zimmer, ich sage dir ...»

«Dann darfst du dort nicht länger wohnen», sagte er halb im Spaß. «Dann wird ein Ritter kommen und dich aus dieser liederlichen Absteige befreien.»

Sie kniff ihn in die Seite: «Ein Ritter? Du meinst doch nicht etwa meine dicke Honigpferd?»

Keine zehn Minuten später hatten sie das Restaurant erreicht. Im Eingang herrschte Gedränge. Aus dem Inneren hörte man laute Stimmen und Musik. Marthaler hatte den Eindruck, dass mehr Spanisch als Deutsch gesprochen wurde. Sabato begrüßte die beiden Neuankömmlinge. Er umarmte Tereza und flüsterte ihr etwas ins Ohr. Sie nickte und schaute ihn dankbar an. Dann stellte er ihnen seinen Schwager vor.

Miguel sah aus, wie sich Marthaler Don Quichotte immer vorgestellt hatte. Er überragte selbst Sabato um fast einen halben Kopf, war aber sicher fünfzig Kilo leichter. Tereza konnte ihr Erstaunen nicht verbergen. Sie stand vor ihm und schaute ihn mit großen Augen an: «Largo como un día sin pan», sagte sie. Alle, die um sie herumstanden, lachten. Nur Marthaler wusste nicht, was der Satz bedeuten sollte.

«Man sagt so in Spanien über eine große Mann: Er ist so lang wie ein Tag ohne Brot.»

Marthaler gefiel es, mit welcher Unbeschwertheit sie sich inmitten dieser Leute bewegte, die ihr alle fremd waren. Nach fünf Minuten hatte sie sich bereits von seiner Seite gelöst und plauderte mit zwei jungen Frauen, die sie eben erst kennen gelernt hatte. Die Stimmung hier war so ausgelassen und fröhlich, wie Marthaler es lange nicht erlebt hatte. Irgendwas ist anders an diesen Menschen, dachte er. Vielleicht fehlt uns Deutschen etwas. Vielleicht ist es ein Gen, vielleicht ist es auch nur die Sonne.

Er schaute sich um, aber mit Ausnahme von Carlos und Elena kannte er niemanden. «Außer mir hast du keine Kollegen eingeladen?», fragte er Sabato. Der sah ihn an, als habe er seine Frage auf Chinesisch gestellt. «Nein», erwiderte er, «ich glaube, das wäre auch keine gute Idee gewesen.»

Marthaler schaute ihn fragend an.

«Ja, weißt du denn nicht, dass hier fast nur Linke versammelt sind. Kommunisten, Sozialisten, sogar ein oder zwei Anarchisten. Der ganze Saal ist voller Staatsfeinde. Nun stell dir hier mal unseren Chef vor. Der würde doch gleich den Verfassungsschutz rufen.»

Als er Marthalers ungläubigen Gesichtsausdruck sah, brach Sabato in ein dröhnendes Lachen aus. «Keine Angst», sagte er. «Das Essen ist nicht vergiftet. Komm, und jetzt setzen wir uns. Ich habe einen Bärenhunger.»

Sabato hatte nicht übertrieben. Miguels Fischpaella war ein Gedicht, und Tereza, die stattdessen ein halbes Kaninchen mit Sherry und Mandeln gegessen hatte, schaute Marthaler an, als habe sie schon lange keinen so glücklichen Abend erlebt. Plötzlich sprang sie auf und lief zur Garderobe. Als sie zurückkam, überreichte sie Marthaler ein kleines, in Geschenkpapier eingewickeltes Päckchen.

«Habe ich immer wieder vergessen, dir zu geben», sagte sie. Als er es auswickelte, sah er, dass es die Musik zu Pedro Almodóvars «Sprich mit ihr» war. Sie hatten den Film zusammen in Madrid gesehen, und obwohl er fast nichts von den Dialogen verstanden hatte, war Marthaler tief gerührt gewesen von der Geschichte eines jungen Krankenpflegers, der sich in eine Koma-Patientin verliebt. Und von der Musik, die ihm lange nicht aus dem Kopf gegangen war.

Auf einmal nahm ihm Tereza die CD wieder aus der Hand, lief damit zur Theke und verhandelte kurz mit dem Kellner. Kurz darauf erklangen die ersten Takte jenes unendlich traurigen und schönen Walzers, der damals in Madrid in vielen Bars zu hören gewesen war. Tereza stand jetzt hinter ihm, tippte ihm auf die Schulter und bat ihn, mit ihr zu tanzen. Und obwohl er sich ein wenig genierte, wusste er, dass er ihr diesen Wunsch nicht abschlagen durfte. Sogleich kamen andere Paare hinzu, und binnen einer halben Minute war der Raum zwischen Tresen und Tischen voll. Marthaler sah, wie die Musik sich in den Gesichtern der Tanzenden auf merkwürdige Weise spiegelte. Alle schienen für ein paar Momente von derselben Schwermut ergriffen zu sein, und alle hatten zugleich das Bedürfnis, miteinander zu lachen.

Es wurde noch lange getanzt und viel getrunken an diesem Abend. Und Miguel tischte immer neue Kleinigkeiten auf. Mal rollte er einen Servierwagen mit Käse herein, dann brachte er katalanische Creme und später Kuchen, Plätzchen und Kaffee. Seine Verwandten und Freunde erzählten Geschichten aus ihren Dörfern und Vierteln. Und Marthaler wunderte sich, mit welch großer Selbstverständlichkeit und Leidenschaft unter den Spaniern über Politik diskutiert wurde. Auf den Feiern in seiner eigenen Familie war dergleichen verpönt gewesen. Dort hatte man jede auch noch so kleine Meinungsverschiedenheit vermieden. Und Marthaler war nie den Verdacht ganz losgeworden, dass man deshalb so ängstlich auf eine oberflächliche Harmonie bedacht gewesen war, weil sonst deutlich geworden wäre, dass man eigentlich nichts miteinander zu tun hatte.

Als sie gegen Ende des Abends für einen Moment allein an der Theke standen, fragte Marthaler Sabato, wie es Manon gehe. Er kannte die erwachsene Pflegetochter von Elena und Carlos ebenso lange wie die beiden selbst, hatte sie aber nach ihrem Klinikaufenthalt nur noch selten gesehen. Sogleich bereute er seine Frage. Er sah, wie sich ein Schatten über Sabatos Züge legte. Und es dauerte eine Weile, bis dieser endlich antwortete: «Frag mich nicht», sagte er. «Nicht heute Abend, bitte! Lass uns lieber noch einen letzten Veterano trinken, ja.»

Sie waren nach jenem Abend im Restaurant «La Passionaria» zusammen in Terezas Pension gegangen und hatten die Nacht in einem zu engen Bett verbracht. Als sie am nächsten Vormittag am Frühstückstisch saßen, brachte die Wirtin ihnen Kaffee, Rühreier und Orangensaft. Und wieder kamen aus den Lautsprechern die alten Piaf-Chansons. Marthaler, der

Hintergrundmusik verabscheute, war froh, wenigstens nicht mit den üblichen Popsongs behelligt zu werden, die unentwegt über die Verkehrssender liefen. Und nicht mit dem endlosen dummen Gequassel der Moderatoren.

Frau Uhland winkte ab, als er für seine Übernachtung zahlen wollte. «Wenn ich schon mal zwei Gäste habe, die sich offensichtlich lieben», sagte sie, «und die nicht nur alle zwei Wochen zur festgelegten Zeit kommen, um für eine Stunde heimlich das Bett zu teilen ...» Mehr sagte sie nicht. Nur, dass das Zimmer ja bereits bezahlt sei. Marthaler hatte genickt und sich bedankt. Und er hatte sich vorgenommen, der Frau zum Dank für ihre Freundlichkeit eine Aufnahme mit den Arien von Maria Callas zu schenken. Wer Piaf mag, dachte er, der hört vielleicht auch gerne die Callas. Und dann erinnerte er sich daran, wie er vor vielen Jahren einmal gemeinsam mit Katharina die Gräber der beiden Sängerinnen besucht hatte. Sie lagen auf demselben großen Friedhof im Osten von Paris – die Piaf in einem Erdgrab, die Asche von Maria Callas in einer Urne im Colombarium.

Tereza saß ihm gegenüber. Ihr Haar war noch ungekämmt, sie wirkte müde, aber zufrieden. Und er dachte, es könne vielleicht der richtige Moment sein, sie zu fragen, ob sie Weihnachten mit ihm nach Baunatal kommen wolle, wo er sie seinen Eltern vorstellen könnte.

Tereza lachte, und er schaute sie irritiert an. Er konnte sich nicht vorstellen, was an seiner Frage komisch war.

«Sie sind nett», sagte er. «Sie werden dich mögen. Und du sie auch.»

«Ich glaube sofort», sagte sie. «Ich wollte dich nur dasselbe fragen: ob du mitkommst nach Prag. Dann könntest du eine dicke Gänsekeule essen von meine Mutter ...»

«Bitte nicht», unterbrach sie Marthaler, «bitte, sprich nicht vom Essen.»

«… und ich könnte meine Vater zeigen, dass du keine deutsche Nazi bist.»

Schon wieder, dachte Marthaler, schon wieder spricht mich jemand darauf an. Es hört nicht auf, und es ist wohl gut, dass es nicht aufhört. Erst gestern Abend hatte ihn eine junge Spanierin gefragt, was seine Eltern und Großeltern gemacht hatten in den Jahren zwischen 1933 und 1945. Marthaler hatte nur vage darauf geantwortet. Sein Vater und seine Mutter waren damals noch Kinder gewesen, und über seine Großeltern wusste er zu wenig. Dann hatte sich herausgestellt, dass der Vater der jungen Frau ein fanatischer Anhänger General Francos gewesen und bis heute geblieben war. Und dass sie ihren Vater liebte und sich zugleich für ihn schämte.

«Also?», fragte Tereza.

«Nein», sagte Marthaler. «Das kann ich ihnen nicht antun. Ich muss nach Baunatal. Ich habe meine Eltern lange nicht mehr gesehen. Und erst neulich musste ich ihnen einen Korb geben, als sie mich besuchen wollten.»

«Einen Korb?»

«Ja, man sagt so. Frag mich nicht, warum.»

«Also müssen wir geschieden sein?»

«Nein, nicht geschieden», erwiderte er, «nur getrennt. Aber ich werde dauernd an dich denken.»

«Wehe nicht», sagte sie. «Ich merke es sofort.»

ZWEIUNDZWANZIG

Schon als die Kasseler Berge begannen, merkte Marthaler, dass etwas mit ihm vorging. Es war später Vormittag, die Sonne stand hoch über den hügeligen Feldern, und die Äste der Nadelbäume neigten sich unter der Last des Schnees, der in der vergangenen Nacht gefallen war. Alles war hell und feucht und glänzte. Langsam wälzte sich der vorweihnachtliche Verkehr über die A 5. Aber Marthaler hatte es nicht eilig. Je langsamer, desto besser. Er wollte sich seiner alten Heimat an diesem Tag vor Heiligabend behutsam nähern.

Er saß in dem grauen Daimler, im Radio spielte das Symphonieorchester des Hessischen Rundfunks die Finlandia von Sibelius, aber Marthaler hörte nicht hin. Er dachte an damals. An seine Jahre in Baunatal, wo er aufgewachsen und zur Schule gegangen und wo so vieles in seinem Leben zum ersten Mal geschehen war. Hier hatte er unter den Weiden am Ufer der Bauna seine erste Zigarette geraucht und im Unterholz hinter den Gärten das erste Mädchen geküsst. Hier hatte er auf dem Parkplatz am Haus das Fahrradfahren gelernt und war gleich am ersten Tag auf dem Rollsplitt so schwer gestürzt, dass seine Mutter ihm die kleinen Steine mit einer Pinzette aus den Handflächen picken musste.

Und im Wäldchen am Weiher hatte er seinen ersten Toten gesehen. Negrita hatte die Leiche des Jungen entdeckt und auch erkannt, dass es Kläuschen war, der Jüngste der vier Zander-Kinder, die erst vor einem halben Jahr mit ihren Eltern aus Karl-Marx-Stadt in den Westen gekommen waren. Schon seit dem Morgen wurde der Junge vermisst, und es kam nie heraus, was eigentlich passiert war. Lange hatte das Gemunkel nicht verstummen wollen, dass der Junge absichtlich ins Wasser gegangen war, weil er zu sehr gehänselt worden war wegen seines Feuermals, weil er den Verlust seiner alten Freunde im Osten nicht verschmerzt hatte, vielleicht auch, weil er wie so viele damals glücklos verliebt war in die dicke Uschi aus der Barackensiedlung, die eine Katzenbrille trug und die kürzesten Röcke weit und breit.

An all das dachte Marthaler jetzt, als er die letzte Kuppe hinter sich gelassen hatte und nun den Ort in der Senke liegen sah und über ihm am Horizont, wie eh und je, die hohen Schlote des Werks. Aber mehr noch dachte er an King, der lange sein bester Freund gewesen war, bis sie sich so gründlich zerstritten hatten, dass sie nie mehr ein Wort miteinander gewechselt hatten.

Eigentlich hieß King Axel Sonnenschein, und er sah auch so aus, jedenfalls auf den ersten Blick: mit seinem runden Gesicht, den Sommersprossen und dem rotblonden Stroh auf dem Kopf. Er war ein Zugezogener, aber wer war das nicht, damals, in den frühen Jahren der Stadt, als das Werk immer größer wurde und sich die Leute einverleibte wie ein hungriger Menschenfresser. Kings Mutter war Küchenhilfe in der Werkskantine und geschieden. Sie und King und seine Schwester Lille wohnten in der Gewobag, der schäbigsten jener Siedlungen, die man nach dem Krieg rasch hochgezogen hatte, um die zahllosen Familien unterzubringen, die hier Arbeit suchten.

Wenn Marthaler ihn morgens zur Schule abholte, stand King in der Stube vor dem alten Röhrenradio und dirigierte mit einer Stricknadel das Frühkonzert. An der Wand stand sein Klappbett und daneben der Sessel, auf dem sich die Bücher stapelten, die er einmal pro Woche aus der Murhard'schen Bibliothek in Kassel holte. Er schien sich für alles zu interessieren – Philosophie, Geschichte, Chemie –, und all das schien er nur deshalb aufzusaugen, weil er irgendwann und so schnell wie möglich rauswollte aus diesem Mief, wie er es nannte. Und fast immer kam in diesen Tagen Lille rein, noch im Schlafanzug, gähnte und streckte sich, sodass man ihren Nabel sehen konnte, an den Marthaler dann den ganzen Tag denken musste.

Manchmal saß King mit untergeschlagenen Beinen auf einer Lichtung am Baunsberg, die Augen geschlossen, die Handflächen gen Himmel gestreckt, und meditierte. Dann wieder hockte er auf der Mauer unter dem Kirschbaum, die Freunde zu seinen Füßen, wo sie seinen Geschichten von früher lauschten, die er angeblich alle selbst erlebt hatte. Von seiner Fahrt auf dem Fischkutter übers Mittelmeer, von der Tour per Anhalter in die Provence, wo er in einem Nonnenkloster gewohnt und als Gärtner gearbeitet habe, und von dem Sommer bei den Hippies in Kopenhagens Christiania. Dreimal so alt hätte er gewesen sein müssen, damit diese Geschichten hätten stimmen können. Sie wussten alle, dass er log, aber gestört hatte es keinen.

Einmal war King von seinem Vater abgeholt worden, und Marthaler hatte mitfahren dürfen, als sie in dem großen BMW durch die Langen Berge fuhren und der Vater ihnen eine Tüte Campinos spendierte, jene Bonbons, die man nicht erst rundlutschen musste, weil sie schon so rund und glatt waren, wie Marthaler sich vorstellte, dass Lille sein müsse. Erst später war ihm aufgefallen, wie merkwürdig klein sich King gemacht hatte an jenem Nachmittag, wie seltsam verhuscht er gewesen war in Gegenwart seines «Alten».

King tauchte auf und wieder unter, war manchmal wochenlang verschwunden, um plötzlich wieder lachend vor seinen Freunden zu stehen. Wo er gewesen war, was er getan hatte, erzählte er nicht. Und heizte durch sein Schweigen die Phantasie der anderen immer aufs Neue an. Ungefragt akzeptierten sie ihn als Wortführer, aber ganz dazugehören tat er eigentlich nie. Und alle schauten sich ein wenig betreten an, wenn er mal wieder forderte, man müsse Grenzen überschreiten, «sämtliche Grenzen, wenn ihr wisst, was ich meine».

Später war King dann wirklich verschwunden, aber da hatte Marthaler sich längst mit ihm überworfen. Mal hieß es, er lebe in einer Landkommune in der Wetterau, würde nur noch Reggae-Musik hören und sich das Hirn wegkiffen, dann wieder, er sei in den Untergrund gegangen und würde als Logistik-Experte für eine kleine bewaffnete Gruppe arbeiten. Und einer wollte wissen, King sitze in der Psychiatrie in Merxhausen, weil er nicht mehr aufgehört habe, auf seiner Blockflöte die immer gleiche Melodie zu spielen: «Der Mond ist aufgegangen.»

Irgendwann, Jahre später, bekam Marthaler ein Foto aus Gomera: ein lachender King in Badehose, mit Blumenkranz im Haar und einer unbekannten Schönheit im Arm. Auf der Rückseite standen die Zeilen: «Alter, lass die Moleküle rasen, heilig halte die Ekstasen!»

Vor ein paar Monaten hatte Marthaler mit Holger telefoniert, einem der Freunde von damals, der inzwischen in Berlin lebte. Holger hatte King bei einem Besuch in Baunatal wieder getroffen, zufällig seien sie sich auf dem Marktplatz über den Weg gelaufen. Und King, bereits am Vormittag leicht angetrunken, habe erzählt, dass Lille auf einem der Dörfer in der Umgebung ein altes Schulhaus gekauft habe, wo er untergekrochen sei und dort gemeinsam mit seiner Schwester und deren Kindern lebe – jedenfalls vorübergehend, bis er wieder Boden unter den Füßen habe.

Als Marthaler nun von der Autobahn abbog und kurz danach die Eder überquerte, sah er das Hinweisschild. Nach ein paar Kilometern hatte er den Ortseingang des kleinen Dorfes erreicht. Er fragte nach der ehemaligen Schule und stand schon zwei Minuten später vor dem verwilderten Grundstück, das einmal der Schulhof gewesen sein mochte, jetzt aber eine ungemähte, mit Schnee bedeckte Wiese war. Hinter ein paar kahlen Obstbäumen stand ein altes Fachwerkhaus. Rechts und links des Gebäudes gab es kleine Anbauten, einen Kaninchenstall, einen Hundezwinger. Marthaler ging die ausgetretene Sandsteintreppe hinauf, klopfte an die Tür, und als sich niemand meldete, drückte er die Klinke und betrat den dunklen Korridor.

Am Tisch in der Küche saß eine rotblonde Frau mit dicken roten Wangen und schälte Kartoffeln. Sie trug eine Kittelschürze und hatte ihr Haar am Hinterkopf zusammengebunden. Als sie Marthaler bemerkte, schaute sie auf, hob die Brauen und strich sich mit dem Handgelenk eine Strähne aus der Stirn.

«Lille?», fragte er.

Lange schaute sie ihn forschend an. Endlich zeigte sich ein Lächeln auf ihrem Gesicht, das allmählich breiter wurde. «Ich glaub's nicht», sagte sie, «nee, das glaub ich nicht.»

Dann stand sie auf, wischte sich die Hände an der Kittelschürze ab und kam zögernd auf ihn zu. «Oh, Mist», sagte sie, «jetzt schäm ich mich aber. Wie ich rumlaufe ..., wie es hier aussieht. Mensch, Robby, das gibt's doch gar nicht.»

Mehrmals schaute sie ihm kurz in die Augen und senkte sofort wieder den Blick. Sie war wirklich verlegen. Er ging auf sie zu und nahm sie in den Arm.

«Nee, Mensch, komm mir nicht zu nah. Ich rieche nach Stall.» Sie wollte ihn abwehren, aber Marthaler ließ es nicht zu.

«Gut riechst du», sagte er. «Nach Dorf und Milch und frischer Luft.»

«Und nach Ziegenmist», sagte sie in seine Achselhöhle hinein. Dann trat er einen Schritt zurück, hielt sie aber weiter an den Oberarmen fest und schaute ihr in die Augen.

«Ja. Nach Ziegenmist. Und du siehst auch gut aus.»

Jetzt lachte sie. «Prima sehe ich aus. Wie eine dralle Pute sehe ich aus.» Dann löste sie sich aus seinem Griff.

Es stimmte, sie hatte zugenommen seit damals, und sie war noch immer einen Kopf kleiner als Marthaler. Aber sie gefiel ihm, wie sie ihm schon damals gefallen hatte mit ihrem gedrungenen Körper, dem breiten Gesicht, das sie mit ihrer Mutter und dem Bruder teilte, und den tanzenden Sommersprossen auf der Nase. Lille war ihm oft wie ein schläfriges Tier vorgekommen, wenn sie morgens nochmal ins warme Bett ihres Bruders kroch. Oder sich im Sommer auf der Wiese im Schwimmbad selbstvergessen räkelte. Es konnte passieren, dass sie eben noch bewegungslos in der Sonne döste, kurz darauf aber mit einer flinken Bewegung auf den Beinen stand, zum Beckenrand spurtete, ins Wasser sprang, das sie tauchend wie ein Otter durchquerte, um sich auf der anderen Seite hochzustemmen und dort dann mit angezogenen Beinen, den Kopf auf die Knie gelagert, die nächste halbe Stunde reglos auf den warmen Steinplatten sitzen zu bleiben.

«Und jetzt?», sagte sie. «Du willst bestimmt zu King.»

«Ja», sagte Marthaler, «ich wollte mal schauen, wie es euch geht.»

«Er hockt bestimmt oben in seiner Butze. Aber pass auf, dass du keinen Schrecken bekommst. Besser, ich warne ihn vor. Gib uns fünf Minuten, ja.»

Sie stieg die steile Holztreppe hinauf, und Marthaler hörte, wie sie zaghaft gegen eine Tür klopfte. «King, wach auf», rief sie leise. «Wie geht's dir? Du kriegst Besuch. Hast du gehört. Wach auf, King.»

Marthaler schaute sich um. An der Garderobe hing Kinderkleidung in verschiedenen Größen. Darunter stand eine ganze Batterie Schuhe. Es gab einen Spiegel und darunter ein altes Sideboard, neben dem ein Katzenkorb stand. An den Wänden hing eine uralte, groß gemusterte Tapete, die sich an einigen Stellen abgelöst hatte. Es roch nach Tieren, nach Feuchtigkeit und nach den zahllosen Mahlzeiten, die in der großen Wohnküche, die einmal der Klassenraum gewesen sein mochte, über die Jahre gekocht worden waren. Das alles wirkte wie ein Haushalt, der nur mit Mühe aufrechterhalten wurde. Und Marthaler ahnte, wessen alleinige Aufgabe das war.

Lille erschien auf dem Treppenabsatz. «Du kannst jetzt kommen», rief sie. Dann verschwand sie wieder in der Dunkelheit des oberen Stockwerks.

Doch obwohl sie ihn vorgewarnt hatte, bekam Marthaler einen Schrecken, als er jetzt in der Tür jenes kleinen Zimmers stand, das sie Kings Butze genannt hatte. Es herrschte ein einziges Durcheinander. Überall lag schmutzige Kleidung herum, auf dem Boden stapelten sich Zeitschriften, die Schranktür stand offen, und der einzige Stuhl schien als Nachttisch zu dienen.

King saß im Bett. Er versuchte zu lächeln. Er war dünn geworden und alt. Bevor sie das Zimmer verließ, gab sie ihrem Bruder einen Kuss auf die Stirn. «Ich geh dann mal», sagte sie mit einem Lächeln, zu Marthaler gewandt. «Ich muss mich ums Essen kümmern; die Kinder kommen bald aus der Schule.» Und zu ihrem Bruder: «Und du wirst dich benehmen, ja?!»

Kings Augen waren gerötet, seine Lippen aufgesprungen.

«Entschuldige», sagte Marthaler, der ein wenig hilflos in dem niedrigen Raum stand und unwillkürlich den Kopf ein wenig einzog. «Ich wollte dich nicht wecken. Ich hätte dich nicht so überfallen dürfen.»

«Papperlapapp», sagte King. «Ich freu mich. Sonst kommt

ja keiner mehr. Haben alle Angst vor mir. Aber sag mal, seh ich so aus, als könnt ich noch jemandem was antun?»

«Wer hat Angst vor dir, King?»

«Alle. Alle außer den Kindern. Und Lille. Die alten Freunde von damals ... sind doch alle zu Kreuze gekrochen. Guck sie dir an. Haben sich Häuser gebaut, in denen sie jetzt hocken wie die Zombies. Ganzen Abend vor der Glotze und morgens wieder raus auf Schicht. Und das seit fast dreißig Jahren. Das Werk hat sie alle aufgefressen. Aber sie tun noch immer, als ginge es ihnen gut, und alle sind sie fett geworden, bewegen sich nicht mehr, fahren große Autos, stottern die Schulden dafür ab und ersticken in ihrem mickrigen Wohlstand. Und keiner, der noch was in der Birne hat, keiner, der noch was anderes will.»

«Und du?», fragte Marthaler. «Was hast du so gemacht?»

Wenn man ihn hörte, war King in den letzten Jahren nur von Feinden umzingelt gewesen. Oder von Idioten. Das aber allemal. All seine Unternehmungen waren gescheitert, aber keine davon am eigenen Unvermögen. Immer gab es jemanden, der schuld daran war. Mal eine Behörde, die ihm eine benötigte Genehmigung nicht geben wollte. Mal ein Konkurrent, der seine redlichen Bemühungen hintertrieb, und hin und wieder auch ein unfähiger Mitarbeiter. Neid, Missgunst, Dummheit, Sabotage, wo man auch hinsah. Er hatte Galloway-Rinder züchten wollen, die allesamt eingegangen waren, weil man ihm schlechtes Futter geliefert hatte. Er hatte es als Autoverkäufer versucht und war entlassen worden, als ihm der zweite Pole oder Russe oder was-wusste-er-denn mit einem Neuwagen durchgebrannt war. Er hatte für ein Reiseunternehmen Werbetexte geschrieben, hatte sich aber geweigert, etwas anderes als die Wahrheit zu schreiben.

Dabei log er noch immer, was das Zeug hielt. Wenn auch mit nachlassender Kraft und nicht mehr so überzeugend wie seinerzeit. Wahrscheinlich nutzte er Marthalers Anwesenheit, um noch einmal richtig vom Leder zu ziehen, wenn ihm sonst schon keiner mehr zuhören wollte. Marthaler nickte, gab ihm Recht und lachte über seine Anekdoten, weil er wusste, dass jeder Widerspruch zwecklos gewesen wäre und nur neue endlose Tiraden heraufbeschworen hätte.

Schließlich unterbrach King sich selbst und bat Marthaler, zur Zimmertür zu gehen und sie zu öffnen. Er lauschte. Unten hörte man Lille in der Küche hantieren.

«Okay. Ich wollte nur sichergehen, dass sie nicht in der Nähe ist. Jetzt machst du die Tür wieder zu und gehst zum Schrank. In der untersten Schublade hinter der Wäsche liegt eine Flasche. Die holst du uns jetzt. Und dann nehmen wir einen Schluck – zur Feier des Tages.»

Marthaler zog eine halb volle Flasche billigen Whiskey hervor.

«Du willst doch nicht um diese Uhrzeit schon trinken?»

«Gib schon her», sagte King und hatte ihm die Flasche bereits aus der Hand genommen, den Schraubverschluss geöffnet und einen tiefen Schluck getrunken. Dann hielt er sie Marthaler hin, der nur den Kopf schüttelte.

«Was war es, King?», fragte Marthaler. «Was hat uns damals auseinander gebracht? Warum bist du mir erst aus dem Weg gegangen und hast dann auf keinen Brief mehr geantwortet?»

«Was es war? Jetzt tu doch nicht wie neugeboren. Was war es wohl?»

«Ja, was? Sag es mir.»

«Lille war es. Du warst scharf auf sie. Oder willst du das bestreiten.»

«Und wenn? Was wäre schlimm daran gewesen? Was war falsch an mir?»

«Nichts», sagte King und setzte die Flasche erneut an die Lippen. «Oder alles. Wie an all den anderen, die sie haben wollten. Und auch hatten. Nur, dass die anderen nicht meine Freunde waren. Sie hat drei Kinder von drei verschiedenen Männern, und mit keinem ist sie glücklich geworden.»

«Und?», fragte Marthaler. «Was hätte dagegen gesprochen, wenn sie mit mir zusammen gewesen wäre, mit einem Freund?»

«Du hättest sie mir weggenommen.»

«Ich hätte was?»

«Sie mir weggenommen. Sie war alles, was ich hatte. Ihr habt sie mir weggenommen. Was meinst du, warum das aus mir geworden ist, was du gerade vor dir siehst. Warum ich ein solches Wrack geworden bin?»

King hatte Tränen in den Augen. Marthaler dachte nach, und langsam glaubte er zu begreifen.

«Heißt das, du hast sie geliebt?», fragte er. «Du hast sie selbst geliebt?»

King sagte nichts. Er starrte vor sich auf die Bettdecke. Dann zog er ein Taschentuch unter dem Kopfkissen hervor und schnäuzte sich.

«Und du liebst sie immer noch, nicht wahr», sagte Marthaler.

«Geh jetzt», antwortete King nach einer Weile. «Geh. Ich bin müde, ich bin krank, ich muss schlafen.»

Marthaler nickte. «Entschuldige», sagte er. «Ich hatte keine Ahnung. Ich hatte wirklich nicht die geringste Ahnung.»

Dann drehte er sich um und verließ das Zimmer. So leise wie möglich schlich er die Treppe hinab. Als er auf der Straße bei seinem Wagen stand und die Fahrertür öffnete, schaute er noch einmal zum Haus. Lille stand am Küchenfenster. Sie lächelte. Marthaler glaubte, dass sie die Hand ein wenig hob, so als wolle sie ihm winken, sei sich aber nicht sicher, ob ihr Gruß noch erwünscht sei.

DREIUNDZWANZIG Statt direkt nach Baunatal zu fahren, steuerte Marthaler den Wagen über die hügelige Landstraße zwischen den verschneiten Feldern hindurch in den Habichtswald. Zum ersten Mal, seit er Frankfurt verlassen hatte, dachte er wieder an den Fall. Eigentlich hatte er alles, was mit dem Mord an Gabriele Hasler und mit seiner Arbeit zusammenhing, während der Weihnachtstage vergessen wollen. Doch nun, nach dem, was er eben erfahren hatte, war alles wieder da: all die Geschichten über versteckte Leidenschaften, sexuelle Verirrungen und über die Gewalt, die dabei anderen oft angetan wurde. Fast stündlich hatte Marthaler im Laufe der Ermittlungen von Dingen erfahren, von denen er nicht geglaubt hatte, einmal damit konfrontiert zu werden.

King liebte seine Schwester. Man wusste, dass es dergleichen gab, und dennoch war man erstaunt, wenn es einem in der eigenen Umgebung begegnete. Marthaler fragte sich, wie die beiden damit umgingen, ob sie je darüber gesprochen oder ob sie womöglich sogar versucht hatten, wie ein Paar zusammenzuleben. Wie auch immer, er konnte sich vorstellen, wie viele verheimlichte Hoffnungen, wie viele versagte Wünsche, wie viele stumme Vorwürfe und wie viel Bitterkeit damit verbunden waren.

Ob Lille die Liebe ihres Bruders erwiderte, wusste er nicht. Vielleicht war es so, vielleicht hatte sie sich mit den anderen Männern nur zusammengetan, um dieser Liebe zu entfliehen. Und King war auf dem besten Weg, daran zugrunde zu gehen. Manche an seiner Stelle hätten sich mit Gewalt genommen, was sie freiwillig nicht bekamen. Das waren jene, mit denen Marthaler dann zu tun bekam. Andere bestraften sich selbst, nahmen sich das Leben oder verfielen dem Alkohol. Zu denen gehörte King. Und es war wohl ein unvermeidbarer Teil dieser Geschichte, dass er den einzigen Menschen, den er wirklich liebte, mit in sein Elend zog.

Marthaler hielt am Straßenrand. Er zog sein Handy hervor und wählte die Nummer von Kerstin Henschel. Er merkte, dass sein Anruf ungelegen kam.

«Was ist?», fragte sie.

«Ich wollte hören, wie es geht. Seid ihr weitergekommen?»

«Nichts geht. Wir sind blockiert. Herrmann lässt uns ausschließlich nach Helmut Drewitz suchen. Wir schreiben Anfragen ins Ausland, wir kontrollieren Passagierlisten, wir gehen falschen Hinweisen nach. Entsprechend ist hier die Stimmung.»

«Was mir eingefallen ist: Hat Morell sich eigentlich nochmal gemeldet? Das Ergebnis der ballistischen Untersuchung müsste doch längst vorliegen.»

«Ja. Bloß war der Bericht mal wieder irgendwo auf dem Dienstweg hängen geblieben. Die Projektile bei dem Mord in Kranichstein wurden tatsächlich aus einer Polizeipistole abgefeuert. Die Analyse der Hülsen hat das zweifelsfrei ergeben. Die Waffe ist vor Jahren einem Kollegen während einer Großdemonstration auf dem Römerberg gestohlen worden. Also nichts, was uns weiterbringt.»

«Gut», sagte Marthaler, «dann rühre ich mich wieder, wenn ich zurück in Frankfurt bin.»

Es dämmerte bereits. Er parkte unter einer Straßenlaterne in der Nähe einer Telefonzelle. Jedes Mal, wenn er seine Eltern besuchte, hatte er Mühe, sich in der Reihenhaussiedlung zurechtzufinden, die erst in den letzten Jahren auf den Feldern außerhalb des alten Ortskerns erbaut worden war. Die Straßen glichen einander zum Verwechseln, und ein Haus sah aus wie das andere.

Gegen Ende seiner Oberschulzeit hatte sein Vater die kleine Tischlerei, die er aufgebaut und viele Jahre betrieben hatte, aufgeben müssen und danach in einer großen Möbelfabrik gearbeitet. Damals waren sie von Baunatal nach Kassel gezogen, und erst, als sein Vater in Rente gegangen war und Marthaler längst in Frankfurt lebte, waren seine Eltern zurückgekehrt und hatten das kleine Reihenhaus gekauft, nicht weit von jener Siedlung, in der er aufgewachsen war und seine gesamte Kindheit verbracht hatte.

Marthaler hatte sich in diesem Haus nie recht heimisch gefühlt, aber er wusste, wie stolz seine Eltern waren, sich so spät doch noch das lange ersehnte Eigenheim leisten zu können. Seine kleine Reisetasche geschultert, ging er auf den Eingang zu und sah noch vom Bürgersteig aus beide Eltern in der erleuchteten Küche stehen. Sie sprachen miteinander. Seine Mutter schüttelte den Kopf, dann drehte sie sich weg. Der Vater schien kurz zu zögern, dann näherte er sich ihr von hinten, streichelte über ihr Haar und ließ seine Hand auf ihre Schulter sinken. Marthaler sah, was sein Vater noch nicht sehen konnte. Die Mutter hatte ihren ernsten Gesichtsausdruck aufgegeben. Jetzt lächelte sie. Mit einem Mal drehte sie sich um und schmiegte sich in die Arme ihres Mannes.

Als sie sich küssten, schaute Marthaler weg. Obwohl sie immer sehr liebevoll miteinander umgegangen waren, konnte er sich nicht erinnern, je gesehen zu haben, dass sie in seiner Gegenwart Zärtlichkeiten austauschten. Sie hatten es aus Scham vermieden. Er hatte über vierzig Jahre alt werden und sie heimlich von der dunklen Straße aus beobachten müssen, um zu sehen, wie sie sich küssten.

Er wartete einen Moment, dann ging er zur Haustür und

klingelte. Sein Vater öffnete. Auf seinem Gesicht war noch immer ein Abglanz dessen zu sehen, was gerade geschehen war. Er wirkte weich und zufrieden.

«Robert», sagte er. «Wir haben erst morgen mit dir gerechnet.»

«Ja, ich bin einfach losgefahren. Ich wollte weg. Ich wollte euch sehen.»

«Das ist schön. Da wird sich Mutter freuen. Komm rein.»

Sie umarmten einander, ein wenig scheu, wie sie es immer taten.

«Und ich?», beschwerte sich seine Mutter, die bereits hinter ihrem Mann aufgetaucht war. «Was ist mit mir?»

Fast hätte Marthaler gesagt: Aber du bist doch gerade erst verwöhnt worden. Stattdessen nahm er sie in den Arm und küsste sie auf die Wange.

«Du musst hungrig sein», sagte sie. «Du bist ja ganz dünn geworden. Ich mach uns gleich mal Abendbrot.»

«Ja, aber erst würde ich gerne noch eine Runde laufen.»

«Laufen?», fragte sein Vater.

«Ja, ich treibe ein wenig Sport.»

Er zog sich um und rannte los. Dreimal umrundete er in der Dunkelheit den großen See, dann war er erschöpft und kehrte um. Beim Abendessen bestürmten ihn seine Eltern mit Fragen, aber als sie merkten, dass er nicht in der Stimmung war zu plaudern, setzten sie sich gemeinsam ins Wohnzimmer und sahen fern. Es war erst kurz nach zehn, als sein Vater im Sessel einschlief. «Wenn das so ist», erklärte seine Mutter, «dann legen wir uns wohl mal lieber hin. Morgen ist auch wieder ein langer Tag.»

Es waren dieselben Worte, die sie schon vor dreißig Jahren Abend für Abend gesagt hatte. Daran hat sich also auch nichts geändert, dachte Marthaler, und es war ihm recht. Er legte sich in das frisch bezogene Bett im Gästezimmer. Er hatte seine Taschenbuchausgabe von Robert Musils «Mann ohne Eigenschaften» mitgenommen und hätte gerne noch ein wenig darin gelesen. Aber er war zu müde; schon nach wenigen Seiten schlief er ein.

Als er am nächsten Morgen aus seinem Zimmer kam, waren seine Eltern bereits wach. Während der Vater den Weihnachtsbaum schmückte, setzte Marthaler sich in die Küche zu seiner Mutter, die das Essen für den Abend vorbereitete. Wie immer am Heiligen Abend würde es Heringssalat mit Roter Bete geben.

Nachdem er gefrühstückt hatte, fuhr er mit der Straßenbahn nach Kassel, um noch rasch ein paar kleine Geschenke zu kaufen. Am Rathaus stieg er aus und schlenderte die Königsstraße hinab bis zum Altmarkt. Es wurden Erinnerungen wach an seine Schulzeit, als er hier oft mehrmals die Woche herumgestreift war. An die Buchhandlung, wo er Salingers «Fänger im Roggen» gekauft und gleich auf einer Bank in der Sonne zu lesen begonnen hatte. An den alten Mann, der ihn zu einem Kaffee eingeladen und ihm erzählt hatte, wie er während der Bombennächte aus der Stadt geflohen und drei Tage später zurückgekehrt sei, aber nur noch die verkohlten Leichen seiner Eltern und Geschwister gefunden habe. Und auch an jenen warmen Tag im Herbst, als er den Unterricht geschwänzt hatte, um sich im Kino am Königsplatz zum dritten Mal die Verfilmung von Bölls «Ansichten eines Clowns» anzuschauen.

Als er jetzt den breiten nordhessischen Dialekt um sich herum hörte, merkte er, wie sehr ihm seine Kindheit immer noch gegenwärtig war, an wie viele kleine Begebenheiten und Stimmungen er sich erinnerte, die er doch längst vergessen zu haben glaubte. Dennoch kam er als Fremder. Er gehörte nicht mehr dazu. Er studierte die Gesichter der Leute, die ihm entgegenkamen, aber erkannte niemanden und wurde auch von keinem erkannt. All das war zu lange her. Die alte Vertrautheit stellte sich nicht wieder ein.

Er ging in eines der großen Kaufhäuser und suchte für seine Mutter ein Fläschchen Parfum aus und eine Gesichtscreme. Sein Vater würde ein Rasierwasser bekommen und eine Gewürzseife. Und als er an einem Feinkostladen vorbeikam, beschloss er, dort noch einen Präsentkorb zusammenzustellen, in den er ein paar Pasteten, zwei Flaschen Wein, ein Stück italienischen Schinken, ein halbes Pfund Pecorino und eine große Dose mit Weinbergschnecken packen ließ – Dinge, von denen er hoffte, dass seine Eltern sie mochten, die sie sich aber niemals selbst leisten würden.

Bereits am späten Vormittag war er zurück in Baunatal. «Tut mir einen Gefallen», sagte seine Mutter, «und lauft mir nicht ständig zwischen den Füßen herum. Macht was, geht raus, beschäftigt euch, aber stört mich bitte nicht bei den Vorbereitungen. Holt euch meinetwegen noch irgendwo eine Bratwurst; vor heute Abend gibt's bei mir jedenfalls nichts mehr zu essen.»

Sein Vater zwinkerte ihm zu. «Gut, wenn wir hier nur stören», sagte er, «dann gehen wir eben noch ein bisschen an die Luft.»

Die Luft, Marthaler wusste es, war nur ein anderes Wort für die «Alte Krone», den Gasthof im Nachbardorf, in dem sich sein Vater ein-, zweimal im Monat mit seinen Freunden und ehemaligen Arbeitskollegen traf, um Karten zu spielen.

Sie durchquerten die Siedlung, und immer wieder blieb der Vater kurz stehen, um jemanden zu begrüßen und auf seinen Sohn hinzuweisen, der aus Frankfurt da sei, um seine Eltern zu besuchen. Der Stolz in seiner Stimme war nicht zu überhören. Marthaler nickte freundlich, schüttelte Hände, lächelte, aber jedes Mal musste er hinterher zugeben, dass ihm all die

Namen ehemaliger Nachbarn nichts mehr sagten oder allenfalls vage Erinnerungen in ihm wachriefen.

Sie liefen den Fußweg am kleinen Zulauf der Bauna entlang, vorbei am See und an all den neu erbauten Häusern, die jetzt dort standen, wo einmal die Felder und Wiesen gewesen waren, auf denen Marthaler all die Nachmittage mit seinen Freunden spielend verbracht hatte.

Als sie die «Alte Krone» betraten, schlug ihnen der Dunst von Bier und Zigarettenrauch entgegen. Weil alle Tische besetzt waren, stellten sie sich an die Theke zu einer Gruppe von drei Männern, die sein Vater mit Handschlag und Vornamen begrüßte. Sie waren etwas jünger als er und hatten alle drei in derselben Abteilung im Werk gearbeitet, bevor sie sich eine Abfindung hatten zahlen lassen und in Frührente gegangen waren. Sie sprachen über ihre Häuser, die noch aufgestockt, und über ihre Autos, die in Kürze gegen ein größeres Modell ausgetauscht werden sollten. Alle hatten sie Kinder, und wollte man ihnen glauben, so war jedes dieser Kinder besser geraten als das andere. Sie sahen müde aus und erschöpft von einem viel zu harten Arbeitsleben am Fließband. Und dass das meiste, was sie erzählten, gelogen war oder zumindest geprahlt, sah man ihren Gesichtern an, die verquollen waren vom Alkohol.

Marthaler begnügte sich damit, ein interessiertes Gesicht zu machen, um den anderen nicht das Gefühl zu geben, sie müssten sich um ihn, der hier ein Fremder war, kümmern und womöglich das Gesprächsthema wechseln. Aber er dachte an das, was King ihm gestern gesagt hatte, dass hier viele an ihrem mickrigen Wohlstand erstickten und keiner mehr in der Lage war, sich ein anderes Leben vorzustellen.

«Was ist mit dir? Die drei haben dir nicht gepasst, was?», fragte sein Vater, als sie sich auf dem Rückweg befanden.

«Wie kommst du darauf?», fragte Marthaler.

«Weil ich dich kenne. Weil du mein Sohn bist. Weil ich dir deinen Unmut angesehen habe, auch wenn du gelächelt hast.»

«Warum lügen sie sich selbst in die Tasche? Warum tun sie so, als würde es ihnen prächtig gehen? Man sieht ihnen doch an, was für arme Schlucker sie sind. Man hat sie ausgenutzt, man hat sie eine Arbeit machen lassen, die ein Roboter oder ein Affe genauso gut hätte machen können. Aber ein Affe wäre weggelaufen. Sie dagegen haben brav ein ganzes Leben lang geschuftet, ohne einmal nachzudenken, ohne einmal aufzumucken. Mit ein bisschen Geld haben sie sich abspeisen lassen. Und jetzt fällt ihnen nur noch ein, den billigsten Baumarkt zu suchen und ihre Autos zu waschen. Und sich ihrem Ende entgegenzusaufen. Das ist jämmerlich. Ein solches Leben ist einfach nur jämmerlich.»

Sein Vater lief noch ein paar Meter schweigend neben ihm her. Und dann tat dieser ruhige, immer auf Harmonie bedachte Mann etwas, das er seit Jahren, vielleicht seit Jahrzehnten nicht mehr getan hatte: Er wurde böse. Er war stehen geblieben und schaute seinem Sohn in die Augen. Marthaler sah, wie sich sein Gesicht vor Zorn gerötet hatte, wie er noch zögerte und wie es schließlich doch aus ihm herausbrach.

«Diese Männer sind fünfundvierzig Jahre lang jeden Tag acht Stunden in diese Knochenmühle gegangen. Manchmal auch nachts, in wechselnden Schichten, und immer dauert es tagelang, bis man in dem neuen Rhythmus drin ist. Als die dort anfingen, waren sie mutig, waren witzig und stark. Aber sie haben von Anfang an gewusst, sie werden ihr Leben lang dort hingehen, bis zur Rente oder bis sie tot umfallen. Sie hatten doch keine Wahl. Alle Züge waren abgefahren. Es gab nichts anderes. Und sie haben ihren Kopf und ihre Knochen dafür hingehalten, dass ihre Kinder nicht dasselbe tun müssen. Manchmal hat das geklappt, manchmal nicht. Aber ihre

Schufterei war die Grundlage dafür, dass solche wie du studieren und was anderes machen konnten. Und jetzt kommst ausgerechnet du und willst ihnen erzählen, dass sie sich was in die Tasche lügen. Glaub mir, sie wissen nur allzu genau, was für arme Schlucker sie sind. Sie haben nur Techniken entwickelt, um es auszuhalten. Das kannst du Lüge oder Selbstbetrug nennen, es ist scheißegal. Sie haben es für dich und deinesgleichen getan. Sie wussten immer, dass sie durchhalten müssen. Mehr war nicht drin für sie: einfach durchhalten. Jetzt schreib du ihnen bitte nicht am Ende auch noch vor, den Mist zu untersuchen, in dem sie ein Leben lang gesteckt haben.»

Marthaler war zu überrascht, um zu wissen, wie er reagieren sollte. Er konnte sich nicht erinnern, dass sein Vater ihm in den letzten Jahren einmal ernsthaft widersprochen hatte. Immer war er seinem Sohn mit freundlicher Nachsicht begegnet. Aber jetzt war ihm der Kragen geplatzt, und das, nachdem sie sich so lange nicht gesehen hatten. Ausgerechnet zu Weihnachten. Er ahnte, wie tief er seinen Vater getroffen haben musste mit dem, was er gesagt hatte. Er hatte über die drei Männer aus der Kneipe gesprochen, aber sein Vater hatte es auf sich bezogen; er hatte sein eigenes Leben durch seinen Sohn in Frage gestellt gesehen.

Marthaler war tief beschämt. Er entschuldigte sich, aber er konnte seinem Vater nicht in die Augen schauen. Der schüttelte den Kopf. «Du musst dich nicht entschuldigen. Denk einfach mal drüber nach, was ich gesagt habe. Mehr verlange ich nicht. Ich war auch oft genug bereit, über das nachzudenken, was du mir gesagt hast. Und jetzt lassen wir es wieder gut sein, ja. Ich möchte nicht, dass Mutter merkt, dass wir gestritten haben.» Dann reichte er seinem Sohn ein Kaugummi. «Hier», sagte er, «nimm das. Sie muss auch nicht merken, dass wir Bier getrunken haben.»

Als er am späten Nachmittag des ersten Weihnachtstages wieder in Frankfurt ankam, merkte Marthaler, dass er Fieber hatte. Sie hatten noch gemeinsam die kleine Gans gegessen, die seine Mutter gebraten und sein Vater zerteilt hatte, dann hatte er seine Tasche gepackt, und sie waren nach draußen zu seinem Wagen gegangen.

«Ruf an, wenn du angekommen bist», hatten sie beide zum Abschied gesagt. Und als er schon fast an der Kurve am unteren Ende der Hauptstraße angekommen war, hatte er gesehen, dass sie noch immer auf dem Bürgersteig standen und ihm nachwinkten.

Zu Hause legte er sich ins Bett und schlief bis zum nächsten Mittag. Er wollte gegen die Krankheit ankämpfen. Er nahm ein Erkältungsbad, dann zog er sich an und kochte Tee. Er versuchte Tereza zu erreichen, bekam aber keine Verbindung. Er rief Kerstin Henschel an, wünschte ihr frohe Weihnachten und fragte, ob es in den letzten Tagen etwas Neues gegeben habe.

«Nein», sagte sie, «nichts. Überhaupt nichts. Wir haben weitergearbeitet, Befragungen durchgeführt, alte Akten gewälzt. Aber es gibt nichts, was du nicht schon wissen würdest.»

«Gut», erwiderte er. «Dann werde ich jetzt meine Sportklamotten anziehen und ein wenig durch den Stadtwald rennen.»

«So, wie du dich anhörst, solltest du das lieber nicht tun», sagte sie.

«Was meinst du? Wie höre ich mich an?»

«Deine Stimme … du sprichst nicht, du krächzt. Du hörst dich an wie ein Hahn im Stimmbruch. Also leg dich lieber ins Bett.»

Er hörte nicht auf sie. Er verließ das Haus und lief los. Er hatte den Stadtwald gerade erreicht, als er merkte, dass es nicht weiterging. Er war zu schwach. Er schwitzte stark und seine Beine zitterten. Also kehrte er um. Zu Hause legte er sich wieder hin. Er hatte bereits über 39 Grad Fieber.

Endlich ließ er sich fallen. Er sah ein, dass er krank war. Es gab nichts, was er tun konnte, außer im Bett zu liegen und sich auszuruhen. Und es begann, ihm zu gefallen. Er merkte, wie die Anspannung der letzten Wochen von ihm abfiel. Sein Körper nahm sich eine Pause.

«Ich bin krank, aber es geht mir gut», sagte er am nächsten Tag am Telefon zu Tereza, die ihm mitteilen wollte, dass sie noch über Silvester und Neujahr in Prag bleiben werde, wo sie eine alte Schulfreundin wiedergetroffen habe.

«Mach das», sagte Marthaler. «Mit mir ist sowieso nichts anzufangen im Moment. Ich genieße es, alleine zu sein, Musik zu hören, zu schlafen und an gar nichts zu denken. Außer an dich.»

Er verbrachte die Nächte und Tage im Halbdämmer. Er stand nur auf, um sich eine neue Kanne Tee zu kochen und um zur Toilette zu gehen. Appetit hatte er nicht. Er kam sich kaum noch vor wie ein Polizist. So geht es also auch, dachte er.

Der Fall der ermordeten Zahnärztin kam ihm immer seltener in den Sinn. Vielleicht hatte Hans-Jürgen Herrmann Recht gehabt. Vielleicht war dieser Fotograf ja doch der Mörder. Vielleicht hat er sich ins Ausland abgesetzt, und uns ist die Sache aus der Hand genommen. Vielleicht ist für uns ja schon alles vorbei.

Als Marthaler solche Gedanken durch den fiebrigen Kopf gingen, konnte er noch nicht ahnen, was einige Wochen später geschehen würde.

ZWEITER TEIL

EINS Es war kurz nach neun Uhr vormittags, als Andrea Lorenz am 16. Februar ihr Haus in der Neubausiedlung von Bergen verließ. Sie hatte länger als üblich im Badezimmer gebraucht; nun musste sie sich beeilen. Das Außenthermometer zeigte 9,6 Grad Celsius; ein klarer, sonniger Morgen. Der Himmel war blau; man konnte den Tagmond sehen, darunter ein Flugzeug, das glitzernd aufstieg und nach Norden flog. Sie verstaute die beiden Ledertaschen im Kofferraum des roten Passat, legte ihre Jacke darüber und wollte bereits losfahren, als sie merkte, dass sie ihr Notizbuch vergessen hatte. Sie ging zurück ins Haus, wo ihr Mann in der Diele gerade den Frühstückstisch abräumte und sie fragend anschaute. Als sie aus ihrem Arbeitszimmer zurückkam, gab sie Roland noch einen Abschiedskuss. Schon wieder an der Tür, zögerte sie kurz, drehte sich noch einmal zu ihm um und sagte: «Ich liebe dich. Sehr.» An diese wenigen Worte und an ihr Lächeln würde er sich später ein Leben lang erinnern.

Seit er vor anderthalb Jahren seinen Arbeitsplatz als Ingenieur verloren hatte, übernahm Roland Lorenz den größten Teil der Hausarbeit. Er brachte den zehnjährigen Johannes zu seinen Sportveranstaltungen, erledigte die Einkäufe, räumte im Haus auf und kochte das Essen. An diesem Abend sollte es Coq au Vin mit Bandnudeln und Salat geben. Er würde einen Strauß Blumen auf den Tisch stellen und seiner Frau das kleine Kettchen mit dem Bernsteinanhänger geben, das seit Wochen versteckt in seinem Nachttisch lag. Er war gespannt, ob sie daran dachte, dass sie heute ihren Hochzeitstag hatten. Er holte die Zeitung aus dem Briefkasten, um später die wenigen Stellenangebote durchzusehen und vielleicht noch ein paar Bewerbungsbriefe zu schreiben. Als die große Baufirma, bei der er über zwanzig Jahre lang gearbeitet hatte, in Konkurs gegangen war, hatte er dafür plädiert, das Haus, in das sie gerade erst eingezogen waren, sofort wieder zu verkaufen. Andrea hatte ihn davon abgehalten. Obwohl sie schon mehrmals mit den Ratenzahlungen in Verzug gekommen waren, beruhigte sie ihn immer wieder: «Lass nur, wir schaffen das schon.»

Ihre Ausbildung als Krankengymnastin und ihr freundliches Auftreten hatten geholfen, dass sie die Alleinvertretung für die Produkte von «Wellness-Medico» im Frankfurter Raum erhielt. Die Firma schaltete zahlreiche Werbeclips im Radio und Fernsehen, und so war es der fünfunddreißigjährigen Frau gelungen, sich einen stabilen Kundenstamm aufzubauen. Neben den Cremes, Dragées und Gesichtswässern bot Andrea Lorenz zugleich auch immer ihre Dienste als Masseurin und Kosmetikerin an. So verdiente sie gut, aber nicht gut genug.

Um den Engpass durch Seckbach zu umfahren, nahm sie den Weg über den Heilsberg, wo sie nach links in die Friedberger Landstraße abbog. Ihre erste Kundin an diesem Tag hieß Gertrud Mahrenholz und wohnte im so genannten Dichterviertel, einer gutbürgerlichen Frankfurter Wohnsiedlung nördlich des Alleenrings. Als Andrea Lorenz endlich einen Parkplatz gefunden hatte und an der Haustür klingelte, wurde ihr sofort geöffnet. Wie immer lief in der riesigen Altbauwohnung der Radioapparat. Gertrud Mahrenholz war Anfang vierzig und hatte große Angst vor dem Älterwerden. Schon deshalb war sie eine gute Kundin. Sie war mit einem erfolgreichen Unternehmensberater verheiratet, der die meiste Zeit auf Reisen war. Dass sie unter ihrer Einsamkeit litt, war nicht zu überhören. Während Andrea ihr die Fußnägel lackierte, redete die Frau unentwegt auf sie ein. Einmal pro Woche ließ sie sich ausgiebig behandeln. Auch heute erhielt sie außer der Pediküre eine Schultermassage, bekam eine Gesichtsmaske, ließ sich die Augenbrauen zupfen und die Härchen auf der Oberlippe entfernen.

Als Andrea Lorenz wieder auf der Straße stand, atmete sie durch. Sie schaute auf die Uhr. Es war fast halb zwölf. Wieder hatte ihre Sitzung mit Gertrud Mahrenholz länger gedauert als geplant. Eigentlich hatte sie noch zwei Flaschen Wein für den Abend besorgen wollen, nun würde sie das auf den Nachmittag verschieben müssen. Sie wollte den neuen Kunden auf keinen Fall warten lassen. Er hatte sich bei ihr gemeldet, sich aber am Telefon nicht weiter äußern wollen, welche ihrer Dienste er in Anspruch zu nehmen wünschte. Auch als sie mit ihm über Geld reden wollte, war er ausgewichen. Darauf komme es ihm nicht an, jedenfalls nicht in erster Linie, erst einmal solle man sich kennen lernen, dann werde man sich schon einig. Seine Stimme klang warm und freundlich. Mit der Zeit hatte sie ein Gespür dafür entwickelt, welche Stimmen zu welchem Charakter gehörten. Manchmal täuschte sie sich, aber immer öfter behielt sie mit ihrer Einschätzung Recht. Dass die Haut ein Spiegel der Seele war, wusste sie aus ihrem Beruf. Aber ebenso war es die Stimme eines Menschen.

Sie hatten sich um zwölf Uhr in seiner Wohnung verabredet, und er hatte ihr eine Adresse an der Darmstädter Landstraße genannt. Sie würde sich beeilen müssen, um es noch rechtzeitig zu schaffen. Trotzdem fuhr sie noch den kleinen Schlenker am Lessinggymnasium vorbei, in der Hoffnung, ihren Sohn vielleicht zu sehen. Er hatte heute früher Schulschluss, und wenn sie Glück hatte, würde sie rechtzeitig kommen, um ihn noch kurz zu treffen. Tatsächlich sah sie, wie er gerade mit zwei Freunden zur Bushaltestelle lief. Sie hielt an und ließ die Scheibe herunter.

«Hallo, Johannes», rief sie.

Verwundert schaute er in ihre Richtung, und sofort breitete sich ein Lächeln auf seinem Gesicht aus. Er wechselte die Straßenseite und kam auf ihren Wagen zugelaufen.

«Hallo, Mami, was machst du denn hier?», fragte er.

«Nichts. Ich bin nur zufällig vorbeigekommen und dachte: Vielleicht seh ich dich. Ich muss auch gleich weiter.»

«Das ist super.» Er bückte sich und gab ihr rasch einen Kuss. Dann war er schon wieder bei den anderen. Das, dachte sie, wird auch nicht mehr lange so sein. Bald wird er sich schämen, seiner Mutter in Gegenwart der Freunde einen Kuss zu geben.

Sie wollte gerade wieder losfahren, als ihr Mobiltelefon läutete. Sie meldete sich, ohne ihren Namen zu nennen.

«Ich bin's», sagte der Mann. «Was halten Sie davon, wenn wir uns statt in meiner Wohnung in den Schwanheimer Dünen treffen?»

«Im Freien?», fragte sie. Während sie telefonierte, sah sie, wie Johannes in den Bus stieg und sich sofort auf einen Fensterplatz setzte, um ihr noch einmal zuzuwinken.

«Ja, das Wetter ist großartig», sagte der Mann. «Warum nicht im Freien? Was spricht dagegen?»

Dagegen sprach, dass sie keine Überraschungen mochte, dass sie gerne vorher wusste, worauf sie sich einließ. Und dass sie so etwas noch nie gemacht hatte. Man traf sich in der Wohnung eines Kunden oder in seinem Hotelzimmer. Und wenn es gewünscht wurde, mietete sie auch ein Zimmer, das der Kunde dann bezahlen musste.

«Nein», sagte sie. «Es muss so bleiben, wie wir es abgesprochen haben.»

Sie war verärgert. Sie hatten diesen Termin gemacht. Und sie hatten den Ort vereinbart. Jetzt drohte diese Vereinbarung zu platzen.

«Na kommen Sie», sagte der Mann. «Ich lege auch noch was drauf.»

Sie überlegte. Wenn sie jetzt nochmals ablehnte, würde sie ihn womöglich verprellen, und er würde das Treffen ganz absagen. Dann hätte sie nicht nur Geld, sondern auch Zeit verloren.

«Wie viel?», fragte sie.

«Sagen wir: fünfzig?» In der Stimme des Mannes war eine kleine Spur von Unsicherheit zu erkennen, die sie ausnutzen wollte.

«Hundert», erwiderte sie bestimmt. «Zusätzlich zu dem, was wir sonst noch vereinbaren.»

Der Mann lachte. «Na also. Gut, sagen wir hundert als Freiluftaufschlag. Daran soll es nicht scheitern.»

«Bis zwölf werde ich es aber wohl nicht schaffen.»

«Gut, das ist mir recht. Sagen wir also um halb eins.»

Dann beschrieb er ihr, wo sie hinkommen sollte.

Die Schwanheimer Dünen waren ein Naturschutzgebiet am südwestlichen Rand der Stadt. Wenn man hier spazieren ging, konnte man den Eindruck gewinnen, sich in einer Landschaft irgendwo an der Küste zu befinden. Bis vor zweihundert Jahren war das gesamte Gebiet bewaldet gewesen. Während der großen Stürme im späten Herbst des Jahres 1800 war ein großer Teil der Bäume zerstört worden. Man rodete den Wald und begann Kirschbäume zu pflanzen, die aber während einer langen Trockenzeit verdorrten. Der sandige Boden war mehr und mehr dem Wind ausgesetzt, und bald schon brachten die starken Verwehungen eine Dünenlandschaft hervor, die von den Schäfern der Umgebung als günstiges Weideland entdeckt wurde. Die Schafe mochten die mageren Gräser und trugen dazu bei, dass sich hier eine ganz eigene Tier- und Pflanzenwelt ansiedelte. Es gab seltene Flechten und Silbergräser, und in den zahlreichen kalkhaltigen Kiesgruben gediehen die Armleuchteralgen. Grauspecht und Neuntöter bauten in den Dünen ihre Nester, der Abendsegler und die Wasserfledermaus kamen als Gäste, um Beute zu machen.

Andrea Lorenz fuhr stadtauswärts am Schwanheimer Ufer entlang. Als sie die letzten Häuser hinter sich gelassen hatte, sah sie rechts den Friedhof liegen. Sie drosselte die Geschwindigkeit und fuhr jetzt nur noch im Schritttempo. Nachdem sie unter der großen Brücke hindurchgekommen war, endete die Straße. Sie stand auf einem einsamen Wendeplatz, der auf der einen Seite von Gestrüpp und auf der anderen von ein paar Gärten begrenzt wurde. Niemand war zu sehen. Alles wirkte unwirtlich und verlassen. Der Asphalt war brüchig, und überall wucherte das Unkraut. Irgendwer hatte ein paar alte Autoreifen und einen rostigen Kanister in die Büsche geworfen.

Sie parkte den roten Passat so, dass sie sehen konnte, wenn sich ein anderes Fahrzeug dem Platz näherte. Sie stellte den Motor ab und wartete. Sie war zu früh. Bis zum vereinbarten Zeitpunkt war es noch fast eine Viertelstunde. Doch als nach fünf Minuten immer noch niemand zu sehen war, bereute sie bereits, sich auf den Vorschlag des Mannes eingelassen zu haben. Ihr wurde warm. Die Sonne stand hoch am Himmel und tauchte den Platz in schattenloses Licht. Sie öffnete das Schiebedach, dann schaltete sie das Autoradio ein und ließ es leise laufen. Das Geplapper der Moderatorin und die Musik beruhigten sie.

Dann hörte sie das Geräusch eines Motors. Ein weißes Wohnmobil kam langsam näher. Die Scheiben waren getönt, sodass sie nicht erkennen konnte, wer sich im Innern des Fahrzeugs befand. Etwa zwanzig Meter von ihr entfernt kam der Wagen zum Stehen. Eine halbe Minute lang geschah nichts, dann wurden fast gleichzeitig beide Türen geöffnet.

Ein Mann und eine junge Frau stiegen aus. Sie liefen aufeinander zu, dann schlangen sie ihre Arme umeinander und begannen sich zu küssen. Schließlich zog die Frau ihren Pullover aus und warf ihn auf den Fahrersitz. Das Paar kam jetzt Händchen haltend direkt auf den Passat zu. Andrea Lorenz drehte ihren Kopf zur Seite und tat, als würde sie etwas im Handschuhfach suchen. Als sie in den Rückspiegel schaute, sah sie, wie die beiden sich noch einmal lachend zu ihr umschauten und schließlich in Richtung Mainufer verschwanden.

Sie schaute fast jede Minute auf die Uhr. Als der Mann auch fünf Minuten nach halb eins noch nicht erschienen war, kam sie zu der Überzeugung, dass er nicht mehr auftauchen würde. Sie überlegte, was sie machen sollte. Zwischendurch nach Hause zu fahren würde sich nicht lohnen. Kaum dort angekommen, würde sie gleich wieder losmüssen. Ihre nächste Sitzung begann um 14.30 Uhr. Bis dahin waren es noch fast zwei Stunden. Die Kundin wohnte auf dem Lerchesberg. Andrea Lorenz konnte dort anrufen und fragen, ob sie auch früher kommen dürfe. Aber dann fiel ihr ein, dass die Frau ausdrücklich um einen Nachmittagstermin gebeten hatte.

Sie beschloss, die Zeit zu überbrücken und, da sie nun einmal hier war, sich die Schwanheimer Dünen anzuschauen. Sie hatte schon mehrfach darüber in der Zeitung gelesen, aber obwohl sie schon fast zwanzig Jahre in Frankfurt lebten, waren sie noch nie auf die Idee gekommen, hierher zu fahren. Sie zog den Stadtplan hervor und versuchte, sich zu orientieren. Bevor sie den Wagen verließ, schaute sie ein letztes Mal auf die Uhr. Es war 12.41 Uhr.

Sie überquerte den Wendeplatz und ging auf den schmalen Hohlweg zu, der zwischen den Gärten und den Brombeerbüschen hindurch- und direkt auf das Gebiet der Düne zuführte. Sie hatte erst wenige Meter auf dem Weg zurückgelegt, als sie meinte, hinter sich ein Geräusch zu hören. Sie blieb stehen und lauschte. Dann drehte sie sich rasch um, aber es war nichts zu sehen.

Sie marschierte weiter. Sie merkte, wie sie stärker zu schwitzen begann. Dann hielt sie erneut inne. Wieder hatte sie etwas gehört. Und wieder kam es von hinten, diesmal aber schon deutlich näher. Es klang wie ein Rascheln und ein Schnaufen. Jetzt war sie sicher. Da war etwas. Dort war jemand. Am liebsten wäre sie zurückgelaufen zu ihrem Wagen, um sich dort in Sicherheit zu bringen. Aber wenn sie umkehrte, käme sie direkt auf das Geräusch zu. Also hatte sie keine Wahl. Sie musste weiter in die Richtung, die sie einmal eingeschlagen hatte, weiter in Richtung der Dünen und Kiesgruben, die sie als kleine blaue Flecken auf dem Stadtplan gesehen hatte. Weiter in Richtung des Mainufers, wo sicher Spaziergänger waren, zahllose Spaziergänger, die diesen ersten schönen Tag des Jahres nutzten.

Während ihre Angst wuchs, versuchte sie gleichzeitig, sich zu beschwichtigen. Vielleicht ist es nur ein Tier, dachte sie. Natürlich, es musste ein Tier sein, das sich da in dem dichten Gestrüpp neben ihr bewegte. Vielleicht eine Katze, die hier nach Mäusen oder Vogelnestern suchte. Vielleicht auch ein streunender Hund, der einem der Gartenbesitzer gehörte. Oder eine Ratte. Sie hatte immer Angst vor diesen Viechern gehabt, seit ihr als Kind einmal eines davon über den Fuß geflitzt war. Aber jetzt hoffte sie nichts so sehr, als dass es eine Ratte sein möge.

Sie hatte das Ende des Hohlwegs schon fast erreicht, als sie abrupt stehen blieb. Da war es wieder gewesen. Diesmal kam das Geräusch aus der anderen Richtung. Es hatte sie überholt. Es kam von vorne. Es war keine Ratte. Ratten schnauften nicht.

Sie drehte sich um. Sie wollte zurückrennen. Aber bevor

sie den ersten Schritt machen konnte, hörte sie eine Stimme hinter sich.

«Nein», sagte die Stimme. Und gleichzeitig legte sich ihr ein Arm von hinten um den Hals. «Nein.»

Sie zappelte. Sie versuchte, sich loszureißen. Sie schrie. Aber der Arm drückte einfach ein bisschen fester zu. Nicht so fest, dass Andrea Lorenz gleich starb, aber fest genug, dass sie für kurze Zeit das Bewusstsein verlor.

ZWEI Mit einem Mal blieben die Leute wieder auf den Bürgersteigen stehen, um mit ihren Nachbarn zu plaudern. Die Stadt hatte sich über Nacht verändert, die Fenster wurden geöffnet, und schon sah man die ersten Mädchen mit nackten Armen durch die Straßen laufen. In den Parks saßen die Rentner auf den Bänken, legten die Köpfe in den Nacken und wärmten ihre alten Gesichter. Die Boule-Spieler tauchten wieder auf; und einige mutige Café-Besitzer stellten bereits ihre Tische auf die Straße. Der Boden unter den Bäumen war gesprenkelt vom Sonnenlicht, das durch die immer noch kahlen Äste fiel. Es war, als sei das Leben über Nacht ein wenig leichter geworden. Es war, als könne es der Frühling nicht mehr abwarten.

Tobi öffnete leise die Tür zum Nachbarzimmer, wo sein Großvater mit geschlossenen Augen auf dem Bett lag.

«Komm ruhig rein. Ich habe nur ein wenig geruht.»

«Wie geht es dir?», fragte der Junge.

«Besser», sagte der alte Mann, dessen Stimme müde klang.

«Das sagst du immer.»

«Wenn du bei mir bist, geht es mir gut.»

Der Junge lächelte. Er war schlank und hatte lange Wimpern. Er trug seine schwarze Lieblingsjeans, ein rotes T-Shirt und rote Turnschuhe.

«Die Sonne scheint. Soll ich die Gardinen öffnen?»

Der Großvater nickte.

«Du willst zu ihr, nicht wahr», sagte er. «Du hast dich fein gemacht.»

«Ja. Wir wollen mit den Rädern raus.»

«Und ihre Eltern?»

«Was ist mit ihren Eltern?»

«Was sagen sie dazu, dass ihre Tochter mit einem Jungen aus dem Gallus zusammen ist?»

«Opa, bitte!»

«Sie wissen es nicht, oder?»

Tobi sah ihn an und schwieg.

«Hab ich's mir doch gedacht», sagte der Großvater. «Sie dürfen es nicht einmal wissen.»

«Soll ich dich noch rasieren?», fragte der Junge. «Du bist schon wieder ganz stachelig.»

Der Alte schüttelte den Kopf. «Nein. Fahr nur. Aber pass auf dich auf.»

«Das sagst du auch immer.»

«Ja. Alte Männer sagen immer dasselbe.»

Tobi ging zum Kopfende des Bettes, beugte sich herunter und küsste seinen Großvater auf die Stirn. «Brauchst du noch etwas?», fragte er.

«Nein. Nun geh schon, geh. Hast du denn schon was gegessen?»

«Ich hab uns was eingepackt. Wir machen Picknick.» Tobi warf seinen Rucksack über die Schulter, der bereits gepackt neben dem Eingang gestanden hatte. Leise zog er die Tür hinter sich ins Schloss, dann stürmte er die Treppe hinunter.

Er schloss die Kellertür auf und trug sein Fahrrad hinaus in den Hof.

Er hatte das ganze letzte Jahr Werbezettel für eine Supermarktkette ausgetragen und sich von seinem Großvater Geld zu Weihnachten gewünscht, um endlich das ersehnte Rennrad kaufen zu können. Immer wieder hatte er die Kleinanzeigen studiert, bis er auf das richtige Angebot gestoßen war. An einem kalten Januartag war er mit der S-Bahn nach Darmstadt gefahren, wo der Verkäufer wohnte.

Tobi hatte sich das Rad lange angeschaut. Er hatte sich in den Sattel gesetzt und die Lenkerbreite geprüft. Es war ein rotes Stevens-Bike mit einem leichten, schön verschliffenen Aluminiumrahmen und einer teuren Carbongabel, und es sah aus, als sei noch nie jemand damit gefahren. Ob er keine Probefahrt machen wolle, hatte der Mann gefragt. Tobi hatte den Kopf geschüttelt. Ohne zu handeln, hatte er den verlangten Preis bezahlt, dann hatte er das Rad geschultert und war im Regen zurück zum Bahnhof gelaufen.

Seitdem hatte er darauf gewartet, dass das Wetter besser wurde und er seine erste größere Tour machen konnte. Fast täglich war er nach der Schule in den Keller gegangen, um mit der Hand über das kühle Metall zu streichen und immer wieder aufs Neue mit einem weichen Lappen die ohnehin glänzenden Felgen zu polieren.

Jetzt stand er im Hof, hatte eine Hand auf den Lenker gelegt und blinzelte in die Sonne. Ein wenig wunderte er sich darüber, dass die Kinder aus der Nachbarschaft nicht zusammenliefen, um sein neues Rad zu bestaunen. Er stieß einen kurzen Pfiff aus, aber keiner seiner Freunde zeigte sich. Im Block gegenüber trat eine dicke junge Frau ans offene Fenster und lächelte ihm zu. Endlich stieg er in den Sattel und fuhr los.

Als er in Niederrad ankam, lehnte er das Rad vorsichtig gegen die Mauer, auf der er oft am Nachmittag saß, um auf Mara zu warten. Sie hatten sich am Ende des letzten Sommers im Schwimmbad kennen gelernt. Mara war von ein paar Typen geärgert worden, und Tobi hatte ihr angeboten, sie nach Hause zu begleiten. Seitdem war kaum ein Tag vergangen, an dem sie sich nicht getroffen hatten.

Aber noch nie hatte er das Haus betreten, in dem sie lebte und das er schon so oft von außen gesehen hatte. Immer hatte er fünfzig Meter entfernt auf seiner Mauer gehockt, zum Fenster ihres Zimmers im ersten Stock geschaut und gewartet, dass sie kam. Sie wohnte mit ihren Eltern und dem jüngeren Bruder in einer großen Villa ganz in der Nähe des Stadtwaldes. Es gab einen riesigen gepflegten Garten mit alten Bäumen und, was Tobi am meisten beeindruckte, eine Garage, in der man den BMW ihrer Mutter und den Mercedes des Vaters nebeneinander parken konnte. Mara hatte ihn oft aufgefordert, hereinzukommen und ihre Eltern zu begrüßen, aber Tobi hatte immer abgelehnt. Genauso gut hätte sie ihn bitten können, mit ihr auf den Mond zu fliegen. Obwohl er neugierig war, hätte er viel zu viel Angst gehabt, sich falsch zu benehmen oder etwas Falsches zu sagen. Er hatte keine Vorstellung, wie man sich in einer solchen Umgebung bewegte. Zog man sich die Schuhe aus, wenn man das Haus betrat, oder behielt man sie an? Ging man einfach an den Kühlschrank, wenn man Hunger hatte, oder wartete man, bis der Tisch für alle gedeckt war? Musste man sich die Hände *vor* oder *nach* dem Essen waschen? Allein der Gedanke, Maras Eltern die Hand geben zu müssen, machte ihn befangen. Vielleicht wäre schon das ein Fehler, vielleicht gab man sich in solchen Häusern gar nicht die Hand, vielleicht nickte man einander nur zu. Er wusste es nicht.

Er wusste ja noch nicht einmal, wie es war, in einer richtigen Familie zu leben. Seinen Vater kannte er nicht, und seine Mutter war gestorben, bevor er drei Jahre alt geworden war. Seine Familie bestand nur aus seinem Großvater. Er liebte den alten Mann, der alles versucht hatte, ihm die Eltern zu ersetzen. Trotzdem war Tobi klar, dass sein Leben anders verlief als das seiner Freunde. Und er hatte vor nichts größere Angst als vor dem Tag, an dem Opa sterben würde. Dann wäre er ganz allein.

Umso wichtiger war ihm die Freundschaft zu Mara. Auch wenn die anderen Jungen ihn aufzogen und behaupteten, er sei verliebt. Am Anfang hatte er das bestritten; inzwischen war er sich nicht mehr sicher. Manchmal, wenn er in seinem Zimmer auf dem Bett lag, lächelte er still vor sich hin, wenn er an sie dachte. Oder er ertappte sich dabei, wie er während des Unterrichts ihren Namen auf ein Stück Löschpapier kritzelte.

Jetzt sah er, wie das Fenster in ihrem Zimmer gekippt wurde. Keine Minute später öffnete sich das Garagentor, und sie kam mit ihrem Fahrrad heraus.

«Hi», sagte er, als sie bei ihm ankam. «Wie ist die Laune?»

«Schlecht», sagte sie. «Mami wollte mich nicht gehen lassen. Ich hab eine Vier in Latein geschrieben.»

«Dann werde ich dich nachher kitzeln.»

Als sich jetzt ihre Lippen zu einem kurzen Lächeln öffneten, blitzte ihre neue Zahnspange auf. Er schaute sie aufmerksam an. Alles an ihr war lang und dünn. Ihre Arme, ihre Finger, ihre Beine, selbst ihr Hals. Obwohl sie fast ein Jahr jünger war als er, war sie genauso groß. Wenn sie sich nahe genug gegenüberstanden, berührten sich ihre Nasenspitzen.

Er sprang von seiner Mauer. Bevor er sich auf sein Rad setzte, streichelte er ihr leicht übers Haar. Sie fuhr ihm mit den Fingerspitzen kurz über die Lippen. So machten sie es immer. Jedes Mal, wenn sie sich begrüßten, tauschten sie eine kleine Berührung aus, als wollten sie ihren verschworenen Bund bekräftigen.

«Komm», sagte er. «Lass uns fahren!»

«Ja. Aber dass du mir nur nicht abhaust mit deinem neuen Flitzer.»

«Fahr du vor», sagte er.

«Du bist sehr stolz, nicht wahr? Auf dein Rad.»

Er nickte. «Und wie!»

Sie nahmen die Strecke durch den Wald. Nach fünf Kilometern kamen sie wieder ins Freie. Am Ende der Diezelschneise überquerten sie die schmale Fußgängerbrücke, die sie auf die andere Seite der Stadtautobahn brachte. Dann hatten sie die Streuobstwiesen am Rande der Schwanheimer Dünen erreicht.

Sie hielten Ausschau nach einem Platz, wo sie ihr Lager für den Nachmittag aufschlagen konnten.

«Sonne oder Schatten?», fragte er. «Wasser oder Bäume? Wiese oder Sand?»

«Mmmh, am liebsten alles.»

«Gut», sagte er. «Dann weiß ich eine Stelle, die der verwöhnten Prinzessin alles bietet.»

Sie tat, als würde sie schmollen. «Du sollst das nicht sagen. Ich bin nicht verwöhnt.»

«Schau mal», sagte er, «dort ist ein guter Platz.»

Sie schoben ihre Räder noch ein paar Meter weiter, bis sie abseits des Feldweges an einer Stelle ankamen, die in der Nähe einer kleinen Kiesgrube lag. Dort fanden sie zwischen den Hecken und dem beginnenden Kiefernhain eine freie Sandfläche, wo sie sowohl Sonne als auch Schatten hatten und die so verborgen war, dass sie nicht gestört würden, wenn doch einmal ein Spaziergänger vorbeikommen sollte.

Er löste die Verschnürung seines Rucksacks, zog die Wolldecke hervor und breitete sie auf dem Boden aus. Während er das Picknickgeschirr auspackte und zwei Becher mit Apfelsaft füllte, hatte Mara sich bereits ihrer Schuhe und Socken entledigt und sich neben ihm ausgestreckt. Sie lag auf dem Rücken und blinzelte in die Sonne.

«Was gibt's denn?»

«Nudelsalat, nach Opis Rezept.»

«Also schön fettig.»

«Mmh!»

«Prima», sagte sie. «Dann her damit.»

Als sie gegessen und getrunken hatten, legten sie sich nebeneinander. Außer dem Zwitschern der ersten Vögel und dem fernen Lärm der Autos war nichts zu hören.

«An was denkst du», wollte sie wissen, als sie ein paar Minuten mit geschlossenen Augen gedöst hatten.

«Ich habe gerade an etwas gedacht, das ich früher gemacht habe, als ich noch kleiner war. Ich war vielleicht sechs oder sieben Jahre alt. Ich hatte einen Platz auf dem Dach eines alten Stromhäuschens, wo ich oft stundenlang saß und die Leute beobachtet habe, die vorüberkamen. Aber nur die Frauen. Die Männer habe ich nicht beachtet. In der Nähe war ein Wohnheim, wo nur Frauen wohnten. Ich glaube, es waren alles Krankenschwestern. Sie kamen alle an mir vorbei. Und ich habe sie mir immer angeschaut. Und wenn eine besonders schön war und besonders freundlich aussah, habe ich mir vorgestellt, dass sie meine Mutter sei.»

«Du hast dir eine Mutter ausgesucht?»

«Ja. Dabei habe ich nicht nur auf ihre Gesichter gesehen. Sondern auf alles. Wie sie sich bewegten. Was sie für Kleidung trugen. Welche Schuhe sie anhatten. Ob mir ihre Haare gefielen. Ob sie einen schönen Hintern hatten. Oder einen schönen Busen. Aber am wichtigsten war mir, dass sie freundlich aussahen.»

«Das ist nicht dein Ernst. Du hast ihnen als Sechsjähriger auf Busen und Hintern gestarrt.»

«Nein. Ich habe nicht gestarrt. Ich habe sie mir angesehen. Es hat mich interessiert.»

«Na, weißt du …», sagte sie mit gespielter Empörung. Dann drehte sie sich auf die Seite und schaute Tobi an.

«Eine der Frauen gefiel mir besonders gut», fuhr er nach einer Weile fort, «sie gehörte nicht zu den Krankenschwestern. Sie ging nicht in dieses Haus. Aber sie kam jeden Tag regelmäßig an meiner Stromstation vorbei. Sie trug einen

Pferdeschwanz und hatte schöne Beine. Und sie hat mir immer zugelächelt. Einmal bin ich ihr nachgegangen und habe herausbekommen, dass sie in einem Supermarkt an der Kasse arbeitete. Von da an bin ich ständig in diesen Laden gerannt und habe irgendeine Kleinigkeit gekauft. Ich musste mein Sparschwein schlachten, um mir das alles leisten zu können. Irgendwann hat sie es dann gemerkt. ‹Du bist ein netter Junge›, hat sie gesagt, ‹aber ich bin viel zu alt für dich.› Ich bin weggerannt und habe mich zwei Wochen nicht mehr blicken lassen. Aber ich konnte sie nicht vergessen. Schließlich habe ich sie eines Abends, als sie Feierabend hatte, abgepasst. Ich habe ihr eine Mark angeboten, wenn sie einen bestimmten Satz zu mir sagt.»

«Du hast was gemacht? Du hast ihr Geld angeboten?»

«Ja. Sie sollte die Mark bekommen, wenn sie zu mir sagt: ‹Tobi, mein Sohn, das hast du gut gemacht.›»

«Und?»

«Sie wollte das Geld nicht nehmen. Aber sie hat diesen Satz genau so gesagt, wie ich es mir gewünscht hatte: ‹Tobi, mein Sohn, das hast du gut gemacht.› Und anschließend hat sie mich auf die Wange geküsst.»

«Mein lieber Mann», sagte Mara. «Du warst ja ein ganz schönes Früchtchen.»

Und dann begann sie, mehrmals hintereinander ausgiebig zu gähnen. Während er schweigend neben ihr lag und weiter seinen Gedanken nachhing, merkte er, wie ihr Atem immer flacher und gleichmäßiger wurde. Als er leise ihren Namen sagte, hörte sie ihn schon nicht mehr. Sie war eingeschlafen. Er nahm seine Jacke und deckte sie damit zu.

Dann hörte er das Geräusch eines Autos. Jemand versuchte, einen Motor zu starten. Tobi überlegte, woher das Geräusch kommen konnte. Die nächste Straße war zu weit weg. Jemand musste seinen Wagen auf einem der Landwirtschaftswege hinter den Dünen abgestellt haben, und jetzt sprang der Motor nicht mehr an. Tobi stand auf. Dann bückte er sich, hob seinen Pullover auf und zog ihn über. Man durfte in dem Naturschutzgebiet zwar nur den angelegten Bohlenweg benutzen, damit die Vögel nicht gestört wurden und niemand über die seltenen Gräser trampelte, aber er kümmerte sich nicht darum. Er folgte geradewegs dem Geräusch, das sich in gleichmäßigen Abständen wiederholte. Langsam kam er näher. Er durchquerte den kleinen Kiefernwald. Er sah einen Grauspecht, der ganz in der Nähe an einem Baumstamm saß. Tobi ging weiter. Der Vogel flog weg.

Dann hatte der Junge das Ende des Wäldchens erreicht. Etwa dreißig, vierzig Meter entfernt sah er den Wagen am Ufer der großen Kiesgrube stehen. Ein Mann stieg aus und öffnete die Motorhaube. Tobi verstand nichts von Autos, aber er überlegte, ob er hingehen sollte, um dem Mann seine Hilfe anzubieten. Als er gerade loslaufen wollte, schaute der Mann in seine Richtung. Irgendetwas an seiner Haltung hielt Tobi davon ab, weiterzugehen. Statt ihm zuzuwinken oder irgendein anderes Zeichen zu geben, starrte der Mann ihn einfach nur an. Dann machte er eine rasche Bewegung, und im nächsten Moment hielt er etwas in der Hand. Tobi erkannte, dass es eine Pistole war.

Der Mann hatte eine Pistole in der Hand und kam jetzt langsam auf ihn zu.

Einen Moment war der Junge wie gelähmt, dann begriff er, dass er flüchten musste. Er musste rennen. Weg von dem Mann – und weg von Mara, die ganz in der Nähe ahnungslos auf ihrer Wolldecke lag und schlief.

Im selben Moment, als Tobi losspurtete, begann auch der Mann seinen Schritt zu beschleunigen.

Der Junge rannte, so schnell er konnte. Aber er war kein guter Läufer. Er war auch kein guter Schwimmer und kein guter Turner. Er war immer nur ein guter Radfahrer gewesen.

Er stürzte in Richtung der Straße, in der Hoffnung, dass dort ein Auto vorüberkommen würde. Aber jetzt hörte er schon die Schritte des Mannes hinter sich. Er rannte im weiten Bogen über die Wiesen, aber hier war er ungeschützt; die kümmerlichen Stämme der kleinen Apfelbäume würden ihm keine Möglichkeit bieten, sich zu verstecken oder wenigstens in Deckung zu gehen, wenn der Mann wirklich schoss. Er musste die Richtung ändern.

Aber die Schritte kamen näher.

Und Tobis Atem wurde schwerer, er merkte, wie er Seitenstechen bekam. Er umrundete den großen See, dessen Ufer mit Maschendraht eingezäunt war. Jetzt waren sie schon fast wieder dort angekommen, wo der Wagen des Mannes stand. Das Ufer des Sees machte eine Biegung. Für einen Moment war er den Blicken seines Verfolgers entzogen. Er begriff, dass er nur diese eine Chance haben würde, sich zu verstecken. Er nahm Anlauf, sprang an dem Zaun hoch und klammerte sich mit beiden Händen an dem Drahtgeflecht fest. Er zog sich hoch, wuchtete seinen Körper über den Zaun und achtete nicht auf seine aufgerissenen Handflächen. Auf der anderen Seite ließ er sich herunterfallen und rutschte die steile Böschung hinab. Er versuchte sich am Ufergebüsch festzuhalten, aber er rutschte immer weiter, bis er mit beiden Beinen im Wasser stand. Er duckte sich zwischen die kahlen Sträucher und trockenen Gräser, machte sich so klein, wie er nur konnte, und hielt den Atem an.

Er wartete. Er hörte, wie der Mann über ihm am Ufer auf und ab lief. Er hörte ihn keuchen. Der Mann suchte nach ihm.

Dann entfernten sich die Schritte. Aber was, wenn der Mann die Dünen durchkämmte? Was, wenn er Mara fand?

Der Junge harrte noch eine halbe Minute aus, dann stieg er die steile Uferböschung wieder hinauf. Mehrmals rutschte er ab. Wieder kletterte er über den Zaun. Er sprang auf der anderen Seite herunter, lief geduckt über den Weg und suchte in einem Graben zwischen ein paar Brombeerhecken Deckung.

Vorsichtig lugte er aus seinem Versteck hervor. Er schaute sich um. Der Mann stand auf einem der Sandhügel am Rand des Kiefernwäldchens. Er hatte ihm den Rücken zugekehrt. Noch immer hielt er die Pistole in der Hand. Dann drehte er sich um und kam langsam in Tobis Richtung.

Aber Tobi war klar, dass er nicht noch einmal weglaufen konnte. Er hatte keine Kraft mehr. Er lag in dem Graben und zitterte am ganzen Körper. Wenn der Mann ihn gesehen hatte, würde er bald hier sein. Tobi würde nicht mehr fliehen. Er würde einfach abwarten.

Aber es passierte nichts. Als der Junge das nächste Mal den Kopf hob, sah er, dass der Mann sich in seinen Wagen gesetzt hatte. Zweimal versuchte er erfolglos zu starten, dann sprang der Motor an. Tobi hörte, wie sich das Auto entfernte. Er kroch aus seinem Versteck und versuchte noch, das Nummernschild zu erkennen. Aber es war zu spät. Die Reifen wirbelten Staub auf dem trockenen Feldweg auf, und der Wagen war bereits zu weit entfernt.

Langsam trottete der Junge zurück. Seine Schuhe und Strümpfe waren nass. Seine Handflächen schmerzten. Und erst jetzt bemerkte er, dass seine Hose nicht nur nass, sondern auch zerrissen war. Er blutete. Die Dornen hatten die Haut seiner Beine zerkratzt. Er hoffte, dass Mara immer noch auf ihrer Decke lag und dass sie immer noch schlief. Dass sie von alldem nichts mitbekommen hatte.

Aber als er an ihrem Lagerplatz ankam, war die Decke leer. Mara war verschwunden. Dann hörte er sie schreien.

Zwischen den Bäumen kam sie auf ihn zu. Sie schrie,

wie er noch nie einen Menschen hatte schreien hören. Sie wankte. Ihr Gesicht war bleich. Immer wieder zeigte sie hinter sich in das Dickicht des Wäldchens. Als sie fast bei ihm war, streckte sie die Arme nach ihm aus. Dann sackten ihr die Beine weg.

DREI «Mara, bitte, du musst aufstehen. Wir müssen weg. Hast du gehört. Er könnte zurückkommen. Wir müssen hier weg. Der Mann darf uns nicht finden.»

Mara lag auf der Decke und wimmerte. Sie war blass, ihre Augen flackerten.

Sie erinnerte sich noch an die Geschichte, die Tobi ihr erzählt hatte – wie er als Kind auf dem Stromhäuschen gesessen und den Frauen nachgeschaut hatte. Dann war sie müde geworden und eingeschlafen. Als sie aufgewacht war, war Tobi verschwunden gewesen. Sie hatte nur schauen wollen, wo er war. Sie war in das Kiefernwäldchen gegangen, um ihn zu suchen. Dann war sie auf die kleine Lichtung zwischen den Bäumen gekommen. Sie hatte die Frau auf dem Boden gesehen und sofort gewusst, dass sie tot war. Sie hatte nie zuvor etwas so Schreckliches gesehen wie das Gesicht der toten Frau.

Tobi nahm die Tüte mit dem restlichen Apfelsaft und hielt sie Mara an den Mund. Er hatte Angst, seine Hände zitterten. Am liebsten hätte er sich neben sie auf die Decke fallen lassen und sie in den Arm genommen. Aber er wusste, dass er jetzt durchhalten musste. Und dass er Mara dazu bringen musste, aufzustehen. In kleinen Schlucken flößte er ihr die Flüssigkeit ein. Langsam wurde sie ruhiger.

«Komm», sagte er. «Ich helfe dir.»

Mühsam erhob sie sich. Ihre Beine wackelten, aber sie konnte schon wieder stehen.

«Ich muss mit dem Hund raus», sagte sie.

«Ja», sagte Tobi, «aber erst müssen wir hier weg.»

Sie sah ihn mit leeren Augen an. «Ich bin müde», sagte sie, «ich muss noch ein bisschen schlafen.»

Tobi merkte, dass sie in die Knie ging und sich wieder hinlegen wollte. Dann tat er etwas, von dem er sich nie hätte vorstellen können, es einmal zu tun. Er holte aus und schlug Mara mit der flachen Hand auf die Wange.

Endlich schien sie zu sich zu kommen. Sie schaute ihn erstaunt an. «Du hast mich geschlagen», sagte sie.

«Ja, aber das ist jetzt nicht wichtig. Wir müssen abhauen! Komm, Mara, bitte.»

Er raffte die Decke zusammen und stopfte sie in den Rucksack. Er nahm Mara bei der Hand und zog sie mit sich zu den Fahrrädern, die ein paar Meter weiter an einem Baum lehnten. Er sah, dass Mara Tränen in den Augen hatte.

«Du hast mich geschlagen.»

Endlich stieg sie auf. Sie fuhren denselben Weg zurück, den sie gekommen waren. Tobi übernahm die Führung. Immer wieder schaute er sich um, ob sie ihm noch folgte. Er versuchte, das Tempo so hoch wie möglich zu halten. Wenn er merkte, dass der Abstand zwischen ihnen größer wurde, drosselte er seine Geschwindigkeit, bis sie wieder bei ihm war. Er wollte sie nicht entmutigen. Er machte es wie die Radrennfahrer, die er schon oft im Fernsehen gesehen hatte. Er zog sie mit sich. Er war der Tempomacher. Er musste dafür sorgen, dass sie ins Ziel kam.

«Sie sind nicht da», sagte Mara, als sie vor dem großen Haus in Niederrad angekommen waren. «Du kannst mit reinkommen. Sie spielen Tennis, dann gehen sie auf eine Party. Und mein Bruder ist bei einem Freund.»

Tobi nickte. Sie schoben ihre Räder in die große Doppelgarage. Als Mara die Tür öffnete, die ins Innere des Hauses führte, kam ihnen Flocky bereits schwanzwedelnd entgegen. Er sprang an Mara hoch und ließ sich das Fell kraulen. Dann kam er zu Tobi, um ihn zu beschnüffeln. Flocky war ein kleiner Mischlingsrüde mit weißbraunem Fell, der Mara während eines Urlaubs in Italien zugelaufen war. Weil die Eltern ihr nicht hatten erlauben wollen, den Hund mit nach Hause zu nehmen, war Mara in einen unbefristeten Hungerstreik getreten. Jedenfalls hatte sie so getan. In Wahrheit war sie jeden Abend in die Hotelküche geschlichen, wo der Koch sie heimlich mit einer extragroßen Portion Spaghetti Bolognese versorgt und ihr für Flocky noch ein paar Fleischreste mitgegeben hatte. «Es war herrlich», hatte sie Tobi später erzählt und sich vor Lachen kaum halten können. «Ich hätte noch zwei Wochen so weitermachen können. Und als meine Eltern schließlich nachgegeben haben, war ich ein Kilo schwerer als vorher.»

Tobi schaute sich um. Im Inneren wirkte das Haus noch größer, als er es sich von außen vorgestellt hatte. Allein der Salon, in den ihn Mara jetzt führte, war so riesig, dass die kleine Wohnung im Gallus, in der sein Großvater und er lebten, bequem hineingepasst hätte.

Tobi fühlte sich unbehaglich und fremd. Als Mara ihn aufforderte, Platz zu nehmen, setzte er sich ganz vorne auf den Rand eines Sessels.

«Wir müssen zur Polizei gehen», sagte sie.

Tobi nickte, als habe er auf diesen Satz bereits gewartet. Er nickte, aber er war anderer Meinung. «Nein», sagte er, «müssen wir nicht.»

«Sag mal, spinnst du? Willst du, dass die Frau da draußen liegen bleibt und von irgendwelchen Tieren gefressen wird?»

«Es gibt keine Löwen und Hyänen in den Schwanheimer Dünen. Irgendwer wird sie finden und es melden. Irgendwer, der nicht dem Mann mit der Pistole begegnet ist.»

«Wenn du nicht zur Polizei gehst, werde ich es tun», sagte Mara.

«Wirst du nicht. Der Mann ist gefährlich. Ich habe ihn gesehen, und er wird nicht wollen, dass ich ihn wiedererkenne.»

Mara dachte nach. «Dann werden wir anrufen, ohne unsere Namen zu nennen. Wir werden ihnen nur sagen, dass wir eine tote Frau gefunden haben», sagte sie.

«Sie werden herausbekommen, von wo der Anruf kam. Dann haben sie uns.»

«Wir gehen in eine Telefonzelle. Bis sie dort sind, sind wir längst wieder weg.»

Tobi schwieg. Er sah ein, dass er keine Argumente mehr hatte.

«Lass es uns gleich machen», sagte Mara. «Dann haben wir es hinter uns. Ich muss sowieso mit Flocky raus.»

Sie gingen zu dem kleinen Kiosk, an dem Mara sich oft vor der Schule ein paar Süßigkeiten oder eine Tüte mit Limonade kaufte. Der Besitzer war ein junger Tamile, der ihr gelegentlich noch eine Kleinigkeit extra in ihre Tüte steckte. Jetzt war er gerade dabei, Getränkekisten aus seinem Lieferwagen zu laden.

Als er Mara und Tobi kommen sah, strahlte er: «Was soll's denn sein? Fünf saure Colafläschchen und fünf Brausestangen? Und für Flocky eine klitzekleine Frikadelle?»

«Nein», sagte Mara, «wir brauchen eine Karte zum Telefonieren. Die billigste, die Sie haben.»

«Nanu», sagte der Mann, «geht euer Telefon nicht?»

Mara hasste es zu lügen. Aber die Wahrheit durfte sie nicht sagen. Und jetzt fiel ihr keine andere Ausrede ein. «Ja», behauptete sie. «Die Leitung ist gestört.»

«Da habt ihr aber Glück.» Er zeigte auf den öffentlichen Fernsprecher, der nur fünf Meter von seinem Kiosk entfernt stand. «Das Ding war wochenlang kaputt. Es ist gerade heute Morgen repariert worden.»

Mara nahm die Karte entgegen und legte das Geld auf die Plastikschale.

Sie hatte den Hörer abgenommen. Jetzt sah sie, dass man für einen Notruf keine Telefonkarte brauchte. Bevor sie wählte, schaute sie Tobi noch einmal an. «Oder willst du?», fragte sie.

Tobi schüttelte den Kopf. «Nein», sagte er. «Mach du. Und denk daran, deine Stimme zu verstellen.»

Mara tippte die drei Ziffern des Notrufs ein, dann wartete sie. Fast augenblicklich meldete sich ein Mann, der sie bat, ihren Namen zu nennen.

«Sie müssen kommen. Da liegt eine Frau im Sand. Sie ist tot», sagte Mara. Sie fand, ihre Stimme klang wie die von Mama Bär aus der Zeichentrickserie, die sie manchmal mit ihrer kleinen Cousine schaute. Tobi grinste.

«Zuerst musst du bitte deinen Namen sagen», wiederholte der Mann.

Aber wieso duzte er sie? Hatte er schon gemerkt, dass sie ein Mädchen war und keine Frau? Mara schwieg.

«Was ist mit dir, bist du noch da?»

«Ja», sagte Mara.

«Sag mir einfach, wie du heißt und wo du wohnst.»

«Nein, das werde ich nicht. Ich wollte nur melden, dass wir eine Tote gefunden haben.»

«Was heißt ‹wir›?», fragte der Mann. «War noch jemand bei dir?»

Mara schaute Tobi Hilfe suchend an. Sie beschloss, der Frage auszuweichen. «Wollen Sie nicht wissen, wo die Tote liegt.»

«Also gut: Wo habt ihr sie gefunden?»

«Sie liegt in einer Sandgrube. In dem Wäldchen in den Schwanheimer Dünen. Das ist direkt am Main, kurz bevor man zu den alten Farbwerken kommt.»

Dann hörte sie Flocky bellen. Sie sah rüber zu dem Kiosk, wo der junge Tamile den Hund mit einer Frikadelle lockte. Jedes Mal, wenn Flocky danach schnappte, zog er das Fleischbällchen wieder weg und hob seinen Arm. Das Bellen wurde wütender. Mara legte eine Hand über die Sprechmuschel des Hörers. «Flocky, aus!», rief sie. Der Tamile lachte und ermahnte Flocky ebenfalls zur Ruhe, neckte ihn aber weiter.

«Ich weiß, wo die Schwanheimer Dünen sind», sagte der Mann am Telefon. «Und du bist dir sicher, dass die Frau tot ist?»

«Ja, natürlich. Sie wurde umgebracht. Aber der Mann war schon weg.»

«Welcher Mann? Von wem sprichst du? Wie kommst du darauf, dass die Frau umgebracht wurde? Hör mal, du sagst mir jetzt bitte deinen Namen.»

Mara merkte, dass sie schon wieder einen Fehler gemacht hatte. «Ich habe Ihnen alles gesagt, was ich weiß. Ich mache jetzt Schluss. Eine Tote liegt in den Schwanheimer Dünen. Das ist alles.»

Sie hängte den Hörer ein. Dann schaute sie Tobi an. «Was meinst du? Wie ist es gelaufen?»

Tobi zuckte mit den Schultern. «Weiß nicht», sagte er. «Ich hoffe nur, sie kriegen uns nicht.»

Es war das erste Mal, dass Marthaler nach seiner Suspendierung wieder mit dem Fall der ermordeten Zahnärztin zu tun hatte. Mitte Januar hatte Gabriel Eissler ihm mitgeteilt, dass er wieder arbeiten dürfe. Während die Fahndung nach Helmut Drewitz weiterlief, hatte man ihm andere Fälle zugeteilt. Im Ostend war ein Rentner erstochen in seiner Wohnung gefunden worden. Es hatte sich herausgestellt, dass der siebenundzwanzigjährige Enkel den Mord begangen hatte, um an die Ersparnisse seines Großvaters zu gelangen. Dann hatte es im Gutleutviertel eine nächtliche Schießerei auf offener Straße gegeben, bei der zwei junge Türken ums Leben gekommen waren. Anfangs hatten die Ermittler vermutet, dass es um Drogengeschäfte gegangen war, bis Marthaler herausgefunden hatte, dass die beiden Opfer zu zwei miteinander verfeindeten Familien gehörten, deren Angehörige aber bislang jede Aussage verweigerten.

Schließlich hatte ihn vor einer Woche der Anruf von Stefanie Wolframs Vater erreicht.

Marthaler mochte die beiden Alten, wie sie da vor ihm auf ihrer Gartenbank saßen, sich bei der Hand hielten und ihn sorgenvoll anschauten. Vor sieben Tagen hatten sie eine Postkarte aus Neuseeland erhalten, auf der Stefanie Wolfram ihre Rückkehr für den heutigen Tag angekündigt hatte. Die Karte zeigte eine grüne Hügellandschaft an der Küste. In der Ferne sah man eine Schafherde, ein paar Bäume und über allem den wolkenlosen Himmel. «Bin am 16. Februar zurück. Freue mich auf euch. Liebe Grüße, Steff.» Das war die ganze Nachricht, die ihre Tochter ihnen hatte zukommen lassen.

Stefanie war das späte und unverhoffte Glück ihrer Eltern gewesen. Sie hatten sich viele Jahre ein Kind gewünscht, aber erst als Anneliese Wolfram bereits die vierzig überschritten hatte, war sie endlich schwanger geworden. Sie hatten ihre Tochter verwöhnt und ihr jeden Wunsch von den Augen abgelesen. Da Stefanies Vater mit seinem Baugeschäft zeitweise viel Geld verdient hatte, konnten sie ihr ein Pferd kaufen, ihr die besten Privatschulen finanzieren und sie für ein Jahr in den USA studieren lassen. Stefanie hatte sich durch Liebe zu ihren Eltern revanchiert, hatte aber nie verstanden, welche Qualen sie ihnen bereitete, wenn sie immer wieder einfach verschwand und wochenlang wegblieb, ohne sich bei ihnen zu melden. Irgendwann tauchte sie dann gut gelaunt wieder auf, brachte kleine Geschenke mit und schwor, dass sie das nächste Mal Bescheid sagen werde, wo sie sei und wann sie zurückkomme. Als sie mit dem Studium fertig gewesen war, hatten sie ihr das Haus in Darmstadt überlassen, das ihnen zu groß geworden war, und hatten sich selbst ein kleineres Haus in Sprendlingen gekauft, wo sie seitdem lebten. Sie hatten gehofft, ihre Tochter werde heiraten, Kinder bekommen und endlich sesshaft werden.

Jetzt lag die abgegriffene Postkarte, die sie in den vergangenen Tagen wieder und wieder gelesen und angeschaut hatten, vor ihnen auf dem Tisch. Und bei ihnen saß ein Hauptkommissar der Kriminalpolizei, der ihnen noch einmal bestätigte, was sie seit langem wussten, aber noch immer nicht verstanden: dass ihre Tochter in großer Gefahr war. So mischte sich in die Freude über die bevorstehende Heimkehr die Furcht, dass jemand ihr etwas antun könnte. Jemand, der aus welchen Gründen auch immer versucht hatte, sie zu töten, und der das wieder versuchen könnte.

Sie hatten im letzten halben Jahr, seit Stefanie unterwegs war, jeden Tag auf den Postboten gewartet und gehofft, er würde ihnen eine Nachricht bringen. Jedes Mal, wenn das Telefon geläutet hatte, waren sie aufgesprungen mit dem Gedanken, sie könne es sein und sie wolle ihnen sagen, wann sie zurückkehre oder wenigstens, wo sie sei und dass es ihr gut gehe.

Als dann vor einer Woche der Postbote ihnen lächelnd die Ansichtskarte überreicht hatte, hatten sie sofort die Polizei benachrichtigt. Noch einmal war ihnen eingeschärft worden, was sie längst begriffen hatten: dass sie niemandem etwas von der Rückkehr Stefanies erzählen durften. Dass niemand außer ihnen und der Polizei wissen durfte, wann sie kommen und wo sie sich dann aufhalten würde. Sie hätten ihrer Tochter zu Ehren gerne ein großes Fest gegeben, bei dem all ihre Freunde und Bekannten eingeladen worden wären. Stattdessen hatten sie sich damit begnügen müssen, im Korridor ein Schild mit der Aufschrift «Herzlich willkommen!» anzubringen – ein Schild, das man von draußen nicht sehen konnte, auch nicht, wenn die Haustür offen stand. Wenigstens hatten sie beim Konditor eine Torte backen lassen, auf der dieselben Worte standen wie auf dem Schild, und für den Abend ein festliches Mahl für drei Personen bestellt, das der Feinkosthändler zur verabredeten Zeit bringen würde.

Seit dem Morgengrauen, seit Heinrich Wolfram zum ersten Mal aus dem Fenster geschaut hatte, stand ein Streifenwagen auf der Straße vor ihrem Grundstück. Sie hatten das Haus nicht mehr verlassen. Sie waren unruhig von Zimmer zu Zimmer gegangen und hatten nicht mehr gewusst, was sie reden sollten. Und nun saß dieser Kriminalpolizist bei ihnen, der ebenfalls nichts Neues mitzuteilen hatte. Immerhin versuchte er, sie zu beruhigen. Aber er gehörte der Mordkommission an, und schon dieses Wort versetzte sie in Unruhe.

Marthaler hatte den Eltern von Stefanie Wolfram, die beide die siebzig bereits überschritten hatten, die Wahrheit sagen wollen. Er hatte ihnen erzählt, dass sie alles versuchen würden, ihre Tochter zu schützen. Aber auch, dass das schwierig war. Sie hatten ihre Leute am Rhein-Main-Flughafen, am Frankfurter Hauptbahnhof und hier vor dem Haus postiert. Aber sie wussten zu wenig. Sie hatten keine Ahnung, mit welchem Flug Stefanie Wolfram aus Australien oder Neuseeland nach Europa zurückkehren würde. Sie wussten nicht, auf welchem Flughafen sie landen würde. Sie hatte ihren Eltern weder eine Uhrzeit noch den Ort ihrer Ankunft genannt. Seit einer Woche, seit die Polizei von der Ansichtskarte erfahren hatte, riefen sie in regelmäßigen Abständen sämtliche Fluggesellschaften an, um die Passagierlisten überprüfen zu lassen.

Aber Stefanie Wolfram war für keinen der Flüge nach Frankfurt gebucht.

Auch die Bemühungen der australischen Kollegen waren erfolglos geblieben. Ein paarmal waren sie der deutschen Urlauberin sehr nahe gekommen. Mal hatten sie ein Hotel ausfindig gemacht, in dem sie eine Nacht zuvor gewohnt hatte, dann waren sie einem LKW-Fahrer begegnet, der sie ein paar hundert Kilometer weit mitgenommen hatte, aber immer wieder hatte sich ihre Spur verloren. Selbst die Fahndungsmeldung in einer populären Sendung des australischen Fernsehens hatte nicht zu dem gewünschten Ergebnis geführt. Zwar hatte es zahllose Hinweise gegeben, aber entweder erwiesen sie sich als falsch oder aber sie kamen zu spät.

«Ich weiß», sagte Marthaler, der inzwischen seine dritte Tasse Kaffee auf der Terrasse der beiden Alten trank, «ich weiß, dass meine Kollegen Sie das schon alles gefragt haben. Trotzdem möchte ich mit Ihnen noch einmal über Gabriele Hasler sprechen. Ihre Tochter war eng mit ihr befreundet. Irgendetwas muss sie von ihr erzählt haben. Die beiden haben zusammengewohnt. Sie haben zusammen studiert. Dann erzählt man seinen Eltern doch von einem solchen Menschen.»

Die beiden sahen einander kurz an. Dann schauten sie fast gleichzeitig auf den Tisch. Sie schwiegen. Aber jetzt hatte Marthaler gemerkt, dass er einen wunden Punkt berührt hatte. Es gab ein Geheimnis, das er in Erfahrung bringen musste.

«Bitte», sagte er. «Es geht nicht nur um Gabriele Hasler. Es geht um die Sicherheit Ihrer Tochter.»

Endlich nickte Heinrich Wolfram. Es dauerte noch einen Moment, bis er sprach, aber endlich setzte er an. «Es stimmt», sagte er. «Die beiden haben zusammengelebt. Die Wohnung gehörte mir, ich habe sie Stefanie gleich zu Beginn ihres Studiums zur Verfügung gestellt und ihr später überschrieben. Irgendwann zog Gabi dort ein, Gabriele Hasler. Wir wussten es, auch wenn wir es nicht billigten. Stefanie sollte nicht in einer Wohngemeinschaft leben. Sie sollte den Platz für sich haben, das war der Sinn der Sache. Einmal war ich mit meiner Frau in Frankfurt zum Einkaufen. Wir wollten Steffi nur kurz hallo sagen, und so sind wir unangekündigt in die Wohnung gekommen. Ich merkte, dass dieser Besuch unserer Tochter unangenehm war. Wir hatten beide das Gefühl, dass sie uns rasch wieder loswerden wollte. Und dann erfuhren wir auch den Grund.»

Heinrich Wolfram machte eine Pause und nippte an seiner leeren Kaffeetasse. «Bitte», sagte Marthaler, «erzählen Sie weiter. Was war der Grund?»

«Wir hörten Stimmen aus dem Nachbarzimmer. Einen Mann und eine Frau. Es gab Streit. Etwas wurde umgestoßen, und die Frau, Gabriele Hasler, schrie den Mann an. Sie schrie ihn mit ganz unflätigen Worten an. Es ging um Geld, um angemessene Bezahlung. Dann verließ der Mann mit lautem Gepolter die Wohnung. Gabi kam aus ihrem Zimmer, sie war fast nackt. Sie war erschrocken, uns zu sehen. Offenbar hatte sie unseren Besuch bis dahin nicht bemerkt. Sie begrüßte uns freundlich, aber auch ihr war unsere Gegenwart unangenehm.»

«Und», fragte Marthaler. «Was geschah weiter?»

«Nichts», sagte Heinrich Wolfram. «Weiter geschah nichts. Es war das erste und einzige Mal, dass wir Gabriele Hasler gesehen haben. Wir haben Stefanie daraufhin zur Rede gestellt. Wir wollten wissen, was in der Wohnung vorgeht. Und wir haben sie gebeten, sich von ihrer Mieterin zu trennen.»

«Aber das wollte Ihre Tochter nicht?»

«Nein. Sie weigerte sich sogar, über den Vorfall mit uns zu reden. Verstehen Sie, es war die erste große Auseinandersetzung mit unserer Tochter. Für ein paar Wochen sah es sogar so aus, als würde es darüber zwischen uns zum Zerwürfnis kommen. Bis wir schließlich nachgaben und das Thema nicht mehr ansprachen. Seitdem haben wir nie mehr über Gabriele Hasler geredet. Stefanie erzählte nichts, und wir fragten nichts. Das Thema war tabu. Und so ist es bis heute geblieben.»

Marthaler nickte. Er wollte noch etwas wissen, nämlich welche Vermutungen Stefanie Wolframs Eltern damals angestellt hatten. Was sie über den Vorfall in der Wohnung ihrer Tochter dachten. Aber er kam nicht mehr dazu, seine Frage zu stellen. Denn in diesem Moment läutete sein Mobiltelefon.

«Was ist los?», sagte er. «Ich bin mitten in einer Zeugenbefragung.»

Es war Kerstin Henschel. Sie klang aufgeregt. «Robert, du musst kommen. Es ist etwas passiert. Wir haben einen Notruf erhalten.»

«Was für einen Notruf?»

«Es hat einen anonymen Anruf unter 110 gegeben. Jemand sagt, er hat eine Frauenleiche in der Schwanheimer Düne entdeckt.»

«Was heißt jemand?», fragte Marthaler. «Was für eine Frauenleiche?»

Im selben Moment merkte er, dass er einen Fehler begangen hatte. Er hätte dieses Wort nicht in Gegenwart der Eltern von Stefanie Wolfram wiederholen dürfen. Kaum hatte er es ausgesprochen, starrten die beiden ihn voller Entsetzen an. Er hob die Hand, um sie zu beruhigen, aber er wusste selbst, dass sie das kaum beschwichtigen konnte.

«Wir wissen noch nichts», sagte Kerstin Henschel. «Nur das, was ich dir gesagt habe. Der Anruf ist erst vor drei Minuten eingegangen.»

«Wer hat angerufen?»

«Jemand, der seine Stimme verstellt hat. Ein Mädchen. Ich habe das Band noch nicht gehört. Trotzdem meinte die Telefonistin, dass es ernst klang, sehr ernst.»

«Gut», sagte Marthaler. «Ich mache mich sofort auf den Weg.» Er steckte das Telefon ein und versuchte dem Ehepaar zu erklären, dass es einen Notfall gegeben habe, dass er wegmüsse.

«Nein», sagte Heinrich Wolfram mit fester Stimme und hielt Marthaler am Ärmel seines Jacketts fest. «Sie gehen jetzt nicht. Erst will ich wissen, was passiert ist.»

Marthaler schüttelte den Kopf. «Nichts», sagte er. «Ich weiß nichts. Es ist ein Notruf eingegangen.»

«Was für ein Notruf? Sie haben von einer Frauenleiche gesprochen.»

«Hören Sie, ich weiß nichts. Und meine Kollegen wissen auch nichts. Es hat einen anonymen Anruf gegeben, mehr nicht.»

«Aber es ist eine tote Frau gefunden worden?», fragte Heinrich Wolfram.

Marthaler nickte.

«Sagen Sie mir, ob es meine Tochter ist. Hören Sie, ich will die Wahrheit wissen.»

Marthaler befreite sich aus dem Griff des alten Mannes. «Ich weiß es nicht, Herr Wolfram», sagte er. «Aber ich verspreche Ihnen, dass sich jemand um Sie kümmern wird. Ich werde das veranlassen. Und ich werde Ihnen so bald wie möglich Bescheid geben.»

Marthaler schaute den beiden Alten in die Gesichter, aus denen bereits jede Hoffnung gewichen war. Sie glaubten ihm nicht. Sie vermuteten, er wolle sie nur beruhigen, um möglichst rasch und unbehelligt von ihren Fragen das Weite suchen zu können.

Noch bevor er den Motor startete, wählte er die Nummer der Zentrale. Er nannte die Adresse von Stefanie Wolframs Eltern. Sie hatten ein halbes Jahr vergeblich auf Nachricht von ihrer Tochter gewartet. Sie waren am Ende ihrer Kräfte. Und heute, am Tag, da sie endlich zurückkommen wollte, wurden sie damit konfrontiert, dass man eine unbekannte Frauenleiche gefunden hatte. Er gab Anweisung, dass man umgehend einen Psychologen zu ihnen schickte.

VIER Es waren alle Kräfte im Einsatz. Das gesamte Gebiet um die Schwanheimer Düne herum war bereits weiträumig abgesperrt worden. Aber um die Absperrungsbänder herum hatten sich schon jetzt Schaulustige versammelt. Am Friedhof, unter der Brücke der Stadtautobahn und auf dem kleinen Wendeplatz standen Streifenwagen. Es war Hundegebell zu hören. Gerade war ein Polizeijeep angekommen, in dessen Anhänger sich die Meute der Hundestaffel befand. Gleich würden die Führer mit ihren Tieren ausschwärmen, um die Weiden und die Streuobstwiesen der Umgebung zu durchkämmen.

Als Marthaler das Polizeiaufgebot sah, wusste er, dass das Mädchen am Telefon die Wahrheit gesagt hatte. Er stieg aus seinem Wagen. Er sah Sven Liebmann auf sich zukommen.

«Robert, gut, dass du kommst. Herrmann ist nicht aufzutreiben, also habe ich die Einsatzleitung übernommen.»

«Herrmann hat gestern seine Kur angetreten», sagte Marthaler.

«Auch gut», sagte Liebmann. «Ich denke, du solltest ...»

Marthaler unterbrach ihn. «Weiß man, wer sie ist?», fragte er.

«Wir sind uns noch nicht ganz sicher. Dort drüben steht ein Frankfurter Passat. Wir haben eine Halteranfrage durchgeführt und ...»

«Weiß man, wer sie ist, habe ich gefragt. Ich muss wissen, ob es Stefanie Wolfram ist. Ja oder nein?»

«Robert, bitte. Lass mich ausreden. Wir haben einen Passat, der einer Frau namens Andrea Lorenz gehört. Es könnte sein, dass sie das Opfer ist. Ich habe bei ihr zu Hause angerufen, aber ihr Mann …»

«Entschuldige, dass ich dich schon wieder unterbreche», sagte Marthaler. «Ich muss als Erstes einen dringenden Anruf erledigen.»

Er ging ein paar Meter weiter, um halbwegs ungestört telefonieren zu können. Er wählte die Nummer von Stefanie Wolframs Eltern. Ihr Vater meldete sich umgehend.

«Ist Ihre Tochter schon angekommen?», fragte Marthaler.

«Nein», sagte Heinrich Wolfram. «Heißt das, dass die Frau, die Sie gefunden haben … dass sie nicht …»

«Das heißt noch gar nichts. Das heißt nur, dass es unwahrscheinlich ist. Wir haben das Opfer noch nicht endgültig identifiziert. Aber es gibt eine Vermutung. Und diese Vermutung weist in eine andere Richtung.»

Er meinte, die Erleichterung des alten Mannes durch das Telefon hindurch spüren zu können. «Danke, Herr Hauptkommissar. Haben Sie vielen Dank.»

«So», sagte Marthaler, nun wieder an seinen Kollegen Sven Liebmann gewandt, «jetzt bist du dran. Mit was haben wir es zu tun? Gibt es irgendwelche Gemeinsamkeiten zum Fall Hasler?»

Aber er meinte die Antwort bereits am Gesicht Liebmanns ablesen zu können.

«Dasselbe Muster», sagte Liebmann, «du wirst es gleich selbst sehen. Was ich dir erzählen wollte: Ich habe bei der Halterin des roten Passat angerufen. Zuerst war ihr Sohn dran. Er hat mir erzählt, dass er seine Mutter noch am Mittag in der Nähe seiner Schule gesehen hat. Dann habe ich mit dem Mann gesprochen …»

«Du hast ihm doch nicht etwa erzählt …»

«Robert, ich bin kein Idiot. Ich habe ihm gesagt, dass wir

seine Frau im Zuge polizeilicher Ermittlungen sprechen müssen.»

«Und?»

«Er sagte, sie habe noch Termine.»

«Was hat dann ihr Wagen hier zu suchen? Was kann man hier arbeiten?»

«Eben. Andrea Lorenz arbeitet als eine Art Masseurin und Kosmetikvertreterin für eine Firma namens ‹Wellness-Medico›. Es gibt keinen ersichtlichen Grund, warum sie sich während ihrer Arbeitszeit hier aufhalten sollte. Ich habe mir die Nummer ihres Handys geben lassen. Es ist zwar eingeschaltet, aber es meldet sich niemand.»

«Habt ihr den Wagen schon untersucht?»

«Nein, ich wollte warten, bis du dein Okay gibst. Immerhin kann es noch sein, dass die Frau hier irgendwo spazieren geht.»

«Das Risiko müssen wir eingehen. Wir dürfen keine Zeit verlieren. Wir müssen Schilling Bescheid sagen. Aber bevor seine Leute damit anfangen, den Wagen auf den Kopf zu stellen, will ich ihn mir selbst ansehen.»

«Gut», sagte Liebmann. «Trotzdem möchte ich dich bitten, dass du dir zunächst die Frau anschaust.»

Marthaler nickte. Er folgte seinem Kollegen auf dem schmalen Pfad, den die Männer der Spurensicherung mit dem rotweißen Absperrungsband markiert hatten. Die ermittelnden Beamten sollten zum Fundort der Leiche gelangen können, ohne rechts und links im Gelände herumzulaufen und möglicherweise Spuren zu zerstören.

Sie liefen über den sandigen Boden der Düne, der von trockenen Gräsern bedeckt war. Als sie am Anfang des Kiefernwäldchens angekommen waren, blieb Marthaler stehen. Er schaute sich um, sah zurück in die Richtung, aus der sie gekommen waren.

Die Stadt und der Fluss waren nah. Trotzdem war man hier in einer anderen Welt. Abgeschieden, unwirtlich und trotzdem schön. Unter anderen Umständen, dachte Marthaler, hätte er sich hier wohl fühlen können. Nun war auch dieser Platz, wie so viele andere in der Stadt, für ihn durch ein Verbrechen markiert. Egal, was er gleich zu sehen bekommen würde, er würde nie wieder hierher zurückkehren können, ohne daran denken zu müssen.

Dann wurde es dunkler. Sie liefen zwischen den Bäumen entlang, die jetzt dichter beieinander standen. Manchmal streifte er mit seinem Handrücken die schuppige Rinde einer Kiefer.

Sven Liebmann blieb stehen. Er drehte sich kurz zu Marthaler um und wies mit dem Kopf in Richtung der kleinen Lichtung, die sie jetzt erreicht hatten. Es war eine Senke, die von dichtem Gestrüpp umwuchert war, eine flache Sandgrube, die sich zwischen den Bäumen erstreckte. Das Absperrungsband endete hier. Die Kollegen der Dokumentation waren bereits dabei, alle Einzelheiten des Fundorts festzuhalten. Es wurde fotografiert und gefilmt. Marthaler erkannte Thea Hollmann. Die Rechtsmedizinerin stand zehn Meter von ihm entfernt und sprach leise in ein Diktiergerät. Sie schaute zu ihm rüber und nickte ihm zur Begrüßung zu, ohne ihre Arbeit zu unterbrechen. Marthaler hatte damit gerechnet, sie hier zu treffen, und ihm war ein wenig unbehaglich gewesen bei dem Gedanken. Aber jetzt spürte er keinerlei Befangenheit mehr.

Mit einem Blick erfasste er die Situation. Auf dem Boden kniete die Leiche einer Frau. Diesmal sah er zuerst ihr Gesicht. Es war entstellt wie das von Gabriele Hasler. Dieselben Verfärbungen in den Augen und auf der Haut. Der Kopf lag seitlich auf dem Boden, und das Opfer schien den Betrachter anzuschauen. Wieder war der Unterkörper der Toten entblößt und ihr Hintern in die Höhe gestreckt.

«Gebt mir eine Minute», sagte Marthaler. «Länger brauche ich nicht.»

Es herrschte dieselbe Atmosphäre, die Marthaler von so vielen Tatorten kannte. Diese Mischung aus Lähmung und geschäftigem Treiben. Er hörte das Gemurmel der Kollegen, manchmal ein paar verhaltene Rufe, das Knarzen der Funkgeräte und das Motorengeräusch des Stromgenerators.

Obwohl um ihn herum zahllose Polizisten ihrer Arbeit nachgingen, hatte er in diesem Moment das Gefühl, mit dem Opfer allein zu sein. Hier stand er, und dort kniete eine halb nackte Frau, die bis vor kurzem noch gelebt hatte. Der Anblick des Opfers erschütterte ihn nicht wie beim ersten Mal, nicht wie vor drei Monaten, als sie Gabriele Hasler im Hof vor ihrem Haus gefunden hatten. Aber etwas anderes traf ihn mit ganzer Wucht. Er merkte, dass er sich schuldig fühlte. Dass er diesen Tod hätte verhindern müssen und vielleicht auch hätte verhindern können. Nie zuvor hatte er so sehr den Eindruck, versagt zu haben. Er hatte sich ablenken lassen. Er hatte sich von seinen Vorgesetzten, von Herrmann und Eissler, daran hindern lassen, den Mord an der toten Zahnärztin mit ganzer Kraft aufzuklären. Er hatte aufgegeben. Wäre er stattdessen seiner Überzeugung gefolgt, hätten sie den Fall womöglich längst gelöst, und es hätte nicht ein weiterer Mord geschehen müssen.

Er schloss für einen Moment die Augen. Er tat etwas, das er noch nie getan hatte. Er hielt eine stille Zwiesprache mit dem Opfer. Er bat die Tote um Verzeihung für seine Unterlassungen. Er versprach ihr, dass nichts, dass keine Vorschrift und kein Befehl ihn davon abhalten würden, ihren Mörder zu finden und zu überführen.

Als er die Augen wieder öffnete, hoffte er, dass den Umstehenden entgangen war, was er gerade getan hatte. Aber als er die besorgte Miene sah, mit der Thea Hollmann ihn anschaute, hatte er den Eindruck, sie wisse Bescheid.

Er ging zu ihr. Sie nickte. «Du musst dich nicht schämen», sagte sie. «Ich kenne das.»

«Wolltest du nicht, dass wir uns wieder siezen?», fragte Marthaler.

Sie stutzte. «Stimmt, du hast Recht. Andererseits: Es spricht eigentlich nichts dagegen, dass wir es beim kollegialen Du belassen, oder?» Dann taxierte sie ihn. «Du hast abgenommen, nicht wahr? Wir haben uns lange nicht gesehen.»

«Ja. Ich treibe regelmäßig Sport.»

«Es steht dir gut.»

Marthaler nickte. Dann zeigte er vage in Richtung des Leichnams. «Was kannst du mir sagen?»

«Sie ist geknebelt und gefesselt worden. Und wie es aussieht, hat man sie über einen längeren Zeitraum immer wieder stranguliert. Sie hat sich gewehrt, aber letztendlich hatte sie keine Chance.»

«Also?»

«Es ist exakt die gleiche Scheiße wie schon beim ersten Mal, wenn das deine Frage war.»

«Wie lange ist sie schon tot?»

«Ich schätze mal: gut eine Stunde. Länger wohl nicht.»

«Dann sind wir diesmal also dichter dran.»

«Ja. Und hoffentlich macht ihr was aus diesem Vorsprung. Hoffentlich hat das bald ein Ende.»

«Sonst noch was?»

Thea Hollmann schüttelte den Kopf. «Alles Weitere später. Alle anderen Untersuchungen führe ich durch, sobald ich das Opfer auf dem Tisch habe. Also noch heute Abend. Wird wohl eine Nachtschicht werden. Ich verspreche dir, du bekommst umgehend Nachricht.»

Sie war bereits dabei, sich zu entfernen, als Marthaler ihr nachrief: «Und grüß bitte Füchsel von mir.»

Sie drehte sich noch einmal um und sah ihn an. Dann lächelte sie. «Ja, das mache ich. Er hat mich morgen Abend zum Essen eingeladen. Du hattest Recht, er ist wirklich ein ganz passabler Kerl.»

Marthaler ging zurück zum Wendeplatz. Inzwischen hatten noch mehr Einsatzfahrzeuge den Tatort erreicht. Über ihnen, auf der Brücke der Stadtautobahn, war der Verkehr zum Erliegen gekommen. Die Schaulustigen standen in einer langen Reihe am Brückengeländer, wo sie den besten Ausblick auf das Naturschutzgebiet hatten. Außerhalb der Absperrung drängten sich jetzt die Journalisten. Als sie ihn kommen sahen, riefen sie Marthaler etwas zu. Doch der schüttelte nur den Kopf und winkte ab.

Walter Schilling stand neben der Fahrertür des roten VW Passat. Sie hatten den Wagen bereits geöffnet, hatten aber mit der Untersuchung noch gewartet. Der Chef der Spurensicherung reichte Marthaler ein paar durchsichtige Plastikhandschuhe. Den Fahrersitz hatte Schilling mit einer dünnen Plane abgedeckt.

«Es wird nicht lange dauern», sagte Marthaler. «Ich möchte nur eine Vorstellung davon bekommen, wie die Frau in ihrem Wagen gesessen hat. Es dürfte ihr letzter Moment gewesen sein, bevor sie ihren Mörder getroffen hat. Ich beeile mich.»

«Darum möchte ich bitten», erwiderte Schilling. Er kannte die Eigenart des Hauptkommissars, der gerne als Erster einen Tatort betrat und der sich dort dann am liebsten alleine aufhielt. «Und tu mir einen Gefallen: Fass so wenig wie möglich an!»

«Ja», sagte Marthaler, «ich weiß. Du sagst es mir jedes Mal. Und wenn es nach dir ginge, müsste ich am besten sogar das Atmen einstellen.»

Schilling lächelte müde. «Atmen darfst du. Aber halt deine Füße still. Du schuffelst nämlich.»

«Ich tue was?»

«Du schuffelst. Du scharrst mit den Füßen. An all deinen Arbeitsplätzen ist nach wenigen Wochen der Teppich durchgescheuert. Sag nur, das hast du noch nicht gemerkt?» Schilling wartete, bis der andere auf dem Fahrersitz Platz genommen hatte. Dann schloss er die Tür von außen.

Marthaler versuchte sich vorzustellen, wie der Platz ausgesehen hatte, bevor das Großaufgebot der Einsatzkräfte ihn besetzt hatte. Wahrscheinlich war er leer gewesen. Andrea Lorenz war mit ihrem Wagen gekommen, aber sie hatte nicht einfach irgendwo geparkt. Sie hatte gewendet und ihr Auto so hingestellt, dass sie sehen konnte, wenn ein anderes Fahrzeug oder ein Fußgänger sich von der Straße näherte. Aber was hieß das? Bedeutete es, dass sie jemanden erwartete, den sie nicht kannte? Was hatte sie hier gewollt an einem Wochentag um die Mittagszeit? Wen hatte sie treffen wollen? Oder war alles nur ein Zufall? Sie hatte zufällig ein wenig Zeit gehabt, hatte einen Spaziergang gemacht und war dabei zufällig ihrem Mörder begegnet. Marthaler bezweifelte das. Es passte nicht. Ein solcher Täter überließ nichts dem Zufall. Er wartete nicht einfach irgendwo, bis irgendeine Frau vorüberkam, um dann zuzuschlagen. Er ging geplant vor. Er wollte bei dem, was er tat, das größtmögliche Vergnügen haben. Ein Vergnügen, für das jemand sterben musste.

Marthaler lehnte sich zurück. Er ließ die Arme sinken. Seine Hände hingen zu beiden Seiten des Sitzes herab. Er versuchte, sich zu konzentrieren. Plötzlich berührten seine Finger etwas. Dort, wo man den Sicherheitsgurt einrasten ließ, war etwas. Er zog es hervor. Es war ein Notizbuch, ein kleiner, in dunkelblaues Leder gebundener Kalender. Er schlug das Datum des heutigen Tages auf. Es waren drei Termine verzeichnet. Jedes Mal stand dort eine Uhrzeit und ein Name. Nur bei dem mittleren Termin stand auch eine Adresse. Um zwölf Uhr war die Kosmetikvertreterin Andrea Lorenz in der Darmstädter Landstraße verabredet gewesen. Der Name, der dort stand, lautete Gundlach.

Diesmal kriegen wir dich, dachte Marthaler. Diesmal entkommst du uns nicht.

«Verdammter Mist, es gibt vierzig Apartments in dem Haus, aber in keinem einzigen wohnt jemand mit dem Namen Gundlach.»

Als Sven Liebmann fluchend den Sitzungsraum im Weißen Haus betrat, hatten die anderen sich bereits um den Tisch versammelt.

«Ich habe mit dem Hausmeister gesprochen. Er hat noch nie von jemandem gehört, der so heißt. Ich habe die Verwaltung angerufen; die Sekretärin hat in den Unterlagen nachgesehen: Es gibt keinen Mieter mit diesem Namen und es gab nie einen.»

«Damit war doch zu rechnen», sagte Kerstin Henschel.

Die anderen sahen sie erstaunt an. Sie hatten darauf gehofft, durch den Namen im Notizbuch von Andrea Lorenz endlich einen Schritt weiterzukommen. Jetzt war die Enttäuschung groß.

«Wenn unsere Vermutung stimmt», fuhr Kerstin Henschel fort, «dass diese Eintragung etwas mit dem Fall zu tun hat, dass der Mörder mit seinem Opfer einen Termin gemacht hat, dann dürfen wir nicht so naiv sein zu glauben, dass er ihr seinen richtigen Namen genannt hat.»

«Aber warum hat er ihr dann überhaupt einen Namen und eine Adresse genannt? Wenn *wir* ihn in dem Haus nicht gefunden haben, dann hätte sich auch Andrea Lorenz nicht dort mit ihm treffen können.»

«Hat sie ja wohl auch nicht», sagte Kai Döring. «Jedenfalls haben wir keinen Hinweis darauf. Aber vielleicht haben sie sich nicht *in* dem Haus getroffen, sondern davor – auf der Straße. Vielleicht brauchten sie deshalb eine Adresse. Vielleicht hat er dort auf sie gewartet, und dann sind sie in die Schwanheimer Dünen gefahren.»

«Um was zu tun?», fragte Manfred Petersen. «Meinst du, sie wollte ihm dort die Fußnägel lackieren?»

Für einen kurzen Moment reagierten alle erheitert. Nur Kai Döring, der sonst am ehesten zu Scherzen aufgelegt war, schien verärgert zu sein, dass man seine Theorie nicht ernst nahm.

«Und was, wenn es sich gar nicht um ein berufliches, sondern um ein privates Treffen gehandelt hat?», erwiderte er. «Was, wenn die beiden ein Date hatten. Keiner von uns weiß, wie es um die Ehe von Andrea Lorenz stand. Vielleicht war sie unglücklich und wollte jemanden kennen lernen. Immerhin könnte es sein, dass ihr Mörder eine Kontaktanzeige aufgegeben und sie sich auf diese Annonce gemeldet hat.»

Erst jetzt schaltete sich Marthaler ein. Er hatte absichtlich so lange gewartet, bis er sich zu Wort meldete. Er wollte die Spekulationen der anderen nicht unterbrechen, damit sie die verschiedenen Möglichkeiten durchspielen konnten.

«Alles ist möglich», sagte er. «Trotzdem möchte ich jetzt Walter Schilling bitten, uns einen ersten Bericht vom Fundort der Leiche zu geben.»

«Unsere Leute sind noch vor Ort», sagte er. «Das Gelände ist groß, und wir haben keine Ahnung, wonach wir suchen. Es wird sicher noch einige Stunden dauern, bis wir alle Spuren gesichert haben. Und wie immer wird das meiste, was wir dann haben werden, nichts mit unserem Fall zu tun haben.»

«Ja», sagte Kai Döring, «und wir dürfen dann wieder in euren Müllbeuteln herumkramen und uns die verfaulten Rosinen herauspicken.»

«So ist es nun mal», erwiderte Schilling. «Das Wichtigste, was wir bislang sagen können: Der Fundort der Leiche ist auch der Tatort. Andrea Lorenz wurde dort getötet, wo wir sie entdeckt haben. Überall im Sand gab es Kampfspuren. Der Boden war aufgewühlt. Ich habe mit der Gerichtsmedizinerin gesprochen, und sie ist zu demselben Ergebnis gekommen. Die Leiche wies zahlreiche Schürf- und Kratzmale auf, die auf einen Kampf zwischen den Brombeerhecken hindeuten. In den Wunden wurde derselbe Sand gefunden, wie es ihn dort überall gibt. Es könnte auch sein, dass das Opfer eine Zeit lang an den Stamm einer Kiefer gefesselt gewesen ist. An der Rinde eines der Bäume haben wir Hautanhaftungen gefunden und daneben auf dem Boden die Reste eines Stricks, der mit einem Messer durchtrennt wurde.»

«Kannst du erste Schlussfolgerungen ziehen?», fragte Marthaler.

Der Chef der Spurensicherung schüttelte heftig den Kopf. «Nein, das kann ich nicht. Wir haben keine Anhaltspunkte. Es gibt bislang nichts, das auf eine bestimmte Person als Täter hinweist. Genauso wenig wie im ersten Fall ...»

«Aber?»

«Was meinst du mit: aber?»

«Es klang, als wolltest du noch etwas sagen.»

«Gut. Ihr wisst, wie sehr es mir widerstrebt, eine Behauptung aufzustellen, die ich nicht durch Spuren belegen kann. Aber wenn ihr unbedingt wollt: Alles, was ich gesehen habe, deutet darauf hin, dass es derselbe Täter ist. Nein, es ist mehr: Ich bin davon überzeugt. Es ist genau dasselbe Muster.»

«Ich bin deiner Meinung», sagte Manfred Petersen. «Ich glaube auch, dass wir es mit demselben Mann zu tun haben. Und trotzdem ist diesmal etwas anders. Es sieht für mich so aus, als sei er mutiger geworden?»

«Was hat eine solche Tat mit Mut zu tun? Kannst du mir

das vielleicht erklären.» Kerstin Henschels Stimme klang aufgebracht, als sie ihre Frage stellte. Noch immer schaffte sie es nicht, Manfred Petersen mit Gelassenheit zu begegnen.

«Vielleicht ist Mut das falsche Wort. Aber was er diesmal getan hat, das hat er sehr viel ... ich weiß nicht ... sehr viel öffentlicher getan. Er hat sein Opfer in einem Naturschutzgebiet gequält und später getötet. Nicht, wie beim ersten Mal, als die Tat in einem abgelegenen Haus geschah, noch dazu in der Dunkelheit. Diesmal hat er mitten an einem Wochentag und im Freien gemordet. Die Gefahr, überrascht und entdeckt zu werden, war bedeutend größer. Das muss etwas zu bedeuten haben.»

«Vielleicht hat es zu bedeuten, dass er entdeckt werden will», sagte Liebmann.

«Ja. Oder er will den Reiz dadurch erhöhen, dass er ein größeres Risiko eingeht.»

«Es mag makaber klingen», schaltete sich nun Marthaler wieder ein, «aber dadurch, dass wir ein zweites Opfer haben, sind wir ein ganzes Stück weiter. Der Täter beginnt, uns ein Muster zu zeigen. Mit allem, was er tut, verrät er etwas über sich. Allein die Tatsache, dass er zum zweiten Mal in Frankfurt zugeschlagen hat, legt die Vermutung nahe, dass er hier lebt. Und wir wissen jetzt, dass es ihm nicht um Gabriele Hasler allein gegangen ist. Er will Frauen töten, und er will sie vorher quälen. Jetzt kommt es darauf an, dass wir Vergleiche anstellen. Dass wir das tun, womit Manfred bereits begonnen hat. Was haben die beiden Fälle gemeinsam? Was unterscheidet sie? Und welche Schlüsse können wir daraus ziehen?»

«Aber könnte es nicht sein, dass wir es mit einem Copycat zu tun haben?», fragte Liebmann.

«Mit was, bitte?»

«Mit einem Nachahmungstäter, dem es gefallen hat, was

der Mörder Gabriele Haslers getan hat. Mit einem Menschen, der dieselbe Aufmerksamkeit auf sich ziehen will.»

«Möglich wäre auch das», sagte Marthaler. «Vielleicht können wir dazu mehr sagen, wenn die Spuren ausgewertet sind. Jedenfalls bin ich der Meinung, dass wir Hilfe brauchen. Wir brauchen die Unterstützung von jemandem, der sich besser als wir mit Menschen auskennt, die so etwas tun. Es gibt schließlich Fachleute für so etwas. Und die werden wir um Hilfe bitten.»

«Habt ihr Reifenspuren entdeckt?», fragte Kai Döring, wieder an Walter Schilling gewandt. «Ich überlege nämlich die ganze Zeit, wie der Täter von dort wieder weggekommen ist. Dass der Wagen von Andrea Lorenz noch auf dem Wendeplatz stand, spricht jedenfalls dafür, dass sie mit zwei Autos gekommen sind.»

«Das stimmt», erwiderte Schilling. «Aber ich kann euch wenig Hoffnungen machen. Der Boden dort ist sandig. Wir müssten großes Glück haben, einen verwertbaren Reifenabdruck zu finden.»

«Ja», lenkte Döring ein. «Er muss ja auch nicht mit dem Auto gefahren sein. Er könnte ebenso gut den Bus, ein Motorrad oder was auch immer genommen haben.»

«Und ihr Handy. Was ist damit? Ihr Mann hat gesagt, dass sie es dabeihatte», fragte Marthaler.

Schilling schüttelte den Kopf. «Nichts, bislang jedenfalls nicht.»

«Hat man ihrem Mann eigentlich inzwischen die Nachricht überbracht?», fragte Kerstin Henschel. «Weiß er, dass seine Frau ermordet wurde?»

«Ja», sagte Marthaler. «Ich denke, das ist geschehen. Ich wollte uns das ersparen. Wir haben anderes zu tun. Ich habe Eissler vorhin angerufen und ihn gebeten, das zu organisieren. Trotzdem, wir müssen mit dem Mann von Andrea Lorenz reden, sehr bald. Aber erst einmal gibt es noch ein paar wichtigere Sachen. Vor allem müssen wir das Mädchen aufspüren, das die Tote gefunden hat. Ihr Anruf kam aus einer Telefonzelle in Niederrad. Ich schlage vor, wir hören uns gemeinsam die Aufzeichnung des Notrufs an. Elvira hat das Band bereits aus der Zentrale kommen lassen.»

Marthaler stand auf und verließ den Raum. Zwei Minuten später kam er zurück und hatte einen kleinen Kassettenrecorder in der Hand. Er bat Manfred Petersen, das Gerät an die großen Lautsprecher anzuschließen, die sie im Sitzungszimmer hatten installieren lassen.

Manfred Petersen wollte gerade den Wiedergabeknopf drücken, als die Tür zum Sitzungszimmer geöffnet wurde. Raimund Toller kam herein, und sofort wurde beifälliges Gemurmel laut. Toller trug einen Stapel Pizzakartons auf dem Arm, den er auf dem Tisch absetzte. Hinter ihm betrat Elvira mit einem Tablett den Raum. Sie verteilte Teller und Bestecke. Dann brachte sie zwei Flaschen Sekt und Gläser.

«Was ist los?», fragte Marthaler. «Bislang hatte ich nicht den Eindruck, dass wir heute viel Grund zum Feiern haben.»

«Nein», sagte Toller, «ich habe Geburtstag.»

Rundum standen die Kollegen auf, um ihm zu gratulieren. Nur Kerstin Henschel blieb an ihrem Platz sitzen. Marthaler bemerkte es und schaute sie an. Sie wich seinem Blick aus. Sie bückte sich und kramte in ihrer Tasche. Sie zog einen Stapel Papiere hervor und tat, als würde sie sich auf die Unterlagen konzentrieren.

«Gut», sagte Marthaler, «trotzdem können wir uns keine lange Pause gönnen. Während wir essen, hören wir uns die Aufnahme mit dem Notruf an.»

Manfred Petersen drückte auf den Knopf. Als das Band durchgelaufen war, spulte er es zurück. Sie hörten es sich ein zweites und dann auch noch ein drittes Mal an. Erst jetzt schaltete Petersen das Gerät wieder ab.

«Mein lieber Mann», sagte Kai Döring. «Sieht ganz so aus, als hätten wir diesmal eine Zeugin.»

«Oder mehrere Zeugen», sagte Petersen. «Sie sprach von ‹wir›. Das heißt, es war noch mindestens eine andere Person bei ihr.»

«Jedenfalls haben sie jemanden gesehen. Einen Mann, der angeblich schon wieder weg war. Der aber noch nicht weg gewesen sein kann, weil sie ihn sonst gar nicht hätten sehen können.»

«Also?», fragte Marthaler.

«Also», sagte Döring, «ist das die Erklärung, warum das Mädchen seinen Namen nicht genannt und warum es seine Stimme verstellt hat. Die Kleine hat Angst. Wir wissen nicht, was sie gesehen hat, aber so viel steht fest: Sie weiß mehr, als sie sagen wollte. Vor allem weiß sie, dass sie Angst haben muss vor diesem Mann.»

«Das heißt, wir müssen sie finden», sagte Marthaler. «Egal, wie uns das gelingt. Wir müssen so schnell wie möglich herausfinden, wer dieses Mädchen ist. Und wir müssen sie zum Sprechen bringen.»

«Und wie stellst du dir das vor?», fragte Toller. «Der Anruf kam von einem öffentlichen Fernsprecher in Niederrad.»

«Gut», sagte Marthaler, «dann müssen wir unsere Rückschlüsse, wer dieses Mädchen ist, aus anderen Dingen ziehen. Wir werden uns die Aufnahme so lange anhören, bis wir mehr wissen. Und ich bitte euch, diesmal nicht so sehr darauf zu achten, was sie sagt, sondern auf alles andere, auf ihre Stimme, auf die Geräusche, die sonst noch zu hören sind, auf alles, was uns einen Hinweis geben kann.»

Zwei weitere Male ließen sie das Band abspielen. Für einen Moment herrschte Schweigen. Dann begannen alle durcheinander zu reden. Von dem Motorengeräusch eines vorüberfahrenden Autos war die Rede, von einem bellenden Hund, von einem Klirren und Klappern.

Marthaler hob beide Hände und wartete, bis Ruhe eingekehrt war. «Nicht alle auf einmal. Gehen wir der Reihe nach. Gibt es etwas, das euch an der Stimme des Mädchens aufgefallen ist?»

«Sie hat so tief gesprochen, wie sie nur konnte. Sie hat versucht, wie eine Frau zu klingen.»

«Ja, aber da ist noch etwas. Man hört es schon bei ihren ersten Sätzen. Manfred, spiel uns den Anfang bitte nochmal vor.»

Sie lauschten aufmerksam. «Sie müssen kommen. Da liegt eine Frau im Sand. Sie ist tot», hörten sie das Mädchen sagen. Kerstin Henschel meldete sich als Erste zu Wort.

«Sie hat einen kleinen Sprachfehler. Sie lispelt.»

«Stimmt», sagte Sven Liebmann. «Und wenn ihr mich fragt, hört es sich an, als würde sie eine Klammer tragen.»

«Das ist es, was ich auch sofort gedacht habe. Eine Zahnspange. Machen wir weiter. Was noch? Ist sonst noch jemandem etwas aufgefallen?»

«Während des Telefonats ist ein Auto vorübergekommen. Man hat das Geräusch eines Motors gehört, das kurz darauf wieder verschwunden war.»

«Gut», sagte Marthaler. «Aber das wird uns nicht viel helfen. Also weiter. Habt ihr bemerkt: Als unser Mann in der Zentrale sie das erste Mal nach ihrem Namen fragt, schweigt sie. Es entsteht eine kurze Pause in dem Gespräch. Aber man hört etwas im Hintergrund. Man hört das Geklapper von Flaschen. Jemand schiebt Getränkekästen hin und her. Vielleicht hat diese Person das Mädchen mit der Zahnspange gesehen. Es wäre immerhin möglich.»

«Und der Hund», sagte Kai Döring. «Man hört ihn eine

ganze Zeit lang bellen. Und man hört in der Ferne einen Mann, der ihn Flocky nennt.»

«Nicht nur der Mann nennt ihn so», sagte Marthaler. «Auch das Mädchen. Es gibt eine Stelle in dem Gespräch, wo sie anscheinend den Telefonhörer abdeckt. In dieser Zeit sagt sie etwas. Man hört es nur undeutlich, gedämpft. Aber sie sagt: ‹Flocky, aus!› Das klingt für mich, als würde der Hund ihr gehören. Als habe sie ihn dem Mann zur Aufbewahrung gegeben, solange sie telefoniert.»

«Also», sagte Sven Liebmann, «suchen wir nach jemandem, der Getränkekästen transportiert. Und nach einem Mann, der auf einen Hund aufgepasst hat. Vor allem aber suchen wir nach einem Mädchen, das eine Zahnspange und einen Hund namens Flocky hat.»

«Genau», sagte Marthaler. «Und dieses Mädchen werden wir finden.»

FÜNF Geweckt wurde er vom Klingeln seines Mobiltelefons. Marthaler wusste nicht, wo er war. Es war noch dunkel. Mühsam versuchte er, aus seinem Traum aufzutauchen und sich zu orientieren. Er streckte den Arm aus, um seine Nachttischlampe anzuschalten. Stattdessen fühlte er die Wärme eines Körpers. Es war Tereza, die neben ihm lag und schlief. Jetzt erinnerte er sich. Er war noch lange im Büro gewesen am gestrigen Abend. Dann hatte Tereza angerufen und ihn gefragt, ob er nicht bald Feierabend machen und sich mit ihr treffen wolle. Obwohl er müde gewesen war, hatte er zugestimmt. Mit dem Fahrrad war er nach Bockenheim gefahren und hatte sie in der Pension Uhland abgeholt. Dann waren sie in ein kleines Kellerlokal in der Schlossstraße gegangen, hatten zwei Gläser Wein getrunken und jeder eine große Scheibe Bauernbrot mit Schinken und Käse gegessen. Noch am Tisch wäre er fast eingeschlafen. Tereza hatte ihn überredet, mit zu ihr in die Pension zu kommen.

In den letzten Wochen hatten sie sich getroffen, sooft sie nur konnten. Marthaler hatte den Eindruck, dass sie gerade erst anfingen, einander kennen zu lernen. Sie redeten viel. Es kam vor, dass sie die halbe Nacht nebeneinander lagen und sich Geschichten aus ihrer Kindheit erzählten. Manchmal, wenn er gerade eingeschlafen war, weckte ihn Tereza wieder, weil ihr noch etwas eingefallen war, das er unbedingt sofort erfahren musste. Sie gingen zusammen ins Kino und ins Konzert, und gelegentlich saßen sie auch einfach nur nebeneinander auf Marthalers Couch, hörten Musik und lasen sich aus ihren Lieblingsbüchern vor. Einmal hatte Tereza gesagt, dass sie das Gefühl habe, ihn schon sehr lange zu kennen und dass er ihr trotzdem manchmal noch ganz fremd sei. Ihm ging es ähnlich mit ihr. Sein Wunsch, dass sie wieder bei ihm einziehen möge, war immer stärker geworden. Aber jedes Mal, wenn er das Thema ansprach, lachte Tereza. Und auch sein Argument, dass der Aufenthalt in der Pension auf Dauer zu teuer sei, beeindruckte sie nicht. Die Wirtin habe ihr einen Sonderpreis gemacht. Sie sei gerne bei ihm, aber sie sei auch gerne alleine, sagte Tereza.

In der Dunkelheit stand Marthaler auf und tastete nach seiner Jacke. Als er das Handy gefunden hatte, hörte es auf zu läuten. Er ging in das kleine Badezimmer und schaltete das Licht ein. Er nahm seine Armbanduhr von der Ablage über dem Waschbecken und streifte sie über sein Handgelenk. Es war erst kurz nach vier, aber jetzt war er wach. Er putzte sich die Zähne, dann zog er sich an. Bevor er das Zimmer verließ, beugte er sich über Tereza und küsste sie auf ihr Haar.

Er radelte durch die dunkle Stadt, die noch fast menschenleer war. Als er im Großen Hasenpfad angekommen war, ging er nur kurz in seine Wohnung, um seine Sportsachen anzuziehen. Dann fuhr er zum Goetheturm.

Seit einiger Zeit ging Marthaler drei-, viermal pro Woche in den Stadtwald zum Laufen – manchmal nach der Arbeit, am liebsten aber frühmorgens, wenn die Luft noch frisch und außer ihm kaum jemand unterwegs war. Er hatte seit Jahresende bereits vier Kilo abgenommen und hatte sich vorgenommen, dass es bis zu seinem Geburtstag im Juli noch einmal fünf werden sollten.

Er hatte sein Rad gerade angeschlossen und wollte loslaufen, als sein Telefon wieder klingelte.

«Ich fürchte, jetzt habe ich Sie geweckt», sagte die Stimme eines Mannes.

«Nein», sagte Marthaler. «Das Telefon hat mich vor einer Stunde geweckt, aber nicht jetzt. Wer spricht da, bitte?»

«Sie haben gesagt, dass ich Sie anrufen soll. Egal, zu welcher Tageszeit …»

Marthaler erkannte, dass es der Vater von Stefanie Wolfram war. Sofort merkte er, wie seine Anspannung wuchs.

«Sie ist noch immer nicht zu Hause, aber sie hat sich gemeldet», sagte der Mann.

«Wo ist sie? Kann ich sie sprechen?»

«Sie hat aus Paris angerufen, vom Bahnhof. Die Verbindung war schlecht. Ich habe nicht alles verstanden, was sie gesagt hat. Sie hat noch eine Freundin dort besucht. Ich glaube, dass sie kein Geld mehr hat. Sie wollte den ersten Zug nehmen, der nach Frankfurt geht. Wann sie ankommt, weiß ich nicht.»

«Hat sie gesagt, von welchem der Pariser Bahnhöfe sie abfährt?»

«Ja, vom Ostbahnhof.»

«Haben Sie ihr gesagt, was passiert ist, dass man ihre Freundin ermordet hat?»

«Nein, Sie wollten doch nicht …»

«Gut», unterbrach ihn Marthaler. «Und niemand darf erfahren, dass sie nach Frankfurt kommt. Haben Sie gehört?! Ich werde mich erkundigen, wann die ersten Züge aus Paris auf dem Hauptbahnhof eintreffen. Und ich werde Ihre Tochter dort abholen.»

«Wir werden ebenfalls dort sein», sagte Heinrich Wolfram. «Wir wollen Steffi so schnell wie möglich sehen.»

«Nein, das werden Sie nicht», sagte Marthaler. «Sie bleiben, wo Sie sind. Ich werde mit Ihrer Tochter sprechen, dann melde ich mich wieder bei Ihnen. Sie werden Sie bald sehen. Ich werde ein Treffen organisieren. Aber Sie müssen noch etwas Geduld haben. Erst muss sie in Sicherheit sein.»

Aber Heinrich Wolfram gab sich mit dieser Antwort nicht zufrieden. «Und was wollen Sie tun, um meine Tochter zu erkennen? Wollen Sie sie ausrufen lassen? Das halte ich für keine so gute Idee.»

Marthaler überlegte. Er sah ein, dass der Mann Recht hatte. Wahrscheinlich wäre es ungefährlicher, wenn ihre Eltern Stefanie kurz begrüßen würden.

«Also gut», stimmte er zu. «Machen wir es, wie Sie vorschlagen. Sie hören von mir, sobald ich im Büro bin.»

Marthaler rechnete nach. Selbst wenn Stefanie Wolfram die schnellste und teuerste Zugverbindung von Paris nach Frankfurt wählte, würde sie frühestens am späten Vormittag ankommen. Er hatte also noch ausreichend Zeit, seinen Lauf durch den Stadtwald zu machen und anschließend alle Vorbereitungen zu treffen.

Langsam lief er los. Er wollte erst warm werden, bevor er das Tempo erhöhte. Er hatte inzwischen gelernt, seine Kraft einzuteilen. Es war noch fast dunkel, und so wählte er den Weg, den er kannte: Er lief an den Grillplätzen am Scheerwald vorbei, dann folgte ein kleiner Schlenker nach rechts, bevor er links abbog und dem Zaun des Waldfriedhofs folgte. An der Tellersiedlung verließ er den Wald, in den er aber kurz vor der Autobahnbrücke wieder einbog. Er passierte den Maunzenweiher und hatte knapp zehn Minuten später jene Stelle erreicht, wo sie vor ein paar Jahren die Leiche eines jungen Mannes gefunden hatten, der auf äußerst brutale Weise erstochen worden war.

Als Marthaler am Goetheturm ankam, war er knapp eine Stunde gelaufen. Und auch hier holte ihn die Erinnerung an den alten Fall wieder ein. Ein Freund des Getöteten war damals vor laufenden Fernsehkameras von der hohen Aussichtsplattform gesprungen, während die Polizei den Turm belagert hatte.

Danach hatte es Marthaler lange Zeit vermieden, in den Stadtwald zu gehen. Schließlich hatte er sich dazu gezwungen. Er wollte nicht, dass ihm seine Arbeit einen Ort nach dem anderen verleidete. Es war die Stadt, in der er wohnte. Es war die Stadt, in der es so viele Verbrechen gab wie in kaum einer anderen, trotzdem war es auch seine Stadt, und er wollte sie sich nicht nehmen lassen.

Nach seinem Lauf fühlte er sich gut. Ein wenig erschöpft, aber gut. Er war durchgeschwitzt und beeilte sich, nach Hause zu kommen. Er musste noch duschen und frühstücken. Trotzdem würde er seinen Arbeitstag früh beginnen können.

Als er sich an seinen Schreibtisch gesetzt hatte, fand Marthaler die Nachricht, dass man den Fotografen Helmut Drewitz am Vortag in Namibia verhaftet habe. Er hatte die Monate seit seiner Flucht in einem Hotel in Windhuk unter falschem Namen verbracht. Ein deutscher Urlauber hatte ihn dort erkannt. Bei einer ersten Vernehmung durch die namibische Polizei hatte Drewitz beteuert, nichts mit dem Mord an Gabriele Hasler zu tun zu haben. Ja, dachte Marthaler, jetzt wissen wir es auch, aber jetzt ist es zu spät.

Er schaltete seinen Computer ein und rief die Seite mit den Reiseauskünften der Deutschen Bahn auf. Der erste Zug vom Pariser Ostbahnhof würde um 13.08 Uhr in Frankfurt eintreffen. Er rief im Präsidium an und bestellte für den Mittag zwei Streifenwagen. Spätestens um kurz nach halb eins würden sie in ausreichender Besetzung am Gleis stehen und auf Stefanie Wolfram warten. Dann telefonierte er ein weiteres Mal mit Heinrich Wolfram und bat ihn, sich gemeinsam mit seiner Frau um dieselbe Zeit dort einzufinden.

Robert Marthaler ging in den Keller des Weißen Hauses zu Sabato und seinen beiden Mitarbeitern. Der Kater Anton

Pavlovich kam dem Hauptkommissar mit hochgestelltem Schwanz über den Gang entgegen und rieb sich an dessen Bein. Marthaler schnupperte. Hier, wo es meist nach Chemikalien roch, kam ihm der Duft von Kaffee und frischem Gebäck entgegen. Er klopfte an die Tür des Labors, bekam aber keine Antwort. Als sich auch beim zweiten Mal niemand meldete, drückte er die Klinke und trat einfach ein. Im selben Moment fuhr Sabato wie vom Blitz getroffen auf seinem Drehstuhl herum und fauchte Marthaler an: «Bist du verrückt geworden? Willst du mich umbringen? Wie kannst du mich nur so erschrecken?»

Erst jetzt sah Marthaler, dass Sabato einen kleinen Kopfhörer trug. In der rechten Hand hielt er einen Porzellanbecher mit heißem Kaffee, von dem er jetzt allerdings die Hälfte verschüttet hatte.

«Und was hörst du da, wenn man fragen darf?»

Sabato schien sich bereits wieder gefangen zu haben. Er grinste seinen Kollegen an. «Das, was ich immer höre», sagte er, «Kampflieder der spanischen Arbeiterbewegung, was denn sonst?»

Marthaler sah ihn entgeistert an. «Das ist nicht dein Ernst, du hörst nicht schon beim Frühstück Propagandamusik?»

Sabato brach in ein dröhnendes Lachen aus. «Klasse», sagte er. «Wahrscheinlich bin ich nur deshalb mit dir befreundet, weil du auf alles reinfällst. So dumm kann ein Spruch überhaupt nicht sein, dass du ihn nicht ernst nehmen würdest. Ich glaube, du bist der einzige Mensch, den ich kenne, der noch nie gemerkt hat, wenn ich einen Witz gemacht habe.»

Marthaler nickte. Immerhin war ihm aufgefallen, dass das, was Sabato gerade gesagt hatte, keinesfalls als Kompliment gemeint war.

«Nein, ich höre keine spanischen Kampflieder, sondern

deutsche Naturgedichte. Eine Sammlung mit Naturgedichten vom Barock bis heute.»

Marthaler, der sich nicht schon wieder eine Blöße geben wollte, beschloss, dem Kriminaltechniker diese Information lieber nicht zu glauben. «Was auch immer du während deiner Frühstückspausen hörst, ich muss mit dir über den Fall reden.»

Sabato steckte sich den letzten Zipfel seines Butterhörnchens in den Mund, trank einen Schluck des restlichen Milchkaffees und forderte Marthaler mit einer Handbewegung auf, sich zu setzen.

«Wenn du mich nach der Auswertung der Spuren fragen willst», sagte er, bevor er noch aufgekaut hatte, «so muss ich dich enttäuschen.»

«Nein», sagte Marthaler, «darum geht es nicht. Ehrlich gesagt glaube ich, dass unser Täter auch diesmal schlau genug war, nichts Verwertbares zu hinterlassen. Wir brauchen die Hilfe eines Psychologen. Und ich will keinen von unseren Leuten, keinen, der den Fall sofort kriminalistisch angeht. Ich will einen Fachmann, der mir sagen kann, was in diesem Täter vorgeht. Mir graut davor, was ich erfahren werde, aber ich glaube, es ist nötig.»

Sabato sah ihn erstaunt an. «Wie kann ich dir dabei helfen?», fragte er. «Ich bin Chemiker und Biologe, von den Windungen der menschlichen Seele verstehe ich so viel wie du. Nein, stopp, ein bisschen mehr vielleicht schon.»

Marthaler ignorierte die letzte Bemerkung. «Ich weiß, dass ihr damals, als Manon zu euch kam, mit einigen Therapeuten Kontakt hattet», sagte er. «Vielleicht kann mir einer von ihnen einen Namen nennen. Ich will den besten!»

Sabato nickte. «Ich verstehe. Gib mir eine halbe Stunde. Ich werde mit Elena telefonieren. Wir werden den richtigen Mann für dich finden.»

Elvira schaute auf, als Marthaler das Vorzimmer seines Büros betrat. «Wunder dich nicht», sagte sie. «Du hast bereits Besuch.»

Er öffnete die Tür und sah sich um. Toller und Petersen saßen auf den Stühlen vor seinem Schreibtisch. Dann bemerkte er ein Mädchen, das am Fenster stand und unverwandt hinausschaute. Zu seinen Füßen stand ein Schulranzen. Alle drei schwiegen.

«Was ist los?», fragte Marthaler.

«Das ist sie», sagte Petersen. «Das Mädchen, dem der Hund namens Flocky gehört. Das Mädchen, das bei uns angerufen hat. Wir sind zu der Telefonzelle nach Niederrad gefahren. Es war alles, wie wir vermutet haben. Direkt nebenan befindet sich ein Kiosk. Wir haben den Besitzer befragt. Er wusste sofort, nach wem wir suchen. Sie heißt Mara. Als sie telefoniert hat, war ein Junge bei ihr. Wir haben sie abgepasst, als sie gerade das Haus verließ und zur Schule wollte. Sie weigert sich, den Mund aufzumachen.»

Marthaler schüttelte den Kopf, dann bat er seine beiden Kollegen, mit ins Vorzimmer zu kommen. Er sprach mit gesenkter Stimme: «Seid ihr völlig verrückt geworden? Ihr könnt nicht einfach eine Minderjährige von der Straße holen und vernehmen. Wenn ihre Eltern davon erfahren, kommen wir in Teufels Küche. Ist euch das eigentlich klar?»

Petersen nickte. «Ja», sagte er. «Das wissen wir auch. Trotzdem wollten wir das Risiko eingehen. Wir können nicht auf ihre Aussage warten, bis alle juristischen Hürden genommen sind. Und wir müssen auch Tobi finden, diesen Jungen, den der Mann vom Kiosk erwähnt hat. Sie alleine kann uns sagen, wo er sich aufhält.»

«Gut», sagte Marthaler. «Jetzt ist das Kind sowieso schon in den Brunnen gefallen. Ich versuche mit ihr zu reden. Aber allein!»

Er ging zurück in sein Büro und schloss die Tür hinter sich.

«Hallo, Mara. Ich bin Robert Marthaler. Wir müssen dringend mit dir sprechen.»

Das Mädchen schien keine Notiz von ihm zu nehmen.

«Wir wissen, dass du etwas Schreckliches erlebt hast. Darüber müssen wir reden. Wir wollen, dass nicht noch mehr schreckliche Dinge geschehen, hörst du. Deshalb musst du uns sagen, was du weißt.»

Mara schaute weiter aus dem Fenster, ohne sich zu rühren.

«Mara, wir sind jetzt allein. Ich kann dir nicht versprechen, dass alles, was du sagst, unter uns bleibt. Aber ich kann dir versichern, dass dir nichts passieren wird. Du brauchst vor nichts und niemandem Angst zu haben. Du hast bei uns angerufen, und das war gut so.»

Langsam drehte sich Mara zu ihm um. Sie sah ihm direkt in die Augen. «Nein», erklärte sie. «Es war ein Fehler.»

«Warum glaubst du das? Warum meinst du, dass es ein Fehler war?»

«Weil keiner sicher ist, der ein Verbrechen gesehen hat. Das weiß jeder.»

«Gut», sagte Marthaler. «Aber man ist schon ein ganzes Stück sicherer, wenn man nicht der Einzige ist, der etwas weiß. Wenn du es mir erzählst, dann sind wir schon zu zweit.»

Mara nickte, aber sie schwieg auch weiterhin.

«Du hast von einem Mann gesprochen. Du hast gesagt, der Mann sei schon weg gewesen. Was für einen Mann hast du gemeint? Wir glauben, dass er die Frau umgebracht hat, die du gefunden hast.»

«Ich habe keinen Mann gesehen.»

«Mara, bitte, du darfst mich nicht belügen.»

«Ich habe keinen Mann gesehen.»

«Wer hat ihn dann gesehen? Du warst nicht alleine, nicht wahr. Warst du mit dem Jungen zusammen in den Schwanheimer Dünen? Mit dem Jungen, der bei dir war, als ihr uns angerufen habt? Er heißt Tobi, stimmt's? Der Kioskbesitzer wusste seinen Namen.»

Mara zögerte lange mit ihrer Antwort. Marthaler merkte, dass sie mit sich haderte, dass er sie mit seinen Nachfragen in einen Gewissenskonflikt gebracht hatte.

«Ich darf nichts sagen. Er wollte noch nicht einmal, dass ich anrufe. Ich habe ihm versprochen, niemandem etwas zu verraten.»

«Wenn du diesen Jungen magst, wenn Tobi dein Freund ist, dann ist es besser, du brichst dein Versprechen. Es ist besser für ihn. Wenn es so ist, wie ich annehme, dass er diesen Mann gesehen hat, dann ist dein Freund in großer Gefahr.»

«Ist er nicht. Weil niemand weiß, wer er ist.»

«Aber versteh doch: Es wird niemand erfahren. Er muss uns helfen, den Mörder zu finden. Vielleicht ist Tobi der Einzige, der ihn gesehen hat. Und nur wenn er uns hilft, können wir ihm helfen.»

Marthaler merkte, wie sie ihre trotzige Haltung Stück für Stück aufgab. Sie war der Situation und seinen Argumenten nicht länger gewachsen. Er sah, dass sie Tränen in den Augen hatte. Sie war am Ende ihrer Kräfte, und sie hatte Angst. Und er fragte sich, wie lange er dieses Mädchen noch quälen durfte.

«Ich werde mit ihm reden», sagte sie.

«Dir ist hoffentlich klar, dass wir ihn auf jeden Fall finden müssen. Und dass wir ihn finden werden. Es wäre also besser, du würdest mir sagen, wie er mit Nachnamen heißt und wo er wohnt.»

«Nein!»

Er durfte jetzt keinen Fehler machen. Wenn er sie zu sehr

bedrängte, würde sie sich womöglich wieder ganz zurückziehen. Marthaler beschloss, sich auf das Angebot des Mädchens einzulassen.

«Gut», sagte er, «sprich mit ihm. So schnell wie möglich. Mach ihm klar, dass er für uns ein wichtiger Zeuge ist. Vielleicht der wichtigste, den wir haben. Wir sind darauf angewiesen, dass er mit uns zusammenarbeitet. Und sag ihm, dass er ebenso auf uns angewiesen ist. Wenn ihn jemand beschützen kann, dann sind wir es.»

Mara nickte. Dann drehte sie sich weg. Sie wollte wohl nicht, dass Marthaler ihre Tränen sah.

«Sag ihm, dass er verhindern kann, dass noch mehr geschieht. Es darf nicht noch eine Frau ermordet werden. Es liegt auch an ihm.»

Mara schluchzte. Aber sie nickte jetzt auch. «Niemand darf mir folgen», sagte sie. «Kein Polizist darf versuchen, hinter mir herzufahren.»

«Hier», sagte Marthaler und reichte ihr seine Visitenkarte. «Du hast mein Ehrenwort. Niemand wird dir folgen. Ich warte darauf, dass dein Freund sich bei mir meldet. Er soll sich nicht zu viel Zeit lassen.»

SECHS Der Zug lief mit wenigen Minuten Verspätung im Frankfurter Hauptbahnhof ein. Marthaler und seine Leute hielten sich im Hintergrund. Es war wenig wahrscheinlich, dass jemand von der Ankunft Stefanie Wolframs erfahren hatte, trotzdem mussten sie wachsam sein. Jetzt müssen wir wohl zwei Zeugen beschützen, dachte er. Diese Frau und den Jungen, dessen Nachnamen wir noch immer nicht wissen. Zwei Zeugen, von denen wir noch nicht einmal eine Aussage haben.

Stefanie Wolfram war braun gebrannt. Sie hatte langes, mittelblondes Haar. Marthaler hatte sie sich kleiner vorgestellt, und er fand, dass sie jünger aussah als auf den Fotos, die ihm ihre Eltern gezeigt hatten. Es schien, als habe ihr der Urlaub vom Leben gut getan. Außer einem großen Rucksack hatte sie kein Gepäck. Sie wirkte ein wenig verlegen, als sie jetzt nacheinander ihren Vater und ihre Mutter umarmte. Sie lachte, und dennoch meinte er, in ihrem Gesichtsausdruck eine kleine Verunsicherung zu erkennen, so, als habe sie bereits gemerkt, dass die Eltern nicht ganz so unbeschwert waren, wie sie hätten sein sollen, wenn sie ihre Tochter nach dieser langen Zeit wieder begrüßen durften.

Einen Moment lang plauderten die drei miteinander, dann drehte sich Heinrich Wolfram zu Marthaler um und nickte ihm zu. Stefanie folgte dem Blick ihres Vaters und sah den Fremden misstrauisch an. Zögernd ergriff sie die ausgestreckte Hand, als er sie begrüßte und sich vorstellte.

«Sie haben nichts zu befürchten», sagte er und merkte im selben Augenblick, wie dumm dieser Satz war, wie wenig er der Wahrheit entsprach und wie wenig Glauben sie ihm schon jetzt schenkte. Sie hatte etwas zu befürchten. Aus welchem anderen Grund hätte er sonst hier sein sollen. «Ich muss Sie bitten, mit mir zu kommen. Sie können nicht in Ihr Haus in Darmstadt zurück. Jedenfalls vorläufig nicht. Dort ist etwas geschehen. Wir bringen Sie an einen sicheren Ort.»

Die junge Frau sah ratlos zwischen ihren Eltern und Marthaler hin und her. Er kam sich vor wie ein Idiot. Die Sätze, die er gerade gesagt hatte, waren ein Ausdruck seiner Hilflosigkeit. Er hatte keine Ahnung, wie man einer Frau, die von einer langen Reise nach Hause kam, erklärte, dass ihre Freundin ermordet worden war und dass man – höchstwahrscheinlich bei dem Versuch, sie selbst ebenfalls umzubringen – ihre Untermieterin erschossen hatte. Seine Worte mussten ihr völlig unsinnig vorkommen, und so wunderte er sich nicht, als Stefanie Wolfram jetzt in Gelächter ausbrach.

«Entschuldigung», sagte sie schließlich. «Entschuldigt bitte, aber ich bin wohl wirklich zu lange weg gewesen. Ich verstehe gar nichts von dem, was hier vorgeht. Wollt ihr mich auf den Arm nehmen, oder wollt ihr mir endlich in einfachen Worten erklären, was passiert ist.»

Marthaler sah, dass er keine Wahl hatte. «Gabriele Hasler ist tot. Sie wurde gequält und erdrosselt. Die Mieterin in Ihrem Haus ist ebenfalls einem Mordanschlag zum Opfer gefallen. Alles andere erzähle ich Ihnen, wenn wir in dem Hotel sind, in dem wir ein Zimmer für Sie reserviert haben.»

Sie schoben sich durch das Gedränge der Reisenden und verließen den Bahnhof über den Ausgang Süd. Niemand außer Marthaler bemerkte die Polizisten in Zivil, von denen sie unauffällig begleitet wurden. Stefanie Wolframs Eltern hatten ihren Wagen auf dem großen Parkplatz an der Mannheimer Straße abgestellt. Im Kofferraum befand sich eine Reisetasche mit frischer Wäsche, die sie für ihre Tochter gepackt hatten.

Sie tauschten die Tasche gegen ihren Rucksack aus. Beide weinten, als sie sich von Stefanie verabschiedeten.

Marthaler hatte neben der jungen Frau auf der Rückbank des Daimler Platz genommen. Am Steuer saß Kai Döring und auf dem Beifahrersitz Kerstin Henschel. Eigentlich hatte Raimund Toller den Wagen fahren sollen, er hatte sich aber wegen eines Arzttermins entschuldigt. Er habe seit letzter Nacht Magenkrämpfe und wolle sich untersuchen lassen. Marthaler glaubte, dass es sich um eine Ausrede handelte. Wieder hatte er den Eindruck gehabt, dass es Unstimmigkeiten zwischen Kerstin und Toller gab, und er hatte sich vorgenommen, Kerstin in einem geeigneten Moment danach zu fragen.

Sie fuhren über die Kennedyallee stadtauswärts in Richtung Neu-Isenburg. Dort hatten sie für Stefanie Wolfram im «Hermes Hotel» ein Zimmer gemietet. Marthaler hatte dafür gesorgt, dass die Buchung unter einem erfundenen Namen erfolgt war. Als sie dort ankamen, hatte die Frau noch immer nicht gesprochen. Seitdem er ihr erzählt hatte, was geschehen war, hatte sie mit versteinerter Miene vor sich hingestarrt. Sie hatte weder eine Träne vergossen, noch hatte sie eine Frage gestellt.

Eine halbe Stunde später, nachdem Stefanie Wolfram sich in ihrem Zimmer geduscht und umgezogen hatte, saßen sie zu viert in einem kleinen Konferenzzimmer, das sich in einem Seitengang im Erdgeschoss des Hotels befand. Sie hatten sich Kaffee und ein paar Sandwichs bringen lassen und darum gebeten, nicht mehr gestört zu werden. Kerstin Henschel erstattete Bericht. Sie fasste die Ereignisse zusammen und erklärte Stefanie Wolfram, dass sie bis heute nichts über die Zahnärztin Gabriele Hasler wussten. Nichts, was die Ermittlungen vorangebracht hätte.

«Unsere einzige Hoffnung waren Sie», sagte Kerstin Henschel. «Aber Sie waren unauffindbar. Und dass man versucht hat, Sie zu töten, hat unsere Vermutung bestärkt, dass Sie etwas wissen über Ihre Freundin. Etwas, das wir nicht wissen sollen, aber dringend wissen müssen. Und ich frage mich, ob mein Eindruck stimmt, dass Sie nicht erstaunt sind über die Dinge, die ich Ihnen gerade erzählt habe. Sie haben nicht ein einziges Mal ein Zeichen der Verwunderung bekundet.»

Stefanie Wolfram nickte. Sie hatte sich eine dunkle Sonnenbrille aufgesetzt, durch deren Gläser man ihre Augen nicht sehen konnte. Endlich begann sie zu sprechen. «Sie haben Recht. Ich bin nicht erstaunt. Alles hat so kommen müssen. Solange ich Gabi kannte, habe ich befürchtet, dass ihr eines Tages etwas passieren würde. Wenn mich etwas wundert, dann höchstens, dass es so lange gut gegangen ist.»

Die Polizisten schauten einander an. «Was soll das heißen?», fragte Marthaler. «Was haben Sie kommen sehen? Was hat ihr passieren müssen?»

«Etwas Schreckliches. Etwas in der Art, das jetzt geschehen ist. Sie hat einfach zu gefährlich gelebt.»

«Sie hat was?», fragte Kai Döring. «Eine Zahnärztin, die zurückgezogen in einem Haus am Stadtrand wohnte, die kaum Kontakte hatte, die verlobt war mit einem biederen Sanitärtechniker, den sie alle paar Wochen gesehen hat. Was ist an einem solchen Leben gefährlich? Ich fürchte, das müssen Sie uns erklären.»

«Ja. Mir scheint, dass Sie wirklich nicht viel über Gabi wissen. Sie hatte Kontakte. Sehr viele sogar. Wesentlich mehr, als ihr gut tat. Trotzdem war sie sehr einsam. Sie hatte sich längst von ihren alten Freundinnen zurückgezogen. Außer mir gab es, soweit ich weiß, niemanden mehr. Und auch wir haben uns immer seltener gesehen. Eigentlich kam sie nur noch alle paar Monate, um mir die Miete zu bringen. Meist saßen wir dann eine Weile verlegen zusammen, bis sie wieder gegangen ist.»

«Die Miete?», fragte Marthaler. «Für was hat sie Ihnen Miete gezahlt?»

«Sie hat noch immer die kleine Wohnung genutzt, in der wir als Studentinnen gewohnt haben. Ich habe darauf bestanden, dass sie mir die Miete persönlich vorbeibringt, damit wir uns wenigstens gelegentlich nochmal sehen.»

«Aber für was, verdammt? Was wollte sie mit einer Studentenwohnung? Sie hatte ein großes Haus von ihren Eltern geerbt, das sie kaum unterhalten konnte.»

Stefanie Wolfram sah Marthaler kopfschüttelnd an. «Sie wissen es wirklich nicht? Gabriele Hasler hat dort Männer empfangen. Wie sie es schon während des Studiums getan hat. Sie hat sich verkauft. Solange ich sie kenne, war sie in Geldschwierigkeiten. Ich habe nie herausbekommen, was sie mit all dem Geld gemacht hat. Ich vermute, sie hat gespielt, aber ich kann es nicht mit Sicherheit sagen. Sie hat annonciert und ist für Geld mit Männern ins Bett gegangen. Sie hat lange versucht, es vor mir zu verheimlichen. Eine Zeit lang hat sie es abgestritten. Aber es war so.»

Marthaler hatte Mühe, sich von seiner Überraschung zu erholen. Als er jetzt darüber nachdachte, merkte er, dass es Hinweise darauf gegeben hatte, was Stefanie Wolfram ihnen gerade berichtet hatte. Die Wäsche, die er in dem Schlafzimmerschrank von Gabriele Hasler gefunden hatte. Die Kondome im Nachttisch. Die Aussage ihres Verlobten, dass die Eltern den Kontakt zu ihrer Tochter wegen ihres Lebenswandels abgebrochen hatten. Das Gerede der Nachbarn. Hinweise, die er ignoriert hatte, weil sie nicht in das Bild passten, das er sich von einer Zahnärztin machte.

Jetzt wirbelten die Informationen in seinem Kopf durcheinander. Monatelang hatten sie ins Leere ermittelt, hatten sich immer wieder im Kreis bewegt, und nun kam im Laufe von vierundzwanzig Stunden alles in Bewegung. Er ließ sich von

Stefanie Wolfram die Adresse der Wohnung geben, in der Gabriele Hasler ihrer Nebentätigkeit nachgegangen war. Sie befand sich in einem Apartmenthaus in Bockenheim.

Marthaler entschuldigte sich und verließ den Konferenzraum. Auf dem dunklen Hotelflur tippte er die Nummer von Walter Schilling in sein Telefon. Er bat den Chef der Spurensicherung, sich umgehend einen Durchsuchungsbefehl für die Wohnung zu besorgen und sofort ein Team dorthin zu schicken. Dann kehrte er zu den anderen zurück.

«Erinnern Sie sich an die Männer, die Gabriele Hasler empfangen hat. Oder wenigstens an einige von ihnen. Gab es darunter einen, dem Sie zutrauen würden, dass er so etwas tut? Hat sie Ihnen von einem brutalen Freier erzählt? Von einem, mit dem sie Streit hatte? Gibt es einen Namen, den sie erwähnt hat?»

Endlich setzte Stefanie Wolfram ihre Sonnenbrille ab. Ihre Augen sahen müde aus, und ihre gebräunte Haut wirkte nun fahl. Sie überlegte lange, dann strich sie sich eine Strähne aus der Stirn und schüttelte den Kopf.

«Ich habe immer mal wieder einen der Typen aus Gabis Zimmer kommen sehen. Aber meist hat sie versucht, diese Termine so zu legen, dass ich nicht zu Hause war. Ich habe ihr ins Gewissen geredet. Ich habe versucht, ihr klar zu machen, wie gefährlich es ist, was sie da treibt. Wir hatten dauernd Krach. Schließlich habe ich ihr gedroht, sie rauszuschmeißen, wenn sie weiter Freier in unserer Wohnung empfängt.»

«Und?», fragte Kerstin Henschel, «hat das etwas genützt?»

«Nein. Ich weiß nicht, ob sie sich daran gehalten hat. Manchmal ist sie angerufen worden und ist dann weggegangen. Keine Ahnung, wohin. Vielleicht zu den Männern nach Hause, vielleicht in irgendwelche Hotels. Aber nein, ich erinnere mich an niemanden.»

«Trotzdem», sagte Marthaler. «Sie müssen es versuchen. Jemand ist in Ihr Haus eingedrungen, um Sie zu töten. Jemand, der nicht wollte, dass Sie mit uns sprechen. Dafür muss es einen Grund geben. Der einzige Schluss, den wir daraus ziehen können, ist der, dass Sie den Mörder Ihrer Freundin kennen. Oder dass er das jedenfalls befürchtet.»

Für einen winzigen Moment kräuselte sich Stefanie Wolframs Stirn, so, als sei ihr ein Gedanke durch den Kopf gegangen, den sie gleich darauf wieder verworfen hatte. Marthaler war es nicht entgangen. Er sah die junge Frau aufmerksam an und wartete, dass sie etwas sagte.

Aber sie schüttelte erneut den Kopf. «Nein, tut mir Leid. Mir fällt weder ein Name noch ein Gesicht ein. Es ist auch zu lange her, dass ich von diesen Dingen etwas mitbekommen habe. Ich hatte immer wieder Auseinandersetzungen mit Gabi deswegen. Irgendwann habe ich das Thema nicht mehr angesprochen.»

«Aber Ihre Eltern haben von einem Streit berichtet, den sie unfreiwillig mitbekommen haben. Einen Streit, den Gabi mit einem Mann hatte.»

Stefanie Wolfram lachte. «Ja», sagte sie, «meine Eltern haben damals natürlich sofort die richtigen Vermutungen angestellt. Und sie waren schockiert. Am liebsten hätten sie mir den Umgang mit Gabi verboten. Aber solche Vorfälle gab es anfangs häufiger. Sie hat sich mit den Freiern um Geld gestritten oder um die vereinbarten Leistungen. Wenn ich sie dann hinterher fragte, was los gewesen sei, wiegelte sie ab. ‹Nichts›, sagte sie. ‹Kümmer dich einfach nicht drum.› Sie wollte nicht darüber reden. Wie sie überhaupt immer weniger redete. Sie wurde immer einsamer und immer unglücklicher. Und zugleich immer schweigsamer.»

Jetzt schaltete sich Kai Döring ein. «Können Sie uns etwas darüber sagen, wie oft sie Freier empfangen hat? Einmal am

Tag? Seltener, öfter? Ich hätte gerne eine Vorstellung davon, welches Ausmaß diese Sache hatte.»

«Je nach Bedarf – wenn ich es richtig sehe. Wenn sie Geld brauchte, hat sie Termine gemacht. Mal hat sie drei Freier an einem Tag abgefertigt, dann gab es wieder eine Woche Pause. Am meisten hat sie wohl während der Semesterferien gearbeitet. Sie nannte es wirklich so, sie nannte es ‹meine Arbeit›.»

«Was war mit den Studenten?», fragte Marthaler. «Hat es dort einen Verehrer gegeben, den sie vielleicht loswerden wollte, der sich aber als besonders hartnäckig erwiesen hat? Hat sie einen Freund gehabt?»

Wieder bemerkte Marthaler in Stefanie Wolframs Miene eine Bewegung, und wieder schien sie nicht darüber sprechen zu wollen, was ihr gerade eingefallen war. Stattdessen wich sie aus.

«Ganz am Anfang des Studiums hat es einen Jungen gegeben, der sich in sie verguckt hatte. Micha, ein netter, harmloser Knabe. Sie hat sich ein paarmal von ihm zum Essen ausführen lassen, mehr wollte sie wohl nicht. Ich glaube nicht, dass sie überhaupt jemals ernsthaft verliebt war. Jedenfalls nicht in der Zeit, als ich sie kannte. Micha hat ihr eine Zeit lang nachgestellt, dann hat er es aufgegeben. Zu mir hat er aber weiter den Kontakt gehalten. Er hat später eine sympathische kleine Amerikanerin geheiratet, ist mit ihr in die USA gezogen und hat inzwischen vier Kinder. Er schickt mir jedes Jahr zu Weihnachten einen Brief mit den neuesten Fotos seiner Familie.»

«Da ist noch etwas», sagte Marthaler.

«Was meinen Sie?», fragte Stefanie Wolfram.

«Etwas, das Ihnen schon zweimal durch den Kopf gegangen ist, über das Sie aber nicht sprechen wollen.»

Langsam nickte sie. «Ja, Sie haben Recht. Ich habe an etwas gedacht, aber es ist wahrscheinlich Unsinn.»

«Ich muss Sie bitten, es trotzdem zu sagen. Solange wir

spekulieren müssen, kann jede Information wichtig sein. Auch wenn sie sich später als Unsinn erweist.»

«Es gab jemanden, den ich zweimal in unserer Wohnung angetroffen habe. Jemanden, den ich kannte und dem das offensichtlich peinlich war. Und es war nicht nur ihm, sondern es war auch Gabi peinlich.»

«Sagen Sie uns bitte, um wen es sich handelt.»

«Es war einer unserer Professoren. Sowohl Gabi als auch er haben beide Male so getan, als sei es bei diesen Treffen um irgendwelche Studienangelegenheiten gegangen. Es war eine offensichtliche Ausrede.»

«Bei dem Mann handelte es sich um Professor Wagenknecht, nicht wahr?», sagte Marthaler.

Stefanie Wolfram sah ihn erstaunt an. «Ja. Aber woher wissen Sie das?»

Am liebsten hätte Marthaler vor Genugtuung mit der Hand auf den Tisch geschlagen. Aber er hielt mitten in der Bewegung inne. Also hatte Wagenknecht ihn tatsächlich belogen. Er erinnerte sich noch gut an die Worte, die der Professor zu ihm gesagt hatte, als er nach seinem Verhältnis zu Gabriele Hasler gefragt hatte. «Ich kannte sie, wie ein Professor seine Studentinnen eben kennt», hatte er gesagt.

«Ich war im Carolinum», sagte Marthaler jetzt, um Stefanie Wolframs Frage zu beantworten. «Ich wollte etwas über Gabriele Hasler erfahren. Mir wurde Professor Wagenknechts Name genannt. Ich habe mit ihm gesprochen. Er war es, der mir auch erzählte, dass Sie in Darmstadt wohnen. Er hat in den höchsten Tönen von Ihnen geschwärmt. Er würde Sie gerne als Mitarbeiterin gewinnen.»

«Ich weiß», sagte Stefanie Wolfram. «Aber ich mag ihn nicht.»

«Gut. Erzählen Sie uns über seine Beziehung zu Gabriele Hasler?»

«Da gibt es nichts zu erzählen. Ich bin mir sicher, dass die beiden ein Verhältnis hatten. Ob er sie bezahlt hat, weiß ich nicht, aber ich nehme es an. Sonst hätte Gabi sich sicher nicht mit ihm eingelassen.»

«Wie lange ging das?»

«Keine Ahnung. Die beiden Male, dass ich sie in unserer Wohnung überrascht habe, lagen vielleicht ein halbes Jahr auseinander. Später hat der Herr Professor jedenfalls versucht, mit mir anzubändeln.»

«Und?»

«Nichts und. Er ist nicht mein Fall. Er wirkt auf mich undurchschaubar. Jedenfalls liebt er es, sich mit dieser Aura zu umgeben. Er gehört zum Typus des zynischen Naturwissenschaftlers. Ein Typus, der ziemlich verbreitet ist und den ich noch immer nicht mag.»

«Können Sie mir sonst etwas über ihn sagen?»

«Seit dreißig Jahren verheiratet. Zwei erwachsene Kinder. Wohnt im Holzhausenviertel in einer wunderschönen Villa, wo Gabi und ich ein paarmal an irgendwelchen Gartenfesten teilnehmen durften.»

Marthaler nickte. Ihm war klar, dass er einen Fehler gemacht hatte. Er hatte zwar im Sekretariat von Professor Wagenknecht angerufen und erfahren, dass er unterrichtet hatte, als der Mord in Darmstadt geschehen war. Aber er hatte den Zahnmediziner nicht nach seinem Alibi für die Nacht gefragt, in der Gabriele Hasler ermordet worden war.

SIEBEN Marthaler blieb auf dem Bürgersteig stehen und schloss die Augen. Er merkte, um wie vieles ruhiger die Stadt in diesem Viertel war. Vielleicht ist auch hier das Glück nicht zu Hause, dachte er, aber das Unglück ist womöglich doch ein wenig ferner.

Ein Namensschild gab es nicht. Nur zwei schlichte Initialen aus Bronze, die an dem gemauerten Zaunpfosten angebracht waren. Der Vorgarten mit den vielen Natursteinen, der schmale, gepflasterte Weg, der von der Straße zum Haus führte, die beiden weiß verputzten Erker, selbst die Haustür aus dunklem, fast schwarzem Holz – alles hier war einfach und schön. Man merkte, dass die Leute, die hier wohnten, ausreichend Zeit gehabt hatten, ihren Geschmack auszubilden. Und ausreichend Geld, ihr Haus diesem Geschmack entsprechend zu gestalten.

Zu seiner Verwunderung war das Gartentor unverschlossen. Er lief über den gewundenen Pflasterweg, stieg die wenigen Treppenstufen empor und drückte auf den Klingelknopf. Er wartete eine halbe Minute, dann läutete er erneut.

«Ja bitte?»

Die Stimme kam aus einer Richtung, die er nicht erwartet hatte. Er schaute sich um. An der Hausecke stand eine groß gewachsene Frau, die er auf Anfang fünfzig schätzte. Sie trug einen dünnen Pulli aus Mohair und eine Jeans.

Er ging auf die Frau zu. Sofort fühlte er sich unbehaglich. Er merkte, wie sie ihn taxierte und wie die anfängliche Freundlichkeit in ihrer Miene dem Ausdruck von Desinteresse wich.

«Frau Wagenknecht, nehme ich an», sagte er. «Ich würde gerne Ihren Mann sprechen.»

Sie hob die Brauen und sah ihn an. Sie wartete darauf, dass er sich vorstellte.

«Entschuldigen Sie. Mein Name ist Robert Marthaler. Ich bin Kriminalpolizist.»

Sie lächelte, aber sie schwieg noch immer.

«Ich ermittle in einem Mordfall. Sie werden davon gehört haben. Es geht um die Zahnärztin Gabriele Hasler. Sie war eine Studentin Ihres Mannes. Ich würde gerne mit ihm sprechen.»

Das Lächeln hielt sich, aber es hatte kein Hinterland. «Oh, da muss ich Sie enttäuschen. Mein Mann ist verreist. Kann es sein, dass er mir von Ihnen erzählt hat?»

«Seit wann ist Ihr Mann verreist?»

«Seit gestern Abend. Er befindet sich auf einer Vortragsreise durch die USA.»

«Dann muss ich mit Ihnen sprechen.»

Plötzlich begann sie zu kichern.

«Was ist daran komisch?», fragte er.

Sofort wechselte ihr Gesichtsausdruck wieder. Jetzt stellte sie Langeweile zur Schau. Irgendetwas stimmt mit ihr nicht, dachte Marthaler. Oder mit mir. Jedenfalls verstehe ich sie nicht. Sie ist unruhig, aber es liegt nicht an mir. Sie ist ein nervöser Mensch, der nicht so wirken möchte. Sie möchte gerne überlegen wirken, aber alles an ihr zeigt, wie unzufrieden, wie aufgekratzt sie ist.

«Bitte», sagte sie und forderte ihn mit einer Handbewegung auf, ihr zu folgen.

Hinter dem Haus erstreckte sich ein Garten mit einer großen Rasenfläche, die rechts und links von alten Laubbäumen begrenzt wurde. Durch die offene Terrassentür führte sie Marthaler in den Salon zu einer ledernen Sitzgruppe.

«Ich habe mir gerade einen kleinen Prosecco gegönnt», sagte sie und kicherte erneut. «Wenn Sie ebenfalls ein Schlückchen mögen ...»

Marthaler lehnte ab. Die Frau ließ sich in einen der beiden Sessel fallen und griff sofort nach ihrem Glas. Ohne dass sie es ihm angeboten hatte, nahm Marthaler in dem anderen Sessel Platz.

«Ich wüsste gerne, wo Ihr Mann gestern Nachmittag war.»

Sie antwortete nicht. Er wartete, aber seine Geduld ging schon jetzt zur Neige.

«Ich weiß nicht, was mit Ihnen los ist», sagte er mit so ruhiger Stimme wie möglich. «Vielleicht sind Sie betrunken. Vielleicht sind Sie unglücklich. Es geht mich nichts an. Aber ich muss Sie bitten, meine Fragen zu beantworten.»

«Schade, dass er nicht hier ist. Es würde ihm gefallen», sagte sie mit müder Stimme.

«Was würde ihm gefallen?»

«Dass Sie ihn verdächtigen. Dass Sie ihn für fähig halten, diese beiden Morde begangen zu haben. Darauf wollen Sie doch hinaus. Es würde ihm Spaß machen, er würde sich geschmeichelt fühlen. Und ich traue ihm zu, dass er es Ihnen sogar gestehen würde.»

«Aber Sie trauen ihm nicht zu, dass er es wirklich getan hat?»

Jetzt drehte sie sich zu ihm um und schaute ihn mit ihrem leeren Lächeln an: «Mein Mann ist ein Würstchen. Er ist herrisch, er ist gemein, er quält alle, die mit ihm zu tun haben. Und er interessiert sich nur für sich selbst. Aber er ist ein Würstchen. Und ein hervorragender Mediziner, wie man mir immer wieder sagt.»

«Ihr Mann hat mich belogen. Er hat gesagt, er habe Gabriele Hasler gerade so gut gekannt, wie ein Professor seine Studentinnen eben kennt. Das war eine Lüge.»

«Nein. Er hat mit Gabriele Hasler geschlafen, wie er mit so vielen anderen seiner Studentinnen geschlafen hat. Das ist das normale Verhältnis, das er zu ihnen unterhält. Deshalb war sein Satz keine Lüge. Sie haben ihn nur falsch verstanden. Er tut sich an seinen Studentinnen gütlich. Und wenn er genug von ihnen hat, vergisst er sie einfach. Aber er bringt sie nicht um.»

«Und Sie stört das nicht? Ihnen genügt es, die Fassade einer Ehe aufrechtzuerhalten, die schon lange keine mehr ist?»

«Ach Gottchen, ja. Mit so einer Frage hätte ich rechnen müssen. Aber Sie täuschen sich. Es gibt keine Fassade. Wenn er von einem seiner Mädchen nach Hause kommt, ist er zwar noch immer kein guter Mensch, aber er ist weniger herrisch, weniger gemein. Jedenfalls für ein paar Stunden.»

«Trotzdem möchte ich wissen, wo er war.»

Wieder schwieg sie lange. «Hören Sie, mein Herr, dessen Namen ich schon wieder vergessen habe. Ihre Fragen langweilen mich zu Tode. Es sind die Fragen eines Beamten mit einer Beamtenseele. Ich weiß nicht, wo er war. Genauso wenig, wie er weiß, wo ich war.»

Marthaler glaubte nicht daran, dass sie meinte, was sie sagte. Es waren Sätze, die vielleicht zu ihrem Mann passten, aber nicht zu ihr. Ihr Hochmut war antrainiert. Sie wollte den Kriminalpolizisten spüren lassen, dass er für sie nicht mehr war als ein Hofnarr, von dessen Anwesenheit sie sich ein wenig Abwechslung versprochen, der sie aber enttäuscht hatte und ihr deshalb bereits wieder lästig war. Doch nichts davon stimmte. Sie war eine verzweifelte Frau, und sie tat Marthaler Leid. Auch wenn sie sich dieses Mitleid sicher verbeten hätte.

Trotzdem hatte sie wahrscheinlich Recht. Professor Wagenknecht war kein Mörder. Marthaler hatte einen Moment lang geglaubt, in ihm einen Verdächtigen ausmachen zu können. Sie würden seine Alibis überprüfen müssen, aber es gab keinen Grund, das Bild, das seine Frau von ihm gezeichnet hatte, zu bezweifeln.

Marthaler stand von seinem Sessel auf. Er verabschiedete sich, aber sie hatte die Augen bereits wieder geschlossen. Sie reagierte nicht auf seinen Gruß. Sie hielt den Stiel ihres Sektglases zwischen Daumen und Zeigefinger. Er sah, dass ihre Hand ein wenig zitterte.

Marthaler stand auf der Straße. Er drehte sich noch einmal um und warf einen letzten Blick auf das Haus.

Er hatte sich getäuscht. Auch in diesem Viertel war das Unglück zu Hause.

«Komm bitte her», sagte Walter Schilling am Telefon. «Wir sind in Bockenheim, in der Wohnung von Gabriele Hasler. Aber wir waren nicht die Ersten. Es war schon jemand hier.»

«Was meinst du?», fragte Marthaler. «Wer war dort? Ich habe keine Zeit. Sag mir einfach, was los ist.»

«Nein, Robert, bitte. Man kann es nicht erklären. Du musst dir das ansehen.»

Marthaler beeilte sich. Das sechsstöckige Haus befand sich mitten im alten Universitätsviertel, direkt an einem Platz, der vor nicht allzu langer Zeit nach dem Frankfurter Philosophen Theodor W. Adorno benannt worden war.

Marthaler hatte Mühe, einen Parkplatz zu finden. Er war nervös. Die Ankündigung Walter Schillings ließ ihn nichts Gutes ahnen.

Mehrmals umkreiste er das Gebiet, das sich südlich der Adalbertstraße zu einem Dreieck fügte, dessen Spitze auf das Messegelände zulief. Endlich hatte er Glück. Vor ihm stieg jemand in sein Auto und machte einen Platz am Straßenrand frei. Als Marthaler den Rückwärtsgang eingelegt hatte und gerade zurückstoßen wollte, sah er im Spiegel, wie sich von hinten rasch ein dunkelblauer VW Golf näherte, im letzten Moment blinkte und in die Parklücke fuhr.

Marthaler stieg aus. Er ließ den Daimler mit laufendem Motor mitten auf der Straße stehen. Er ging zu dem Golf und riss die Fahrertür auf. Sofort kam ihm der Geruch einer Marihuana-Zigarette entgegen. Der junge Fahrer trug einen dunkelblauen Anzug und ein weißes Hemd. Er wirkte darin wie verkleidet. Marthaler schätzte, dass der Mann vielleicht halb so alt war wie er selbst.

«Mach den Platz frei. Sofort!», sagte Marthaler.

Der Junge grinste. «He, was fällt dir ein. Nimm deine Pfoten von meinem Wagen!»

Marthaler versuchte es noch einmal im ruhigen Ton: «Fahr raus», sagte er. «Ich war zuerst hier.»

«Was kann ich dafür, wenn du nicht in die Gänge kommst, Alter. Du hast den Platz nicht gemietet.»

Marthaler packte den Jungen am Revers seines Anzugs und zerrte ihn aus dem Wagen. Mit einer Hand hielt er ihn fest, mit der anderen holte er seinen Ausweis aus der Tasche. Gleichzeitig begann er zu brüllen.

«Weg mit deiner Karre! Sofort! Hast du kapiert? Und dann fährst du umgehend zur Polizeistation in die Schlossstraße und sagst den Kollegen dort, was du getan hast. Und sag ihnen auch gleich, dass du ein Kiffer bist. Denn wenn du es nicht tust, werde ich es tun – deine Autonummer habe ich. Und das wird schlimm für dich, mein Knabe. Das wird sehr schlimm.»

Der Junge war blass geworden. Marthalers Wutanfall hatte ihn so überrascht, dass er stumm nickte, in seinen Wagen stieg und davonfuhr. Auf dem Bürgersteig waren die Leute stehen geblieben, um den Streit zu beobachten. Marthaler war so in Rage, dass er die Gaffer am liebsten auch noch angebrüllt hätte. Der Daimler stand immer noch mit offener Fahrertür und laufendem Motor auf der Straße. Inzwischen waren drei weitere Autos angekommen, deren Fahrer jetzt einer nach dem anderen zu hupen begannen. Marthaler hob beide Hände, dann setzte er sich hinters Steuer und parkte ein.

Er stieg aus und lief den Rest zu Fuß. Er sah den Kleintransporter der Spurensicherung am Straßenrand stehen, aber von den Kollegen war niemand zu sehen. Vergeblich suchte er die Klingelschilder nach dem Namen Hasler ab.

Dann wurde die Tür von innen geöffnet. Zwei der Mitarbeiter von Walter Schilling traten aus dem Haus.

«Seid ihr schon fertig?», fragte Marthaler.

Sie schauten den Hauptkommissar an und schüttelten den Kopf. Der ältere der beiden antwortete: «Wir gehen nur einen Happen essen. Wir kommen später nochmal wieder. Walter möchte, dass du dir die Sache erst mal anschaust, bevor wir alles einpacken und abtransportieren. Erster Stock rechts.»

Schilling erwartete ihn an der Wohnungstür. Marthaler war ungeduldig. «Also, was ist? Was war jetzt so wichtig, dass ich sofort herkommen musste?» Er wollte am Chef der Spurensicherung vorbei in den Wohnungsflur gehen, aber der andere hielt ihn zurück.

«Nein, bitte», sagte Schilling, «ich möchte, dass du es genau so siehst, wie wir es vorhin vorgefunden haben. Die Wohnungstür war doppelt abgeschlossen. Wir mussten sie aufbrechen. Bevor wir das getan haben, war das Schloss vollkommen unversehrt. Wer auch immer vor uns dort drin gewesen ist, muss einen Schlüssel gehabt haben. Und hat ihn vielleicht immer noch.»

«Gut», sagte Marthaler, «das habe ich verstanden. Darf ich jetzt …?»

«Ja», sagte Schilling, «bedenk aber bitte, dass wir nichts verändert haben. Auch die Beleuchtung ist genau so, wie sie vor einer Stunde war, als wir hier ankamen.»

Marthaler öffnete die Tür und betrat den düsteren Korridor. Im selben Moment schrak er zurück. Direkt vor ihm stand eine Frau und grinste ihn an. Außer ihrem Gesicht war nichts von ihr zu sehen. Es wurde angeleuchtet von einem schwachen Punktstrahler, der an der Wand angebracht war. Es war ein starres Grinsen, und zwischen den leicht geöffneten Lippen schaute die Zungenspitze hervor.

«Wahrscheinlich war sie schon tot, als die Aufnahme gemacht wurde», sagte Schilling.

Erst jetzt erkannte Marthaler, dass es sich um ein Foto handelte. Es war das Gesicht von Gabriele Hasler, das ihn anstarrte. Jemand hatte das Foto an eine Kleiderpuppe geheftet und diese so in den Flur gestellt, dass jeder, der die Wohnung betrat, das Antlitz der Frau sofort sehen musste.

«Verdammter Mist», sagte Marthaler. «Musste das sein? Meine Nerven sind momentan sowieso nicht die besten. Musstest du mir das antun?»

Schilling war beleidigt. «Entschuldige mal», sagte er. «Aber sonst legst du allergrößten Wert darauf, jeden Tatort als Erster zu betreten. Und ich dachte, dass es dir in diesem Fall besonders wichtig sein könnte. Wer auch immer das hier arrangiert hat, er hat es vielleicht auch für uns getan.»

Marthaler war noch benommen von dem Schrecken. Er hatte Mühe, sich zu konzentrieren. Er versuchte über das nachzudenken, was Schilling gesagt hatte.

«Gut», sagte er, «lass uns weitermachen.»

Er ging seitlich an der Kleiderpuppe vorbei und vermied es, sie noch einmal anzuschauen. Zwei Schritte weiter wurde sein Blick nach rechts gelenkt. Dort hing ein großer Spiegel. Auch der wurde von einem kleinen Spot beleuchtet. Aber da, wo ihn eigentlich sein Spiegelbild hätte anschauen müssen, sah Marthaler erneut in das Gesicht Gabriele Haslers. Auf diesem Foto lebte sie noch. Ihre Augen waren vor Angst geweitet, ihre Mundwinkel heruntergezogen. Um ihren Hals war ein Strick befestigt. Sie wirkte gehetzt. Kopfschüttelnd wandte sich Marthaler ab.

«Vorsicht», sagte Schilling, «pass auf, wo du hintrittst.»

Überall auf dem Boden lagen Fotos, die der Täter im Haus der Zahnärztin aufgenommen hatte. Manche zeigten sie in unterschiedlichen Verkleidungen, auf anderen war sie nackt. Es schien, als habe er den gesamten Tathergang dokumentiert und hier in dieser Wohnung zu einer makabren Ausstellung arrangiert.

«Meinst du, das könnte darauf hinweisen, dass es sich doch um den Fotografen handelt? Dass Helmut Drewitz doch der Täter ist?»

«Nein», erwiderte Schilling, «eher im Gegenteil. Jedes dieser Bilder wurde von einem Amateur mit einer billigen Digitalkamera gemacht. Ein Profi, selbst wenn er wollte, könnte niemals so schlechte Bildausschnitte wählen. Hier war jemand am Werk, der nichts von Fotografie versteht. Die Bilder wurden auf den Computer geladen und hinterher mit einem einfachen Farbdrucker ausgeworfen.»

Marthaler warf einen Blick in die beiden Wohnräume. Überall sah es gleich aus. Die Rollläden waren heruntergelassen worden. Stattdessen wurden die Zimmer von kleinen Lämpchen beleuchtet.

«In jedem Raum lässt sich das Licht über Dimmer regulieren», sagte Schilling. «Als wir kamen, war es genauso dunkel wie jetzt.»

Selbst im Bad und in der kleinen Küchennische waren auf dem Boden und an den Wänden die Aufnahmen mit dem Gesicht und dem Körper der Zahnärztin verteilt worden. Manche der Fotos waren klein, andere hatten das Format eines Briefbogens.

«Ich habe genug gesehen», sagte Marthaler. «Ich muss hier

raus. Wir müssen das analysieren. Aber nicht hier. Lass uns bitte auf die Straße gehen.»

Als sie ins Treppenhaus kamen, warteten dort bereits die beiden Mitarbeiter von Walter Schilling.

Marthaler nickte ihnen zu und beeilte sich, ins Freie zu kommen. Er überquerte die Straße und steuerte auf den Platz zu. Dort setzte er sich auf eine der Bänke unter einen Baum und wartete auf Schilling.

«Was kannst du mir dazu sagen, Walter? Ich bin hilflos. Was geht in einem Menschen vor, der so etwas tut?»

«Da fragst du den Falschen. Aber ich kann dir sagen, dass er ein reinlicher Mensch ist. Wir haben zwar noch keine Zeit gehabt, die Wohnung genau zu untersuchen, aber ich fürchte, wir werden auch diesmal nichts finden. Dass er mit Handschuhen arbeitet, ist sicher. Aber darüber hinaus hat er offensichtlich auch noch alles geputzt und gesaugt. Der Staubsaugerbeutel ist übrigens verschwunden. Den dürfte er mitgenommen haben.»

«Das heißt, er hat alle Spuren beseitigt und gleichzeitig neue gelegt», sagte Marthaler.

«So sehe ich es auch. Wir sollen nicht wissen, wer er ist. Trotzdem scheint er uns etwas über sich sagen zu wollen.»

«Er hat also von dieser Wohnung gewusst. Wahrscheinlich war er schon früher hier. Wahrscheinlich war er einer ihrer Freier. Den Schlüssel dürfte er in der Nacht an sich gebracht haben, als er Gabriele Hasler erdrosselt hat. Aber warum hat er diese Fotos hier verteilt? Er musste damit rechnen, dass wir die Wohnung früher oder später finden.»

«Ich nehme sogar an, dass er das wollte. Anders kann ich es nicht verstehen. Aber ich weiß nicht, was das heißt.»

«Meinst du, er war nach ihrem Tod noch häufiger hier? Meinst du, er ist hierher gegangen wie in ein kleines Museum, um immer wieder seine Tat auszukosten?»

«Das könnte gut sein. Hast du die kleinen Teelichte gesehen, die überall herumstanden? Ich nehme an, dass er die angezündet hat, wenn er in der Wohnung war. Die Lampen hatte er nur für uns eingeschaltet.»

«Aber er musste damit rechnen, gesehen zu werden. Einer der Mieter könnte ihn wiedererkennen.»

«Ach, weißt du», sagte Schilling, «seit wir hier sind, sind so viele Leute durchs Treppenhaus gekommen, und es hat uns keiner gefragt, was wir hier zu suchen haben. Selbst dass wir die Tür aufgebrochen haben, schien niemanden zu wundern.»

Marthaler nickte. «Vielleicht ist es so, wie damals einer der Nachbarn von Helmut Drewitz in Oberrad gesagt hat. Wahrscheinlich ist auch dies kein Haus, wo mit der Nachbarschaft gekuschelt wird.»

ACHT

«Wo warst du, Tobi? Ich bin nach der Schule bei dir gewesen. Dann hab ich den ganzen Nachmittag versucht, dich anzurufen. Ich habe mir Sorgen gemacht.»

Mara saß auf der Bettkante und drückte das Telefon an ihr Ohr. Sie hatte die Zimmertür geschlossen und sprach so leise wie möglich. Sie hatte in letzter Zeit den Verdacht, dass ihr kleiner Bruder auf dem Flur herumschlich und sie belauschte.

«Ich bin mit dem Rad rumgefahren. Ich hatte mein Handy nicht dabei», sagte Tobi.

«Ich war bei der Polizei. Sie haben mich gefunden. Als ich heute Morgen aus dem Haus kam, standen sie beim Kiosk. Sie haben mich einfach mitgenommen.»

«Ich weiß.»

«Du weißt?»

«Ich war da. Ich saß auf der Mauer, als sie kamen.»

«Tobi, du musst mit ihnen reden. Sie müssen den Mann mit der Pistole finden. Sie müssen ihn kriegen, bevor er dich findet. Bevor noch mehr passiert. Sprich mit ihnen.»

«Nein. Hast du ihnen etwas gesagt? Wissen sie, wer ich bin?»

«Ich habe nichts gesagt. Aber sie kannten deinen Vornamen. Ich habe versprochen, nochmal mit dir zu reden. Das ist alles. Einer der Polizisten hat mir seine Visitenkarte gegeben. Ich habe sie bei euch in den Briefkasten geworfen.»

Tobi war jetzt ans Fenster getreten. Er schob die Gardine ein wenig zur Seite und schaute hinaus. Sofort winkte die dicke Frau vom anderen Block ihm zu.

«Ja», sagte er. «Hauptkommissar Robert Marthaler. Ich habe die Karte in der Hand.»

«Der Mann war freundlich, Tobi. Er wartet darauf, dass du ihn anrufst. Er hat mir versprochen, dass niemand mir folgen wird.»

«Er hat dich belogen, Mara.»

«Was soll das heißen: Er hat mich belogen?»

Tobi schaute auf die Straße. Zum dritten Mal in der letzten Viertelstunde fuhr ein Streifenwagen langsam an ihrem Haus vorbei. Jetzt blieb das Auto auf der gegenüberliegenden Straßenseite stehen. Der Fahrer trug Uniform und hatte eine Sonnenbrille auf. Er hatte die Scheibe heruntergelassen und schaute in Tobis Richtung.

«Sie sind dir gefolgt, Mara. Sie wissen, wo ich wohne. Auf der Straße steht ein Polizeiwagen.»

«Das kann nicht sein, Tobi.»

«Es ist aber so.»

«Dann geh runter. Geh hin und sprich einfach mit ihnen. Das ist das Beste, was du tun kannst.»

«Nein. Wenn sie mich gefunden haben, wird auch der Mann mit der Pistole mich finden. Hast du's nicht im Fernsehen gesehen? Was er mit der Frau in den Schwanheimer Dünen gemacht hat? Was meinst du wohl, was er mit mir machen wird, wenn er mich findet?»

Tobi merkte, wie er innerlich zu zappeln begann. Er hatte Angst. Aber er gab sich Mühe, so normal wie immer zu klingen. Er wollte nicht, dass Mara sich von seiner Panik anstecken ließ.

«Was willst du tun?»

«Ich muss abhauen, Mara. Ich muss verschwinden. Jetzt. Sofort.»

«Und was ist mit deinem Großvater? Er kann doch nicht allein bleiben?»

«Du musst dich um ihn kümmern. Ich werde den Wohnungsschlüssel im Haus gegenüber abgeben. Dort wohnt eine Frau. Sie ist ziemlich dick, sie heißt Hofmeister. Hol den Schlüssel bei ihr ab und schau nach Opi, ja? Ich muss jetzt Schluss machen. Der Polizist ist ausgestiegen, er kommt auf unser Haus zu. Ich melde mich bei dir.»

Kurz darauf klingelte es an der Tür. Einmal, zweimal. Dann ein drittes Mal.

Tobi wartete. Er hörte seinen Großvater, der aus dem Nebenzimmer nach ihm rief.

«Es hat geklingelt», sagte der alte Mann mit leiser Stimme, als Tobi neben sein Bett trat.

«Ja, Opi, kümmer dich nicht drum. Ich habe die Klingel schon abgestellt. Schlaf einfach weiter.»

«Ich bin nicht müde, Tobi.»

«Ich weiß, das sagst du immer … Opi, ich muss weg. Vielleicht für ein paar Tage. Mara wird sich um dich kümmern. Hast du gehört? Ich gebe ihr unseren Schlüssel. Sie wird gut zu dir sein.»

Tobis Großvater nickte, aber der Junge war sich nicht sicher, ob der alte Mann ihn verstanden hatte. Das Schmerzmittel, das er ihm vor einer Stunde gegeben hatte, war stark, und sicher würde er gleich wieder in seinem Dämmer versinken.

Tobi ging zurück in sein Zimmer und schaute aus dem Fenster. Das Polizeiauto war verschwunden. Er ging zum Kleiderschrank, zog die große Schublade auf und nahm den Rucksack heraus. Er packte Unterhosen und Socken ein, einen Pullover, zwei T-Shirts und eine frische Jeans. Seinen Ausweis und einen 50-Euro-Schein steckte er in den ledernen Brustbeutel, den er sich um den Hals hängte. Dann zog er seine Regenjacke über und verstaute das Handy in der Innentasche.

Als er sich von seinem Großvater verabschieden wollte, war der schon wieder eingeschlafen. Leise zog er die Tür hinter sich ins Schloss, dann ging er in den Keller, um sein Fahrrad zu holen. Er verließ das Haus über den Hinterausgang, umrundete zweimal den Block und klingelte dann bei der Nachbarin. Er gab ihr den Schlüssel und erzählte, dass er in einer dringenden Angelegenheit verreisen müsse und dass seine Cousine den Schlüssel später abholen werde.

Die dicke Frau hob die Brauen und lächelte: «Was hat mein kleiner Schatz denn für dringende Angelegenheiten?»

Tobi wurde verlegen. Er wusste keine Antwort. Die Frau strich ihm übers Haar und sagte: «Na, lass mal gut sein, mein Kleiner, das kriegen wir schon hin.»

Tobi setzte sich auf sein Rad und fuhr los. Er hatte keine Ahnung, wo er hinwollte. Er bog ab auf die Mainzer Landstraße, fuhr über Griesheim nach Nied und immer weiter Richtung Westen. Er schaute sich nicht um. Er fuhr einfach geradeaus. Er fuhr, so schnell er konnte.

Gegen Abend trafen sie sich im Weißen Haus. Seit gestern, seit sie die Leiche von Andrea Lorenz in den Schwanheimer Dünen gefunden hatten, war alles in Bewegung geraten. Alle arbeiteten ohne Pause. Es kam auf jede Minute an. Je mehr Zeit verstrich, desto mühsamer würden ihre Ermittlungen wieder werden. Und desto größer wäre der Vorsprung des Täters.

Obwohl alle erschöpft waren, dachte keiner daran, Feierabend zu machen. Sie wussten, dass ihnen eine lange Sitzung bevorstand, um ihre Arbeit zu koordinieren.

Als Erster meldete sich Carlos Sabato zu Wort. Er bat darum, sofort wieder zurück in sein Kellerlabor gehen zu dürfen. «Ich kann euch noch nichts sagen. Walter Schilling und seine Leute haben mal wieder alles eingesammelt, was sie draußen im Naturschutzgebiet gefunden haben. Wir werden Tage damit zubringen, das Material zu sichten und die Spuren auszuwerten. Ob eine der zahllosen Zigarettenkippen, eines der Kaugummipapiere oder eines der Haare, die wir jetzt in unseren Tüten im Labor haben, auf den Täter hinweisen, wissen wir noch nicht. Wir werden alles, was wir gestern gefunden haben, mit den Spuren vom ersten Tatort vergleichen müssen. Immerhin gibt es jetzt eine Chance, dass wir eine Entsprechung finden. Auch wenn uns das immer noch nicht sagt, wer der Täter ist, hätten wir dann den Beweis, dass er beide Morde begangen hat. Und ihr wisst, wie wichtig so etwas vor Gericht sein kann, wenn wir kein Geständnis bekommen. Macht ihr also eure Sitzung, ich wühle derweil weiter im Dreck. Sobald ich etwas habe, rühre ich mich.»

Sabato war bereits aufgestanden und zur Tür gegangen. Marthaler rief ihn noch einmal zurück: «Denkst du noch daran, um was ich dich gebeten hatte?»

Sabato verdrehte die Augen. «Seit Stunden liegt auf deinem Schreibtisch ein Zettel mit einem Namen und einer Telefonnummer. Der Typ soll eine Koryphäe sein, ein Fachmann für Sadismus.»

Marthaler bedankte sich. Dann forderte er Kerstin Henschel und Kai Döring auf, zu berichten, was die weitere Befragung von Stefanie Wolfram erbracht hatte. Kerstin packte einen Stapel dicht beschriebener Seiten auf den Tisch: das Protokoll der Vernehmung. Sie sprach lange. Zwischendurch unterbrach Kai Döring sie immer mal wieder, um den ein oder anderen Umstand zu ergänzen.

Am Ende ihrer Rede wirkte Kerstin Henschel resigniert. «Wir haben mehrere Stunden mit Stefanie Wolfram gesprochen. Aber auch sie hatte in den letzten Jahren nur noch wenig Kontakt zu Gabriele Hasler. Wir wissen jetzt, dass diese bereits zu Beginn ihres Studiums Geldprobleme hatte. Die Vermutung liegt nahe, dass sie bei irgendeiner Form von Glücksspiel immer wieder große Summen verloren und dass sie sich deshalb prostituiert hat. Über beides haben wir bisher so gut wie nichts in Erfahrung bringen können. Jedenfalls steht fest, dass sie ein Doppelleben geführt hat: In dem einen Leben war sie Studentin und später Zahnärztin, in dem anderen Leben war sie Spielerin und Prostituierte. Sie hat versucht, diese beiden Bereiche sorgsam voneinander abzuschotten. Das scheint ihr allerdings nur äußerlich gelungen zu sein.»

«Was meinst du damit?», fragte Sven Liebmann. Kerstin Henschel sah sich Hilfe suchend nach Kai Döring um, der jetzt versuchte, den Satz zu erklären.

«‹Ihr zweites Leben hat ihr erstes vergiftet.› So hat es jedenfalls Stefanie Wolfram ausgedrückt. Gabriele Hasler war nie eine besonders gute Studentin. Sie hatte Mühe, ihre Prüfungen zu schaffen. Und auch als Zahnärztin war sie wohl nicht sehr erfolgreich. Trotzdem sei sie anfangs ein fröhlicher Mensch gewesen. Am Ende war sie verbittert, verschlossen und nervös, sagt ihre Freundin.»

«Wusste Stefanie Wolfram davon, dass ihre Freundin verlobt war?», fragte Marthaler.

«Nein», sagte Kerstin Henschel. «Sie hatte keine Ahnung. Sie war so erstaunt darüber, dass sie zunächst meinte, wir müssten uns irren. Und je mehr wir über Gabriele Hasler erfahren, desto mehr bin ich ebenfalls über diesen Umstand erstaunt. Mir kommt es so vor, als sei diese Verlobung auch nur eine Form der Prostitution gewesen.»

«Kerstin, bitte», erwiderte Sven Liebmann. «Eine Verlobung spricht doch eher für das Gegenteil. Vielleicht hat sie gehofft, endlich vor Anker gehen zu können. Vielleicht wollte sie raus aus ihrem Doppelleben.»

«Mag sein, dass ihr das Ganze zu heiß wurde. Aber nach allem, was wir von ihrem Verlobten erfahren haben, glaube ich nicht, dass sie ihn geliebt hat. Ich glaube, dass sie an seinem Geld interessiert war. Ich glaube, dass sie in ihm eine Art bequemen Freier gesehen hat. Vielleicht einen, der die anderen irgendwann überflüssig gemacht hätte.»

Marthaler nickte. All diese Gedanken waren wichtig, trotzdem hatte er Angst, dass sie sich verzettelten.

«Wie es jetzt aussieht, müssen wir uns mit ihrem zweiten Leben beschäftigen. Wir müssen davon ausgehen, dass ihr Mörder etwas mit ihrer Nebentätigkeit als Prostituierte zu tun hat. Und die Frage ist, wie passt das mit dem Mord an Andrea Lorenz zusammen. Es muss einen Punkt geben, wo die beiden Fälle sich kreuzen.»

«Robert, dann sprich bitte aus, was du denkst», forderte Kai Döring ihn auf.

«Wie meinst du das?», fragte Marthaler.

«Du gehst davon aus, dass Andrea Lorenz sich ebenfalls ein Zubrot als Hure verdient hat und dass wir es mit einem Täter zu tun haben, der es auf solche Frauen abgesehen hat.»

Marthaler zögerte noch einen Moment. Schließlich nickte er. «Ja, ich wüsste nicht, was ich sonst denken soll.»

Die anderen reagierten mit Erleichterung. Es schien, als hätten alle nur darauf gewartet, dass endlich jemand aussprach, was sie seit Stunden dachten, seit sie zum ersten Mal vom Doppelleben Gabriele Haslers gehört hatten.

«Jedenfalls würde das den geheimnisvollen Termin gestern Mittag erklären, der im Kalender von Andrea Lorenz verzeichnet war. Dieses Treffen in der Darmstädter Landstraße, das wir uns nicht erklären konnten und das dann in den Schwanheimer Dünen tödlich für sie endete», sagte Kerstin Henschel.

«Dann müsste es aber noch weitere solcher Eintragungen in dem Notizbuch geben», sagte Sven Liebmann.

«Die gibt es auch», erwiderte Kerstin Henschel. «Einige

der Verabredungen, die sie getroffen hat, sind mit einem kleinen Kreuzchen markiert. Wir wussten bislang nicht, was das zu bedeuten hat. Und wir hatten auch noch keine Zeit, es zu überprüfen. Aber ich denke, wir sollten das schleunigst nachholen.»

Die Erkenntnis, die sie gerade gewonnen hatten, war ein Durchbruch. Jetzt mussten sie sich schnell darüber klar werden, welche Folgen sie für ihre Ermittlungen hatte. Immerhin war das Profil des Täters nicht mehr ganz so vage wie noch einen Tag zuvor. Es gab ein Umfeld, in dem er sich bewegte. Es gab ein Muster, nach dem er handelte, und sie waren kurz davor, es zu durchschauen.

Plötzlich stand Marthaler auf. «Entschuldigt, mir ist etwas eingefallen. Ich muss kurz telefonieren. Walter, bitte sei so gut und berichte den anderen in der Zwischenzeit, was wir in der Wohnung in Bockenheim vorgefunden haben.»

Er ging in sein Büro und wählte die Nummer des Zentrums der Rechtsmedizin, aber es meldete sich niemand. Er wollte gerade auflegen, als Thea Hollmann endlich den Hörer abnahm.

«Da hast du aber Glück. Ich war schon fast auf dem Nachhauseweg. Ich hatte nämlich nicht vor, eine zweite Nachtschicht einzulegen.»

«Deshalb rufe ich an», sagte Marthaler. «Ich wollte fragen, wann wir mit deinen Ergebnissen rechnen können.»

«Robert, bitte, sag, dass das nicht wahr ist. Ich habe bereits am späten Vormittag einen Fahrradboten mit meinem Bericht zu euch geschickt. Du solltest ihn längst vorliegen haben.»

Marthaler sah den Stapel mit Unterlagen durch, der sich im Laufe des Tages auf seinem Schreibtisch angesammelt hatte. Den Zettel mit der Notiz von Carlos Sabato legte er beiseite. Dann fand er den schmalen Ordner aus der Rechtsmedizin. «Entschuldige, Thea, du hast Recht. Ich war den ganzen Tag unterwegs. Aber wenn ich schon mit dir spreche, kannst du mir vielleicht eine Kurzfassung geben. Wir sind mitten in einer Sitzung, und ich wäre froh, nicht die ganze Akte durchlesen zu müssen.»

Thea Hollmann stöhnte. «Gut. Aber wirklich ganz kurz. Ich habe dir ja erzählt ...»

«Was hast du mir erzählt?» Dann fiel es ihm ein. Er lachte. «Stimmt. Du bist zum Essen eingeladen. Du willst Füchsel besuchen. War es nicht so?!»

«Ja», sagte sie, «und es wird mich niemand davon abhalten. Also: Es ist so, wie ich gesagt habe. Andrea Lorenz wurde auf dieselbe Weise umgebracht wie Gabriele Hasler. Es gibt Spuren von Fesselungen und zahlreiche Male der Drosselungen. Der Täter hat sie gequält. Trotzdem war etwas anders. Erinnerst du dich noch, was ich dir am Tatort gesagt habe?»

«Ja, du hast gesagt, es sei exakt die gleiche Scheiße wie im ersten Fall.»

«Und das war etwas voreilig von mir. Die Verletzungen, die er dieser Frau beigebracht hat, wirken rabiater. Es sieht so aus, als habe er sie mit einem Stock, einer Art Rute, vielleicht mit einem Ast geschlagen. Als habe er sie züchtigen wollen. Das Ganze wirkt auf mich, als habe er weniger kontrolliert gehandelt, als sei er außer Rand und Band gewesen.»

«Kannst du daraus einen Schluss ziehen?», fragte er.

«Es ist zwar schwer zu fassen, aber auf mich macht es den Eindruck, als müsse er seine Brutalität noch steigern.»

«Du meinst, er verliert die Kontrolle über sich.»

«Ja», sagte sie, «etwas in der Art ... Trotzdem, Robert, entschuldige, ich muss jetzt los. Es gibt Lammkeule mit grünen Bohnen. Füchsel hat darum gebeten, dass ich pünktlich bin.»

«Ja», sagte Marthaler. «Und es wäre schade, wenn das Fleisch trocken würde.»

Er kehrte zurück ins Sitzungszimmer und wartete, bis Walter Schilling mit seinem Bericht fertig war. Dann meldete er sich zu Wort. «Fangen wir noch einmal da an, wo wir gestern aufgehört haben. Fragen wir noch einmal nach den Gemeinsamkeiten der beiden Morde und der beiden Opfer. Aber auch nach den Unterschieden.»

«Wenn es stimmt», sagte Kai Döring, «wenn beide Frauen sich prostituiert haben, dann müssen wir herausfinden, wie sie an ihre Kunden gekommen sind. Irgendwo müssen sie ihre Dienste angeboten haben. Der Täter musste die Möglichkeit haben, mit ihnen Kontakt aufzunehmen. Entweder haben sie Anzeigen geschaltet, oder er hat ihre Namen über Mund-zu-Mund-Propaganda erfahren. Vielleicht auch aus dem Internet. Ich würde vorschlagen, dass wir noch einmal die Kollegen von der Sitte um Hilfe bitten.»

«Ja», sagte Marthaler, «dann bitte ich dich, das zu tun. Gleich morgen früh.»

«Vielleicht ist es dafür noch zu früh. Vielleicht heißt es noch nichts. Aber es ist doch auffällig, dass er nicht irgendwelche Prostituierte umgebracht hat, sondern zwei Frauen, die das als Nebenerwerb betrieben haben. Auch Andrea Lorenz hatte eine bürgerliche Existenz, auch sie führte ein Doppelleben.»

«Hat eigentlich inzwischen jemand den Mann von Andrea Lorenz befragt?»

Sven Liebmann nickte. Aber er sagte nichts.

«Und?», fragte Marthaler. «Was hattest du für einen Eindruck?»

«Frag mich nicht», sagte Liebmann und strich sich übers Gesicht. «Es war grauenhaft. Der Mann ist am Ende. Er war nur noch ein Häufchen Elend. Das Haus, die Einrichtung, die Fotos, die im Wohnzimmerregal standen – all das wirkte, als hätten die beiden eine ganz und gar glückliche Ehe geführt. Roland und Andrea Lorenz wollten am Abend ihren Hochzeitstag feiern.»

«Sie wollten was? Das ist nicht dein Ernst!?»

«Ja. Er hatte bereits gekocht. Aber was ist daran seltsam? Warum wunderst du dich darüber?»

«Andrea Lorenz wurde an ihrem Hochzeitstag ermordet. Und Gabriele Hasler ist in der Nacht zu ihrem Geburtstag umgebracht worden. Glaubt ihr wirklich, das ist ein Zufall?»

Zehn Minuten lang debattierten sie über diese Frage. Die Meinungen waren zunächst geteilt. Niemand hatte eine Idee, woher der Täter von den beiden Terminen gewusst haben könnte. Trotzdem blieb es unwahrscheinlich, dass es sich um einen Zufall handelte.

Kerstin Henschel fasste schließlich das Ergebnis ihrer Diskussion zusammen: «Die Ermordung Gabriele Haslers an ihrem Geburtstag könnte ein Zufall gewesen sein. Der Mord an Andrea Lorenz an ihrem Hochzeitstag ebenso. Da wir aber davon ausgehen, dass beide Verbrechen von demselben Täter begangen wurden, steckt wahrscheinlich mehr dahinter.»

Sie überlegten, was diese neue Information zu bedeuten hatte, aber sie kamen zu keinem Ergebnis. Immerhin musste der Täter mehr über seine Opfer gewusst haben, als sie bisher vermutet hatten. «Es ist wie bei einem Puzzle», sagte Marthaler. «Wir haben ein neues Teil, aber wir wissen noch nicht, wo es hingehört.»

Dann wandte er sich erneut an Sven Liebmann: «Hast du Roland Lorenz gefragt, ob er eine Vorstellung hat, mit wem sich seine Frau gestern Mittag treffen wollte?»

«Habe ich. Aber er hatte keine Ahnung. Er konnte sich das Ganze nicht erklären. Wenn es stimmt, was wir jetzt vermuten, dass seine Frau nicht nur als Kosmetikerin gearbeitet hat, dann wusste er jedenfalls nichts davon. Robert, ich schwöre dir, die beiden waren ein Ehepaar, das sich geliebt hat. Trotzdem glaube ich, dass wir auf der richtigen Spur sind. Er hat nichts gewusst, aber vielleicht hat er es auch nicht wissen wollen.»

«Hast du ihn nach den finanziellen Verhältnissen gefragt?»

«Er hat als Ingenieur bei einer großen Baufirma gearbeitet. Das Unternehmen ist vor zwei Jahren in Konkurs gegangen. Es sind über tausend Leute entlassen worden, auch Roland Lorenz. Seine Arbeitslosigkeit hat ihn deprimiert, aber er schien sich keine Sorgen zu machen. Seine Frau habe gut verdient, sagte er. Mehr nicht.»

«Du meinst, er hat vielleicht etwas geahnt?»

«Das kann ich nicht einschätzen. Wenn es stimmt, was wir annehmen, wird es jedenfalls für ihn ein erneuter Schock sein, da bin ich mir sicher.»

«Und was ist mit dem Sohn der beiden? Wie heißt er noch gleich?»

«Johannes. Man hat ihn von der Schule freigestellt. Er ist bei seinen Großeltern in der Fränkischen Schweiz. Na ja, ihr könnt es euch denken. Es scheint dem Kleinen nicht sehr gut zu gehen.»

«O Gott», sagte Manfred Petersen, der sich während der gesamten Sitzung noch nicht zu Wort gemeldet hatte. «Was für ein Mist. Was für ein gigantischer Mist. Ich brauche jetzt eine Pause. Und ich brauche dringend einen Schnaps.»

Alle waren erschöpft. Sie beschlossen, ihre Besprechung für eine Viertelstunde zu unterbrechen. Als Marthaler das Haus verließ, um im Hof ein wenig frische Luft zu schnappen, traf er auf Kerstin Henschel, die sich gerade eine Zigarette ansteckte.

«Du rauchst?», fragte er.

«Ja. Nein. Ich höre bald wieder auf. Es ist nur im Moment alles ein bisschen viel.»

«Was ist eigentlich mit Toller?»

«Er hat sich krankgemeldet. Irgendwas mit dem Magen. Er hat behauptet, dass er morgen wieder da ist.»

«Das meine ich nicht», sagte Marthaler. «Was ist mit Toller und dir? Ich habe den Eindruck, ihr beide geht euch aus dem Weg.»

Kerstin Henschel machte eine wegwerfende Handbewegung. «Vergiss es!», sagte sie.

«Was soll ich vergessen?»

«Er hat mitbekommen, dass es zwischen Manfred und mir aus ist. Er hat versucht, mich anzumachen. Er hat es mit ein bisschen zu viel Nachdruck versucht. Das ist alles.»

«Soll ich eingreifen?», fragte Marthaler. «Soll ich mit ihm reden?»

«Nein, Robert. Ich bin ein großes, tapferes Mädchen. Ich bekomme das schon selbst auf die Reihe.»

Ihm war ihr gereizter Unterton nicht entgangen. Er entschuldigte sich. Er sah, dass sie Tränen in den Augen hatte. Sie wandte sich ab.

«Ich geh wieder rein», sagte er. «Wir machen bald Schluss für heute.»

Sie nickte, ohne ihn anzusehen.

Als sie wieder zusammensaßen, ergriff Marthaler noch einmal das Wort. Er gab wieder, was er vorhin von Thea Hollmann erfahren hatte. Dann nahmen sie sich den Bericht der Gerichtsmedizinerin vor und gingen ihn Punkt für Punkt durch. Die Dokumentation mit den Fotos vom Leichnam des Opfers überblätterten sie. Keiner wollte sich dem Anblick erneut aussetzen.

«Wieder haben wir keinen Hinweis darauf, dass er die Frau sexuell missbraucht hat», sagte Manfred Petersen. «Er quält sie und er tötet sie. Wenn wir sie finden, sind sie halb entkleidet und bloßgestellt. Das alles ist hochgradig sexuell aufgeladen. Aber es gibt keine Spuren von Sperma. Mir ist das ein Rätsel.»

«Und was schließt du daraus?»

«Nichts. Ich kann nichts daraus schließen. Ich frage mich, ob der Täter vielleicht impotent ist.»

«Ja», sagte Marthaler. «Daran habe ich auch schon gedacht. Vielleicht könnte das eine Erklärung sein.»

«Ich möchte, dass du noch einmal wiederholst, was Thea Hollmann zu dir gesagt hat», bat Walter Schilling. «Nicht, was in ihrem Bericht steht, sondern das, was sie am Telefon zu dir über den Täter gesagt hat.»

Marthaler versuchte, sich an den genauen Wortlaut zu erinnern. Er merkte, dass es ihm von Minute zu Minute schwerer fiel, sich zu konzentrieren. «Sie sagte, der Mörder sei diesmal rabiater vorgegangen, weniger kontrolliert, so, als sei er außer Rand und Band.»

Schilling nickte. «Das ist genau mein Eindruck. Der Boden am Tatort war an mehreren Stellen regelrecht aufgewühlt. Von einigen Bäumen wurden Äste abgerissen. Auch in dem Haus in Oberrad gab es Kampfspuren. Aber dort draußen in den Schwanheimer Dünen war etwas anders. Dort hat jemand gewütet.»

«Das heißt, dass in dem Täter eine Veränderung vorgeht», sagte Sven Liebmann. «Sein Druck wächst. Das heißt vielleicht auch, dass wir uns beeilen müssen, ehe er wieder zuschlägt.»

«Ja», sagte Marthaler, «wir stehen unter Zeitdruck. Trotzdem sollten wir jetzt alle schlafen gehen, damit wir morgen wieder Kraft haben.»

NEUN Marthaler schloss seine Wohnungstür auf. Aus dem Wohnzimmer drang Musik. Tereza lag auf der Couch und schlief. Im CD-Spieler lief das Larghetto aus Prokofjews Fünftem Klavierkonzert. Der Tisch war gedeckt; sie hatte gekocht und auf ihn gewartet. Irgendwann war sie eingeschlafen. Neben ihr stand ein Glas Wein, das noch halb gefüllt war. Das Buch, in dem sie gelesen hatte, lag auf dem Boden. Es war ein Band mit den Erzählungen Bohumil Hrabals. Er holte eine Wolldecke und legte sie über Tereza. Dann zog er sich aus, ging ins Bad, um sich die Zähne zu putzen, und legte sich in sein Bett.

Als er am Morgen aufwachte und auf die Uhr sah, bekam er einen Schrecken. Es war bereits nach halb neun. Er hatte verschlafen. Er war so müde gewesen, dass er vergessen hatte, den Wecker zu stellen. Tereza hatte die Wohnung bereits verlassen. Sie hatte Kaffee gekocht und einen Zettel neben die Thermoskanne gelegt: «Habe auf dich gewartet. Liebe dich trotzdem. Kuss Tereza».

Im Stehen trank er eine Tasse Kaffee. Dann duschte er und zog sich an. Er holte sein Rad aus dem Keller und fuhr ins Nordend. In der Rohrbachstraße hielt er vor der kleinen Bäckerei, in der seine Kollegen und er längst Stammkunden waren. Harry schaute aus der Backstube in den kleinen Verkaufsraum und nickte ihm zu. Marthaler kaufte zwei Maisbrötchen und ein Milchhörnchen, dann fuhr er ins Weiße Haus.

Als er den Treppenflur betrat, kam ihm Sabato entgegen und schaute demonstrativ auf seine Armbanduhr. «Na endlich», sagte der Kriminaltechniker, «wird aber auch Zeit, dass der Herr Hauptkommissar anfängt zu arbeiten. Du kannst gleich mit in den Keller kommen. Du musst dir etwas anschauen. Ich finde es übrigens nett, dass du dran gedacht hast, mir Frühstück mitzubringen.»

«Carlos, entschuldige, aber ich bin hungrig wie ein Bär. Ich kann mich nicht erinnern, wann ich das letzte Mal etwas gegessen habe …»

Sie hatten die Tür zum Labor erreicht, als Sabato sich zu Marthaler umdrehte, den Zeigefinger hob und ihn angrinste: «Ein Scherz, Robert! Es war mal wieder ein Scherz! Ich habe bereits gefrühstückt. Ich bin satt und zufrieden. Und du darfst alles alleine aufessen. Aber vorher schaust du dir an, was ich entdeckt habe.»

Sabato nahm sein dickes Schlüsselbund, ging zu einem der grauen Metallschränke und öffnete ihn. Er zog einen grünen Plastikcontainer hervor und stellte ihn auf den Labortisch. Die Kiste war gefüllt mit den kleinen Plastiktüten, in denen die Kollegen der Spurensicherung ihre Fundstücke aufbewahrten. Jede der Tüten war mit einem Aufkleber versehen, auf dem die wichtigsten Angaben zum Fundort verzeichnet waren.

Sabato nahm eine Pinzette, öffnete einen der Beutel und zog etwas daraus hervor.

«Erinnerst du dich, dass wir in Oberrad etwas gefunden haben, das wir nicht sofort zuordnen konnten. Gabriele Hasler hatte ein Stück Stoff in der Hand, das wir für den Teil einer Gardine hielten. Später hat sich herausgestellt, dass es ein Brautschleier war. Und nun sieh dir das an! Und rate, was es ist.»

Marthaler starrte auf das schmutzige Gewebe, das Sabato vor seinen Augen in die Höhe hielt. «Ein Brautschleier», sagte er. «Es ist wieder ein Brautschleier am Tatort gefunden worden.»

«Den Angaben der Spurensicherung zufolge lag er drei

Meter von der Leiche entfernt im Sand. Er war halb eingebuddelt. Jemand hat ihn wahrscheinlich mit dem Fuß in den Boden getreten.»

«Carlos, was auch immer das zu bedeuten hat, es ist wichtig. Es passt zu allem, was wir bislang herausgefunden haben. Er hat seine Opfer gezwungen, sich als Bräute zu verkleiden. Es ist Teil seiner Zeremonie.»

«Wenn du mich fragst, hat der Kerl nicht mehr alle Tassen im Schrank», sagte Sabato.

«Da hast du wohl Recht. Nur wüssten wir alle gerne, wie der Schrank aussieht, in dem diese Tassen fehlen.»

«Hast du schon Kontakt zu dem Psychologen aufgenommen?»

«Nein», sagte Marthaler, «dazu war noch keine Gelegenheit. Aber es wird das Nächste sein, was ich tue.»

«Das Mädchen hat gerade angerufen», sagte Elvira. «Ich habe gefragt, ob ich dir etwas ausrichten kann, aber sie will es gleich nochmal versuchen.»

Er hatte gerade die beiden Maisbrötchen ausgepackt und einen ersten Bissen genommen, als das Telefon läutete. Im selben Moment betrat Raimund Toller das Büro. Marthaler nahm den Hörer ab und gab Toller ein Zeichen, hereinzukommen und sich zu setzen.

«Mara, bist du das?», fragte er.

Es meldete sich niemand. Dann merkte er, dass am anderen Ende der Leitung jemand weinte.

«Mara, was ist los? Hast du deinen Freund erreicht? Warum ruft er mich nicht an?»

Sie schluchzte. Ihre Stimme war belegt, und sie sprach nur stockend. «Warum haben Sie mich belogen? Sie sind mir doch gefolgt.»

«Wer ist dir gefolgt?»

«Sie. Die Polizei. Sie waren bei Tobi. Ein Polizist war bei ihm und hat an seiner Tür geklingelt. Sie haben mir versprochen, dass mir niemand folgen wird.»

«Mara, das muss ein Irrtum sein. Niemand ist dir gefolgt.»

«Ich lüge nicht. Und Tobi lügt auch nicht. Die Polizei war bei ihm.»

«Gut. Wer auch immer bei ihm war, das hat nichts mit uns zu tun. Wichtig ist nur, dass ich mit Tobi sprechen kann. Sag mir, wo ich ihn finde.»

«Ich weiß nicht, was ich tun soll. Tobi will sich nicht mit Ihnen in Verbindung setzen. Und er wollte mir nicht sagen, wo er hinfährt. Vielleicht nach Mainz, hat er gesagt. Ich weiß nicht, was er dort macht. Er ist abgehauen. Er fährt irgendwo mit seinem Fahrrad herum. Er hat Angst. Und ich habe Angst um ihn.»

«Aber er hat ein Handy dabei, stimmt's?»

«Ja.»

«Dann gib mir seine Nummer. Ich werde selbst mit ihm sprechen. Er muss keine Angst haben. Ich verspreche dir, dass wir ihn schützen werden.»

Mara zögerte. Aber Marthaler wollte sie nicht drängen. Sie hatte sich von selbst noch einmal bei ihm gemeldet, jetzt sollte sie auch von selbst den nächsten Schritt tun.

«Ja», sagte sie noch einmal, dann diktierte sie ihm die Nummer von Tobis Mobiltelefon.

Als Mara aufgelegt hatte, versuchte Marthaler sofort, den Jungen zu erreichen. Ohne Erfolg. Dann wandte er sich an Raimund Toller.

«Haben wir die Möglichkeit, ein Handy zu orten?», fragte er.

Toller schaute ihn an, als ob sein Vorgesetzter ihn auf den Arm nehmen wolle.

«Ist das eine Prüfungsfrage? Willst du sehn, ob ich meine Hausaufgaben gemacht habe?»

«Nein», sagte Marthaler, «die Frage ist ernst gemeint. Ich habe mich nie mit diesen Dingen beschäftigt. Also: Können wir herausfinden, wo sich der Besitzer eines Mobiltelefons befindet?»

Toller grinste. «Kein Problem», sagte er. Offensichtlich genoss er es, seinen Vorgesetzten belehren zu können. «Entweder lokalisieren wir ihn über seine Nummer, oder wir können den IMSI-Catcher einsetzen. Das Ding passt in jeden PKW. Es gaukelt dem gesuchten Handy vor, dass es die nächstgelegene Basisstation sei. Das Telefon wählt sich automatisch dort ein, und schon haben wir alle Daten, die wir brauchen.»

«Mara sagt, dass der Junge wahrscheinlich nach Mainz will. Wir wissen also ungefähr, wo er sich aufhält. Damit hätten wir wohl zur Not eine Chance, ihn zu finden?»

«Ja. In einer Stadt, wo es mehr Basisstationen gibt als auf dem Land, funktioniert das reibungslos.»

«Gut», sagte Marthaler. «Ich möchte nicht, dass wir schon davon Gebrauch machen, aber ich möchte, dass wir alle Vorbereitungen treffen. Ich möchte dich bitten, das zu übernehmen. Es könnte nötig sein, den Jungen schnell aufzuspüren. Ich habe ein ungutes Gefühl. Besorg uns bitte eine richterliche Genehmigung für die Überwachung. Und sieh zu, dass die Technik bereitsteht, wenn wir sie brauchen sollten.»

Toller war aufgestanden und streckte ihm jetzt ein Blatt Papier entgegen.

«Was ist das?», fragte Marthaler.

«Mein Attest, die Bestätigung, dass ich gestern beim Arzt war.»

Jetzt war es Marthaler, der grinste. «Dafür bin ich nicht auch noch zuständig. Gib den Zettel Elvira. Sie weiß, was damit zu tun ist.»

Kaum war Toller wieder draußen, kamen kurz hintereinander Kerstin Henschel und Sven Liebmann in Marthalers Büro. Er sollte Entscheidungen treffen. Er fühlte sich überfordert. «Macht es doch so, wie ihr denkt», sagte er zu den beiden. «Wir sind doch alle auf demselben Wissensstand. Jeder muss seine Arbeit tun, und jeder auf seine Weise.»

Wie immer, wenn sich die Ereignisse um ihn herum überschlugen, wenn es darauf ankam, schnell zu handeln, hatte Marthaler Angst, etwas Entscheidendes zu übersehen. Je größer die Beschleunigung, umso größer war auch die Gefahr, einen Fehler zu machen. Auch jetzt hatte er das Gefühl, er müsse gegensteuern. Er dürfe sich nicht dem Zeitdruck unterwerfen. «Wer keine Zeit hat, muss sie sich nehmen.» Es war dieser Satz seiner Großmutter, der ihm in solchen Situationen einfiel.

Er nahm den Zettel zur Hand, den Sabato ihm gestern auf den Schreibtisch gelegt hatte. Der Mann, den Marthaler aufsuchen sollte, hieß Rainer Hirschberg. Er hatte viele Jahre das Institut für Sexualforschung geleitet. Jetzt war er pensioniert und lebte in einem kleinen Dorf im Taunus. Elvira hatte dort angerufen und um einen Termin für Marthaler gebeten. «Jederzeit», hatte der Mann gesagt, «ich bin immer zu Hause.»

Alle Dienstwagen waren unterwegs. Marthaler überlegte, ob er im Präsidium anrufen und darum bitten sollte, dass man ihm ein Auto schickte. Er entschied sich anders.

«Ich mache eine Radtour», sagte er zu Elvira. «Wenn alles gut geht, bin ich am frühen Nachmittag zurück.»

Er füllte seine beiden Trinkflaschen mit Leitungswasser, pumpte noch einmal Luft in die Reifen und fuhr los. Als er das Stadtgebiet hinter sich gelassen hatte, atmete er durch. Ab Liederbach ging es die meiste Zeit bergauf. Er war froh, dass er um einige Kilo leichter war als noch im Herbst, dennoch war er erschöpft und durchgeschwitzt, als er in Ruppertshain ankam. Er hatte fast anderthalb Stunden gebraucht, länger, als er vermutet hatte. Im Ort erkundigte er sich nach dem Weg zur Alten Mühle. Die rasche Abfahrt durch den Wald hinunter in ein abgelegenes Tal machte ihm Vergnügen, und seit Tagen hatte er zum ersten Mal wieder das Gefühl, dass er frei denken konnte, dass sein Kopf nicht vollständig durch den Fall blockiert wurde.

Als er den tiefsten Punkt der Senke erreicht hatte, machte er Halt. Etwa fünfhundert Meter von der Straße entfernt sah er ein altes, schönes Fachwerkgebäude, das einsam zwischen den Wiesen am Fuß eines Hanges lag. Das Haus war umgeben von einer Gruppe großer Bäume, durch deren kahle Äste die überraschend warme Februarsonne leuchtete.

Er bog in den Schotterweg ein und näherte sich der ehemaligen Mühle. Dann hatte er sein Ziel erreicht. Er überquerte den Hof und stellte sein Rad an der Steintreppe ab, die von zwei Seiten zur Haustür hinaufführte. Auf einer der oberen Stufen lag eine dicke Katze, die ihn träge anblinzelte, als er an ihr vorüberging. Da es keine Klingel gab, klopfte er. Kurz darauf erschien in einem der Fenster im ersten Stock der Kopf einer jungen Frau. Sie rieb sich die Haare mit einem Handtuch trocken.

«Ja bitte?», rief sie und lächelte ihm zu.

«Ich möchte zu Herrn Hirschberg. Ich weiß nicht, ob ich ihn Doktor oder Professor nennen muss.»

Die junge Frau lachte. «Bloß nicht!», sagte sie. «Lassen Sie das lieber, wenn Sie ihn nicht wütend machen wollen. Gehen Sie hinters Haus. Er wird irgendwo im Garten sein.»

Was sie als Garten bezeichnete, war eine riesige Wiese, die mit einigen Obstbäumen bestanden war. Marthaler schaute sich um. Die Wiese erstreckte sich bis hinauf zum Waldrand, wo ein kleines, grün gestrichenes Holzhaus stand. Doch es war nirgends jemand zu sehen. Er bemerkte den kleinen Trampelpfad, der zu der Hütte führte, und als er die Mitte des Weges erreicht hatte, rief er Rainer Hirschbergs Namen. Einige Meter weiter rief er noch einmal.

Dann stutzte Marthaler. Hinter dem Häuschen war eine Gestalt hervorgetreten, die ihn im ersten Moment an einen Astronauten denken ließ. Der Mann trug einen weißen Schutzanzug, weiße Handschuhe und einen Hut, der ganz von einem Netz umgeben war, hinter dem nicht nur sein Gesicht, sondern der ganze Kopf verschwand. Erst als er die zahlreichen Bienen wahrnahm, die den Mann umschwärmten, erkannte Marthaler, dass es sich um die Kleidung eines Imkers handelte.

«Bleiben Sie dort», sagte der Mann. «Ich komme zu Ihnen. Leider habe ich keinen zweiten Schleierhelm, sonst könnten Sie sich meine Völker ansehen. Sie nutzen den schönen Tag, um ihren Reinigungsflug zu machen. Denn bald beginnt die Brut.»

Der Mann war jetzt bei ihm angekommen. Er streifte seine Handschuhe ab, um den Gast zu begrüßen.

«Hauptkommissar Marthaler aus Frankfurt, nehme ich an.»

Marthaler nickte. Als Rainer Hirschberg jetzt seinen Helm samt dem Schleier abnahm, kam dahinter ein weiches, fast jugendlich wirkendes Gesicht mit freundlichen kleinen Augen zum Vorschein.

«Was ist? Sie wirken verwundert», sagte er.

«Ja», antwortete Marthaler, «für einen Pensionär kommen Sie mir reichlich jung vor.»

«Danke für das Kompliment», sagte er. «Ich hatte keine Lust mehr zu arbeiten», sagte er. «Und als ich vor zwei Jahren fünfundfünfzig wurde und von einem Onkel das alles hier geerbt habe, gab es keinen Grund mehr für mich, noch weiterzumachen. Alle waren froh, als ich aufhörte. Am meisten wohl ich selbst.»

Hirschberg führte seinen Gast zu dem verwitterten Holztisch, der ein wenig abseits unter einer großen Weide stand.

«Wollen wir uns hier auf die Bank setzen, oder mögen Sie lieber ins Haus gehen? Dort könnte ich uns Kaffee kochen.»

«Nein», erwiderte Marthaler. «Es wird nicht erfreulich, was wir besprechen müssen. Da wollen wir wenigstens im Freien sitzen.»

Während er mit seinem Bericht begann, stopfte Rainer Hirschberg sich eine Pfeife. Auf der Herfahrt hatte Marthaler sich vorgenommen, die Geschichte des Falles von Anfang an zu erzählen. Der Mann sollte mit allen Details vertraut sein, bevor er seine Einschätzung abgab. Als Marthaler fertig war, hatte er fast eine Stunde geredet. Immer wieder hatte er versucht, am Gesicht seines Zuhörers etwas abzulesen. Aber er hatte weder Abscheu noch Verwunderung darin entdecken können, nur das konzentrierte Interesse des Fachmanns.

«Und?», fragte Hirschberg. «Was erwarten Sie jetzt von mir?»

«Sie sind Psychologe, Sie gelten als Spezialist für Sadismus. Also sagen Sie mir, mit was für einem Menschen wir es zu tun haben.»

«Wie haben Sie reagiert, als Sie das erste Opfer dort im Hof gesehen haben? Mit entblößtem Unterleib, der Ihnen entgegengestreckt war.»

Marthaler war irritiert über die Frage. «Mit Entsetzen … mit bodenlosem Entsetzen. Was sonst?», antwortete er.

«Genau: mit was sonst? Das ist es, was mich interessiert. War da noch etwas anderes?»

Marthaler sagte lange gar nichts. Er hatte Mühe zu verstehen, was der andere mit seiner Frage gemeint haben könnte. Schließlich begann er zu begreifen. Und dann wurde er laut.

«Wissen Sie was: Gewalt erregt mich nicht, wenn es das ist, was Sie wissen wollen. Gewalt widert mich an. Und wenn Sie mir einreden wollen, ich müsse auch dafür noch Verständnis aufbringen, muss ich Sie enttäuschen.»

Rainer Hirschberg schwieg. Ab und zu zog er an seiner Pfeife. «Der Fall interessiert mich», sagte er schließlich, ohne sein Gegenüber anzusehen. «Er interessiert mich sogar sehr. Aber ich weiß nicht, ob ich der Richtige für Sie bin. Ich weiß nicht, ob Sie mir wirklich zuhören wollen.»

Marthaler merkte, dass er zu brüsk gewesen war. Er fürchtete, das Gespräch könne zu Ende sein, bevor es noch begonnen hatte.

«Jedenfalls hatte ich bislang keinen Grund zu zweifeln, dass Sie der Richtige sind», sagte er. «Ich möchte nur, dass eines klar ist: Wir versuchen, einen Verbrecher zu finden. Der Mann hat drei Morde begangen, und wir müssen ihn fassen, bevor er ein neues Opfer gefunden hat.»

«Aber wenn unser Gespräch einen Sinn haben soll», sagte Hirschberg, «dann finden Sie sich damit ab, dass für mich Sadismus keine Perversion ist, nicht einmal eine Verirrung. Es ist eine Neigung, eine Variante. Ich bin Wissenschaftler, kein Arzt und auch kein Richter. Für einen ernsthaften Zoologen gibt es kein Ungeziefer, für einen Botaniker kein Unkraut. Und für mich gibt es keine Perversen. Also verlangen Sie keinen Abscheu.»

«Gut», sagte Marthaler. «Ich weiß nicht, ob ich Sie verstehe, aber gut. Sagen Sie mir, was Ihnen zu dem Mann einfällt.»

«Von Sadisten ist in der Öffentlichkeit fast immer nur im Zusammenhang mit Gewalttaten die Rede. Aber machen Sie sich bitte klar, dass die meisten, die überaus meisten dieser Menschen ihre Neigungen in völlig geordneten Bahnen ausleben. Sie verabreden sich mit Gleichgesinnten, sie treffen sich in Privatzirkeln, in Salons und Clubs, manche finden sogar einen Partner, mit dem sie ein erfülltes Sexualleben verbindet, manchmal ein Leben lang, manchmal sogar in einer Ehe.»

«Aber es gibt auch die anderen. Die es befriedigt, wenn sie einen Mord begehen?»

«Ich spreche nicht von Mord, ich spreche lieber von Tötung. Der Ausdruck ‹Mord› will urteilen. Das Wort ‹Tötung› will beschreiben. Aber um Ihre Frage zu beantworten: Es kommt selten vor, aber es kommt vor. Und es gibt keinen Wissenschaftler, der sich nicht für seltene Exemplare interessieren würde.»

Marthaler merkte, dass sie jetzt an dem ersten entscheidenden Punkt ihres Gesprächs angelangt waren.

«Und Sie sind sich sicher, dass wir es hier mit einem dieser seltenen Fälle zu tun haben?», fragte Marthaler.

«Ja, da bin ich mir ganz sicher. Der Mann tötet aus Lust. Nach allem, was Sie mir erzählt haben, gibt es nur diesen einen Schluss. Falls Sie daran noch Zweifel hatten: Der Mann ist auf jeden Fall ein Sadist.»

«Und was hat ihn zu dieser … Neigung gebracht?»

Rainer Hirschberg ließ sich Zeit. Er klopfte seine Pfeife aus und begann sie zu reinigen. «Da wir ihn nicht kennen, ist das die schwierigste Frage, die Sie mir stellen können. Vielleicht ist es aber auch nicht die wichtigste Frage. Vielleicht sollten wir zunächst versuchen herauszubekommen, *wie* er ist, bevor wir fragen, *wieso* er so geworden ist.»

«Wir haben uns darüber gewundert, dass er seine Opfer nicht vergewaltigt hat. Widerspricht das nicht der Annahme, dass er aus sexuellen Gründen tötet?»

Hirschberg schüttelte heftig den Kopf. «Nein, ganz und gar nicht. Im Gegenteil ist es eher ein Beleg *dafür*. Sadisten haben häufig kein Verhältnis zum heterosexuellen Verkehr. Er löst in ihnen Angst- oder Abwehrreaktionen hervor. Es kann sogar sein, dass sie in Gegenwart einer Frau impotent sind. Zu einer Erektion kommt es erst später, wenn der Täter in seinen Phantasien die Tötung wiederholt.»

«Deshalb also die Fotos», sagte Marthaler.

«Ja, die Fotos sind Trophäen, die ihm erlauben, die Tat zu verlängern. Und es sind Erinnerungshilfen.»

«Lässt sich aus der Art, wie er die Frauen gefoltert und getötet hat, etwas ablesen? Sagt Ihnen das etwas über den Mann?»

«Wir unterscheiden drei Typen von Sadisten. Die ersten wollen schlagen, sie wollen züchtigen und überwältigen. Ihnen ist ihre Herrschaft wichtig. Für die zweiten spielt die Erniedrigung eine große Rolle, sie wollen beschmutzen und bestrafen. Ihre Phantasie richtet sich meist auf das Gesäß. Der dritte Typus ist auf alles Orale fixiert. Er will verschlingen, beißen, zerstückeln. Ihm geht es darum, sich den anderen einzuverleiben.»

«Und», fragte Marthaler, «mit welcher Sorte haben wir es zu tun?»

«Ich würde sagen, mit einer Mischung aus Typ eins und zwei. Er scheint wie die meisten Sadisten ein festgelegtes Ritual zu haben. Übrigens gehören zu einem solchen Ritual fast immer irgendwelche Requisiten. Das können Stöcke oder Peitschen sein. Manchmal erfüllen auch bestimmte Materialien oder Kleidungsstücke diese Funktion. Der eine bevorzugt Pelzmäntel, der andere Gummihandschuhe oder Ledergürtel. Allein der Geruch dieser Gegenstände kann bereits zu einem Erregungszustand führen. In unserem Fall sind dabei wohl die Brautschleier interessant.»

Marthaler wartete darauf, dass Rainer Hirschberg weitersprach. Ihm selbst schwirrte der Kopf. Da sitzen wir hier in dieser Wintersonne, dachte er, um uns nur die Stille der Natur, und wir reden über Menschen, denen die Zerstörung anderer Menschen Lust bereitet.

«Die Brautschleier», sagte er. «Was ist damit? Was haben sie zu bedeuten?»

«Genau das ist die Frage», sagte Hirschberg. «Wir deuten ein Verbrechen wie ein Gedicht. Was will uns der Täter damit sagen? Verlobung, Heirat und Ehe spielen für viele Sadisten eine zentrale Rolle. Oft gibt es eine starke Bindung an die Mutter und einen schwachen bis lieblosen Vater. Und oft haben wir es mit Müttern zu tun, die versuchen, die sexuelle, männliche Entwicklung ihrer Söhne zu unterbinden. Diese Erfahrung ist für die Täter prägend. Entweder sind sie unfähig, überhaupt eine befriedigende Partnerschaft einzugehen, oder sie führen eine Ehe, aus der die Sexualität weitgehend ausgeklammert ist. Ich erinnere mich an den Fall eines Mannes, der alle Frauen für unrein hielt. Alle, außer seiner Mutter. Bei seinen Schulkameradinnen und später bei seinen Arbeitskolleginnen entdeckte er immer nur das ‹Hurenhafte›. Je verdorbener ihm die anderen Frauen vorkamen, desto mehr verklärte er seine Mutter zur ‹Heiligen›.»

«Und dann?», fragte Marthaler.

«Er hat kurz hintereinander drei Prostituierte erstochen. Dann hat er seine Mutter umgebracht.»

«Er hat was? Aber wieso?»

«Nur aus dem einen Grund: weil sie seine Mutter war. Eines Tages sei ihm klar geworden, dass sie ihn ja empfangen habe. Und dass sie dafür mit einem Mann, mit seinem Vater, habe schlafen müssen. Also sei auch sie unrein gewesen und habe es nicht anders verdient. Sehen Sie, Sadisten sind oft ausgeprägte Moralisten.»

«Trotzdem verstehe ich noch immer nicht, was das mit unseren Brautschleiern zu tun hat.»

«Genau weiß ich es auch nicht», sagte Hirschberg, «aber

so viel scheint mir festzustehen: Für Ihren Täter spielt die Ehe eine überragende Rolle. Vielleicht ist er in dieser Hinsicht enttäuscht worden. Von der Ehe seiner Eltern oder von seiner eigenen. Vielleicht von beiden.»

«Und deshalb wird er zum Monster?»

Kaum hatte Marthaler das Wort gesagt, bereute er es schon. Er befürchtete, den Psychologen endgültig verstimmt zu haben. Stattdessen lachte Rainer Hirschberg.

«Sie täuschen sich», sagte er. «Sie täuschen sich gründlich. Unter den Fällen, mit denen ich zu tun hatte, gab es keinen einzigen, wo ein Täter dem gängigen Bild des Sadisten entsprochen hätte: keinen Tierquäler, keinen Vergewaltiger, keinen brutalen Macho oder Schläger, keinen einzigen Rohling. Im Gegenteil: Immer waren es Männer, die von ihrer Umgebung als weich, als angepasst, als konfliktscheu und manchmal sogar als weiblich bezeichnet wurden. Männer, die ganz und gar unauffällig und ohne intensive Beziehungen lebten. Also: Wenn Sie den Mann finden wollen, dann suchen Sie bitte kein Monster!»

Marthaler merkte, wie sehr ihn das Gespräch inzwischen anstrengte. Aber noch immer hatte er nicht den Eindruck, dass sie zu dem wesentlichen Punkt vorgedrungen waren. Und das, was er gerade gehört hatte, war auch nicht dazu angetan, ihn zu ermutigen.

«Wenn es so ist, wie Sie sagen, wenn er völlig unauffällig lebt, dann gibt es also keine Möglichkeit, ihn zu erkennen?»

«So ist es.»

«Aber muss es zu zwei so brutalen Morden nicht eine Vorgeschichte geben? Müssen wir nicht davon ausgehen, dass der Täter schon früher seine Neigungen auf die ein oder andere Weise ausgelebt hat?»

«Nein», sagte Hirschberg mit großer Bestimmtheit. «Auch das ist ein gängiger Irrtum. Sadismus ist nicht unbedingt eine

Konstante. Es gibt Menschen, bei denen er ein ganzes Leben lang dazugehört. Sehr viel häufiger ist aber der Fall, dass die Neigung nur in besonders krisenhaften Lebenssituationen auftritt, in Phasen, wo sich diese Menschen gründlich in Frage gestellt sehen.»

«Das heißt, es könnte sein, dass der Mord an Andrea Lorenz der letzte war, den der Mann begangen hat? Auch wenn wir ihn nicht fassen?»

«Vorsicht, das habe ich nicht gesagt. Das halte ich sogar für überaus unwahrscheinlich. Es gibt ein Phänomen, das man als seelischen Dammbruch bezeichnen könnte. Die Tötung eines Menschen ist ein solcher Dammbruch. Wer das getan und daraus Befriedigung gezogen hat, der wird es wieder tun wollen ...»

Marthaler merkte, dass Rainer Hirschberg noch etwas sagen wollte, dass er nun aber zögerte, seinen Gedanken weiterzuführen.

«Ja?», sagte er. «Sprechen Sie weiter!»

«Ich glaube, dass er es bald wieder tun wird. Es wird noch weniger Zeit vergehen als zwischen den ersten beiden Malen. Alles, was Sie mir über den Tatort in den Schwanheimer Dünen erzählt haben, spricht dafür, dass der Mann unter Dampf steht, um es bildlich auszudrücken. Er ist entfesselt. Er will mehr davon.»

Marthaler schloss die Augen und legte seinen Kopf in den Nacken. Er merkte, wie sein Blutdruck stieg. Wenn er sich wirklich so etwas wie Zuversicht von diesem Gespräch erhofft hatte, dann war davon nach den letzten Worten des Psychologen nichts mehr übrig. Schließlich nickte er.

«Ja», sagte er. «Das ist das, was auch wir vermuten und befürchten.»

Einen Moment lang saßen sie sich schweigend gegenüber. Rainer Hirschberg hatte sich eine neue Pfeife angesteckt und blies jetzt mit unbewegter Miene seine Wölkchen in die Luft. Dann wandte er seinen Kopf in Richtung des Fachwerkhauses. Marthaler folgte seinem Blick und sah die junge Frau, die ihnen auf dem kleinen Trampelpfad mit einem Tablett in den Händen entgegenkam. Sie trug einen karierten Pullover, Blue Jeans und Reitstiefel. Ihre Haare hatte sie jetzt zu einem Pferdeschwanz zusammengebunden. Im Schaft ihres rechten Stiefels steckte eine Reitgerte. Die Frau lachte. Marthaler fragte sich, wer sie eigentlich war. War sie Hirschbergs Tochter, war sie seine Freundin oder seine Ehefrau?

«Ihr müsst ja halb verdurstet sein», sagte sie. «Ich dachte, ein Krug mit Apfelwein käme jetzt gerade recht.»

Sie stellte das Tablett auf den Tisch, gab Hirschberg einen raschen Kuss auf den Hinterkopf und verabschiedete sich mit einem Winken.

Marthaler wartete, dass ihm eingeschenkt wurde, dann trank er das Glas mit zwei raschen Zügen leer. Er hatte es jetzt eilig, er wollte das Gespräch zu Ende bringen.

«Glauben Sie, der Täter hat die Frauen gekannt, bevor er sie umgebracht hat?»

Wieder überlegte der andere lange, bevor er eine Antwort gab. «Diese Frage habe ich mir inzwischen schon mehrmals gestellt. Ich glaube, dass er Gabriele Hasler gekannt hat. Und ich denke, dass ihm Andrea Lorenz fremd war. Ich kann diese Meinung nicht wirklich begründen. Trotzdem denke ich, dass sie richtig ist. Er hat mit etwas begonnen, das er kannte. Dann hat er sich einen Schritt weiter vorgewagt. Er wollte das Risiko erhöhen. So kommt es mir jedenfalls vor.»

«Genauso geht es mir auch», sagte Marthaler. «Ich bin derselben Auffassung, und auch ich kann nicht sagen, wie ich zu dieser Meinung komme.»

Er überlegte, was er noch fragen konnte. Er wollte nichts Wichtiges vergessen.

«Einer meiner Mitarbeiter hat die Vermutung geäußert, dass der Täter gefasst werden will. Glauben Sie an so etwas? Kann das, nach allem, was Sie wissen, sein?»

Hirschberg nickte. «In der Tat gibt es einen so genannten Geständniszwang. Es gab schon Täter, die tagelang mit der blutigen Kleidung einer Getöteten auf dem Beifahrersitz ihres Autos durch die Gegend gefahren sind, um so ihre Verhaftung zu provozieren.»

«Also sehen sie die Ungeheuerlichkeit ihrer Taten ein. Also wollen sie dafür büßen.»

Hirschberg hob die Brauen und verzog seinen Mund zu einem Lächeln. «Ich muss Sie enttäuschen. In den wenigsten Fällen handelt es sich dabei um Reue. Oft will so jemand seine vermeintlich große Tat endlich veröffentlicht sehen, er will mit ihr prahlen. Und: Er will den Zeitpunkt seiner Verhaftung selbst bestimmen. Denn er will ja entdeckt werden, um allen zu zeigen, dass er es war, der die Welt in Atem gehalten hat. Er, dem man das am wenigsten zugetraut hat. Und wenn er dann gesteht, kann er seine Tat im Geist noch einmal genüsslich wiederholen. Das ist auch der Grund, warum viele dieser Täter schon bald nach ihrer Verhaftung ihre Geschichte an einen Fernsehsender oder an eine große Illustrierte verkaufen. Sie tun so, als würden sie bereuen, in Wirklichkeit brüsten sie sich.»

«Meinen Sie, es hat etwas zu bedeuten, dass Gabriele Hasler ausgerechnet in der Nacht zu ihrem Geburtstag umgebracht wurde und Andrea Lorenz an ihrem Hochzeitstag?»

«Ganz gewiss», bestätigte Hirschberg. «Sadisten lieben Details. Solche Kleinigkeiten sind für sie das Salz in der Suppe.»

«Aber wenn er Andrea Lorenz doch gar nicht gekannt hat?», erwiderte Marthaler.

«Sagen wir lieber: Sie hat ihn nicht gekannt. Solche Täter kundschaften ihre Opfer aus. Das ist Teil ihrer Machtausübung. Sie beschaffen sich Informationen, um sie irgendwann zu verwenden.»

«Gibt es noch etwas, das Sie mir sagen können?», fragte Marthaler. «Etwas, das uns hilft, den Mann schnell zu fassen?»

Hirschberg legte seine Pfeife beiseite und sah Marthaler direkt in die Augen. «Entschuldigung, aber Sie haben noch immer nicht verstanden. Es ist mir egal, ob Sie ihn fassen. Und wenn Sie ihn fassen, ist es mir egal, was Sie mit ihm machen. Ob Sie ihn therapieren, ins Gefängnis sperren oder hinrichten, das sind Entscheidungen, die außerhalb meiner Reichweite liegen. Man hat meine Meinung lange genug ignoriert. Inzwischen habe ich aufgehört, der Welt meine Meinung zu sagen. Das heißt nicht, dass ich keine Meinung habe, aber ich sage sie nicht mehr.»

Marthaler war aufgestanden. Er hatte das Bedürfnis, diesen Ort zu verlassen. Er wollte nur noch auf sein Rad steigen und den steilen Ruppertshainer Berg hinauffahren. Aber bevor er sich verabschieden konnte, ergriff Rainer Hirschberg noch einmal das Wort.

«Darf ich Ihnen auch eine Frage stellen?», sagte er.

«Bitte», erwiderte Marthaler.

«Sie haben Ihre Schwierigkeiten mit mir, nicht wahr. Würden Sie mir sagen, warum?»

«Ich habe vieles gelernt während unseres Gesprächs. Viele Irrtümer haben Sie ausgeräumt. Aber ich finde, dass man Grenzen ziehen muss. Mir missfällt Ihre Haltung, die für alles Verständnis aufbringt, die jede Abweichung als gegeben hinnimmt. Ich glaube, dass man Sie dort, wo Sie gearbeitet haben, verletzt hat. Und dass Sie darüber resigniert sind. Auch ich bin manchmal müde. Dann lege ich mich ins Bett und schlafe zwölf Stunden durch. Und am nächsten Morgen stehe ich auf und mische mich wieder ein. Anders als Sie bin ich der Meinung, dass man sich einmischen muss. Dass man nicht zuschauen darf, wenn die Menschen sich gegenseitig umbringen. Sie dagegen kommen mir vor wie jemand, der nicht eingreifen will. Der auf einer Wolke sitzt und auf die Welt herunterschaut. Und der milde lächelnd alles geschehen lässt, was geschieht. Ich nehme an, mit dieser Einschätzung liege ich richtig?»

«Ja», sagte Rainer Hirschberg, «ich hätte es anders ausgedrückt. Aber falsch ist es nicht.»

«Sehen Sie, und das ist etwas, das mir nicht gefällt. Trotzdem bedanke ich mich bei Ihnen. Aber eine letzte Frage habe auch ich noch», sagte Marthaler. «Es gibt doch diese Insekten, die ganze Bienenvölker zusammenbrechen lassen. Wie heißen sie noch gleich?»

«Sie meinen die Varroa-Milben. Es sind keine Insekten, sondern Spinnentiere. Ja, sie sind ein ernstes Problem für alle Imker.»

«Was machen Sie mit diesen Milben?»

«Es gibt Mittel, um sie zu bekämpfen. Die wende ich an.»

«Sehen Sie», sagte Marthaler. «Das habe ich mir gedacht.»

ZEHN Am Abend zuvor war Tobi noch lange gefahren – selbst als es schon längst dunkel geworden war. Er hatte nicht darauf geachtet, wohin er fuhr. Er hatte kein Ziel, außer dem einen, sich so weit wie möglich von Frankfurt zu entfernen.

Auf den letzten Kilometern waren die Straßen immer schmaler und die Orte immer kleiner geworden. Als er das beleuchtete Schild einer Gaststätte sah, hielt er an. Er schulterte sein Fahrrad und trug es die Treppe hinauf. Er öffnete die Tür zum Gastraum und schob das Rad vor den Tresen. Die wenigen Gäste schauten ihn erstaunt an.

«Kann ich ein Zimmer haben?», fragte er.

«Freilich», sagte die Frau, die bereits die Hähne von der Zapfanlage schraubte, um sie im Spülbecken zu reinigen. Sie schaute Tobi an.

«Kann ich mein Rad mit aufs Zimmer nehmen?»

«Wenn du mir nichts dreckig machst, kannst du auch dein Rad mitnehmen. Du kannst es aber genauso gut im Flur stehen lassen. Hier klaut niemand was.»

«Nein», sagte Tobi. «Ich muss es mitnehmen. Und was kostet das Zimmer?»

«Fünfunddreißig.»

Tobi zögerte. Obwohl er bislang noch kein Geld ausgegeben hatte, würden ihm danach nur noch fünfzehn Euro bleiben.

«Gibt es auch ein billigeres?», fragte er.

Die Wirtin seufzte. Dann lächelte sie. «Wenn du es nicht rumerzählst, geb ich es dir für dreißig. Einverstanden?»

Sie zwinkerte den beiden letzten Gästen zu, die jetzt aufgestanden waren, um zu zahlen. Sie rechnete die Zeche zusammen und kassierte, dann schloss sie die Eingangstür von innen ab.

«Ist es mit Frühstück?», wollte Tobi wissen.

«Keine Angst, mein Junge», sagte die Frau. «Du musst nicht hungrig aufs Rad steigen.»

Tobi zog den Brustbeutel unter seinem T-Shirt hervor und nahm den Fünfzig-Euro-Schein heraus.

«Ich möchte gleich zahlen», sagte er. «Und mein Frühstück hätte ich gerne sofort.»

«Nee, Junge, bei aller Liebe ... Die Küche ist geschlossen. Frühstück gibt's von sieben bis zehn. Und jetzt entscheide dich. Ich will nämlich Feierabend machen.»

Tobi nickte. «Also gut», sagte er. «Ich nehme das Zimmer.»

Sie pflückte den Geldschein aus seiner Hand und verschwand damit in der Küche. Zwei Minuten später kam sie mit seinem Wechselgeld zurück und stellte einen Teller mit zwei Scheiben Brot und einer kalten Frikadelle auf den Tresen. Dann nahm sie eine Flasche Mineralwasser aus dem Kühlschrank und gab ihm ein sauberes Glas.

«Das geht aufs Haus», sagte sie. «Sonst wachst du morgen früh auf und bist vor lauter Hunger verdurstet.»

Tobi verstand, dass er eigentlich hätte lachen sollen. Aber er war zu erschöpft. Er bedankte sich.

«Wenn du aufgegessen hast, machst du einfach das Licht aus», sagte die Wirtin. «Hier ist dein Zimmerschlüssel. Erster Stock, zweite Tür rechts. Und nun gute Nacht.»

Als Tobi aufwachte, schien die Sonne hell in sein Zimmer. Er schaute auf seine Armbanduhr; es war fast Mittag. Er ließ Wasser einlaufen, putzte sich die Zähne und blieb eine halbe Stunde in der Wanne liegen, bis seine Finger ganz weiß und schrumpelig wurden. Er packte seine Sachen, nahm sein rotes Rennrad und trug es die Treppe hinab. Als er in den Gastraum kam, sah er die Wirtin in der Küche arbeiten.

«Gut geschlafen?», rief sie ihm zu.

«Für Frühstück ist es wohl schon zu spät?», sagte er.

«Kommt gleich. Willst du Kaffee oder Kakao?»

«Kaffee», sagte Tobi. «Wo sind wir hier eigentlich?»

«Wie meinst du das. Sag nur, du weißt nicht, wo du bist?!»

Tobi verneinte. «Na weißt du», sagte die Frau. «Du bist in Miehlen. Da, wo der Schinderhannes herkommt. Aber wahrscheinlich weißt du gar nicht, wer das war.»

Sie erwartete keine Antwort, und er sagte nichts. Als er seine beiden Brötchen aufgegessen hatte, brachte sie ihm ein großes Stück Hefekuchen.

«Musst du nicht zur Schule?», fragte sie.

Er ärgerte sich, dass er sich keine Antwort auf diese Frage zurechtgelegt hatte, also schwieg er.

«Bist du ausgerückt?»

Er zuckte mit den Achseln.

«Ich bin als junges Mädchen viermal ausgerückt, aber jedes Mal wieder zurückgekommen.»

«Und warum?», fragte er.

«Ich wollte in die Stadt», sagte sie. «Eigentlich will ich immer noch in die Stadt.»

«Und warum gehen Sie nicht?»

«Es ist zu spät», sagte die Frau. «Für manche Dinge ist es irgendwann zu spät.»

Sie ging im Gastraum umher und rückte die Deckchen auf den Tischen gerade. Aber es gab nichts gerade zu rücken, und Tobi merkte, dass sie es nur tat, weil sie in seiner Nähe sein wollte.

Dann blieb sie stehen und sah aus dem Fenster. Aber es gab

nichts zu sehen. «Einen Jungen wie dich hätte ich immer gerne gehabt», sagte sie, ohne ihn anzuschauen. «Aber ich habe nie den richtigen Mann dafür gefunden.»

Tobi wusste nicht, was er sagen sollte. Das Geständnis der fremden Frau machte ihn befangen. Er stand auf und bedankte sich. Dann sagte er «Auf Wiedersehen».

«Nein», sagte sie, «wir sehen uns nicht wieder. Aber ich wünsche dir alles Gute.»

Tobi nickte.

«Und meld dich bald zu Hause. Deine Mutter wird sich Sorgen machen. Versprichst du mir das?»

«Ja», sagte Tobi.

Er nahm sein Fahrrad und trug es auf die Straße. Dann stieg er auf und fuhr los. Nach zwanzig Metern drehte er sich noch einmal um. Die Frau war vor das Haus getreten und schaute ihm nach. Bevor er um die Kurve bog, nahm Tobi die linke Hand vom Lenker und hob sie kurz hoch.

Er ließ sich Zeit. Unterwegs musste er ein paarmal nach dem Weg fragen. Immer, wenn man ihn auf eine größere Straße schickte, bog er bei nächster Gelegenheit wieder ab und suchte sich eine Strecke, die weniger dicht befahren war. Warum er nach Mainz wollte, wusste er nicht. Vielleicht nur deshalb, weil Opi ihm einmal erzählt hatte, dass ihm dort ein fremder Mann, als er selbst vor vielen Jahren in großer Not gewesen sei, geholfen und ihn für ein paar Tage versteckt habe. Seitdem kam Tobi diese Stadt als ein Ort der Rettung vor.

Am späten Nachmittag erreichte er die Rheinbrücke. Er fuhr hinüber und tauchte unter im Gewirr der kleinen Altstadtgassen. Als er den Duft von frisch gebackener Pizza roch, merkte er, wie groß sein Hunger inzwischen wieder war. Hinter dem Dom fand er einen Bauwagen, den man auf ein paar dicke Holzplanken gestellt hatte, sodass unter dem Wagen ein

Hohlraum entstanden war. Tobi wartete einen unbeobachteten Moment ab, dann schob er sein Fahrrad darunter und stopfte auch seinen Rucksack in das Versteck.

Er schlenderte durch die Stadt. Er kaufte sich eine warme Salzbrezel und trank eine Limonade. Er durchstreifte ein paar Kaufhäuser, dann zählte er sein Geld. Er beschloss, sich vor eines der Restaurants auf den Domplatz zu setzen und einen Teller Spaghetti zu essen. Als er bestellt hatte, nahm er sein Handy und wählte Maras Nummer.

«Wie geht's dir?», fragte er.

Sie druckste. Dann begann sie zu reden. Sie erzählte, dass sie schon zweimal bei Opi gewesen sei, dass es ihm gut gehe, dass er aber dauernd nach seinem Enkel frage. Sie erzählte, dass Flocky schon wieder Hundeflöhe habe und dass sie dringend etwas dagegen unternehmen müsse. Sie erzählte, dass ihr Bruder im Haus Ball gespielt habe und dabei eine große Vase zu Bruch gegangen sei. Sie redete und redete.

«Mara, was ist los?», fragte Tobi.

«Wieso, was soll los sein?»

«Irgendwas ist mit dir. Warum erzählst du mir das alles?»

Sie schwieg einen Moment. Tobi wartete auf eine Antwort. Irgendwas stimmte nicht mit ihr, und er wollte es wissen. Er wollte ihr nicht aus der Klemme helfen, indem er anfing zu plaudern.

«Hat er dich schon angerufen?», fragte sie schließlich.

«Wer soll mich angerufen haben?»

«Der Kommissar, dessen Karte ich dir in den Briefkasten geworfen habe.»

Tobi atmete durch. «Heißt das, du hast ihm meine Nummer gegeben?»

«Er will dir helfen, Tobi ... Ich wusste nicht, was ich machen soll ... Ich habe Angst um dich ... Ich ... Bist du mir jetzt böse?»

Tobi überlegte. Aber er war ihr nicht böse. «Nein», sagte er. «Es ist egal. Vielleicht rufe ich ihn selbst an.»

«Was hast du vor? Wann kommst du zurück?»

«Ich weiß nicht. Vielleicht morgen», sagte er. Er schaltete sein Handy aus und steckte es ein.

Dann sah er den Mann.

Er stand etwa fünfzig Meter entfernt vor dem Eingang eines Schuhgeschäftes. Tobi nahm die großen Schilder im Schaufenster wahr, die für Mephisto-Schuhe warben. Nicht weit davon fotografierten sich ein paar Touristen gegenseitig vor dem Bonifatius-Denkmal.

Der Mann hatte eine Sonnenbrille auf. Er drehte sich um und tat, als würde er die Auslage des Schuhgeschäftes anschauen.

Nein, dachte Tobi, das ist nicht möglich. Das kann nicht stimmen. Das ist nicht derselbe Mann. Er kann es nicht sein. Er kann nicht wissen, dass ich hier bin. Ich muss mich geirrt haben.

Aber er schaute weiter in die Richtung des Schuhgeschäftes, das in einem der Häuser untergebracht war, die den Dom von allen Seiten umstanden und die aussahen wie eine Schar Küken, die sich um die Henne drängte.

Ohne seinen Blick von dem Mann abzuwenden, winkte Tobi der Kellnerin zu. Er fragte, ob er seine Bestellung noch rückgängig machen könne.

«Zu spät», sagte sie, «Koch hat schon gebracht.» Die Frau hatte einen slawischen Akzent.

«Ich möchte zahlen», sagte Tobi.

«Moment», sagte sie. Sie ging zurück in den Gastraum, dann kam sie wieder und stellte ihm seine Spaghetti auf den Tisch. Während er sein Geld hervorzog, war er für einen kurzen Moment abgelenkt. Als er wieder aufschaute, war der Mann verschwunden.

Also doch, dachte der Junge, es war ein Irrtum. Es war ein Mann, der neue Schuhe braucht und der zufällig eine Sonnenbrille trägt, sonst nichts. Trotzdem hatte Tobi keinen Appetit mehr. Er zwang sich, noch ein paar Happen zu essen, dann schob er den Teller beiseite.

Er stand auf und machte sich auf den Weg. Er musste sich einen Platz für die Nacht suchen. Als er am Theater vorbeikam, hörte er Schritte hinter sich. Er drehte sich kurz um. Der Mann war wieder da.

Tobis Herz fing an zu rasen. Er ging schneller, dann begann er zu rennen.

Der Mann folgte ihm.

Als der Junge an der Rheinstraße angekommen war, schaltete die Fußgängerampel auf Rot. Die Autos fuhren aus beiden Richtungen los. Trotzdem lief Tobi auf die Fahrbahn. Um ihn herum begann ein wildes Hupkonzert. Haken schlagend überquerte er die Straße. Ein Cabriolet bremste kurz vor ihm. Der Fahrer des Autos brüllte ihn an. Mit einem großen Sprung erreichte der Junge die andere Seite. Dann hörte er einen lauten Knall. Ein anderer Wagen war auf das Heck des Cabrios aufgefahren. Er rannte weiter, ohne sich umzuschauen. Zwischen Rheingoldhalle und Rathaus erreichte er den Fluss. Er lief den Uferweg entlang und schlug einen großen Bogen zurück in die Altstadt.

Auf der Augustinerstraße blieb er zum ersten Mal stehen. Er stellte sich in einen Hauseingang, um einen Moment zu verschnaufen.

Dann sah er den Mann mit der Sonnenbrille. Er war weit hinter ihm, aber er war immer noch da.

Tobi spurtete wieder los. Aber er merkte, dass seine Kraft nachließ. Er brauchte ein Versteck. Er musste sich in Sicherheit bringen.

Als er die Rückseite des Doms erreicht hatte, sah er aus

einem der Nebengebäude einen Bauarbeiter kommen, der gerade dabei war, sein Werkzeug in einem Kleintransporter zu verstauen. Er ging in das Haus, durchquerte den Flur, lief weiter durch einen Gang, an dessen Ende sich eine Tür befand. Er öffnete die Tür, und plötzlich stand er im Kreuzgang des Doms. Es war niemand zu sehen. Geduckt hastete er an der Mauer entlang, öffnete eine weitere Tür und hatte endlich das Innere des Doms erreicht.

Er atmete durch. Es waren nur noch wenige Besucher da. Tobi bewegte sich langsam. Er hoffte, man würde ihn für einen Touristen halten. Er ging zwischen den hohen Säulen hin und her und tat, als würde er sich die Figuren der Bischöfe anschauen. Er kam sich klein vor unter der riesigen Kuppel des Kirchendachs. So klein, wie er sich noch nie vorgekommen war.

Ein dicker Mann in einem schwarzen Anzug kam auf ihn zu. «Es ist Schließzeit», sagte der Mann, «bitte verlassen Sie das Gotteshaus.» Tobi nickte, und der Mann ging weiter in Richtung einer Gruppe von Besuchern, denen er dasselbe mitteilen würde. Tobi versteckte sich hinter einer der Säulen, dann ließ er sich leise auf den Boden gleiten und legte sich unter eine Bank.

Fünf Minuten später hörte er nur noch die Schritte des Kirchendieners, die in der Ferne des riesigen Gebäudes verhallten.

Dann wurde die letzte Tür verriegelt.

Tobi war alleine.

Als er am Morgen aufwachte, fiel das erste Sonnenlicht durch die kleinen Glaskaros der hohen Fenster. Es war kalt geworden über Nacht. Der Winter war wieder da, zwei Tage früher, als es die Wettervorhersage angekündigt hatte. Tobi hatte unruhig geschlafen. Er fror und sein Rücken tat weh.

An den Besuchern der Frühmesse vorbei verließ er den Dom. Vor dem Eingang lagen ein paar Obdachlose in ihren Schlafsäcken.

Auf dem Markt bauten die Händler ihre Stände auf. Tobi ging zu dem Bauwagen, unter dem er sein Fahrrad und seinen Rucksack versteckt hatte. Beides fand er so vor, wie er es zurückgelassen hatte.

Er suchte nach einer Bäckerei und kaufte sich von seinem letzten Geld eine Tasse Kaffee und ein Stück Streuselkuchen.

Von dem Mann mit der Sonnenbrille war nichts zu sehen. Aber wenn er ihn hier gefunden hatte, würde er ihn überall finden. Tobi brauchte Hilfe.

Er setzte sich auf sein rotes Rennrad und fuhr los.

ELF Auch am gestrigen Abend war es wieder spät geworden. Als Marthaler von seinem Besuch bei Rainer Hirschberg zurückgekehrt war, hatten sie noch lange am Mord-Tisch im Weißen Haus gesessen. Außer Toller, der sich erneut wegen seiner Magenschmerzen entschuldigt hatte, waren alle versammelt gewesen. Marthaler hatte berichtet, was er von dem Psychologen erfahren hatte. Er hatte versucht, seine Bedenken gegen Hirschberg vor den anderen zu verbergen. Als sie das Weiße Haus endlich verlassen hatten, war es bereits weit nach Mitternacht gewesen. Sie hatten verabredet, sich am nächsten Vormittag um 10 Uhr wieder zu treffen, um die Aufgaben für den Tag zu verteilen.

Marthaler hatte gerade seine zweite Tasse doppelten Espresso getrunken, als er aus dem Hausflur ein Geräusch hörte. Er schaute auf die Uhr. Es war 9.20 Uhr. Er ging zu seiner Wohnungstür und legte das Ohr daran, um zu lauschen.

Er öffnete die Tür und sah einen fremden Jungen mit einem Fahrrad, das an der Wand lehnte. Der Junge saß auf den Treppenstufen. Er sah Marthaler an.

«Was machst du hier?»

«Sie wollten mich anrufen.»

Erst jetzt begriff Marthaler, wen er vor sich hatte. «Du bist Tobi, nicht wahr? Komm rein. Oder warte: Wir bringen erst dein Fahrrad in den Keller.»

«Nein», erklärte Tobi, «das muss mit in die Wohnung.»

Er ging dem Jungen voraus und führte ihn ins Wohnzimmer. Dort bat er ihn, sich zu setzen. «Was ist mit dir, du zitterst ja.»

Der Junge nickte, aber er sagte nichts. Marthaler legte ihm eine Hand auf die Stirn.

«Du hast Fieber, du bist erkältet.»

Tobi zog seinen Kopf weg. «Ach was», sagte er.

Marthaler ging in die Küche. Während er Teewasser aufsetzte, versuchte er das Gespräch mit dem Jungen in Gang zu bringen. «Ich habe gestern am späten Nachmittag versucht, dich anzurufen. Aber dein Handy war ausgeschaltet.»

«Er hat mich gefunden», sagte der Junge. «Ich war in Mainz, trotzdem hat mich der Mann gefunden.»

Marthaler brauchte eine Weile, bis er verstand, was der Junge meinte. Dann fasste er einen Entschluss.

«Pass auf, ich muss kurz telefonieren. Dann unterhalten wir uns. Du hast alles richtig gemacht. Du bist jetzt in Sicherheit. Du kannst hier bleiben, solange du willst. Du kannst hier wohnen, bis wir den Mann geschnappt haben. Niemand wird dir etwas antun. Mara hat mir erzählt, dass dein Großvater krank ist. Wir werden uns um ihn kümmern.»

«Es darf keiner erfahren, wo ich bin. Keiner!», sagte Tobi.

«Gut», erwiderte Marthaler. «Ich verspreche es dir.»

«Auch nicht die anderen Polizisten!»

«Wenn du es möchtest, werde ich auch meinen Kollegen nichts erzählen. Aber es gibt einen Menschen, dem ich es erzählen muss. Das ist meine Frau, meine Freundin. Sie heißt Tereza. Sie muss es wissen.»

Der Junge schaute ihn forschend an. Dann nickte er.

Marthaler ging ins Schlafzimmer und wählte Kerstin Henschels Nummer.

«Fangt ohne mich an», sagte er. «Ich werde mich ein wenig verspäten.» Einen Grund nannte er nicht.

«Aber lass dir nicht zu viel Zeit», sagte seine Kollegin. «Ich bin auf etwas gestoßen. Ich habe heute Nacht noch eine Weile ins Internet geschaut. Ich habe etwas gefunden, das du dir anschauen musst.»

Marthaler ging zurück zu dem Jungen, der jetzt mit beiden Händen den großen Becher mit heißem Tee umfasst hielt. Tobi war blass, seine Augen glänzten fiebrig.

«Ich glaube, du wirst krank», sagte Marthaler. «Wir packen dich jetzt hier auf die Couch und decken dich gut zu. Und dann werden wir uns unterhalten. Du musst mir alles erzählen, was du gesehen hast.»

Tobi nickte. Marthaler holte Bettzeug und einen alten Schlafanzug. Als Tobi gut versorgt schien, begannen sie ihr Gespräch. Zunächst redete der Junge stockend, zögerlich. Aber schließlich schien er zu merken, dass es ihm gut tat, sich jemandem anzuvertrauen. Er berichtete von dem Nachmittag, als Mara und er in den Schwanheimer Dünen gewesen waren. Von dem Auto, dessen Motor nicht hatte anspringen wollen, und von dem Mann mit der Pistole, der ihn verfolgt hatte. Marthaler ließ den Jungen erzählen, ohne eine Zwischenfrage zu stellen. Erst als Tobi fertig war, begann Marthaler mit seiner Vernehmung. Die wichtigste Frage war, ob der Junge den Unbekannten wiedererkennen würde, ob es ihm gelingen würde, ihn zu beschreiben.

«Weißt du, was ein Phantombild ist?», fragte Marthaler.

Tobi nickte.

«Könntest du uns helfen, ein solches Bild anzufertigen? Wir haben im Präsidium ein Computerprogramm und Leute, die so etwas können.»

«Nein», sagte Tobi. «Ich gehe hier nicht weg. Und keiner darf wissen, dass ich hier bin. Sie haben es mir versprochen. Keiner.»

«Gut», sagte Marthaler.

«Außerdem habe ich den Mann nie aus der Nähe gesehen. Und er trug jedes Mal eine Sonnenbrille.»

«Weißt du, was er für einen Wagen fuhr?»

«Einen großen, dunklen. Ich kenne mich mit Autos nicht aus.»

«Was war es? Ein Mercedes, ein BMW, ein Audi, ein Opel? War es ein altes Auto oder ein neues?»

Tobi zuckte mit den Achseln. «Er war groß und dunkel. Vielleicht dunkelblau. Mehr weiß ich nicht.»

Marthaler wechselte das Thema. Noch einmal ging er die Ereignisse der vergangenen Tage durch. Er fragte nach dem Polizeiauto, das angeblich vor dem Haus gestanden hatte, in dem Tobi wohnte. Und er erkundigte sich nach dem Mann, vor dem er in Mainz davongelaufen war. Er war sich unsicher, was der Junge wirklich gesehen hatte. Oft waren die Zeugen eines Gewaltverbrechens so verängstigt, dass ihre Aussagen unzuverlässig wurden. Sie fühlten sich verfolgt, obwohl es keine wirkliche Bedrohung gab.

«Hinten auf dem Auto war ein Stern», sagte Tobi.

«Ein Stern? Also war es doch ein Mercedes?»

Für einen Moment schöpfte Marthaler Hoffnung, doch dann führte auch dieser Hinweis nicht weiter.

«Nein. Es war ein anderer Stern, ich weiß nicht.»

Nach einer guten Stunde merkte Marthaler, dass er im Moment nichts Neues von Tobi erfahren würde. Der Junge war am Ende seiner Kräfte.

«Du solltest jetzt versuchen zu schlafen. Wenn du aufwachst, kannst du fernsehen oder Musik hören. Und wenn du hungrig bist, holst du dir etwas zu essen aus dem Kühlschrank. Hauptsache, du läufst nicht wieder weg.»

Tobi nickte. Ihm fielen bereits die Augen zu. Marthaler ging in die Küche, um ihm noch ein Glas Wasser zu holen. Als er wieder ins Wohnzimmer zurückkehrte, war der Junge eingeschlafen. Auf seiner Stirn hatten sich dicke Schweißperlen gebildet.

«Robert, endlich», sagte Kerstin Henschel, als Marthaler gegen Mittag das Sitzungszimmer im Weißen Haus betrat. «Wir brauchen deine Entscheidung. Wir haben einen Vorschlag. Eigentlich haben wir es bereits beschlossen. Alles hängt jetzt von dir ab.»

Marthaler schaute ratlos in die Runde. «Kerstin, bitte. Ich verstehe gar nichts. Was ist los? Was habt ihr vor? Was hängt von mir ab?»

Er merkte, dass seit Mitternacht, seit sie das letzte Mal hier zusammengesessen hatten, etwas in Bewegung gekommen war. Es schien, als würden alle in den Startlöchern hocken, um zum entscheidenden Sprung anzusetzen. Selbst Toller, der noch immer so aussah, als hätte er Magenkrämpfe, zappelte vor Ungeduld auf seinem Stuhl.

Auch Kerstin Henschel sah erschöpft aus. Erschöpft, aber zugleich aufgekratzt. «Warte! Bevor wir darüber reden, will ich dir erst etwas zeigen.»

Sie klappte den Bildschirm des Notebooks auf, das vor ihr auf dem Tisch stand. Dann bat sie Marthaler, sich auf den freien Stuhl neben ihr zu setzen.

«Ich will der Reihe nach berichten», sagte sie. «Ich habe mich gefragt, wie der Mörder Kontakt zu Andrea Lorenz bekommen konnte. Wenn es stimmt, dass er sie nicht kannte, muss er auf irgendeine Weise erfahren haben, dass sie noch andere Dienste anbot als die einer Kosmetikerin und Masseurin. Ich war gestern Nachmittag drei Stunden bei den Kollegen von der Sitte. Wir haben alle einschlägigen Anzeigenblätter und Internetseiten abgesucht – ohne Ergebnis …»

«Bitte, Kerstin!», mahnte jetzt Kai Döring. «Erzähl uns nichts von den Fehlschlägen. Erzähl, was du entdeckt hast!»

«Gut. Als ich heute Nacht nach Hause kam, habe ich mich nochmal an den Computer gesetzt. Ich habe mir gedacht, dass zwei so spektakuläre Morde in den Chatrooms im Internet nicht unbeachtet geblieben sein können. Ich habe die Namen unserer beiden Opfer in eine Suchmaschine eingegeben und bin auf über 1200 Treffer gekommen. Das meiste war Archivmaterial der Zeitungen und Fernsehsender.»

Während sie sprach, hatte Kerstin Henschel ihr Notebook eingeschaltet und den Netzbrowser angeklickt. Kurz darauf erschien auf dem Bildschirm das Eingabefeld einer Suchmaschine. Sie tippte den Namen von Andrea Lorenz ein und zusätzlich die Worte «Mord» und «Frankfurt». Dann löste sie den Suchbefehl aus und ging auf eine der hinteren Seiten der Ergebnisliste.

«So», sagte sie, als sie den gesuchten Eintrag gefunden hatte, «und jetzt pass auf!»

Für einen kurzen Moment erschien eine Textseite, aber bevor Marthaler eine Zeile lesen konnte, hatte Kerstin Henschel auf das Wort «Home» geklickt. Der Monitor wurde schwarz, dann erschienen die roten Lippen eines Frauenmundes, der sich erst zum Kuss spitzte und dann zu einem Lachen öffnete. Aus dem Inneren des Mundes wand sich ein Schriftzug: «The Casanova Project».

«O Gott», sagte Marthaler, «sieht das billig aus.»

«Ja», sagte Kerstin Henschel, «aber obwohl es die Homepage noch nicht lange gibt, scheint sie sich bereits zu einer riesigen Erfolgsgeschichte zu entwickeln. Das ‹Casanova Project› ist eine englischsprachige Seite, die von Manila aus betrieben wird. Inzwischen erreicht man aber von hier aus Unterseiten in allen großen Weltsprachen. Die Benutzer aus Deutschland, Österreich und der Schweiz treffen sich im ‹Casanova-Forum›.»

«Und um was geht es? Was soll das Ganze?»

«Man könnte sagen, dass es sich um die Plauderstube des internationalen Sextourismus handelt. Wenn du Interesse hast, in Bangkok, Barcelona oder Nairobi ein Bordell aufzusuchen, kannst du hier nach den Erfahrungen anderer Freier fragen. Binnen weniger Stunden wird man dir sagen, welches Mädchen zu welchem Preis unter welcher Adresse zu finden ist. Du bekommst Angaben zu ihrer Körpergröße, zu ihrem Brustumfang und zu ihrer Anschmiegsamkeit.»

«Und was hat das alles mit Andrea Lorenz zu tun?»

«Warte! Es gibt im ‹Casanova-Forum› verschiedene Themen, so genannte Threads, die die Benutzer selbst eröffnen können. Dort wird dann alles diskutiert, was einen gut verdienenden Mann von Welt interessiert. Zum Beispiel: Wo bekommt man preiswert Ersatzteile für seinen Porsche? Wo kann man sich im Frankfurter Norden auch nach Mitternacht noch von einer blonden Inderin massieren lassen? Oder: Was macht eigentlich die scharfe Lenka aus Eschborn, die schon so lange nicht mehr im Swinger-Club aufgetaucht ist?»

«Über all das wird dort … geplaudert, wie du es nennst?»

«Ja, und zwar völlig legal und im Schlips-und-Kragen-Ton. Die Benutzer haben offensichtlich nicht den Hauch eines schlechten Gewissens, wenn sie über Mädchen aus der ganzen Welt wie über Vieh sprechen. Sie zahlen, also verlangen sie Leistung. Die Prostituierten werden getestet wie jedes andere Produkt, und die Testberichte werden im Forum veröffentlicht. Natürlich schreibt hier niemand unter seinem richtigen Namen. Man ist auf Diskretion bedacht. Also sucht man sich einen Nickname. Da gibt es dann so hübsche Namen wie ‹Rüssel›, ‹Sugarboy› oder ‹Schmusebär›.»

«Kerstin, bitte! Komm auf den Punkt!» Diesmal war es Sven Liebmann, der zu größerer Eile drängte, aber Marthaler widersprach ihm sofort.

«Nein. Ich bin der Älteste von uns. Ihr dürft nicht davon ausgehen, dass jemand, der über vierzig ist, sich täglich im

Internet bewegt. Also lasst uns genauso weitermachen. Wenn es wichtig ist, was ihr mir zu sagen habt, dann will ich auch verstehen, um was es geht.»

«Gut», fuhr Kerstin Henschel fort, «nun bewegen sich in solchen Foren durchaus nicht nur Männer. Wie wir alle wissen, hat sich die Konkurrenz auf dem Sexmarkt seit Öffnung der Grenzen erheblich verschärft. Also nutzen auch die Prostituierten ihre Chance, in einem solchen Forum genau ihre Zielgruppe ansprechen zu können. Sie schalten sich ein in die Diskussionen der Herren und plaudern munter über dies und jenes mit. Den Männern scheint das zu gefallen, und gelegentlich ergibt sich daraus dann ein persönlicher Kontakt.»

«Und du meinst, Andrea Lorenz hat sich in einem solchen Forum bewegt? Sie hat dort Beiträge geschrieben und neue Kunden gewonnen?»

«Ich meine das nicht nur; ich weiß es. Wir gehen jetzt zurück auf die Textseite, die sich vorhin bereits kurz geöffnet hatte. Und ich bitte dich zu lesen, was dort steht.»

Die Seite auf dem Monitor war unterteilt in verschiedene Abschnitte. Zu jedem Text gehörte der Spitzname des Autors, ein Bild sowie die Uhrzeit, wann die Mitteilung abgeschickt wurde. Marthaler rückte ein Stück näher. Er begann zu lesen:

KATER 6:28 «guten morgen, kingkong – heute schon in die zeitung gesehen? schrecklich, was da in den schwanheimer dünen passiert ist. schade um das mädel, sah hübsch aus. jedenfalls auf dem foto. andrea lorenz – kommt dir die dame bekannt vor? morgengruss kater»

KINGKONG 6:39 «Nee, wieso? Sollte sie? Was machst du überhaupt so früh schon im Forum?»

KATER 6:42 «muss heute nach münchen und dachte, ich schau mal kurz rein. hast du einen tipp dort? eine vierhändige massage käme mir am abend gerade recht. aber nicht zu teuer. sonst schau ich in den münchen-thread.»

KINGKONG 6:45 «Mach das. Und viel Spass beim Jodeln.»

KATER 20:01 «termin in münchen geplatzt. ganzen tag im büro gewesen. nochmal zu dem mord in frankfurt: habe eben in der hessenschau ein anderes foto der dame gesehen und mich dann an sie erinnert. hatte mal ein date mit ihr. jetzt rate, wer es ist!»

KINGKONG 20:34 «Mach's nicht so spannend!»

KATER 20:41 «du kennst sie auch. jedenfalls hier aus dem forum. es ist unsere slowhand. sie hat eine ganze weile bei den (‹seitenspringern›) gewildert. da bin ich auf sie aufmerksam geworden. hat hier wohl einiges an kundschaft abgegriffen.»

KINGKONG 20:44 «Und du hattest sie?»

KATER 20:46 «ja. bei mir zu hause. ist acht, neun wochen her. war nicht meine kragenweite. außerdem zu teuer. aber ein paar andere casanovas waren wohl ganz zufrieden.»

RUDILALALA 21:14 «Kann man wohl sagen!!! Meine Kragenweite war sie.»

2YOUNG 21:21 «Meine auch! Üble Scheiße. Hoffentlich kriegen sie den Kerl bald.»

Marthaler stöhnte auf. Er ließ sich gegen die Rückenlehne seines Stuhles fallen, verschränkte die Arme hinter dem Kopf und schloss die Augen.

«Ich versuche zu verstehen. Andrea Lorenz hat sich in diesem Casanova-Forum bewegt. Sie trug dort den Namen Slowhand. Sie hat Nachrichten mit Männern ausgetauscht. Mindestens drei dieser Männer geben an, sich mit ihr getroffen zu haben. Richtig?»

«Richtig», sagte Kerstin Henschel.

«Und die Nachrichten, die ich gerade eben gelesen habe, sind einen Tag nach dem Mord an Andrea Lorenz geschrieben worden?»

«Wieder richtig.»

«Was bedeutet es, sie habe bei den ‹Seitenspringern gewildert›?»

«Die Seitenspringer sind Männer, die eine Vorliebe für verlobte oder verheiratete Frauen haben. Anscheinend verschafft es ihnen ein Gefühl der Überlegenheit, wenn es ihnen gelingt, eine Frau zu erobern, die an einen anderen Mann gebunden ist. Manche sind auch bereit, für dieses Überlegenheitsgefühl zu zahlen. Und es gibt Prostituierte, die sich auf solche Männer spezialisiert haben. Sie geben vor, unbefriedigte Ehefrauen zu sein und dringend einen Liebhaber zu benötigen.»

«Und das hat Andrea Lorenz unter dem Namen Slowhand getan?»

«Ja, aber am besten schaust du dir selbst an, wie sie vorgegangen ist. Es gibt einen eigenen Bereich mit dem Titel ‹Seitenspringer›. Dort war sie am aktivsten.»

Marthaler schüttelte den Kopf. «Nein», sagte er, «ich mag nicht noch mehr davon lesen. Du kannst mir genauso gut berichten, was dort in etwa steht.»

Kerstin Henschel lächelte. «Gut. Das Wesentliche haben wir bereits besprochen. Die Männer dort berichten sich gegenseitig von ihren Eroberungen. Sie prahlen gerne mit Einzelheiten. Und sie äußern ihre Wünsche. Andrea Lorenz alias Slowhand hat sich immer wieder eingeschaltet in diese Beiträge. Sie hat so getan, als sei sie die ideale Ergänzung für die Bedürfnisse der Seitenspringer. Wenn einer der Männer sie näher kennen lernen wollte, wurde der Austausch einer PN vereinbart.»

«Einer was?», fragte Marthaler.

«Eine PN ist eine persönliche Nachricht, die von den anderen Benutzern des Forums nicht gelesen werden kann. Es funktioniert wie eine E-Mail, bei der man allerdings die Mailadresse des anderen nicht kennt und auch nicht kennen muss.»

«Und ihr nehmt an, dass der Mörder ebenfalls ein Benutzer dieses Forums ist. Und dass er sich über eine solche persönliche Nachricht mit Andrea Lorenz verabredet hat.»

«So ist es.»

«Das heißt, wir müssen einfach die Echtnamen der Teilnehmer herausbekommen und alle in Frage kommenden Männer überprüfen. Einer davon ist unser Mann.»

Die anderen schauten sich gegenseitig an. Es sah so aus, als hätten sie mit diesem Vorschlag gerechnet.

«Genau das geht nicht», sagte Kerstin Henschel. «Manfred, bitte, erklär du es.»

Manfred Petersen war aufgestanden und ging jetzt auf der anderen Seite des Tisches auf und ab. Die Unruhe, die ihn ergriffen hatte, war nicht zu übersehen.

«Wir werden nicht an die Namen kommen. Jedenfalls nicht so schnell. Wie gesagt: Die Betreiber der Seite sitzen in Manila. Ich habe heute Morgen mit der Staatsanwaltschaft gesprochen. Dort geht man davon aus, dass es mindestens eine Woche, wenn nicht sogar einen Monat dauern würde, bis wir eine juristische Handhabe hätten, um gemeinsam mit den philippinischen Behörden einzugreifen. Wenn man dort überhaupt bereit ist, zu kooperieren.»

«Trotzdem müssen wir es versuchen», erwiderte Marthaler.

«Ja», sagte Petersen, «klar. Aber selbst, wenn wir damit durchkommen, stehen wir vor dem Problem, dass wir allein in der deutschsprachigen Abteilung des ‹Casanova Project› über dreißigtausend angemeldete Benutzer haben. Es würde Monate dauern, sie alle zu überprüfen. Und es ist keineswegs gesagt, dass sich unser Mann mit Andrea Lorenz im öffentlichen Forum unterhalten hat. Es kann sogar sein, dass er zwar angemeldet ist, aber noch nie einen Beitrag geschrieben hat. Vielleicht hat er sich ganz auf die Persönlichen Nachrichten beschränkt. Und diese werden unverzüglich vom Server gelöscht, sobald der Empfänger sie abgerufen hat.»

«Aber über den Computer von Andrea Lorenz müssten wir

doch weiterkommen. Dort müssten die Nachrichten, die sie bekommen hat, schließlich gespeichert sein.»

Jetzt schaltete sich Sven Liebmann ein: «Das ist das Merkwürdige. Als wir nochmal mit Roland Lorenz gesprochen haben, hat einer unserer Experten den PC seiner Frau überprüft. Es war dort nichts Verdächtiges zu finden. Keine Spur. Seltsam, aber so ist es.»

«Kann es sein, dass sie einen zweiten Computer hatte, einen, von dem auch ihr Mann nichts wusste?»

«Es ist unwahrscheinlich», sagte Liebmann, «aber es könnte sein.»

«Dann sollten wir das sofort überprüfen ... Weiß Lorenz eigentlich inzwischen von den ... Nebentätigkeiten seiner Frau?»

«Ja», sagte Liebmann, «ich musste es ihm wohl oder übel erzählen.»

«Und wie hat er reagiert?»

«Wie soll ich sagen? Reglos. Eigentlich hat er gar nicht reagiert. Er hat mich angesehen und genickt. Mehr nicht. Es war, als könne er das Ganze immer noch nicht fassen.»

«Was man ja wohl verstehen kann», sagte Marthaler. «Aber ihr habt von einem Vorschlag gesprochen ... von einer Entscheidung, die wir treffen müssen.»

Einen Moment lang herrschte Schweigen. Wieder wechselten die anderen stumme Blicke. Marthalers Ungeduld wurde größer.

«Was ist? Was soll das?», platzte er heraus. «Möchte mir vielleicht jemand erklären, was ihr vorhabt?»

Erneut war es Kerstin Henschel, auf die sich nun die Augen der anderen richteten. «Robert, wir haben beschlossen, uns in das Casanova-Forum einzuklinken. Wir wollen den Mörder aus der Reserve locken. Wir wollen, dass er sich zu erkennen gibt.»

Marthaler dachte nach. «Und wie soll das funktionieren?», fragte er.

«Ich habe mir die Beiträge von Andrea Lorenz genau angeschaut. Wenn unser Mann sich dadurch angesprochen fühlte, könnten wir etwas Ähnliches versuchen. Wir könnten versuchen, sein Interesse zu wecken.»

«Das heißt, wir müssten uns einen Decknamen suchen und uns dort anmelden.»

Kerstin Henschel nickte.

«Und dann?»

«Dann müsste man versuchen, sich mit ihm zu treffen.»

Marthaler war sprachlos. Er schaute seine Kollegen einen nach dem anderen an. Dann schüttelte er heftig den Kopf.

«Das ist nicht euer Ernst! Ihr habt nicht etwa vor, eine verdeckte Ermittlung durchzuführen. Entschuldigt, aber das kommt überhaupt nicht in Frage!»

«Es ist unsere einzige Chance, Robert!»

«Wer sagt euch, dass das klappt? Und wenn es klappt, ist es viel zu gefährlich. Wer sollte eine solch wahnsinnige Aufgabe übernehmen?»

Kerstin Henschel sah ihm direkt in die Augen. «Wenn es zu heikel wird, können wir es jederzeit abbrechen.»

«Wer, habe ich gefragt!» Dann endlich begriff er. «Nein, Kerstin. Das wirst du nicht tun. Du wirst dich nicht in die Höhle des Löwen begeben.»

«Das habe ich bereits getan», sagte Kerstin Henschel.

«Bitte?»

«Ich habe mich bereits im Casanova-Forum angemeldet. Ich habe noch keine Beiträge geschrieben, aber ich bin eine registrierte Benutzerin.»

Marthaler schlug mit der Hand auf den Tisch: «Verdammter Mist, was fällt dir ein? Was erlaubst du dir für Eigenmächtigkeiten?»

Jetzt begannen alle auf ihn einzureden. Eine halbe Stunde lang versuchte er, seinen Widerstand aufrechtzuerhalten. Schließlich gab er auf. Er musste einsehen, dass die geplante Aktion eine Möglichkeit war, den Mörder der drei Frauen zu fassen. Aber wohl war ihm nicht dabei. Auch wenn sie mit größter Vorsicht operierten, blieb es ein gefährliches Unternehmen.

«Ihr wisst, dass wir dazu die Genehmigung von oben brauchen?», sagte Marthaler resignierend.

Die anderen nickten.

«Und ihr wisst auch, dass mein Verhältnis zu Eissler seit der Sache im November nicht das beste ist?! Ich habe seitdem nur noch einmal kurz mit ihm gesprochen. Das war im Januar, als er mich anrief, um mir mitzuteilen, dass meine Suspendierung aufgehoben ist. Es muss also jemand anderes mit ihm reden.»

«Schon geschehen», sagte Sven Liebmann.

Marthaler stutzte. «Ihr habt hinter meinem Rücken Fakten geschaffen?!»

«Robert, nun mach aber einen Punkt. Was heißt hier hinter deinem Rücken? Wir haben den ganzen Vormittag auf dich gewartet. Die Arbeit musste weitergehen.»

Marthaler sah ein, dass er dem nichts entgegenzusetzen hatte. Er durfte nicht sagen, dass er den Vormittag mit dem Jungen in seiner Wohnung verbracht hatte. So gesehen war er es, der hinter dem Rücken der anderen arbeitete. Er wandte sich an Kerstin Henschel: «Und unter welchem Namen wirst du dich den Casanovas zum Fraß vorwerfen?»

«Ich habe mir den Namen Desposada gegeben», sagte sie.

«Desposada?»

«Das ist Spanisch. So bezeichnet man eine Frau, die gerade noch eine Braut war und die jetzt verheiratet ist: eine Jungvermählte.»

ZWÖLF Den gesamten Nachmittag verbrachten sie damit, die verdeckte Ermittlung zu planen. Nur Sven Liebmann meldete sich ab. Er hatte sich noch einmal mit dem Computerspezialisten verabredet, um Roland Lorenz einen erneuten Besuch abzustatten. Die anderen fuhren mit ihren Planungen fort. Sie versuchten, aus den Informationen von Rainer Hirschberg eine genaue Vorstellung davon zu entwickeln, wie der Täter dachte, auf welche Reizworte er möglicherweise reagieren würde.

Sie verabredeten, ab sofort schichtweise rund um die Uhr das Casanova-Forum zu beobachten. Einzig Robert Marthaler bestand darauf, von dieser Arbeit entbunden zu werden. «Das könnt ihr von mir nicht verlangen», sagte er. «Ich habe schon mit der echten Welt meine Schwierigkeiten. Also erspart mir das, bitte!»

Kurz vor siebzehn Uhr waren sie so weit. Sie hatten ihren ersten Beitrag formuliert und wollten den Text gerade eintippen, als Sven Liebmann die Tür öffnete. «Ihr glaubt nicht, was passiert ist. Es ist unfassbar. Es gibt in dieser Welt nichts, was es nicht gibt.»

Liebmann war außer sich. Er suchte sich einen freien Stuhl, setzte sich und stand sofort wieder auf. «Wir haben geklingelt. Es hat lange gedauert, bis Roland Lorenz geöffnet hat. Er war überrascht, uns zu sehen. Er sah verweint aus und schien am Ende seiner Kräfte. Ich habe ihn gefragt, ob ich später wiederkommen soll, aber er hat verneint.»

«Hast du ihn gefragt, ob es möglicherweise einen zweiten Computer gibt?»

«Ja, das habe ich. Und er hat sich nicht einmal über die Frage gewundert. Er hat es ohne Umschweife bestätigt.»

«Das heißt, wenn wir dort fündig werden, können wir auf die verdeckte Ermittlung verzichten», sagte Marthaler.

«Nein, Robert, vergiss es! Freu dich nicht zu früh. Lorenz wusste die ganze Zeit von diesem Computer. Er hat mir quasi ein Geständnis abgelegt.»

«Ein Geständnis?»

«Entschuldigt, nein, nicht, was ihr denkt. Aber er wusste, was seine Frau machte. Er wusste es von Anfang an. Es war ihr gemeinsamer Plan, auf diese Weise das Familieneinkommen aufzubessern.»

«Das ist nicht dein Ernst?»

«Er wusste nicht, wann sie einen Termin mit einem anderen Mann hatte; er wollte es nicht wissen. Aber er war darüber informiert, dass das meiste Geld, das sie brauchten, um die Raten für ihr Haus abzuzahlen, nicht von der Firma ‹Wellness-Medico› kam, sondern von den Männern, mit denen seine Frau schlief.»

«Und das hat ihn nicht gestört?»

«Es hat ihn gequält. Es hat ihn zutiefst gequält.»

«Und was ist jetzt mit dem Computer?»

«Ich habe ihn dabei. Er liegt im Wagen. Er ist wertlos. Es ist nichts drauf, absolut gar nichts.»

«Aber es ist das Gerät, mit dem seine Frau im Casanova-Forum war?»

«Ja. Und auf dem sie die persönlichen Nachrichten gespeichert hatte. Er hat die Festplatte neu formatiert. Noch am selben Tag, als er von dem Mord an seiner Frau erfuhr, hat er alles gelöscht.»

«Verdammter Mist», sagte Kai Döring. «Was für ein armer Trottel.»

«Aber warum?», fragte Marthaler. «Was sollte das? Er kann

doch nicht daran interessiert gewesen sein, unsere Ermittlungen zu behindern.»

«Nein, das nicht. Aber er hat gehofft, dass die Tätigkeit seiner Frau nicht bekannt wird. Er wollte verhindern, dass sie und er mit diesem Milieu in Verbindung gebracht werden. Er hat die Festplatte gelöscht und wollte damit den Makel von seiner Ehe löschen.»

Zum ersten Mal schaltete sich jetzt Raimund Toller in das Gespräch ein: «Und was heißt das für unsere Arbeit? Für unseren Plan, Kerstin als Lockvogel einzusetzen.»

«Bitte, Raimund», sagte Marthaler, «tu mir einen Gefallen: Nenn es nicht Lockvogel. Es macht mich wahnsinnig, wenn ich nur daran denke, dass Kerstin sich mit diesem … Typen treffen soll. So weit sind wir noch nicht. Und ich hoffe sehr, dass es nicht dazu kommen wird.»

«Trotzdem», hakte Toller nach, «was heißt das jetzt für unsere Aktion?»

«Nichts», sagte Sven Liebmann. «Wir machen weiter wie geplant. Es ist, als habe es die Hoffnung auf diesen zweiten Computer nie gegeben.»

«Also dann», sagte Kerstin Henschel, «fangen wir an.»

Sie loggte sich unter dem Spitznamen, den sie sich gegeben hatte, in das Casanova-Forum ein. Unter den vielen aufgelisteten Themen wählte sie den Thread «Seitenspringer». Sie klickte auf «Neues Thema erstellen». Dann begann sie, den vorbereiteten Text in die Tastatur ihres Notebooks zu tippen. Als sie fertig war, drückte sie auf die Eingabetaste.

Drei Sekunden später erschien der fertige Beitrag auf dem Monitor.

«Was ist denn das? Wo kommt dieses Bild her?»

Neben dem Namen Desposada war ein kleines Foto erschienen. Das Bild einer lachenden Braut, deren Gesicht halb vom Schleier verdeckt war. Ihr Kopf war ein wenig nach hinten geneigt, sodass man ihren schlanken Hals sah. Die Frau wirkte geheimnisvoll. Marthaler merkte, dass er seinen Blick nicht abwenden konnte von diesem Gesicht, das zugleich freundlich und überlegen wirkte.

«Das habe ich im Netz gefunden. So machen es alle. Man sucht sich irgendein Foto oder eine Graphik und verwendet sie als ein Markenzeichen. Alles, was ich schreibe, wird jetzt von den anderen Teilnehmern des Forums mit diesem Bild in Verbindung gebracht.»

«Es ist perfekt», sagte Marthaler.

Kerstin Henschel sah ihn erstaunt an. «Findest du etwa doch noch Gefallen an unserer Aktion?»

Marthaler ging nicht darauf ein und sagte auch nicht, was ihm an dem Foto gefiel. «Also», sagte er, «schauen wir, was passiert.»

DESPOSADA 17:03 «Hallo, Seitenspringer, ich bin die Neue. Will mich kurz vorstellen. Bin 31 Jahre alt und gerade (mal wieder) frisch verheiratet. Dennoch ist meine Neugier ungestillt. Ich lese hier schon seit einigen Wochen eure Beiträge. Ziemlich verrückt, ziemlich spannend. Ich bin übrigens im Rhein-Main-Gebiet zu Hause.»

Es dauerte nur zwei Minuten, bis die erste Antwort kam. Alle Kollegen drängten sich hinter Kerstin Henschels Rücken, um das Geschehen auf dem Monitor des Notebooks verfolgen zu können.

FRANZ-DER-KANNZ 17:05 «Im Rhein-Main-Gebiet …?! Dann pass auf dich auf, Mädchen! Das scheint ja im Moment nicht die sicherste Gegend zu sein. Auf jeden Fall: Herzlich willkommen im Forum. Weiblicher Zuwachs freut uns immer. Franz aus der Eifel.»

YOGAMONSTER 17:06 «Hallo, auch von mir. Desposada, hübscher Name, hübsches Foto. Ich lebe in der Nähe von Innsbruck. Schade, bisschen weit weg von dir. Ansonsten: allzeit bereit.»

FRANKIE-OFF 17:09 «Dann sag ich auch mal guten Tag. Ich hoffe, du fühlst dich wohl bei uns. Komme aus Mannheim (gar nicht so weit weg!!!)»

XXX-CLOUD 17:10 «Sei gegrüßt, Desposada! Hoffe, du kannst unsere Userin Slowhand würdig ersetzen. Kanntest du sie?»

Kerstin schaute die anderen an. «Was meint ihr, sollen wir gleich antworten?»

«Ja, natürlich», sagte Kai Döring. «Wir sollten das jetzt durchziehen. Wir haben keine Zeit zu verlieren.»

Kerstin begann zu tippen.

DESPOSADA 17:14 «Dank für eure netten Willkommensgrüsse. Ja, ich kannte Slowhand. Nicht persönlich, aber hier aus dem Forum. Habe ihre Beiträge gerne gelesen. Hatte den Eindruck, dass wir Schwestern im Geiste waren. Wirklich traurig.»

«So», sagte Marthaler, «mir reicht es. Ich halte das nicht länger aus. Ich werde ganz zappelig, wenn ich euch hier zuschaue. Es kommt mir vor, als würden wir uns in einem Wolfsgehege bewegen. Teilt euch in Schichten ein, und sagt mir umgehend Bescheid, wenn sich etwas tut. Habt ihr eigentlich in der letzten halben Stunde mal aus dem Fenster geschaut? Es schneit. Der Winter ist wieder da.»

Marthaler klopfte den Schnee von seinen Schuhen. Er hatte die Post aus dem Briefkasten geholt und gerade den Schlüssel ins Schloss gesteckt, als seine Wohnungstür von innen geöffnet wurde. «Tereza!?»

«Ich bin es. Selbstpersönlich!», sagte sie und gab ihm einen Kuss auf die Wange. «Ich wollte, dass du keinen Schrecken kriegst.»

«Das ist dir nicht gelungen», erwiderte er. «Hast du den Jungen … Ich habe Besuch …»

«Ja», sagte sie. «Ich weiß. Tobi. Aber du hast noch mehr Besuch. Die ganze Haus ist voll.»

Aus dem Wohnzimmer hörte Marthaler Stimmen und Musik. Es roch nach Essen.

«Willst du mir ... erklären?»

«Nein», sagte sie, «hast du selbst Augen zu gucken.»

Zuerst sah er den kleinen alten Mann, der am Tisch saß und ihn anlächelte.

«Das ist mein Großvater», sagte Tobi, der auf der Couch lag und in eine Decke eingewickelt war. Seine Augen sahen noch immer fiebrig aus, dennoch wirkte er weniger ängstlich als noch am Vormittag. An seinem Fußende hatte sich Mara platziert, und auch sie schaute Marthaler an, als müsse er sich darüber freuen, dass seine Wohnung auf so unerwartete Weise mit Leben gefüllt war.

Er ging reihum und gab allen die Hand. Dann folgte er Tereza in die Küche. Sie berichtete, dass sie am Nachmittag gekommen sei, um ein paar Bücher abzuholen. Sowohl Tobi als auch sie seien zunächst erschrocken gewesen. Schließlich habe der Junge ihr alles erzählt. Sie habe sich kurz entschlossen in ein Taxi gesetzt und sei zu der Wohnung ins Gallus gefahren.

«Und dann?», fragte Marthaler.

«Mara war gerade bei Opi. Und dann habe ich alle eingeladen, mit uns zu essen. Ich koche uns eine dicke Topf Spaghetti mit Tomatensoße.»

Tereza tat, als sei das alles die selbstverständlichste Sache der Welt. Und Marthaler merkte, dass sie sich wohl fühlte in ihrer neuen Rolle als Gastgeberin.

«Wie geht es dem Jungen?», fragte er.

«Er hat eine große Schnupfen, das ist alles.»

«Und du hast eine große Herz», sagte Marthaler und versuchte, den Satz ein wenig ironisch klingen zu lassen.

«Nein, ich habe eine große Hunger», erwiderte Tereza.

«Was ist mit dem Mann?», fragte Tobi, als sie alle um den Tisch saßen und Tereza einem nach dem anderen eine Portion Nudeln auf den Teller packte. «Werden Sie ihn finden?»

«Ja», sagte Marthaler, «wir werden ihn finden. Sehr bald sogar. Aber bis wir ihn haben, bleibt ihr bei uns. Du kannst weiter auf dem Sofa schlafen, und deinen Großvater legen wir ins Nebenzimmer. Und jetzt sprechen wir über etwas anderes, einverstanden?»

Es war Tereza, die an diesem Abend mit den Geschichten aus ihrer Schulzeit das Gespräch bestimmte. Es war offensichtlich, dass die beiden Kinder sie in ihr Herz geschlossen hatten. Sie hingen an ihren Lippen und lachten, wenn sie wieder einmal ein falsches Wort verwendete und dadurch einen komischen Satz formulierte. Allerdings hatte Marthaler sie im Verdacht, dass sie manche Fehler absichtlich machte, um die Kinder aufzuheitern.

Obwohl auch er die Stimmung genoss, hatte er doch Mühe, sich auf die Unterhaltung zu konzentrieren. Immer wieder war er mit seinen Gedanken im Weißen Haus und bei dem Fall. Er dachte daran, was geschehen würde, wenn sich der Mörder wirklich in diesem Forum zu Wort meldete und wenn es wirklich zu einer Verabredung mit Kerstin Henschel kommen sollte.

Um kurz vor zehn bat Tobis Großvater darum, ins Bett gehen zu dürfen. Das Sprechen schien ihm schwer zu fallen. Er hatte nur wenige Worte an diesem Abend mit den anderen gewechselt. Aber auch er hatte Tereza immer wieder lächelnd angeschaut. Mara brachte den alten Mann nach nebenan und half ihm dabei, seinen Schlafanzug anzuziehen. Dann verabschiedete auch sie sich.

«Wirst du Ärger kriegen, weil du zu spät kommst?», fragte Tobi.

«Vielleicht», sagte sie. «Aber wenn ich Glück habe, sind meine Eltern noch gar nicht zu Hause.»

Marthaler brachte das Mädchen zur Tür. Er fragte, ob er ihr ein Taxi rufen solle, aber sie bestand darauf, mit der Straßenbahn zu fahren.

«Es ist ja nicht weit», sagte sie. «In zwanzig Minuten bin ich zu Hause. Darf ich denn morgen wieder kommen?»

«Natürlich», sagte er. «Wann immer du willst.»

«Es war schön heute Abend», sagte Tereza später, als sie sich ausgezogen und neben Marthaler ins Bett gelegt hatte. «Ein bisschen war es wie früher bei mir zu Hause in Prag.»

«Ja», sagte er. «Man hätte meinen können, wir seien eine Familie.»

Schweigend lagen sie nebeneinander. Marthaler merkte, dass ihm bereits die Augen zufielen. Der Wein, den sie zum Essen getrunken hatten, hatte ihn müde gemacht.

«Hast du dem Jungen wirklich erzählt, dass ich deine Frau bin?», fragte Tereza, als er schon fast eingeschlafen war.

«Mmmhh, bist du auch, oder?», brummte er.

«Ja», sagte sie mehr zu sich selbst. «Mir kommt es auch fast so vor.»

Als das Telefon klingelte, war er sofort wach. Er beeilte sich, den Hörer abzunehmen, damit die anderen nicht geweckt wurden. Er ging ins Bad und schloss die Tür, erst dann meldete er sich.

«Robert, du solltest kommen», sagte Kai Döring. «Ich habe bereits einen Streifenwagen bestellt, der dich abholt. Der Fahrer wird vor deiner Tür auf dich warten. Es scheint loszugehen.»

«Du meinst, er hat sich schon gemeldet?»

«Es sieht so aus. In den Stunden vor Mitternacht hatten

wir bereits drei persönliche Nachrichten an Desposada – alles unverdächtig. Vor zehn Minuten kam wieder eine PN. Wir sind uns sicher, dass er es ist.»

«Ruf Kerstin an. Sie muss dabei sein. Sie muss zu jeder Entscheidung, die wir jetzt treffen, ja sagen.»

Marthaler putzte sich die Zähne, schöpfte ein paar Hände kaltes Wasser und wusch sich das Gesicht.

Er schaute auf die Küchenuhr. Es war kurz nach halb fünf. Durch das Fenster sah er hinaus auf die dunkle Straße. Es schneite noch immer. Er schaltete die Espressomaschine ein, dann zog er sich rasch an. Er hatte seine Tasse gerade geleert, als er draußen einen Wagen vorfahren hörte.

Sie kamen nur langsam auf den frisch verschneiten Straßen voran. Der Fahrer versuchte ein Gespräch zu führen, aber Marthaler reagierte kaum auf die gut gemeinten Fragen. Seine Nerven waren angespannt. Er wollte sich ganz auf das konzentrieren, was ihnen jetzt bevorstand.

Als er vor dem Weißen Haus ausstieg, kam ihm Kerstin Henschel entgegen. Sie war zu Fuß von ihrer Wohnung hierher gelaufen. Sie wirkte müde und außer Atem.

«Wenn das vorbei ist, brauche ich dringend ein paar freie Tage», sagte sie. «Und die möchte ich irgendwo verbringen, wo es warm ist. Und wo es keine Männer gibt, jedenfalls keine deutschen.»

«Du wirst deinen Urlaub bekommen», sagte Marthaler. «Und hoffentlich schon bald.»

Manfred Petersen öffnete ihnen die Tür. Er sah sie mit geröteten Augen an.

«Kommt», sagte er, «das müsst ihr euch ansehen. Die PN kam vor einer Dreiviertelstunde. Der Typ nennt sich Armadillo. Ich habe den Namen durch die Suchfunktion laufen lassen, aber es ist so, wie wir vermutet haben: Er hat noch nie einen öffentlichen Beitrag im Casanova-Forum geschrieben.»

Petersen ging ihnen voraus ins Sitzungszimmer. Bis auf das Licht einer kleinen Schreibtischlampe und den Bildschirm des Computers war der Raum dunkel. Kai Döring saß am Tisch und starrte auf den Monitor.

«Und?», fragte Petersen.

«Nichts weiter», sagte Döring, der jetzt von seinem Stuhl aufgestanden war, um Platz zu machen für seine Kollegen. «Es tut sich wenig im Forum. Auch Casanovas müssen irgendwann schlafen. Und unser Typ wartet wahrscheinlich erst mal ab.»

«Lies du zuerst», sagte Marthaler zu Kerstin Henschel. «Ich will sehen, wie du reagierst. Dann bilde ich mir ein Urteil.»

Kerstin Henschels Pupillen verengten sich im weißen Widerschein des Monitors. Ihre Haut wirkte fahl. Und ihre Lippen waren vor Konzentration zusammengepresst. Marthaler sah, wie ihre Augäpfel immer wieder den Zeilen der Nachricht folgten.

Schließlich stand sie auf.

Sie nickte.

«Es besteht kein Zweifel. Das kann niemand anders geschrieben haben.»

Marthaler setzte sich auf den frei gewordenen Stuhl. Er begann zu lesen.

PN von ARMADILLO 4:18 «Hallo, Desposada! Schwester im Geiste, das klingt, als ob es mich interessieren würde. Auch ich habe Bekanntschaft mit Slowhand gemacht: kurz, aber heftig. Und sehr aufregend. Deine Neugier auf Unbekanntes wird gestillt werden. Wir treffen uns an den Eschbacher Klippen. Heute Nachmittag um 15 Uhr. Wenn du mir einen Gefallen tun willst, dann bring deinen Brautschleier mit. Manche Angebote gibt es nur einmal. Armadillo.»

Er las den Text wieder und wieder. Nach der fünften Lektüre nickte auch er.

«O Gott, verdammt», sagte Marthaler. «Ihr habt Recht. Das klingt eindeutig nach unserem Mann. Trotzdem wüsste ich gerne, warum wir uns so sicher sind. Was steht eigentlich in dem Text, dass keiner von uns einen Zweifel hat?»

Kai Döring war zur Tür gegangen und hatte die Deckenbeleuchtung eingeschaltet. Jetzt drehte er sich zu den anderen um und sagte aufgeregt: «Er muss es einfach sein. Erstens: Der Typ ist sofort auf unsere Formulierung ‹Schwester im Geiste› angesprungen. Zweitens: Er sagt, er habe Bekanntschaft mit Andrea Lorenz alias Slowhand gemacht. Drittens: Diese Bekanntschaft sei kurz, aber heftig verlaufen. Und viertens: Er will, dass Desposada einen Brautschleier mitbringt. Dieser letzte Punkt scheint mir der wichtigste zu sein. Zwar wussten die Presseleute, dass Gabriele Hasler verlobt war, aber von einem Brautschleier war weder in ihrem Fall noch bei dem Mord an Andrea Lorenz die Rede. Davon kann außer uns nur einer wissen.»

«Es gibt noch einen fünften Punkt, den Kai nicht erwähnt hat», sagte Manfred Petersen. «Ich meine den Ort, den dieser Armadillo als Treffpunkt ausgewählt hat. Die Eschbacher Klippen. Wieder ist es ein Platz, der beides zugleich ist: öffentlich und verborgen. Es ist wieder ein öffentliches Versteck.»

«Kann mir jemand die Klippen beschreiben?», fragte Marthaler. «Ich war noch nie dort.»

«Sie sind im Hochtaunus, ein paar Kilometer nördlich von Usingen. Es ist wunderschön dort. Die Felsen sind zwölf Meter hoch, und bei gutem Wetter sind dort Kletterer unterwegs. Jedenfalls scheint unser Mann eine Vorliebe für ungewöhnliche Umgebungen zu haben.»

«Und jetzt?», sagte Marthaler. «Was sollen wir tun?»

Kai Döring und Manfred Petersen schwiegen.

«Entschuldigt, Männer», sagte Kerstin Henschel. «Aber

was soll diese Frage? Was wir tun werden, ist doch klar. Wir werden ihm antworten. Wir werden dem Treffen zustimmen. Und dann werden wir alles vorbereiten, um ihn heute Nachmittag an den Eschbacher Klippen festzunehmen. Ich verstehe nicht, was es da lange nachzudenken gibt.»

«Langsam, Kerstin», sagte Marthaler, «es gibt eine ganze Menge zu überlegen. Der Ton, den dieser Armadillo in seiner Nachricht anschlägt, macht mir Angst. Er fragt gar nicht, ob Desposada an einem Treffen interessiert ist. Er bestimmt es einfach. Er legt Ort und Zeitpunkt fest. Darauf dürfen wir uns nicht einlassen. Wir sind es, die die Fäden in der Hand halten müssen. Du willst ihm antworten, aber er hat nicht einmal um eine Antwort gebeten. Er hat einen Befehl erteilt, und er lässt keinen Widerspruch zu. Das passt mir ganz und gar nicht.»

«Ob es dir passt oder nicht, wir haben keine Alternative», sagte Kerstin Henschel. «So nah wie jetzt waren wir noch nie an ihm dran. Wenn wir diese Chance verpassen, entwischt er uns womöglich. Und wenn wir das nächste Mal von ihm hören, dann auf eine Art, die uns noch viel weniger gefällt.»

«Und was, wenn wir uns alle täuschen?», fragte Petersen. «Wenn er es doch nicht ist? Wenn es sich nur um irgendeinen harmlosen Spinner handelt?»

«Das werden wir schon merken», erwiderte Kerstin Henschel. «Wir werden ihn an Ort und Stelle festnehmen. Alles Weitere sehen wir dann. Eine unberechtigte Festnahme wäre noch das kleinste Übel.»

Marthaler sah ein, dass Kerstin Henschel wahrscheinlich Recht hatte. Wenn sie diese Möglichkeit ungenutzt ließen, wäre der Schaden womöglich nicht wieder gutzumachen.

«Euch ist hoffentlich klar, was es bedeutet, wenn wir Kerstin zu diesem Treffen schicken. Wir werden mit einem großen Aufgebot vor Ort sein müssen. Hinter jedem Baum und hinter jedem Busch muss einer unserer Leute stehen. Alle müssen unsichtbar sein. Und trotzdem nah genug am Geschehen, dass jede Gefahr für Kerstin ausgeschlossen ist. Wir haben wenig Zeit, die Aktion vorzubereiten. Trotzdem bin ich dafür zu warten, bis Sven und Toller ebenfalls hier sind. Ich möchte, dass alle an der Planung beteiligt sind und jeder genau weiß, was er zu tun hat.»

«Was ist jetzt mit der Antwort?», fragte Kerstin Henschel. «Soll ich ihm eine Nachricht schicken, dass ich um 15 Uhr dort sein werde?»

«In Ordnung. Schreib ihm. Die Gefahr kann dadurch nicht größer werden, als sie ohnehin ist.»

DREIZEHN Marthaler ging in sein Büro und schloss die Tür hinter sich. Er wollte in Ruhe über die Ereignisse der letzten achtundvierzig Stunden nachdenken.

Vorletzte Nacht hatte Kerstin eine entscheidende Entdeckung gemacht. Sie hatte herausgefunden, dass Andrea Lorenz in einem Internet-Forum Nachrichten verschickt hatte, mit denen sie Kontakte zu Männern anbahnte. Kerstin hatte vermutet, dass der Mörder sich ebenfalls in diesem Forum bewegte und hier sein Opfer kennen gelernt hatte. Gleich das erste Treffen der beiden war für Andrea Lorenz tödlich verlaufen.

Dann war beschlossen worden, eine verdeckte Ermittlung durchzuführen. Alle waren dafür gewesen, außer ihm selbst. Er hatte sich dagegen gewehrt, dann aber eingesehen, dass er keinen besseren Vorschlag hatte. Den Versuch zu unterlassen konnte schlimmere Folgen haben, als ihn zu wagen.

Sie hatten gestern am späten Nachmittag unter dem Decknamen Desposada im Casanova-Forum eine erste Nachricht geschrieben. Diese Nachricht schien bei den Männern, die sich dort aufhielten, auf Interesse zu stoßen. Nicht einmal zwölf Stunden später meldete sich ein Mann, der sich Armadillo nannte, um mit Desposada Kontakt aufzunehmen. Sie waren übereinstimmend der Meinung, dass nur der Mörder die Nachricht geschrieben haben konnte. Das hieß, sie hatten nicht einmal zwei Tage gebraucht, um weiter zu kommen als im gesamten viertel Jahr zuvor.

Alles schien wie am Schnürchen zu laufen. Trotzdem spürte Marthaler ein deutliches Unbehagen. Die Welt des Internets blieb für ihn unwirklich. Das alles war nicht greifbar. Es war eine Welt der Behauptungen, des Scheins, der falschen Namen. Sie glaubten, dem Mörder ganz nah zu sein, aber diese Nähe fand bislang nur auf einem Bildschirm statt. Ein Mann, den sie nicht kannten, tippte ein paar Zeilen in die Tastatur eines Computers. Und das genügte, dass sie in Kürze den gesamten Polizeiapparat, der ihnen zur Verfügung stand, in Bewegung setzen würden.

Aber es war nicht allein das Flüchtige, das ihn beunruhigte. Es gab noch etwas anderes, das ihm Sorgen machte. Er überlegte lange, bis er endlich begriff. Es war die Geschwindigkeit. Es fiel ihm schwer zu glauben, dass sie nicht einmal 12 Stunden gebraucht hatten, um den Mann, den sie für den Mörder hielten, in die Falle zu locken. Es ging zu schnell. Das war es, was Marthaler an der ganzen Sache nicht gefiel.

Als er die Tür zu seinem Vorzimmer wieder öffnete, saß Elvira bereits an ihrem Platz. Er hatte sie nicht kommen hören. Er hatte die Zeit vergessen. Es war bereits nach halb neun. Er ging ins Sitzungszimmer und sah, dass alle versammelt waren.

«Was ist los? Warum habt ihr mich nicht geholt. Ich habe nicht auf die Uhr geschaut.»

«Deine Tür war zu», sagte Sven Liebmann. «Wir dachten, dass du allein sein willst.»

«Ja, das stimmt», sagte Marthaler. «Ich gehe zu Harry Brötchen holen. Setzt ihr bitte Kaffee auf. Und wenn ich zurückkomme, müssen wir reden.»

«Etwas ist faul an der Sache», sagte Marthaler, als sie nun am Tisch saßen und frühstückten. «Wir haben etwas übersehen. Der schnelle Erfolg hat uns gefallen, deshalb haben wir nicht aufgepasst.»

Die anderen sahen ihn verständnislos an.

«Robert, bitte», sagte Kerstin Henschel. «Sprich nicht in Rätseln. Wir haben lange genug auf dich gewartet. Also komm bitte zur Sache.»

«Das alles geht mir zu rasch. Es ist unglaubwürdig, was hier geschieht. Es läuft zu glatt.»

«Und was soll daran nicht stimmen?», fragte Kai Döring.

«Das weiß ich nicht. Aber ich weiß, dass es so ist.»

«Nein, Robert, da musst du schon deutlicher werden», sagte Sven Liebmann. «Deine unguten Gefühle reichen nicht.»

«Es kann nicht sein, dass der Mörder uns binnen zwölf Stunden so willfährig in die Falle geht.»

«Aber warum denn nicht? Schließlich weiß er nicht, dass es eine Falle ist.»

«Die Wahrscheinlichkeit spricht dagegen, Sven. Die Wahrscheinlichkeit und meine Erfahrung. Und deshalb bin ich der Meinung, wir sollten noch einmal neu überlegen. Vielleicht wäre es besser, die ganze Aktion abzublasen. Ich habe Angst, dass es umgekehrt ist. Dass wir, ohne es zu merken, in eine Falle tappen.»

Aber wieder hatte Marthaler die Front der jüngeren Kollegen gegen sich. Gleichzeitig redeten sie auf ihn ein und versuchten, ihn zu überzeugen.

«Im Internet geht alles schneller», sagte Raimund Toller. «Da ist kein Postbote zu Fuß mit seiner Ledertasche unterwegs.»

«Danke», sagte Marthaler. «Danke, dass du dich auch einmal beteiligst. Und danke, dass du versuchst, mir das kleine Einmaleins beizubringen.»

Manfred Petersen war jetzt aufgestanden. Er hatte seine Kaffeetasse in der Hand und schaute aus dem Fenster. Draußen sah man noch immer einzelne dicke Schneeflocken fallen.

«Auch ich habe zunächst gestutzt», sagte Petersen in ruhigem Ton. «Auch mir kam es so vor, als ginge mit einem Mal alles zu schnell. Aber dann ist mir eingefallen, was wir gesagt haben: dass der Täter unter Hochdruck steht. Wahrscheinlich müssen wir uns eines klar machen, Robert: Die Leute, die sich in einem solchen Forum bewegen, sind Maniacs, Getriebene. Die sitzen, sooft sie nur können, vor ihren Rechnern. Dort findet ihr Leben statt. So gesehen ist es eher verwunderlich, dass er nicht viel schneller reagiert hat.»

«Also?», fragte Marthaler.

«Also halte ich es nicht für nötig, die Aktion abzublasen. Wir sollten uns darauf einigen, mit Netz und doppeltem Boden zu arbeiten, also mit größter Vorsicht. Und wenn etwas Unvorhergesehenes passiert, können wir die Sache jederzeit abbrechen.»

Das war es schließlich, worauf sie sich einigten. Die nächsten Stunden verbrachten sie mit den Vorbereitungen der Aktion. Kai Döring hatte eine Karte von Usingen und Umgebung an der Wand befestigt. Allerdings merkten sie schnell, dass das nicht genügte. Sie mussten die Gegebenheiten vor Ort kennen lernen. Sven Liebmann wurde beauftragt, im Polizeipräsidium eine erweiterte Einsatzgruppe zusammenzustellen und mit den Leuten zu den Eschbacher Klippen zu fahren, um sich dort kundig zu machen.

«Wir wissen nicht, was der Mann dort draußen mit Kerstin vorhat», sagte Döring. «Wahrscheinlich will er an Ort und Stelle zuschlagen. Die Frage ist also: Wann ist der richtige Zeitpunkt für einen Zugriff?»

«So früh wie möglich», sagte Marthaler. «Bei diesem Wetter können wir davon ausgehen, dass sich nicht viele Leute dort draußen aufhalten werden. Kerstin sollte auf jeden Fall erst ein paar Minuten nach 15 Uhr an den Klippen eintreffen. Der Mann wird warten. Er will sich dieses Treffen nicht entgehen lassen. Und wir haben dann einen kleinen Vorsprung.

Wir müssen mit dem Schlimmsten rechnen und davon ausgehen, dass er sofort versucht, sie zu attackieren. Sobald er sie anspricht, nehmen wir ihn fest.»

«Vielleicht wäre es gut», meinte Manfred Petersen, «wenn einer von uns Kerstin in einem Extrafahrzeug begleitet. Ich könnte mit meinem Wagen hinter ihr herfahren.»

Kerstin Henschels Antwort kam mit großer Bestimmtheit: «Auf gar keinen Fall. Das Risiko, dass er etwas merkt, ist zu groß. Und andererseits – er hat doch keine Ahnung, von wo ich losfahre. Auf dem Weg zum Treffpunkt kann mir also nichts passieren. Vergiss nicht, er weiß ja noch nicht mal wie ich aussehe. Ich werde hier um kurz vor zwei losfahren. Alleine! Selbst bei schlechten Witterungsbedingungen werde ich es rechtzeitig schaffen. Wenn ich zu früh bin, werde ich im Ort warten.»

«Gut», sagte Marthaler. «Dann rufst du mich an, wenn du in Frankfurt startest. Ab diesem Zeitpunkt stehen wir bereit.»

«Und jetzt werde ich nach Hause gehen und versuchen, noch eine Weile zu schlafen. Desposada ist nämlich ziemlich müde», sagte sie.

«Das sollten wir alle tun», sagte Marthaler. «Viel Zeit haben wir nicht mehr. Aber es wäre gut, wenn wir uns alle noch ein wenig ausruhen. Ich schlage vor, wir treffen uns in der Polizeistation in Usingen. Weiß jemand, wie wir dort hinkommen?»

«Ja», sagte Petersen, «ich war dort eine Zeit lang stationiert. Sie liegt am Ende der Weilburger Straße, direkt gegenüber der Feuerwache. Von dort braucht man vielleicht fünf Minuten bis Eschbach.»

«Gut, dann werde ich jetzt die Usinger Kollegen informieren. Wir treffen uns da um 14 Uhr und starten dann getrennt in Zivilfahrzeugen zu den Klippen.»

Sie befanden sich auf der Bundesstraße 456 und hatten gerade den Ortsausgang von Bad Homburg erreicht, als Marthalers Mobiltelefon klingelte. Es war Kerstin Henschel.

«Ich fahre jetzt los», sagte sie.

«Gut», sagte Marthaler. «Wie geht es dir? Hast du noch schlafen können?»

«Ja. Ohne meinen Wecker wäre ich sicher nicht aufgewacht. Ich bin ruhig. Ich weiß, dass ich mich auf euch verlassen kann», sagte sie.

«Das kannst du, trotzdem sei vorsichtig.»

Um kurz nach 14 Uhr standen vierzehn Beamte in Zivil auf dem Hof neben dem weißen Gebäude der Usinger Polizeistation. Kaum jemand sprach.

Sven Liebmann, der das Gelände bereits erkundet hatte, gab die letzten Anweisungen.

«Wo ist eigentlich Toller?», fragte er. «Ich habe ihn mit eingeplant.»

Niemand wusste etwas. Sie alle hatten ihn bei der Besprechung am Vormittag zum letzten Mal gesehen.

«Vielleicht hat er wieder Magenschmerzen», sagte Manfred Petersen.

«Dann muss es ohne ihn gehen», sagte Liebmann.

Wie auf Kommando stiegen sie alle in ihre Wagen. In Abständen von je ein bis zwei Minuten fuhren sie los.

Hinter Eschbach ging es noch ein Stück bergauf. Links sahen sie die verschneiten Felder. Am Straßenrand standen Birken. Für einen flüchtigen Moment dachte Marthaler, dass bald das erste junge Grün der neuen Blätter aus den Ästen sprießen würde. Dann wäre es schön, hier ein paar ruhige Tage zu verbringen, vielleicht in einem der Ferienhäuser aus Holz, die dort rechts am Hang standen.

Gleich hinter dem Waldrand befand sich auf der linken Seite der Straße ein Parkplatz. Sie stellten ihre Wagen nicht nebeneinander. Sie stiegen aus, ohne miteinander zu sprechen. Sie waren Wanderer oder Spaziergänger, die einander nicht kannten. Auf der anderen Seite der Straße, an einer Bushaltestelle, gabelte sich der Weg. Marthaler wählte den oberen Trampelpfad, der zwischen den Bäumen hindurchführte. Dann sah er die Klippen. Schroff ragte die Felswand auf einer Länge von ungefähr sechzig Metern aus dem Boden hervor. Auch hier war alles mit Schnee bedeckt. «Geht bitte nicht zu nah an die Klippen heran», hatte Sven Liebmann gesagt, «es ist alles verschneit, und die Fußspuren würden uns verraten.»

Marthaler zog sich weiter zwischen die Bäume zurück. Er wählte einen Platz, von dem aus er eine gute Sicht hatte, ohne selbst gesehen zu werden. Dann sah er Liebmann kommen. Der Kollege machte eine letzte Runde, um zu überprüfen, ob die Polizisten sich richtig postiert hatten. Dann war alles bereit. Die Möglichkeit, dass der Täter ihnen entwischte, war so gut wie ausgeschlossen. Trotzdem standen in den umliegenden Ortschaften Streifenwagen bereit, um ihm bei einem Fluchtversuch den Weg abzuschneiden.

Marthaler schaute auf seine Uhr. Es war kurz vor drei. Es war niemand zu sehen. In wenigen Minuten würde Kerstin Henschel kommen. Aber noch vor ihr sollte der Täter die Klippen erreicht haben, der Mann, der sich Armadillo nannte. Von ferne hörte Marthaler ein Motorengeräusch, aber das Auto fuhr weiter. Dann war wieder alles ruhig.

Plötzlich vernahm Marthaler Stimmen aus dem Wald. Es waren die Stimmen von Kindern, die ein Lied sangen. Er fluchte leise vor sich hin. Die Stimmen wurden lauter. Vielleicht war es eine Schulklasse oder ein Kinderheim, das einen Ausflug durch den Schnee machte. Er wollte bereits in Richtung der Stimmen gehen, als er merkte, dass das Lied wieder leiser wurde. Die Kinder entfernten sich.

Es war bereits 15.14 Uhr. Kein Mensch hatte sich den

Klippen genähert. Weder Kerstin Henschel noch der fremde Mann. Marthalers Unruhe wuchs von Minute zu Minute. Selbst wenn der Täter beschlossen haben sollte, nicht zu kommen – Kerstin hätte inzwischen längst hier sein müssen. Marthaler überlegte, was zu tun sei. Am liebsten hätte er die ganze Sache auf der Stelle abgebrochen, aber er zwang sich zur Geduld.

Sie warteten. Sie warteten fast eine halbe Stunde, ohne dass etwas geschah. Dann zog sich Marthaler ein Stück weiter in den Wald zurück und wählte Kerstins Nummer. Ihr Telefon war eingeschaltet, aber niemand nahm den Anruf entgegen. Nach zwei Minuten versuchte er es erneut, aber auch jetzt meldete sich niemand.

Als fünfunddreißig Minuten vorüber waren und noch immer niemand in der Nähe der Klippen aufgetaucht war, verließ Marthaler sein Versteck und stellte sich auf die freie Fläche vor den Felsen. Jetzt war es egal, ob er hier Spuren hinterließ. Er hob beide Arme.

«Die Aktion ist zu Ende», rief er laut. «Es ist schief gegangen. Alle herkommen! Wir müssen das weitere Vorgehen besprechen.»

Nach und nach kamen die Polizisten zwischen den Bäumen und hinter den Hecken hervor.

Allen war ihre Anspannung anzusehen, sie sahen aus, als würden sie zum ersten Mal wieder wagen zu atmen. Zugleich waren sie niedergeschlagen über die misslungene Maßnahme. Dreizehn Beamte standen um Marthaler herum und warteten darauf, dass er etwas sagte, dass er Anweisungen gab, was jetzt geschehen sollte.

«Das Wichtigste: Wir müssen herausfinden, wo sich Kerstin befindet. Sie hat mich vor fast zwei Stunden aus Frankfurt angerufen und mir gesagt, dass sie losfährt. Seitdem haben wir nichts von ihr gehört. Ich habe vor zehn Minuten das erste

Mal versucht, sie zu erreichen. Ihr Handy ist eingeschaltet, aber sie geht nicht dran. Das ist auch jetzt noch so. Ich will, dass alle zur Verfügung stehenden Wagen die gesamte Umgebung absuchen. Wir brauchen jede Frau und jeden Mann. Ich weiß nicht, was passiert ist, aber wir müssen sie finden. Vielleicht hat sie eine Panne gehabt oder einen Unfall. Vielleicht ist etwas Schlimmeres geschehen. Teilt euch auf und sucht alle Strecken ab, die sie genommen haben könnte.»

Marthaler rief Döring, Liebmann und Petersen zu sich. «Wir können hier nichts ausrichten. Wir fahren auf dem schnellsten Weg nach Frankfurt. Ich bin überzeugt, dass sie die Stadt niemals verlassen hat.»

Die Rückfahrt verbrachten die vier Männer damit, darüber nachzudenken, wie es zu einem solchen Fehlschlag hatte kommen können. Sie versuchten ruhig und besonnen zu bleiben, aber von Minute zu Minute gelang ihnen das weniger.

Eine knappe Stunde später kamen sie vor dem Weißen Haus an. Augenblicklich brach die Hölle über sie herein. Die Journalisten hatten bereits Wind von der Sache bekommen. Auf der Straße und im Hof hatten sich Reporter und Kamerateams eingefunden. Alle wollten Aufnahmen machen. Alle wollten eine Erklärung. Ohne einen Kommentar abzugeben, bahnten sich die Beamten einen Weg zum Eingang. Der Polizeipräsident, sein Stellvertreter und der Leiter der Pressestelle warteten bereits auf sie. In Elviras Zimmer läuteten alle Telefone gleichzeitig. Von Kerstin Henschel fehlte noch immer jede Spur. Die Suche nach ihr lief auf Hochtouren. Inzwischen waren mehr als hundert Schutzpolizisten im Einsatz. Ein Streifenwagen stand vor dem Haus, in dem sie wohnte, aber auch dort war sie nicht aufgetaucht.

Als sie sich im Sitzungszimmer versammelt hatten, bekam Marthaler einen seiner Wutanfälle. «Wie kann das sein?», schrie er. «Wie kann diese verfluchte Pressemeute schon wieder Bescheid wissen. Es gibt eine undichte Stelle. Ich will verdammt nochmal wissen, wer die Reporter benachrichtigt hat! Eine Kollegin ist verschwunden, und wir werden schon wieder von den Journalisten belagert!»

Gabriel Eissler stand am Fenster und schaute hinaus. Einen Moment lang ließ er die Stille nach Marthalers Anfall wirken, dann begann er leise zu sprechen. «Machen Sie halblang, Marthaler. Spielen Sie nicht schon wieder den wilden Mann. Wir können nicht ganze Horden von Streifenpolizisten zum Einsatz bringen, ohne dass die Öffentlichkeit davon erfährt. Und eines ist sicher, wir werden die Presseleute diesmal brauchen. Wahrscheinlich sehr viel früher, als uns lieb ist.»

Eisslers Worte waren von ungewöhnlicher Deutlichkeit, und sie klangen umso schärfer, als er sie in einem betont ruhigen Ton ausgesprochen hatte. Trotzdem schienen sie ihre Wirkung auf Marthaler zu verfehlen. Nichts interessierte den Hauptkommissar im Moment weniger, als was irgendein Vorgesetzter dachte oder sprach. Er war ganz mit seinen eigenen Gedanken beschäftigt.

«Er hat sie. Kerstin ist entführt worden», sagte er. «Eine andere Erklärung gibt es nicht. Ich weiß nicht, wie das geschehen konnte, aber es ist so.»

Obwohl er diese Worte mehr zu sich selbst als zu den anderen gesagt hatte, sprach er damit aus, was alle dachten.

Eissler nickte. «Wir müssen davon ausgehen, dass es so ist. Etwas Schlimmeres hätte kaum passieren können. Es ist klar, was das heißt.»

Niemand sagte etwas.

«Auch wenn ich Sven Liebmann mein Okay zu der Aktion gegeben habe», fuhr Eissler fort, «ist sie unter Hauptkommissar Marthalers Verantwortung geschehen. Ich denke, damit ist klar, dass die Leitung der Ermittlungen bis auf weiteres von mir übernommen werden muss. Schon, damit wir der Presse nicht wieder unnötigerweise Munition liefern.»

Seine Kollegen schauten Marthaler an, aber der reagierte nicht. Er hatte den Kopf gesenkt und starrte auf den Tisch.

«Haben Sie gehört, was ich gesagt habe, Herr Hauptkommissar?», fragte Eissler.

Marthaler schaute auf. «Nein, Entschuldigung», sagte er. «Ich habe nachgedacht.»

«Ich habe gesagt, dass ich ab sofort die Ermittlungen leiten werde.»

Marthaler sah den Polizeipräsidenten an. «Nein», sagte er, «das werden Sie nicht.»

«Doch, das werde ich. Und das ist mein letztes Wort dazu.»

Marthaler nickte. Dann stand er auf und verließ langsam den Raum. Leise schloss er die Tür hinter sich.

Er ging in sein Büro und holte seine Tasche. «Wenn irgendetwas ist», sagte er zu seiner Sekretärin, «du kannst mich zu Hause erreichen.»

«Du willst jetzt *nach Hause*?», fragte Elvira. «Robert, was ist los? Bist du schon wieder mit ihm aneinander geraten?»

«Ja», sagte er. «Aber das ist kein Problem. Lass ihn nur machen. Es ist mir sogar lieber so. Ich will in Ruhe über alles nachdenken.»

Tobi und sein Großvater saßen zusammen auf dem Sofa und schauten Fernsehen. Als Marthaler den Raum betrat, blickte der Junge kurz auf und legte seinen Zeigefinger auf die Lippen.

Marthaler legte die Post, die er gerade mit hochgebracht hatte, auf den Stapel mit Briefen und Werbesendungen, der sich in den letzten Tagen auf dem Küchentisch angesammelt hatte. Er hatte noch keine Zeit gehabt, sich darum zu kümmern.

Er zog seinen Mantel aus. Dann ging er zurück in die Küche und schloss die Tür hinter sich. Er öffnete eine Flasche Rotwein und goss sich ein Glas ein. Ohne es anzurühren, saß er am Tisch und dachte nach.

Er hatte Recht gehabt. Sein Misstrauen gegen die verdeckte Ermittlung war von Anfang an begründet gewesen. Trotzdem hatte er sich überzeugen lassen, eine so gefährliche Aktion durchzuführen. Er konnte niemandem einen Vorwurf machen. Eisslers Einschätzung stimmte: Er, Marthaler, trug die Verantwortung für das, was geschehen war. Dafür, dass seine Kollegin Kerstin Henschel sich in den Händen eines dreifachen Mörders befand.

Etwas hatte nicht gestimmt. Es war nicht nur die kurze Zeit gewesen, in der dieser Mann namens Armadillo sich gemeldet hatte. Es war noch etwas anderes: Wie hatte es dem Mann gelingen können, Kerstin Henschel noch vor dem verabredeten ersten Treffen in seine Hände zu bekommen? Woher hatte er gewusst, wer sie war und wo sie war?

Marthaler fragte sich, ob sie mit ihren Vermutungen über den auf untreue Ehefrauen spezialisierten Sadisten ganz falsch gelegen hatten. Ob es sich bei dem Mörder um jemanden handelte, den Kerstin schon lange kannte, um jemanden, für den die anderen Morde nur eine Vorbereitung gewesen waren und der es am Ende auf Kerstin Henschel abgesehen hatte. Um einen Mann, dem sie alles anvertraute, der wusste, was sie wann tat. Aber einen solchen Mann gab es nicht. Jedenfalls nicht, soweit Marthaler wusste. Jedenfalls nicht außerhalb des Kreises ihrer Kollegen.

Marthaler erstarrte. Er hatte gerade zum ersten Mal sein Weinglas an die Lippen setzen wollen, als er mitten in der Bewegung innehielt.

Ihm war, als ob sein Herz sekundenlang aussetzte.

Langsam stellte er das Glas wieder ab.

«Verdammter Mist», sagte er zu sich. «Was bin ich nur für ein Idiot. Was bin ich nur für ein riesengroßer, vernagelter Idiot!»

Die Erkenntnis traf ihn mit der Wucht eines Hammerschlages. Aber es gab keine andere Möglichkeit. Mit einem Mal war er sich sicher. Der Mörder war jemand, der alle Informationen hatte, die sie selbst hatten. Er wusste über jeden Schritt der Polizei Bescheid, weil er selbst ein Polizist war.

Marthaler erinnerte sich, dass er diesen Gedanken nicht zum ersten Mal hatte. Schon damals, als die Frau ermordet worden war, die im Haus von Stefanie Wolfram wohnte, hatte ihn ein solcher Gedanke gestreift. Damals war es nur eine vage Ahnung gewesen, die er rasch beiseite gewischt hatte. Ein Gedanke, der zu ungeheuerlich gewesen war, als dass er ihn zu Ende hätte denken wollen.

Marthalers Herz raste. Gleichzeitig war er wie gelähmt.

Als Tobi die Küchentür öffnete, zuckte er zusammen. Er starrte den Jungen an.

«Ich wollte nur fragen, ob ich uns etwas zu essen machen darf», fragte Tobi.

«Was …? Ja … mach nur. Aber sei bitte leise. Ich muss nachdenken.» Marthaler hatte die Ellbogen auf den Tisch gestützt und sein Gesicht in den Händen vergraben. Er versuchte sich klar zu werden, was aus der Erkenntnis, die er gerade gewonnen hatte, zu folgern war. Er hörte, wie Tobi einen Teller aus dem Regal nahm und dann die Kühlschranktür öffnete. Der Junge setzte sich neben ihn an den Tisch.

«Da», sagte er und zeigte auf den großen Briefumschlag, der zuoberst auf dem Poststapel lag. «So ein Stern war es.»

Marthaler hatte nicht hingehört. «Entschuldige, Tobi, ich war mit meinen Gedanken woanders. Was hast du gesagt?»

Tobi hatte den Briefumschlag in die Hand genommen. Es war eine Einladung der Polizeigewerkschaft. Neben dem Absender war das große Emblem der Organisation aufgedruckt. Ein vielzackiger Stern mit den Buchstaben GdP in der Mitte: Gewerkschaft der Polizei. «Genau so ein Stern klebte hinten auf dem Auto des Mannes.»

Marthaler packte den Jungen am Oberarm. «Sag das nochmal! Bist du dir sicher? Es war ein großer, dunkelblauer Wagen, auf dem ein solcher Stern zu sehen war?»

«Ja», sagte Tobi, «ganz sicher. Aber können Sie mich bitte wieder loslassen? Sie tun mir nämlich weh.»

VIERZEHN Marthaler brüllte fast ins Telefon. «Es ist Toller. Wir müssen Raimund Toller festnehmen. Er fährt einen dunkelblauen VW Sharan. Und auf der Heckklappe befindet sich ein Aufkleber mit dem Stern der Polizeigewerkschaft. Lassen Sie sofort einen Haftbefehl ausstellen.»

Gabriel Eissler brauchte einen Augenblick, bevor er reagierte. «Langsam, Marthaler! Was ist los mit Ihnen? Was wollen Sie mir erzählen?»

Marthaler versuchte, seine Gedanken zu ordnen. Dann erzählte er Eissler von seiner Theorie.

Der Polizeipräsident schwieg lange, bevor er antwortete.

«Ja», sagte er schließlich, «die Befürchtung, dass es jemand aus unseren Reihen sein könnte, hatte ich auch schon. Ehrlich gesagt wollte ich es nicht wahrhaben.»

«Hören Sie», drängte Marthaler. «Es ist nicht irgendwer aus unseren Reihen. Es ist Toller. Wir müssen ihn umgehend verhaften.»

«Passen Sie auf, Marthaler», sagte Eissler. «Ich mache Ihnen einen Vorschlag. Ich habe riesigen Hunger. Es nützt der Kollegin Henschel nichts, wenn wir die Suche nach ihr mit leerem Magen fortsetzen. Sie organisieren uns irgendwas zu essen, und ich werde veranlassen, dass Raimund Toller ins Präsidium kommt. Aber bevor wir ihn offiziell verhaften, möchte ich mit Ihnen reden. Ich möchte in allen Einzelheiten erfahren, wie Sie auf Ihren Verdacht kommen. Noch einen Fehlschlag möchte ich nicht riskieren.»

«Einverstanden», sagte Marthaler. «Ich bestelle mir sofort ein Taxi.»

«Irgendwas, egal!», hatte er gesagt, als der Pizzabäcker ihn nach seinen Wünschen gefragt hatte. Er hatte keinen Hunger, er wollte nur eins: seiner Kollegin Kerstin Henschel helfen.

Mit zwei Pizzen unterm Arm und einer großen Flasche Wasser sprang er wieder ins Taxi und fuhr zu Eissler ins Präsidium.

«Es passt alles», sagte er, als er seinem obersten Chef gegenübersaß. «Fangen wir bei dem Mord an Gabriele Hasler an. Es waren Toller und sein Kollege Steinwachs, die zuerst am Tatort waren. Ihre Spuren sind im ganzen Haus zu finden.»

Der Polizeipräsident wollte etwas erwidern, aber Marthaler kam ihm zuvor. «Ich weiß, das heißt noch nichts, trotzdem war er zuerst dort. Kurze Zeit später eröffnet mir Herrmann, dass Toller ab sofort zum Ermittlungsteam gehört. Ich habe mich gewundert, und ich habe mich dagegen gewehrt, aber ich hatte keine Möglichkeit, es zu verhindern. Ab diesem Zeitpunkt hatte er Zugang zu sämtlichen Informationen, die den Fall betrafen. Er wusste über jeden unserer Schritte Bescheid. Und er hat es von der ersten Minute an ausgenutzt.»

«Was meinen Sie damit?»

«Toller war dabei, als ich Herrmann gegenüber angekündigt habe, dass ich ins Zahnmedizinische Institut fahren werde, um mich auf die Suche nach der Freundin Gabriele Haslers zu machen. Als ich am selben Nachmittag in Stefanie Wolframs Haus anrufe, findet dort ein Mord statt.»

«Aber wenn ich Sie recht verstehe», sagte Eissler, «kannten Sie den Namen Stefanie Wolframs noch gar nicht, als Sie mit Herrmann und Toller gesprochen haben. Woher hätte Toller also wissen sollen, wer diese Freundin ist und wo er sie findet?»

Wütend säbelte Marthaler mit dem Plastikbesteck an seiner Pizza herum.

«Er muss sie gekannt haben. Er muss ihr schon früher begegnet sein.»

Zweifelnd wiegte Eissler seinen Kopf hin und her. «Nehmen wir an, er hat sie gekannt. Warum hätte er sie umbringen sollen? Und warum, wenn er sie gekannt hat, bringt er dann die Falsche um?»

«Vielleicht ist es lange her, dass Stefanie Wolfram und Toller sich gesehen haben. Er hat die Tür eingetreten, eine Frau gesehen und sofort geschossen. Er hat nicht lange überlegt. Er war der festen Überzeugung, dass die Frau, die er vor sich hatte, Stefanie Wolfram war.»

«Damit haben wir noch immer kein Motiv.»

«Stefanie Wolfram muss etwas wissen. Sie muss eine Information haben, an die sie selbst sich nicht mehr erinnert. Oder von deren Bedeutung sie nichts weiß. Wahrscheinlich hat sie Toller irgendwann einmal gesehen, als der Gabriele Hasler einen Besuch abgestattet hat.»

«Gut», sagte Eissler, «das lässt sich leicht überprüfen, indem wir der Zeugin ein Foto von Toller vorlegen.»

«Ja», sagte Marthaler, «das werden wir ganz sicher tun. Alles, was ich hier sage, wird zu überprüfen sein. Aber diese Überprüfungen können Tage in Anspruch nehmen. Und so viel Zeit haben wir nicht. So viel Zeit hat Kerstin Henschel nicht.»

«Also weiter!», sagte Eissler, dessen Unruhe nun ebenfalls zu wachsen schien.

«Tobi, der Junge, der den mutmaßlichen Täter in den Schwanheimer Dünen gesehen hat, sprach immer von einem Mann mit einer Sonnenbrille. Angeblich ist ein Polizist vor dem Haus aufgetaucht, in dem der Junge wohnt, und hat an der Tür geklingelt. Auch dieser Polizist trug eine Sonnenbrille, genau wie der Mann, der ihn in Mainz verfolgt hat.»

«Entschuldigung», sagte Eissler, bevor er sich erneut ein

Stück der Capricciosa in den Mund schob, «jetzt verstehe ich gar nichts. Was ist mit Mainz? Was ist mit diesem Tobi? Ich denke, der Junge ist flüchtig?»

Marthaler stocherte auf seinem Pappteller herum und versuchte dem Polizeipräsidenten zu erklären, wie er an die Aussagen des Jungen gekommen war. Er merkte, dass er sein Versprechen gegenüber Tobi nicht halten konnte. «Der Junge hatte Angst. Er saß vor meiner Tür. Er wohnt zurzeit bei mir. Ich habe ihm versprochen, niemandem etwas davon zu erzählen.»

Eissler ließ seine Gabel sinken und sah Marthaler an, als könne er nicht glauben, was er gerade gehört hatte. Aber statt einen Wutanfall zu bekommen, schüttelte der Polizeipräsident den Kopf. «Das habe ich nie gehört und ich will davon nichts wissen», sagte Eissler. «Haben Sie verstanden, Marthaler!»

Marthaler nickte. «Trotzdem brauchen Sie die Informationen, die damit zusammenhängen. Also lassen Sie mich jetzt bitte zu Ende erzählen … Ich hatte Toller gebeten, eine Handyüberwachung zu beantragen, diese aber noch nicht durchzuführen. Offensichtlich hat er sie aber doch durchgeführt. Er hat den Jungen in Mainz aufgespürt. Jemand anderem hätte das nicht gelingen können.»

«Bleibt die Frage nach Tollers Alibis. Was ist mit den Tatzeiten?»

Marthaler nickte. «Ja, diese Frage bleibt, und das alles müssen wir klären. Aber ich bin das alles durchgegangen. Es ist so, wie ich sage. Es passt alles. Toller war nicht im Weißen Haus, als Andrea Lorenz ermordet wurde. Er war nicht da, als der Polizist im Gallus aufgetaucht ist. Er könnte der Mann in Mainz gewesen sein. Und er könnte es ebenfalls gewesen sein, der die Nachricht in das Casanova-Forum gestellt hat.»

Eissler hatte sich gerade den Mund abgewischt, jetzt ließ er die billige Papierserviette auf seinen leeren Pizzakarton fallen: «Sagen Sie, wie hat sich der Typ in diesem Forum genannt?»

«Armadillo», sagte Marthaler.

«Armadillo», sagte Eissler und stutzte. «Heißt das nicht Gürteltier? Was für ein Name für einen Täter, der seine Opfer erdrosselt.»

«Er wusste, wo Kerstin Henschel wohnt, und er wusste, wann sie losfahren würde. Und was ich selbst vor einer Stunde erst erfahren habe: Der Junge hat in den Schwanheimer Dünen einen großen dunkelblauen Wagen gesehen – mit einem Aufkleber der Polizeigewerkschaft auf der Heckklappe. Toller besitzt ein solches Fahrzeug. Er ist es! Es besteht kein Zweifel.»

Eissler nickte. «Ja», sagte er, «es sieht ganz so aus. Ich würde vorschlagen, dass wir ihn uns gemeinsam vorknöpfen. Bevor ich hierher kam, habe ich zwei Kollegen losgeschickt, um ihn abzuholen … Ich hoffe nur …»

Bevor er ausreden konnte, erschien ein Streifenpolizist in der Tür zu Eisslers Vorzimmer und bat ihn um ein kurzes Gespräch unter vier Augen.

Als Eissler zurückkam, war er sichtlich nervös. «Toller ist verschwunden. Er ist nirgends aufzutreiben. Wir müssen etwas unternehmen.»

Marthaler war aufgesprungen. «Dann müssen wir umgehend eine Großfahndung einleiten. Wir müssen seine Wohnung, Keller und Dachboden durchsuchen. Wir müssen sehen, ob er irgendwelche Verwandten oder Freunde hat, bei denen er sich aufhält. Irgendwo muss er sein. Und irgendwo muss auch Kerstin sein.»

«Es ist noch etwas geschehen», sagte Eissler. «In das Hotelzimmer von Stefanie Wolfram wurde eingebrochen.»

Marthaler hatte das Gefühl, als habe man ihm einen Schlag versetzt. «Und ... ist sie ...?»

«Nein. Ihr ist nichts geschehen. Sie war gerade im Pool des Hotels schwimmen. Als sie zurückkam, hat sie entdeckt, dass ihre Zimmertür aufgebrochen wurde. Das Ganze ist wohl bereits heute Morgen passiert.»

«Und warum erfahren wir erst jetzt davon?»

Eissler zuckte die Schultern. «Wenn ich es richtig verstanden habe, hat sie das Hotel einfach verlassen, ohne zu sagen, wo sie hingeht. Eine Dame von der Rezeption hat am Nachmittag im Präsidium angerufen, um herauszufinden, wer nun die Rechnung für das Zimmer bezahlt.»

«Dann müssen wir uns auch um Stefanie Wolfram kümmern», sagte Marthaler. «Aber das muss Konrad Morell übernehmen, ein Kollege aus Darmstadt.»

Als das Gepäck verstaut war und sie endlich alle im Zug saßen, konnte Sabine Steinwachs ihre Unruhe kaum noch verbergen. Schon zum zweiten Mal stand sie auf, ging ins Raucherabteil und steckte sich eine Zigarette an, die sie kurz darauf wieder ausdrückte. Dann kehrte sie zu ihrem Platz zurück, setzte sich ans Fenster, lehnte die Stirn an die kalte Scheibe und schaute schweigend nach draußen.

Die Woche war gut verlaufen. Sie waren Ski gefahren, hatten lange Wanderungen gemacht, gemeinsam über das schlechte Mittagessen gestöhnt und abends erschöpft im Kaminzimmer gesessen, noch zwei Stunden Karten gespielt oder einfach nur geredet. Die befürchteten Konflikte zwischen den Schülern waren ausgeblieben. Alle hatten sich an den gemeinsamen Unternehmungen beteiligt. Und selbst die beiden Einzelgänger der Klasse wirkten schon am zweiten Tag so, als könnten auch sie für eine Weile Spaß daran finden, sich einzufügen. Für ein paar Tage hatte sie wieder gewusst, warum sie den Beruf der Lehrerin einmal für den schönsten der Welt gehalten hatte.

Eigentlich hatten sie sogar noch zwei Nächte länger in der Jugendherberge unterhalb der Wasserkuppe bleiben wollen. Weil aber seit Donnerstag sämtliche Heizungen ausgefallen waren, hatten sie gemeinsam mit den Schülern beschlossen, bereits heute abzureisen. Am Nachmittag waren sie in einen Bus gestiegen, der sie über Land zum Bahnhof nach Fulda gebracht hatte. Nachdem sie zwei überfüllte Züge passieren lassen mussten, hatten sie im dritten schließlich Platz gefunden. Jetzt fuhren sie in der Dunkelheit durch die verschneiten Landschaften der Rhön in Richtung Süden.

«Was ist los mit dir?», fragte Jürgen Manholt, einer der beiden jungen Kollegen, mit denen sie die Freizeit betreut hatte und der ihr jetzt im Speisewagen an dem kleinen Tisch gegenübersaß.

«Was soll los sein?»

«Du wirkst so aufgekratzt. Hast du deinen Mann immer noch nicht erreicht?»

Sie sah ihn an. Einen Moment lang war sie versucht, seine Frage zurückzuweisen. Dann entschied sie sich anders. «Nein. Ich versuche es seit Tagen. Er meldet sich nicht.»

«Und?»

«Ich mache mir Sorgen.»

Jürgen Manholt lachte. «Na, komm. Vielleicht genießt er es einfach, für eine Weile Strohwitwer zu sein, und verbringt die Zeit mit seinen Freunden.»

Sie nickte. «Ja. Vielleicht hast du Recht. Aber wir haben uns letzten Sonntag im Streit getrennt und seitdem nicht mehr gesprochen. Ich habe kein gutes Gefühl. Nicht einmal der Anrufbeantworter ist eingeschaltet.»

«Und worüber habt ihr gestritten? Gibt es Grund zur Eifersucht?»

Sie lachte kurz auf. «Eifersucht. Das klingt so … normal», sagte sie, «so, als könne man drüber reden.»

«Und ihr könnt nicht reden?»

«Das Problem ist: Es gibt nichts zu reden. Er ist nett, rücksichtsvoll, freundlich. Ich habe keinen Grund, mich zu beklagen. Und das ist es auch, was mir alle sagen: meine Freundinnen, mein Vater, meine Mutter. Alle gratulieren mir zu diesem wunderbaren Ehemann.»

«Und? Aber?»

Einen Moment überlegte sie, wie weit sie gehen durfte, wie viel sie einem Kollegen über ihre Ehe preisgeben durfte. «Unsere Ehe ist mausetot. Wir haben seit anderthalb Jahren nicht mehr miteinander geschlafen.»

«Du nimmst an, dass er eine andere hat?»

Sie schüttelte den Kopf. «Was er hat, weiß ich nicht. Manchmal wird er unruhig, manchmal verschwindet er für zwei Tage und fährt mit seinem Motorrad durch die Gegend. Dann kommt er wieder und sagt nicht, wo er war.»

«Und du fragst ihn nicht?»

«Natürlich frage ich. ‹Rumgefahren bin ich›, sagt er. Das ist alles. Und wenn wir mal gemeinsam freihaben, geht er in seinen Hobbykeller und schließt sich ein. Ich rede gegen eine Wand. Ich rede und rede, während er freundlich bleibt und schweigt. Am Ende bin immer ich es, die wie eine Hysterikerin schreit.»

«Aber ihr habt euch mal … geliebt?»

Sabine Steinwachs sah hinaus in die Dunkelheit. «Ich weiß es nicht mehr», sagte sie. «Ich war sehr unerfahren, als wir uns kennen lernten. Ich war froh, dass er mich in Ruhe ließ. Ich habe studiert, er hatte schon seine Stelle bei der Polizei und hat das Geld verdient. Ich bin ihm dankbar. Aber ich kann nicht mehr. Ich fühle mich selbst schon wie tot.»

«Hast du einen anderen?»

Sie sagte nichts. Sie hatte den Kopf gesenkt und schaute vor sich auf den Tisch. Aber schließlich nickte sie.

Als der Zugführer die bevorstehende Ankunft auf dem Frankfurter Hauptbahnhof ankündigte, zog sie ihren Mantel über.

Jürgen Manholt nickte ihr zu: «Nun geh schon!»

Sie nahm ihr Gepäck, verabschiedete sich von den Kollegen und Schülern und stellte sich auf den Gang, um möglichst rasch den Zug verlassen zu können.

Sie eilte den Bahnsteig hinunter, umrundete die Gruppe, die selbst zu dieser späten Stunde noch auf den Großbildschirm starrte, und lief zum Taxistand.

«Nach Nieder-Eschbach», sagte sie.

Weil die A5 hinter dem Westkreuz wegen eines Unfalls gesperrt war, mussten sie den Weg durch die Stadt nehmen. Sie fuhren über den Alleenring, am neuen Polizeipräsidium vorbei bis zum Hauptfriedhof, und bogen dort nach links ab. An der Anschlussstelle Eckenheim konnten sie die A 661 nehmen.

Mehrmals bat sie den Taxichauffeur, schneller zu fahren. Sie sah, wie der Mann den Kopf ein wenig drehte und sie im Rückspiegel anschaute.

«Geht nix schneller», sagte er und zeigte mit einer vagen Handbewegung nach draußen. Es hatte wieder heftiger Schneefall eingesetzt.

Sie nickte und sah auf die Uhr. Als sie das Ortsschild von Nieder-Eschbach passierten und kurz darauf nach links in die Neubausiedlung einbogen, war es fast Mitternacht.

Am unbeleuchteten Küchenfenster des Nachbarhauses wurde eine Gardine zur Seite geschoben. Der Taxifahrer wartete, bis sie die Eingangstür aufgeschlossen hatte. Dann fuhr er davon.

Das Haus war dunkel. Sie stellte die Tasche in den Flur und

hängte ihren Mantel an die Garderobe. In keinem Zimmer brannte Licht.

Sie rief seinen Namen, erwartete aber nicht, eine Antwort zu bekommen.

Aus der Küche hörte sie das Gekreisch des Wellensittichs. Sie schaltete die Deckenlampe ein und ging zum Käfig. Der Hirsekolben, der an dem Drahtgitter hing, war vollständig abgenagt. Im Futternapf waren nur noch leere Hülsen. Der Sand auf dem Boden des Käfigs war verschmutzt. Es war nicht zu übersehen, dass sich seit Tagen niemand mehr um den Vogel gekümmert hatte. Sie ging zum Küchenschrank und füllte neue Körner in den kleinen Plastikbehälter. Sofort beruhigte sich das Tier.

Sie schaute sich um. Auf dem Tisch stand ein halb voller Topf mit Suppe, eine leere Bierflasche und ein benutzter Teller. In der Spüle türmte sich das schmutzige Geschirr.

Einen Moment stand sie still und lauschte. Sie hatte geglaubt, aus dem Keller ein Geräusch wahrzunehmen. Aber es war nichts zu hören. Dann machte sie das Radio an und ließ es leise spielen.

Sie ging durch alle Zimmer und schaltete die Lampen an. Im Badezimmer lagen zwei benutzte Handtücher im Waschbecken. Die Zahncreme lag ohne Deckel auf der Ablage. Überall auf dem Boden zwischen Bad und Schlafzimmer waren seine Kleidungsstücke verstreut. Es sah aus, als habe er jedes Stück dort liegen lassen, wo er es gerade ausgezogen hatte. Seine Seite des Ehebettes war zerwühlt, ihre war unberührt. Die Türen des Schlafzimmerschranks standen offen. Es sah aus, als habe hier ein rastloser Mensch gehaust. Als sei jemand binnen weniger Tage verwahrlost.

Sie beschloss, diese Nacht nicht in ihrem Haus zu verbringen, sondern ins alte Dorf zu gehen, wo ihre Eltern wohnten. Sie schaltete das Radio und die Lampen wieder aus. Sie zog ihren Mantel an. Bevor sie die Haustür hinter sich ins Schloss zog, horchte sie noch einmal ins Innere des Hauses. Alles war ruhig.

FÜNFZEHN

Marthaler hatte nur wenige Stunden geschlafen. Immer wieder war er aus seinen Träumen aufgeschreckt, hatte sich unruhig hin- und hergewälzt und sich gezwungen, noch eine Weile liegen zu bleiben, um eine weitere halbe Stunde Schlaf zu finden.

Noch in der Nacht hatten sie mit dem Pressesprecher der Polizei telefoniert und ihn gebeten, sofort eine Konferenz mit den wichtigsten Agenturen und Sendern einzuberufen. Sie hatten Tollers Foto vervielfältigt und an alle Medienleute weitergegeben. Am späten Abend war die Fahndungsmeldung in allen großen Nachrichtensendungen ausgestrahlt worden.

Tollers Wohnung in Oberrad, sein Dachboden und seine Kellerräume waren durchsucht, alle persönlichen Unterlagen, sämtliche Aufzeichnungen, Fotoalben und Aktenordner, seine Videokamera und seine beiden Computer ins Weiße Haus transportiert worden. Man hatte, soweit in der Kürze der Zeit möglich, Kontakt zu Freunden, Verwandten und zu seinen ehemaligen Kollegen und Vorgesetzten vom 8. Revier aufgenommen. Niemand hatte ihn seit dem gestrigen Morgen gesehen. Aber die Durchsicht seiner alten Unterlagen ergab, dass er während der Zeit, als Gabriele Hasler ermordet worden war, dienstfrei gehabt hatte.

Sie hätten gerne mit Raimund Steinwachs gesprochen, aber Tollers bester Freund hatte vor ein paar Tagen kurzfristig Urlaub genommen. Gegen 22.00 Uhr hatte man einen Streifenwagen zu dessen Haus nach Nieder-Eschbach geschickt, aber das Haus verschlossen und dunkel vorgefunden.

Marthaler stand auf. Er wankte noch immer vor Müdigkeit

und Erschöpfung. Er ging in die Küche und schaltete das Radio ein. Er machte sich einen Espresso und wartete auf die Sieben-Uhr-Nachrichten. Wieder brachten sie die Suchmeldung nach Kerstin Henschel und ihrem mutmaßlichen Entführer Raimund Toller. Obwohl seit dem gestrigen Abend zahllose Hinweise aus der Bevölkerung eingegangen seien, sagte der Sprecher, habe man noch immer keine heiße Spur.

In der anschließenden Sondersendung wurde eine Stellungnahme des Polizeipräsidenten ausgestrahlt, in der Gabriel Eissler betonte, dass es sich bei der laufenden Fahndung um eine der umfangreichsten Aktionen in der Geschichte der Frankfurter Polizei handele. Er bat die Bevölkerung um Verständnis, dass es durch die errichteten Straßensperren und die Kontrollmaßnahmen auf den Bahnhöfen und in den öffentlichen Verkehrsmitteln zu Behinderungen und Unannehmlichkeiten kommen könne.

Als Marthaler seine zweite Tasse Espresso getrunken hatte, wurde die Küchentür geöffnet. Tobi schaute ihn aus verschlafenen Augen an.

«Habt ihr ihn gefunden?», fragte er.

Marthaler verneinte. «Aber bald», sagte er. «Du hattest Recht. Es war ein Polizist, der die Frauen ermordet und dich verfolgt hat. Aber er weiß nicht, dass du hier bist.»

«Opi und ich haben den ganzen Abend ferngesehen», sagte Tobi. «Wir machen uns Sorgen.»

«Ich weiß», sagte Marthaler. «Hast du ihn wiedererkannt auf dem Foto, das sie gezeigt haben?!»

«Ich bin mir noch immer nicht sicher», sagte der Junge. «Werde ich ihm gegenübergestellt?»

«Ja», sagte Marthaler, «es könnte passieren, dass du ihn dir anschauen musst, wenn wir ihn verhaftet haben. Aber jetzt leg dich wieder hin. Schlaf noch ein wenig. Ich backe euch ein paar Brötchen auf, die könnt ihr später essen.»

Tobi nickte. Dann gähnte er und ging zurück ins Wohnzimmer, wo er sich wieder aufs Sofa rollte.

Marthaler ging ins Bad und duschte so heiß wie möglich. Dann zog er sich an.

Als er das Haus verließ, schneite es. Die Dächer waren weiß, aber auf den Straßen blieb der Schnee nicht liegen.

Er hatte gerade sein Büro betreten und wollte die Meldungen auf seinem Schreibtisch durchsehen, als Walter Schilling hereingestürmt kam. «Hast du schon gehört?»

«Was soll ich gehört haben?», fragte Marthaler.

«Lass deinen Mantel an! Am besten, wir fahren sofort los.»

«Walter, was ist? Kannst du mir vielleicht erklären …»

«Es lief gerade über den Funk. An den Eschbacher Klippen ist eine Leiche gefunden worden.»

Marthalers Atem stockte. «Eine Leiche …? Ist es …?»

«Keine Ahnung – man weiß noch nicht einmal, ob es eine Frau ist. Ich habe sofort in Usingen angerufen. Die Nachricht ist gerade erst hereingekommen. Ein Spaziergänger, der mit seinem Hund unterwegs war, hat einen Leichenfund gemeldet. Mehr wissen auch die Kollegen dort noch nicht. Sie haben sich auf den Weg gemacht, aber ich habe sie gebeten, nichts anzurühren, bis wir da sind.»

Auf der Fahrt wechselten sie kein Wort. Es gab nichts zu reden. Jeder Satz, den sie hätten sagen können, wäre ein Ausdruck ihrer Hilflosigkeit gewesen. Marthaler ertappte sich dabei, wie er immer wieder stumm betete, der Mensch, den man dort gefunden hatte, möge nicht seine Kollegin Kerstin Henschel sein. Aber er wusste auch, dass es wenig Hoffnung gab. Es sprach alles dafür, dass der Mörder zwar seinen Zeitplan, nicht aber seinen Plan geändert hatte.

Als sie sich dem Waldrand näherten, sahen sie bereits die Streifenwagen. Wie den Tag zuvor stellten sie ihr Auto auf dem Parkplatz zwischen den Bäumen ab und überquerten die Straße zu Fuß. Die uniformierten Polizisten, die das Gelände sicherten, nickten stumm.

Der Leiter der Usinger Polizeistation begrüßte sie mit Handschlag: «Wir haben weiträumig abgesperrt. Aber weil ihr nicht wolltet, dass wir zum Fundort gehen, haben wir auf euch gewartet.»

«Gut», sagte Schilling. «Wo ist der Zeuge? Der Mann mit dem Hund, der die Leiche gefunden hat?»

«Er ist noch immer bei uns auf der Wache. Er hat sich geweigert, noch einmal mit herzukommen. Er hat uns den Fundort genau beschrieben. Er sagt, die Leiche befinde sich etwa in der Mitte der Südseite. Sie sitze mit dem Oberkörper gegen die Felswand gelehnt.»

Zu dritt stapften sie über den verschneiten Weg in Richtung der Klippen. Als sie sich den Felsen bis auf zwanzig Meter genähert hatten, hob Walter Schilling die Hand. «Ihr wartet bitte hier, bis ich euch rufe», sagte er.

Er hatte seine kleine Digitalkamera hervorgeholt und machte die ersten Fotos. Dann verschwand er hinter der Steinwand, die dunkel aus dem Schnee aufragte.

Marthaler schnaufte. Er stand auf der Stelle, hatte die Hände vor seinem Brustkorb verschränkt und schaukelte mit dem Oberkörper vor und zurück. Er wartete.

Er wusste nicht, wie viel Zeit vergangen war, als er den Chef der Spurensicherung wieder auf sich zukommen sah. Bevor er den Gesichtsausdruck Walter Schillings noch deuten konnte, wandte er sich ab. In seinen Eingeweiden rumorte es. Er hastete zwischen ein paar Bäume. Im nächsten Moment musste er sich übergeben.

Dann drehte er sich wieder in Schillings Richtung. Der kam mit ernstem Blick auf ihn zu. Aber er schüttelte den Kopf. «Es ist nicht Kerstin», sagte er, «komm bitte mit.»

Marthaler entließ die Luft aus seinen Lungen. Für einen Moment fürchtete er, vor Erleichterung ohnmächtig zu werden.

Dann sah er die starre Gestalt am Felsen sitzen. Sie war mit Schnee bedeckt und erinnerte Marthaler an die Fotos der Erfrorenen, die er in einem Bildband über die Schlacht um Stalingrad gesehen hatte. Selbst die Haare und das Gesicht waren unter einer weißen Kruste verborgen.

Schilling hatte Handschuhe an. Er beugte sich zu der Leiche hinab und befreite sie nach und nach vom Schnee. Er begann bei den Füßen. Sie waren nackt. Es waren die Füße eines Mannes. Seine Hose war bis zu den Knien hochgekrempelt. Der linke Arm lag in seinem Schoß, der rechte war zwischen Rücken und Felswand verborgen. Neben dem Toten stand in einiger Entfernung ein Paar halbhohe Winterschuhe. Nach und nach arbeitete sich Schilling bis zum Kopf des Leichnams vor. Er zog seine Handschuhe aus, dann rieb er das Gesicht des Toten mit seinen warmen Händen ab. Schließlich trat er einen Schritt zurück.

«Mein Gott», sagte Marthaler.

Schilling nickte. «Es ist Toller.»

Für eine halbe Minute schaute Marthaler in das erstarrte Gesicht seines toten Kollegen. Tollers Augen waren geschlossen. In seinen Brauen und Wimpern hing vereister Schnee. Dann senkte Marthaler den Blick und sah, dass neben der Leiche eine leere Flasche auf dem Boden lag. Auf dem Etikett konnte man erkennen, dass sie einen hochprozentigen Rum enthalten hatte.

«Meinst du, er hat sich selbst …»

«Das dachte ich zuerst auch, aber so war es nicht. Ich dachte, er hat sich nach dieser alten Methode das Leben genommen: Man zieht sich Schuhe und Strümpfe aus. Man nimmt ein paar Schlaftabletten, dann setzt man sich in die Kälte und betrinkt sich. Man schläft ein und erfriert. Angeblich soll es eine der angenehmsten Methoden sein – wenn man davon überhaupt sprechen darf.»

«Was soll das heißen: So war es nicht. Warum sagst du das?»

«Schau! Es gibt Spuren von drei verschiedenen Leuten im Schnee. Und von einem Hund.»

Schilling war aufgestanden und einen Schritt von der Leiche zurückgetreten. Er zeigte auf den Boden.

«Hier», sagte er, «siehst du die Abdrücke des Hundes. Und hier die von seinem Herrchen. Sie sind noch ziemlich frisch. Sie enden ein deutliches Stück vor der Leiche. Dann haben wir Tollers Fußspuren. Sie sind vom Neuschnee schon fast vollständig verweht, trotzdem kann man sie noch erkennen. Sie führen nur in Richtung der Klippen, aber verständlicherweise nicht mehr von ihnen weg. Aber es gibt noch ein weiteres Paar Schuhe, das seine Abdrücke im Schnee hinterlassen hat. Diese Schuhe gehörten einem Menschen, der mit Toller hergekommen, aber alleine wieder weggegangen ist. Du siehst, manchmal braucht man gar keine komplizierte Technik, um eine Situation zu deuten. Manchmal genügt das wache Auge eines indianischen Fährtenlesers.»

«Trotzdem ergibt das für mich keinen Sinn. Toller kommt mit jemandem her. Mit einem Mann oder mit einer Frau? Kannst du dazu etwas sagen?»

«Es sind Männerschuhe.»

«Also ein Mann.»

«Ich weiß es nicht», sagte Schilling, «wir sollten uns auf das konzentrieren, was wir sehen. Vielleicht kommen wir dann weiter.»

«Also nochmal», sagte Marthaler, «Toller kommt mit einem anderen Mann hier zu den Klippen. Toller zieht sich die Schuhe aus, nimmt vielleicht Schlaftabletten, setzt sich in den Schnee und betrinkt sich. Er schläft ein. Der andere Mann geht weg. Toller erfriert. So in etwa muss es abgelaufen sein. Gibst du mir Recht?»

«Ja, aber ich kann es mir nur so erklären, dass Toller gezwungen wurde, das zu tun, was er getan hat.»

«Wie kann man jemanden zwingen, sich zu töten?», fragte Marthaler.

Schilling trat wieder an den Toten heran und beugte sich über ihn. Er fasste die Leiche bei den Schultern und zog den Oberkörper ein Stück von der Felswand ab. «Scheiße! Nun schau dir das an! So eine Sauerei. Da hast du die Antwort auf deine Frage.»

Marthaler kam näher. Dann sah er, was Schilling meinte. Tollers rechtes Handgelenk war mit Handschellen an einen Haken gefesselt, der an der Felswand befestigt war.

«Er hatte keine Chance. Er konnte gar nicht weglaufen.»

«Herrgott», stieß Marthaler hervor.

«Der Haken ist nagelneu», sagte Schilling. «Er wurde erst kürzlich hier angebracht. Wer auch immer das getan hat, er hat es geplant.»

Marthaler wandte sich wieder von der Leiche ab. Er versuchte, Ordnung in seine Gedanken zu bringen. «Dann wissen wir also, was hier passiert ist», sagte er. «Aber verstehen tue ich gar nichts. Nichts davon passt mit unseren bisherigen Erkenntnissen zusammen. Toller bringt drei Frauen um, zwei gezielt, eine andere irrtümlich, weil er glaubt, dass sie eine Zeugin sein könnte. Dann wollen wir den Täter in eine Falle locken. Weil er aber unsere Pläne kennt, sind wir es, die von ihm in eine Falle gelockt werden. Toller entführt Kerstin Henschel. Und dann? Was ist dann passiert?»

Schilling schwieg. Er schaute Marthaler an. Seine Augen sahen müde aus. «Welche Schuhgröße hat Kerstin?», fragte er.

Marthaler lachte. «Keine Ahnung. Jedenfalls hat sie ziemlich große Füße. Wir haben uns schon öfter darüber lustig gemacht.»

Plötzlich verstummte er. «Walter, nein! Das ist nicht dein Ernst. Du meinst nicht wirklich, was du denkst.»

Schilling hob die Arme und ließ sie wieder fallen. «Ich weiß es nicht, Robert. Ich weiß nicht, was ich denken soll. Aber stell dir vor, sie ist in den Händen dieses Irren. Du weißt nicht, was er mit ihr angestellt hat. Stell dir vor, es gelingt ihr, ihn zu überwältigen ...»

«Und dann? Was dann?»

Schilling antwortete nicht. Trotzdem merkte Marthaler, wie sich auch in seinem Kopf der unausgesprochene Gedanke des Kollegen festsetzte.

Sie mussten zweimal den Block umrunden, bis sie endlich einen freien Parkplatz gefunden hatten. Walter Schilling fuhr ein paar Meter weiter, um rückwärts in die Lücke zu stoßen, als sich ein silbergrauer Peugeot von hinten näherte und einparkte.

«Das gibt's doch nicht», sagte Schilling. «Hast du das gesehen?»

«Nicht schon wieder», sagte Marthaler. «Dasselbe ist mir erst vor ein paar Tagen passiert.»

Er zwang sich, ruhig zu bleiben. Er stieg aus und ging auf den Peugeot zu. Durch die Windschutzscheibe erkannte er ein dickes Gesicht, das ihm entgegengrinste. Die Fahrertür wurde geöffnet.

«Frechheit siegt», sagte Konrad Morell. «Außerdem erinnere ich mich, dass du in Kranichstein auch nicht ganz ordnungsgemäß geparkt hattest.»

Marthaler lächelte. Er winkte Schilling zu und bat ihn, einen anderen Platz für seinen Wagen zu suchen. «Und trommel bitte die anderen zusammen. Sag ihnen, was geschehen ist.»

Dann wandte er sich wieder dem Darmstädter Kollegen zu.

«Ich habe dir jemanden mitgebracht», sagte Morell.

Marthaler bückte sich. Auf dem Beifahrersitz saß Stefanie Wolfram. Sie nickte ihm zu.

Morell grinste noch immer. «Nachdem ihr ja offensichtlich nicht für ihre Sicherheit garantieren konntet, musste ich mich um sie kümmern.»

«Kommt», sagte Marthaler, «wir müssen nicht auf der Straße stehen. Gehen wir ins Weiße Haus. Aber viel Zeit habe ich nicht.»

«Wart's ab», sagte Morell, als sie Marthalers Büro betraten, «vielleicht gibt es Neuigkeiten, die dich interessieren.»

Offen gesagt ist mir schon schwindelig vor lauter Neuigkeiten, hätte Marthaler am liebsten gesagt. Aber aus Respekt vor Konrad Morell verkniff er sich diese Bemerkung.

Zu dritt setzten sie sich um den kleinen Tisch.

Stefanie Wolfram öffnete ihren Rucksack und zog ein schmales Fotoalbum hervor. «Ich habe nachgedacht. Die ganze Zeit habe ich überlegt, ob ich mich nicht doch an einen von Gabis Männern erinnere. Dann ist mir etwas eingefallen.»

Sie klappte das Fotoalbum auf und blätterte einen Moment. Dann legte sie es auf den Tisch und zeigte auf eines der Bilder. Zu sehen waren ein Mann und eine Frau, die nebeneinander auf Campingstühlen saßen. Beide hatten ein gefülltes Sektglas in der Hand, beide lachten und prosteten in die Kamera. Der Mann trug einen Vollbart und hatte eine Sonnenbrille auf. Die Frau hatte schwarze glatte Haare, die ihr bis zum Kinn reichten. Marthaler musste an eine französische Schlagersängerin denken, die er in seiner Kindheit bewundert hatte, deren Name ihm aber nicht mehr einfallen wollte. Er schaute immer wieder auf das Bild der Frau. Endlich erkannte er, dass es Gabriele Hasler war.

«Es war ganz am Anfang, als Gabi und ich in Bockenheim zusammenwohnten», erklärte Stefanie Wolfram. «Die Perücke hatte sie sich gerade erst gekauft. Sie trug sie später immer, wenn sie sich mit einem Mann traf. Das Foto ist entstanden, als wir auf dem Balkon gemeinsam frühstückten.»

«Und wer ist der Mann?», fragte Marthaler.

«Seinen Namen habe ich vergessen», sagte Stefanie Wolfram. «Aber er muss einer der ersten Kunden von Gabi gewesen sein. Er kam jede Woche einmal, und manchmal übernachtete er bei uns. Ich weiß noch, dass er immer mit seinem Motorrad kam, das er gegenüber abstellte.»

«Weiter», drängte Marthaler, «ich nehme an, Sie wissen, was passiert ist. Es geht um eine verschwundene Kollegin.»

«Eines Tages tauchte dieser Typ nicht mehr bei uns auf. Ich habe Gabi gefragt, was los ist. Statt zu antworten zog sie ihr T-Shirt hoch und zeigte mir ihren Rücken. Er war voller Brandwunden. Dieser Mann hatte sie gefesselt und dann mit einer brennenden Zigarette gequält.»

Marthaler nickte. «Aber Sie wissen nicht mehr, wie dieser Mann hieß?»

«Nein», sagte Stefanie Wolfram. «Wenn es mir wieder einfällt, rufe ich Sie an.»

«Unbedingt», sagte Marthaler. «Sie haben uns sehr geholfen. Ich würde gerne eine Kopie des Fotos anfertigen lassen und es den Kollegen von der Sitte zeigen. Wenn wir Glück haben, ist der Mann bereits aktenkundig.»

Stefanie Wolfram zog die Aufnahme aus der Plastikhülle und legte sie auf den Tisch. Marthaler war aufgestanden. «Ist das alles?», fragte er.

«Ist das etwa nichts?», fragte Konrad Morell.

Marthaler überhörte nicht den beleidigten Unterton.

«Doch, Morchel, das ist etwas», sagte er. «Aber wir wissen nicht, wie wichtig es ist. Deshalb müsst ihr mich jetzt bitte entschuldigen.»

Er öffnete den beiden die Tür und verabschiedete sich. Er sah, dass Elvira nicht an ihrem Platz saß. Er ging zurück in sein Büro, beschriftete einen der kleinen gelben Zettel, heftete ihn an das Foto und legte beides auf den Schreibtisch seiner Sekretärin.

Auf dem Gang begegnete ihm Sabato. «Robert, ich muss mit dir reden.»

«Du hast gehört, dass wir Toller gefunden haben?»

Sabato nickte.

«Dann komm bitte mit», sagte Marthaler. «Wir müssen sofort eine Besprechung abhalten.»

Die beiden hatten kaum den Sitzungsraum betreten und sich an den Tisch zu den anderen gesetzt, als Elvira hereinkam.

«Was heißt deine Notiz, Robert? ‹Foto kopieren und Sitte fragen, wer der Mann ist›. Das ist nicht dein Ernst. Du kennst den Mann auf dem Bild doch selbst, oder etwa nicht?»

«Elvira, ich würde mir nicht die Mühe machen, dir eine Nachricht zu schreiben, wenn ich es wüsste.»

«Schau ihn dir bitte nochmal an. Denk dir die Sonnenbrille und den Bart weg. Denk dir die Haare kürzer und den ganzen Mann ein wenig älter. Bitte!»

Marthaler starrte das Foto an, aber noch immer wusste er nicht, um wen es sich handelte. Er reichte die Aufnahme an seine Kollegen weiter.

«Leute, Leute», sagte Elvira, die allmählich die Geduld verlor, «ihr seid vielleicht Spürnasen. Es ist Steinwachs, Raimund Steinwachs vom 8. Revier. Ich habe vor vielen Jahren mal auf einem Betriebsfest mit ihm getanzt. Damals sah er genauso aus wie auf dem Foto.»

Marthaler war wie vom Donner gerührt. Mit einem Mal wurde alles klar. Das war die eine Information, die ihnen gefehlt hatte. Er brauchte eine Weile, bis er seine Gedanken geordnet hatte.

Dann war er sich sicher. Es gab keinen Zweifel mehr.

«Du hast mit einem Mörder getanzt», sagte er.

Die anderen schauten ihn verwundert an.

Marthaler begann zu erklären: «Toller ist tot. Er war es nicht. Wir sind in die richtige Richtung gegangen, haben aber den falschen Weg genommen. Als wir uns sicher waren, dass es ein Polizist sein musste, haben wir nicht länger überlegt. Das war unser Fehler. Steinwachs und Toller waren beste Freunde. Wahrscheinlich war Steinwachs über jeden unserer Schritte informiert, weil Toller ihm alles erzählte. Der Mann, den wir suchen, heißt Raimund Steinwachs. Toller hatte vermutlich mit der Sache irgendwie zu tun. Wir wissen nur noch nicht, wie.»

«Wir wissen es», sagte Sabato. «Jedenfalls können wir es ahnen. Es gibt nämlich noch eine Neuigkeit.»

Sabato legte ein kleines schwarzes Buch auf den Tisch. «Das war in einer der Kisten, die die Spurensicherung letzte Nacht aus Tollers Wohnung geholt hat und deren Inhalt ich untersuchen sollte. Es handelt sich um das private Adressbuch von Gabriele Hasler. Ihr erinnert euch, dass wir uns lange gewundert haben, dass wir bei ihr nichts dergleichen gefunden haben. Da ist es. Wahrscheinlich hat es Toller schon an sich genommen, als er und Steinwachs zum Haus der Zahnärztin gefahren sind.»

«Aber warum hat er das getan?»

«Abwarten», sagte Sabato, «die Antwort kommt sofort. Das war noch nicht das Ende meiner Neuigkeit. Ich habe in dem Buch geblättert und bin auf ein Kürzel gestoßen, das mir verdammt bekannt vorkam: die Buchstaben HJH. Sagt euch das was?»

«Bitte nicht schon wieder ein Preisrätsel», sagte Marthaler. «Dafür fehlt uns die Zeit.»

«Es sind die Initialen vom Chef. Hans-Jürgen Herrmann», sagte Elvira, die noch immer im Türrahmen stand. «So unterschreibt er seine dienstlichen Notizen.»

«Genau», sagte Sabato. «Ich habe die Nummer, die hinter dem Kürzel stand, angerufen. Es war ein Volltreffer. Am anderen Ende meldete sich Herrmanns privater Anrufbeantworter.»

«Das heißt, er kannte Gabriele Hasler. Davon hat er uns nie etwas erzählt», sagte Manfred Petersen.

«Dreimal darfst du raten, warum», sagte Kai Döring. «Er hat genauso geschwiegen wie ihre anderen Freier. Er war einer ihrer Kunden.»

«Und Toller hat das gewusst», ergänzte Sabato. «Jetzt dürfte auch klar sein, warum sein Aufstieg zum Kriminalpolizisten so rasch vonstatten ging.»

«All das werden wir schon herausbekommen», sagte Marthaler. «Aber jetzt müssen wir handeln. Wir müssen Steinwachs finden, um Kerstin zu finden. Als wir ihn gestern sprechen wollten, war er nicht zu Hause. Angeblich hat er Urlaub genommen. Wir versuchen es noch einmal. Aber diesmal gehen wir in das Haus, auch wenn uns niemand öffnet.»

Eine halbe Stunde später standen sie vor dem Neubau in Nieder-Eschbach. Alle Rollläden waren heruntergelassen, aber aus dem Inneren des Hauses hörte man laute Musik.

«Es ist das Stück, das sie immer bei den Boxkämpfen spielen», sagte Petersen.

«Ja», erwiderte Marthaler, «es ist aus den Carmina Burana.»

Sie klingelten, aber niemand öffnete. Sie gingen um das Haus herum und klopften an die Rollläden, aber es tat sich nichts. Marthaler nahm ein Megaphon und forderte Steinwachs mehrmals auf, das Haus zu verlassen. Wieder blieb eine Reaktion aus.

«Gut», sagte Marthaler, «dann bestellt das SEK und einen Krankenwagen. Sie sollen auf dem schnellsten Weg herkommen. Wir wissen nicht, was uns dadrinnen erwartet. Und lasst sofort die Siedlung absperren. Seht zu, dass alle Schaulustigen weit genug zurückgedrängt werden.»

Nach einer weiteren halben Stunde waren alle Vorbereitungen getroffen. Die bewaffneten Männer des Spezialeinsatzkommandos hatten sich um das Haus herum postiert. Als sie gerade beginnen wollten, die Tür aufzubrechen, fuhr ein Kleintransporter des Hessischen Rundfunks vor.

«Wer hat Sie benachrichtigt?», fragte Marthaler den Reporter.

«Ein Mann hat angerufen. Er hat behauptet, der gesuchte Mörder zu sein. Er sagte, wenn wir uns beeilen, könnten wir seine Verhaftung filmen.»

Marthaler nickte. Der Psychologe Rainer Hirschberg hatte Recht gehabt. Er hatte gesagt, der Täter würde versuchen, seine Festnahme zu nutzen, um allen zu zeigen, dass er es war, der die Welt in Atem gehalten hatte.

Marthaler gab den Einsatzbefehl. Als einer der SEK-Leute das Stemmeisen ansetzen wollte, wurde die Haustür von innen geöffnet.

Raimund Steinwachs stand im Türrahmen und hatte beide Arme erhoben zum Zeichen, dass er unbewaffnet war. Er trug seine dunkle Sonnenbrille. Er stand aufrecht und lächelte den Polizisten entgegen. Es sah aus, als sei er glücklich. Sein Gesicht glänzte vor Stolz.

Marthaler trat dicht an ihn heran. «Wo ist Kerstin?», fragte er. Steinwachs antwortete nicht. Er nahm seine Sonnenbrille ab und lächelte einfach weiter, ohne etwas zu sagen.

«Abführen!», schrie Marthaler. «Schafft ihn ins Präsidium! Und los, schnell, durchsucht das ganze Haus!»

Sie fanden Kerstin Henschel im Keller. Sie lag auf einer Matratze. Sie war an den Hand- und Fußgelenken gefesselt. Ihr Mund war mit einem breiten Isolierband verklebt. Sie hatte keine Schuhe an, aber ihr Körper war bekleidet. Sie lebte. Sie schaute ihre Kollegen aus vor Angst geweiteten Augen an.

Marthaler stürzte zu ihr. Er kniete sich neben sie und strich über ihr Haar. Dann begann er zu weinen.

SECHZEHN Schon die erste Vernehmung dauerte mehrere Stunden. Raimund Steinwachs legte ein umfassendes Geständnis ab. Über seine Motive schwieg er sich aus. Alles, was er mit den beiden Frauen getan habe, habe er mit Vergnügen getan. Mehr wolle er dazu nicht sagen. Er sei sich seiner Taten bewusst und sehe keinen Grund, etwas zu erklären oder zu bereuen.

Es zeigte sich, dass die Ermittler zwar lange gebraucht hatten, die Zusammenhänge zu durchschauen, dass sie am Ende der Wahrheit aber sehr nahe gekommen waren.

Steinwachs hatte Gabriele Hasler während eines Studentenfaschings kennen gelernt und war noch in derselben Nacht mit in ihre Wohnung gegangen. Sein Interesse sei dadurch geweckt worden, dass sie Geld von ihm verlangt habe. Er habe sich für einige Zeit regelmäßig mit ihr getroffen, dann habe man sich aus den Augen verloren. Auf mehrmalige Nachfrage gab er allerdings zu, dass er es gewesen sei, der Gabriele Hasler mit einer brennenden Zigarette verletzt habe, und räumte ein, dass sie daraufhin jeden Kontakt zu ihm abgebrochen habe. Erst durch den Zeitungsartikel über sie sei er wieder auf sie aufmerksam geworden. Vor der Tat habe er sie über Wochen hinweg ausgekundschaftet und sich ausgemalt, was er mit ihr machen werde.

Er habe es so eingerichtet, dass er am Morgen nach dem Mord der Dienst habende Schichtleiter auf dem 8. Revier gewesen sei. Dadurch habe er die Möglichkeit gehabt, den Tatort noch einmal gemeinsam mit seinem Kollegen Toller zu betreten und diesen das Adressbuch von Gabriele Hasler finden zu lassen. Er habe gewusst, dass auch Herrmann zu ihren Stammfreiern gehört habe. Man habe von Hans-Jürgen Herrmann sowohl Geld erpresst als auch Tollers Aufnahme in die polizeiinterne Förderung erreicht.

Tatsächlich, sagte Steinwachs, habe er befürchtet, dass Stefanie Wolfram sich an ihn erinnern könne. Das habe er verhindern wollen. Dass dabei irrtümlich eine andere Frau zu Tode gekommen sei, bedauere er. Ihm sei immer klar gewesen, dass er irgendwann entdeckt werden würde, allerdings habe er den Zeitpunkt selbst bestimmen wollen.

Andrea Lorenz habe er über das Casanova-Forum kennen gelernt. Dort sei er unter wechselnden Namen aktiv gewesen. Für das Treffen mit ihr in den Schwanheimer Dünen habe er sich Tollers dunkelblauen VW Sharan ausgeliehen.

Marthaler stellte ihm die Frage, ob er den Verdacht absichtlich auf seinen Freund und Kollegen Toller gelenkt habe.

«Ich überlasse so wenig wie möglich dem Zufall», antwortete Raimund Steinwachs.

«Also war auch der Zeitpunkt der beiden Morde kein Zufall? Gabriele Haslers Geburtstag und der Hochzeitstag von Andrea Lorenz?»

«Das Schöne an unserem Beruf ist ja, dass man ohne Probleme an alle Informationen kommt, die man braucht.»

«Wann hat Toller kapiert, dass Sie der Täter sind?»

«Spät. Sehr spät. Erst als ich Kerstin Henschel schon hatte. Im Grunde war er ein Trottel. Ein fügsamer Trottel. Aber durch ihn habe ich alles erfahren, was ich wissen musste. Übrigens war er ganz erpicht darauf, Ihnen zu imponieren. Er wollte den Fall unbedingt lösen. Es sollte seine Eintrittskarte zur Kripo werden. Und ich sollte ihm dabei helfen. Wir haben mehrmals täglich telefoniert. Ich habe ihm versichert, dass wir gemeinsam den Täter finden werden. Er hat sich völlig auf mich verlassen. Er hat getan, was ich ihm gesagt habe.»

«Und er hat sogar Magenschmerzen bekommen, wenn Sie es verlangt haben, nicht wahr?»

Steinwachs lächelte. «Auch das, ja.»

«Und als er Ihnen auf die Spur gekommen ist, haben Sie ihn umgebracht», fuhr Marthaler fort.

«Irgendwann hat es so kommen müssen», sagte Steinwachs. «Aber man sagt, es sei ein leichter, sanfter Tod.»

«Und wie ist es Ihnen gelungen, Toller zu den Eschbacher Klippen zu locken?»

«Ich habe behauptet, Kerstin Henschel in der Nähe versteckt zu halten.»

«Sind Sie in Gegenwart einer Frau impotent?», fragte Marthaler unvermittelt.

Steinwachs antwortete ohne Umschweife: «Ja, seit ein paar Jahren meistens.»

«Wir haben inzwischen auch mit Ihrer Frau gesprochen. Wussten Sie, dass sie ein Verhältnis hatte?»

Steinwachs schaute Marthaler lange mit regloser Miene an. Schließlich nickte er.

«Was hat es mit den Brautschleiern auf sich?»

Raimund Steinwachs' Gesichtsausdruck bekam etwas Schwärmerisches. «Als meine Mutter uns verlassen hat, war ich vier. Danach habe ich auf dem Dorf bei meiner Großmutter gelebt. Sie war Schneiderin. Sie konnte die schönsten Brautkleider nähen. Ich habe oft bei ihr gesessen. Und manchmal sind wir zu den Hochzeiten gegangen und haben uns vor der Kirche die Bräute angesehen, die Omas Kleider anhatten.»

«Was wäre mit Kerstin Henschel geschehen?», fragte Marthaler. «Was hatten Sie mit ihr vor?»

«Ich wusste nicht, was ich mit ihr anfangen soll. Als Toller von ihr erzählte, dachte ich, sie könne mich reizen. Es war ein Irrtum. Dann habe ich den richtigen Zeitpunkt verpasst, sie einfach abzuknallen. Offen gestanden hat sie mich nicht besonders interessiert.»

Als Marthaler das Präsidium verließ, begegnete ihm Gabriel Eissler. Zum ersten Mal bemerkte er in den Zügen des Polizeipräsidenten einen Ausdruck von Resignation.

«Ich komme gerade aus dem Krankenhaus», sagte Eissler. «Ich habe die Kollegin Henschel besucht. Ihr körperlicher Zustand ist in Ordnung. Sie ist unverletzt. Welche seelischen Folgen das Ganze haben wird, müssen wir abwarten. Man hat ihr starke Beruhigungsmittel gegeben.»

«Kann ich zu ihr fahren?», fragte Marthaler.

«Nein», sagte Eissler, «warten Sie bis morgen oder übermorgen. Die Ärzte wollen, dass sie schläft. Sie soll möglichst nicht an das, was geschehen ist, erinnert werden.»

Marthaler nickte.

«Wie war das Verhör?», wollte der Polizeipräsident wissen. «Hat Steinwachs etwas zur Rolle von Hans-Jürgen Herrmann gesagt?»

«Ja. Herrmann war Kunde bei Gabriele Hasler. Es ist, wie wir befürchtet haben: Er hat uns seine Bekanntschaft zu ihr verschwiegen. Dadurch hat er unsere Ermittlungen behindert. Und er hat sich erpressen lassen.»

«Ich werde versuchen, ihn in seiner Kur zu erreichen. Ich will hören, was er zu sagen hat. Aber das wird natürlich Folgen haben.»

Marthaler wusste nicht, was er sagen sollte. Er hatte Herrmann nie gemocht, aber jetzt verspürte er keinerlei Genugtuung.

«Zwei», sagte Eissler.

Marthaler sah ihn fragend an.

«Zwei Kollegen, die wir an einem Tag verlieren: Toller und Steinwachs.»

«Ehrlich gesagt bin ich mir nicht sicher, ob sie mir fehlen werden», sagte Marthaler.

«Aber *mir* fehlt noch etwas», erwiderte Eissler.

«Nämlich?»

«Meine Badehose, Herr Hauptkommissar.»

Marthaler stieg in den grauen Daimler und fuhr nach Sachsenhausen. Als er das Haus im Großen Hasenpfad erreicht hatte und seine Wohnung betrat, hatten Tobi und sein Großvater bereits ihre Sachen gepackt. Sie hatten im Fernsehen die Bilder von der Festnahme gesehen.

«Und?», fragte Marthaler. «War er es?»

Tobi nickte. «Warum hat er gelächelt?», fragte er.

«Ich weiß es nicht», sagte Marthaler. «Aber es ist oft so. Sie lächeln fast immer, wenn man sie verhaftet.»

«Bringen Sie uns jetzt wieder nach Hause?»

«Ja», sagte Marthaler. «Aber nur, wenn ihr mir versprecht, dass ihr mich bald einmal wieder besucht. Und wenn ihr Mara mitbringt. Und nur, wenn ich dann eine Probefahrt auf deinem roten Rennrad machen darf.»

Tobi nickte. Marthaler warf ihm den Autoschlüssel zu. «Dann nimm jetzt das Vorderrad raus und pack dein Schmuckstück in den Kofferraum.»

Tobis Großvater hatte seinen Mantel bereits angezogen und saß im Wohnzimmer auf einem Sessel.

«Danke», sagte er mit heiserer Stimme. «Danke, dass wir bei Ihnen sein durften.»

«Wie geht es Ihnen?», fragte Marthaler.

Der alte Mann versuchte ein Lächeln. «Ich weiß, dass Sie keine Lügen hören wollen», sagte er nur.

Marthaler hatte seine beiden Gäste im Gallus abgesetzt und war dann nach Bockenheim gefahren. Vor der «Hotel-Pension Uhland» stellte er den Wagen ab. Als er die Besitzerin hinter dem Tresen sitzen sah, fiel ihm etwas ein. Er zog das Bild, das ihm Stefanie Wolfram gegeben hatte, aus seiner Manteltasche. «Erinnern Sie sich, dass ich Ihnen schon mal ein Foto gezeigt habe?»

«Ja», sagte sie, «von der Zahnärztin.»

«Was ist hiermit? Erkennen Sie diese Frau?»

Sie nahm ihm die Aufnahme aus der Hand.

«Ja», sagte sie. «Natürlich. Sie war früher öfter mit irgendeinem Kerl hier. Sie ging wohl anschaffen. Ich habe sie Mireille genannt, wegen ihrer Frisur. Wie Mireille Mathieu, die französische Sängerin. Können Sie sich an die erinnern?»

«Ja», sagte Marthaler, «aber diese Mireille hier trägt eine Perücke und heißt Gabriele Hasler. Es ist dieselbe Zahnärztin, die Sie auf dem anderen Foto nicht erkannt haben.»

Er wartete auf eine Reaktion, aber die Pensionsbesitzerin wirkte nicht sonderlich erstaunt.

«Was ist?», fragte er. «Wundert Sie das gar nicht?»

«Nein», sagte die Frau. «Verwundert bin ich nur, wenn mich mal jemand nicht enttäuscht.»

Marthaler musste lachen. «Vielleicht ist das ein gutes Rezept», sagte er. «Vielleicht bricht einem dann das Herz nicht so schnell.»

«Ja», sagte sie, «aber bis man das kapiert hat, ist es meist schon ein paarmal gebrochen.»

«Oje», rief Tereza, die jetzt die Treppe herunterkam, «ihr habt ja eine lustige Thema.»

«Komm», sagte Marthaler, «lass uns gehen. Ich muss rasch eine Kleinigkeit essen.»

Sie fuhren in eine der alten Bornheimer Apfelweinwirtschaften auf der oberen Berger Straße. Marthaler merkte, dass es ihm schwer fiel abzuschalten. Dieser Fall würde ihn noch lange beschäftigen. Schweigend aß er seine Grüne Soße. Als auch Tereza aufgegessen hatte, schlug er vor, endlich ihren Spaziergang auf dem Lohrberg nachzuholen.

«Was ist mit dir?», fragte Tereza, als sie über den verschneiten Weg liefen, «du bist heute so verdrückt.»

Diesmal lachte er nicht über ihre Formulierung.

«Ja, das kann sein», sagte er. «Mir geht so vieles durch den Kopf. Es gibt so viele Männer und Frauen, die sich das Leben zur Hölle machen. Vielleicht liegt es daran, dass ich verdrückt bin. Vielleicht brauche ich auch nur Urlaub und ein bisschen Sonne.»

«Es wird bald Frühjahr werden», sagte Tereza. «Du musst dich nicht fürchten. Wir sind jung genug, um es besser zu machen.»

«Ja. Aber ganz jung sind auch wir nicht mehr. Und es stimmt: Manch Weg ist uns verschneit.»

«Was meinst du damit?»

«Es fiel mir nur gerade ein: eine Zeile aus einem alten Lied.»

Tereza sah ihn mit ernsten Augen an. Dann hob sie ihre Hand und fuhr mit den Fingerspitzen über seine Wange. «Aber der Schnee wird schmelzen», sagte sie.

Marthaler wischte sich mit der Handfläche übers Gesicht, als wolle er die dunklen Gedanken vertreiben. Dann lachte er. «Ja, du hast Recht. Der Schnee wird schmelzen», sagte er.

Sie standen noch eine Weile und schauten über die Lichter der Stadt, die unter ihnen in der Dunkelheit lag.

Dann hakte Tereza sich bei ihm unter. «Komm», sagte sie, «es wird kalt, lass uns nach Hause gehen.»

Als sie den steilen Weg bergab liefen, rutschte Tereza auf der fest getrampelten Schneefläche aus. Marthaler versuchte sie zu halten, aber als er sie am Ärmel fassen wollte, geriet auch er ins Straucheln. Im Fallen umarmten sie sich. Und rollten lachend den schneebedeckten Abhang hinunter.

Mein Dank gilt: Eva-Marie v. H. für Vertrauen und Unermüdlichkeit. Ulrich P. für den richtigen Riecher. Silke und Jürgen K. für Treue, Füchsel und Ziallerns. Jürgen W. für allzeit offene Ohren und immer währenden Zuspruch. Michael H. für fraglose und fragende Unterstützung. Philipp E. für rasche Lektüre und wertvolle Hinweise. Miroslav N. für «voice and backing». Marcel H. für frühe Ermutigung. Rolf-Bernhard E. für Tage, Nächte und Jahre. Volker D. für Black Beauty und Weißes Pferd. Atilla K. für viele Kilometer und einen kleinen Abend Glück. Olaf P. für einen schönen Ersten Mai. Der «Lokomotive Rotes Ritzel» für Geleit und Windschatten. Detlef G., Ulrich G., Peter H., Jürgen L., Christoph Sch., Peter M., Ulrich M., Naomi N., Manfred Sch., den Buchhändlerinnen und Buchhändlern sowie allen Mitarbeitern und Vertretern des Verlages für ihren Einsatz. Allen Freunden dafür, dass sie es geblieben sind. Und vor allem: Christiane und Paula für alles.